研究叢書53

フランス十七世紀の劇作家たち

中央大学人文科学研究所 編

中央大学出版部

目次

フランス十七世紀の劇作家たち

序章　当時の上演について

橋本　能

一　十七世紀の劇作家たち

フランス演劇は十七世紀に隆盛を極めて、古典主義演劇として長くフランス演劇の伝統と規範となる。これに寄与したのが、コルネイユ Pierre Corneille（一六〇六～一六八四）、モリエール Molière（一六二二～一六七三）、ラシーヌ Racine（一六三九～一六九九）のいわゆる「三大劇作家」である。コルネイユの悲劇の代表作と喜劇の全作品は翻訳がある。モリエール、ラシーヌの全作品はすでに数種類の翻訳がある。しかしながら、十七世紀演劇の理解は三大劇作家のみで事足れりとすることができるだろうか。

三大劇作家が十七世紀演劇の頂点に立つことは言を俟たない。しかし、いうまでもないが十七世紀演劇はこの三人の劇作家の創作にとどまらない。それは今日では埋もれてしまった多くの劇作家の営為によって成り立っている。十七世紀演劇の裾野を明らかにして、その有り様を総体として探るには、多くの無名の作家たちの理解を欠かすわけにはいかない。

題名のとおり、本論集の目的は十七世紀の忘れ去られた劇作家たちの生涯と作品を明らかにすることにある。

すでに述べたとおり、三大作家については日本でも多くの研究がなされている。したがって、屋上屋を架すことを避けて、他の研究に譲ることとした。本論集中で取り上げた劇作家については、詳しくは本論集の各章に譲るが、ここで手短に紹介する。

アルディHardy（一五七二?～一六三二）はコルネイユ以前を代表する劇作家で、一六三〇年以前の劇作品を知る上で欠かせない存在であり、十七世紀演劇の原点といえよう。代表作の悲劇『セダーズ』*Scédase*（一六二四刊）はコルネイユ以前の悲劇の典型ともいうべき作品である。

メレMairet（一六〇四～一六八六）、ロトルーRotrou（一六〇九～一六五〇）、ジョルジュ・ド・スキュデリーGeorges de Scudéry（一六一〇～一六六七）はコルネイユと同時代の劇作家であり、それぞれにアルディ以後の新しい演劇の方向性を指し示す存在である。メレは当時紹介されつつあった演劇の規則をいち早く導入して、アルディとは異なった演劇を創造した。ロトルーは多彩な才能の持ち主で、さまざまなバロックの作品を残している。ジョルジュ・ド・スキュデリーは、三〇年代のバロック悲喜劇を代表する作者である。この三者は、古典主義演劇成立以前の演劇を知る上で欠くべからざる作家たちである。

デマレ・ド・サン＝ソルランDesmarets de Saint-Sorlin（一五九五～一六七六）の代表作は喜劇『妄想に囚われた人々』*Les Visionnaires*（一六三七）であるが、宰相リシュリューの御用作家ともいうべき存在であり、当時の作家の有り様が典型的に現れている。

トリスタン・レルミットTristan L'Hermite（一六〇一～一六五五）は、『マリヤンヌ』*La Mariane*（一六三六）をはじめとする悲劇によって、コルネイユとラシーヌをつなぐ存在である。

喜劇は、モリエール以前にはスペイン劇から大きな影響を受けて発展した。スカロンScarron（一六一〇～一六六〇）はスペイン劇の受容に寄与した作家であり、モリエール以前を代表する喜劇作家である。

十七世紀後半には、悲劇と喜劇の傍らで、リュリ Lully（一六三二〜一六八七）の音楽悲劇が人気を博した。キノー Quinault（一六三五〜一六八八）は当初はラシーヌの登場以前の空白期間を埋める当時の人気作家だったが、オペラの台本作家として、ラシーヌの悲劇とは別の演劇の方向性を示した。

喜劇はモリエールによって頂点を極めて、モリエールを分水嶺としてあらたな喜劇のさまざまな方向性が試みられる。ルサージュ Lessage（一六六八〜一七四七）とルニャール Regnard（一六五五〜一七四七）は、モリエール以後を代表する喜劇作家である。特にルサージュの『包括受遺者』*Le Légataire Universel*（一七〇八）は当時の喜劇を代表する作品である。

本論で取り上げる作家はいずれも、今では無名の作家であるが、当時においては三大作家に劣らず著名だった。こうした作家たちのさまざまな試みが積み上げられて、フランス十七世紀演劇は形成されたといえよう。忘れ去られた劇作家たちの生涯と作品を理解することによって、三大作家の演劇史上で果たした役割と意義をいっそう明らかにすることができると考える。また、その生涯と作品を概観することから、十七世紀演劇の全体像をより明らかにしたい。

劇作品は、いうまでもなくその上演が重要である。各劇作家の生涯と作品を検討するにあたり、まず本章では劇作品が上演された劇場、上演形態、使われた舞台装置を簡単に紹介する。次に、当時の上演に携わった俳優たちについて、第二章では代表的な悲劇俳優を、第三章では喜劇俳優を紹介する。劇作家の順序は、作品の初演年代の古い順序とした。

上演年代は、作品名原綴の後に括弧して記した。上演年代が不明の作品は、年代の後に「刊」と記した。巻末には索引と年表を付した。読みやすさを旨として、本書は論述に必要不可欠な年代以外の生没年代、人名と作品名の原綴はできる限り索引に記した。参照していただきたい。ただし、イタリア、スペインの人物や作品、当時の貴族などは、生没年代、上演年代、出版年代が分からないものもある。ご寛恕を乞いたい。また、読者の理解に資するため、原題と邦題の対照表も付した。年表は、悲劇・悲喜劇、喜劇、田園劇・その他のジャンルの三系列に分類した。初演年代は、原則としてランカスターの記述(1)にもとづいた。

二　劇場と劇団

1　オテル・ド・ブルゴーニュ座 Théâtre de l'Hôtel de Bourgogne

パリで最初の常設劇場であるオテル・ド・ブルゴーニュ座は、一五四八年に受難劇組合 Confrères de la Passion によって建てられた。劇場の場所はモーコンセイユ通りとヌーヴ＝サン＝フランソワ通りの角にあった。現在の第二区、レ・アールに近い地区である。ブルゴーニュ邸（オテル・ド・ブルゴーニュ）と呼ばれる貴族の住まい（エティエンヌ・マルセル通りに今も残るジャン＝サン＝ペールの塔はその一部である）の敷地内にあったことが、その名前の由来である。

当初の劇場は、舞台が二階建てで、桟敷席、平土間、平土間の後に階段桟敷があったこと以外は舞台構造はほとんど不明である。一六四七年四月十七日付けの改築の見積書によれば、劇場の奥行きは三十二・五メートル、間口は十四メートルで、舞台の幅は壁の厚さを除けば劇場の間口とほぼ同じだった。舞台の奥行きは十四メートルで、舞台の上にもう一つ舞台があった。改築当時に舞台に緞帳が張られて、開幕まで閉じていた(2)。

受難劇組合は高等法院から演劇上演の独占権を得ていたが、この権利は十七世紀になっても続いた。しかし、上演がふるわない受難劇組合は、巡業劇団などに劇場を賃貸し始めた。一五九八年以後この劇場をもっとも頻繁に賃借りしていたのが、ヴァルラン・ル・コント Valleran Le Conte（?～一六三四?）の一座である。一座は一六一一年に「王立劇団」Troupe royale des comédiensと称した。一六二九年暮に「王立劇団」はオテル・ド・ブルゴーニュ座を恒常的に独占して借用する契約を結び、パリで最初の常設劇団となった。以後、「王立劇団」(通称オテル・ド・ブルゴーニュ座)は、一六三四年にモンドリーMontdryの一座がマレー座に定着するまでパリで唯一の常設劇団であった。アルディはこの劇団の座付き作者であり、アルディについで座付き作者となったのがロトルーである。

2 マレー座 Théâtre du Marais

オテル・ド・ブルゴーニュ座以外の上京してきた巡業劇団は、受難劇上演組合から上演許可を得て、掌球場を使用して公演を行なった。こうした巡業劇団の一つがモンドリーMontdry(一五九四〜一六五三?)の一座だった。一六二九年暮、この一座はベルトー掌球場でコルネイユの『メリート』*Mélite*(一六二九)を上演して大成功を収めた。その後、一座は数ヶ所の掌球場を渡り歩くが、一六三四年にマレー掌球場に定着した。これがマレー座の始まりである。モンドリーの一座はパリで二番目の常設劇団として定着した。その後も一六三七年のコルネイユの『ル・シッド』*Le Cid*をはじめとしてコルネイユの悲劇で次々と大成功を博し続けた。

しかし、一六四四年一月十五日にマレー掌球場は火災で焼失した。所有者と劇団が話し合って、劇場として再建することになり、同年十月、マレー座劇場として開場した。マレー座は、パリのヴィエイユ・デュ・タンプル通り(今日の第三区、市庁舎から北東のマレー地区にあたる)にあった。劇場の間口は十一・七〇メートル、奥行きは三十七・五五メートル、舞台は劇場の間口とほぼ同じ十一・七〇メートル、奥行は十二・六七メートル(実際の舞台に使用した奥行きは九・七五メートルで、その奥は仕掛けに使われた)、舞台の上に第二の舞台が設けられていた。(3)

その後も、マレー座はトマ・コルネイユThomas Corneille(一六二五〜一七〇九)の『ティモクラート』

Timocrate（一六五六）で空前の当たりを取るなど、一時期はオテル・ド・ブルゴーニュ座をしのぐ勢いだったが、オテル・ド・ブルゴーニュ座からたびたび俳優を引き抜かれて、しだいに人気を失っていった。マレー座は仕掛け芝居に活路を見出して、一時人気を博したが、一六七三年のモリエールの死を契機に、モリエール一座と合併して、ゲネゴー座を結成した。

3　プチ・ブルボン座 Le Petit Bourbon

一六四三年十月にモリエールはルーワンで盛名座 L'Illustre Théâtre を旗揚げした。同じ年に上京して、メティエ掌球場で、その後ラ・クロワ・ノワール掌球場などで公演を行なった。トリスタン・レルミットの『セネクの死』*La Mort de Sénèque* も盛名座で上演された。しかし、一六四五年に一座は倒産し、都落ちして南仏巡業の旅にでた。一六五八年に再度上京して、ルイ十四世の目に留まり、プチ・ブルボン座を借りることができた。

プチ・ブルボンは、ルーヴル宮の東隣りに位置する王宮の大広間である。一五八一年十一月十五日、『王妃のためのバレエ・コミック』*Ballet comique de la Royne* の上演で名高い。また、一六一四年には、三部会が開催されている。その後も宮廷バレエの上演が行なわれ、スペイン人劇団とイタリア人劇団がしばしば公演に使っていた。間口は十五・六〇メートル、奥行きは六十六・五メートル、舞台の面積は二百四十三平方メートルで、かなりの広さをもつ。(4) 一六五三年からイタリア劇団が使用していたが、一六五八年から、イタリア人劇団とモリエール一座が共用することになった。一六六〇年にプチ・ブルボン座は取り壊されることになり、両劇団はパレ＝ロワイヤル座に移転した。

図1　パレ＝カルディナルの舞台

4　パレ＝ロワイヤル座 Palais-Royal

宰相リシュリューは、一六二四年にルーヴル宮に向かいあうサン＝トノレ街の旧ランブイエ館を買い取った。一六三〇年に一室を改造して劇場としたが、収容人員が少ないため、ジャック・ルメルシエ Jacques Lemercier（一五八五〜一六五四）に新しい劇場の建設を命じた。一六四一年一月に落成したこの劇場は、リシュリュー枢機卿の邸内にあったことから当初はパレ＝カルディナル Palais-Cardinal と呼ばれたが、リシュリューの死後にルイ十四世に献上されて、以後パレ＝ロワイヤルと呼ばれるようになった。

劇場の広さは、間口十七・五五メートル、奥行き三十五・一〇メートルであった(5)。パレ＝ロワイヤル座にはオテル・ド・ブルゴーニュ座とマレー座になかったプロセニアム・アーチが、フランスではじめて設けられた（図1）。一六四一年の柿落しにデマレ・ド・サン＝ソルランの『ミラム』*Mirame* がオテル・ド・ブルゴーニュ座員によって上演された。

『ミラム』の挿絵によれば、(6) パレ＝ロワイヤル座には幕があり、横に引かれて、両側に開く。(7)

パレ＝ロワイヤル座は、フランスで最初にプロセニアム・アーチと舞台を覆う幕をもった劇場であった。プティ・ブルボンの取り壊しにともない、モリエール一座とイタリア人劇団はパレ＝カルディナル座に移り、一六七三年まで両劇団は日替わりで公演を行なった。

5　王立音楽アカデミーL'Académie royale de Musique

一六六九年六月二十八日に「王立音楽アカデミー」創設の特権が、ピエール・ペラン Pierre Perrin（一六二〇？～一六七五）に与えられた。一六七一年三月三日に「王立音楽アカデミー」の柿落しにフランス最初のオペラとされる田園劇『ポモーヌ』*Pomone* が上演された。作曲はロベール・カンベール Robert Cambert（一六二八？～一六七七）、台本はペランだった。公演は現在のマザリーヌ通りのラ・ブテイユ掌球場で行なわれた。『ポモーヌ』の公演は大成功を収めたが、経営的には失敗に終わった。ペランは多額の負債を抱えて投獄された。ペランは借金の返済のために、一六七二年三月にアカデミーの音楽劇上演独占権を全面的にリュリに売却した。

一六七二年三月十三日に王立音楽アカデミーの上演独占権の勅許を得たリュリは、八月十二日にヴォジラール通り（リュクサンブール公園の北隣り）のベッケ掌球場を借りて、装置家カルロ・ヴィガラーニ Carlo Vigarani（一六三七～一七一三）に改装させた。同年十一月十五日に、王立音楽アカデミーの柿落しにリュリは田園劇『アムールとバッキュスの祭典』*Les Fêtes de l'Amour et de Bacchus* を上演した。次に、一六七三年二月一日にリュリは『カドミュスとエルミオーヌ』*Cadmus et Hermione* を上演したが、これが「真の意味でのフランス・オペラの最初の作品」であった。

一六七三年二月十七日に、モリエールが死去した。この機を利用して、リュリがモリエール一座からパレ＝ロワイヤル座を奪った。以後、リュリはパレ＝ロワイヤル座を自分の劇場としてオペラを上演した。リュリのオペラ台本を書いたのがキノーである。

6　ゲネゴー座 Théâtre de Guénégaud

リュリによって、パレ＝ロワイヤル座を追われた故モリエール一座は、『ポモーヌ』が上演されたラ・ブティユ掌球場に一六七三年五月に移転した。この時、パレ＝ロワイヤル座を日替わりで使用していたイタリア劇団も同じ掌球場に移った。六月にマレー座と正式に合併が決まり、ゲネゴー座として七月に公演を再開した。ゲネゴー座の場所は、現在の第六区のマザリーヌ通りにあった。劇場の間口は十三・六五メートル、奥行は四十九・一メートル、舞台の間口九・七五メートル、奥行十六・六メートルである。(8) 収容人員は千三百二十四名、その内平土間は六百名であった。公演はイタリア劇団と交代で、日替わりで行なわれた。移転当初はもっぱらモリエール喜劇を上演したが、その後トマ・コルネイユの『シルセ』*Circé*（一六七五）などの仕掛け芝居で人気を呼んだ。

7　コメディ＝フランセーズ Comédie-Française

一六八〇年八月二十五日、ゲネゴー座は王命によりオテル・ド・ブルゴーニュ座と合併して、コメディ＝フランセーズになった。劇場はゲネゴー座を引き続き使用した。ゲネゴー座を使用していたイタリア劇団は、オテル・ド・ブルゴーニュ座に移転した。しかし、一六八八年、全国から集められた子弟の教育機関としてコレージュ・デ・カートル・ナシオン Collége des quatre nations の設立にともない、コメディ＝フランセーズはマザリーヌ通りからフォセ＝サン＝ジェルマン＝デ＝プレ通り（今日のアンシエンヌ＝コメディ通り十四番地にあたる）に移転させられた。コメディ＝フランセーズ成立後、活躍した二人の喜劇作家がルサージュとルニャールである。

以上が市中の商業劇場と劇団の推移である。公演は、宮廷でもテュイルリー宮、ルーヴル宮、ヴェルサイユ宮など、またその他の貴族の私邸でも盛んに行なわれたが、大広間や廊下に仮設の舞台を設けて行なわれた。

三　上演の状況

公演については、オテル・ド・ブルゴーニュ座とマレー座での上演については記録が乏しく不明なことが多い。パレ＝ロワイヤル座とゲネゴー座については、モリエール一座の俳優ラ・グランジュ La Grange（一六三五〜一六九二）が一六五八年から一六八〇年までの劇団の収支をつけていた『帳簿』*Le Registre de La Grange* があり資料的に比較的明らかであり、そこから当時の劇場の上演について推定することができる。

劇場の収容人員は、ゲネゴー座を例にとれば、千三百二十四名、その内平土間は六百名である。オテル・ド・ブルゴーニュ座、マレー座、オペラ座の収容人員も、劇場の規模からほぼ同じと考えてよいのではないだろうか。入場料は、一六〇九年には平土間で五ソル以上、桟敷席で十ソルとされていた。モリエール一座が一六五九年に上演した『嗤うべきプレシューズたち』*Les Précieuses ridicules* で、平土間十五ソル、桟敷席で三十ソルをとった。ゲネゴー座でも、通常の料金は平土間で十五ソル、桟敷席で五リーヴル十ソルである。ただしこれは通常の公演の場合で、モリエール一座では新作の公演ではその倍額が普通だった。

公演日は、パレ＝ロワイヤル座、ゲネゴー座では、日曜日、火曜日、金曜日の週三回だった。その後、コメディ＝フランセーズでは公演は毎日行なわれている。その他に、王宮、貴族、富裕な町人の邸宅で出張公演も行なった。演目は、モリエール一座の場合、喜劇と悲劇を組み合わせた二本立てで、新作の公演はその一作のみが上演された。

上演開始時間は、一六一〇年には午後二時開演で夜までに終了と決まっていたが、後には開演時刻はもっと遅くなり、十七世紀後半にはロウソクを使っての夜の公演が多くなった。照明はこの時代には蜜蠟のロウソクを役者のうしろの壁に固定させ、後には釣り燭台を二つ下げてロウソクを灯した。舞台衣装は役者の個人持ちで、種々雑多でばらばらだった。

四　舞台装置について

舞台装置は、十六世紀の人文主義演劇では、宮廷の祝祭における二、三の上演を除いて、その使用を示す資料は乏しい。十六世紀後半から十七世紀初頭にかけて舞台装置の使用が明らかなものは宮廷バレエである。十七世紀の市中の常設劇場における舞台装置についての資料としては、オテル・ド・ブルゴーニュ座の舞台装置家たちが上演のために必要な舞台装置、大道具、小道具を記したメモ書きがある。このメモ書きは、『マウロの舞台装置覚書』*Le Mémoire de Mahelot*（一九二〇刊）としてまとめられている。

『舞台装置覚書』の執筆時期は四期に分かれ、それぞれ執筆者も異なる。最初の筆者は、ロラン・マウロ Laurant Mahelot（生没年代不明）である。執筆年代について、一六二〇年代後半から一六三〇年代前半と推定されている。二番目のメモの筆者は不明で、時期は一六四七年と考えられるが、上演作品の題名のみが並べられている。三番目のメモの筆者はミシェル・ロラン Michel Laurant（生没年代不明）で、上演作品の題名と数（五十三篇）から一六七三年から一六七八年の間の上演作品と考えられる。四番目の筆者は不明だが、コメディ＝フランセーズの一六八〇年九月から一六八五年八月までの上演のためのメモである。このメモから当時使われていた舞台装置を知ることができる。

図2　『罰を受けたペテン師』

1　一六三〇年代

第一部のマウロのメモは、一六二〇年代後半から一六三〇年代前半の舞台装置を記しているが、メモには四十七葉の舞台のデッサンが付いている。このデッサンから舞台装置として並列装置が使われていたことが分かる。

たとえば一六三一年に上演されたジョルジュ・ド・スキュデリーの悲喜劇『罰を受けたペテン師』*Le Trompeur puni* では、主人公アルシドンが恋人との仲を裂こうと嘘をついた恋敵を決闘で殺す。彼は第四幕でデンマークに逃れ、恋人の婚約者を暴漢から救って、彼女を譲られる。この芝居にはスケッチが付いているが、舞台中央奥の宮殿と上手の庭園がフランス、下手の宮殿がデンマーク王の宮殿である（図2）(9)。この作品は極端な例であるが、並列装置ではまったく異なる場所の背景を一つの舞台に同時にのせている。

このように並列装置は最初から舞台の上に第一幕から第五幕までに必要な場面の装置をすべて並べて置く。俳優は場面ごとに台本の指示する舞台装置の前に

図３　『シルヴァニール』

移動して演技する。観客は俳優の背にした装置でどの場面を演じているかを理解した。

2　ル・シッド論争前後

一六三〇年代半ばになると、田園劇とともに三単一の規則がフランスに本格的に紹介される。中でも場所の単一の規則は舞台装置と関わりが深い。

メレは『シルヴァニール』*La Silvanire*（一六二九）で規則の遵守を主張している。しかし、場面をリニョン川の周辺に限定してはいるが、場面は数ヶ所を要する。このメモに付けられたスケッチ（図３）からも明らかなように[10]、規則の擁護を謳っていても、前代と同じく並列装置が用いられている。

一六三四年に初演されたロトルーの悲劇『死にゆくエルキュール』*Hercule mourant*も三単一の規則を遵守し、「古典悲劇への先駆的役割を果たすことになった」作品である。スケッチは付いていないが、メモからこの芝居でも並列装置が使われていることが読み取れる。

場所の単一の規則に従う芝居も、場面を近郊に設定す

図４　『聖カトリーヌの殉教』

れば、当時は場所の単一の規則にかなっていると考えられていた。当時は場所の単一の規則の許容範囲は広く、時間の単一の規則を逸脱しないかぎり、複数の場所を場面に設定することが許容されていた。並列装置を使っていても場所の単一の規則の許容範囲に収まるものとみなされた。

ジョルジュ・ド・スキュデリーの『セザールの死』*La Mort de César*（一六三四）では、部分的な場面転換として背景幕も使用されていた。テキストのト書きによれば[11]、シーザー（セザール）が暗殺される場面では、まず背景幕でローマの元老院の外観を描き、次に幕を開くとその内部が現れた。

「ル・シッド論争」からも明らかなように一六三七年当時でも並列装置は使われていた。だが、「ル・シッド論争」以後、実際の劇場の舞台空間の狭さなどと相まって、「場の単一」への配慮から、コルネイユの『シンナ』*Cinna*（一六四二）にみられるように装置の単純化、統一化への方向に進んだ。

一六四一年以前の舞台装置を知る手がかりとなる作品として、ピュジェ・ド・ラ・セール Puget de La Serre（一六〇〇～一六六五）の『聖カトリーヌの殉教』*Le Martyre de Sainte Catherine* がある。この悲劇は一六四一年にオテル・ド・ブルゴーニュ座で初演された。「舞台はアレクサンドリアの皇帝の宮殿」であるが、注目すべきことは各幕ごとに場面を描いた五枚の挿絵（図４）が戯曲に付いていることである[12]。

図５　『ミラム』

舞台は支柱で支えられ、城壁が舞台全面にそびえている。その中央は半円形に窪み、その奥は扉である。その両脇に円柱が並び、奥に彫像が並べられている。各幕の基本的な舞台装置は変わらないが、舞台奥の窪みが宮殿の内部を表している。ランカスターは、この作品の舞台装置を並列装置から場面転換への移行の段階を示す過渡的な形態として、並列装置を簡素化したものと考えている。

3　透視図法背景の登場

一六四一年一月十四日にパレ＝ロワイヤル座の柿落しに、デマレ・ド・サン＝ソルランの悲喜劇『ミラム』がオテル・ド・ブルゴーニュ座員によって上演された。舞台の前に幕が設置されて、開幕で幕が上がったが、幕が使用された記録はこれが最初である。『ミラム』は三単一の規則を遵守し、舞台は終始王宮の海を臨む庭園の一ヶ所で、場面転換は行なわれない。戯曲に付された挿絵（図５）から明らかなように[13]、舞台装置は張物による透視図法背景が構成されていた。

沖合いには船が航行し、日の出、月の出が見られて、評判を呼んだ。これ以後、舞台装置は張物と背景幕を組み合わせた透視図法背景が使用されたと考えられる。

4　一六七〇年代

『舞台装置覚書』の二番目のメモの執筆は一六四七年と考えられるが、上演作品の題名のみが記されているだけで、舞台装置のメモはない。当時のオテル・ド・ブルゴーニュ座のレパートリーをうかがい知ることはできるが、どのような舞台装置が使われていたかは、残念ながらここからは分からない。

『舞台装置覚書』の第三のメモはオテル・ド・ブルゴーニュ座の一六七三年から七八年にかけての、第四のメモはコメディ＝フランセーズの一六八〇年九月から八五年八月にかけてのメモである。第三部と第四部は年代も近く、舞台の構成もそれほど大きな差はないから一連のものとして扱う。この執筆の時期にすでに古典主義演劇が確立しているから、メモの舞台装置は十七世紀演劇の最終的な形と考えてよいだろう。

この時代になると場所の単一の規則がいっそう厳格に適用され、テキストの設定に従って、場面は一ヶ所で、単一の舞台装置で演じられることが多い。代表的な場面の設定は、悲劇では「舞台は、とある宮殿の一室」、喜劇では屋内なら「舞台は一部屋」、野外なら「舞台は手前に二軒の家」（両側に家のある通り）というように、一つの場面に限定されている。

前代の並列装置を使って上演された芝居がこの時代に再演された場合も、舞台の簡素化がはかられた。たとえば、トリスタン・レルミットの『マリヤンヌ』は、数ヶ所の場面が必要である。第三部のメモによれば、宮殿の場面は一部屋で、他の場面は牢獄だけである。ランカスターが指摘するように、おそらく並列装置の代わりに、主にベットや椅子などの小道具の入れ替えで場面の移動を示している。『ル・シッド』も初演で並列装置が使われていたが、場面転換のために『マリヤンヌ』とは異なった手法を使っている。『舞台装置覚書』第三部のメモは、「舞台は四つの扉のある部屋。国王の椅子が必要」と記している。国王の椅子は玉座を示すための小道具である。舞台に設けられた四つの扉を使って俳優の入退場の出入口を分けることで、場面の異なることを示している。並列装置の代用として、「四つの扉」で場面の移動を象徴的に表しているのである。このように十七世紀の舞台装置は、テキストと同様に、並列装置から単一の舞台装置へと変化していく。

5　仕掛け芝居とオペラの舞台装置

こうした舞台装置の流れから外れて、独自の発達を遂げた舞台装置が仕掛け芝居とオペラである。

一六四七年に、パレ＝ロワイヤル座でイタリア・オペラ『オルフェ』*Orphée*（ロッシ作）が上演され、イタリア人の舞台装置家トレッリ Giacomo Torelli（一六〇八〜一六七六）の担当した宙乗りと各幕ごとに行なわれる迅速な場面転換で評判を呼んだ。迅速な場面転換を可能にするために、当時の技術では舞台両袖に置いた張物（図6—1）が使われた。[14]

張物の下に車輪（図6—2）が付けられ、舞台に設けられた溝の上を移動できたから、張物を入れ替えることですばやい場面転換が可能になった。

一六五〇年一月、プチ・ブルボン宮の大広間で十一歳の国王ルイ十四世の臨席のもと、コルネイユの悲劇『アンドロメード』*Andromède* が上演された。これは宰相マザランのフランス語によるオペラ制作の要請によって、コルネイユが創作した。宙乗りは観客を魅了し、遠近法にもとづく舞台装置も当時としては物珍しく、宙乗りの仕掛けと相まって芝居の見せ場となった。『アンドロメード』の上演の後、宙乗りの仕掛けと迅速な場面転換を

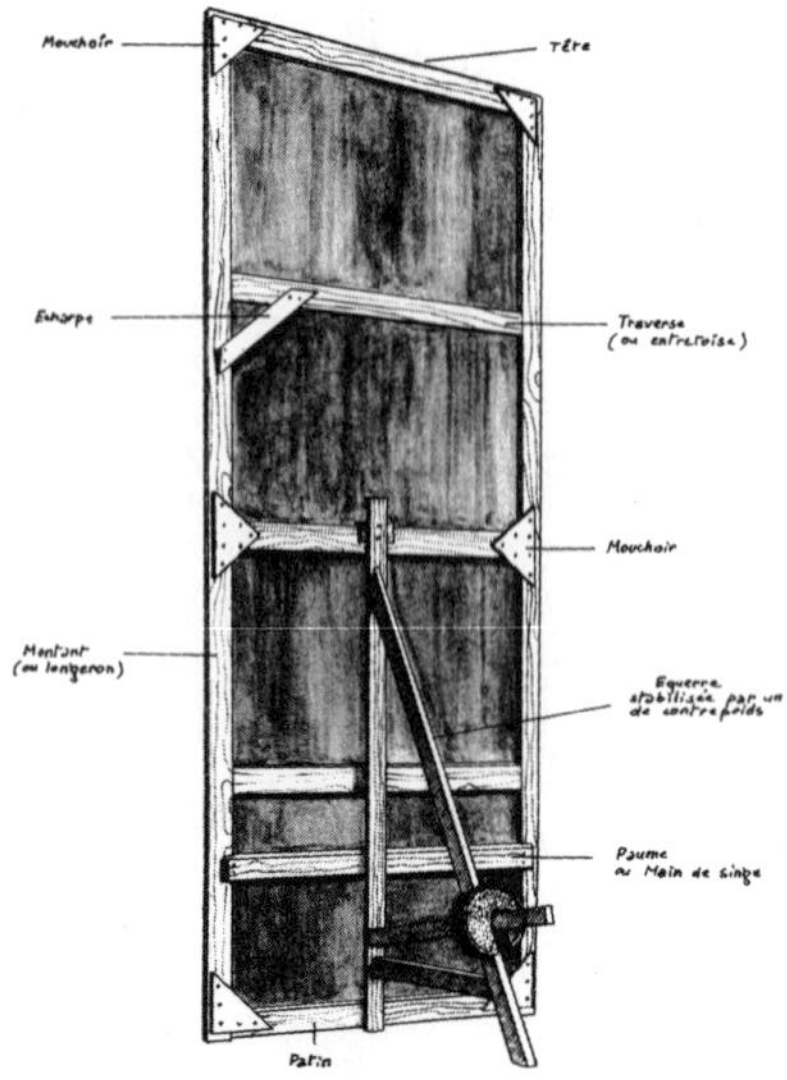

図6−1

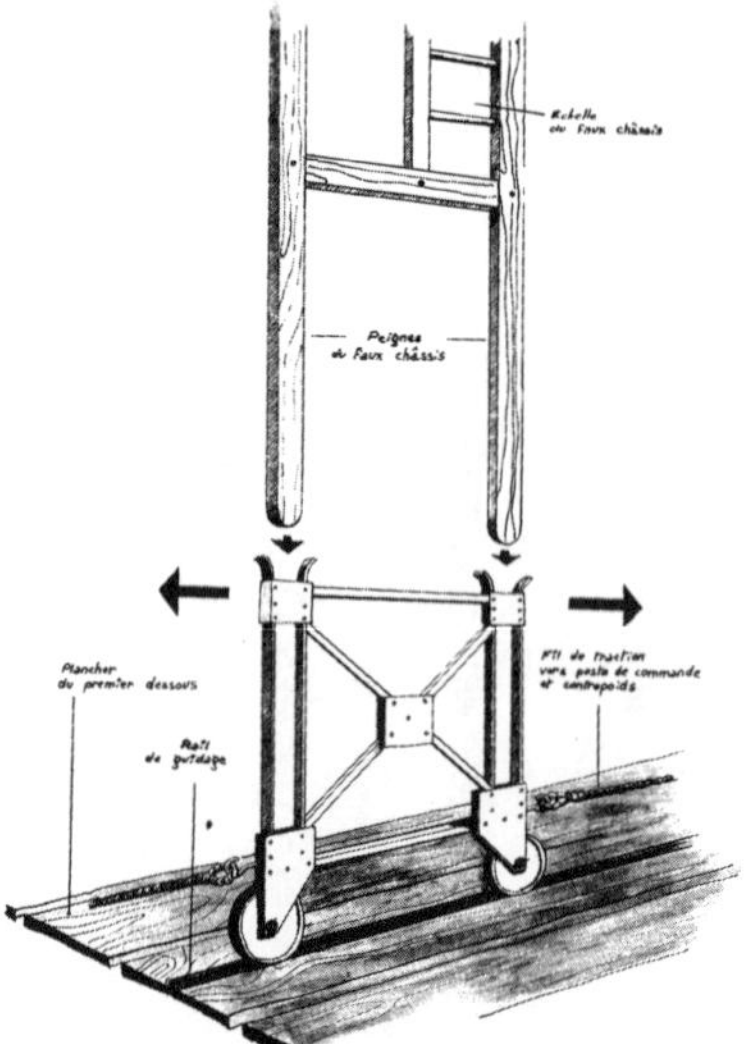

図6−2

使った芝居は仕掛け芝居と呼ばれ、継続的に上演されるようになる。コルネイユの『金羊毛皮』*La Toison d'or*（一六六〇）、ボワイエ Boyer（一六一八〜一六九八）の『ジュピテルとセメレの恋』*Les Amours de Jupiter et de Sémélée*（一六六五）、トマ・コルネイユの『シルセ』などが上演されて、仕掛け芝居は独自の発展を遂げる。やがて、リュリのオペラが仕掛け芝居に取って代わる。オペラにおいても、宙乗りと透視図法背景を用いた場面転換が人気を呼ぶ要因の一つだった。

十七世紀の劇作家たちの作品は、以上のような劇団、劇場、舞台装置などによって上演されていた。

（1）H.-C. Lancaster, *A History of French Dramatic Literature in the Seventeenth Century*, Gordian Press, 1966.
（2）S. Wilma Deierkauf-Holsboer, *L'Histoire de la mise en scène dans le théâtre français à Paris de 1600 à 1673*, Nizet, 1960, p. 17.
（3）*Ibid.*, p. 25.
（4）*Ibid.*, p. 28.
（5）*Ibid.*, p. 29.
（6）橋本能、『遠近法と仕掛け芝居』中央大学出版部、二〇〇〇年、九二頁。
（7）同書、七五頁。
（8）Jan Clarke, *The Guénégaud Theatre in Paris. (1673-1680)n.*, 3 volumes, The Edwin Mellen Press, volume 1, p. 99.
（9）橋本能、前掲書、七五頁。
（10）同書、七七頁。
（11）同書、八六頁。
（12）同書、九八頁。
（13）同書、九四頁。
（14）同書、一二頁。

第一章　十七世紀の劇団と悲劇役者たち

伊藤　洋

一　各種の劇場・劇団

十七世紀にはたくさんの劇団が地方巡業をしてフランス中を行きかっていた。パリで演劇公演に失敗した劇作家モリエールの「盛名座 L'Illustre Théâtre」も、世紀半ば（一六四五〜一六五八）に十三年間も南仏その他を回る地方巡業に出ていたことは有名である。もっともこの期間にモリエールは劇作家、座長、役者として修業し、力をつけたことは事実である。このように各地をさまざまな劇団が経巡り、随所で芝居を見せて生計を立てていた。

世紀の初頭パリには常設劇場は一つ、オテル・ド・ブルゴーニュ座があるだけであった。このほかにもルーヴル、ヴェルサイユなどの宮殿や貴族の城館にも小さな劇場があり、貴族に気に入られた劇団はそれらの城館に招かれて芝居を上演し、城主・貴族たちに見せることはたびたびあった。地方には常設劇場はなく、貴族の城館、室内掌球場（テニスに似た球戯をする場所）、人の集まる広場などで上演することが多かった。やがて世紀前半（一六三四）に室内掌球場を改装したマレー座ができて常設劇場が二つになり、やがてモリエール一座がパリに帰還し（一六五八）公演し始めて、パレ＝ロワイヤル宮の劇場（パレ＝ロワイヤル劇場と通称する）ができて三つとなる。ここで注意したいのは日本と違って、フランスでは原則として一つの劇場には一つの劇団が存在していたことである。

当時、役者は一人では公演活動ができず、すべてどこかの劇団に契約して所属していた。つまり役者の集団としての「劇団 Troupe de théâtre」が約二百近く存在し、そのほとんどが一ヶ所に定着せず、いわゆる「巡業劇団 Troupe ambulante」となっていたのである。劇団構成は役者が主で、一六四三年頃オテル・ド・ブルゴーニュ座は十一名（男優六、女優五）、マレー座は十二名（男優八、女優四）という記録がある。とはいえこれらの劇団は演劇公演をするだけで、劇団員の生計が成り立つほど裕福ではなかったから、多くは王侯貴族らの経済的かつ社会的な庇護を必要としていた。

もっとも望まれた庇護は、いうまでもなくフランスの国王、王妃、王太子、王子、公爵ら王侯貴族からの恒常的な支援で、「王立劇団 Troupe royale」、「国王付き役者 Comédiens du Roi」などと自称していた。たとえば十六世紀から劇場として存在し、もっとも古く有名なのがオテル・ド・ブルゴーニュ座であるが、ここは一六二九年に国王から認可され、正式に王立劇場・劇団となっている。このほかにもちろん王妃や王弟殿下の庇護も重要だった。モリエール一座が地方巡業に出た時には、最初はエペルノン公爵劇団の助けを求めて合流したようだし、後には王族コンティ親王から一時期手厚い庇護を受け、さらに王弟フィリップ・ドルレアン公にも庇護されたことを思い出しておこう。

ついで多く希求された庇護が外国の王侯貴族のもので、たとえばオランダを拠点としたオランジュ親王劇団（十七世紀末にはイギリス王劇団となる）などがあった。それ以外は独立した自由な劇団で、時に地方領主の保護を受けたりしながら活動するもので、フランス国内はもちろん、時には近隣の外国にまで巡業しながら芝居を上演して人々を楽しませていた。たとえばもっとも著名なのは十六世紀末から活躍したヴァルラン・ル・コント一座である。まずもっとも数の多かったこの庇護のない「巡業劇団」から眺めてみよう。

二　巡業劇団

1　巡業劇団の状況

当時の劇作家であり小説家でもあるスカロンの人気小説『ロマン・コミック』*Le Roman comique*（第一部一六五一年、第二部一六五七年、邦訳『滑稽旅役者物語』）(1)にも、巡業劇団員のその日暮らしの生活や冒険、喧嘩などが面白おかしく描かれている。この小説は、デスタン率いる旅役者一座の一台の荷車が巡業の途中でル・マンの町に到着する所から始まる。

　この荷車にはやせこけた牛四頭がつながれていて、繁殖用の牝馬が一頭、先駆けをしていたが、その仔馬がまるで気の狂った子供のように荷車の周りを行ったり来たりしていた。荷車いっぱいの長持ちや行李や書割の大きな包みはまるでピラミッドのようで、そのてっぺんには、都会風とも、田舎風ともつかぬ身なりをした一人の婦人が乗っかっていた。荷車のそばには、顔立ちの立派なのに引きかえて、みすぼらしい服を着た一人の若者が歩いていた。（渡辺明正訳）

この若者が一座の座長デスタン Le Destin である。彼は良家の子息だがこの「運命」という意味をもつ芸名で、相手役の女優で恋人でもあるエトワール L'Etoile（「スター」の意味）とともに劇団に入り込んで身を隠している。エトワールを追いかけている恋敵サルダーニュSaldagne男爵から逃れるためである。生き生きと描かれている主な人物たちは役者で、人間嫌いのやせた老優ランキューヌLa Rancune（「恨み」）、荷車の上にいたのが元の座長の妻で老け役専門の老女カヴェルヌLa Caverne（「洞窟」）、その娘アンジェリックAngélique（「天使のような」）、彼女を見初めて入団した若い町民で従僕レアンドルLéandre，女優エトワールに恋をして入団しようとする小男で滑稽なラゴタンRagotin（「ラゴ――ずんぐりした人」からの造語）などである。

現実と想像とが入り混じっている小説だから、描かれた世界がすべてそのまま巡業劇団の実際の様子だとは思わない。しかも作者スカロンが作中でしばしば物語の中に入り込んで読者を挑発したり、故意にみずからの小説を軽蔑してみせたりもする。いわば「茶化し」の部分をもつ滑稽小説（ビュルレスク）だからなおさらである。とはいえ巡業劇団の苦労、喧嘩、金銭話、恋愛話など多くの部分が当時の演劇界の実態を映していると思われる。当時は衣装も役者持ちだったから、荷車いっぱいの荷物が劇団の全財産で、移動の時にはそれを引用文のように引っ張っていたのだろう。

この小説に表されているように、当時役者は王侯貴族の庇護があっても、かなり貧困の中に暮らしていた。まして庇護が得られなかったら、相当の人気役者でも生活は苦しかっただろう。この小説の中でも、近くの畑から食べ物を失敬（盗掘）してくる場面などが描かれている。したがって到着した町でも最初は、一般町民からなかなか信用されないし相手にされない。『滑稽旅役者物語』の最初にあるように、芝居好きな女将のいる掌球場兼食堂「牝鹿軒《ラ・ビッシュ》」でも見つけないかぎり食べることにも事欠く始末だったろう。町では時間が経っても役者は信用ならない人間と思われることが多く、教会からは出入り禁止状態にされていた。これらは巡業劇団だけではない。一般の人々は、とりわけ良家の子女はこの劇場にも、臨時の小屋がけ芝居にも入りはしなかった。舞台はロウソク数本だけで照明されていた。場内も薄暗く、すり、かっぱらい、喧嘩が絶え間なかった。これらの劇場内の荒廃状態は、十七世紀を舞台にしたロスタン Edmond Rostand の有名な喜劇『シラノ・ド・ベルジュラック』*Cyrano de Bergerac*（一八九七）の第一幕にも描かれている。十七世紀の演劇を考える時には背景としてこういう時代だったことをまず念頭に置かなければならない。

2 ヴァルラン・ル・コント一座

世紀初頭にパリで演劇を上演しようとすると、王侯貴族の城館に招かれて公演する以外は、唯一の常設劇場オテル・ド・ブルゴーニュ座の所有者である受難劇組合からこの劇場を賃借りしなければならなかった。この劇場を世紀初頭に頻繁に借用していた劇団が、当時有名だったヴァルラン・ル・コント一座 Troupe de Valleran Le Conte であった。この劇団は貴族の庇護を受けておらず固有の劇場をもっていなかったので、オテル・ド・ブルゴーニュ座をたびたび賃借りせざるをえなかったのだろう。経済的には非常に苦しかったようでパリ公演に失敗しては地方回りを繰り返していたようである。

役者ヴァルランの生没年は不詳だが、一五九二年頃には役者として地方を回っていたようである。一五九八年には座長となり、オテル・ド・ブルゴーニュ座でジョデル Jodel（一五三二～一五七三）やアルディの悲劇を上演するが、まだパリではこれらの悲劇を観客は受けつけず失敗に帰した。ヴァルランはまた地方を巡業し、一六〇六年再びパリに出てオテル・ド・ブルゴーニュ座で公演する。

十七世紀演劇史家デイエルコーフ＝オルスボエルの研究によると、ヴァルランは一六〇七年に一年契約の新しい劇団を組織したがその中に女優二人がいたことが分かっている。一人だけはその名が記されており、ラシェル・トレポーRachel Trépeau という。その後も彼女の名はこのヴァルラン・ル・コント一座の契約書にしばしば出てくるから、間違いなく職業女優として活躍していたに違いない。どんな役を演じていたかなど詳細は不明ながら、一六一二年までこの劇団に属してアルディの悲劇や田園劇に出演していたらしい。周知のとおり、フランスでもシェイクスピア時代のイギリスと同様に、女優は存在せず、男優が女性の役を演じていたのが普通である。このトレポーが職業的フランス女優の最初の一人であることは間違いない。(2) しかしこの新しい劇団がオテル・ド・ブルゴーニュ座で上演した形跡はなく、また地方回りをしたらしい。

この一座は一六〇九年九月から一〇年にかけて、オテル・ド・ブルゴーニュ座で公演している。契約書によると、この一座の役者としては座長ヴァルラン・ル・コントのほかに、当時人気のあった笑劇役者ゴーチエ＝ガルギーユ Gaultier-Garguille, グロ＝ギヨーム Gros-Guillaume の名があるし、トレポー嬢の名もある。一六一一年九月にはこれら笑劇役者の名は消え、代わりに劇作家アルディの名が出てくる。これを見ても分かるように、当時は劇団と役者の契約はほとんど一年期限で、役者の出入りはかなり激しかったようである。劇団間の競争もこの頃から一段と激しくなっていた。経済的にはかなり苦しかったらしく、一六一一年には借りた劇場の一部を又貸ししたりもしている。

三　その他——フランス内外王侯の劇団

1　フランスの王侯の劇団

フランス国内の王侯から庇護を受けた劇団として、右に名を出したエペルノン公爵劇団 Troupe du duc d'Epernon がある。エペルノン公が役者デュフレーヌ Charles Dufresne（一六一一?～一六八四）の率いる劇団の活動を評価し、一六三二年ボルドー市長にこの劇団を推薦したことから庇護が始まる。こうしてエペルノン公お抱えの劇団になるが、この劇団は座長の名を取ってデュフレーヌ劇団とも呼ばれた。リヨン、ナント、トゥールーズなど主としてフランス西部を回って公演をしていた。その途中一六四五年頃、この劇団にパリを脱出したモリエールたち盛名座の面々が参加し、以後一六五〇年頃まで行動をともにしている。デュフレーヌ自身はその後も一六五九年までモリエールと付き合っている。

モリエール一座は一六五三年頃からは、演劇好きな王の有力な親族コンティ親王から、親王が熱烈なキリスト教徒に回心するまで（一六五三〜一六五六）手厚い庇護を受ける。その後モリエール一座は、やはり庇護が必要だったのであろう、王弟フィリップ・ドルレアン公爵の庇護下に入り、王弟殿下劇団としてパリに帰還できるのである。

2　外国の王侯の劇団

右記スカロンの小説の巡業劇団は、王侯貴族の庇護をまったく受けていないようであるが、多くの巡業劇団は何らかの庇護を必要としていた。当時もっともよく知られ、また古くからの外国の庇護者は、ネーデルランド（オランダ）連邦の歴代総督オランジュ親王で、その名を冠した劇団をもっていた。

オランジュ親王劇団は一六一八年から約九十年にわたって、親王殿下三代の庇護を受けた劇団である。初代親王の時（一六一八〜一六三一）には役者シャルル・ル・ノワール Charles Le Noir（?〜一六三七）が座長で、モンドリーも一六二二年には所属しており、オランダ、フランスなどで公演していた。パリではオテル・ド・ブルゴーニュ座を賃借りして公演を打っていた。

二代目親王の劇団（一六二八〜一六六四）も、オランダ、ベルギー、フランスで公演し、一六三八年にハーグでコルネイユの『ル・シッド』を上演している。一六五五年から一六五八年までは一時スウェーデン女王の庇護のもとに入って活動していた。

三代目の劇団（一六七三〜一七〇三）は、時折フランスにも現われたようであるが、オランダ・ベルギー公演が多い。座長は劇作もしていたブレクール Brécourt（本名 Guillaume Marcoureau, 一六三八?〜一六八五）が数年間、その後を引き継いでデュ・ペリエ Du Périer（本名 François Du Mouriez, 一六五〇?〜一七二三）などが担当した。一六八九年からこの劇団は三代目親王がイギリス国王 Guillaume III d'Orange（在位一六九七〜一七〇一）に即位した時点で、イギリス国王劇団 Troupe du Roi d'Angleterre ともなっている。これらはほんの一部であるが、当時の劇団や役者がいかに苦労して王侯の庇護を求め、必要と考えていたかが分かるだろう。

ではもっと大きなフランス国内の劇団はいかに王侯から庇護を受け成長していったかを、オテル・ド・ブルゴーニュ座、マレー座など劇団ごとに見ていくことにしよう。

四　オテル・ド・ブルゴーニュ座

十七世紀初頭パリの常設劇場は唯一つ、前世紀半ば（一五四八）に受難劇組合によって作られたオテル・ド・ブルゴーニュ座 Théâtre de l'Hôtel de Bourgogne だけだった。パリの真中、元の中央市場［現フォロム・デ・アル（ショッピングセンター）］近くにあった。

オテル・ド・ブルゴーニュ座では、受難劇組合が聖史劇を伝統的にレパートリーにして上演していたのであるが、その公演が余りに低俗に堕し始めたという理由で、同じ一五四八年に聖史劇上演を禁止されてしまう。受難劇組合はパリでの舞台上演独占権を握っていたので、みずからの劇場をもつことで独占上演にさらに有利になるはずであった。しかしこの禁止令によって受難劇組合は上演演目が苦しくなり、しかも客の入りが悪くなったこともあり、一六二九年まではオテル・ド・ブルゴーニュ座を賃貸しして糊口をしのいでいた。その頃この劇場をしばしば賃借りしていたのがヴァルラン・ル・コント一座だった。

この禁止令そのものは一般の商業的な演劇が発展できるという利点をもたらしたが、一方では相変わらず受難劇組合が舞台上演独占権を握っていたから、演劇界の広がりには直接つながらなかった。こうして十六世紀後半に長く続いたフランス国内での宗教戦争（ユグノー戦争、一五六二〜一五九八）によって、イギリス、スペインに比べて演劇の隆盛が遅くなるという結果になった。

1　王立劇団

十七世紀の文献では「国王付き役者」という記述にあちこちでぶつかる。それほどいろいろな一座がこの称号を使っていたようであるが、時には詐称もあっただろう。一五九八年（もしくはその少し前）からヴァルラン・ル・コント一座がこの称号をもっていたが、一六二九年からはグロ＝ギヨーム一座が正式に国王の支援を受けて「オテル・ド・ブルゴーニュ座王立劇団」となり、まずは三年契約でこの劇場を取り仕切ることになる。グロ＝ギヨームの死後、一六三五年から正式にベルローズ一座がこの劇場に定着して王立劇団を継いだらしい。やがてライバル劇団マレー座から引き抜かれたフロリドール（後出）が後を継ぎこの一座の座長となり、それから四十年以上、コメディ＝フランセーズ発足（一六八〇）までの間、フロリドールの一座が王立劇団の称号をほしいままにしていたようである。王立劇団は国王から大きな庇護を受けた上に、かなりの金額の年金も受けて優遇されていたが、時には競争相手の劇団にも年金が下付されることもあり、それが元で国王付き役者の称号もあちこちで使われたらしい。しかしオテル・ド・ブルゴーニュ座だけが公式の王立劇場・劇団といえる。これは一六二九年から一六八〇年コメディ＝フランセーズ発足まで続くのである。

一六二九年に室内掌球場（後のマレー座）が劇場化されて、コルネイユの初期の上品な喜劇が上演され始めると、ようやく劇場に上流人士や子女も出入りするようになった。これらの劇中に登場する人物はほとんどすべて貴族ないしは裕福な町民で、相互に優雅な会話を交わして恋をする喜劇で、それ以前の下卑た笑いなどを見せないものだったからである。

一六三四年には室内掌球場を改築したパリ第二の劇場マレー座が誕生し、コルネイユの演劇が上演されると、このオテル・ド・ブルゴーニュ座は圧倒されてしまう。この劇場の栄光の時は、フロリドールとコルネイユが王立劇団を追ってマレー座を離れた一六四七年からであった。しかしそれも束の間、モリエール一座がパリに勇躍帰還して（一六五八）、パレ＝ロワイヤル劇場をイタリア人劇団と半々で使用できる許可を取ると、これがパリ第三の劇場となり、さらにこのオテル・ド・ブルゴーニュ座は喜劇でも圧迫されてしまい苦しくなる。やがて新作家ラシーヌの作品上演で大成功する。

オテル・ド・ブルゴーニュ座にはさまざまな役者がいて、それぞれの時期に活躍していた。十七世紀初頭には、人気のあった笑劇役者ゴーチエ＝ガルギーユなどがいて「王立劇団」と称していたが、ヴァルラン・ル・コント一座がこの劇場をよく賃借りするようになると、しだいに座付き作者アルディやロトルーらの悲劇も上演するようになっていった。しかし当時もっとも人気のあったのは、笑劇トリオと呼ばれる三人組の役者であった。十七世紀初頭の興行プログラム（とりわけオテル・ド・ブルゴーニュ座）は、悲劇とか悲喜劇、田園劇（パストラル）を中心に置き、通常最後に笑劇（ファルス）を一本上演して終わる。だから悲劇や悲喜劇を上演しようとするヴァルラン・ル・コント一座でも、笑劇役者が必要だったのである。ところが同じ役者が悲劇にも笑劇にも出演するから、しだいに役者たちは一つの芸名だけでは満足しなくなり、芸名を悲劇用と笑劇用の二つ欲しがるようになった。

こうした傾向が出てきたのはおよそ一六二〇年頃のことで、暫くパリを留守にしていたオテル・ド・ブルゴーニュ座の座付き作者アルディがパリに帰ってきて気がついた新しい傾向であった。とはいえ本名のほかに、こうして芸名が二つあった役者はそう多くはないが、明示された資料がほとんど残っていないから、役者に関してはその関係がよく分からないものも数多い。今後の研究課題であろう。(3) 以下にはこれらの一座に所属した主な役者について述べるが、資料の関係で長短、精粗の差が出ることはご了解いただきたい。

2　笑劇トリオほか喜劇役者

オテル・ド・ブルゴーニュ座には大人気を博していた笑劇トリオ、グロ＝ギヨーム、ゴーチエ＝ガルギーユ、チュルリュパン Turlupin がいた。これについては次章で詳しく記述されているから、ここでは芸名のことだけを書いておく。一時この一団の長はゴーチエ＝ガルギーユだったが、後にはグロ＝ギヨームに代わっている。彼らの笑劇はおよそ一六二〇年前後にパリを大いに笑わせていたから、三人とも笑劇名のほうが断然有名で、むしろ笑劇名だけが後世に残っているとも言えるくらいである。

第一のグロ＝ギヨーム（太っちょギヨーム）は、悲劇名ラ・フルール La Fleur（「花」の意）、本名 Robert Guérin（一五五四？～一六三四）である。第二の団長ゴーチエ＝ガルギーユは、悲劇名フレシェル Fléchelles、本名 Hugues Guéru（一五七三？～一六三三）である。第三のチュルリュパンは、悲劇名ベルヴィル Belleville（「美しい町」の意）、本名 Henri Legrand（一五八七？～一六三七）である。この笑劇トリオのお陰で、オテル・ド・ブルゴーニュ座は金銭的に幾多の危険を回避することができただろう。このトリオはパリのサン＝ソヴール教会に一緒に埋葬されたと言われている。

これに加えて、同じく笑劇を演じていたブリュスカンビル Bruscambille のことも忘れてはなるまい。彼は喜劇名（悲劇名ではない）を別にもっていてデローリエ Deslauriers（「月桂樹」の意）と称していたが、本名や生没年は不明である。ブリュスカンビルの名で前口上をいくつも書いているので名を残している。オテル・ド・ブルゴーニュ座には一六〇九年に在籍していたらしい。

オテル・ド・ブルゴーニュ座に笑劇トリオがいなくなり、この劇場が悲劇や悲喜劇上演が多くなっても、なお喜劇系の芝居がまったくなくなったわけではない。その時クリスパンという滑稽な役を作り出して名を残した芸名ベルロッシュ Belleroche（本名 Raymond Poisson, 一六三〇?～一六九〇）が活躍したのである。この役者についても次章を参照されたい。

3　優しい役者ベルローズ

ベルローズ Bellerose（本名 Pierre Le Messier, 一五九二?～一六七〇）は、最初ヴァルラン・ル・コント一座に入り（一六〇九年の契約書がある）、修業を重ねたようである。ヴァルラン・ル・コントの死後、一座の座長となり、一六二〇年には劇作家アルディと契約を交わし、アルディ作品の上演権を受けている。遅くとも一六二二年までにはグロ＝ギヨームが座長のオテル・ド・ブルゴーニュ座「王立劇団」に正式に入団している。グロ＝ギヨームの死後、一六三五年に一座の座長になる。彼は少しずつ一座をアルディ、ロトルー、メレら若手作家の悲劇を上演できるように仕向けていった。一六四七年に座長職を、マレー座から引き抜いたフロリドールに譲っている（二万リーヴルで売ったとの説もある）が、最後まで役者としてこの王立劇団に所属していた。一六四七年からはベルローズの努力で、オテル・ド・ブルゴーニュ座でコルネイユの悲劇作品が上演できるようになった。彼自身、コルネイユの悲劇『シンナ』*Cinna* や同じく喜劇『嘘つき男』*Le Menteur* の主役を演じている。優雅な身のこなしで人気を得て、フランス最初の偉大な悲劇役者と言われる。

役者たちの悲劇への素養がやがてラシーヌ悲劇上演で大きく生きることになった。一六六六年にモリエール一座からラシーヌが取り上げた初期の悲劇『アレクサンドル大王』*Alexandre le Grand* 以後、一六七七年の『フェードル』*Phèdre* まですべてこのオテル・ド・ブルゴーニュ座で上演され大成功したのである。ベルローズの策略上手だったのか、あるいは彼にはこの時代のもっとも優れた悲劇役者たちを集め、まとめる才能があったのか、真相は闇である。

4　太鼓腹の役者モンフルーリ

モンフルーリ Montfleury（本名 *Zacharie Jacob*, 一六〇〇?～一六六七）は、役者の息子に生まれ、一六三八年頃オテル・ド・ブルゴーニュ座に入団している。彼の堂々とした太い体軀、響きのよい口調が、当代のモリエールの喜劇『ヴェルサイユ即興劇』*L'Impromptu de Versailles*（一六六三）の中でも、「いくら王様でも、……そんな悪魔のような調子で喋りはしないと思う」（第一場）などと揶揄されている。実際彼は役柄でも、激情に駆られて行動する人物（特にコルネイユ悲劇の英雄、国王など）を演じて喝采を博していた。数十行にもわたる長台詞をよどみなく語り、熱烈に歌い上げるのが得意だったという。コルネイユの悲劇では、とりわけ『ニコメード』*Nicomède* の国王プリュジアスを演じている。

ラシーヌの悲劇『アンドロマック』*Andromaque*（一六六七）のオレスト役では、その劇中の狂気を熱演しすぎて倒れ、ほとんどそのまま舞台で息を引き取ったと言われる。彼は劇作も手がけ、悲劇『アスドリュバルの死』*La Mort d'Asdrubal*（一六四七）も書いている。劇団の女優と結婚し六人の子供をもつ。長男のアントワーヌ（本名 Antoine Jacob, 一六三九～一六八五）は、父同様のモンフルーリの筆名・芸名で『妻のない夫』*Le Mary sans femme*（一六六三）などの喜劇を書き、モリエールの競争相手になっていた。

十九世紀のロスタンの作品『シラノ・ド・ベルジュラック』の中でも、第一幕第四場で「貴様の肥満病」とか「水売りの掛け声のような気の抜けた声」（渡辺守章訳）などと揶揄されている。ちなみにこの作品の同じ場にベルローズも登場している。

さまざまに揶揄されてはいるが、演劇を庇護した宰相リシュリューからも高く評価されていたし、評判は決して悪くはなかった。当時の貴重なフランス演劇界の情報を書き残している劇作家シャピュゾーChappuzeau（一六二五～一七〇一）は、「二つのジャンル（悲劇と喜劇）とあらゆる人物表現において、彼ほど優れた役者を見ることは稀である。演劇がこれほど輝かしいものになったのは、ひとえにモンフルーリのお陰である」(4)とまで絶賛している。

5　愛された美貌の女優デュ・パルク嬢

女優デュ・パルク嬢 La Du Parc, または Mlle Du Parc（本名 Marquise-Thérèse de Gorle, 一六三三?～一六六八）は、イタリアから来た香具師《やし》の娘で、一六五三年二十歳でまだ地方回りをしていたモリエール一座の役者デュ・パルク Du Parc（本名 René Berthelot, 笑劇名グロ＝ルネ Gros-René, ?～一六六四）とリヨンで結婚し、その年に一座に入団している。その時すでに入団していたド・ブリ嬢（後出）のライバル役者になった。

一六六三年の手紙の中でラシーヌはこのデュ・パルク嬢のことを「腰振り女」と呼んでおり、(5)モリエールは自作『ヴェルサイユ即興劇』の中で「気取った女」の役を彼女に当てている。このことから考えても彼女は確かに美しく色っぽかったようで、初期のコルネイユも含めて劇作家三人とも惹かれていたらしい。モリエール自身「あなたの顔はバラや百合をも凌駕する」と詩に歌うほどだった。ド・ブリ嬢とのライバル関係は激しかったようで、ラシーヌ処女作の悲劇『ラ・テバイード』*La Thébaïde*（一六六四、六月）のアンチゴーヌ役は最初彼女に当てられていながら、先輩役者のド・ブリ嬢が奪って演じている。夫のデュ・パルクはその年の十月に、二人の間の子供三人を残して亡くなっている。ここで演劇史上有名な「裏切り事件」が起きる。

一六六五年暮、ラシーヌ第二作『アレクサンドル大王』がモリエール一座によって、パレ＝ロワイヤル劇場で初演された。その上演から十日ほどして、ライバルのオテル・ド・ブルゴーニュ座で同じ芝居が上演されたのである。作者ラシーヌがその作品をライバル劇団にひそかに渡して準備していたらしい。モリエール一座は仰天し、作者の背信行為だと非難する。しかもラシーヌは女優デュ・パルク嬢を引き抜いて、オテル・ド・ブルゴーニュ座に入れるという荒業もしてのける（正式の入団は一六六七）。この芝居でデュ・パルク嬢はアクシアーヌ女王を演じている。オテル・ド・ブルゴーニュ座の『アレクサンドル大王』は大成功となり、劇作家ラシーヌの地位は確立された。ところがモリエールとラシーヌの仲は険悪になり修復不可能なまでになった。

次の傑作悲劇『アンドロマック』は、デュ・パルク嬢が正式に入団してからオテル・ド・ブルゴーニュ座で初演される（一六六七）。以後ラシーヌ作品はオテル・ド・ブルゴーニュ座での上演となる。この『アンドロマック』は空前の大当たりになったが、その時の主たる配役は次のとおり。

アンドロマック　デュ・パルク嬢
ピリュス　フロリドール
エルミオーヌ　デズイェ嬢 Mlle Des Œillets（本名 Alix Faviot, 役者デズイェの妻、一六二〇?〜一六七〇）
オレスト　モンフルーリ

ラシーヌはアンドロマック役をデュ・パルク嬢のために作ったといわれ、一句一句彼が指導して台詞の朗唱を稽古させたと伝えられている。一六六八年十二月彼女は流産か堕胎か、あるいは別の何かで悲惨な謎の死を遂げる。その葬儀ではラシーヌは「半ば死んだ状態だった」と当時の新聞記者で詩人ロビネの詩に書かれている。(6) 愛人だったことは確かなのだろう。ところが後に（一六七九）、ラシーヌはすでに劇界を引退していたが、彼の嫉妬による毒殺ではないかとの嫌疑がかけられ、正式に別の女性と結婚したばかりのラシーヌが裁判所に呼び出され、特別審問に付されることになる。結局この「毒殺事件」は解決されないまま迷宮入りになっている。

付言すれば、デズイェ嬢というのは、一六五八年にオテル・ド・ブルゴーニュ座に入り、コルネイユの悲劇『ソフォニスブ』*Sophonisbe*（一六六三）の同名の主役、上記エルミオーヌ、ラシーヌの悲劇『ブリタニキュス』*Britannicus*（一六六九）のアグリピーヌなどの役を演じている。飛び抜けて美しくはなかったが、情念の表現が自然で優れていたという。

6　朗唱の名女優シャンメレ嬢

三十五歳の若さで死んだデュ・パルク嬢の穴を埋め、主役を務める女優として入れ替わったのがシャンメレ嬢 La Champmeslé（本名 Marie Desmares, 一六四二～一六九八）で、当代のもっとも有名な女優である。彼女は一六六六年に生まれ故郷ルーアンで役者シャンメレ Champmeslé（本名 Charles Chevillet, 一六四二～一七〇一）と結婚をし、他の地方劇団や一時マレー座にも入り（一六六八～一六七〇）修業を積み、一六七〇年夫とともにオテル・ド・ブルゴーニュ座に入団する。

シャンメレ嬢は『アンドロマック』再演時（一六七〇）のエルミオーヌ役で同座の舞台にデビューするが、ラシーヌはこの時の彼女の演技、特に声の魅力に惹かれたらしい。以後ラシーヌの『ベレニス』*Bérénice*（一六七〇）

から『フェードル』（一六七七）までのすべての悲劇の主役を務め大当たりをした。ラシーヌがデュ・パルク嬢の時と同様に、朗唱法を事細かに教えたらしいが、彼女の女優としての評価は書いた人によって見方がまちまちで真相は分からない。セヴィニェ夫人は彼女の朗唱を称賛しているし、ラシーヌの息子ルイは彼女の美貌は認めるが演技は買っていない。とはいえ彼女はリュリに「歌う朗唱」の模範例を提供したようである。

ここで一例として『ベレニス』と『フェードル』の初演当時の主な配役を分かるかぎりであげておこう。

『ベレニス』	ティテュス	フロリドール
	ベレニス	シャンメレ嬢
	アンティオキュス	シャンメレ
『フェードル』	フェードル	シャンメレ嬢
	テゼ	（多分）シャンメレ
	アリシー	デンヌボー嬢 Mlle d'Ennebaut（本名 Françoise Jacob, 一六四二～一七〇八）

この中のデンヌボー嬢についてはこれまで触れなかったが、モンフルーリの娘で、役者デンヌボー Mathieu d'Ennebaut（?～一六九七）と一六六一年に結婚、一六六七年から一六六九年まで夫とともにマレー座に入団し、翌年初めにオテル・ド・ブルゴーニュ座に移っている。一六八四年にコメディ＝フランセーズから追われて翌年引退する。

ラシーヌが一六七七年演劇界を離れシャンメレ嬢からも離れると、彼女は別の当代劇作家の二流作品に出演するようになり、彼女の持ち味の美しい朗唱法は消え去る。一六七九年にシャンメレ嬢は、夫と連れ立ってそのレパートリーおよび彼女の熱烈な観客とともにゲネゴー座に移る。一六八〇年八月、国王はオテル・ド・ブルゴーニュ座とゲネゴー座の合併を命じ、ここにコメディ＝フランセーズが発足することになる。コメディ＝フランセーズの柿落しの演目は『フェードル』だったが、その主役フェードルに扮したのは他ならぬこのシャンメレ嬢だった。以後も彼女は死の数ヶ月前まで輝かしい女優生活を送っている。

五　マレー座

当代の主要な役者たちがオテル・ド・ブルゴーニュ座で芝居を上演し活躍している時、モンドリー一座 Troupe de Montdory がパリにやって来る。一六二九年末若い劇作家コルネイユから預かった処女作喜劇『メリート』*Mélite* をパリ市内の室内掌球場 Jeu de paume で上演する。前例がないくらいの大当たりだった。この室内掌球場が五年後にパリ第二の常設劇場マレー座 Théâtre du Marais に発展する。

一六四四年火災によって劇場が全焼、再建されるが、四七年には座長フロリドールが引き抜かれ、その後はこの劇場は「機械仕掛けの劇場」として生き残ることになる。コルネイユの機械仕掛けの音楽悲劇『アンドロメード』*Andromède*（一六五〇）や同じく悲劇『金羊毛皮』*La Toison d'or*（一六六〇）が上演されたのはこの劇場である。この劇場・劇団は、一六三四年から一六七三年モリエールの死去まで続く。モリエールの死後、マレー座はゲネゴー座と合併するよう命ぜられる。

1　マレー座創設の名優モンドリー

モンドリー Montdory（本名 Guillaume Des Gilberts, 一五九四〜一六五三?）はマレー座創設者として著名で、コルネイユの初期喜劇をすべて室内掌球場（後のマレー座）で初演して成功している。

彼は最初ヴァルラン・ル・コント一座に一時的に入り地方巡業などに加わる。オランジュ親王劇団にも一時参加してオランダなどに巡業もしているようであるが、いずれにしろフランスの北部が多い。北部にはコルネイユの故郷ルーアンがあり、そこに立ち寄って公演することもあっただろう。二四年には彼独自の新劇団を作り、アルディ作品も上演している。一六二五年頃にはパリに戻り、パリの室内掌球場を使ってロトルー、スキュデリー、メレらの劇作を上演する。その中にコルネイユの処女作喜劇『メリート』（一六二九）もあり、その公演で当たったのである。

一六三四年にはマレー座の座長になり、演劇を好んだリシュリュー宰相に認められて、マレー座の家賃を三ヶ月分支払ってもらった記録も残っている。役者としては、むしろ悲劇役者として力を発揮している。一六三四年にメレの悲劇『ソフォニスブ』*Sophonisbe*, 一六三六年にはトリスタン・レルミットの悲劇『マリヤンヌ』*La Mariane* の国王エロード（ヘロデ）役を演じ（図版参照）、またスキュデリーの悲劇『セザールの死』*La Mort de César* も演じている。

とりわけ一六三七年初頭にはコルネイユの『ル・シッド』*Le Cid* を上演し話題をさらっている。当時の資料から初演時の主だった配役を見ておこう。

主人公ロドリーグ　モンドリー
恋人シメーヌ　ド・ヴィリエ嬢
王女　ボーシャトー嬢
ドン・ディエーグ　バロン父

図　トリスタン・レルミット『マリヤンヌ』(1637) の舞台図
中央壇上：エロード役のモンドリー
手前右の立姿：マリヤンヌ役のド・ヴィリエ嬢

ドン・サンシュ　　ドルジュモン
ドン・ゴルマス　　ド・ヴィリエ

主役ロドリーグを演じ大当たりしたのはモンドリーがすでに四十二歳になった時で、若者役をこなすには歳を取りすぎている感があるが、おそらく彼の演技術の最盛期だったのだろう。彼の声の魅力、朗唱技術によって、圧倒的な喝采を受けたのに違いない。

この上演時に場内満席になることが続き、舞台上に長椅子を置き客席とし、貴族や裕福な観客をそこに着席させることにしたのは演劇史上の語り草である。しかも舞台上演には邪魔になるこの悪習慣は、十八世紀半ば（一七五九）まで続けられる。

モンドリーは一六三七年八月の『マリヤンヌ』再演のエロード役を演じ、怒りとともに呪詛をぶつける時に舞台上で発作に襲われ、言葉と右腕が不自由になる。暫く治療に専念するが治らず、演劇界を引退せざるをえなくなる。リシュリュー宰相は彼に二千リーヴルの年金を与えて功労をねぎらったという。

2 『ル・シッド』役者たち

『ル・シッド』のモンドリー以外の役者たちも分かるかぎりで簡単に紹介しておこう。ド・ヴィリエ嬢 Mlle De Villiers（本名 Marguerite Béguin または Béguet, ?～一六七〇）とド・ヴィリエ De Villiers（本名 Claude Deschamps, 一六〇一?～一六八一）は夫婦である。夫のド・ヴィリエは早くからモンドリー一座に入り、役者修行をし、マレー座創設（一六三四）と同時にマレー座に入っている。彼は『石像の饗宴』*Le Festin de Pierre*（一六六〇）など数編の喜劇も書いている。妻ド・ヴィリエ嬢は最初マレー座で舞台に立ち、後にオテル・ド・ブルゴーニュ座に移っている。『ル・シッド』ではモンドリー（ロドリーグ役）の恋人役シメーヌを演じて喝采を浴びたようだし、図版に見られるように『マリヤンヌ』でもモンドリーと同じ舞台に立っている。

ボーシャトー嬢 Mlle Beauchâteau（本名 Madeleine Du Pouget, ?〜一六八三）は一六三二年からオテル・ド・ブルゴーニュ座に属していたが、三五年に夫ボーシャトーに従ってマレー座に移り、『ル・シッド』に出演する。一六四二年にはまたオテル・ド・ブルゴーニュ座に戻り、劇界引退（一六七四）までそこに留まっていた。やはり役者でかなりの艶聞で鳴らした夫ボーシャトー（本名 François Chastelet, ?〜一六六五）は、一六二六年からオテル・ド・ブルゴーニュ座に属し、一時期王令によってかマレー座に移るが、ほとんどオテル・ド・ブルゴーニュ座で活躍している。

バロン父 Baron le père（本名 André Boiron, 一六〇一〜一六五五）は、一六三五年からマレー座に入り、一六四一年にオテル・ド・ブルゴーニュ座に移っている。最後は事故死のようである。

ドルジュモン D'Orgemont（本名 Adrien Des Barres, ?〜一六五五?）の詳しい経歴は不明である。タルマン・デ・レオーの『逸話集』によるとドルジュモンは長くマレー座に属したようであるが、[7] 同書の編者アダンや演劇史家デイエルコーフ＝オルスボエルらはこれを疑っている。その証拠が見つからないことと、一六三七年にはチュルリュパンが亡くなり、彼はその未亡人と結婚する準備をしていたはずだからである。結婚が翌一六三八年一月に行なわれている資料が残っている。しかも一六三九年一月にはオテル・ド・ブルゴーニュ座に属している書類がある、などの理由からである。そうなると、ドン・サンシュ役もはたしてドルジュモンが担当していたかどうかさえ怪しくなってくる。

以上で分かるとおり、当時の役者はある劇団に固定して所属することは稀で、契約も長くて三年、短ければ半年というのもあったらしく、たびたび移動していたから、後世の研究者にとっては詳細が不明なことも多く頭を悩ますところである。その典型ともいえる有名な役者が次にあげるフロリドールである。

3 気高い役者フロリドール

モンドリー引退後、マレー座でコルネイユ作品の主役を演じたのがフロリドール Floridor（本名 Josias de Soulas, 一六〇八?～一六七一）である。彼は牧師の息子で正統な貴族の家庭に育ち、最初は軍隊に入るがやがて役者になる。一六三八年初めにマレー座の女優と結婚し、同時に一座に入る。後には舞台で倒れたモンドリーの後を継いでマレー座の座長になる。一六四〇年の悲劇『オラース』*Horace* 以後、『シンナ』（一六四二）、『ポリュークト』*Polyeucte*（一六四二～一六四三）などの傑作から、『ロドギュンヌ』*Rodogune*（一六四四～一六四五）を経て、『テオドール』*Théodore*（一六四五～一六四六）までのコルネイユ悲劇の重要な役をマレー座で初演し人気を博した。文字どおり座長兼中心役者としてマレー座を背負っていたのである。

しかし一六四七年、その人気を利用しようとしてか、王令によるマレー座からの引き抜きだったらしいがオテル・ド・ブルゴーニュ座に急遽移籍する。しかもコルネイユの劇作品をもってだった。この時点でオテル・ド・ブルゴーニュ座の座長だったベルローズは座長の職をフロリドールに譲っているが、その約束も前もってできていたのかもしれない。こうしてフロリドールは、マレー座でのコルネイユ悲劇の大役に加えて、オテル・ド・ブルゴーニュ座でのコルネイユ悲劇（『ニコメード』*Nicomède*, 一六五一など）も演じることになった。さらに後にはラシーヌ悲劇の大役も演じることになったのである。彼は生涯役者として舞台に立ち、一六七一年舞台で演じた数日後に亡くなっている。

堂々として魅力的なフロリドールは、その才能、その自然な朗唱法で観客を魅了し続けた。彼は当時もっとも尊敬された役者であり、もっともうまく劇団（それも二つ）運営をした座長と言われている。国王も彼を愛していたから、一六六八年には王が、役者の身分であっても貴族の特権を失うことはないことを証する王務院裁決を彼のために例外的に承認している。前述したシャピュゾーも「フロリドールはとりわけ王に気に入られていた。王は彼を好意的な目で見ており、あらゆる出会いの折に彼を優遇するのだった(8)」と書き残している。

4　白塗りの役者ジョドレ

マレー座の役者として欠かすわけにはいかないのが有名な喜劇役者ジョドレ Jodelet（本名、Julien Bedeau, 一五九〇？～一六六〇）であるが、この役者については第二章で詳しく書かれているから、ここでは彼がマレー座にいたことだけを確認しておきたい。彼は一六三四年創設時からマレー座に入るが、すぐ後にオテル・ド・ブルゴーニュ座に移り、遅くとも一六四一年にはまたマレー座に戻っている。そこでコルネイユの『嘘つき男』（一六四三～一六四四）の主役をフロリドール、その従僕をジョドレが演じている。その後一六五七年にマレー座を離れ、一六五九年にモリエール一座に入団するが、翌年亡くなっている。

六　モリエール一座

十七世紀後半のパリは三劇場・劇団になったのだから、喜劇を専門にした劇団ではあるが、参考までにモリエール一座 Troupe de Molière についても簡単に触れておこう。

一六五八年にモリエール一座は王弟の庇護を受けて勇躍パリに帰還し、以後パリでパレ＝ロワイヤル宮の劇場 Théâtre du Palais-Royal で公演することが認められる。彼の一座には、座長兼作者兼役者としてモリエール Molière（一六二二～一六七三）、その他にマドレーヌ・ベジャール嬢 Mlle Madeleine Béjard（一六一八～

一六七二）、その娘で『人間嫌い』*Le Misanthrope*（一六六六）のセリメーヌ役を見事に演じたアルマンド嬢Armande Béjard（一六四二～一七〇〇）、『ドン・ジュアン』*Dom Juan*（一六六五）の主役を演じたラ・グランジュ（後述）、『タルチュフ』*Le Tartuffe*（一六六九）の題名人物を演じたデュ・クロワジーDu Croisy（一六二六～一六九五）、ラ・トリリエールLa Thorilière（一六二六～一六八〇）、ボーヴァル夫妻Beauval（夫一六三五～一七〇九、妻一六五五～一七二〇）、前述のジョドレ、デュ・パルク嬢、この後述べるド・ブリ嬢、さらに若手としてバロンなどがいる。

デュ・パルク嬢のライバルだった女優ド・ブリ嬢Mlle de Brie（本名Catherine Leclerc du Rosé, 一六三〇?～一七〇六）は、一六五〇年からモリエール一座に入団し、一説ではモリエールの恋人のようにも言われ生涯在団している。彼女は『女房学校』*L'Ecole des Femmes*（一六六二）のおぼこ娘アニェス役が当たり役で一六八五年頃（つまり彼女は五十五歳?）までこの役を演じていたという。

またバロンBaron（本名Michel Boiron, 一六五三～一七二九）は、一六七〇年に十代の若さでモリエール一座に入る。役者であると同時に喜劇作家でもある。一六七三年モリエールの死後すぐにオテル・ド・ブルゴーニュ座に移り、一六八〇年からはコメディ＝フランセーズに入り、一六九一年まで悲劇の重要な役（たとえば『フェードル』のイポリット役など）を演じて喝采を浴びている。栄光に包まれて一時舞台を去るが、一七二〇年六十七歳でまた劇界に復帰し二枚目までこなす。一七二二年にはコメディ＝フランセーズで、『シンナ』のシンナ役を演じている。

モリエールの死後、役者たちは動揺し、一座の解散を恐れてか、オテル・ド・ブルゴーニュ座に移る者が出た。ラ・トリリエール、バロン、ボーヴァル夫妻などである。

七　ゲネゴー座

モリエールの死後、一時的にできたゲネゴー座王立劇団 Troupe du Roi au Théâtre de l'Hôtel Guénégaud（一六七三〜一六八〇）である。モリエールが一六七三年に亡くなると、一座はたちまち国王の寵愛を失う。ルイ十四世はこの時にはリュリ一辺倒で、これまでモリエール一座が使っていたパレ＝ロワイヤル劇場を、以後リュリに使わせることに急遽変更する。リュリの策謀もあったのだろう。

モリエール一座の役者たち、モリエールの献身的な友ラ・グランジュやアルマンド・ベジャール（モリエールの妻）らは、ゲネゴー館を拠点にして一座を立て直そうとする。一方マレー座は閉鎖を命じられていたから、マレー座の役者たちもそこに合流してゲネゴー座劇団を作る。この劇団は王立劇団とはいえ国王からの年金はないまま、特権を有して存在するオテル・ド・ブルゴーニュ座に対抗するために精力的に活動した。上演作品の多くはモリエールのもので、柿落し公演は『タルチュフ』、トマ・コルネイユ改作の『ドン・ジュアン』がここで上演された。

そこに最初に参加した役者は、モリエール一座から右記のラ・グランジュとアルマンドのほか、デュ・クロワジー、ド・ブリ夫妻、ラ・グランジュ嬢など、マレー座からはド・ヴィリエ夫妻、ロジモン、ゲラン・デストリシェ、ドーヴィリエ夫妻らで、後になってシャンメレ夫妻が加わった（一六七九）。シャンメレ夫妻は一時マレー座に属していたが、一六七〇年にオテル・ド・ブルゴーニュ座に移籍している。ラシーヌの劇界引退（一六七七）があり、夫妻も七九年四月にオテル・ド・ブルゴーニュ座を離れ、ラシーヌ悲劇のレパートリーとともにゲネゴー座に移る。それにつれて夫妻の、とりわけシャンメレ嬢の熱烈な観客も移動した。この移籍が大きな影響を与えたのだろうか。翌年国王はオテル・ド・ブルゴーニュ座とゲネゴー座の合併を命じて、コメディ＝フランセーズの発足となるのである。

説明を補足すれば、ドーヴィリエ夫妻 Dauvilliers（夫―本名 Nicolas Dorné, 一六四六？～一六九〇、妻―本名 Victoire-Françoise Poisson, 一六五七？～一七三三）は、マレー座在籍中に結婚（一六七二）している。夫人ドーヴィリエ嬢は次章で解説されているレーモン・ポワッソン（［四、2　笑劇トリオ］の項でも少し触れた）の娘で、一六八〇年には舞台出演を引き、以後はコメディ＝フランセーズのプロンプターを一七一八年まで務めていた。

ゲラン・デストリシェ Isaac-François Guérin d'Estriché（一六三六？～一七二八）は長く地方劇団に所属しており、マレー座には終わり近く（一六七二）に入団しそのままゲネゴー座に移り、一六七七年にモリエール未亡人アルマンド・ベジャールと結婚し息子を得る。その息子は三十歳で死亡（一七〇八）、ゲラン・デストリシェは一七一七年に引退する。ロジモン Rosimond（本名 Claude de la Rose, 一六四〇？～一六八六）は、役者と同時に数編の喜劇作品を書いているが、マレー座に入った時期は詳しくは分からない。一六六九年には自作喜劇『新石像の饗宴』*Le nouveau Festin de Pierre* をマレー座で発表しているから、その頃と推定されている。

こうして出発したゲネゴー座に、前述のとおりシャンメレ夫妻が入団し観客を集め始めると、王立劇場オテル・ド・ブルゴーニュ座を圧迫することになり、国王の決断が必要になったのであろう。一六八〇年、国王はパリに二つしかない両劇場・劇団の合併を命じる。国立劇場コメディ＝フランセーズの誕生である。

八　コメディ＝フランセーズ

コメディ＝フランセーズ Comédie-Française（またの名テアトル・フランセ Théâtre Français）の発足は、正式書類上では一六八〇年十月である。しかしこの新劇団は同年八月にゲネゴー座でラシーヌの『フェードル』をシャンメレ嬢主演で上演しているので、これが事実上の柿落しである。この劇団の役者は三劇団の中から選ばれ、総勢二十七名（男優十五名、女優十二名）だった。その中にはシャンメレ夫妻、バロン夫妻、ラ・グランジュ夫妻、ゲラン・デストリシェ夫妻（モリエール嬢）、ポワッソンらがいた。

劇団の初代座長は元モリエール一座のラ・グランジュが務めることになる。ラ・グランジュ La Grange（本名 Charles Varlet, 一六三五〜一六九二）は一六五九年にモリエール一座に入り、何でもこなす役者であると同時に、モリエールの忠実な腹心の友であり、一座の記録係、管理係でもあった。彼の残した一座の『帳簿』*Le Registre de La Grange* は、一六五八年モリエールのパリ帰還から一六八五年までの一座の演目と収入を記録した貴重な劇団記録である。(9) コメディ＝フランセーズは、モリエール一座が中心となって生まれ、その初代座長がモリエール一座の役者であり事務管理者でもあったからこそ、通称「モリエールの家」Maison de Molière と呼ばれても不思議ではないのである。

以後コメディ＝フランセーズは、基本的には「フランス人俳優協会」という組織体になり、王権政治の中央集権化の一つの象徴のようになる。一六八〇年以後に出された条例と王令によって以前にはもっていた劇団や役者個人の自由が制限され始めた。これまでのように週に三回上演ではなくなり、毎日芝居を上演しなければならなくなる。しかも毎日出し物を変える必要もあった。演目の基本はフランス作家（特にコルネイユ、モリエール、ラシーヌなどの古典劇）の作品を上演することが義務となる。この伝統は現代でも脈々と続いている。当時存命中の作家、コルネイユとラシーヌは自分の作品の配役を決めることが許された。各役者の受け取る配当利益はこれまでとは比較にならないほど増え、引退した役者の年金制度も確立された。いわば国立劇場・劇団の基本的な組織が整い、今後の路線が決定されたのである。

以上、十七世紀に劇場・劇団の経営を役者たちがいかに苦しみながら、しかもいかに人気を取ることに腐心しながら過ごしていたか、を述べてきた。その中で優れた劇作家たちは、後世に残る数々の芸術作品、名作を生み出してきたのである。その状況は現代でもあまり変わりはないかもしれない。われわれは現代においてどうしたら優れた芸術作品を生み出せるのか考えさせられる問題であろう。

（1）ここでいう「コミック」とは、「面白い」の意味と「役者たちの、劇団員たちの」の意味をかけている。また十九世紀には詩人・小説家テオフィル・ゴーティエも、この『ロマン・コミック』を基に、十七世紀前半の旅役者の物語『カピテーヌ・フラカス』を書いている。Paul Scarron (1610~60), *Le Romant comique*, I, 1651, II, 1657, in *Romanciers du XVIIe siècle*, Bibliothèque de la Pléiade, Gallimard, 1973. 渡辺明正訳『滑稽旅役者物語』国書刊行会、一九九三。

（2）S.Wilma Deierkauf-Holsboer: *Vie d'Alexandre Hardy, Poète du Roi*, Nizet, 1972, p. 60.

（3）以下役者についての記述はあいまいかつ不詳な部分もあるが、多くを次の資料によっている。① Georges Mongrédien, *Dictionnaire biographique des Comédiens français du XVIIe siècle*, 2 vols, CNRS, 1972. ② Id., *Les Grands Comédiens du XVIIe siècle*, « Le Livre », 1927. Martine David, *Le Théâtre*, Belin, 1995. Emile Mas, *La Champmeslé*, FéLix Alcan, 1932.

（4）Samuel Chappuzeau, *Le Théâtre françois*, Michel Mayer, 1674, réédité par Editions d'Aujourd'hui, 1985, Livre troisième, p. 72.

（5）J. Racine, *Œuvres complètes*, t.II, éd. par Raymond Picard, Bibliothèque de la Pléiade, Gallimard, 1966, pp. 458–459.

（6）G. Mongrédien, ②, pp. 213–214. ほかにも Ch. Mauron, *L'Inconscient dans l'Œuvre et la Vie de Racine*, José Corti, 1969. にも記述されている。

（7）Tallemant des Réaux, *Historiettes*, établi et annoté par A. Adam, Bibliothèque de la Pléiade, Gallimard, 1960-61, t.II, p. 776 et pp. 1521-1522.

（8）シャピュゾー前掲書（注4）、九七頁。

（9）　この『帳簿』は抄訳ではあるが、かなり詳しい翻訳が刊行されている。秋山伸子訳「ラ・グランジュの《帳簿》抄訳」（『モリエール全集』第十巻所収、臨川書店、二〇〇三）。

第二章　『六十年以上前からのフランス・イタリア笑劇役者絵図』

鈴木康司

喜劇史の研究にとって、欠くべからざる分野は作品だけではない。個々の喜劇作品を支え、生かし、観客に強く訴えかける喜劇役者たちを探求することは、時代時代に光を当てるために必要な研究手続きである。しかしながら、役者たちの魅力はその死をもって消え去り、作品のようには後世の研究者に直接その内容を伝えてくれない。現代ならば映像が残されて、ある程度は消え去った役者たちの実体を伝えてくれるが、古い時代ではそれを望むべくもない。とはいえ、彼らの魅力の一端を伝えてくれる資料として絵姿があり、また、同時代の証言がある。十七世紀にもその種の資料が残されているが、中でももっとも貴重なものとして考えられるのは、コメディ＝フランセーズ所蔵の、『六十年以上前からのフランス・イタリア笑劇役者絵図』*Les Farceurs Français et Italiens depuis soixante ans et plus*（一六七〇作）と呼ばれる一枚の絵図である。

十九世紀末の演劇史研究家モンヴァル(1)によれば、この絵図はノートルダム橋の近くに住む無名の一画家の手によるとあり、コメディ＝フランセーズによれば、イタリア人画家ヴェリオの作と推定されるとあるが、確実なことは不明である。一六七〇年に描かれたこの絵図の舞台は、当時、漸く中世以来の並列式舞台を脱して、イタリアからフランス演劇界に採用されたイタリア式額縁舞台(2)が背景に使われ、遠近法を用い、奥が上がった、街並を

トリヴラン
ブリゲル
スカラムーシュ
フィリパン
パンタロン
ポリシネル
ゴーチエ＝ガルギーユ
博士グラシアン・バルール
グロ＝ギヨーム
ギヨ＝ゴルジュ
アルルカン
隊長マタモール
チュルリュパン
レーモン・ポワッソン
ジョドレ
モリエール

図　『六十年以上前からのフランス・イタリア笑劇役者絵図』

模した喜劇用の装置になっており、全部で十六名の役者たちが登場している。フランス人役者九名、イタリア人役者七名という区分けになるが、この十六名の顔ぶれを見ると、十七世紀全体をつうじて活躍し、観客の人気を集めた喜劇役者たちがほとんど顔をそろえている。舞台前面には一六七〇年時点で現役の役者たち、奥に行くほど古い時期、すなわち十七世紀初頭に活躍した役者たちの絵姿が描かれている。もちろん、その人気度には差異もあり、特に、イタリア喜劇の人物に関しては役者個人よりもコメディア・デッラルテの型としての役割が優先したかと思われる者もいる。いずれにせよ、彼らが十七世紀の喜劇、笑劇分野で人気を博していたことは間違いないし、たとえ喜劇史上の重要性において差があっても、一人一人を取り上げることによって、十七世紀の喜劇界を舞台上で背負って立った者たちをかなり網羅的に論評できるであろう。

なお、舞台について付言すれば、照明としてたくさんの蠟燭を利用したシャンデリア、フットライトの代わりに灯油を入れた数多くの皿に灯心を入れ、火をつけたものが見られる。当然、非常に危険でしかも暗く、煙や油膜なども作用して観客からは見辛いし、役者たちは自分を見てもらおうと前面に出るから火傷を負いかねない。劇場も火災の危険が絶えずあったのである。

一　フランス人役者たち

モリエール（舞台下手、左端）、ジョドレ（左から二人目）、レーモン・ポワッソン（左から三人目、舞台前面）、チュルリュパン（左から四人目）、隊長マタモール（左から五人目）、ギヨ＝ゴルジュ（左から七人目）、グロ＝ギヨーム（舞台奥の雪だるま風人物）、ゴーチエ＝ガルギーユ（舞台奥、グロ＝ギヨームの隣）、フィリパン（舞台上手、バルコンによっている）の九名である。活躍した年代順に沿って一人ずつ、詳述しよう。

1　オテル・ド・ブルゴーニュ座の笑劇トリオ

①　ゴーチエ＝ガルギーユ（Gaultier-Garguille, 笑劇以外の芸名 Fléchelles, 本名 Hugues Guéru, 一五七二、七三?〜一六三三）

一六二〇年代にオテル・ド・ブルゴーニュ座のトリオとして大いに人気を取ったのは彼をはじめ、グロ＝ギヨームとチュルリュパンであった。ゴーチエ＝ガルギーユはコメディア・デッラルテのパンタローネの流れを引いており、老父役を得意としていた。同時代の証人の一人であるソーヴァル(3)によれば、

> 彼は身体中を自在に操り、まるでマリオネット人形のようだった。ほっそりした身体にまっすぐ伸びた細く長い脚、大きな顔立ち、だから彼は常に仮面をつけて演じており、その場合は長く先のとがったあごひげ、黒く平べったい小球帽を被り、黒いパンプス、袖口は赤い縁、胴着とタイツは黒の縁である。彼は常に笑劇の老人役を演じていた。こんな面白い格好をしていたためか、色々な人が彼を見るなり笑い出してしまった……彼は全身で笑いを誘った。古今の役者でこの男ほど無造作に見えて完成された者はいなかった。［中略］小唄を歌いだすや、普通ならその唄が何のとりえの無いものでも、彼の口にかかると別物になってしまう。彼は実力以上の芸を発揮したと言っても過言ではなかろう。彼は小唄に滑稽至極な節回しを付けて歌ったので、多勢の客は彼だけを目当てにオテル・ド・ブルゴーニュ座に足を運んだのである(4)。

と賛辞を呈している。明らかにコメディア・デッラルテのパンタローネの影響下にある赤と黒の服装で活躍したゴーチエ＝ガルギーユだが、腰に大きな財布を下げている(5)。これは通常イタリア喜劇では下僕役が下げるものであり、老人役だけだったとは断定できない。パルフェ兄弟の言によれば、彼は老父役以外に博士を演じたり学

校の先生を演じたという。それにもまして、彼の小唄 chansons は芝居の大喜利を果たすものとして一座の名物であった。

タルマン・デ・レオー[6]は『逸話集』の中で、世紀初頭の役者たちのみじめな暮らしぶりや、女優たちの売春を非難した後、

多少とも規律正しい生活を送った最初の人間はゴーチエ＝ガルギーユである。カーン出身で名前はフレシェル、イタリアの有名な役者スカパンの言では、彼ほど優秀な役者はいないとのことだ。ゴーチエは自分の役作りに極めて熱心で、時には彼に目をかける貴族から正餐に招かれても、目下、役作り中なのでと固辞するほどだった[7]。

と述べている。彼はトリオの中心になっていた役者であろう。

② グロ＝ギヨーム（Gros-Guillaume，笑劇以外の芸名 La Fleur，本名 Robert Guérin，一五五四？～一六三四）

雪だるまのように膨れ上がった白装束、上下にはまった二本のたがのような帯、白塗りの顔、赤いズボンに、赤いお椀帽、その身体的特徴からみて、彼が動的演技の持ち主とは到底思えない。事実、彼の絵姿はほとんど常に、両手を後ろに、下腹を突き出したポーズで描かれている。顔の白塗りは一般に中世以来のゴロワ笑劇の伝統とも考えられるが、一方ではコメディア・デッラルテの鈍重な下僕で、現在のピエロの先祖である白塗りのペドロリーノとの近親関係も否定できない。なぜならば、一六〇〇年から一六〇四年まで、アンリ四世の招きで滞仏し、オテル・ド・ブルゴーニュ座に出演したイタリア人役者団の中にペドロリーノの名がある以上は、フランス

側にもこの白塗りの下僕が知られていたに違いないからだ。

ゴーチエ＝ガルギーユによれば、

ふとっちょのギヨームはわが下僕、フランソワ一世時代のスイス傭兵が着るような、色のごてごてした衣服と、ひょうたん型の下っ腹ですぐそれと判る(8)

とあり、タルマンの記述では、

かつてのグロ＝ギヨームはほとんど喋らなかったが、口を開くときは子供っぽい喋り方をした。顔つきときたら実に面白いので、それを見る者は思わず笑い出してしまった。(9)

とある。だがその子供っぽい仕草とはうらはらに、十七世紀の版画家アブラーム・ボスが描く『オテル・ド・ブルゴーニュ座の役者たち』では、あらぬ方向を向いたグロ＝ギヨームの手が、ちゃっかりと女性のスカートに潜り込んでいる上に、その絵の下に記された賛を読めば、

この場でかの才長けたギヨームは
宮廷紳士を装って、あたかも
掌球競技者のごとくすそをたくし上げた、
恋の女神をいたぶって悦に入る。(10)

とあるとおり、彼の好色ぶりは明らかである。

彼は下僕を演じるだけでなく、下僕役のチュルリュパンの主人になることもあれば、女形を演じてその妻に扮することもあったという。いずれの場合も共通していたのは鈍重であることだった。タルマンは彼が鈍重なガスコンの貴族を演じて、アンリ四世を大いに笑わせたと書いている。だが、その人となりは芳しいとはいえなかったようで、パルフェ兄弟の『フランス演劇史』四巻には次のように書かれている、言い伝えによれば彼は役者になる前、パン屋をしていたとあり、

境遇が変わったからといえ、彼は心がけも身持ちも全然変えなかった。絶えず飲んだくれており、低劣で卑屈な心の持ち主だった。喋り方は乱暴で、機嫌が良いのは仲間の靴直し職人と飲んで酔っ払っている時だけだった。(11)

③　チュルリュパン（Turlupin，笑劇以外での芸名 Belleville，本名 Henri Legrand，一五七八？～一六三七）

タルマンの『逸話集』(12)ではペテン師として老人役のゴーチエ＝ガルギーユ、白塗りのグロ＝ギヨームと共演したと紹介されているように、彼はコメディア・デッラルテの悪党タイプ、下僕ブリゲッラの影響下にある。ソーヴァルによれば、

赤毛であったがなかなかの美男で、スタイルもよく、顔色はつややかだった。笑劇中で彼が着ていた衣装は、プティ・ブルボン座で何度も観客の喝采を受けたブリゲッラの衣装と同一であった。彼らは笑劇だけでなく、どんな芝居においてもあらゆる点で似ており、同じ背丈、同じ顔、両者ともに下僕を演じた。付けて

いた仮面も同様であったから、その違いはほとんどなく、精々、絵の好きな人が優れた原画と優れた模写の間に感じる相違程度しかなかった。チュルリュパンほど笑劇を巧みに組み立て、演じ、鮮やかに切り回す者はいなかった。その奇抜な警句の数々は、才気、勢い、判断力に満ちていた。一言でいうと、少々無邪気さに欠けたところはあるにしても、彼に比肩すべき存在は他にいなかったのである。(13)

笑劇役者たちの絵図や前述の版画家ボスの版画などを参照すると、チュルリュパンの姿はかなりはっきり浮かんでくる。衣装はソーヴァルのいうとおり、イタリア喜劇の下僕、無頼漢ブリゲッラに酷似、肩にかかる短いマント、ゆったりした上着、幅広のズボンに巨大な黄色帽子、衣服の色はカーキ色がかった黄色地に赤の縦じまが入る。帯には下僕につきものの木剣と大きな財布。見事な口ひげと頬ひげのついたあずき色の半仮面に、豊かな髪が波打って伸びている。靴下と履物の総飾りは赤。

絵図を見れば、彼は傍らに立つジョドレの左手に握られた赤い巾着を横目でにらんでいるし、上記ボスの版画ではゴーチエ＝ガルギーユの財布から金を盗んでいる最中である。

チュルリュパンが下僕役であったことは、これで明らかだが、トリオが共演した笑劇作品が現存していないので、はっきりした役回りを詳述できない。ただ、グロ＝ギヨームだけと組んだ笑劇が伝わっている。作者不明の『楽しく愉快な笑劇』*Farce plaisante et récréative*（一六二二刊）がそれで、彼はグロ＝ギヨームの下僕である。彼の役目は主人の留守中、その娘フロランチーヌに悪い虫がつかないように監視することである。ところが彼は若いオラースと彼女の仲を取りもってやり、その代わり、二人が贈り合うプレゼントを途中で懐に入れてしまう。グロ＝ギヨームが帰ってきて怒るが後の祭りである。ちゃっかりと中間搾取で儲け、主人の怒りに馬耳東風の抜け目ない下僕振りが目立つ。

グジュノーGougenot（生没年代不明）作『役者たちの芝居』*La Comédie des comédiens*（一六三一？）には、プロローグでオテル・ド・ブルゴーニュ座の役者たちが口論する場面があり、チュルリュパンは自分の演技力を誇って次のように述べる。

俺は言葉の変幻自在な綾をいささか操って、色恋に必要でぴったりしたあの警句、術策、作り話、細かいからくり、地口、駆け引き、口説き文句を作り出した。しかし、そんな場合にも、恋に心身を捧げる当人を感動させたり抑えたり、かっとさせたり冷やしたりするやり方を忘れたことはない。とりわけ、かのメルクリウスにもなかなかできない恋の達て引きの、大事な恋人同士のやり取りを鮮やかにやってのける秘訣を三十も、自家薬籠中のものとしたんだ。(14)

抜け目なく、悪達者な下僕、若者の恋を助けるが、自分の懐も当然のように豊かにすることを狙う策士というのが下僕チュルリュパンの姿であろう。

2　隊長マタモール（Le Capitan Matamore, 本名 Jornain Bellemore, 生没年不詳）

ラテン喜劇の大作家プラウトゥスが作品『ほら吹き武士』*Miles Gloriosus* で生み出した、臆病なくせに大言壮語する隊長型人物は、やがてイタリア喜劇の「隊長」を経てフランスにも導入される。特に一六三〇年代にはマレー座において、役者ベルモールが隊長マタモールとしてアンドレ・マレシャル André Mareschal（？～一六三二）の『真の隊長マタモール、あるいはほら吹き武士』*Le véritable Capitan Matamore ou le Fanfaron*（一六三七～一六三八）やピエール・コルネイユの『舞台は夢』*L'Illusion comique*（一六三五）で活躍し、観客の評判を呼んだ。フランス喜劇において隊長がもっとも人気を博したのはこの一六三〇年代だったと思われる。
ベルモールは、タルマンの『逸話集』によると[15]、マレー座の座長、名優モンドリーの要請によって同座に加盟した、一級の役者であったという。前述のマレシャルも、出版時の前書きでベルモールを讃えて、

上つかたも下々も、学ある者も無知なる者も、例外なく魅了したのが、他人の追随を許さぬこの独創的で驚くべき人物だった[16]。

と述べている。彼は一六三〇年代半ばから三九年頃まではマレー座に所属していたと思われるが、その後は判然としない。
これまた、タルマンによれば、

彼は芝居から離れてしまったがそれというのも、リシュリュー座の裏でデマレから激しい杖の一撃を食らったからである。その後彼は砲兵隊主計官となったが、そこで戦死した[17]。

とあるが、真偽のほどは定かではない。なお、このデマレは著名な劇作家のデマレ・ド・サン＝ソルランではなく、リシュリュー枢機卿の騎兵隊旗手を務めていた兵士だという。

3　ギヨ＝ゴルジュ（Guillot-Gorju, 本名 Bertran Hardouin de Saint-Jacques, 一六〇〇～一六四八）
彼は一六三四年にゴーチエ＝ガルギーユの後釜としてオテル・ド・ブルゴーニュ座に加盟した。父はパリの慈

善病院の医師であった。

ソーヴァルによれば「舞台における彼の役回りは滑稽な医者の真似にあった」という。事実、絵図の中ではアンリ四世時代の医者が身につけるつま先から頭のてっぺんまでの黒い服装、それもいかにもくたびれた衣服をまとっている。ソーヴァルは付け加えて、

彼は大男で色黒、ひどく醜い容貌だった。大きな鬘をかぶり、目は落ち窪み、大酒飲みの鼻だった。猿に似た顔といっても良いくらいで、舞台上で仮面などつける必要はなかったが、それでも絶えず仮面をつけて演じていたのである(18)。

と述べている。十七世紀の版画には次のように書かれている。

誰もがその知識と巧みな弁舌に
驚嘆するギヨ＝ゴルジュよ、
なんとそなたはその見事なレトリックにより、
他人をからかいつつ、語ることよ、
いかに博識な相手、雄弁な相手といえど
そなたの嘲りを免れることなし(19)。

一六四二年にはまだオテル・ド・ブルゴーニュ座に在籍していたが、まもなく引退して一六四八年に世を去っ

たといわれる。

4　ジョドレ（Jodelet, 本名 Julien Bedeau, 一五九〇?～一六六〇）

オテル・ド・ブルゴーニュ座のトリオが世を去った後、モリエール一座が巡業からパリに戻るまで、パリの演劇界でもっとも有名な喜劇、笑劇役者はこのジョドレであった。彼の名はスペイン風喜劇の流行と密接に結びついている。

役者としてのデビューは一六〇三年、アンジェにおけるジャコブ一座の見習いとしてであったといわれる。[20]パリの芝居関係記録に現れるのは、マレー座が創設された一六三四年、メンバーの一人として入っている。彼は一六三四年末か三五年初めに王命によりオテル・ド・ブルゴーニュ座にいったん移るが、遅くも一六四一年にはマレー座に戻り、スペイン風喜劇全盛期にはもっぱら同座の中心役者として活躍する。その後、一六五九年にモリエール一座に加盟、『嗤うべきプレシューズたち』の偽子爵で晩年を飾ったが、翌年三月老衰で死去した。

現存するジョドレの絵姿はいくつかあるが、特徴を良く示すものは二つある。一つは上記の絵図であり、もう一つはボスの版画で一人きりの姿、いずれも巾着を手に握り突っ立っている。頭には大黒頭巾を巨大化したような帽子をかぶり、マントはたっぷりとくるぶしのあたりまで下がっている。縦縞の入ったゆったりした胴衣に、膝下までの脚にぴったりしたタイツ様のズボン、その下は靴下である。衣服の色は地味であり、帽子もマントも、ズボンも胴衣も靴下も、すべて薄褐色、縞の色は白、靴は黒である。胸の上に締めた帯に木刀を差し、大きな革財布を取りつけた様子はイタリア以来の伝統的な下僕スタイルである。

見る者の注意を特に惹くのは、真っ白に塗られたその顔である。まんまるい顔の下半分には巨大な口が存在し、両端がきゅっと吊り上っている。目はどんぐり眼、眉は逆八字形、狸の鼻を思わせる、ひしゃげた鼻にはなんとも形容しがたいおかしさが漂う。
タルマンによれば、

愚直な白塗り役としては、ジョドレは良い役者である。今ではもう、彼のいるマレー座でしか笑劇は演じられないが、それも、彼がいるからこそ演じられているのだ。［中略］彼の当たり役は下僕で、ド・ヴィリエ嬢の夫であるヴィリエ、芸名フィリパンも下僕役として悪くなかったが、彼ほど鮮やかではなかった。ジョドレは鼻に掛かった声で喋った。それというのも、かさっ気の治療をきちんと受けなかったからであるが、かえってそれが魅力となっている。[21]

白塗りと鼻声はジョドレの二大特徴である。そのことは芝居の中で彼を描写する台詞でも裏づけられており、たとえばスカロンの『ジョドレ、あるいは主人になった召使い』*Jodelet ou le Maître valet*（一六四三）では、

あの人は他人を笑わすことしか考えていないみたい、
することなすこといつもめちゃくちゃで、
癖か偶然か知りませんけど、
絶えず鼻声で話します。その話し方は、
わざといつもでたらめに喋ろうとするみたい。（五幕二景）[22]

といわれるし、モリエールの『嗤うべきプレシューズたち』（一六五九）では、子爵に化けたジョドレを評した

マスカリーユの言葉は、

ごらんの通り、子爵の顔が青白いのは、まだ病み上がりだからなんです（十一景）(23)

との口上になる。

ジョドレはもっぱら下僕役で名を高めたが、その性質は臆病、大食い、大酒飲みと、スペインのグラシオーソの血を色濃く引いている。彼をパリ演劇界の寵児に押し上げたのは、ピエール・コルネイユの『嘘つき男』である。自分の嘘に縛られて嘘をつき続ける主人公に仕える下僕クリトンとして大当たりしたジョドレは、その後のスペイン風喜劇全盛期にもっとも重要な役者として活躍したのであった。彼がその芸名のまま舞台に登場したのは十指にあまる。前述の『ジョドレ、あるいは主人になった召使い』や『嗤うべきプレシューズたち』をはじめ、同じスカロンの作品で、『三人のドロテ、あるいは横っ面を張られたジョドレ』*Trois Dorothées ou le Jodelet souffleté*（一六四五）、ドゥーヴィル d'Ouville（一五九〇？～一六五六？）作の『占星術師ジョドレ』*Jodelet Astrologue*（一六四五）、トマ・コルネイユ作の『己自身の牢番、あるいは王侯ジョドレ』*Le Géolier de soi-meme ou Jodelet prince*（一六五五）、ジレ・ド・ラ・テッソヌリーGillet de La Tessonerie（一六一九～一六四二）の『利口者』*Le Déniaisé*（一六四七）と『田舎貴族』*Le Campagnard*（一六五六）キノーの『喜劇なしの喜劇』*La Comédie sans Comédie*（一六五五）などがそうであるし、現存していないが題名が残っている『囚われの恋する詩人ジョドレ』もある。風刺書の類では『フランドルより帰京中のばか者ジルとジョドレのまじめな時事放談』（一六四九）や『現今の諸問題に関するジョドレとロルヴィアタンの対話』（一六四九）などがある。

また、ジョドレの名ではなかったが、トマ・コルネイユは代表作『ドン・ベルトラン・ド・シガラル』*Dom*

Bertrand de Cigarral（一六五一）で滑稽千万な老貴族ドン・ベルトランをジョドレに当てはめて書いている。彼はモリエールがパリ劇壇に登場する前の最高の笑劇役者だったといえよう。

5　フィリパン（Philipin, 本名 Claude Deschamps, 通称ド・ヴィリエ De Villiers, 一六〇一？～一六八一）

ジョドレと時を同じくしてライバル劇団で活躍した喜劇役者にフィリパン、通称ド・ヴィリエがいる。彼は最初、マレー座の前身であるル・ノワール、モンドリー一座に一六二四年に参加、その後、一六三四年から四二年にかけてマレー座にいたが、一六四二年にオテル・ド・ブルゴーニュ座に移り一六七〇年に引退するまで同座に留まった。彼は役者としてのみならず、作者としてモリエールの『ドン・ジュアン』に影響を与えた悲喜劇『石像の饗宴』（一六六〇）をはじめいくつかの喜劇を発表した。それだけでなく、モリエールの『女房学校』（一六六二）を契機に起きたいわゆる「喜劇の戦い」La Guérre comique では一座のモンフルーリ父子などとともにモリエールに敵対したことでも知られる。

ジョドレとド・ヴィリエがパリの二大劇団に属した時期を見ると、二人とも両劇団に参加していたにもかかわらず、時期がずれている。前者が一六三四年十一月から四一年までオテル・ド・ブルゴーニュ座にいた時に、後者は一六三四年三月から四一年一杯マレー座にいたし、その後、前者がマレー座に移ると、後者はほとんど時を同じくしてオテル・ド・ブルゴーニュ座に移籍する。両者が同一劇団で共演することはなかったと思われる。二人の芸域が似通っていたせいもあるだろうか。ジョドレのところで引用したタルマンの証言が意味をもってくるようだ。だが、この証言が事実であったとしても、彼がジョドレと対抗して同じスペイン風喜劇全盛期に人気を博したことには違いなかろう。

ただし、フィリパンの名のもとに描かれている役者図のすべてがド・ヴィリエであるかどうかは疑問があり、たとえばフォッサール版画集などに出てくるイタリア喜劇の下僕は別人であろうし、一六三四年に「サン＝ジェルマンの市の芝居花形役者四人図」に出ているフィリパンもすでにマレー座に参加していたド・ヴィリエのフィリパンである可能性は低いといわなければなるまい。そうなると、フィリパン＝ド・ヴィリエの絵姿としてもっとも信頼できるのはこの一六七〇年の絵図である。彼は右端、家の二階バルコニーの手すりにもたれて下を眺めている。引退の年でありすでにフィリパン役者としてド・ヴィリエの名は確立していたからこれをド・ヴィリエ本人と考えてよかろう。下半身は手すりに隠れて判然としないが頭には錣広の陣笠にも似た円錐形の帽子に、黒い鬘を被っている。この鬘は絵図の左端に立つアルノルフに扮したモリエールの被る鬘と類似しているが衣装はアルノルフのように現実的ではなく、イタリア喜劇伝来の下僕の影響を偲ばせる赤と黄の菱形模様の上着であり、ジョドレの地味な服装とも対照的である。それに引き換え、顔は至極平凡な印象で素顔に近いが、これもジョドレが珍妙な顔に地味な服装だったのに対して、フィリパンは平凡な顔に極彩色の衣装という対照的な恰好で舞台に出ていたのだろうか。

『奇談あれこれ』（一六九六）を書いたボルドロンによれば、

> 彼（ド・ヴィリエ）は幾つかの役柄において他に並ぶ者はないといってよかった。ガスコンの男、滑稽な侯爵、飲んだくれ、偉ぶった男とか、そのような類の人物を演ずる時はまさに卓越していた。(24)

とあり、同時代の証言によれば、彼は

小柄で、滑稽な副次的役割を演じるのが非常にうまかった．澄んだ、軽やかな声をして、細やかな演技力

の持ち主だった。(25)

とある。

ジョドレが典型的なグラシオーソとしてスペイン風喜劇に活躍したのに対して、フィリパンのほうはド・ヴィリエ以前から存在した喜劇の登場人物だっただけにイタリア喜劇の血も混ざっており、そのせいだろうか、策士風の特徴を兼ね備えた下僕役であることが多かった。スカロンの『滑稽な相続人』*L'Heritier ridicule*（一六四九？）やトマ・コルネイユの『偽占星術師』*Le Feint Astrologue*（一六五〇）を見ればそれは明らかである。その一方で、ジョドレと遜色ないほどの臆病さを示す場合もありそれはボワロベール Boisrobert（一五九二？〜一六六二）の『寛大なる敵』*Les Généreux Ennemis*（一六五四）で見て取ることができる。

フィリパン＝ド・ヴィリエの場合は結局、その起源から来る特徴を抱えたままスペイン風喜劇流行期に活躍したためにイタリア、スペイン両者の混交的な要素が入り込んでいるといってよい。

ド・ヴィリエがオテル・ド・ブルゴーニュ座でもっとも輝いたのはおそらくスカロンの『ドン・ジャフェ・ダルメニー』*Dom Japhet d'Arménie*（一六五三出版）だったろう。

6　モリエール（Molière, 本名 Jean-Baptiste Poquelin, 一六二二〜一六七三）

いうまでもなく、フランス演劇史上最高の演劇人であり、大喜劇作家であるが、同時に彼は喜劇役者として卓越した演技力をもち、自作の主人公を自演したことでも知られている。絵図に描かれている姿は『女房学校』（一六六二）の主人公アルノルフに扮したものである。

モリエールは自作の喜劇作品の中でイタリア喜劇から受け継いだ下僕役をたくさん描いている。『嗤うべきプレシューズたち』(一六五九)のマスカリーユ、『守銭奴』*L'Avare*(一六六八)のラ・フレーシュ、『町人貴族』*Le Bourgeois Gentilhomme*(一六七〇)のコヴィエル、『スカパンの悪巧み』*Les Fourberies de Scapin*(一六七一)のスカパンなどがそれであるが、絵図で描かれたアルノルフは彼自身が演じた人物で、かつ、上記の下僕たちとは異質の性格をもった偏執的人物であった。スガナレルに始まるこの系列の登場人物は下僕であるなしにかかわらず、すべて、モリエール自身が演じている。

アルノルフの衣装を着けたモリエールを絵図の中に描いた画家の意図はどんなものだったか。二つほど考えられよう。一つは絵が描かれた一六七〇年という時点も考えると、『女房学校』の大成功を契機にライバルたちの間に燃え上がった「喜劇の戦い」がきわめて大きな影響を劇壇全体に及ぼしたために、この絵を描いた画家にとってもモリエールといえば『女房学校』のアルノルフの姿がすぐに浮かんだのかもしれない。

もう一つはアルノルフに代表されるモリエール的主人公こそが描かれるに相応しい人物と画家の頭に浮かんだのかもしれない。画家の意図を忖度するのはさておき、モリエール的主人公がいかなるものかを述べておくのは悪くない手続きだろう。

原点は『スガナレルあるいはコキュ・イマジネール』*Sganarelle ou le Cocu imaginaire*(一六六〇)である。モリエールが役者としてもっとも多く演じたのはこの一幕物の主人公であった。作品は笑劇だから筋は単純で、スガナレル夫婦が偶然から若い恋人二人を別々に介抱してやり、それを互いに見かけて夫あるいは妻が若者と浮気したと誤解して起きる騒動が骨子である。中年者のスガナレルは、傲慢で尊大ぶる癖に根は小心で世間体を気にするし、自分の臆病振りは棚に上げ、罪は何事につけても他人にあると決め込む。自己過信状態にあるから、何らかの被害を受けた場合、第三者から見れば明らかに本人に原因があっても、決してそうは思わない。強度の被害者意識をもった滑稽な中年男であるのだが、自分では己の正当性、悲劇性を信じて疑わず、窮地に立てば他人の言葉は耳に入らない。

このスガナレルは一六六三年上演の『亭主学校』*L'Ecole des Maris* における同名の猜疑心の塊である町人の主人公に続き、そして『女房学校』のアルノルフに結晶して行くのである。

では、役者としてのモリエールの特徴はどんなものだったか。同時代の証言は敵味方入り混じっていくつも残されている。まずは『スガナレル』を注釈つきで出版したラ・ヌフヴィルネーヌによると次のごとくである。

女房の親戚の男と一緒に登場するこの場面（十二景。女房が浮気をしているなどと軽々しく判断してはならぬと諭される）のスガナレルが、どのような立ち居振る舞いで観客の感嘆を誘うかを描写するには、プッサンやル・ブラン、ミニャールのような画家たちの筆が必要だろう。これほどに愚直な話しぶり、これほど愚かな顔つきは他に類を見ない。かような芝居を書いた作者に対すると同様、その作者がこの芝居を演じている、その演じ方にも、人々は驚嘆してしかるべきだ。彼ほどに自分の顔をさまざまに変えられる役者はいないが、この場で彼は二十回以上もそれをやってのけるのである。(26)

豊かな表情を財産とした滑稽な演技、その技術の高さは、モリエールに好意的な人々のみならず、ライバルたちもこれを認めざるをえなかった。『心気症患者エロミール』*Elomire hypocondre*（一六七〇刊）をル・ブーランジェ・ド・シャリュッセーLe Boulanger de Chalussay なる変名で発表したその一人は、モリエールが朝な夕なに高名なスカラムーシュ（後述）のもとに通いつめ、鏡を手に師匠の演技を真似たと非難する。強烈な誹謗文書であることは論をまたないが、同時にこれが笑劇役者モリエールの特徴を摑むよき資料となっている。紹介しよう。

鏡を手にこの偉大な人物と向き合って、
道化の中の道化役者のこの一番弟子が、
繰り返し、また繰り返し何百回もしてのけなかった
滑稽な身振り、ポーズ、百面相は唯の一つもなかったのです。
ある時は家庭内の心労を表わそうと、
顔に無数のしわを寄せ、
そのしわに蒼白い顔色を加えれば、
哀れな亭主そのもののご面相。
それからこの物悲しげな顔つきを誇張して、
コキュの亭主ややきもち焼きを描いて見せたのです。(27)

もう一つ、敵方の証言を紹介しよう。諷刺詩人シャルル・ジョーネーCharles Jaulnay作『ビュルレスクな地獄』*L'Enfer burlesque*（一六六八刊）では次のとおりである。

この偉そうな男（モリエール）は、
その顔に、気前の良い
人物らしい表情を浮かべたり、
愚鈍そうな表情や無頼漢じみた顔もする、
そうかと思えばしかめっ面で

顔をくしゃくしゃにもする、
豚の鼻面よりも醜い鼻面を
絶えず突き出すのだ。［中略］
要するに、グラトラールもタバランも
トリヴェリーノも問題外、
どんなにグロテスクな笑劇役者も
これほどおどけた姿かたちはしていなかった。(28)

タバランとグラトラールはこの絵図には描かれていないが、ともに一六二〇年代、セーヌ川にかかるポン・ヌフのたもとの屋台芝居で人気を博した笑劇役者であるし、トリヴェリーノ（後述）はイタリア劇団の人気者であった。三者とも際立った道化振りで評判をとった役者たちである。ジョーネーはモリエールを嘲りながら結果的にはそのおどけの鮮やかさ、表情豊かな演技力を認めていることになる。

モリエールが若い時から悲劇役者を目ざしながら、やがて挫折せざるをえなかった経緯はよく知られているが、その要因の一つに彼の肉体的条件があったことは否定できない。友人の画家ミニャールの筆による彼の肖像画は何枚も残っているがどれを見ても、小鼻のいささか張り出した幅広な鼻、分厚い唇、どんぐり眼という特徴が共通しており、美男型の立役者とは到底いいがたい。

この印象は一六七一年以降モリエール一座で子役を演じていたポワッソン嬢（一六五七〜一七五六）の証言でも裏づけられる。彼女が一七四〇年五月にメルキュール・ド・フランス誌に送った手紙によると、モリエールは肥り過ぎても痩せ過ぎてもいなかった。どちらかといえば上背があり、全体として品があり、脚はすらりとしていた。歩みは重々しく、生真面目な態度。鼻は大きく、口も大きく、唇は分厚かった。顔は浅黒く、眉は黒々と太い。その眉をいろいろと動かして、実に滑稽な表情を作るのだった。(29)

十七世紀の肖像画が実物より美化して描かれているのは周知の事実である。また、ポワッソン嬢の発言も、モリエール没後七十年近く経って、彼がすでに古典喜劇の完成者として神格化されていたにせよ、大きな鼻と分厚い唇という点は打ち消しがたい特徴だったのであろう。だから、これがモリエールの同時代、ライバルの悪口となると、次のようにひどいものになる。

彼は鼻面を突き出して出てきます。
脚はがに股、身体ははすかい、
マインツのハムよりもっと月桂樹の葉を
飾ったかつらは、歩くたびにぐらぐら揺れて、
手は両脇にこわばったまんま。
首は荷を背負った騾馬のようにがくんと背中に落ち込み、
目はきょろきょろと落ち着かず、役の台詞を喋れば、
とめどないしゃっくりで中断ばかり。(30)

この散々な台詞は、「喜劇の戦い」の折に、オテル・ド・ブルゴーニュ座のモンフルーリ Antoine Jacob de

Montfleury が発表した『コンデ館即興劇』*L'Impromptu de l'Hôtel de Condé*（一六六三）の中で、登場人物がモリエールの悲劇役者としての資質のなさを嘲笑するものであるから、「鼻」「がに股」「しゃっくり」と続けざまに彼の肉体的欠陥を槍玉にあげている。敵方の攻撃だからそのまま鵜呑みにするわけにはいかないにせよ、少なくとも、悲劇よりは喜劇に向いた肉体的条件の持ち主であることは明瞭だろう。

7　レーモン・ポワッソン（Raymond Poisson, 芸名 Belleroche, 下僕名クリスパン Crispin, 一六三〇?～一六九〇）

貧しい数学者の子に生まれた彼が演劇界に身を投じたのは一六五四年頃、南仏巡業中の一座に加盟した。機会を摑んだのは一六五九年、ルイ十四世のボルドー滞在中、御前公演を行なって認められ、程なく一六六〇年四月頃パリに到着、オテル・ド・ブルゴーニュ座に加盟する。新興勢力モリエール一座の台頭に脅威を感じていた同座の面々がポワッソンを歓迎したことは想像に難くない。彼は一六八五年まで喜劇・笑劇役者、作者として活躍し、特にモリエール没後のフランス喜劇界を背負って立った存在だった。四代続く下僕役クリスパンの初代としてその名を喧伝された。すなわち彼の子であるポールは一六八六年から一七一一年まで二代目クリスパンを、孫のフィリップは一七〇〇年から一七二二年にかけて三代目クリスパンを、そしてフィリップの弟フランソワ＝アルヌーは一七二二年から一七五三年まで四代目のクリスパンを演じて喜劇史上の一大系譜を形成した。

だが、彼は喜劇史上最初にクリスパンを名乗った役者ではない。下僕クリスパンがはじめてフランスの舞台に登場したのは、スカロンのスペイン風悲喜劇『サラマンカの学生』*L'Ecolier de Salamanque*（一六五四）であり、この芝居はオテル・ド・ブルゴーニュ座で初演されたから、当時まだ南仏にいたポワッソンがこれに出演したはずはない。また、下敷きになった原作はロハス・ソリーリャ Francisco de Rojas Zorrilla（一六〇七～一六四八）の『義務付けられて辱められる』*Obligados ofendios* であり、そこに登場する下僕の名はクリスピネリョ Crispinello

だったから、クリスパンという名前自体がスペイン起源であるのははっきりしている。しかもクリスピネリョはすでに拍車付きの黒長靴を履いていたから、やがてクリスパンはこれを受け継ぐことになる。『サラマンカの学生』がどんな経過を経てポワッソンの目に触れたかは不明だが、上演の翌年には出版されているから、その後まもなく彼はこの芝居を知ったのだろう。この頃の習慣として印刷されたら最後、作品は演劇界全体の共有財産と化していたから、スペイン悪漢小説の愛読者だったというポワッソンがこのスペイン原産の下僕に惚れて自分のものとしたのは充分に考えられよう。

絵姿から判断すると、下僕クリスパンは、黒服、黒帽子、黒マント、黒長靴、幅広の白い襟飾りに袖口も白レースという風変わりなスタイルである。イタリア喜劇の下僕たちが例外なく帯に吊るす大きな財布や、腰に挟む木刀、底の浅い短靴などは見当たらない。

身体的特徴はどうか。こちらはクリスパンというより役者ポワッソンの個性である。際立つのが造作の大きな口、目、鼻であって、その大口から出る意味不明で滑稽な早口言葉、もごもごが彼のお家芸だったといわれる。観客はしばしば彼のこの芸に抱腹絶倒したと伝えられるが、役者の言葉がよく判らなくても観客が大笑いしたのは、取りも直さず、ポワッソンの身体と芸が生み出す喜劇空間がコメディア・デッラルテの役者たちがラッチによって作り上げる空間に負けぬレベルに達していたことを物語る。事実、ポワッソンが喜劇界で重きをなしていたことを示す証言として、喜劇作家パラプラ Jean Palaprat（一六五〇〜一七二一）の言葉がある。

モリエールは彼（ポワッソン）を恐るべきライバルとみなしていたが、彼に向けられる人々の称賛の声に進んで耳を傾けないほど狭量な人物ではなかった。私は確か、モリエールがこんなことをいうのを聞いた覚えがある。それはモリエールが、ドメニコ（＝音楽家リュリ）と喋っていた時に、ポワッソンを評して、あの偉大な喜劇役者の自然な演技力を身につけられるなら、この世のいかなるものと引き換えても良いというような表現だった。[31]

タルマンの『逸話集』に彼についての言及はないが、これは『逸話集』が一六五七年に書き始められ、一六五九年には終わっているから、一六六〇年にオテル・ド・ブルゴーニュ座に加盟するまで南仏にいたポワッソンについての記述がないのは当然であろう。ところでポワッソンの大口とはどれほどのものだったか。彼の伝記や作品研究を書いたロス・カーティスによれば

ポワッソンと同時代の人々は、彼がそれこそとてつもない大口で、四リーヴルの大型パンを口に入れることができた、といっていた。[32]

とあるし、同時代の作品、モンフルーリの『女判事で訴訟の当事者』*La Femme Juge et Partie*（一六六八）の中でもそれは裏づけられる。以下は主人公ベルナルディーユに扮したポワッソンと下僕ギュスマンの対話である。

ベルナルディーユ　わしの顔にはそう、荒っぽくはないが、
どこか大きいところがあるな。
ギュスマン　はい、旦那、それはお口でございます。（二幕一景）

がそれに当たるだろう。

下僕クリスパンはそのスペイン起源からも最初のうちは臆病で大食いのスペイン系下僕グラシオーソの面影を残していたが、時代が下がるとともにスペイン風喜劇は下火となり、観客の嗜好にもとづいてクリスパンの人物像もイタリア系の策士型に変わって行く。

ポワッソンは自分でも『ラ・クラス男爵』*Le Baron de la Crasse*（一六六二）などの作品を書きクリスパンを自演したが、彼の名を高めたのはむしろ他の作家たちによる喜劇によってであった。ブルソーEdme Boursault（一六三八〜一七〇一）の『飛ぶ医者』*Le Médecin volant*（一六六四）、オートロッシュHauteroche（一六一六?〜一七〇七）の『医者クリスパン』*Crispin Médecin*（一六七〇）、『音楽家クリスパン』*Crispin Musicien*（一六七四）、モンフルーリの『貴族クリスパン』*Crispin Gentilhomme*（一六七五?）、ラ・チュイユリーLa Thuillerie（一六五〇〜一六八八）の『家庭教師クリスパン』*Crispin Précepteur*（一六七九）、『才子クリスパン』*Crispin Bel Esprit*（一六八一）などがそれである。これらの作品をつうじてクリスパンは初期の臆病で鈍重なグラシオーソから段々と狡猾な下僕に変わってゆく。ある時は己れ自身の法螺に酔い、ある時は恐怖に顔を引きつらせて逃げ惑い、またある時は恥知らずの屁理屈や説教話で相手を煙に巻き、学者、音楽家、医者、何に化けてもその支離滅裂なおかしさを十二分に発揮した。巨大な口ときょろきょろと動く大目玉を活用し、黒ずくめの衣装に身を包んだレーモン・ポワッソンはこうして一六八五年に引退するまで初代クリスパンとして喜劇界に活躍したのであった。

二　イタリア人役者たち

全部で七名。彼らの中にはスカラムーシュのように特定の人物をさす場合もあればコメディア・デッラルテのいわゆる型（type）を表す人物も描かれている。一人ずつ説明していこう。トリヴラン（舞台上手端）、ブリゲル（舞台上手右から二人目）、スカラムーシュ（舞台前面、上手から三人目）、パンタロン（舞台奥、スカラムーシュの背後の老人）、ポリシネル（パンタロンと向かい合う老人）、博士グラシアン・バルール（舞台前面スカラムーシュの左隣）、アルルカン（舞台前面、博士の左隣）。

1 パンタロン（Pantalon, イタリア名パンタローネ Pantalone）

フランス語の pantalon の語源となったこのコメディア・デッラルテの老父役はヴェネチアの商人をかたどったものとされる。『コメディア・デッラルテとその子供たち』(33)を書いたデュシャルトルによれば、ひたすら利益だけを追求するヴェネチアの商人たちは、さながら征服者のごとく巨大な利益を上げた土地に、サン・マルコの獅子（leone）が描かれたヴェネチアの旗を掲げ、そこから pianta-leone (piantare+leone)「獅子の旗を掲げる者」すなわちパンタローネが誕生した可能性があるという。

パンタローネは老人である。そしてほとんど常に商売から引退した老人、あるいは金持ち、あるいは貧乏人、時に一家の父、時に老独身男である。生涯を商いに捧げてきたから金の価値は嫌というほど心得、したがってひどくけちんぼうである。そのくせこれまたひどく好色だから若い女にもてたいという願望は人一倍もっている。しかし、こんな老人がもてるはずもなく、いつも必ず恋敵なり、息子なり、女中なり、下僕なりに騙されて地団太を踏む。

だが、こんなパンタローネも十七世紀末には一家のよき父親と変化する。一七二八年に『イタリア演劇史』を著したルイジ・リッコボーニによれば、名誉を重んじ、言動にきわめて慎重で、子供達には厳格な父親になった。周囲の連中に騙され、こつこつ貯めた金をくすねられ、他の男にやると約束した自分の娘をその恋人に与える破目になるという性質はそのままであったが(34)。

と書かれている。

その服装は十六世紀末以来きわめて特徴的である。身体にぴったりした朱色の上着に同じ色の足先までの長いぴったりしたタイツ、羽織るのは幅広の長い、たっぷりした黒いマント。頭にはギリシア風縁なし帽かあるいは縁をまるくしたトック帽。トルコ風のサンダルか柔らかいスリッパを履いている。腰には広い刃の短刀を挟む。帯には財布を付けている。

絵図のパンタロンの役者が誰かは確定しがたいが、舞台奥に描かれているからには十七世紀前半のイタリア人役者がモデルであろう。

おそらく一六四五年に来仏したジュゼッペ・ビアンキの一座にいたジュラーチェ・アッリーギか、一六五三年に来仏したチベリオ・フィオレッリ一座のツリ・ディ・モーデナのいずれかであろうか。

パンタローネはフランスに入ってパンタロンとなり、オテル・ド・ブルゴーニュ座の笑劇トリオの一人、ゴーチエ＝ガルギーユを経由し、やがてモリエール喜劇の父親役、ゴルジビュス、オルゴン、アルパゴンなどに続いてゆく。

2　ポリシネル（Polichinelle, イタリア名プルチネッラ Pulcinella）

フランス人形芝居の花形としてポリシネルは名高いが、元はイタリア喜劇の老人役プルチネッラであり、さらに祖先をたどれば古代ローマはアテラ劇の人物、マックス Maccus とブッコ Bucco まで行くという。マックスは活発で才気があり、横柄で皮肉っぽく、酷薄であるのに対し、ブッコはうぬぼれで追従屋、馬鹿で弱虫、ほら吹きでその上、助平で盗人だといわれているだけに、その両者を遠い先祖にもつプルチネッラとしては性質も多岐にわたらざるをえなかったようだ。特定の職業枠にはまらず、裁判官、詩人、主人、下僕と、舞台によって役柄がまちまちだが、亭主役と父親役はほとんどない。通常は常軌を逸した利己主義の独身老人という設定を受け、ナポリで大きな人気を博した。

最大の特徴は、背中の大きなこぶと、それに対応して突き出た下腹で、大きく長い白のガウンに幅広の白ズボン、頭にはトルコ帽に似た帽子を被る。首の周りにはひだの多い襟飾りがつく。

この絵図のポリシネルが具体的に誰をさすのかは不明だが、十七世紀全体からみると、ポリシネルはガスコン風のほら吹き隊長のような人物として登場することが多い。絵図では上からマントを羽織り、その下から長剣らしきものが覗いているように、デュシャルトルの紹介する次の歌をみれば、すでにイタリアの原型からポリシネルが遠ざかっているのが判る。

われこそは名高きミニョレ、
イスパニア人《びと》の将軍ぞ。
わが歩みに大地は震う。
日輪を御する者、すなわちわれ、
われこそは、この世に
比類なき身なり。

わが宮殿の城壁は
イギリス兵の骨にて築き、
わが邸の広間に敷き詰めしは、
軍曹どものしゃれこうべ…
望むは夜半を待たずして
パリをば、この身で陥すこと、
さすれば娘、女房どもの舌を集めて、
サントメール町の舗石にしようぞ。(35)

この歌のようにポリシネルはイタリアの原型とはむしろ離れて独自のフランス風人物と考えたほうが良いのかもしれない。ポリシネルがマリオネットの世界に導入されたのは十七世紀半ばであり、結局、プルチネッラとポリシネルは名前以外に共通項をあまりもたない存在であろう。

3　ブリゲル（Briguelle, イタリア名ブリゲッラ Brighella）

この絵図に描かれたブリゲッラの役者名は不明だが、コメディア・デッラルテの下僕の中でも、アルルカン（アルレッキーノ）について大きな存在である。ブリゲッラはその顔全体を覆うオリーヴ色の仮面と鉤鼻、厚い唇にあごひげをもって、いかにも悪党然とした下僕である。事実、

おいらたちの一番の楽しみは、縁談をぶち壊し、恋する老人を笑いものにし、欲深な因業爺から盗み、債

権者を袋叩きにすることさ。(36)

との言葉どおり、その性悪ぶりは際立っている。彼はいつも周囲をかぎまわって甘い汁を吸おうと企む。盗み、騙りはお手の物、弱者に強く出るが、強者にはおべんちゃら、ごますりばかり。ギターを小脇に抱えることもあり、けっこうな美声の持ち主だが、うっかりそれに岡惚れする女はたちまち骨までしゃぶられる。金が入れば使い果たすまでは居酒屋でとぐろを巻き、弱い者には喧嘩を売り、老人を侮辱する。女たちはブリゲッラを嫌うが、その執念深さを恐れている。すり、かっぱらいは朝飯前、金のためなら何でもやってのける。彼のモットーは己の快楽追求であり、金はそのための手段である。

ブリゲッラはアルレッキーノ以上の影響力をもってフランス喜劇に受け継がれた。前述のフランス側役者チュルリュパンをはじめ、十七世紀全般を通して笑劇や喜劇で活躍するこそ泥の類や、モリエール劇に登場するスカパン、ラ゠フレーシュ、スブリガニや、世紀末の退廃した世相を背景に出現する性悪の下僕たちはみな形を変えたブリゲッラといっても良い。

とはいえ、十七世紀も終わりに近づくとブリゲッラの性格は穏やかに、より下僕らしくなってゆく。あごひげも剃り、山師的な粗暴なところが消えてゆく。十八世紀のマリヴォー喜劇では初期の面影はない。

4　トリヴラン（Trivelin, イタリア名トリヴェリーノ Trivelino）

この絵図に描かれているトリヴランは一六四五年にパリを訪れ、プティ・ブルボン座に居をすえたジュゼッペ・ビアンキ Giuseppe Bianchi の一座で活躍したドメニコ・ロカテッリ Domenico Locatelli（一六一三～一六七一）だといわれる。

トリヴェリーノはアルレッキーノの系列に入る下僕で、アルレッキーノを裏切り、パンタローネや博士ら老人役を騙すペテン師だが、衣装などは絵図でも判るようにアルレッキーノに類似しており、野うさぎの尻尾のついた柔らかい帽子をかぶる。

デュシャルトルが紹介するトリヴェリーノの台詞にはこんなものがある。

俺のお喋りは知恵と狂気の巧みな混ざり合い、
みんなの前で面白おかしく話を作る、
フランスだろうがイタリアだろうが
知恵のある奴も狂った奴も
お喋りする種があるのは承知の上さ。(37)

フランスに入ってトリヴランとなったこの下僕は十八世紀のマリヴォー劇の中では『偽りの侍女』や『奴隷島』などで活躍する。

5　スカラムーシュ（Scaramouche, 本名チベリオ・フィオレッリあるいはフィオリッリ Tiberio Fiorelli, Fiorilli, 一六〇八～一六九四）

イタリアでは本来、隊長型の仮面スカラムッチア Scaramuccia として出現したものを、発展的に変化させ、フランス喜劇界に多大な恩恵をもたらしたのがこのスカラムーシュことチベリオ・フィオレッリである。

彼の父親は司直といさかいを起こした騎兵隊の隊長だったといわれるが定かではない。若い時から頭角を現し、一六三九年にはじめて来仏したが、すぐさま人気を博した。その後いったんイタリアに戻るが、フロンドの乱が終息すると一六五三年八月には一座を率いて戻る。この一座は一六六〇年以降、ずっとパリに定着してフランスで絶大な人気を得、モリエールはスカラムーシュから大きな影響を受けたといわれる（モリエールの項参照）。パリでのスカラムーシュを贔屓にしたのは宰相マザランをはじめ、幼いルイ十四世、その母アンヌ・ドートリッシュだった。『イタリア演劇史』（一七二七）の著者ルイジ・リッコボーニが伝える逸話を紹介しよう。スカラムーシュが二歳になる幼い王太子の部屋に伺候した時、不機嫌に泣き喚く王太子にてこずる母后アンヌの許可を得た彼が、どのようにして幼児をなだめ、機嫌を取ったか。

そこでスカラムーシュはなんともおかしなしかめ面や顔つきを王太子にして見せたので、誰にもまねできないそのしぐさに太子は泣き止んだだけでなく、笑い出してしまった。その挙句、こんなに滑稽な場面で、王妃さまがいたくお喜びになったせいか、太子はスカラムーシュの手と衣服にお漏らしをしてしまわれた。おかげで王妃はじめ、その部屋に居合わせた貴婦人も貴族も皆が大笑いしたのである。［中略］この頃スカラムーシュは三十二、三歳だったが、宮廷に伺候するたびに王太子のもとに参上するよう命令を受け、太子をこよなく楽しませたので、太子も彼を大いに気に入られ、その後イタリアから喜劇役者たちを呼ばれる時にはかならずスカラムーシュに声がかかったのであった。(38)

フィオレッリは当時の役者としては珍しく長命であったが、肉体訓練も怠ることがなかったので、八十三歳になっても舞台で相手役の横面を足で蹴りとばせたといわれる。

フィオレッリの演じたスカラムーシュの特徴は色好みと酒好きである。それも、女でありさえすれば、酒でありさえすれば誰でも何でも歓迎である。通常は下僕役だが、気位だけは人一倍、家柄の古さを自慢し、一文無しのくせに無尽蔵の富を誇ってみせる。腹黒いところもあり、通行人や主人の懐を狙うが、ちゃっかりしているからなかなかひどい目には遭わない。尻尾を捕まえて仕置きしようとすれば、するりとうなぎのように逃げてしまう。フィオレッリが考案したスカラムーシュは、黒ずくめの衣装に大黒頭巾のような大きな帽子、仮面はつけずに白塗りを通した。豊かな表情に自信があったのであろう。そのパントマイムの一例を紹介してみよう。

オクターヴは美女アンジェリックと逢引の約束をしたところだ。彼女を驚かせ、喜ばせたいと思い、彼はスカラムーシュにその方法を考えてくれと頼んで去る。スカラムーシュは一人舞台に残って思案に暮れる。アルルカンがやってくると、スカラムーシュは彼に仔細は教えず、ただ方法を考えろとだけ頼む。二人は頭を抱えて舞台を歩き回り、一言も発さずに行ったり来たりする。ときおり二人は近寄っていう。

——そうだ、見つけたぞ！

それから二人は同じ仕草を繰り返してまたいう。

——いや、これでは何の役にも立たん。

二人はまたも同じ仕草を繰り返す。アルルカンはスカラムーシュと正面から顔をつき合わせる。と、スカラムーシュ曰く、

——よし！これなら成功疑いなしだ！

こうして二人は何も説明せずに立ち去る。(39)

イタリア劇団は一六七〇年代まではもっぱらイタリア語で作品を上演していたから、フランスの観客に内容を

理解させ、かつ楽しませるには、役者の動きを基礎にした演技が卓越していなければならなかった。スカラムーシュは沈黙したまま十五分も観客を笑わせ続けたといわれるが、これは彼のマイムがいかに優れていたかを如実に物語るものであろう。

6　博士グラシアン・バルール（Le Docteur Gracian Balourd, イタリア名 Il Dottore Gratiano Baloardo）

この博士を演じた役者が誰であるかははっきりいえないが、残された版画などから推測すると、一六八八年にイタリア劇団の一員として活躍していたアンジェロ＝アウグスティーノ・ロッリ Angelo-Augustino Lolli（一六二二～一七〇二）ではないかと思われる。

コメディア・デッラルテにおける博士はボローニャ大学の教授たちをかたどって作られた。舞台への登場は一五六〇年頃だという。哲学、天文学、文学、ユダヤ教神秘学、弁護士術、文法、外交、医学なんでもござれで知らぬことはないと自称する。生涯を読書に打ち込んできたから知識で頭が一杯だが、何一つ理解せぬまま詰め込んだので、彼が喋りだすと誰もその中身は理解できないし、彼自身も理解できないといわれる。怪しげなラテン語の引用をしつついつまでも喋り続けるのが持ち味だ。十七世紀の版画の銘に曰く、

博士がひとたび口を開けば、
ラテン語か、俗ブルトン語かの区別もつかぬ。
耳を傾ける人間は、多くの場合
棒で殴って止めさせるのだ。(40)

博士は妻帯している場合、必ずコキュであり、結婚式の翌日か、さもなければ前日からすでにコキュとなっている。若い女に色目を使ったところで、「バロルド！」（薄のろ、のろま）とさげすまれるだけである。友達といえば同じ年寄りのパンタローネ、まさに同病相哀れむコンビとなっている。

博士の服装はボローニャ大学教授の服装がそうであったように、黒で統一される。履物も黒、タイツも黒、膝までの黒い式服を着て、その上からかかとまで垂れる丈長の黒いガウンを羽織る。そして帽子はトルコ風の黒だった。これを多少とも変更したのが上述のロッリであって、帽子を黒のフェルトに、上着はルイ十四世風、短い半ズボンに首周りには幅広の柔らかい襞襟とした。額と鼻だけを覆う半仮面を被る。口ひげを伸ばし、頬には赤いしみが出ている。額と鼻の仮面についても、十八世紀の著名な劇作家ゴルドーニによれば、「当時の法律家の顔をいびつにしていたワインのしみに模して」(41)作られていたという。

博士はイタリアからフランスに入ってもギヨ＝ゴルジュのような類型を出したし、なによりもモリエール喜劇の数々の医者たち衒学者たちにその特徴が受け継がれたのである。

7　アルルカン（Arlequin, イタリア名 Arlechino, 本名 Domenico Biancolelli, 一六四〇～一六八八）

イタリア喜劇の数ある下僕タイプのうち、もっとも世界中に知られ、かつ愛好されているのがこのアルルカン（アルレッキーノ）であろう。しかし、その起源については、一応、北イタリアはベルガモの産と目されているが、そのまた先をたどれば、ギリシア神話の半獣神、ジュピテルの使者メルクリウス、あるいは十三世紀アダン・ド・ラ・アール Adam de la Halle の『葉陰劇』*Jeu de la Feuillée*（一二七五）で天空を駆ける魔王から伝来したのか、現在の資料では確定できない。はっきりしているのは、巷間、愚鈍な男を輩出するといわれるベルガモの下町から下僕として出現したらしく、抜け目のない山の手側から現れたといわれるブリゲッラと対照的であるという程度である。ぴったり身についたカラフルなつぎはぎだらけのタイツ、帯は腰骨辺りに締め、大きな財布をぶら下げて、顔には黒またはこげ茶色の半仮面をつけ、いかにも身軽さを誇っているようである。リッコボーニの言によれば、十七世紀以前のアルルカンの演技といえば、

異様な仕草と激しい動きに常軌を逸した卑猥ないたずらの織り込まれたものにすぎなかった。無礼で嘲笑的で下品でおどけ者だが、特に手がつけられぬ猥雑漢であった。加えて非常に身軽だったので、絶えず飛び跳ねており、まるで軽業師そのものといって良いほどだった。(42)

とある。このようなアルルカンの性格は時代とともに少しずつ変化してゆくが、この人物に飛躍的変化を与え、性格に修正を加えた最初の人は、この絵図に描かれた、通称ドミニクことドメニコ・ビアンコレッリ Domenico Biancolelli（一六四〇～一六八八）であったという。モリエールの友人でもありスカラムーシュと並んでイタリア喜劇の人気者であった。一六七五年に画家ボナールによって描かれた彼のアルルカン姿はでっぷり太っているが、若い頃は敏捷でしなやかな身体の持ち主であり、才気煥発な美男であったという。悪声でオウムの声と呼ばれたが、この身体的欠陥を彼は逆に利用して観客にアルルカンの声として深く印象づけたので、彼の後からアルルカンを演じた役者たちは観客から自然な声では受け入れられなかったほどである。まるで現代の体操選手のような身体表現、優れた踊り手としてマイムの名手であった。服装も初期のつぎはぎはやがて模様化されて、赤、青、緑、黄色などひし形や三角形となってゆく。

彼の才気を示すエピソードとして有名なのは、一六八〇年頃からフランス語での作品上演を増やしつつあったイタリア役者団に対して、成立直後のコメディ＝フランセーズからの不満が表明され、ルイ十四世の裁断にもち

込まれた際のやり取りである。「パリ・スペクタクル」誌 *Les Spectacles de Paris* の伝えるところによると、

バロン（モリエールの愛弟子）がフランス役者団を代表してまず口火を切って訴えたが、ドミニクの番が来るとやおら彼はいった、「陛下、私はどのように話せばよろしいでしょうか」。王は答えて、「そちの好きなように話すがよい」、すかさずドミニクは返して、「そのお言葉で充分でございます。私は勝訴いたしました」。バロンは驚いて反駁しようとしたが、王はこれを諒とされ、「余はすでに決をくだしたのだ、前言を翻しはせぬ」と仰せられた。以来、イタリア役者団はフランス語の芝居を演ずるようになったのである。(43)

アルルカンはやがて、十八世紀に入るとマリヴォーの劇的宇宙に活躍の場を得て、フランス演劇界に大きな足跡を残すことになる。

以上、表題に掲げた絵図に描かれた十七世紀のフランス・イタリア喜劇、笑劇役者たちについて解説したが、彼ら以外にも人々に笑いをもたらした役者たちはもちろんいる。その中から二人ほど名前をあげて紹介しておきたい。一人は、パリはポン・ヌフの橋のたもとに小屋掛け芝居を出して庶民の人気を集めた大道役者タバラン **Tabarin**（本名アントワーヌ・ジラール Antoine Girard, 一五六八？〜一六二六）であり、もう一人は彼のいわばライバルであったグラトラール **Gratelard**（本名デジデリオ・デコンブ Désidério Descombes, 生没年不詳）である。

前者は兄モンドール **Mondor** とともに、ブロワの城で、ルイ十三世との不和のために軟禁状態にあった王大后マリー・ド・メディチの前で公演した後、一六一九年頃パリに到着、一六二〇年代前半、大いに人気を博した。そのレパートリーは、兄弟での滑稽問答あり、タバランの漫談調モノローグあり、笑劇ありでラテン語、イタリ

ア語、スペイン語、時にはギリシア語まで混じった、洒落や地口のたっぷり詰まったものである。

笑劇におけるタバランの役どころは下僕であり、その特徴は大食い、飲んだくれ、ずぼらで間抜けだが時にこすっからさも示す。絵姿も残っており、右肩にかかったマントにたっぷりした上着が細い帯できちんと締められ、ズボンはゆったりとくるぶしの辺りまで風にはためいている。際立つのは頭の巨大なグレーの帽子で、その大きさと形が彼の好みに従ってとんがったり、ぺちゃんこになったり、自由に折り畳まれたり、広げられたりして種々変化することで観客を沸かせたという。口ひげとあごひげ付きの仮面をかぶっていたと思われる。タバランとイタリア系の下僕との相似は明らかである。

後者のグラトラールもタバラン同様、ポン・ヌフのほとり、ドーフィーヌ街の入り口に屋台を掛けて客を寄せていた。男爵と自称していたこの香具師は警句、ファンテジー、諷刺などで人気があり、滑稽問答や笑劇も残している。

この二人については、幼い日のモリエールが母方の祖父に手を引かれて見物に出かけていたとのいい伝えも残されている。

以上の解説によっても判るように、十七世紀のフランス喜劇界がいかに多くのものをイタリア喜劇から学び、その影響を受けたか、フランス喜劇史上イタリア喜劇のもたらした恩恵は計り知れないといってもまったく過言ではないのである。

（１） Georges Monval, ancien archiviste de la Comédie-Française, *"Les Collections de la Comédie-Française"*, Paris 1857.
（２） イタリア、ルネッサンス期にアウグストス時代の舞台装置を模倣した劇場建築を提唱した Andrea Palladio が一五八五年に北イタリアのヴィチェンツァでテアトロ・オリンピコを創設したのがその嚆矢であった。さらに、十六世紀から採り入れられた遠近法もあいまって、十七世紀フランスに導入されたイタリア式の額縁が世紀前半の並列式舞台に取って代わったといわれる。

（3）Henri Sauval（？-1670）.
（4）Id., *Histoire et recherches des antiquités de la ville de Paris*, Paris, C. Moette, 1724, t. Ⅲ, p. 37.
（5）Parfaict, *Histoire du théâtre françois*, t. Ⅳ, p. 241.
（6）Tallemant des Réaux, Gédéon（1619-1690）.
（7）Id., *Historiettes*, Paris, Bib. de la Pléiade, t. Ⅱ, p. 773 et sq.
（8）Duchartre, Pierre-Louis, *La Commedia dell'arte et ses enfants*, Paris, éd. d'Art et Industrie, 1955, p. 242.
（9）Tallemant des Réaux, *op.cit.*, p. 778.
（10）Emelina, Jean , *Les Valets et les servantes dans le théâtre comique en France de 1600 à 1700*, éd. C.E.L.P.U.G. p. 144.
（11）Parfaict, *op.cit.*, t. Ⅳ, p. 236 et sq.
（12）Tallemant des Réaux, *op.cit.*, p. 773 et sq.
（13）Sauval, *op.cit.*, p. 36 et sq.
（14）Gougenot, *La Comédie des Comédiens*, Acte Ⅰ, sc. 1.
（15）Tallemant des Réaux, *op. cit.*, t. Ⅱ, p. 776.
（16）Mareschal, André, *Le Véritable Capitan Matamore*, Advertissement.
（17）Tallemant des Réaux, *op. cit.*, t. Ⅱ, p. 776.
（18）Sauval, *op.cit.*, p. 38 et sq.
（19）Duchartre, *op.cit.*, p. 192.
（20）Mongrédien, Georges, *Dictionnaire biographique des Comédiens français du XVIIe siècle*, C.N.R.S., 1972, p. 93.
（21）Tallemant des Réaux, *op. cit.*, p. 777 et sq.
（22）Scarron, Paul, *Jodelet ou le Maistre-Valet* , Acte Ⅴ, sc. 2.

(23) Molière, *Les Précieuses ridicules*, sc. 11.
(24) Tallement des Réaux, *op. cit.*, t. Ⅱ, p. 1124.
(25) *Ibid.*
(26) La Neufvillenaine, *Argument du Cocu imaginaire*, sc. XII.
(27) Le Boulanger du Chalussay, *Elomire hypocondre*, sc. 3.
(28) Jaulnay, Charles, *L'Enfer burlesque*, 1668 col. Moliéresque.
(29) Mlle Poisson, *Lettre sur Molière*, 1740, mai, *"Mercure de France"*.
(30) Antoine-Jacob de Montfleury, *L'Impromptu de l'Hôtel de Condé.*
(31) Mongrédien, Georges, *Les Grands Comédiens du 17e siècle*, Paris, Le Livre, 1927, p. 230.
(32) Curtis, A. Ross, *Crispin 1er, La vie et l'œuvre de Raymond Poisson, comédien-poète du XVIIe siècle*, Toronto, Univ. of Toronto Press, 1972, p. 77 et sq.
(33) Duchartre, P.-L. *op.cit.*
(34) *Ibid.*, p. 170.
(35) *Ibid.*, p. 211.
(36) *Ibid*, p. 147.
(37) *Ibid.*, p. 149.
(38) *Ibid.*, p. 226.
(39) *Ibid.*, p. 229 et sq.
(40) *Ibid.*, p. 186.
(41) *Ibid.*, p. 188.
(42) *Ibid.*, p. 120.
(43) *Ibid.*, p. 142.

第三章　アレクサンドル・アルディ ― 欲望の演劇

友谷知己

一　生　涯

アレクサンドル・アルディAlexandre Hardy（一五七二?～一六三二）は、フランス十七世紀初頭の劇壇で活躍した、性と暴力のさかまく「残酷劇」を代表する作家である。資料不足のため、その生涯についてはほとんどがいまだ不明のままだが、現代の複数の研究者による調査・研究から、(1)およそ以下のようなことが知られている。

『戯曲集』初版扉絵

アルディは、一五七二年頃パリに生まれた。親類縁者の中には宮廷や高等法院に職を得ていた者もあることから（父方の伯父や従兄弟）、アルディ家は、名門とは言えずとも中流の町民階級に属していたと考えられる。青年期のアルディが、中流ブルジョワ家庭の子息としてしかるべき教育を受けたことはほぼ間違いない。後の劇作の典拠として用いた作家群（ウェルギリウス、オウィディウス、クラウディアヌス、プルタルコス、パウサニアス、クセノフォン、ヘリオドロス、ヨセフス、など）を見ても、アルディが古典古代の名作に親しく触れ、少なくともラテン語文献は自由に活用できたことは明らかである。またアルディの教養は同時代のヨーロッパ文学の幅広い摂取からも形成されており、中でもロンサール Ronsard（一五二四～一五八五）とセルバンテス Cervantes（一五四七～一六一六）からは強い影響を受けた。アルディの融通無礙とも言うべき文体や、悪漢小説的な劇的状況への嗜好は、この二人の天才作家からダイレクトに受け継いだものと言え、セルバンテスの小説を複数劇化しているし、また自作戯曲集の序文ではロンサールに惜しみない賛辞を与えている。

アルディが演劇界に身を投じたのは、おそらく二十代前半、十六世紀の終り頃からである。まずは役者として、ヴァルラン・ル・コント、マチュー・ルフェーヴル（通称ラ・ポルト）Mathieu Lefebvre（dit La Porte, 一五七四?～一六三四?）、ピエール・ル・メシエ（通称ベルローズ）といった名優の一座と行動をともにし、地方巡業にも出ている。一六〇〇年にはラ・ポルト一座とアンジェで、一六一一年にはヴァルラン一座とパリで活動していたことが分かっているが、彼の役者としての力量はまったく不明である。役者アルディはいつしか台本作者を兼ねるようになり、座付き作者――フランス語で poète à gages「雇われ詩人」――という身分で、芝居を執筆するようになった。

座付き作者とは、著作権を一切持たず、劇団の求めに応じて迅速かつ大量に作劇を余儀無くされた当時の職業作家のことで、たとえば、現存するベルローズ一座との契約書（マルセイユ、一六二〇年十月）には以下のような記述がある。「アルディ氏は一座に、二年間で十二本の芝居を提供すること」、「オリジナル原稿は必ず一座に手渡しし、その写しも抜粋も下書きも保存せぬこと」(2)。つまり一六二〇年から一六二二年にかけてアルディは、ほぼ二ヶ月に一本のペースで芝居を書き――ちなみに、後のコルネイユの場合は、ほぼ一年に一本である――、なにがしかの契約金を手にした後は、自作に対してあらゆる権利を（出版権も含めて）放棄していたのである。こうしたプロの台本作家としてアルディは――晩年の彼自身の言葉を信ずればだが――、貧困に喘ぎつつ六百本を越える戯曲を書いたという。しかしそれらのほとんどは失われ、現在残っているのはわずかに三十四本である。

アルディは五十代の頃から、座付き作者という日の当たらない身分を捨て、出版によって名を世に残そうと考え始めた。一六二三年刊行の長大な悲喜劇（または劇詩）『テアジェーヌとカリクレの清らかにして忠実なる恋』*Les Chastes et Loyales Amours de Théagène et Cariclée* から始めて、一六二四～一六二八年には悲劇、悲喜劇、田園劇を三十三篇収録する『アレクサンドル・アルディ戯曲集』*Le Théâtre d'Alexandre Hardy* 全五巻を出版した（以下『戯曲集』と略す）。

『戯曲集』のそれぞれの巻頭には、有名詩人の頌詞が載せられた。たとえば、第一巻では「詩句の大海原」«un Océan de Poésie»（テオフィル・ド・ヴィオー Théophile de Viau、一五九〇～一六二六）、第三巻では「詩神アポロン最大の申し子」«d'Apollon le plus grand héritier»（トリスタン・レルミット）、などと絶讃されているが、こうした社交辞令は額面通りに受け取るべきものではない。実際にはアルディの詩才は、どう見てもテオフィルやトリスタンからは遥かに劣るし、また彼の演劇美学は、一六二〇年代にはすでに過去の遺物の様相を呈していた。『戯曲集』第五巻の刊行された一六二八年、アルディは、デュ・リエ Du Ryer（一六〇〇？～一六五八）とオーヴレ Auvray（一五九〇？～一六三四？）という売り出し中の新進作家と激しい論争を起こし、セネカやガルニエ Garnier（一五四四？～一五九〇）といった先人を誉め讃えたが、まさにこうした懐古趣味はマレルブ Malherbe（一五五五～一六二八）を経た若い世代には耐えがたいものであり、彼らから「粗悪な言語」«les fautes et les mots barbares»[(3)] を操る年寄り、などとその悪文をあざけられても（オーヴレ）、老詩人を擁護しようとする者はもはや出なかったのである。

そのステータスに鑑みて、また彼自身の証言によって、アルディとは生活苦に悩む貧乏作家だったと長く信じられていたが、近年の調査ではコンデ公の秘書となっていたこと、また妻イザベルにはかなりの遺産ものこしていたことが分かっており、晩年は比較的安逸な生活を送ったと考えられる。一六三二年、伝染病（おそらくはペスト）でパリに没した。

二　作　品

まず『戯曲集』全五巻に収録される作品名を列挙しておこう（初演年代、上演劇団は不明である。またジャンルの指定が判然としない作品があるが、それらについては「劇詩」としておく）。

第一巻（一六二四刊）――『ディドンの自害』*Didon se sacrifiant*（悲劇）、『セダーズ、あるいは汚された歓待』*Scédase ou l'Hospitalité violée*（悲劇）、『パンテ』*Panthée*（悲劇）、『メレアーグル』*Méléagre*（悲劇）、『プロクリス、あるいは不幸な嫉妬』*Procris ou la Jalousie infortunée*（悲喜劇）、『アルセスト、あるいは貞節』*Alceste ou la Fidélité*（悲喜劇）、『さらわれたアリアーヌ』*Ariadne ravie*（悲喜劇）、『アルフェ、あるいは愛の正義』*Alphée ou la Justice d'Amour*（田園劇）。

第二巻（一六二五刊）――『アシールの死』*La Mort d'Achille*（悲劇）、『コリオラン』*Coriolan*（悲劇）、『コルネリー』*Cornélie*（悲喜劇）、『アルザコーム、あるいはスキタイ人の友情』*Arsacome ou l'Amitié des Scythes*（悲喜劇）、『マリアンヌ』*Mariamne*（悲劇）、『アルセ、あるいは不実』*Alcée ou l'Infidélité*（田園劇）。

第三巻（一六二六刊）――『プリュトンによるプロゼルピーヌの誘拐』*Le Ravissement de Proserpine par Pluton*（劇詩）、『血の力』*La Force du sang*（悲喜劇）、『ギガントマキア、あるいは神々と巨人族の闘い』*La Gigan-*

tomachie ou Combat des Dieux avec les Géants（劇詩）、『フェリスメーヌ』*Félismène*（悲喜劇）、『ドリーズ』*Dorise*（悲喜劇）、『コリンヌ、あるいは沈黙』*Corine ou le Silence*（田園劇）。

第四巻（一六二六刊）——『デールの死』*La Mort de Daire*（悲劇）、『アレクサンドルの死』*La Mort d'Alexandre*（悲劇）、『アリストクレ、あるいは不幸な結婚』*Aristoclée ou le Mariage infortuné*（悲喜劇）、『フレゴンド、あるいは清らかな愛』*Frégonde ou le Chaste Amour*（悲喜劇）、『ジェジップ、あるいは二人の友』*Gésippe ou les Deux Amis*（悲喜劇）、『フラアート、あるいは真の恋人の勝利』*Phraate ou le Triomphe des vrais amants*（悲喜劇）、『愛の勝利』*Le Triomphe d'Amour*（田園劇）。

第五巻（一六二八刊）——『ティモクレ、あるいは正当な復讐』*Timoclée ou la Juste Vengeance*（悲劇）、『エルミール、あるいは幸せな重婚』*Elmire ou l'Heureuse Bigamie*（悲喜劇）、『麗しきジプシー娘』*La Belle Égyptienne*（悲喜劇）、『リュクレース、あるいは罰せられた姦通』*Lucrèce ou l'Adultère puni*（悲劇）、『アルクメオン、あるいは女の復讐』*Alcméon ou la Vengeance féminine*（悲劇）、『勝ち誇る愛の神、あるいはその復讐』*L'Amour victorieux ou vengé*（田園劇）。

ジャンル別に区分すれば、悲劇十二篇、悲喜劇十四篇、劇詩二篇、田園劇五篇、となる（『戯曲集』に収められない『テアジェーヌとカリクレ』は分類の困難な作品で、悲喜劇とも劇詩ともされる）。これらすべての作品を紹介する紙幅は到底無いので、以下からは代表的な戯曲を選んでジャンルごとに見て行くが、その前に、アルディの作家としての資質の特徴的な点を確認しておこう。

アルディは十七世紀前半にはすでに重要視されなくなり、現在ではまったく埋もれた作家となってしまったのだが、その因の一つは彼の文体に求められる。オーヴレたちが嘲弄した「粗悪な言語」というのは誇張ではない。多作家の代償と言うべきか、アルディには破格表現がきわめて多く、さらにそのロンサール趣味から繰り出される古語、造語、衒学、ラテン語法はアルディの韻文を難解極まりない悪文としているのである。ここで一つだけ、衒学趣味からくる難解さの例を挙げておこう。『アルクメオン』に、毒の塗布された首飾りという意味で、「雲の子の血に浸された首飾り」という表現がある。アルディが「雲の子」で言わんとしているのは、ネッソス（ゼウスが雲で造った女神とイクシオンとの情交から生まれたケンタウロス族の一人で、ヘラクレスの毒矢に射られたことから彼の血は毒されている）のことなのだが、現代のある校訂者は「雲の子＝鳥」と理解してしまっている。(4) アルディ劇にはこうした迂遠な神話的装飾が無数に鏤められており、現代の読者にとっては容易に近づき難いものとなっているのだ。

次に、アルディが忘れ去られたもう一つの因は、その演劇美学にも存している。アルディは、古典古代からルネサンスを経て整備されつつあった演劇の規則性というものに顧慮する作家ではなかった。芝居の時間はしばしば一日を越え、展開する場所は単一どころではないし、筋の構成もかなり散漫である。ジャンルの峻別には拘泥しないし、性格造形の的確さや自然な心理描写といったものも稀である。特にアルディが古典劇美学から著しくかけ離れているのは、舞台上で展開される劇的な行為（アクション）の「礼節」（ビヤンセアンス）という面である。ガルニエを経由して十六世紀末に流行した凄惨な「残酷劇」(5) の流れを汲むアルディは、人間の欲望の荒れ狂う暴力的事態・激越な情動「パトス」*pathos* の表象に、倦むことなく努めた。アルディ劇においてはしばしば、拉致、監禁、姦通、売春、凌辱、妊娠、出奔、決闘、供犠、殺人（母殺し、子殺し、兄弟殺し、夫殺し、妻殺し、自殺、毒殺、撲殺、刺殺）、死体遺棄、といった悪行の数々が舞台上で犯される。コルネイユは、激しい情念、赫々たる事件が描かれるなら悲劇の登場人物は必ずしも王族でなくとも良いと主張する際、『セダーズ』をその例に挙げ先達アルディに敬意を表したが、同時にアルディ流の芝居に未来がないことも示唆していた。強姦の表象はフランスの「潔癖な」舞台ではもはや上演不可能なのである（『悲劇論』）(6)。

こうしたパトスの乱発、残虐趣味の徹底という姿勢から、アルディ劇のもう一つの顕著な特性が指摘できる。すなわち、マンネリズムである。アルディ劇とは、すでに定式化された「型」や、観客にうけるための「こつ」を墨守し、何度でも流用する劇作術に支えられたものだったと言える。散逸したアルディ作品の多くが「継ぎ接ぎ」«ravaudages»(7)のごとき雑な仕事だったろうというランソンの推測は、おそらく的を射ている。『戯曲集』には頻繁に、同種の台詞、同種の図式、同種の感情が、「使い回し」されているのである（たとえば『コリンヌ』第二幕第二場と『愛の勝利』第一幕第一場）。書斎の文人ならぬ実際的な演劇人（多作かつ速筆のプロ作家）だったアルディにとって、おそらくそれは職業的な要請だった。アルディに求められていたのは、「新しい美学」ではなく、即座に確実に収益の見込める「次回作」だったのである。

かくしてアルディはその三十年を越えるキャリアで、演劇体験の感覚的な強度をひたすら追求し、欲望と暴力の世界を造り上げた。それはある意味、安易なパッチワーク的で、時に激しく猥雑な世界であったが、アルディは自己の美学の正当性を露ほども疑わなかった。十七世紀初頭の舞台で成功した自負のあるアルディにとっては、「慣習が認め、大衆が気に入ったものは、すべて正しい」(8)のである。

1　悲　劇

アルディの十二篇の悲劇は、ほとんどが神話や歴史に取材し、名高い王族・武将・女傑の不幸を取り上げている。『マリアンヌ』の主題はヨセフスから採られ、『ディドンの自害』はウェルギリウスを下敷きにし、『パンテ』はクセノフォンの劇化である。プルタルコスからは、ギリシア史の一エピソード（『セダーズ』）や、共和政ローマの反骨の武人の物語（『コリオラン』）を取り出した。アレクサンドロス大王の事跡にまつわる『ティモクレ』『デールの死』『アレクサンドルの死』も、いわゆる歴史物である。『メレアーグル』『アルクメオン』は、いずれもギリシア神話に名高い悲劇的主題である。つまりアルディの悲劇作品は、基本的に人文主義的悲劇の作劇法から外れることなく、伝統的な主題にのっとり、因襲的な手法（亡霊、予言、コロスなど）を用いて、悲愴性の創出を目指している。

しかし劇作術の面では、芝居のより劇的な造形のためにいくらかの工夫を施した。十六世紀から比べてアルディ劇では、登場人物の数が増え、独白は短くなり、場面と場面のつながりにも配慮がなされている。われわれは先にアルディの猥雑さを強調したが、『ディドンの自害』や『パンテ』や『デールの死』は、卑俗さや下品さも含まない控え目な作品だと言える。ただアルディ自身が「幾分荒々しい悲劇の詩句とは、宮廷の繊弱な人士の神経を大抵は逆撫でにするものだ」[9]と述べているように、アルディが悲劇において優先したものが、常に刺激的な情動だったことは間違いない。『ディドンの自害』の主人公を一言で要約すれば、愛欲に「狂乱するディドン」となるし、また『マリアンヌ』のエロード王の激怒の出発点は、マリアンヌが「妻の務めを夫に拒絶」したことなのである。[10]

『ディドンの自害』*Didon se sacrifiant*（一六二四刊）

〔梗概〕舞台はカルタゴと、ガエトゥーリア。

（第一幕）女王ディドンの寵愛を得てカルタゴにやすらうトロイア人エネは、同朋アカトとパリニュールを前に、辛い心中を吐露する。エネは、神々のお告げによりイタリアの地にトロイア再興の使命を帯びているが、さりとて海難を救ってくれたディドンを捨てるに忍びない。仲間たちは恋の危険を語り、また不実者となった神々の例を挙げ、出帆を促す。エネは苦悩しつつ船出の準備を指示する。ディドンは妹のアンヌに語らい、すでに恋の破局を予感している。前夫シシェの霊が夢に現れ、エネの出奔とディドンの自殺を予告したからでもあった。恐れるディドンを慰撫すべくアンヌは、夢告の空しさ、高邁なエネの人柄を強調するが、女王の畏怖はやまず、二人揃って守り神ジュノンに祈りを捧げることとする。フェニキアの女たちのコロスが登場し、エネとディドンの、また、トロイアの男たちと自分たちとの婚礼を祈願する。

（第二幕）舞台はガエトゥーリア王イアルブの宮殿。かつてディドンに領土を分け与えた隣国のイアルブは、自分の求愛を退けた上、流浪の男エネと結ばれようとするディドンへの怒りに燃え、カルタゴ殲滅に備えて密偵を送る。舞台は再びカルタゴ。凄絶なトロイア落城の夜を思い描きつつエネは、その惨禍にも動じなかった自分が、今ディドンを捨てる恐ろしさに震える、とアカトに告白する。裏切りと忘恩が神々に見過ごされるわけは無いからである。アカトは、官能に溺れず使命を思えと忠告し、船出の催促をする。エネの年若き息子イユルは、休息し続けるトロイア勢にしびれを切らしている。トロイア人たちのコロス登場。パリニュールは彼を諫めるが、遅延の理由を訊ねられ返答に窮し、父親を信頼せよと言うに留まる。トロイア人たちのコロス登場。祖国の滅亡と、人の世の有為転変を嘆き、海をさすらう自分たちよりも貧しい農夫のほうがましだと慨嘆する。

（第三幕）アンヌやフェニキアの女たちとともにいる女王の許へ、エネが現れる。ディドンは恨みつらみを爆発させる。エネは女王に、その恩を忘れたわけではないこと、神々の命によりやむなく発たねばならぬこと、カルタゴを出た後自分は亡霊のようであろうこと、を述べるが、ディドンの気はすまない。逃亡するエネの難破と死を願って女王は退場する。フェニキアの女たちのコロスが、女王として人民の安寧をも忘れ、恋の狂乱に溺れるディドンを憐れむ。ディドンはアンヌに、エネの許で仲介役となって、出発の中止あるいは延期をさせるよう頼む。アンヌは快く引き受け、ディドンを慰める。女王はさらに神々にも願をかけるが、すでにアンヌのとりなしが無駄であることを予感し、嘆く。トロイア人たちのコロスが登場し航海の無事をネプチューンに祈願する。

（第四幕）メルキュールがエネの夢に現れ、その遅疑逡巡を詰り、ディドンからの危難を避けよと命じる。目を覚ますやエネは、アカトに出帆を指示。アンヌが登場し、姉の惨状を描き出しエネに出発を思いとどまらせようとする。しかしアンヌの嘆願にも耳を貸さず、エネは立ち去る。ディドン登場。妹を前に女王は怒りに身を任せ、トロイアの船の焼き打ちとエネたちの皆殺しを夢想し、地獄の神々に復讐を祈る。そして苦しみから逃れるためにまじないをすると妹に言い、薪の山にトロイア人の残した物すべてをくべるよう命じる。ディドンはすでに自殺を決意している。チュロス人のコロス登場。英雄ヘラクレスすら破滅させた恋の毒が、ディドンの身を誤らせたと嘆き、無情なエネを非難する。

（第五幕）乳母バルスも慄然とする形相で、ディドンはエネとその末裔を呪い、後のポエニ戦争とハンニバルを予言する。生贄の儀式を整えさせるという口実でアンヌを遠ざけた後、ディドンは短剣で胸を刺し貫き、果てる。ディドンの死を知ってアンヌは後を追おうとするが、チュロス人のコロスに引き止められる。アンヌは、運命の不正と恋の害毒を嘆き、また自分を欺いたディドンを恨む。埋葬の礼など無益だと言いつつも、アンヌは姉を弔うべく退場。イアルブからの使者が登場し、夫の選択を誤ったディドンの不明を憐れみ、幕。

『ディドンの自害』は、アルディ劇としては破綻の少ない、優等生的な作品である。時間は二十四時間内に納まり、場所も第二幕第一場を除けば単一である。典拠のウェルギリウス『アエネーイス』から大きく逸脱しない筋立ても、真実らしく簡潔なものである（イアルブ王のエピソードは不要としか言えまいが、短い寄り道である）。文体には抑制が利いており、葛藤は登場人物の内面に定着している。メルキュールが登場するものの、エネとディドンは神々の意志の操り人形ではない。ディドンの愛とエネの懊悩は、人間的レベルで描かれ、情念に抗する人間の自律的な「高潔さ」が強調されているのだ。捨てられた女の名誉を回復するためのディドンの自害は、「高邁」«magnanime»（v. 1747）な行為であるとされるのである。

『ディドンの自害』の十七世紀初期悲劇としての折り目の正しさは疑うべくもないだろう。ただし、こうした筋の簡潔さや登場人物の倫理的優越性といった側面が、『ディドンの自害』をアルディ悲劇最良のものとしているとは軽々には言えない。殊に、筋の簡潔さ故に多用されるコロスには問題があり、第四幕のそれなどは、完全にドラマを中断する退屈な時間（全二百八行）を形成してしまっている。以下からは、アルディ劇のより激越な側面を見てみよう。

『セダーズ、あるいは汚された歓待』*Scédase ou l'Hospitalité violée*（一六二四刊）

『セダーズ』は、コルネイユも称賛するアルディ悲劇の代表作であるが、詳細については『フランス十七世紀演劇集　悲劇』（中央大学出版部）のテクストと解説を参照して頂くこととして、ここでは『セダーズ』の劇的要素のポイントを抜き書きするにとどめる。

・欲望の絶対的権力（老セダーズの二人娘を狙うスパルタの青年たちは、自己の欲望がまったく制御できない。ストイシズムの否定）
・女性蔑視（青年たちは乙女の肉体を手に入れるためには、嘘をつき無理強いもし、性欲を満たしたのちは面倒なら命を奪えばよいと考える。オウィディウス的な男性の利己主義でのみできた「恋の作法」）
・暴力の直接的表象（娘たちの強姦殺人と老人の憤死が観客の眼前で展開され、亡骸が舞台に晒される。悲劇と見世物小屋を接合する視覚的効果の追求）

・「恐れ」の「憐れみ」に対する優位（暴力それ自体の表象によって観客に戦慄を与え、暴力の被害者の有罪性はほとんど問わない。事故的かつ容認しがたいパトスの使用）

そしてこれらの点が、アルディ劇全体の重要なモチーフとなっていることに注意しておきたい。

『リュクレース、あるいは罰せられた姦通』*Lucrèce ou l'Adultère puni*（一六二八刊）

〔梗概〕舞台はスペイン。

（第一幕）スペイン随一の美女にして淫蕩なリュクレースは、夫テレマックとの冷えきった夫婦生活に愛想を尽かし、美男子ミレーヌと密通を重ねている。今夜も彼女は自室にミレーヌを引き入れることにしている。一方ミレーヌは親友エヴラールから、不倫など止して身を固めろと言われるが、一向にリュクレースを諦める気はなく、親友を空約束で追払い、悪友のカミーユとともに梯子を持ってリュクレースの邸に忍んで行く。

（第二幕）エヴラールがミレーヌの不倫を確かめるべく、リュクレース邸の庭に潜んでいると、案の定ミレーヌが登場。ミレーヌはカミーユを見張りに置き、女の部屋へ登っていく。その姿を見てエヴラールが、友の堕落を嘆き行く末を案じていると、情事を済ませ退散するミレーヌはうっかり梯子から落下。物音に目覚めたテレマックは泥棒かと騒ぎ立てるが、リュクレースになだめられ、ついで現れたエヴラールが、賊を追っても無駄だとその場を収める。テレマックは旧知のエヴラールに、目覚める直前に見た悪夢（頭に二本の角が生えた）の話をするが、エヴラールにそれも心配ないと言われ引き下がる。エヴラールは一人、世の夫婦の悲惨と女性の恐ろしさを慨嘆する。

（第三幕）ミレーヌを贔屓にしている美しい娼婦エリフィールが、最愛の男の浮気を知って竹篦返しを一人誓う。ミレーヌはエヴラールから、梯子は隠しておいたしテレマックも体良くあしらった、と聞かされ、友の尽力に感謝。エヴラールはこれを期に結婚しろとミレーヌに勧め、顔は十人並みだが徳高く財産もある娘を三人紹介すると言う。ミレーヌはしぶしぶ受ける。泥棒騒ぎを気に病むテレマックは、妻に暫く田舎で暮らす提案をし、リュクレースは難色を示すが夫をたてて従う。ミレーヌはエリフィールを訪ね、縒りを戻すべくダイヤを渡す。娼婦ははねつけ、さらに石が偽物であると見破るが、ミレーヌの魅力に負けて、またの逢瀬を約す。

（第四幕）テレマックは、以前見掛けて惚れ込んでいたエリフィールを訪れるか否かで、一人迷っている。妻を裏切ることに罪の意識を感じつつも、ジュピターすら犯した恋の罪だと言い聞かせ、女を買う決心を固める。エヴラールは、紹介した三人の娘のうち誰が好みかミレーヌに問うが、ミレーヌは三人とも縹緻が悪過ぎると言って断る。二人の友はリュクレースの家のそばにさしかかり、ミレーヌはまたもリュクレースとその夜の逢い引きの約束をしてしまう。落胆しかつ諫めるエヴラールだが、親友にふりかかる危難に備えて、一緒に行こうと申し出る。一方テレマックはエリフィールを口説きにかかるが、娼婦は彼にリュクレースとミレーヌの不倫関係を暴露。テレマックは急いで去りつつ、娼婦に明日の約束をとりつける。エリフィールは一人、浮気男の罰を思って満足するが、やはり男の身を案じ、忠告を与えようという気になる。

（第五幕）妻に復讐する決意を固めたテレマックは、商用で三日の旅に出る、とリュクレースをだます。夫が出発するやリュクレースはミレーヌを呼びに乳母を使いに出す。一方テレマックは、小姓とともに不義の現場を待ち伏せる。ミレーヌは邸にやって来るが、故知らぬ不安にとらえられエヴラールに相談する。エヴラールは、それこそ天の警告だから行くなと制止するがミレーヌは聴き入れない。エヴラールは不承不承ミレーヌに付き添い邸に入り、寝室の恋人たちを乳母とともに隣りの部屋で待つ。ミレーヌとリュクレースが情事に耽ろうとするところへテレマックが乱入。二人を刺殺する。騒動に気づいたエヴラールは、室を出て友人の死を認めるや抜刀してテレマックを殺し、テレマックの小姓の追跡を逃れ邸から脱出する。小姓は主人の不幸を嘆く。幕。

『リュクレース』の典拠は、ロペ・デ・ベーガ Lope de Vega（一五六二〜一六三五）の小説『祖国に帰った巡礼』*El peregrino en su patria*（一六〇四刊）である。この小説はドディギエ d'Audiguier（一五六四?〜一六二四?）によって仏訳されており（一六一四刊）、ロトルー『セリアーヌ』*La Céliane*（一六三七刊）やベイス（ベイ）Beys（一六一〇?〜一六五九）『狂人の病院』*L'Hospital des fous*（一六三四?）の粉本ともなったものである。ランカスターが『リュクレース』について、「不実と復讐を描き、悲惨な結末を迎える一種の悲喜劇」(11)と述べているように、この作品は結末を除けば喜劇とも言うべき作品である。しかし、アルディの指定によれば飽く迄これは「悲劇」なのだ。全体のトーンがいかにコミカルでも、悲劇的要素を点在させておけば（予感、復讐、殺人）、作品は悲劇と名乗れるとアルディは考えていたのである。

舞台は自由に転換する。登場人物はすべて町民（うち一人は娼婦）で、かつ滑稽で下卑た台詞をしばしば口にする（第二幕、「おいしい食事も少しずつ味わう方が、飽きが来なくていいわ」と言うリュクレースの不倫賛美。第四幕、リュクレースを指して「（間男ミレーヌは）あんたと同じ井戸から水を汲んでるのさ」(12)とテレマックに言い放つエリフィールの淫らな諧謔）。

筋立ての面を見ても、不倫妻が無反省に快楽を礼讃し、間男が梯子で忍び入り、逢い引きがなされ、帰る姦夫が二階からうっかり落下し、寝ぼけた夫が騒き立て、暢気に夢に見た「寝取られ男」cocu の象徴である二本の角の話をする、という辺りは喜劇以外の何物でもないと言える。『リュクレース』は、アルディの悲劇がいかに「憐れみ」を等閑視していたかを示す好例である。この芝居の二人の死者、すなわちミレーヌ（みずから進んで不義の罪を犯し、二人の女を同時に口説き、寝取られ夫に罰せられる主人公）と、テレマック（自分の浮気相手エリフィールに妻の不倫を聞かされ、復讐に燃える瞬間にも、エリフィールを諦めぬ好色漢）に、憐れみを催す観客はまずいないだろう。

『アルクメオン、あるいは女の復讐』*Alcméon ou la Vengeance féminine*（一六二八刊）

〔梗概〕舞台はテーバイとエーペイロス。

（第一幕）エリフィールの亡霊が登場し、息子アルクメオン（テーバイ王）の罪を語り、将来の罰を予言する。父の仇を討つためとはいえ母を殺し、今は不倫の恋に燃えているアルクメオンは、近々二人の男に惨殺され地獄に落ちるだろう、と宣言し亡霊は消える。母の霊に悩まされているアルクメオンは、老人ウーデームから、亡霊は後悔の念が作り出す幻にすぎぬと元気づけられる。がアルクメオンは、悩みはまだあると言い、エーペイロスのニンフ、カリロエへの恋を打ち明ける。老人は不倫を忘れよと忠告するがアルクメオンはその言をいれず、カリロエを口説きに向う。舞台はエーペイロス。ニンフはアルクメオンに、結婚の約束がなければ靡くことはない、と言い、アルクメオンの妃アルフェジベが持っている首飾りを要求する。アルクメオンは承諾し、カリロエから接吻を奪う。

（第二幕）舞台はテーバイ。アルフェジベはすでに夫の不実を人づてに聞いて知っており、カリロエを「売女」と呼び、姦夫姦婦への復讐の意図を乳母に告げる。何食わぬ顔で帰宅したアルクメオンは、かつて愛の証しとして与えた首飾りを一日だけ貸してくれないかと王妃に言う。アルフェジベは夫の意図を見抜いて怒り狂うが、アルクメオンはのうのうと、カリロエとの恋はその場限りの火遊びだから大目に見てくれと泣きつく。王妃は、自分の容色が衰えたことから浮気をするのだろうが、せめて貞淑な妻を憐れんでくれと懇願し、首飾りは明日渡すと折れる。アルクメオンは喜色満面として妻に感謝する。

（第三幕）乳母を前に王妃は、夫の不倫に女衒の真似事をしたのは演技であって、復讐の準備は着々と進んでいると言う。不実なヘラクレスを罰したデイアネイラにみずからを擬した王妃は、首飾りに毒を染み込ませており、夫に地獄の苦患を味わわせるつもりなのである。アルフェジベは乳母を去らせ、夫に気取られぬよう、不倫への天罰を待ちつつ悲しむ妻を装って首飾りを渡す。アルクメオンは王妃の空しい祈願を嘲るが、事の上首尾をウーデームに伝えつつ、王妃の形相の凄まじさには震えたと告白。老人はイアソンの妻メデイアの例もあるから注意せよと促すが、アルクメオンは恋の熱に浮かされて首飾りに接吻する。即座に毒のまわったアルクメオンは狂乱。ウーデームに飛びかかり退散させ、母の亡霊を見、雷鳴を聴き、大地の裂けるのを感じ、地獄の亡者の幻影に闘いを挑む。アルフェジベは、制止する乳母の腕から幼い王子たちを奪って、乱心した夫の前に投げ出す。アルクメオンは狂気の中、我が子を鏖殺する。

（第四幕）王妃は兄弟のアクシオンとテモンを呼び出し、家名を汚したアルクメオンに毒を盛ったがその甲斐無く息を吹き返してしまったので、自分にかわって仇を討てと依頼する。アルフェジベはいきり立つ兄弟たちに、夫は狡猾な男だから用心深く闇討ちにするように、ただ供に連れている老ウーデームは見逃してやるようにと言う。兄弟たちが出発した後、アルフェジベは暗い予感に捕らえれる。一方正気に帰ったアルクメオンは、母殺しの上に子殺しの罪を犯したことに絶望し、自殺を考えている。ウーデームは、このうえみずから命を絶つという大罪を重ねてはならぬ、カリロエを思って生きよと慰め、ニンフの許へと二人は向う。その道すがらアルクメオンが、昨夜の夢で二頭の獅子に襲われ殺されかけたと老人に聞かせた直後、アクシオンとテモンが登場。三人は斬り合いの末、死す。アルクメオンはウーデームに末期の言葉として、アルフェジベにあの世でまた会おうと伝えよ、と言い遺す。

（第五幕）アルフェジベは乳母を相手に、王宮を出しなに左足で躓き、その途端日蝕が始まり、鼻血が流れた、という凶兆を語り、不安に戦いている。そこへウーデームが現れ、アルクメオンと兄弟たちの死を告げる。喜びと悲しみに交互にくれる王妃に、老人は決闘の顚末を詳細に聞かせ、舞台には三人の亡骸が運ばれて来る。アルフェジベは夫の亡骸に向って、その目を抉り鴉に与えるか自分で貪るかでもしたいと毒づいてから、兄弟たちの亡骸には悲しみの涙を注ぎ、彼らへの埋葬の礼として真っ先に自分の命を捧げようと叫び、幕。

典拠となったのはパウサニアス『ギリシア案内記』第八巻「アルカディア」であるが、パウサニアスに見えるのはこの逸話の要点のみの短い記述にすぎず、『アルクメオン』はアルディが自由に内容を膨らませた作品である。その「増幅」amplification にあたってアルディは、「混成」contamination という手法――「本歌取り」の組み合わせ――を用いている。アルクメオンとアルフェジベは頻繁に、第二のヘラクレスとデイアネイラ（セネカ『狂えるヘルクレス』）、また第二のイアソンとメデイア（エウリピデス Euripides『メデイア』）であるとして提示されるのだが、アルディは過去の惨事の偉大な鑑 *exempla* を喚起することで、それらと進んで競合関係に入り、自作がモデルを凌駕していることを示そうとしているのである。

劇構成には多数の不備がある。アルフェジベは猛毒を用いると言いながら、アルクメオンは乱心しかせず、次の幕ですでに正気を取り戻す。また最終幕、老人の「語り」は舞台上で展開された事件の無駄な繰り返しにすぎない[13]し、王妃の嘆きは、物語の脇役でしかない登場人物（兄弟）にあてられており、ここに憐れみが生じる余地もまずない。

登場人物の不道徳性は、アルディ劇屈指のものである。アルクメオンは不倫を礼讃し（「結婚が本当の愛の姿ではないぞ。むしろこっそり盗む愛こそが、より長続きし、より熱く、より心を浮き立たせるものなのだ。食べ過ぎというものは人をげんなりさせるだろ」第一幕）、無理強いを礼讃し（「少し無理矢理だったからこの接吻は味わいも深い」第一幕）、性愛の全権を認め（「愛の欲求に押さえは利かぬ」第二幕）、臆面もなく妻に不倫の許しを請う。このずうずうしい夫の不道徳性に対応するのが、妻の悪魔的な「女の復讐」（副題）である。それは単に行為の激しさばかりではない。アルフェジベは、悪を内心で享楽する女なのである。毒を塗った首飾りを夫に差し出す際、アルフェジベはひとたび躊躇《ためら》って見せて、愛の証しのこの首飾りを渡せば「お前を失ってしまう」«Joyau qui ne te peut que perdre»（III, v. 764）と言うが、これは観客にのみ理解できるダブル・ミーニングであって、「首飾りによってお前を失う」というのは夫の愛の喪失ではなく、夫の身の破滅のことなのだ。今まさに罠を仕掛けようとするアルフェジベは、その罠の危険を分からぬように犠牲者に知らせるという快感を得ているのである。

しかし、アルフェジベの心理の振幅の激しさ（復讐のため冷然として子殺しの罪を犯す母であり、兄弟の死の報せに泣き暮れる優しい妹であり、夫の遺骸に罵りの言葉を叩きつける妻）は、アルディ的なパトスの限界を示しているとも言えよう。過剰なパトスの無反省な追求は、真実らしさを破壊し、登場人物の虚構性を露呈してしまうのである。

2　劇　詩

アルディの「劇詩」poème dramatiqueとは、悲劇的な全体の結構をとりながら、悲喜劇、喜劇、叙事詩などの要素を多分に含んだ二作品、すなわち『プリュトンによるプロゼルピーヌの誘拐』と『ギガントマキア』である。リガルはこれらを「神話劇」と呼び、ランカスターは単に「悲喜劇」に含めている。リガルはまた、奔放な想像力によって書かれたこれらの作品のスペクタクル性と滑稽味を、後のオペラとビュルレスクに先鞭をつけたものだとする。ここでは『プリュトンによるプロゼルピーヌの誘拐』を取り上げてみよう。

『プリュトンによるプロゼルピーヌの誘拐』*Le Ravissement de Proserpine par Pluton*（一六二六刊）

〔梗概〕舞台は冥府、オリュンポス山、シチリア島、フリギア。

（第一幕）愛の神キュピドンが一人登場し、冥府の王プリュトンをとうとう恋の矢で傷付け欲望の虜としおおせた、と凱歌をあげる。冥府のプリュトンは、ジュピテールが愛欲のままに生き、自分が暗い泉下で愛の無い暮らしを強いられていることに怒り、地獄の眷属に反乱を呼びかける。復讐の女神ティジフォーヌは戦さに乗り気だが、運命の女神ラシェーズは神々の盟約を破る反乱など起こさず、ジュピテールに結婚相手を願い出るべきだと進言。プリュトンはこの言をいれ、メルキュールを呼び出し、ジュピテールに「女を寄越すか、戦争かだ」と伝えさせる。舞台はシチリア。豊饒の女神セレスは、乱倫を極める天界から遠くシチリアに、愛娘プロゼルピーヌをかくまっている。セレスは、フリギアの人々から奉納品を受けるべく三日の旅に出るので、不在の間、結婚を餌に言い寄る男たちの毒牙にかかってはならぬと娘に言い含める。プロゼルピーヌは純潔を奪われる前に死を選ぶと答え、安心して母は神殿に出発するが、娘は故なき不安にとらわれる。

（第二幕）オリュンポス山のジュピテールは、定めによってプリュトンの相手はプロゼルピーヌと決まっていると言う。セレスが娘をシチリアに隠したことをすでに見通している神々の王は、プロゼルピーヌを花畑に誘い出せとヴェニュスに命じる。プリュトンはそこで乙女を誘拐することになっているのである。ヴェニュスは役目を喜んで引き受け、ジュピテールは朗報を伝えるべくメルキュールを冥府に送る。メルキュールからジュピテールの手筈を伝えられ、冥界の王は力ずくで女を奪うことを躊躇うが、結婚してしまえば罪はなくなるだろうと了承し、駿馬を駆って勇んで地上にのぼる。ヴェニュスは、パラスとディアーヌを伴いシチリアに降り立ち、美しい山野を愛でつつ散策し、プロゼルピーヌを見つける。ヴェニュスの発案で、四人の女神は花冠を作る競争を始め四方に散る。と、地底からプリュトンが現れプロゼルピーヌを誘拐。パラスとディアーヌはヴェニュスの策略であったことを疑うが、すでに打つ手は無い。

（第三幕）フリギアにあるセレスの夢にプロゼルピーヌが現れ、助けを求める。母はシチリアへと急ぐ。冥府のプリュトンは、母の許に帰りたいと泣くプロゼルピーヌをなだめている。強き神を夫に持ったことを喜び、運命を受け入れるべきだと諭すが、女神は純潔なままありたいと泣きしきる。プリュトンは、母の言いつけに従って処女を守るという不毛な願望を捨て、愛の悦びを味わえと言うが、プロゼルピーヌは嘆くばかり。冥府の王は眷属に命じ、盛大な祝宴を催して新妻の愁いを晴らすこととする。舞台はシチリア。セレスが娘の不在に驚くところへ乳母が現れ、プロゼルピーヌは三人の女神とともに姿を消したと教える。セレスは松明を手に娘の捜索の旅に出る。

（第四幕）オリュンポス山でジュピテールは、この事件における彼の意図を神々に通達する。すなわち、セレスの放浪によって人間たちは女神から農業を教わることになっているのであって、プロゼルピーヌの居場所は何人たりとも明かしてはならない、というのである。海神ネレや牧神パンは恭順の意を表す。舞台はシチリア。農夫が二人登場し、セレスへの恩返しとしてプロゼルピーヌ捜索に出ている。農夫たちはしかしセレスを気の毒がりつつも、女の子というものは早目に嫁に出したほうが苦労が少なくて済むものだと頷き合う。娘の行方が知れず半狂乱となっているセレスは、犯行現場にいたニンフのアレチューズを見つける。誘拐犯を教えよと懇願されアレチューズは躊躇うが、セレスから保護を約束されて、ジュピテールに背きプリュトンの名を明かす。セレスは兄弟神たちの陰謀を呪い、オリュンポスのすべての神々に訴えをなす覚悟を決める。

（第五幕）冥府のプリュトンは、婚礼が済んだ以上妻を引き渡すなどもってのほか、もしもジュピテールがセレスに屈したなら天上と地下は戦争である、とメルキュールに宣言。メルキュールはそれは杞憂だと一笑に付し、神々が望んでいるのは和解だから妻とともに裁定の場に来るようにと説く。プリュトンはしぶしぶ承諾。セレスは少女誘拐とい神々の裁判。セレスとプリュトンの舌戦の間、嘲りの神モームが度々ちゃちゃを入れる。セレスは少女誘拐というおぞましい行為を断罪するが、プリュトンは、これ迄すべての求婚者を退けてきたセレスの振る舞いこそ自然に反する、自分は強大な王国の主でありこれ以上の婿はないと述べ、しかしプロゼルピーヌがもしも望むなら母の許に返しても良いと言う。召喚されたプロゼルピーヌは、夫と抱き合って登場。セレスは怒り狂って冥府の王など捨てよと命じるが、プロゼルピーヌは、妻となったからには夫を捨てることができず、態度を決めかねている。ジュピテールは、もしもプロゼルピーヌが冥府で何か食べていたら天上に戻ることはならぬとし、彼女がザクロの実を食べてしまったことが分かる。絶望するセレスから地上の穀物を不毛にしてしまうと脅され、プリュトンには逡巡を非難され、ジュピテールは最終的に、プロゼルピーヌは半年ごとに母と夫の許にあるべし、と裁定を下す。すべての神々がこれを受け入れ、婚礼の祝宴に向って、幕。

『プロゼルピーヌの誘拐』の構成は、『セダーズ』と同工異曲である。老いた父（母）が三日の旅に出ている間に、老年の唯一の希望である娘の貞操が奪われ、裁判にいたる、という図式である。留守が心配だという親に対して娘が、純潔を失う前に死を選ぶと答え、その賢さに親は満足して出発するが、娘は不安に戦く（第一幕）というのも、まったく『セダーズ』と同じ展開である。加害者を罪に駆り立てる動因も、『セダーズ』と同じものだ。すなわち、「ジュピテールが首まで快楽の川につかっているとき、俺には快楽の幻しかない」（第一幕）と言うプリュトンの、性的欲求不満である。

それを解消するため暗躍する男性登場人物の言説の身勝手さは注目に値する。強引に女の貞操を奪うことに難色を示すプリュトンに対してメルキュールは、「快楽を掻き立てるものとは、恋の細道の難所にこそあるのだ。そもそもお前のいかめし過ぎる顔付きは、女にとっては魅力に欠ける。だから、お前が女をてなずけるのなら、顔じゃなくて体で行くんだ。そうすれば、百年かけても実らぬ恋、などという目にも遭わずに済むというものだ」（第二幕）、と宣告する。この台詞——プリュトンは醜男である。故に快楽を味わうには、女をてごめにするほかない——は、まことに喜劇的（王を嗤う）かつ悪魔的（強姦礼讃）なものであるが、じつに手際よくアルディの思想を要約している。アルディ劇において、恋する男性人物たちは、待つということを知らない（「百年かけても実らぬ恋」の拒否）。そして真心こめて美女をかき口説くという手順はあまりに煩瑣だから、簡単な解決策、すなわち力に頼ればいい（恋の「難所」を暴力で破壊する）。しかも肉の悦びは常に何物をも支配するものであるから、女は男の醜悪さも忘れてくれる（女が屈服されるのは「顔じゃなくて体で」ある）[14]。

官能至上主義にもとづく男性のエゴは隠しようもないが、一方でアルディは巧妙に、プリュトンにもある種の正当性があるかのごとくに劇を造形している。プロゼルピーヌが、母の傍で処女のままあることこそが幸福であり、夫を持つことは女性にとって奴隷になるに等しいと言う時（第三幕）、冥府の王は、子が親のもとに留まり続けることこそ隷属状態であり、愛する夫の腕で快楽を味わうことは女性の成熟なのだと答える。「この閨でわしと体をひとつにし、互いの唇から魂も抜け出すほどに、愛の戦さの悦びで総身を震わせる時、お前は知るのだ、母を信じたのは愚かなことだったと」（第三幕）。そしてプリュトンは、ミネルヴとディアーヌの処女性崇拝を「不毛な願い」«voeu stérile»（v. 902）だと指弾する。これはフェードル物でよく見られる、性愛肯定の際の常套的論拠——純潔とは不毛であり生命の死滅であり、性愛が多産を保証し繁栄を齎す——で、このトポスを使ってプリュトンは、セレス、プロゼルピーヌ、ミネルヴ、ディアーヌらの考え違いを退ける態を装うわけである。アルディはこうして、紛糾した事態の創出に努めているのである。

しかしこの劇詩のセクシュアリティ肯定は、度が過ぎている。第五幕の審判の場で、嘲りの神モームが連発する下品な冗談は、単なる艶笑譚の域を越えている。プリュトンは、乙女を「モノ」で「突き刺し」「ひどい穴を開け」た、などと言うのである[15]。

また二人の農夫の登場する場は、主筋にほとんど寄与しておらず、単なる「埋め草」としか見えない（典拠であるクラウディアヌスの叙事詩『プロゼルピーヌの誘拐』はそもそも未完の作品である）。ただ、アルディがこうした舞台空間のヴァリエーションの豊かさを好んだのは、彼の美学が当時のいわゆる「全体演劇」への志向と合致するものであったからだと言えるかも知れない[16]。

3　悲　喜　劇

悲喜劇のドラマツルギーは自由そのものと言える。『ジェジップ』の舞台はアテネとローマ、『エルミール』の場合、舞台はドイツ、ローマ、エジプトの三ヶ所であり、物語は、異なる町で展開する二つの筋（エルミールの話と伯爵夫人の話）を同時並行で進行させる。主題は、多彩なジャンルの典拠から採られたが（『アルセスト』はエウリピデスの悲劇『アルケスティス』を、『さらわれたアリアーヌ』はオウィディウスの哀歌『名婦の書簡』を、『プロクリス』はやはりオウィディウスの『変身物語』を下敷きにしている）、特に、悲喜劇のロマネスクな美学に合致する「小説」がアルディの好んだ参照作品である（ヘリオドロス『テアジェーヌとカリクレ』から同名作品。セルバンテス『模範小説集』Novelas exemplares（一六一三）から『コルネリー』『麗しきジプシー娘』『血の力』。モンテマヨール Montemayor（一五二〇?～一五六一?）の田園小説『ディアーナ』*La Diana*（一五五九刊）から『フェリスメーヌ』。ロッセ Rosset（一五七〇?～一六一九?）『当代浮気物語』*Histoires des amants volages de ce temps*（一六一七刊）が『ドリーズ』）。以下に悲喜劇十四篇のうちの二篇を紹介しよう。

『さらわれたアリアーヌ』*Ariadne ravie*（一六二四刊）

〔梗概〕舞台はクレタ島、ナクソス島。

（第一幕）クレタ島のミノスの怒り。これまでミノスは、息子アンドロジェを殺したアテナイ市民から賠償として毎年若者を送らせ、ミノタウロスに与えていたが、アテナイの英雄テゼは怪物を殺し、さらにミノスの二人娘アリアーヌとフェードルを連れ去って逃亡していた。ミノスはアテナイ攻略を思い描き、忠臣フロニームからは短慮と諌められるが、悪臣ネオプトレームから出された主戦論をいれ、遠征を決定する。フロニームは一人、主君におもねる家臣の害と、宮仕えの空しさを嘆く。

（第二幕）アテナイへの途次、ナクソス島に停泊したテゼは煩悶している。すでにテゼはアリアーヌと結ばれ、フェードルを息子イポリットに与えることにしていたのだが、船上でフェードルの美の虜となってしまったのである。テゼは迷宮を抜け出す手引きをしてくれた大恩あるアリアーヌを捨てるに忍びないが、さりとて絶世の美女フェードルへの恋の烈火はいかんともし難い。しかも息子は人も知る女嫌いである。腹心ファラールはこの告白を聞いて少しも騒がず、心変わりは人の常、欲望のままに振る舞えと助言する。テゼはファラールに、フェードルとの仲のとりもつよう依頼する。

（第三幕）フェードルはまだ見ぬ婚約者イポリットへの恋心を語り、美徳の鑑と評判の青年が、父に決められた相手を冷たくあしらうのではないかと心配している。ファラールは、女嫌いのイポリットと幸せな結婚生活を送ることは不可能であり、むしろ父親テゼを選ぶべきだと忠告。フェードルは姉を裏切ることはできないと去るが、動揺は隠せない。ファラールがテゼに事態は好展開していると告げるところへ、アリアーヌが登場。最近冷たくなったとテゼを詰り心変わりを疑うが、テゼは否定し、常に変わらず愛しているといつわる。アリアーヌは安堵して退場。一人テゼは自身の卑劣さを呪うが、妹を取り姉を捨てる決心はもう変えようもなく、神々にアリアーヌの加護を祈願する。

（第四幕）悪夢を見て目覚めたアリアーヌは、ベッドに居る筈のテゼを探し、その不在に我が目を疑う。天幕から岸壁へ出ると、すでにテゼの船は海上遥かを走り去っている。アリアーヌはテゼを呼び、その忘恩に憤激し、無人の島に一人残された恐怖に震える。船影は消え、アリアーヌは妹が共犯であることに気づくが、罪有る妹の行く末も自分と同じく悲惨なものであろうと予感し、むしろ憐れんでやる。しかし罪人に報いが来るというのは、父を裏切った自分の今の境遇であると思いいたり、冥府で父と兄とにいかに対面しよう、と嘆く。ついで彼女は、不幸の因となった悲しい愛の場ベッドに嘆きをぶつけた後、髪を掻きむしり顔を傷つけ胸を打ち、岸壁から身を投げる。

（第五幕）アンドロジェの亡霊が現れ、妹アリアーヌは酒神バッキュスの妻となる定めであることを告げる。木の茂みに落下して助かったアリアーヌは、兄の予言を夢幻かと疑うが、パンやシレーヌを連れたバッキュスの船がナクソス島に到着。バッキュスはアリアーヌを慰め求婚し、パンは老シレーヌすら彼女の美しさに見惚れていると褒め称え、アリアーヌは恭しく神の申し出を受ける。バッキュスは婚礼の宴に神々を招くこととし、自分の見かけは少年のごとくだがきっとアリアーヌを喜ばせるだろうと約す。幕。

典拠はオウィディウス『名婦の書簡』中の「アリアドネからテセウスへの手紙」である。悲喜劇であるからこの芝居に不規則性があるのは当然だが、筋立ての分断は著しい。第一幕は拙劣な情報提示のみの幕で、ミノスのクレタ島での決定はその後の筋に一切関与しない。第五幕のバッキュス神による救済には、充分な必然性があるとは言えない。(17) また亡霊アンドロジェの存在などは無動機の上にほとんど意味がない。さらに心理描写の面でも、後のトマ・コルネイユ『アリアーヌ』*Ariane*（一六七二刊）に比すれば数段劣るものであろう。しかしこの戯曲のテーマ、すなわち「性愛の全権」は、作品に確かな統一性を与えている。アルディは、性欲の絶対的な力と、それが満たされぬ時の地獄を、リアルに描出している。

第三幕、イポリットの名声にすでに恋しているフェードル——この点で彼女は、ラシーヌのエルミオーヌと酷似している——に対してファラールは、女を毛嫌いする夫を持てば「似合いの夫婦の快楽を手にすることはできまい」と脅す。フェードルは徳高き夫と平穏な夜を過ごすに越したことはないと言うが、ファラールに人生の現実を突きつけられる。「男女の床に平穏などありはしない」「結婚が何の為にあるかは、誰だって知っていることだ」[18]。そして彼女は姉を裏切り、テゼを選んでしまうのである。

さらにアルディは笑劇すれすれの台詞で、テゼとアリアーヌの夫婦生活の黄昏を描く。アリアーヌはテゼの心変わりを、夫婦の「床で」読み取っている。「本物の愛情と偽物の愛情とは、閨で食卓で区別がつくもの」（第三幕）。性生活の不平を漏らすアリアーヌに答えてテゼは、「多忙のために気もそぞろとなり、愛の遊びもつい遠慮がちになるのだ」などと苦しい言い抜けをする。この辺りのあまりに下世話な遣り取りは、明らかに登場人物から神話的なオーラを奪うものである。しかし「英雄たち」に性愛の苦悩という人間的な弱さが賦与されることで、架空の人物はより真実味を獲得している。

また指摘すべきは、性欲に突き動かされる人間を描くアルディの、容赦ない手付きである。テゼの腹心ファラールは、アリアーヌの純愛や自己犠牲を仮面にすぎぬとして否定するのだ。「お前［テゼ］のためにアリアーヌは、父を捨て、王位を捨て、国を捨てた。だが何故だろう？　どうしてそんな気になったと思う？　それはな、淫らな快楽を求める、押さえのきかぬ本能なのさ。お前が彼女に受けた恩義は、ひとえに彼女の狂熱の賜物。彼女はお前に手を差し伸べた、お前も彼女に手を差し伸べた。善行はこれでおあいこだ」（第二幕）[19]。多くの十七世紀古典悲劇は、英雄と美姫の恋の情念を描いた。『さらわれたアリアーヌ』は、恋の情念の背後にあるものを、そのあけすけなリアリズムによって語ろうとするのである。

しかしこの悲喜劇の最終的な目的は、エゴイスティックな欲望の醜悪さを暴くことにはない。アルディは、性愛の全権という現実を、観客に受け入れるよう誘っているのだ。第五幕、思い設けぬ神助によって、アリアーヌの欲求不満は解消される。まず何度も繰り出されるパンの冗談（老人すらアリアーヌに欲望の焔を燃やし始めた）によって、捨てられたアリアーヌは女の誇りを取り戻す。そして幕切れの台詞でバッキュスは言う。「確かに私のこの顔は、少年のように見えるかもしれぬが、私はきっとお前には嬉しい驚きを与えよう。私はお前に満足し、お前は私に満足するのだ」[20]。つまり、少年のごとく美しい神の意外な性的な成熟が、すでに経験のあるアリアーヌをも悦ばせるだろうと言うのである。悲喜劇の目出度いエンディングとして、観客の想像力をくすぐるアルディの手腕と言うべきであろう。

『血の力』*La Force du sang*（一六二六刊）

〔梗概〕舞台はトレドとイタリア（都市は不明）。

（第一幕）トレドの没落貴族ピザールは、妻エステファニーと老境に入って得た娘レオカディをともなって、夕刻のタホ川べりを散策している。ピザールは、大事にしていた鳩が一時大鷲にさらわれるが舞い戻って可愛い小鳩をなした、という夢を見た話をする。一方、市中随一の大家の跡取りで軽佻浮薄なアルフォンスは、友人二人と一夜の恋の相手を求め同じ川端を物色。不良青年たちは力ずくでレオカディを両親から引き離しさらって行く。悲憤慷慨するピザールは、なお神の加護を信じよう、と妻に言い聞かせる。

（第二幕）アルフォンスの父ドン・イニーグの邸内。アルフォンスは、失神したレオカディの純潔を奪ってすっかり御満悦の態。真っ暗な室内で意識を取り戻したレオカディは、手に触れた品を一つ、密かに目印として隠し持つ。アルフォンスは再び娘に挑みかかるが反抗されて諦め、目を縛って深夜のトレドに放置する。ピザールとエステファニーが自宅の前で悲嘆に暮れている明け方、レオカディが帰宅。レオカディは前夜の出来事を語り、犯人の手掛かりとして持ち帰った品、幼な子ヘラクレスの像を両親に示す。一方ドン・イニーグはアルフォンスに、イタリアまで精神修養の旅に出よと命じる。息子は従順に父の命に従う。

（第三幕）誘拐から九ヶ月後。レオカディィの悲しみはまったく晴れない。元気づけるエステファニーに、レオカディィは妊娠を告げる。絶望し自殺をほのめかす娘にエステファニーは、子供には罪は無いと諭し、密かに出産し育てることにする。舞台変わってドン・イニーグ邸。ドン・イニーグはこれから参加する馬上試合の準備で武者震い。一方イタリアのアルフォンスは、後悔の念にとらわれている。友人たちはイタリアの享楽的な暮らしを賛美するが、今や彼は祖国で平穏な家庭生活を送りたいと漏らす。舞台は再びトレド。ドン・イニーグは、馬上試合の群衆にもまれ傷を負った七歳の少年リュドヴィックを助ける。ドン・イニーグは、アルフォンスに生写しのこの少年が、ピザールの家に住んでいること、父親のいないことを聞き出し、怪我が治るまで自宅に引き取ることにする。

（第四幕）息子リュドヴィック負傷の報せを受け、レオカディィは半狂乱でドン・イニーグの邸を訪れる。レオカディィはまず子供を救ってくれたことの礼を述べるが、邸の様子からそこが過去の事件現場であったことを悟り、ドン・イニーグの妻レオノールに一切を打ち明ける。レオノールはヘラクレス像の紛失が七年前であることから、レオカディィの訴えに嘘偽りのないことを知り、息子アルフォンスを呼び戻し二人を結婚させると約束する。

（第五幕）すべてを知ったドン・イニーグは、ピザールに両家の縁組みを提唱し、ピザール家は全員、ありがたくこの申し出に同意する。息子アルフォンスに伝える役は、母レオノールが引き受ける。アルフォンスが友人たちとイタリアから帰還。レオノールは息子に縁談があると言い、レオカディィとはまったく別人の醜女の肖像画を見せる。難色を示すアルフォンス。ドン・イニーグは、息子の帰参を祝う宴会と称して、自宅に親類縁者を呼んでいる。祝宴の席でアルフォンスと再会したレオカディは失神。ひと目でレオカディの美に打たれたアルフォンスも、美女が死んだと勘違いし失神。レオノールは意識を取り戻した息子に真実を話し、アルフォンスは喜んで結婚を承諾する。喜びに包まれた全員に、ドン・イニーグは盛大な結婚式を約束する。幕。

タイトルの「血の力」とは、血縁関係が持っている神秘的な「感応力」のことで、登場人物の「認知」reconnaissanceがある芝居にはしばしば用いられたものである。ドン・イニーグがそれと知らず孫と初めて対面し、故知らぬ「何か」を感じてしまう場面に（第三幕）、観客はこうした肉親の情の不思議な呼び声を聞くのである。

出典はセルバンテス『模範小説集』中の中篇「血の呼び声」で、アルディはこの小説をおそらくロッセの仏訳版（一六一四刊）で読んでいる。しかしアルディは、小説の舞台化に必要な集中という手間は取らず、ほぼ忠実に、工夫も無く、セルバンテスの話の進行をなぞっている。場所はあちらこちらに飛び、時間も七年以上経過する。特に時間の経過に関するアルディの無頓着さは著しい。第一幕と第二幕の幕間で凌辱されたレオカディが、次の第三幕冒頭で妊娠しているのはまだしも、第三幕（の明示されないどこか）で生まれた子リュドヴィックは、同じ幕の最後には七歳になっている。つまり一幕で七～八年が経過するのである。

また『血の力』には、同種の劇的布置の流用というアルディの特徴が指摘できる。社会的に上位にある男性（アルフォンス）が暴力をぶつける貧しい家の乙女（レオカディ）は、老父（ピザール）にとって唯一の支えである、という状況は、『セダーズ』とまったく同じものなのである。[21] もちろん『セダーズ』は不幸に終り、『血の力』は幸福なエンディングであるから、強姦事件の帰結は異なっている。しかし『血の力』の、強姦から幸福が生み出されるという事態もまた、アルディ劇においては特殊例ではない。プロゼルピーヌがそうだったように、レオカディは、流した血を代償に幸せを手にする女であり、アルディの男性登場人物によって頻繁に（身勝手に）夢想

される、理想的美女の「型」なのである。(22)

4 田園劇

『戯曲集』各巻の最後に置かれた五篇の田園劇（『アルセ』『アルフェ』『コリンヌ』『愛の勝利』『勝ち誇る愛の神』）は、アルディ以前の作家たち——モンクレチアン Montchrestien（一五七五？～一六二一）、トロットレル Trotterel（生没年不明）など——のものよりは整ったものとなり、前口上やコロスの位置を軽減したテンポのある筋立てとなっている。しかし、そもそもアルディの「ごつごつした」rocailleux といわれる文体は、黄金時代に遊ぶ牧童たちの恋の鞘当てを描くこのジャンルに適していたとは言い難く、後のラカン Racan（一五八九～一六七〇）（『牧人の詩』*Les Bergeries*（一六二〇？））やメレ（『シルヴィ』*La Sylvie*,『シルヴァニール』*La Silvanire*）の作品と、道具立て・筋立ての面では同一であっても、詩情の面では比較に堪えない。ここでは、後期の作品と考えられる『勝ち誇る愛の神、あるいはその復讐』を取り上げよう。

『勝ち誇る愛の神、あるいはその復讐』*L'Amour victorieux ou vengé*（一六二八刊）

〔梗概〕舞台はアルカディア。

（第一幕）美神ヴェニュスは、恋愛を遠ざけ純潔の神ディアーヌを奉じる二人の牧童娘（リシーヌ、アダマント）に復讐を企て、息子キュピドンに援助を求める。娘たちは、二人の牧童（フィレール、ニレ）の恋を退けているのだが、彼らの立場をそっくり入れ替え、娘たちに失恋の苦しみを味わわせようというのだ。フィレールとニレは、美女たちがディアーヌの巫女となる決意を固めているのを知って、翻意するよう促すがはねつけられる。ニレはヴェニュスに、恋を冒瀆し世界を不毛にしかねないこの傲岸不遜な女たちへの復讐を祈願する。

（第二幕）世話好きの年増女リュフィが登場し、リシーヌとアダマントの儀式が不調に終った経緯を物語る。神官の誓言を繰り返す段になって、二人の娘が突如絶句し失神してしまったため、儀式は翌日に延期されていた。リシーヌはリュフィに、突然フィレールへの恋に目覚め今や巫女になる気など毛頭ないと打ち明け、腹を立てているだろうフィレールを宥めてくれるよう依頼する。一方ニレに夢中になっているアダマントは、サティールに仲裁を依頼。サティールはニレに結婚の喜びを説くが、牧童は一途な恋になど最早うんざりした、とにべもない。

（第三幕）リュフィの仲立ちからリシーヌの豹変を知って、フィレールは驚いている。しかし、すでに純愛と訣別したフィレールは、拒絶の返事をする。拒まれたと知り自殺をほのめかすリシーヌをリュフィが制止し、時が男のことも忘れさせてくれると言うが、リシーヌは聞き入れない。リュフィは、人目につかぬ森の奥でフィレールと直接会ってみよと忠告し、リシーヌは希望を抱いて退場。サティールの帰りの遅さにアダマントは焦れている。そこへサティールが現れ、以前捨てられたニレはもう一度アダマントを恋することに踏み切れないでいると告げ、二人きりで会い男の不信を拭えと忠告する。一縷の希望を持ちアダマントは去る。リシーヌは眠っているフィレールを見つけ、傍らでそのエンデュミオンにもひとしい美貌を褒め称えるが、目覚めぬフィレールを小突いて起こし、それまでのつれなさを詫び、かき口説く。しかしフィレールは馬耳東風。リシーヌは怒って退場する。

（第四幕）ニレの拒絶にあったアダマントが登場。腹いせにアダマントはリュフィとともに、やって来たサティールを小突き倒す。さんざんに打たれつつサティールは、女たちに手を上げるのは気が進まないと、虚勢をはって退場。そこにリシーヌが登場し、娘たちは互いの恋の不首尾を嘆き合い、リュフィに助言を求める。年増女は、もはやヴェニュスに赦しを請うしか打つ手はないと言い、女たちは美神の神殿に向う。フィレールとニレは、互いにうまく女たちを退けた顚末を語り合い、このまま恋の辛さを知らぬ暮らしを続ける約束をする。ヴェニュスの神殿で、神官モプスが娘たちに神託を告げる。女神の怒りを鎮めるには、恋の拒否という罪を犯した牧童娘のいずれかが、フィレールかニレの手によって生贄として屠られるか、妻として娶られるかのいずれかしかないという。

（第五幕）リュフィは牧童たちのコロスに、モプスの神託は偽物だから、従ってはならないと呼びかける。コロスはリュフィの不敬をたしなめ、皆で神殿に向う。モプスの籤引きで、生贄はリシーヌと決まる。リシーヌは苦しみに満ちた現世を離れる決意を潔く表明し、アダマントは自分もすぐに後を追うと言う。次の籤引きによって、供犠の執行役はフィレールと決まり、神官はためらう牧童を急かすが、フィレールはリシーヌとの結婚を宣言。ニレもまたアダマントとの結婚を承諾し、四人の恋人たちがいだき合う。大地は揺れ、天に雷鳴が轟き、モプスはこの異変を女神の承認であると解く。アルカディアの人々は喜び勇んで女神へのいっそうの帰依を約する。キュピドンが一人登場。己れの力を自画自賛し、人間界の美女たちに高慢や冷淡を捨て恋に生きよと教訓を残し、母からの褒美を受けに天界へと去る。幕。

この作品はアルディ後期の作品とみなされ、文章の読み易さも初期作品とは格段に上がっている。テーマは、他の多くの田園劇と同様、恋愛の礼讃、およびロンサール的な享楽主義である。恋を拒絶し処女を守ろうとした牧童娘たちは、愛欲の神ヴェニュスの憎しみを買い危機に落ちるが、フィレールとニレによって救われ、愛こそがこの世の最高の善だとして幕切れを迎える。こうした点にはアルディの独創はまったくないが、少なくともアルディ偏愛の主題だったとは言える。最終幕最終場キュピドンの凱歌は、『プロゼルピーヌの誘拐』の冒頭でも見られた、同種の「愛の勝利」である。

しかし仔細に読めば、この田園劇もまた、アルディ的な残酷趣味に彩られていることが分かる。すなわち、『勝ち誇る愛の神』の物語は、二人の青年が二人の乙女を愛欲の恨みから責めさいなむ、というものであり、この意味では『セダーズ』と同じ布置なのである。第四幕、フィレールとニレは互いに女たちをいかにひどくあしらったかを披露し合い、女たちの流した涙を嘲笑う。セラドン（純愛の象徴）からイラス（浮気の象徴）に転向した彼らにとって、女性とは享楽の対象でしかもはやないのだ。また神官モプスの告げる神託と、『セダーズ』の強姦犯たちの信念とは、軌を一にしている。モプスによれば、ヴェニュスの怒りを買った者――つまり男性からの求愛を拒否した女性――は、死なねばならぬのだ。キュピドンが世界の女性に垂れる訓示もまた、『セダーズ』とまったく同じものだ。（「比類無き美女とて恋の作法を知らなければ、残虐非道の龍のごとく忌み嫌われる」『セダーズ』第三幕。「人間界の美女たちよ、この二人の娘の至当なる罰を見たであろう、［中略］この上は高慢を避けるがいい、情け知らず恩知らずと呼ばれることのないようにするがいい、［中略］美貌を増すのは恋の情け、情け知らずは醜女のもの」『勝ち誇る愛の神』第五幕）。

露骨な表現も見られる。第二幕、恋のいろはを教えるべくリュフィは乙女リシーヌに、牧童がするだろう口説きを演じてみせる。「俺の手が襟から滑って、乳の詰まった二つの山をいじり、さらにもっと下の方に伸びて行ってもいいだろ。［中略］死の苦しみを味わった俺への償いだ、我慢するしかないのだ」。リシーヌは恐れ、男の怒りを鎮めるには自分が血の海を流すほかないと言うが、リュフィは「心配はいらないよ、あの人が湧き上がらせるのは、泉の水。そこにあの人の幸福もあるのさ」と答えるのである。リガルはこの点に関して「常軌を逸した言語の放埒さ」[23]と述べたが、このエロチックなアルディのおふざけに、われわれはモリエール『女房学校』の名高い「妻は夫のポタージュ」（第二幕第三場）とともに、アニェスが遣り手婆を演じる場（第二幕第五場）や、アルノルフがオラスを演じる場（第四幕第四場）を想起することができる。アルディの喜劇作家としての手腕に、演劇性の活用があったということは確認しておくべきであろう。

おわりに

アルディは本質的に十六世紀演劇の継承者であったが、そこにささやかながらも軌道修正を行なったと言える。特に、劇的行為（アクション）の伸長という面である。ルネサンス期の劇作家たちは、長大な独白や語りを濫用し、生身の人間が観客の眼前で行動しているというイリュージョンを与えることよりも、台詞の抒情性、つまり詩としての洗練にもっぱら心をくだいていた。無論アルディの戯曲にも長台詞やコロスは存在しているが、アルディはそうした文学的な台詞の美のみを追求したのではない。明らかにアルデイは、芝居に何らかの運動が感じられ、そこに動的な時間が流れる印象を与えようと努めたのである。『プロゼルピーヌの誘拐』の例を最後に挙げよう。この芝居の最終場は所謂「法廷弁論」le judiciaire に属し、原告（セレス）と被告（プリュトン）が裁判官（ジュピテール）を前にそれぞれ弁舌を揮う、三百八十六行の長い場面である。アルディはここに、淫らな冗談を再三口にする登場人物モームを差し挟み、この副次的な人物の——余計な、しかし陽気な——コメントのアクセントで、古典期の拙劣な「法廷弁論」が陥る長広舌の単調さと退屈を、回避しようとしている。演劇人アルディは、何よりも自作の舞台上での成功に腐心した作家であったのだ。

ところで、文壇の逸話を伝える『メルキュール・ギャラン』によれば、パリ人の喝采を浴びるコルネイユ『メリート』（一六二九）を評してアルディは、「素敵な駄作(24)」と言ったという。十六世紀末に定式化されたテクニックに囚われたアルディには、あらたな美学の擡頭を見抜く目がなかったということになる。十七世紀フランスの舞台は、アルディを置き去りにして変化してゆくのだ。ただし、アルディ的な激越な欲望の美学が一六三〇年代から一挙に清算されたと考えてはなるまい。スキュデリーの悲喜劇『専制的な愛』*L'Amour tyrannique*（一六三九刊）には、主人公が「恋」と「理性」のジレンマに悩むスタンスがあるが（第四幕第二場）、その抒情的な自問自答の結論は、強姦の礼讃なのである。(25)「ル・シッド論争」を経て、演劇の道徳性や規則性に関する議論が成熟する傍らで、アルディ流の美学はその命脈を保っていたのである。

（1）E. Rigal, *Alexandre Hardy et le théâtre français à la fin du XVIe et au commencement du XVIIe siècle*, Slatkine Reprints, 1970［1889］; S. W. Deierkauf-Holsboer, *Vie d'Alexandre Hardy, poète du roi, 1572–1632*, Nizet, 1972; A. Howe, «Alexandre Hardy et les comédiens français à Angers au début du XVIIe siècle», *Seventeeth-century French Studies*, vol. 28, 2006, pp. 33–48; 戸口民也「Alexandre Hardy, comédien―一六〇〇年アンジェの古文書が語ること」九州フランス文学会『フランス文学論集』三四号、一九九九年、一五～二五頁。

（2）Deierkauf-Holsboer, *Vie d'Alexandre Hardy*, p. 215.

（3）*Ibid.*, p. 121. Voir aussi G. Dotoli, *Temps de préfaces. Le débat théâtral en France de Hardy à la Querelle du* Cid, Klincksieck, 1996.

（4）«Carcan du sang infus d'un enfant de la nue» (Hardy, *Alcméon*, III, v. 655) ; «Enfant de la nue: oiseau.» (*Théâtre de la cruauté et récits sanglants*, Chr. Biet［dir.］, Robert Laffont, 2006, n. 1, p. 420).

（5）参照、ジャン・ルーセ『フランス・バロック期の文学』第二部第四章、筑摩書房、一九七〇年。「残酷劇」の典型として知られる悲劇『残忍なるムーア人』*Le More cruel* は、前掲書（*Théâtre de la cruauté et récits sanglants*, pp. 555–591）に収録されている。

（6）Corneille, *Discours de la tragédie*, in *Œuvres complètes*, t. III, éd. G. Couton, Bibl. de la Pléiade, Gallimard, 1987, p. 144.

（7）G. Lanson, *Esquisse d'une histoire de la tragédie française*, Champion, 1954［1927］, p. 42.

（8）『テアジェーヌとカリクレ』巻頭「書簡」。«tout ce qu'approuve l'usage et qui plaît au public devient plus que légitime» (Épître liminaire des *Chastes et Loyales Amours de Théagène et Cariclée,* J. Quesnel, 1623, page non chiffrée). こうした立場がコルネイユともつながっている点に関しては、千川哲生『論争家コルネイユ　フランス古典悲劇と演劇理論』早稲田大学出版部、二〇〇九年、三六頁以下を参照のこと。

(9)　«Le style Tragique un peu rude, offense ordinairement ces délicats esprits de Cour» (Épître liminaire du *Théâtre d'Alexandre Hardy,* t. III, J. Quesnel, 1626, page non chiffrée).

(10)　«Didon forcenée» (*Didon se sacrifiant,* I, 2, v. 161) ; «Le devoir d'une femme au mari refuser?» (*Mariamne,* III, 1, v. 716). Voir aussi ces vers de l'héroïne : «à contrecœur je sers/D'égout aux voluptés du pire des pervers» (*ibid.,* IV, 1, v. 1209–1210).

(11)　H. C. Lancaster, *History*, part I, vol. I, The Johns Hopkins Press, 1966 [1929], p. 48.

(12)　« [Myrhène] puise en meme puits» (*Lucrèce,* IV, 3, v. 915).

(13)　長い「語り」は、観客にとって未知の、舞台外で起きた事柄にのみあてられるべきものだと、後にドービニャック師は規定している（*La Pratique du théâtre,* IV, 2, éd. H. Baby, Champion, 2001, p. 414). 既知の事件を冗長に語る例は『プロゼルピーヌ』（第四幕第三場）のアレチューズの語りにもある。

(14)　第五幕でもメルキュールは同様の言をもらす。「純潔の花が摘み取られたうえは、プロゼルピーヌの怒りの切っ先も鈍ったろうさ。そもそも怒りも装ったものかも知れぬ」。

(15)　«le Barbare l'enfonce»; «Le Rustre y aura fait une terrible brèche, /Lui [···] qui n'est rien que mèche» (*Proserpine,* V, 2, v. 1604, 1627–1628). Cf. «MÈCHE, en termes de Marine, signifie le plus gros brin de bois tout d'une pièce qui forme le corps d'un grand mât» (Furetière).

(16)　「ル・シッド論争」の重要資料の一つであるデュルヴァルの *Le Discours à Cliton*（一六三七刊）は、劇場とは世界の全現象を表象し得る無限の可能性を秘めた空間である、としていた。Cf. P. Pasquier, *La Mimèsis dans l'esthétique théâtrale du XVIIe siècle*, Klincksieck, 1995, p. 61 *sq*.

(17)　ただし、ひそやかながらも、第三幕幕切れのテゼの台詞は結末を予告している。これは「本当らしさ」の面で、十六世紀の劇作術から比べれば明らかな進歩である。すなわち、デウス・エクス・マキナという唐突さの理由づけとして、バッキュスの出現はすでに祈願されていたものだった、とするのである。

（18） «La concorde ne peut en un lit habiter» ; «On sait à quelle fin le mariage est fait» (*Ariadne ravie,* III, v. 563, 567).

（19） « [Ariane a] Quitté pour ton sujet père, sceptre, et patrie, /À quelle intention? d'où lui vint ce désir? /De l'instinct forcené d'un lubrique plaisir;/Tu ne dois le bienfait qu'à sa flamme enragée, /Elle t'a soulagé, et tu l'as soulagée, /L'office réciproque» (*ibid.,* II, v. 442–447).

（20） «Quoique ce front ne soit que d'un jeune garçon, /J'espère néanmoins décevoir ton attente, /Et que content de toi, je te rendrai contente» (*ibid.,* II, v. 1200–1202).

（21） Scédase: «Mes filles, mon support, mon espérance unique» (*Scédase,* II, v. 286) ; Pizare: «Veuf de l'unique appui de ma faible vieillesse» (*La Force du sang,* II, 2, v. 329).

（22） *Le Ravissement de Proserpine* という題名は、おそらくダブル・ミーニングである。女神の誘拐とは、女神の恍惚とも読めるのである。

（23） E. Rigal, *Alexandre Hardy*, p. 529. マルサンは、モントゥルー『ディアーヌ』（一五九四刊）の影響を指摘している。J. Marsan, *La Pastorale dramatique en France à la fin du XVI*e *et au commencement du XVII*e *siècle*, Slatkine reprints, 1969 [1905], pp. 259–260.

（24） «une jolie bagatelle» (*Le Mercure galant,* octobre 1684, cité par Ch. Marty-Laveaux, Notice de *Mélite,* in *Œuvres de Corneille,* t. I, G. É. F., 1862, p. 131).

（25） Scudéry, *L'Amour tyrannique* (1639), IV, 2, v. 1069 *sq*. Voir surtout ces vers: «Et toujours la pudeur se plaît d'être forcée, / [⋯] /Telle pleure d'ennui qui pleurera d'amour» (v. 1120, 1122).

第四章　ジャン・メレ ― 演劇の改革者

皆吉郷平

いつの時代にも一世を風靡する時代の寵児がいるものである。一六二〇年代の後半から三〇年代の前半のフランス演劇界で、そんな存在はこれから解説するジャン・メレJean Mairet（一六〇四～一六八六）である。十七世紀のフランス演劇の中でも画期をなす時期がいくつかあるが、中でも新しい若い作家たちが現れ活発な活動を開始したのは一六三〇年前後のことであった。政治的にも国内の宗教戦争は終息したとはいえ、三十年戦争が始まり、リシュリュー政権のもとでのルイ十三世の治政も安定には程遠い状況であった。そんな中でも細々と週一回の興行を続けてきたパリの劇場に、彗星のごとく現れたのがメレであった。その栄光も五年ともたなかったのだが…。しかし現在では研究者を除くとほとんど顧みられないが、彼は普遍性をもつ二、三の作品を書いた。また実作者として演劇の実相を考えた理論的記述もした。以下でそんなメレの人と作品を概観する。

ジャン・メレ

　一節でジャン・メレの簡単な生涯に触れ、二節で処女作以下一六三五年までの四作について、三節で『シルヴァニール』序文と「ル・シッド論争」について、四節で代表作四作品について、五節で後期の悲喜劇四作について略述する。

一　ジャン・メレの生涯

一六〇四年五月十日、当時スペインの支配下にあるドイツ帝国領であったブザンソンで、シャンパーニュ地方のトロアの町人の出である母と、宗教改革時に亡命してきたドイツ人カトリック教徒の一族の父のもとに生まれた。虚言癖のあるメレは一六一〇年生まれと自称していたが。早くに両親を亡くし、同郷の先輩詩人アントワーヌ・ブランに倣い、一六二四年秋頃にパリにやってきて、ブルゴーニュ地方の貧しい学生のためのグラサン学院に通った。その後おそらく一六二五年の六月か七月に、王族にも近い大貴族モンモランシー公爵との運命的な出会いがあった。公爵はその頃、ルイ十三世の命で、海軍司令長官としてスビーズ公爵率いる新教徒軍との戦いの準備中であった。メレは兵士兼広報担当官として雇われ、公爵にともないプロテスタント軍との大西洋上レ島沖海戦などに従軍し戦勝したが、負傷してしまった。その折の公爵の勲功を讃える詩を書いている。公爵はその後ラ・ロシェル奪還戦から外され無聊をかこっていたが、その年の十一月パリでお抱え詩人テオフィル・ド・ヴィオーと再会した。この詩人はほぼ二年前に投獄されていたのである。詩人としては反マレルブ派の頭目として高名であったが、自由思想の持ち主として陰謀に加わったりした危険人物でもあった。劇詩人としてスタートラインに着こうとしていたメレにとっては第一級の僥倖であった。二人の親密な交際は一六二五年の十二月に始まったと思われる。そこで以前から温めていたと思われる処女作『クリゼイドとアリマン』*Chriséide et Arimand* に、師の指導のもと、手を入れ完成した。(1)

一六二六年の春には、メレは公爵の居城のあるオワーズ地方のシャンティイで暮らすことになる。そこの雰囲気はとりわけリベラルなものであった。公爵の二度目の妻はイタリアのオルシーニ家の娘で、母后マリー・ド・メディシスの姪であった。彼女の父親は『忠実な羊飼い』*Pastor Fido* の作者グアリーニ Guarini（一五三八～一六一二）を庇護したことで知られている。しかし彼女は文芸への関心もそれ程強くはなく、敬虔で慎ましいが政治的には過激で叔母のマリー・ド・メディシス一派に与し、夫の優柔不断な忠誠心を批判していたらしい。この夫婦の庇護下に多く人が集まり、テオフィルを中心に哲学・文芸・政治などを語らっていた。当然メレもそうした座談に加わった。このサークルでもっともメレに影響を与えたのは言うまでもなくテオフィルだが、それにつぐと思われるのが公爵の代理人で文化人でもあるクラマユ伯爵であった。かなりの年輩ではあるが、常に公爵にともない戦場にも赴き、政治的には徹底した反リシュリュー派であった。この伯爵の知遇を得て、メレは彼とヴァレット枢機卿から、イタリアの規則的な田園劇に匹敵する作品の執筆を勧められた。そうこうしている時に大問題が持ち上がっていた。王弟殿下ガストン・ドルレアンの結婚話である。殿下はその時まだ十八歳だがリシュリューに押しつけられたマリ・ド・ブルボンとの結婚を忌避し枢機卿を憎んだ。モンモランシー公爵、クラマユ伯爵らはこの結婚を破談にするべく、結婚反対キャンペーンの一環として、メレの作品を利用しようとした。一六二六年の年初から書き出されていた第二作『シルヴィ』*La Sylvie* は公爵の要望を入れ手直しされて七月中には完成した。そして結婚も間近に迫り、急遽作品の一部分（「フィオレーヌとシルヴィの対話」）が印刷され宮廷に出回り大評判を呼んだ。このキャンペーンは失敗し結婚は成ってしまうが、作品上演は大成功を収める。

一六二六年九月テオフィルは死に、おそらくその後すぐにメレはお抱え詩人の職を受け継ぎ千五百リーヴルの年金を受けるようになる。年末になると公爵は従軍し、またラングドック総督の職責を果たすためシャンティイの城館を離れる。メレは残された公爵夫人を慰める詩や依頼詩文を書いて割と静かに暮した。一六二九年後半に第三作『シルヴァニール』*La Silvanire* を書くが、それに添えられた「序文」は若い同時代作家や知識人たちに大きな影響を与えた。

ところでメレがモンモランシー公爵と最後に会ったのは一六三一年十月のことである。封建的気風を残す大貴族たちは困難な時代を過ごしており、公爵も翌年ガストン・ドルレアンの乱に加わったとして国家反逆罪の廉で逮捕され、同年十月断頭台にかけられ死ぬ。メレはどん底に落とされたのである。しかし悲嘆に暮れている余裕はない。年金を失いすぐにでも自立の道を見つけなければならなかった。第四作は初の喜劇『ドソーヌ公艶聞録』*Les Galanteries du duc d'Ossonne* となった。あらたな庇護者となったブラン伯爵、その伯爵が盛りたてるマレー座の役者たちの期待に応えるべく、劇団の書き入れ時であるカーニバルを目ざして書かれた。

ここであらたなメセナとなったブラン伯爵について少しく述べておこう。この伯爵はモンモランシー公爵と違い国内政治には積極的にコミットすることはなかった。パリやメーヌ地方にある城館に文化人や地方名士を招いて文芸の座談を楽しんだ。その中にはシャプラン、ゲ・ド・バルザック、スキュデリー兄妹、ボワロベール、サラザン、スカロンといった錚々たる文人たちがいる。

さて一六三一年、一六三二年は、メレの『シルヴァニール』序文も一役買ったわけだが、演劇規則に関する論議が喧しかった。だが一六三二年から一六三三年にかけては主要な劇作家たちも論争をやめ、それぞれが規則的な作品と従来の不規則なそれを書き分けたりする実験的な時期を迎えた。一方メレもブラン伯爵のパリの館に寄宿し、伯爵の導きではじめて若き劇作家たちとの交流を深めた。またランブイエ侯爵夫人邸をはじめ多くのサロンや宮廷にも出入りし、当代一の劇作家としてもて囃された。一六三三年前半には第五作『ヴィルジニー』*La Virginie* を書いた。明らかにサロンの貴婦人たちの共感を得るような女性を登場させている。

翌一六三四年は、メレにとってのピークの年であると同時にフランス演劇史上でも画期をなす年となった。当時はまだ観客はロマネスクで見せ場の多い悲喜劇を好んでいた。そうした観客を大切にする役者たちをどう説得したのだろうか。シャプラン、ブラン伯爵、その友フィエスク伯爵らは若き劇作家たちに規則に適った悲劇を書くよう勧めたらしい。悲劇が途絶えてほぼ五年以上たつ一六三四年から一六三五年にかけて一気に二十本近くの悲劇作品が書かれた。まさに悲劇の復活である。まずその端緒を開いたのが、メレの若きライバル、ロトルーの『死にゆくエルキュール』である。しかし何といっても一六三四年後半に書かれ年末に上演されたメレの『ソフォニスブ』*La Sophonisbe* は大評判を呼んだ。さすが演劇界のチャンピオンとメレの名声は頂点に達した。この上げ潮に乗って一気呵成に二本の悲劇を書きあげた。ところがこの一六三五年には早くも陰りが見え始める。有頂天のメレは慢心からか次作『マルク＝アントワーヌあるいはクレオパートル』*Le Marc-Antoine, ou La Cléopâtre* の公演予告をしてしまったのだ。そこで急遽オテル・ド・ブルゴーニュ座のベルローズは若い新進気鋭のバンスラード Benserade（一六一三〜一六九一）に『クレオパートル』*La Cléopâtre* を書かせ、同座とモンドリーのマレー座との競演となってしまったのである。こうした競演は当時はまだほとんどなかった。メレの作品は正則悲劇ではあるが内容は悲喜劇風であった。「ル・シッド論争」時のコルネイユによれば、バンスラードの作品は「メレの作品を葬り去った」(2)。しかもバンスラードは自作をリシュリューに献呈し三千リーヴルを手にしたのである。おそらくメレのショックは競演に負けたことより、まだ若造のバンスラードがリシュリューの愛顧を得たことであったであろう。モンモランシー公爵とガストン・ドルレアン殿下との深いつながりが災いして、枢機卿はメレを冷遇したようだ。タルマン・デ・レオーによれば、翌一六三六年には、「気の毒なメレ」の窮乏も耐えがたいものとなり「メレ事件」が出来する(3)。リシュリューからの年金を手に入れるため、シャプラン、コンラール、デギョン公爵夫人へ取り成しを懇願した。幸い年二百エキュ（約千二百リーヴル）を貰えるようになった。

続く悲劇三作目、メレにとっての最後の悲劇『偉大な最後の大王ソリマンあるいはムスタファの死』*Le grand*

et dernier Solyman, ou la mort de Mustapha（以下、『ソリマン』と略す）に関しても不可解なことが多くある。今回も前作同様、不用意にもイタリア人作家プロスペロ・ボナレッリ Prospero Bonarelli の悲劇『ソリマン』*Il Solimano* の改作を予告したのである。それを受けてメレとも友好関係にあったヴィオン・ダリブレ Vion Dalibray（一六〇〇〜一六六五）も同一作品から悲喜劇を書いた。ここでさらに奇妙な縺れが生じ、結局一六三五年後半に書きあげられたはずの作品は二年後にかつて提供していたベルローズのオテル・ド・ブルゴーニュ座で上演された。どうもメレと、ベルローズ率いる一座とモンドリー率いるライバル劇団（マレー座）との関係がギクシャクしていたようだ。いずれにせよ最初から最後まで陰謀で導かれ最後は黙示録的な大団円で終わるこの作品で、メレの創作活動はほぼ終了したともいえる。

一六三六年は沈黙の年である。リシュリューによる「五人の作家グループ」の選からも漏れ、アカデミーの会員にも選ばれず、ただ生まれ故郷がフランスの軍隊によって蹂躙されるのを遥かに思い描く外はなかったのである。一六三七年を迎えると、フランス演劇史上でもメレの身の上でも大事件が出来する。「ル・シッド論争」である。要するにコルネイユの慢心とロトルーを除く他の主要作家たちの妬みに起因し、リシュリュー枢機卿の演劇界をも中央集権化しようとする企図に利用されて収束する事件であった。この論争でメレは反コルネイユ派の首魁となってしまった。アカデミーの裁定が年末に出たわけだが、コルネイユにとってもメレにとっても大いに傷つけられることになった。

だが論争の渦中にあっても、メレはリシュリューの歓心を買うべく、この年三本の悲喜劇を書きあげる。枢機卿の年金獲得に尽力してくれたデギヨン公爵夫人に献じられた『名高き海賊』*L'illustre corsaire*、亡きブラン伯爵の子息に献じられた『狂えるロラン』*Le Roland furieux*、ルマンの司教に献じられた『アテナイス』*L'Athénaïs* の三作である。これらは多少の斬新さはあるものの見るべき人物の心理描写もなく、明らかにメレの才能の枯渇を感じさせるものであった。そして二年を置いて最後の作品が書かれた。アンヌ・ドートリッシュの妹に献じられた『シドニー』*La Sidonie* である。動きも活気も乏しい作品となった。一六四三年の出版に際し、その序文でメレは観客と役者たちを呪詛している。かつてモンモランシー公爵、ブラン伯爵、そしてリシュリュー枢機卿の庇護を受けた劇界の元チャンピオンは、これをもって劇界を去ってゆく。次々と有力なメセナを失い、「ル・シッド論争」では敗北感を味わい、仲間と思っていた劇作家たちとも、役者たちとの関係もギクシャクし劇界に嫌気がさしたのであろう。

さてメレはその後四十数年生きる。一六三〇年代になるとフランスとスペインの間の戦いが熾烈なものとなり故郷のフランシュ・コンテは両陣営の草刈り場の観を呈していた。スペイン宮廷の重臣リゾラ男爵がメレに目を付けた。フランス宮廷にも多くの知己をもつメレは、フランシュ・コンテにとっても交渉役として適任であった。メレはパリに滞在して同国の弁理公使として、リゾラ男爵らとともにウェストファリア条約にもとづく両国の中立および休戦交渉に奔走した。その間メレは結婚する。若い頃にロマンスもあったらしいが、大きな噂にもならなかった。亡きブラン伯爵の領地のあるメーヌ地方の名家の一族のジャンヌ・ド・コルドゥアンと一六四七年七月に結婚する。しかしこの結婚は長くは続かず一六五八年妻の死によって閉じた。二人の間に子供はできなかった。一六五三年になると、マザラン枢機卿はメレをコンデ大公を弁護した廉でパリから追放する。しかしピレネー条約が成った一六五九年コンデ公と前後してパリに戻った。だがその後故郷フランシュ・コンテに戻り、良きブザンソン市民として一六八六年一月に没する。

二　処女作以下一六三五年までの四作品について

メレの言では処女作『クリゼイドとアリマン』は十六、七歳で書いている。彼の虚言癖を差し引いても、テオフィル・ド・ヴィオー、ラカン、アルディを参考にして、十代で構想を練った、若者特有の野心に満ちた生気あふれる作品であった。次の『シルヴァニール』と『ヴィルジニー』は、シャンティイのモンモランシー公爵の館で培われた、今までのフランス演劇にはない新しい試みの作品である。二十四時間の時の単一を守る上で、前者は田園劇ということもあって、かなり無理があるが、後者の悲喜劇は、枠内に無理を承知で押し込めたため、展開が加速されている。後の悲劇につうじるものがある。この項目での最後の作品『マルク＝アントワーヌ』はメレがすでに正則悲劇を習得した手だれの作品であるが、劇中に驚くべき激変もなく、役者の能力に頼る長台詞の多い冗長な作品となっている。しかし、ここでのメレの新機軸は彼の独創であるあらたな人物を登場させ、作品の悲壮感を増幅したことである。

1　五幕韻文悲喜劇『クリゼイドとアリマン』*Chriséide et Arimand*

この作品はメレの処女作であると同時に、アルディ、テオフィル・ド・ヴィオー、ラカンの時代に続く新世代の作家たち（コルネイユ、ロトルーなど）の最初の作品という意味でも重要である。当時一世を風靡していたオノレ・デュルフェ Honoré d'Urfé（一五六八～一六二五）の田園小説『アストレ』*L'Astrée* に題材を採っている。劇規則への配慮はほとんど見られない。幽閉されている二人の恋人たちの嘆きには哀愁を帯びた心の葛藤が見られ、脱獄の場面では従者との衣服の取り換えとか、逃避行での二軒の宿屋の主人との滑稽な場面とか、波乱に富む展開、しかもハッピーエンディングなどの悲喜劇的な趣向の他、田園劇風の仕掛けやさまざまな階層の人物とその数の多さ（十八名以上）など、前古典期（バロック）的色彩の濃い作品である。しかし筋の単純さ、見せ場の多い連続する危難の設定、ドラマチックで大仰な台詞も多く、しかも礼節の規則がほとんど守られている点など、「フランス古典悲劇の先駆け的作品」(4)とまではいえないにせよ、新時代を告げるに相応しい若々しく生気に富んだ作品といえよう。

〔梗概〕難破で別れ別れとなった相思相愛のアリマンとクリゼイドの二人は今やブルギニョン王ゴンドボに捕えられ、アリマンは城塞の牢に囚われ、クリゼイドは王に気に入られリヨンの王宮に幽閉されている。アリマンの従者ベラリスの機転で二人は脱獄・脱出に成功し逃走するが、クリゼイドは再び捕えられてしまう。彼女は王の愛を受け入れぬため、供犠の生贄にされようとする時に、捨て身のアリマンが救出をはかる。クリゼイドの助命は成るが、今度はアリマンが死刑の宣告を受ける。そこへ従者ベラリスが現れ、すべては自分の姦計が原因で本当の犯人は自分であると主人の助命を願う。王は驚き怒り悩むが、恋人たちの愛の強さと従者の忠誠心を嘉し三人を許す。

2　五幕韻文田園悲喜劇『シルヴァニール』*La Silvanire, ou la mort-vive*

一六二八年頃、ヴァレット枢機卿とクラマユ伯爵に、前世紀後半のイタリアに傑作例のある規則に適った田園劇の執筆を勧められた。この期待に応えて一六二九年の初めに書かれた第三作目がこの作品である。オテル・ド・ブルゴーニュ座で上演されたが、そこそこ受けたが前作『シルヴィ』には及ぶべくもなかった。

オノレ・デュルフェの唯一の田園劇『シルヴァニール』を下敷きにして、イタリアの田園劇を参考に規則を十分意識してこの作品は書かれている。シェレールも「当時なりの三単一の規則と礼節を同時に遵守した最初のフランスの劇作品」(5)と認めている。ただ、当時でも最早珍しいコーラス付ということもあるが、非常に冗長で(二七二四行)、特に五幕が千行近くもあるのは弱点となっている。またシルヴァニールの夢見とか魔法の鏡の長いエピソードとかドルイド僧の登場とか田園劇風の仕掛けに、聞かせ処とはいえ途轍もなく長い独白が加わり、二十四時間の枠内に押し込めるのにはかなり無理がある。しかしシルヴァニールの父親の過度の吝嗇さといったテーマは、すでに風俗喜劇を思わせるものである。

〔梗概〕女羊飼いシルヴァニールと牧人アグラントは恋仲である。しかしシルヴァニールは悩みを抱えている。吝嗇な父親が金持ちの息子と結婚させようとしていることである。またもう一人の強引な牧人ティラントが彼女に横恋慕していることも気がかりである。このティラントはシルヴァニールにつれなくあしらわれ、友人アルシロンに助力を頼む。この友人は彼に魔法の鏡を与える。そこに現れたシルヴァニールはその鏡を見ると卒倒してしまう。この後それを知ったアグラントも気絶してしまう。結局彼女は死んだと思われ墓に埋葬される。逃げた友人を捕まえ解毒剤を手に入れたティラントが、墓を暴きシルヴァニールを生き返らせる。彼女を連れ去ろうとしたティラントから、墓前で死のうとして現れたアグラントは彼女を救出する。アグラントは彼女の父親に結婚の同意を求めるが、父親はそれを拒む。ドルイド僧の裁定も意に介さないが、結局金持ち息子の辞退があって、やっと父親も二人の結婚を許す。

3　五幕韻文悲喜劇『ヴィルジニー』*La Virginie*

第五作目は悲喜劇『ヴィルジニー』である。一六三三年に書かれたこの作品は同年まずランブイエ侯爵夫人邸で上演され、モンドリーの熱演もあって好評を博した。メレの実験精神はここでも発揮され、前々作の田園劇では試験済みだが、ロマネスクな悲喜劇を規則に適合させようとしたのである。身元の知れない兄妹がさまざまな試練に遭いながら、最後には二人が敵国同士の王子と王女だと判明し結ばれる、という近親相姦的な話なのであるが、それを二十四時間の枠内に押し込めるのだから、作者の力業たるや見事という他ない。主人公の一人に、「おお神々よ、二つの太陽に挟まれたこの短い時の間に、こんなにもの事件が起きるなんてあり得るだろうか」(五、4)といわせる程である。後にコルネイユ一派にその不意打ち的な仕掛けを非難されたが(6)、それでもメレは必然的に長短、長さの異なる「語り」を多用した。しかしメレもマレー座との付き合いも二度目でモンドリーの実力を承知していたから、当時の観客の大好きな難破話を長々と語らせたかったのは疑いを入れない。最後にもう一つ付言すれば、この作品の序文ではじめてアリストテレスの名をあげていること、「勧善懲悪」にも触れていることを添えておく。

〔梗概〕エピール国と隣国トラース国は長きにわたって対立し戦争状態にある。エピール国の女王ユリディスはローマから流れてきた身元の知れぬペリアンドルとヴィルジニーの兄妹を寵愛している。ペリアンドルが戦士として勇敢にエピール国のために活躍しているからである。一方、女王の従妹アンドロミールの侍女アルパリスは、この兄妹に対する女王の信頼を妬んでおり、王子アマンタスと手を組み策略をめぐらす。まず兄ペリアンドルに刺客を立て闇討ちを仕掛けるが失敗する。そして妹ヴィルジニーも浜辺で襲わせるがこれも失敗する。また女王を退位させようと画策し、決闘を仕組むが、ペリアンドルはアマンタスを倒し、アルパリスの陰謀も露見する。そうこうしている時に突然、かつてペリアンドルとヴィルジニーを育てローマにいたカリドールが登場する。帰国の途中難破に遭い、二人とは生き別れになっていたのだ。彼の話から、じつはペリアンドルは不吉な神託の成就を恐れ他所に預けられたトラース国のクレアルク王の息子であり、ヴィルジニーは火災で行方不明になっていたユリディス女王の娘だったと判明する。トラース、エピール両国の破滅と救済を予言した神託は解釈しなおされ、両国の和平が成立する。女王はトラース国の王子ペリアンドルとエピール国の王女ヴィルジニーの結婚を祝福する。

4　五幕韻文悲劇『マルク＝アントワーヌあるいはクレオパートル』*Le Marc-Antoine, ou La Cléopâtre*

一六三五年に書かれた悲劇二作目のこの作品は、前作『ソフォニスブ』の成功に味をしめたか、前作同様マレー座のモンドリーにあてて、「愛し合う者たちの死の悲劇」として書かれた。一方、クレオパトラを中心に据えたバンスラードの競合作『クレオパートル』は、メレ作品よりも観客に受けたようだ。

この作品の出典はプルタルコスであるが、先行作品として前世紀末のガルニエの同名作（一五七八演）がある。劇規則に関しては、おおむね守られている。この作品でメレが力を入れた趣向は、アントワーヌの妻オクタヴィを登場させたことである。この悲しい女性は、その哀愁を湛えた詩句で異彩を放っている。

もう決して言いますまい、あなた様に非があるなどと、魅せられて、美女を愛してしまったことで、この世のそして天空界の誉と謳われたジュール・セザール殿でさえ、あの方の目の力に溺れてしまったのですもの、でも少なくとも厭でも、セザール殿の抜け目なさを見習って、遅きに失してはいても、あの方と別れて、あの方の魔力には不幸が満ち溢れているのですもの

しかし初めから終わりまで、クレオパートルとアントワーヌの心情は諦観に満ち、筋の進行も冗長で悲劇性が加速されることもない。ただオクタヴィの存在とともに特筆できるのは、大団円でクレオパートルが毒蛇に腕を咬ませる「見せ場」を入れたことである。全体としては、悲劇というよりは悲喜劇的なメロドラマ性が目立ち、安易な二番煎じといわざるをえない。

〔梗概〕セザールとオクターヴの率いるローマ軍に攻め込まれ、アントワーヌ軍は敗色濃厚である。エジプト女王クレオパートルは絶望している。それでもアントワーヌとクレオパートルは愛を確認し、彼はみずからを鼓舞し起死回生の逆転勝利を目ざす。一方、アントワーヌの妻オクタヴィはローマから密かに身をやつして夫に会いにきた。だが夫はクレオパートルとともに死ぬ覚悟だといって彼女を追い返してしまう。彼女は弟のセザールのもとに夫の命乞いに向かうが、弟にも突き放される。自軍に裏切り者も出、アントワーヌ軍は敗走する。そして怒り狂ったアントワーヌはクレオパートルを責め立てる。彼女は身の証しを立てるために霊廟に入ると告げて去る。そうこうするうちに、アントワーヌのもとにクレオパートルの死が報告され、絶望したアントワーヌはわが身に剣を突き立てる。その傷ついた体はクレオパートルが身を隠している霊廟に運ばれ、アントワーヌは彼女に看取られて死ぬ。その後クレオパートルは侍女に壺をもってこさせる。その壺には毒蛇が数匹入っていた。クレオパートルはその一匹に腕を咬ませる。死にゆくクレオパートルは、みずからの来し方を語り、自分の人生が最初から最期まで「愛と義務」によって導かれてきたと述べて息を引き取る。

三　『シルヴァニール』序文と「ル・シッド論争」について

1　一六二八年からの演劇論争と『シルヴァニール』序文について

一六二八年という年は『シルヴィ』の大成功でスターダムに昇ったメレに、すでに述べたようにヴァレット枢機卿とクラマユ伯爵が、イタリアの規則的な田園劇を学ぶように勧めた年であるが、この年はフランス演劇史上でも大きな変革の年でもあった。長らく劇界を牽引してきた晩年のアルディが、座付き作者であったベルローズ率いるオテル・ド・ブルゴーニュ座と決裂し危機にある中で、全集の最終巻の刊行に際して、マレルブの改革の支持者を批判し、荒唐無稽な小説から主題を採るような若い作家たちを非難した。若いデュ・リエやオーヴレに地位を奪われる危機にあった。そんな中でオジエ師 Ogier（一五九七～一六七〇）が、一六〇八年のシェランドル Schélandre（一五八五～一六三五）の悲劇『ティールとシドン』*Tyr et Sidon* を悲喜劇に改作するにあたってその序文を書いた。これは観客の好尚とは場所と時とともに変化するとする近代派の不規則劇を称揚する宣言文ともいえるものであった。

詩と云うものは、それが特に演劇用に書かれた劇詩では、もっぱら楽しみと気晴らしのためだけに作られるのだ。そしてこの楽しみは、舞台で演じられる多様な出来事から生まれるのである。こうしたことは、ある一日という時間内ではめったに遭遇できないので、詩人たちは古代作家たちの実践から少しく離れることを余儀なくされてきた［中略］諸国民の好尚と云うものは、精神的なものでも肉体的なものでも異なるのである。(7)

この一六二八年以降の論戦の争点をあげれば、㈠悲劇、悲喜劇の尊厳とは何か㈡厳格な規則に従うべきかいなか㈢優れた前例に対して、作者の自立性はいかにあるべきか㈣演劇の目的は何か（楽しみか道徳的効用か）㈤どのような文体表現をするのかなどであった。此の時期にあってもっとも重要なものが詩人であり学識者としても著名なシャプラン Chapelain（一五九五～一六七四）が不規則派の若き劇作家ゴドー Godeau（一六〇五～一六七二）に宛てた書簡である。これは一六三〇年の日付のものだが、その筋では知られていた。そこでシャプランはアリストテレスが創始したといわれる規則を普遍的な理性にもとづく真実らしさという観点から支持し、さらに詩の目的を、観客の楽しみを否定するわけではないが、アリストテレスの「魂の浄化」の解釈の一つである道徳的効用に重きをおくのである。「すべての詩における模倣は、模倣されるものと模倣するものの間にまったく相違がみられない程に完璧でなければならない。なぜならこの模倣の主たる目的が、逸脱した情念を浄化するために、事象を真実で現にそこにあるように観客の心に提示することにあるのだから[8]」。

こうした考えは、後の「ル・シッド論争」時の彼の手になる『悲喜劇ル・シッドに関するアカデミー・フランセーズの意見』（一六三七）（以下、『アカデミーの意見』と略す）において明示される。一方若き劇作家マレシャルは不規則派の急先鋒として、一六三〇年刊行の『勇敢なドイツ女』*La Généreuse Allemande* の序文で、二十四時間の規則を無視したことを誇って述べている。「私は自分が正しいと思っているので、罪と言われても悔いる気はない。場所と時間と筋の狭い枠内に制限されたくはなかったのだ。これは古代の人たちが三つの大切なことと看做したものだが[9]」と。

こうした流れの中で、劇界のニューリーダーは黙っていられない。一六二九年にはフランスではじめて規則に適った田園劇『シルヴァニール』を書き上演していたのだから。この作品執筆を勧めてくれた一人クラマユ伯爵に宛てる形で、一六三一年長文の序文を書き自説を開陳したのである。書くにあたって、ホラティウスやアリストテレスの祖述家たちの著作を検討している。以下で多少詳しくメレの考えを辿る。

まずこの序文の執筆の動機を述べて「人に何かを教えるには、私は余りに若く無知ですので、誰かを教育しようとしてこの序文を書いたのではありません。私の意図は次のことを証明するためだけなのです。すなわち、私が完璧な作品を作れなかったとしても、そうした作品を作るために助けとなる諸方法を手に入れる努力を怠らなかったこと、私の悲喜劇が偶然の所産では決してないことを」としている。

そして「詩人と詩の諸部分について」の項目から始める。まず詩人を定義して、「詩人とは、優れた才気を持ち、神々しいまでの熱情に動かされ、普通一個人では生み出せないような考えを美しい詩句で表明する人」と、まさにロンサール礼賛である。だがバランス感覚の優れたメレは、マレルブも忘れていない。その「優美さ」も重視する。また、詩句の彫琢、時間をかけた研究の必要性も忘れない。次の「詩の素晴らしさについて」の項目では、誰もがするように「詩」の語源に触れ、「天から降りてきたかのような高貴さ」に、美しい効果が相俟って詩が諸芸術の中でもっとも品格のあるものになるとしている。次の項目「詩の様々な形」では、詩には三種類あるとして、「劇詩」、「博物詩」と「混合詩」ともいえる「叙事詩」をあげる。ここでは「劇詩」についてのみ語ると述べて本題へと進む。

五番目の項目「悲劇、喜劇、悲喜劇について」でいわばメレの演劇論が始まる。まず慣例どおり古代から歴史を辿り、それぞれを定義する。「悲劇は悲惨の中にある英雄的な冒険の表現」であり、「喜劇は命の危険の全くない個人の運命の表現」であり、「悲喜劇」はそれらを併せもったものである。そしてより詳しく述べる。「悲劇は、人間の事象の脆弱性の鏡のようなものである。なぜなら劇の始まりでは栄光に満ち、勝ち誇っていた王や王子たちが、最後には運命の非情さの哀れむべき証人となってしまうのだから」、「一方喜劇は反対に、我々に凡俗な人物たちの生活を見せる、ちょっとした遊びのようなもので、普通の家庭の父親や子供たちに仲良く暮らす方法を見せるのである。したがって開幕時は通常陽気であってはならないし、終局は反対に悲しいものであってはならない」。したがって悲劇の主題は、「時に虚構を混ぜるとしても、よく知られた歴史にもとづくものでなければならない」し、喜劇のそれは「全くの作り物だが真実らしい素材で作られていなければならない。」また文体は、悲劇では高尚なもの、喜劇では単純で素朴なものが要求される。そして最後に大団円に関して簡単に触れる。悲劇は「不幸によって人生に対する不快感を惹き起す」のに対して、喜劇では「人生を愛するように促す」と述べている。シャプランにあっては最重要なものの一つである「情念の浄化」については一切触れておらず、メレがアリストテレスをしっかり読んでいたか疑念が残る。

次の項目「喜劇の主要部分について」が、この序文中でもっとも重要な箇所であって最長の記述となっている。悲劇と喜劇では、その主題だけでなく形式や各部分の配置でも異なる。また田園劇はその配置の面では喜劇と変わらない。以下喜劇の諸要素について詳述される。

まず喜劇はプロローグ、前提部、展開部、大団円の四部分で構成されている。プロローグは序文のようなもので、そこでは「主題の粗筋の他に、作者や役者そしてストーリーそのものを使って何か別のことを語ることもできる」。前提部は「ストーリーの第一幕であって、筋の一部が説明され、観客の関心をひき延ばすため他は語らない」。展開部は「ストーリーの中でも最も騒動が重なる部分で、すべての危難と策略が現れる芝居の山場」といわれる部分である。最後の大団円は「すべてを喜びに変え、舞台上で起きた全事件が解明される」ところである。

ここから喜劇の基本的条件が順次検討される。まず第一は主題である。すでに述べてきたことの補足となっている。つまり悲劇がアンティゴーヌやメデといった良く知られているか真実とみなされている土台をもっているのに対して、喜劇の主題はオウィディウスの『変身物語』のような物語ではなく、純粋な作り物でなければならない。そして第二の条件が筋の単一である。「一つのメインとなる筋がなければならない。それに他のすべての筋が、円周から中心に向かうように関連付けられるのである」。作品の素っ気なさを補うための悲劇のエピソードのような形で、何かを加えることも良しとする。「だがいずれにせよ、喜劇の主題は単純なものではなく、テレンティウスの大部分がそうであるように複合的なものなのである」。

ここで第三の条件として、「時の理法」すなわち時の単一が長々と述べられる。古代からの歴史を辿り、初期の悲劇作家たちが枠を一日に切り詰め、ソフォクレスの『アンティゴネ』とテレンティウスの『自虐漢』ではそれが翌日まで延ばされたと述べ、そこから一気に悲劇も喜劇も同じ規則、同じ条件をもつものと纏め、両者ともに二十四時間の規則に従うべきだと述べる。そして序でのごとくホラティウスを援用して、演劇作品は五幕でなければならぬと付け加える。こうしてギリシア、ローマの作家たちが守ってきたこの規則を、現代の我が国の劇作家たちのうちのある者は、踏襲しないばかりか批判さえしている現状を慨嘆している。そして自分は理由あって守られてきたこの規則を敬意をもって受け継ぐと断言する。古代作家たちは、「この規則を観客の想像力のために打ち立てた」のである。たとえば、「一幕の最終場でローマで話していた役者が、二幕一場でアテネあるいはカイロにいるとしたら、一体どうなっているのだと理解に苦しむに違いない」。このような突然の場面（場所）の移動は想像力を驚かし極度の嫌悪感を抱かせてしまう。歴史書や小説と異なり、「演劇（コメディー）は事象がその時に本当に起きたように描いたものの、生き生きとして感動を呼ぶ上演なのであって、その主たる目的は想像力の楽しみなのである」。またこの楽しみは主に真実らしさに存しているのだから、その効果を得るため「声、身振り、衣装、装置や小道具類」の助けを借りるのである。

さて、この規則論議の最後に重要な問題が残された。すなわち、この規則を守りつつ観客に受ける作品を書けるのか、という問題である。不規則派の多くは、そのような都合のよい主題はなかなか見つからないし、たっぷり時間をかけてはいられない、と主張している。劇団もそれを許さない。しかし、メレのここでの論拠は薄弱で、かなり弱気なものとなっている。脇役たちの奸計はともかく、主要人物の内心の葛藤などについては一言も触れていないし、そのための劇作法を示すこともない。確かに古代作品は規則を守っていても、華となる飾りに欠け空疎で退屈なものが多いことは認めざるをえない。だがイタリアのタソーやグアリーニに見られるように、十に一つ位の割合で優れた作品が作れれば十分だし、それができれば、二百本以上作品を量産した作家（アルディ）以上の栄光を手にするだろう、と楽観的である。そして、「規則の枠内に入らない多くの美しい作品を排除する」つもりもないとまでいうのである。腰砕けの感は否めない。

最後に再度この序文の意図を繰り返し、「詩の新たな立法者」となるつもりもないと述べ、この後具体的な自作弁護でこの序文を終える。

ここでは二ヶ所だけ引用する。

この作品は、この規則にぴったりと収まっている、すなわち二つ太陽の間に、真実らしく起きないようなことは唯の一つもない。

その扱い方は、近代イタリア人作家たちに倣って、できるだけ事象と言葉の適合性を勘案して、辛辣な警句とか対句と云った悪趣味を避けて格言などを用いた……

この最後の自作弁護は、後のコルネイユの『自作吟味』*Examens* に受け継がれてゆくだろう。演劇論としては、シャプランの『アカデミーの意見』、ラ・メナルディエール La Mesnardière（一六一〇～一六六三）の『詩学』*La poétique*（一六四〇）、出版は遅れるがドービニャック師 abbé d'Aubignac（一六〇四～一六七六）の『演劇作法』*La Platique du Théâtre*（一六五七）そしてコルネイユの『劇三論』*Trois discours sur le Théâtre*（一六六〇）などによって、さらに深められてゆくことになる。

2　「ル・シッド論争」とメレの対応について

一六二八年頃に始まった、いわば第一次新旧論争とも呼べる演劇論争は一六三七年の「ル・シッド論争」をもって一応の決着がみられる。この論争には二つの側面がある。第一は『ル・シッド』という作品の評価とそれを理論的に裏づける劇理論の論争である。二つ目は、劇界の新チャンピオンを目ざすコルネイユとその一派対陰りはあるものの自他ともに認める現チャンピオンであるメレと規則派に転向したスキュデリを中心とする反コルネイユ派、両派の個人攻撃を主たる目的とする中傷合戦、覇権争いである。もちろん前者のほうが、フランス演劇史上では重要である。中でもスキュデリーの『ル・シッドに関する批判』*Observations sur Le Cid*（一六三七）と、シャプラン草稿にリシュリューの朱が入り、シャプラン中心に練り上げられた『悲喜劇ル・シッドに関するアカデミー・フランセーズの意見』*Les sentiments de l'Académie française sur la Tragi-comédie du Cid* が中心になる。しかしメレはこの論争期間中、みずからの劇理論上の考えを述べることはなかった。そこでここでは、この論争の簡単な経緯とその中でのメレの対応について触れるに留める。

まず端緒は、この年の一月四日に『ル・シッド』がマレー座によって初演され、パリ中でしかも宮廷人の間でも大成功を収めたことである。そこでコルネイユは劇団に二百リーヴルの執筆料の増額を要求した。劇団に拒絶されると怒ったコルネイユは、当時の慣行を破り出版に踏み切った。相変わらず人気は衰えず、ルーヴル宮やリシュリューのパレ＝カルディナルに呼ばれ五回も上演される程であった。そのおかげで父親は授爵された。そして有頂天のコルネイユは『アリストへの釈明』*Excuse à Ariste* を発表した。それ対してメレは『ル・シッドの真のスペイン人作者』*L'auteur du vray Cid espagnol* を、スキュデリーは理論的な『ル・シッドに関する批判』を書き反撃に出た。これが論争の引き金となる。コルネイユが挑発に乗らないため業を煮やしたスキュデリーは、六月アカデミー・フランセーズに裁定を求めコルネイユも渋々これに同意する。この辺りから、論争も様相を変え、理論闘争は影を潜め個人攻撃の色彩が濃くなる。そして漸く十二月に『アカデミーの意見』が公表され、この論争にも終止符が打たれる。

さて、メレはこの論争にどのようにコミットしたのだろうか。発端はコルネイユの『アリストへの釈明』である。(10)

偽りの謙遜にはもはや信を置けぬ、私は自分の値打ちを知っている
　私の名声のすべてはもっぱら私一人に負っている、そして何時だってライバルなぞいやしない

ここにあげた詩句などが、メレの自尊心をいたく傷つけた。一時代前の詩壇の盟主マレルブに倣い、コルネイユの尊大な虚栄心と剽窃をドン・バルタザール・ヴェルダの偽名でスタンスの形で公表した[11]。

わしは、法螺吹きのお前に語っているのだ、その向こう見ずが、しばらく前から天まで舞い上がった
恩知らずめ、わしに返せ、わしのル・シッドを最後の詩句まで、それから羽根を抜かれたカラス（コルネイユ）よ、もっとも空っぽの頭がもっとも間抜けだという事を、そして結局、お前の名声はわしのお蔭だと
知るがよい

コルネイユも黙ってはいずすぐさま反撃し、短いロンドーの形で下品に突き放す[12]。

パリ中のものが読んだ、奴の果たし状を、それでそいつを悪魔に、奴のミューズを淫売屋に送ってやった

この短いスタンスで論争の火ぶたを切ったメレではあるが、七月になってやっとコルネイユ宛ての『親書』*Épitre familière* を発表する[13]。彼自身の筆であることが確定されている唯一のものである。この書簡では、相変わらず執筆時の年齢をサバ読み自作全作品をあげ、ロトルー、スキュデリー、コルネイユ、デュ・リエらの豊饒な作品群の「幸福な種子」を播いたと誇り、特に『シルヴィ』が「ドイツ人の『忠実な羊飼い』（グアリーニ作）」

と謳われ、『ル・シッド』より遙かに優れていると自慢している。またスキュデリーに対する追従も目立つが、コルネイユに対する直接的攻撃が激しい。まず第一にその剽窃を、次に劇団に対する冷酷な仕打ちをあげている。つまり劇団経営の財政的困難さを考慮しない強欲性。そしてアカデミーの裁定同意の遅延である。

以後も中傷合戦は続くのだが、メレがスペイン領ブザンソンの出身であること、出自が曖昧でいかがわしいこと、貧しくさもしいことなどが主なメレに対する攻撃であった。さすがにこれらに対しては、メレの名を借りて盟友スカロンが事細かく反論している。

最後に十月五日付のいわばリシュリューの文化行政担当官にあたるボワロベールのメレ宛ての手紙に触れてこの項を終える。一言でいえば、この書簡が枢機卿の意思を代弁するものであって、コルネイユの了承も得たので、この不毛な論争に終止符を打つよう命じたものであった。この論争とアカデミーの裁定はコルネイユ、メレ両者にとって満足にはほど遠く、二人とも二年間の沈黙を余儀なくされた。

四　代表作四作について

ここで取り上げる四作は、それぞれ異なった意味でメレの代表作といえる作品である。第一の『シルヴィ』は、コルネイユの『ル・シッド』（一六三七）以前でもっとも観客に受けた作品であり、所謂三単一の規則を無視していながらメレ本人も自作中で一等誇る自信作であった。第二の『ドソーヌ公艶聞録』は、メレの唯一の喜劇である。当時の宮廷貴族たちの間でもあっておかしくない、余り背徳的でない大人の恋といったテーマは小洒落ていて、現代でも上演されることがある。第三の『ソフォニスブ』は、もしラシーヌの悲劇を古典悲劇の典型とするなら、一六三七年のトリスタン・レルミットの『マリヤンヌ』に先だつ正則古典悲劇の嚆矢をなす作品である。第四の『ソリマン』は、当時も評判を呼ばず、現代の研究者たちの評価も高くない作品である。しかし、メレもつスペクタクル重視のバロック的性向がよく現れており、またフランス的な陰湿な凶暴さに続く殺戮の後には最早虚無しか残らない、といった悲劇性はもっと注目してよいのではないかと考え、あえて取り上げた。

1　五幕韻文田園悲喜劇『シルヴィ』*La Sylvie*

メレのこの二作目の作品は一六二六年の十月から十一月にオテル・ド・ブルゴーニュ座で上演され大成功を収めた。オノレ・デュルフェ『アストレ』などを参考にしているが、ここでも師テオフィルの影響が濃い。処女作同様草稿を師に見せアドバイスを得たかもしれない。

ところでこの作品の大成功の要因は何であろうか。三単一の規則は無視され、最終的には一つに収斂するが、三つの恋の顚末が繰り広げられている。田園劇特有の肖像画や魔法の鏡のエピソードなど多くの見せ場があること、また登場人物たちが交わす詩句の才気、叙情性は当時の作品の中では圧倒的な魅力をもっていた。もう一つ忘れてならないのは、現実政治の反映の側面である。王子テレームは国家理由に激しく反発している。

シルヴィ　お国の幸せは
テレーム　それこそ僕の軽蔑する事さ。配下の者たちが好きだ，彼らの為なら何でもしよう。だが国家理由で僕を不幸に落すなんて、それこそ軽挙妄動の極みだ。

宮廷人たちはテレームにガストン・ドルレアン殿下を、王にルイ十三世を、大法官にリシュリューを、シルヴィに殿下の愛人マリ・ド・ゴンザグを見立てて楽しんだ。またこの作品をその後数十年間も有名にしたのは、一幕三場に挿入された「対話」と呼ばれた交韻二行の形式で構成されているシルヴィと牧人フィレーヌのやりとりであった。

フィレーヌ　待ってくれ、僕の太陽よ、長々と追いまわしても、君と話す楽しみも僕には叶わないのか。

シルヴィ　無駄なことよ、私が逃げるのを引き留めても。私が太陽なら、止まってはいられないもの。

この「対話」部分だけが印刷され、上演前に宮廷に出回った。後にコルネイユは、テオフィルからの剽窃だと非難したものだが[14]、この気が利いたお洒落な対話にも政治的な背景がある。十年前の一六一六年に、後の「フロンドの乱」時の大立者コンデ公の父親がマリー・ド・メディシスの命令で逮捕された折にも、同じ形式の政治的小品「ダモンとシルヴィの対話」*Dialogue de Damon et de Silvie* が宮廷に出回っていたのだ。

この作品の構成は、二重構造になっている。つまり一幕一場でクレタの王宮にいる王子フロレスタンはシシリーの王女の肖像画を見て一目惚れし、シシリー島を目ざす。そして五幕になってやっとシシリー島に漂着し、魔法を解き、憧れの姫を手に入れる。この筋に、主筋となる一幕二場から終幕までのシシリー島での二組の恋人同士のやりとりが田園劇風に展開されている。第一の筋ではフロレスタンの聞き役を担う戦士の言葉、

あなた様はこれから、この覆いの下に自然と芸術の大いなる戦いをご覧になるでしょう。世界が嘗て見たもっとも美しいものが、この小さな画像を通して、あなた様の現前に現れます。

から始まり、フロレスタンがシシリー王に語る、

陛下、お約束いたします。この肖像さえあれば、何も亡霊も魔術も恐れはしません。

と述べ魔法を解いてゆく姿は観客も心地よく観られたであろう。ところで、主筋の構成要素の中で、一つ特徴的な処がある。親が身分違いの結婚に反対するエピソードや、横恋慕した牧人の姦計による羽虫のエピソードなどは田園劇では常套的であるが、四幕一場に配された王と大法官の間での、国体護持のための結婚をめぐる対話は田園劇では場違いなものといえよう。大法官はまさにリシュリュー枢機卿のごとく語る、

陛下、強力な二国の王位が強い絆で結ばれますれば、わが国の安泰は末永く続くでありましょう。

ここでの魔術による解決法は田園劇では穏当なものである。アダンは田園劇というよりは「風俗喜劇」としているが[15]、雑多な要素が包摂されており、単なる田園劇の枠には収まらない、当時にあっても現代においてもさまざまな見方・解釈のできる快作といえよう。この作品でメレは演劇界の新チャンピオンとしてもて囃されることになった。

〔梗概〕クレタの王子フロレスタンはシシリーの王女メリフィルの肖像画に魅せられて、シシリーを目ざして旅立つ。ところでシシリーの牧人の娘シルヴィは王子テレームと愛し合っている。だが牧人フィレーヌもシルヴィを恋しているが歯牙にもかけられない。王子テレームにも心配事がある。シルヴィとの結婚に王が反対するかもしれない。またシルヴィの両親も身分違いの結婚には反対で、フィレーヌのほうを後押しする。フィレーヌは何とか劣勢を挽回しようとして、自分を恋している牧人の娘ドリーズを利用して二人の仲を裂こうと計画する。唆されたドリーズは羽虫が目に入ったといってテレームに取ってもらう。その現場を目撃したシルヴィは誤

解してテレームを非難する。クレタ王は王子を他国の王女と結婚させることを考えている。だから息子とシルヴィとの仲を知ると怒り、二人を厳しく処罰しようとする。しかし大法官に反対され、魔法の力を借りることに決める。シルヴィは王宮に拉致される。一方クレタの王子フロレスタンは、難破に遭いながらやっとシシリーに流れ着く。彼が疲れ果て眠り込んでいるところに、フィレーヌとドリーズがやってくる。ままならぬ恋に自殺を仄めかすドリーズに、フィレーヌは絆される。フロレスタンが目覚めると、ここがシシリーで、テレームとシルヴィが魔法にかけられ意識不明であること、この魔法を解いたものには、王女メリフィルが与えられることを二人から知らされる。フロレスタンは勇み立って王宮に向かう。王宮ではテレームとシルヴィは相変わらず意識を失ったままで、王は自分の処置を後悔している。そこへフロレスタンが到着し、二人にかけられた魔法を解く。王もシルヴィの両親も喜び、二人の結婚を許し、フロレスタンにも王女メリフィルが与えられる。

2　五幕韻文喜劇『ドソーヌ公艶聞録』*Les Galanteries du Duc d'Ossonne*

メレの四作目の作品は、唯一の喜劇『ドソーヌ公艶聞録』である。モンモランシー公爵の刑死に悲嘆に暮れてはいられないメレは、今まで試みていない分野に挑戦することになる。ブラン伯爵や劇団の勧めもあったようだ。自分より若い優秀な作家たちも台頭してきており、中でもコルネイユはこの分野で成功を収めている。メレの新機軸は、従来の喜劇では扱わなかった身分の高い人物を主人公に据えることであった。ドソーヌ公はモンモランシー公爵とも旧知の仲のスペイン貴族であった。フランス宮廷でも、アンリ四世の親友でルイ十三世の結婚を取り持っただけでなく、艶聞家としても知られていた。一年前にはあれ程、喜劇においても規則を遵守すべきと主張していたが、この作品ではほとんど配慮は見られない。礼節の問題は、微妙なところがある。老人の夫が笑い者にされたり、主人公が女性のベッドに横たわったり、姦通が是認され、「ル・シッド論争」時にもその不道徳性を非難されたが、卑猥な言説などは巧妙に避けてもいる。それではどのような作品であったのか。確かに軽妙洒脱な台詞と軽いテンポで展開されているが、身分の高い人物の喜劇としては品格に欠け、「高貴な喜劇」とはいえないが、色事に貴賤は無いわけで、宮廷人たちにも見られる「大人の恋（色事）」を描いたと見るのが妥当であろう。コルネイユが描く若者たちの恋とはまったく趣を異にしている。

開幕早々、ナポリ副王は

つまり、お前たち皆の遊び、馬上試合や舞踏会やバレなどは、私にいわせれば、児戯や下僕の喧嘩に等しい。ところで私はコメディーとも相性が良くないようだ。というのも、アルメドールよ、コメディーは私の心の動揺を掻き立て、味わってきた楽しみへの嗜好を堕落させてしまった、といわずばなるまい。

という。このセリフの後すぐ筋が展開するのだが、その内容は要するに、女誑しのナポリ副王と伯爵の二人が、男好きで奸智に長けた美貌の義理の姉妹を争い、もともと好き合っていた者同士が結ばれる話である。この妹は初老のブルジョワの妻で伯爵と愛し合っている。姉はブルジョワの妹で寡婦である。妹からは影で「あのばあさん」と呼ばれているので大年増なのであろう。ほとんど表裏一体の男二人の恋の武勇伝に対するに、貞淑さには程遠い毗を決した女たちが、男を弄びつつ争う姿が絡み合っているのである。独白と脇台詞が非常に多く、ト書きも四十一ある。しかしこの作品をもっとも特徴づけているのは舞台装置である。並列舞台に仕切り幕を多用しているのだが、舞台中央のブルジョワの屋敷の二階の左右に姉妹の寝室が隣り合って置かれ、その間に人の出入りのできる出窓がある小部屋が配置されているのである。この小部屋はもちろん姉妹の寝室とも通じている。この装置がこの喜劇の主役といって過言でない。こうした装置は、新しく付き合いだしたマレー座のモンドリーとの連携なしには考えられない。ランカスターは「コルネイユの喜劇より笑劇やイタリア喜劇に近い」と評している。[16]

〔梗概〕年老いた夫のポーランは妻エミリーの恋人カミーユを殺そうとして襲った後で、ドソーヌ公爵に救いを求める。公爵は彼を自分の別荘に匿うことにする。エミリーを密かに恋している公爵は、これで人目を憚らずに彼女に会えると喜ぶ。一方エミリーは、恋人が夫に殺されたらしいことを嘆いている。ポーランが帰ってきてナポリの町を出ると告げる。またポーランは自分の妹フラヴィに、夜も同じベッドに寝て妻エミリーを監視するように頼む。二日後、公爵はエミリーに会おうとしてポーランの家の前にやってくると、一人の男が絹の縄梯子を昇って窓から忍び込もうとするのを見て、彼も後に続く。じつはその男は男装したエミリーであった。そこで公爵は、恋人が死んだら自分の愛を受け入れるという条件で、エミリーの外出時の身代わり役を引き受ける。隣室で二人の会話を盗み聞きしていたフラヴィは、以前から公爵に思いを寄せていたので寝たふりをしていたのである。エミリーが外出して、身代わりとなった公爵がエミリーの寝室にやってくるとフラヴィが寝ている。フラヴィを一目見るや、公爵はその美貌に魅せられ口説くのであった。エミリーがカミーユのもとから帰ってきて、恋人の命には別状ないと告げる。彼女たちの家を出た公爵は、二人とも手に入れようと心に決め、まずはエミリーに恋文を出すことにする。数日後、傷の癒えたカミーユはポーランに対する復讐のためというよりは、公爵同様彼女の色香に迷って、彼の妹フラヴィに恋文を送る。エミリーが公爵からの手紙を見せると、フラヴィも嫉妬に駆られカミーユからの手紙を見せる。カミーユはフラヴィの誘いに乗り家の中に忍び込もうとする。一方公爵もエミリーの誘いで忍び込む。フラヴィは相手を間違えて公爵のほうを寝室に引き込んでしまう。カミーユは エミリーと鉢合わせすることになり、真相が露見してしまう。公爵とカミーユは彼女たちに許しを請い、皆は仲直りする。公爵はフラヴィを、カミーユはエミリーを相手に決める。そこへポーランが妻恋しさに帰ってくる。

一計を案じて、カミーユが舞台裏から「奴を殺せ」と大声を上げると、ポーランは恐れ戦いて逃げ出してしまう。邪魔者を退散させ、一同は祝杯をあげる。

3　五幕韻文悲劇『ソフォニスブ』*La Sophonisbe*

この作品が正則悲劇であることは周知のとおりである。三単一の規則でいえば、時の単一性は守られている。この事は台詞の中で何度も示されている。場所に関しては、史実によれば数十キロ離れているが、シファックスの宮殿と戦場およびローマ軍の野営地が近いと想定すれば問題ない。ランカスターもいっているように[17]、後のコルネイユの『オラース』を彷彿させる戦場での闘いとシファックスの戦死を、まるで実況中継のように侍女や使者を使ってソフォニスブに報告させている。最後の筋に関しては、ソフォニスブとマシニスの関係が中心であることは確かで十分に単一性は守られている。その他、「場の連続性」が数ヶ所で破られているとか、「礼節」の規則に抵触する接吻の場面があるとか多少の瑕疵はあるが、総体としては問題ないだろう。

以下重要と思われる二点にかぎって略述したい。まず第一は、「真実らしさ」と「史実」の関係である。メレは、ティトゥス・リヴィウスとアレキサンドリアのアッピアノスに材を採った。先行作品としては、前世紀イタリアのトリシーノの同名作（デルマスによれば、その仏訳がフランスのブロア城で上演されている[18]）、フランスではモンクレチアンの『カルタゴ女』*La Carthaginoise*（一五九六）とモントゥルーMontreux（一五六一～一六〇八）の同名作（一六〇一）があるが、メレは特にトリシーノとペトラルカの『アフリカ』を参考にしたようだ。「ル・シッド論争」中コルネイユ派は、ソフォニスブが前夫が死んで二時間足らずで別の男と結婚しベッドをともにするのは『ル・シッド』におけるシメーヌに比べてもまったく「真実らしくない」と批判した。しかしこれは、ティトゥス・リヴィウスが述べているのであり、ペトラルカも踏襲しているので、メレにとっては異常で驚くべき史実ということで問題にならない。劇中でローマの執政官も皮肉っている。「マシニスのやつめ、一日で、出会い、恋して、結婚するとは」と。そしてこれこそメレの真骨頂ともいうべきことなのだが、後に「少しく大胆に史実に反して、私はマシニスをソフォニスブの骸の上で自刃させた。この英雄の基の姿に変更を加え、実際には行わなかったが、そうすべきであったような行為で潤色した」と自賛した点は重要である。この「真実らしさ」のための「史実」の改変は、ドービニャック師の絶賛するところである。[19] 第二は、主題の選択、筋と時間の単一性にも関わることだが、「愛し合う者たちの死の悲劇」[20] というテーマ達成のための劇作法の問題である。三幕四場でソフォニスブとマシニスの二人の初顔合わせから終幕の二人の死まで、ローマ軍幹部との厳しい折衝の中、筋の展開は一点に集中し加速される。

ここでこの作品の構成と展開を辿ってみよう。今も述べたように、三幕四場が中心であることは間違いない。しかしそこまでもじつに巧妙に仕組まれている。まず一幕一場と二場にしか登場しないが、ソフォニスブの夫であるヌミディア国王シファックスの苦悩に満ちた姿が端的に描かれている。

> お前の国（カルタゴ）の人たちがローマに対して抱き続けてきたあの昔からの憎しみに応えようと、わが国の繁栄を維持できたあの強大な国との友好関係を断ってしまった（一六〜一八行）

そしてあろうことか妻ソフォニスブの敵将マシニスに対する恋心を確信し、絶望し、呪う。

> いずれお前も思いだすだろう、お前の愛の企みが直ぐ不幸な結末を呼ぶに違いないと、わしの声を通して予言者の霊が語ったことを……。さらばじゃ、もう二度とお前の顔も見たくないし声も聞きたくない（一一六

～一二六行）

ついに悲壮な覚悟で出陣する。

さあ、フィロンよ、行こうではないか、運命が呼ぶ処、わしの死が不実な妻を喜ばす処へ（三二七～三二八行）

そして二幕全体は前にも述べたように、ヌミディア軍とローマ軍の間の戦闘の実況中継の幕となり、その知らせを聞く毎に、ソフォニスブの心の動き、妻としての義務感、ローマに対する憎しみ、敵将マシニスへの思いが錯綜する。幕開けにまず侍女が、

町はすべて城壁の上にあります、まるでお芝居のように、そこから戦いがみられるのです（三二七～三二八行）

と述べソフォニスブに観戦を勧める。もちろんそのようなことは恐ろしくてできない。別の侍女の簡単な戦況報告の後、使者が現れて、

今や全国民の不幸の最後なのです、確かなことです、不滅の勇敢さをお示しになりながら、幸すくなき殿は命を絶たれたのであります（五三〇～五三二行）

と語る。悲嘆にくれるソフォニスブに、侍女は最初は逃亡を勧めるが、再度使者が登場し、マシニスが入城したことを告げるとすぐ、ソフォニスブは死を覚悟する。

それでは勇気を呼びさまし、死んで虜囚の恥を避けなくては（五六七〜五六八行）

しかし侍女は今度は、マシニスの目を欺き愛を手に入れるよう勧める。ソフォニスブは、自分の魅力に自信がないが、卑怯な企みに同意する。此の幕は戦闘場面などスペクタクルは一切用いずに、観客の関心を「ソフォニスブの運命や如何に」に向けさせ逸らさない。

そして二百四十九行からなる三幕四場である。戦国武将の野卑さなど微塵もない紳士然として、演説（Harangue）を垂れる。

新たな不幸が惨めさを増さないよう、そしてあなたを囚われ人ではなく、王妃として扱わせるよう計らう積りです（七六五〜七六七行）

それに対するソフォニスブの答礼（Réponse）がじつに巧みである。

人の心を征して、手に入れた王杖に正に値する術を心得た方はほとんどおりません……。私はただただわが身の不幸を嘆いているのです、希望、休息、幸運、自由、全てを奪われてしまっただけに、それがよりいっそう辛いのです（七八五〜八〇三行）

この辺りの言葉でマシニスの心は奪われてしまった。侍女も「あのお方も引っかかったわ」と脇台詞で述べている。愛の交歓が百行ほど続き問題の箇所となる。九百三十五行から九百五十二行である。ここでは舞い上がったマシニスが結婚式を今日にもあげようといって、その誓いの口づけをするのである。ちなみに接吻シーンは十七世紀でもこの作品以後は見られない。

私の熱烈な思いと私たちが置かれているこの時が、誰もが望めない完全無欠なこの幸福を延々と引き延ばすことを私に許さないのです（九三六～九三八行）

この「私たちが置かれている時」が重要である。いかに愛に溺れていても、マシニスにも冷静さが残されていたことの証左なのだ。彼が結婚を急がなければならない理由がある。時を置き、ローマのお偉方に諮れば、反対され退けられることは必定だからだ。案の定というべきか、すぐ続く五幕一場、式も済ませベッドを共にした後、幸せ一杯の二人のもとに使者が現れ、マシニスにローマの執政官シピオンからの呼び出しがかかる。ここから一気に急坂を転げ落ちるように、二人の運命は悲劇の終幕に向かうのである。詳述は控えるが要するに、ローマ帝国を維持するための定款ともいうべきものに、敗戦国からの戦利品（捕虜）の扱いは元老院が決めるという国家理由があり、それに対して、戦勝に貢献した臣下への報酬は臣下みずからが決めることを許可して欲しいという論争なのである。結局マシニスは国家理由にもとづく臣下の義務という論理で説得されてしまうのだ。この作品は当時の貴族たちからも好評を得たようだが、この四幕と五幕を、リシュリューのもとで中央集権化に向かう中での貴族、特に大貴族たちは他人事でなく身につまされて観たであろう。(21) ランブイエ侯爵夫人邸でも貴族たちが役者となって上演された。

ところで、マシニスとソフォニスブの二人の対話や独白は長台詞が多いが、まさに役者たちの「見せ場」となっている。明らかにマシニス役にモンドリー、ソフォニスブ役にメレのパトロンであるブラン伯爵の愛人ルノワール夫人を想定している。ただマシニスの「錯乱の場」ともいえる場面があるのだが、(千三百行前後から八十行程）さすがのモンドリーもどこまで芸を見せられたか分からないが、ルーヴァはドービニャック師が『演劇作法』でモンドリーを名指しで述べる演技論ともいえる部分を紹介している。[22] 最後に後のコルネイユがこの作品に一応の敬意を表しつつ、みずからも同名の対抗作を書いていること、またヴォルテールも同名作を書いたことを付け加えておく。

〔梗概〕ヌミディアの老王シファックスは、自国がローマ軍に包囲されて危機に晒されている折も折、王妃である妻ソフォニスブが敵将マシニスに宛てて書いた恋文を手に入れ、彼女に真相を糺す。王妃は国を救うためにした偽りの告白であると弁明するが虚しい。カルタゴ人の血を誇る王妃の願いで、ローマとの同盟を拒んだ王の痛手は大きく、出陣に際しても、死を覚悟して戦いに臨む。一方、ソフォニスブは侍女に本心、つまりマシニスへの恋心を打ち明ける。戦闘の続く中、夫の敵の勝利を望むわが身に戦いているところに、シファックスの死が告げられる。彼女は囚われの辱めを受けるよりは死を選ぶ、と決意を述べるが、侍女はマシニスの心を捉えて、その情けに縋るよう説得する。勝利し入城してきたマシニスは、王妃を確保するよう命令を下す。一方、ソフォニスブは彼を誘惑するように勧める侍女に、自分にはそのような力はないし、死にたいと不安を漏らす。ソフォニスブに会ったマシニスは、彼女を王妃として丁重に扱い捕虜にはしないと断言する。彼女の美貌と心地よい言葉に彼は惑わされる。さらに虜囚の身になるくらいなら死なせて欲しいと懇願する彼女の威厳に満ちた姿に感動する。そして、彼女に対する哀れみの情は愛情に変わり、結婚を申し込むや、その夜のうちの婚礼を決めて彼女に接吻する。婚礼の夜が明けた頃、マシニスのもとにローマの執政官シピオンからの呼び出しがかかる。不安を覚えたソフォニスブは、鎖につながれる身にはしないように新しい夫に頼む。マシニスに会ったシピオンは、討ち取った敵国王の妻との早急な結婚を非難し、彼女はローマの戦利品でこの結婚は無効だ、ローマに返せと命ずる。それに対してマシニスは、激しく抗弁するがどうにもならず、大いに苦悩する。しかし副官レリにシピオンの怒りは尤もだと諭されると、彼にシピオンへの執り成しを頼む。過酷な戦闘の末に得た幸福を、今、強大なローマの力によって崩されようとしている運命を嘆くマシニスに、副官はシピオンの厳しい命令を伝え、ソフォニスブを捕虜という不名誉から救うには死による方法しかないと語る。そこに彼女からの、虜囚になる運命なら約束の毒薬を渡して欲しいという手紙が届く。部屋で不吉な前兆に怯えているソフォニスブのもとに、マシニスから「最後に残された忠節のしるし」として毒薬が届けられる。彼が後に続くなら死も甘美なもの、私以上にローマが私を恐れているのなら、それを取り除いてやろうといって、ソフォニスブは毒杯を呷る。シピオンがマシニスの従順を褒め報酬を約しているところに、彼女の死が告げられる。部屋のタピスリーが開けられると、マシニスは取り乱して彼女の遺体に取り縋る。そして、ローマを恐れさせた彼女を讃えつつも、自分の手で殺したも同然と悔やみ、神々の怒りをもって残酷なローマに復讐が果たされんことを願って、隠しもった短剣を取り出し自刃する。

4　五幕韻文悲劇『偉大な最後の大王ソリマン、あるいはムスタファの死』*Le grand et dernier Solyman, ou la mort de Mustapha*

悲劇三作目、その最終作である『ソリマン』は当時、残念ながら評判にならなかった。規則については、メレ自身が登場人物表の下にわざわざ、「この作品は演劇のすべての規則内に収まっている」と明記している。

この悲劇では、敵国ペルシャへの出撃を間近に控え、子供の取り違いに端を発した偽情報に惑わされて王子を恨む王妃と、王位継承を目論む王の女婿、この二人が企む数々の陰謀が展開され、それに敵国ペルシャの王女とトルコ王子の愛が加わっているのだ。そんな中で王の不安、疑心暗鬼がだんだんと高まり一気に爆発して、二人の恋人たちは陰湿な形で虐殺される。しかし悲劇はそこで終わらず、神託がらみで過去の経緯が判明し、悲劇性がさらに増幅されて終わるのである。確かにここでも、「愛し合う者たちの死の悲劇」も描かれるが、メインテーマは登場人物のほとんどが死にいたる、サスペンスと恐怖を惹き起こすことなのだ。メレは一六一九年に書かれたイタリア人ボナレッリの悲劇『ソリマン』を下敷きにしているが、競合作『ソリマン』*Le Soliman*（一六三七）を書いたヴィオン・ダリブレのほうは、同じ先行作から当時の観客の好みに合わせて、敵国の王子と王女が死なずに結ばれる悲喜劇に書き換えている。

この作品の残酷性を示す第五幕に関して少しく述べたい。此の幕では、メレ作品中でもっとも多くのト書きをもつ（七十五）中で、三十ヶ所におよび動きが激しい。また小道具類も多用されている。にもかかわらず全九場のうち、スペクタクルとしての残酷性が示される場は無いのである。ではどこにそれがあるのか？　それは言葉と小道具によって示されるのである。まず五幕一場で、ト書きで「ソリマンの両義的な場」と示されるとおり、王ソリマンはスパイとして捕えた敵国ペルシャの王女とペルシャと内通していると思っているわが息子との結婚を承認している。

ムスタファよ、確かにわしの意に沿うものではない、このような婚姻は気に入らぬし、さみしくも思う、
だが、お前たちを喜ばそうと云うより、国家の理由でそれを認めよう（一五一三〜一五一六行）

しかしこの言葉は二人の恋人たちを喜ばせる半面、額面通り受け取れないとの思いも醸成する。そしてお祝い

として贈られた品を開いて見るに及んで、二人は恐れ戦く。黄金の布に包まれた斧と目隠し用の布だったのである。そして彼らのいる部屋の奥の窓から、王の声が聞こえる、

お前たちは時を選ばず、空威張りし反抗した、そんなことは無駄だし余計なことだ、その報いとして、お前たちの頭を差し出せ、最早逆らうでない（一六七四～一六七六行）

窓が閉まり、ムスタファが抗弁すると、またすぐ窓が開き、王の声が聞こえてくる。

……お前の愛する女の体は一日中、我が宮廷の小姓たちのスペクタクルとなろう（一六八三～一六八四行）

しばらくすると、陰謀の首謀者の女婿の腹心をつうじて王の書付がムスタファに示される。内容は示されないが、彼はそれを見ると従容として、「支度はできた、断頭台は遠くにあるのか」といって、縛られ近くの部屋に曳かれてゆく。この二場から四場までの場面での王はみずからの手を汚さず、わが子とその恋人を死地に着かせている。五場と六場は、王妃が憎んでいたムスタファが実はわが子だったという、王妃の嘆きが強調される場面である。七場と八場で、王のもとに死を前にして書かれた首謀者の女婿の告白書と、王妃の遺言書が届く。女婿の腹心も逮捕されたことも告げられ、王は万事休す。そして最終場で、剣をかざしてムスタファの友人バジャゼが登場する。女婿と腹心の首を提げた槍を掲げた兵士を連れている。そこへ首謀者でもある王妃の自害が知らされる。そして王も生きるのに厭いて、命令があればいつでも王妃の後を追う用意がある旨が伝えられる。とバジャゼは、臣下としてやむをえない選択をする。

お前たち、王を慕うお前たち、あの方が如何に不正な方だとしても、死なせないようにしてくれたまえ（一九九四〜一九九五行）

さらに部下たちに略奪、破壊、陰謀の加担者の皆殺しを唆す。

いや増す殺戮への激情は、罪人も無実の者も一緒くたにして、比類なき残酷さでこの復讐をわれらが英雄の盛儀としようではないか（二〇〇二〜二〇〇五行）

こうして終幕となる。ここには空無に向かい合う王と、後はいったい何が残るのだろうか。舞台上で殺人は一切見せず、背筋を凍らせる作品となっている。当時の観客に受けなかったのは当然である。だがここにメレの内心の怒り、すべてのものに対する怒りを読み取れるのではなかろうか。トムリンソンは世紀初頭の「血の悲劇」への回帰を指摘しているが、十八世紀初頭の、あるいは現代の「残酷劇」の先駆的作品といっても過言ではあるまい。

〔梗概〕トルコのトラース国の王ソリマンの妻ロクセラーヌは、ソリマンの世継ぎムスタファが父親の愛を一身に受けていることを妬み恨んでいる。というのも一日遅れで生まれたわが子の行方がしれないからだ。今トラース国はペルシャとの戦いの準備中で、ここでもムスタファは父王の前で勇躍して戦闘に向かう姿を示している。ソリマンの女婿リュスタンはそれが面白くない。余りにソリマンがムスタファを厚遇しているからだ。彼の地位を奪いたいと思っている。一方、身を偽って宮殿に入り込んでいる敵国ペルシャの王女デスピースは、自国のためのスパイの仕事より、二年前に知り合ったムスタファへの思いのほうが強い。彼女はムスタファへの手紙とペルシャ国王の印璽付きの白紙を養育係のアルヴァントに委ねるが、彼女のムスタファへの愛を面白く思わないアルヴァントはそれを破り捨ててしまう。それを盗み見ていたリュスタンの腹心オスマンが拾う。ロクセラーヌとリュスタンは手を組んで、ムスタファ追い落としの陰謀を仕組む。ソリマン王に対して、ロクセラーヌはムスタファが父親の命を狙っているのではないか、リュスタンは彼がペルシャと内通しているのではないか、と虚言を連ねて、王の不安を掻き立てる。さらにリュスタンは腹心が拾ってきたペルシャ国王の印璽付きの紙にあることないことを書き連ね、それを王に見せ疑念をさらに増幅させる。一方、デスピースは、愛を断念させ帰国を勧めたいアルヴァントの虚言に、ムスタファに対する怒りを爆発させ帰国を決意する。ムスタファは父王の呼び出しに、友人バジャゼの忠告を振り切って王宮に向かう。陰謀の噂を耳にしていたバジャゼは、怒りにまかせてリュスタンを剣で刺してしまう。王のもとに、城塞からの脱出をはかった男装のデスピースとアルヴァントが連行されてくる。彼女は自分がペルシャのスパイであることを白状する。幽閉され死を待っている彼女のところにムスタファがやってくる。彼はデスピースが王宮にいることも手紙のことも知らなかったので、当初は二人の会話はかみ合わないが、最後には愛の確認をする。と同時に身の危険も察知する。王は二人の処にアルヴァントを使って伝言をもたらす。国家的理由で二人の愛を許すという内容。しかし二人は喜んで良いのかどうか迷い疑う。そこへリュスタンの腹心オスマンが兵士を引き連れてやってきて、二人を連行する。すぐに二人は殺される。その後、ロクセラーヌのもとに奴隷女がやってきて、じつはムスタファこそが探し求めていたわが子であることが判明する。ソリマン王のもとにはリュスタンが死に際で書いた自白書と、生きる甲斐を失った妻ロクセラーヌの遺書が届けられる。王は後悔し絶望する。最後に、怒りに燃えたバジャゼがやってきて、ムスタファの葬儀の前に謀反人たちの一掃を約す。

五　最後の悲喜劇四作品

まだ「ル・シッド論争」の渦中、またメセナのブラン伯爵が亡くなり、慌しい一六三七年から翌年にかけて、憂さを晴らすかのごとく劇規則にも余り頓着せず、流行の悲喜劇に戻り一気に三作品を書き飛ばし、一六四〇年に最後の作品を書いて劇界を去ることになる。

1　五幕韻文悲喜劇『名高き海賊』*L'illustre corsaire*

この作品は念願のリシュリューの庇護下に入ってからの第一作目で、枢機卿からの年金獲得に手を貸してくれたデギョン公爵夫人に献呈されており、マルメゾンでの上演に際してリシュリュー本人を大層喜ばせた。

この『海賊』は、デマレ・ド・サン＝ソルランの小説『アリアーヌ』の一エピソード（主人公が海賊になり、王女を助けライバルを倒して王位を回復する）に題材を借りている。三単一の規則に関しては、悲喜劇でもあるので緩く見て、ほぼ守られているといえる。しかし筋の展開に緊迫感がなく真実らしさに欠け、コミックな場面ばかりが目立つ（約三分の一がそうした場面）。人物の内面描写もおざなりで表面的である。特筆すべき唯一の点は、女主人公が精神の病を抱えていて、狂人を擬した会話の場面があることである。

〔梗概〕シシリー国の王子ルパントは、十年前に愛する王女イスメニーとの仲を裂かれ、海に出て海賊に襲われるが、自分の王国も失われイスメニーも死んだ、との報を聞いて、みずからも海賊となってしまう。一方、イスメニーは愛するルパントが去り、星占いもあって精神に異常をきたしていた。今ではマルセイユの王となっている兄ドラントのもとで静養し治療を受けている。海賊となっているルパントが彼女に会いにやってくる。彼女の医者は、彼女の病気には狂人同士での会話が良いと提言する。そこでルパントと部下は狂人になり済ましてイスメニーとの面会が叶う。ルパントはみずからの冒険譚を語り、部下は身ぶりたっぷりに冗談を話して彼女を笑わせる。そして二人の間に愛が芽生えた時、兄王が過去の密約を携えて現れる。かつて自分を捕えた後で解放してくれた命の恩人である海賊アクサラに、妹を妻として与えると約していたのだ。ルパントはイスメニーにこの海賊との縁談を受け入れるよう勧めるが、この忠告は彼女を激怒させてしまう。そこでついに、ルパントはじつは自分がアクサラその人と同一人物であると告白する。一方、かねてよりイスメニーを妻に求めていたシシリー国の簒奪者リパスは、二人が結ばれることを知って、夜陰に乗じてイスメニーを攫ってしまう。だがすぐにルパントは彼女を救出し、リパス王からイスメニーのみならずシシリー国の王位の引き渡しの同意を手に入れる。

2　五幕韻文悲喜劇『狂えるロラン』*Le Roland furieux*

この作品は悲喜劇と銘打たれているが、それなりに美しい自然描写が多く牧人や農民も多く登場させ、まるで田園劇と呼んだほうが相応しい凡作である。おそらく今は亡きブラン伯爵の勧めで、イタリアの有名な叙事詩アリオスト Ariosto（一四七四〜一五五三）作『狂えるオルランド』*Orlando furioso*（一五三二）に材を採り悲喜劇にまとめたものである。ここでは劇規則はまったく無視しており、場面はすべて戸外で進行し、内容たるや、背景にキリスト教軍とサラセン軍の間の戦いがあるのだが、怒り狂った殺人鬼のほとんど謂れ無き、しかも滑稽さの誇張された連続殺人の語りに終始している。『ソリマン』で見せた残酷さも感じられないこの荒唐無稽な作品では、もしかしたらブラン伯爵のメーヌ地方の自然ではなく、仏・西他の国々に荒らされている祖国フランシュ・コンテの自然と逃げ惑う民衆に思いを馳せていたのかもしれない。またこの作品では、メレにとってのはじめての試みをしている。「デウス・エクス・マキーナ」の使用である。しかしこれも、悲喜劇作品への転用という点では目新しいものの、安易な観客への迎合といえなくもない。

〔梗概〕キリスト教軍の英雄ロランは片思いのカタイの王女アンジェリクを追ってシャルルマーニュ軍のいるパリを離れ、森の中に迷い込む。やがてあちこちの木に刻まれた彼女とその恋人メドールの名前を見て絶望する。アンジェリクとメドールは羊飼いに匿われる。メドールの居ぬ間に、アンジェリクは洞窟で、サラセンの王女イザベルに出会う。そこでイザベルから、恋人ゼルバンとの逃避行の経緯を聞く。そうこうするうちに、ロランは、かつてアンジェリクに与えた腕輪を見つけ狂乱する。彼女たちの処に戻ったゼルバンを、彼らを追っていたイスラムの戦士ロドモンが現れ、殺してしまう。イザベルは絶望し、自殺しかけたところを森の隠者に救われる。帰ってきたメドールは、ロランに襲われたが幸い難をのがれたこと、しかし村人の一人が殺されてしまったことを告げる。また狂ったロランを鎮めに天馬に乗った男が来ることも予告される。村人たちに頼まれたロドモンはロランに挑むが簡単に倒されてしまう。今やロドモンはイザベルを恋している。しかしイザベルは体を不死身にしてくれるハーブを見つけたと偽り、自分の体にそれを塗り、刺してその薬効を試すよう唆すと、愚かなロドモンは彼女を刺殺してしまう。一方、まだまだ荒れ狂うロランは、農民を山越えに投げ飛ばしたりして狂乱は収まらない。そこへ洞窟から眠りの精が現れ、彼を抱きしめ眠らせる。その時空から降りてきた天馬から友人が降り立ち、秘密の液体をロランの耳に流し込む。正気に戻ったロランは、シャルルマーニュ軍に復帰すべく、友とともに天馬に跨り一路パリへ飛び立つ。

3　五幕韻文悲喜劇『アテナイス』*L'Athénaïs*

一六三七年の終わり頃までに書かれ翌年に上演されたこの作品は、コーサン師のビザンチンの史伝を出典としているらしい。演劇規則に関しては、場所が単一だということもあり、それ程違和感はない。この作品では、余り筋とは関係ない遺産相続をめぐる裁判と、改宗問題、不和の元になるリンゴ事件が繰り広げられている。しかし、王は常に受動的で、無力な存在となっており、改宗問題も核心は示されておらず、不和のリンゴのアレゴリーもインパクトに欠け、王の姉の権力の誇示ばかりが際立つ冗長な作品となっている。ただこの作品が「初期キリスト教と異教世界の葛藤を描いた最も早い作品の一つなのである。」（ランカスター）[23] バロ Baro（一六〇〇～一六五〇）『聖ウスタッシュ』Saint Eustache, *martyr*（一六三九）、コルネイユ『ポリュークト』、『テオドール』、ロトルー『真説聖ジュネ』*Le Véritable Saint Genest* に道を開いているのである。

〔梗概〕テオドシウス王と姉のピュルケリは巡行を終えアテネに戻ってきた。そこでアテナイスの訪問を受ける。彼女は兄たちから父親の遺産の分配を望み、そのことを訴えに来たのだった。ピュルケリは、彼女の美しさ、雄弁、徳に感動して、王に彼女に注目するよう促す。それでピュルケリがアテナイスの請願を審議している間、王は仕切り越しにアテナイスを注視する。ピュルケリはこの裁判でアテナイスに不利な裁定を下すが、美しく有能なアテナイスを認め、彼女を宮廷に入れる。そうこうするうちに王はアテナイスを大いに気に入り、王妃になるよう説き伏せる。ところがアテナイスが異教徒であることが判明し、そのことが大きな障害となる。そこで王の寵臣ポーランの尽力でアテナイスはキリスト教徒に改宗する。その後このポーランが病気になり、見舞いに来た王は彼の部屋で、自分がアテナイスに贈ったリンゴを見つけてしまう。アテナイスは頂いたものは食べてしまったと主張するが、王はアテナイスがポーランと恋に落ちたと思いこみ、突然怒りを爆発させ、彼女に宮殿を去るよう命ずる。しかしピュルケリが、自分がポーランに贈ったものであることを明かす。アテナイスの貞節を納得し、王は許しを請い、彼女との結婚の支度をする。

4　五幕韻文悲喜劇『シドニー』*La Sidonie*

このメレの作品は、前作から二年後の一六四〇年に書かれている。最終作としては余りに寂しく、悲しい作品となってしまった。劇規則はすべて、ほぼ守られているのだが、筋を動かしているのが人間の意志ではなく、二つの神託、くじ引きの札、メダルの中に隠された手紙といった宿命ともいえないものなのだ。幼児の頃に拾われて今は大臣の娘となっている女性が、じつは王子の異母妹であったことが判明し、危うく近親相姦を免れるという内容なのだ。夢や不吉な予兆に怯える人物もいるが、ほとんどは受動的なものとなってしまっているのだ。神託、くじ引き、メダルのトリックと仕掛けが余りにも安易かつ恣意的で、発想ないし才能の枯渇といわざるをえない。

〔梗概〕アルメニアの女王ベレマントは、大臣アルコメーヌの娘シドニーをリュディアの王子シナクサールと結婚させようと考えている。この王子が自国の王位は失ったが、アルメニアの王位を救ってくれたからだ。そんな時、シドニーを恋する女王の息子ファルナス王子が、アンモンの神託の答えを携えてエジプトから帰国した。その神託は、愛する女性との結婚の幸福のすべては、お前を待つ王位次第である、というものであった。女王はシナクサールと交わした約束を守りたいのだが、シナクサールは自分とシドニーは結婚できないだろうと絶望する。シドニーはシドニーで、神託が守られなければ、国が滅びるのではないかと気遣う。そこでシドニーはこの問題をユーノー女神に委ねようとする。ユーノーの神殿にはライバルたちの名札を入れた壺が置かれていて、少年がファルナスの名札を引いてしまう。シドニーはファルナスと決まれば、結婚後すぐにみずから死のう、でもなんとしてもシナクサールには後を追わせまいと決心する。一方ファルナスは不吉な予兆に怯える。ところがシドニーの父親は娘とファルナス王子との結婚に反対する。なぜなら別の神託では、アルメニアの王は奴隷女を妻にしないとされており、シドニーはまさにそのような娘なのだ、本当の娘ではなく拾い子なのだから。そして証拠として一枚のメダルを示す。すると顧問官がその中から二枚の小さな紙切れを引き出した。そこにはシドニーがじつはファルナスの父王の娘で、王とパルミナの女王との秘密の結婚で生まれた子であることが書かれていた。ファルナスは異母妹との結婚を断念し、シドニーはシナクサールに与えられる。

おわりに

どのような時代でも、どのような国でも、劇作家を目ざす者は、普通上演を第一に考えるものだ。そしてひとたび上演されるとなると、今度は「いま・ここ」で観客に受けるか受けないかがすべてなのだ。それではメレはどのような劇作家であったたか。不幸な生い立ちであったが、非常に恵まれたスタートを切った。大貴族モンモランシー公爵の庇護下に入ってそのシャンティィの館の文化的なサークルから巣立ったのだから。絶対王制の確立前の激しい権力闘争の厳しさと悲哀を、間近で見聞したことは大きい。演劇が現実世界の反映だとすれば、現実を其れがたとえ支配階級のそれであっても、最前線で肌で感じ取れたのだ。そうして第二作『シルヴィ』以降のほとんどの作品には何らかの形で時代が反映している。

必然的に観客として、知的な貴族、サロンの女性たちが期待されている。彼らの演劇に対する嗜好は奈辺にあったか。貴顕の紳士淑女たちの世界が、真実らしい筋の展開で、礼節を弁えたパセチックな詩句とアイロニカルな対話をたっぷり盛り込んで描かれること、と理解したはずだ。それとほぼ職業作家となった一六三二年以降は、毎回何か新しい趣向を見つけなければ飽きられてしまう。メレは困難を承知で「規則」に挑戦できたと思われる。だがそうなると当然、語りの多用をともない、優れた役者の存在が前提となる。そんな中で傑作と評価しうる『ソフォニスブ』が生まれた。メレはかつて「十や十二の不規則な作品でなく、完璧な一作をものせば良しとしよう」と述べていた。その予告は彼にも当てはまったか。最後に一言。メレが劇界を去る理由として、「ル・シッド論争」での失意だけでなく、劇団との軋轢と時代の閉塞感もあげておきたい。そして、故国フランシュ・コンテの置かれている現状を考えると、居ても立っても居られなかったのだ。今度は逆に、外交の世界を芝居に見立て、みずからが演出家兼役者として踊ることに生き甲斐を見出したと思われる。

（1） cf. P. Tomlinson, *Jean Mairet et ses protecteurs*, p. 45.
（2） (Corneille?) Adverssement au Besançonnais Mairet, dans Jean-Mare Civardi, *La Querelle du Cid*, p. 860.
（3） Tallemant des Réaux, *Les Historiettes*, II. p. 240.
（4） H. C. Lancaster, *A History of french dramatic literature in the seventeenth century*, part I, p. 239.
（5） J. Scherer, *Théâtre du XVII siècle*, tome I, p. 1253.
（6） H. C. Lancaster, *op. cit.*, part I. p. 514.
（7） G. Dotoli, *Temps de Préfaces*, pp. 181–191.
（8） J. Chapelain, *Opuscules critiques*, p. 115.
（9） G. Dotoli, *op. cit.*, pp. 181–191.
（10） Jean-Marc Civardi, *La querelle du Cid*, pp. 315–326.
（11） *Ibid.*, pp. 333–335.
（12） *Ibid.*, pp. 343–344.
（13） *Ibid.*, pp. 798–811.
（14） (Corneille?) *Adverssement…op.cit.*, p. 857.
（15） A. Adam, *Histoire de la Littérature Française au XVIIe siècle*, T. I. P. 206.
（16） H. C. Lancaster, *op. cit.*, part I, p. 637.

（17）*Ibid.*, p. 699.
（18）C.Delmas, dans *Théâtre complet de Jean Mairet*, T. I., p. 49.
（19）Abbé d'Aubignac, *La pratique du théâtre*, ed.Hélène, p. 463.
（20）cf. Bénédicte Louvat, *Théâtre complet de Jean Mairet*, T. I. pp. 27-92.
（21）Tompinson, *op. cit.*, p. 308.
（22）Bénédicte Louvat, *op. cit.*, p. 169 cf. Abbé d'Aubignac, *op. cit.*, p. 405.
（23）H. C. Lancaster, *op.cit.*, II, p. 228.

第五章　ジャン・ロトルー ― 両義性を生きた劇作家

鈴木美穂

ジャン・ロトルーが、コルネイユ、モリエール、ラシーヌについで、十七世紀のフランス演劇における重要な劇作家であることは否定できない。にもかかわらず長らく等閑視されてきたのは、「前（非）・古典主義の作家」とみなされていたからである。「大世紀」つまり絶対主義を標榜する「ルイ十四世の世紀」のイメージが十七世紀後半から十八世紀にかけて形成されるにつれ、それと軌を一にする古典主義の三大劇作家がロトルーの影を薄くしていったのだ。十九世紀後半になって「バロック」の概念が登場し、二十世紀半ばからバロック研究が盛んになるにともなって、ロトルーの作品群にもスポットライトがあたるようになったが、現時点ではロトルーについての研究はまだ途上にあるといえよう[1]。

ジャン・ロトルー

四十一年という長くはない彼の生涯のうち、劇作家として執筆活動を行なった約二十年間は、古典主義演劇の黎明期、換言すればバロック演劇の最盛期にあたり、フランス演劇文学史上、「例外的に、格別に実りの多かった時期」（モレル[2]）と一致する。まさしくこの時期の申し子であったかのような、豊饒で才気に満ち、時に激しく時に風変わりなロトルーの作品は、当時の芝居好きな観客に歓迎され、同時代の劇作家たちに刺激を与え、喜劇はモリエール、悲劇はラシーヌに影響を及ぼしたと思われる。中でも後述する『ヴァンセスラス』*Venceslas* は死後も長く読まれかつ上演された悲喜劇であり、悲劇『真説聖ジュネ』*Le Véritable Saint Genest* は、演劇と俳優についての普遍的かつ現代的な問いを提起する問題作である。ロトルーは、フランス十七世紀前半のバロック時代を代表する劇作家であるといえよう。現存する三十五作品のジャンルの内訳は、悲劇六作、悲喜劇十七作、喜劇十二作であり、悲喜劇を中心に相互浸透的なジャンルの混交が見られるのが、時代精神を背景にしたロトルー作品の形式上の主要な特徴である。

ところでロトルーの生涯そのものについては、他の重要作家ほど多くのことは知られていない。署名入りの手紙、確かに彼のものだといえる手書き原稿や覚書などは、まったく残されていないのである。彼もしくは彼の作品についての同時代人の証言も、ほとんど見あたらない。(3) 極言すれば、「この劇詩人の伝記は数行でまとめられよう」(4)（ジャリ）とされるほどだ。さらに彼は、自己の演劇観を表明する「序文」を執筆しておらず、創作の理念や劇作家としての野心なども不明である。作品冒頭に、献辞や「あらすじ」、「読者への緒言」などと銘打った短文はあるが、献辞は後援者たちの地位の高さを示しはすれど当時の慣習に則ったものであり、その他の文も、作者の具体的な境遇や考えを明示する情報は、ごくわずかしか含んでいない。ただ、処女作により、若くしてオテル・ド・ブルゴーニュ座の座付き作者となって厳しい契約のもとで量産を余儀なくされたこと、契約からほぼ自由になり、帰郷して真っ当な地位を得てからも、疫病によってその生を断ち切られるまで劇作を続けたこと、などは判明している。以下、このアウトラインにそって、彼の主要作品と作風を展望していくことにする。

一　座付き作者となるまで（一六〇九～一六二九年）

ジャン・ロトルーJean Rotrou（一六〇九～一六五〇）は、パリの西南西八十キロに位置する、ノルマンディー地方のドルーDreux（現在ウーレ・ロワール県）で生まれ、一六〇九年八月二十一日に洗礼を受けた[5]。同名の父親は商人であったが、一族は数世代前からドルー市の要職を歴任してきた堅実なブルジョワジーの旧家で、祖父は市長であった。ジャンはドルーで古典の基礎を学び、勉学を続けるためにパリに出た。パリでは法律の勉強をし、弁護士資格も得たようだが[6]、法廷に立った記録はない。

ロトルーは首都で、いくらか年長の劇作家であるデュ・リエのグループ[7]と交流し、文学上の友人を得たようだ。処女作である悲喜劇『憂鬱症患者、あるいは恋する死者』を書き上げたのは、一六二八年のことだったと思われる。一六三一年に刊行された作品冒頭の「あらすじ」末尾には、「優れた劇詩人はかなりいる、が、二十歳で、となると難しい」とあり、処女作に込めた若い作家の謙遜と自負が垣間見られる。

『憂鬱症患者、あるいは恋する死者』*L'Hypocondriaque ou le Mort amoureux*（悲喜劇、初演一六二八?、初版一六三一）（以下、『憂鬱症患者』）

〔梗概〕（第一幕）ギリシアのとある町に住む若者クロリダンは、父の厳命により恋人のペルシッドを残して旅に出ることになった。相愛の二人には生木を裂かれるようなつらい別れである。（第二幕）旅の途上の森の中、クロリダンは、冷たくあしらった男から陵辱されそうになっていた冷徹な美女クレオニスを救う。彼女は暴漢を斬り殺した勇者に夢中になり、彼を自邸に誘う。（第三幕）クレオニスは、ペルシッドがクロリダンに宛てた手紙を書き換え、ペルシッドが死んだことにしてしまう。クロリダンは衝撃を受け、狂気に陥る。（第四幕）クレオニスはクロリダンの病を佯狂とみなし、理性を武器に論戦を挑むが、現世を死者の国と思い込む彼の妄想を論破できない。一方ペルシッドは従兄弟のアリアストと衣服を交換して両親をだまし、クロリダンを追う旅に出た。（第五幕）クレオニスはクロリダンの狂気を認め、同時に彼への情熱も冷めた。そこに彼女がかつて好意を抱いたアリアストがペルシッドとともに現れる。最愛のペルシッドと再会してもクロリダンの狂気は癒えない。アリアストが一計を案じ、死者をも蘇らすような陽気な音楽を聴かせるが空しく、最後に空砲を撃たせて彼に「死の恐怖」を与え、ショック療法で「死の国」から生還させる。

この作品は一六二八年後半にオテル・ド・ブルゴーニュ座で初演された。出典は不詳であり、先行の田園劇、田園小説、スペイン演劇、悪漢小説、ラテン・イタリア演劇、民話などから着想を得ている。つまり、それまでのロトルーの全教養を投入した、かつ雇われ作者としての制約のない、「オリジナルな」作品といえるが、それだけに、自由な処女作の短所と長所を合わせもっている。

まず、作品自体が長く、冗長の感は否めない。以後の作品は当時平均的な千八百行程度だが、本作は二千百行以上もある。時間は最短で三日、最長で数週間はかかり、場所については少なくとも四つの舞台設定が必要である。さらに構成面での筋の展開が整わず、大団円にいたるプロセスの処理が無頓着で、さまざまな障害や葛藤の解決がなおざりにされている。筋の出発点は父親に強いられた恋人たちの別離にあるのだが、この父親の意向は結末の時点では忘却されている。同様にペルシッドの強力なライバルとしてのクレオニスの介入も、中途で解消されてしまう。手紙のトリックが暴かれ、恋人の無事な姿を見て、クロリダンの狂気の元は取り除かれるはずであるが、そうはならない。

しかし、台詞は豊かで弾みがあり、若い劇作家の情熱と意欲が十分にうかがえる作品である。もっとも力点が置かれているのは、筋の論理を捨てても作者が描こうとした、クロリダンの狂気の世界の従来になく細密な描写である。狂った彼の台詞は五百行以上、全体の約四分の一もあり、独白がかなりの部分を占める。生の感覚を巡る、彼と「理性（クレオニス）」との論争は、当時の観客をとりわけ楽しませただろう。愛故の狂気のモチーフは、イタリア・ルネッサンス期の詩人アリオスト作の長編詩『狂えるオルランド』(8)が源泉となり、ジャンルを超えて好んで使われてきたが、クロリダンの場合は、狂気がその原因の消滅にもかかわらず腰を据えている。このように時として過剰なまでに、あるいは理不尽なまでに激しい情念を装塡した人物像を、ロトルーは以後の作品でも造型していくことになる。

『憂鬱症患者』は、上演にあたった国王劇団の座長、ベルローズの関心を強く引きつけた。当時ベルローズは、座付き作者アレクサンドル・アルディを契約上の意見の対立から失っていた。彼はロトルーの才能を見抜き、以後の全作品の買い取りを申し出る。デビューしたての若い劇作家には、晴れがましい提案だったにちがいない。遅くとも一六二九年には、両者の間に契約が結ばれる。それはアルディの時と同様、一年間に五作から六作の新作を劇団に渡し、上演権と出版権は劇団の所有という、当時の慣習に則ってはいるものの、自己の才能を恃む劇詩人ならば、やがて耐えられなくなるような契約であった。そしてやはりアルディと同様、ロトルーも徐々にこの契約に不満を募らせていくことになる。

二　座付き作者の責任（一六二九～一六三五年）

こうして国王劇団、つまりオテル・ド・ブルゴーニュ座の座付き作者となるロトルーは、一六二九年初頭に第二作目の『忘却の指輪』を発表している。

『忘却の指輪』*La Bague de l'oubli*（喜劇、初演一六二九?、初版一六三五）

〔梗概〕（第一幕）シチリア島パレルモ。貴族レアンドルと王妹は、支障なく結婚するために王位簒奪を企て、魔法の指輪を手に入れる。身につけた者の記憶と理性を奪う指輪だ。一方、王は公爵の娘を愛人にするため、邪魔者の父親と婚約者に無実の罪を着せる。（第二幕）公爵は軽はずみな娘を幽閉するが、王命で逮捕される。その吉報をもたらした道化ファブリスに、王は報賞を約束する。その後レアンドルは、王の指輪のすり替えに成功。王はたちまち記憶を失い、道化が署名を求める報賞金支払い命令書を破り捨てる。（第三幕）恋人さえ判別できない王は、彼女の求めに応じて「罪人」を釈放することにし、そのしるしに指輪を与える。王の理性は蘇り、「罪人」逮捕を再び命じ、道化に報賞金を約束。だが指輪を返されるとまたもや記憶を失い、再度支払い命令書を破棄する。（第四幕）政務執行が不能になった王に、妹は副王としてレアンドルを推薦し、陰謀の完全成就を期して、公爵の死刑を承諾させる。ところが、道化が王の「病」を利用して指輪を詐取したので、王はまた理性を取り戻す。（第五幕）みだらな情念が消え、完全に理性と道徳心を回復した王は、公爵に許しを乞い、娘に正式に求婚する。道化と王は指輪の秘密を突きとめ、王は三たび魔法にかかったふりをして、妹たちの陰謀を暴く。レアンドルは王の不品行な恋を盾に応酬。両者は結局、反省し合う。王はファブリスに報賞を確約し、愛の神に「より柔和な支配」を祈願する。

これは当時、笑劇に圧倒されていた喜劇の、長い不遇時代（十六世紀末から一六三〇年代）にピリオドを打ったことで重要な作品だ。面白いと同時に洗練され、ビアンセアンスに配慮しながら笑わせる、筋立て喜劇である。

コルネイユが『メリート』（初演一六二九末、初版一六三三）でこれに続き、メレの『ドソーヌ公艶聞録』（初演一六三一、初版一六三六）などが倣う。しかし、結果的に喜劇ジャンル復活にもっとも貢献したのはロトルーで、一六三〇年代に上演された喜劇三十三作のうち、九作[9]を執筆している。

「これはスペインの作家ベーガ[10]の純然たる翻訳である」と、作者は作品冒頭の「読者に」であっさり告白しているが、実際には原作との相違点は多い。副筋を削除し、構成を緊縮し、結末に向けてドラマチックな収斂をはかっている。「翻訳」というより、フランスの舞台に適合させた自由な脚色といえよう。喜劇としての構成において何よりも作者が留意したのは、魔法の指輪によって引き起こされる喜劇的シチュエーションの連鎖を前面に押し出すことにあった。喜劇性を起動させるのは、王の腹心かつ道化のファブリス[11]である。記憶喪失を繰り返す王に翻弄されたり、逆に王の病をちゃっかり利用しようとしたり、要所で王に密着して活躍する。以後のロトルー作品の多くと同様、この作品も悲喜劇的要素（王侯貴族の登場人物、娘の幽閉、公爵らの命の危機など）や田園劇的要素（王妹と恋人との愛の語らい、魔法、愛神礼讃など）が混在しているが、やはり支配的なのは喜劇の要素だ。当時流行のジャンルであった悲喜劇と田園劇の諸要素を取り入れることで、喜劇ジャンルの刷新をはかった、ともいえる。

ここでロトルー作品の特徴の一つとして指摘すべきは、最終幕での王の《劇中演技》である。一作目の『憂鬱症患者』では端的に俳優が狂人を演じるわけだが、二作目では正気の登場人物が目的をもって狂人を演じる。そして前者では、相手をするクレオニスは、それを佯狂つまりクロリダンの演技とみなし、後者では、瞞着の標的である王妹とレアンドルは、最初のうち王の演技つまり佯狂を本物の狂気とみなしている。同時代人にとって一種のスペクタクル＝見物《みもの》であった狂気の演劇的フォルムの利用に加えて、演劇という約束事自体のシステムを格別に意識し、それを舞台の側からことさら取り上げてみせる劇中演技の手法は、十七世紀前半の芝居の特徴でもあった。ロトルーはこれを好み、以後さまざまな局面や位相で多用することになる。

『忘却の指輪』はまた、スペインの小説ではなく戯曲を出典とする、フランスにおける最初の劇作品でもある。ロトルーは特にロペ・デ・ベーガを気に入り、三十五作品のうち七作品がベーガを出典としている。[12] 彼の試みは、コルネイユの『ル・シッド』（初演一六三七年一月）[13] にかなり先んじ、一六三〇年代末から始まるスペイン風喜劇の流行に十年早い。初演当時、その着眼は即時的に他作家を触発することはなかったが、スペインもの流行の下地を準備した先駆者といえよう。

初の喜劇が成功したことは、ジョルジュ・ド・スキュデリー作『役者たちの芝居』（初演一六三二年）の中で、マレー座らしき劇団のレパートリーとして言及されていることから推察できる。この時点で『忘却の指輪』はまだ出版されておらず（初版は一六三五年）、上演権はオテル・ド・ブルゴーニュ座にあったのだから、この言及はフィクションなのだが、本作が人口に膾炙される人気作品だったことが分かる。

二作目以後、後述する「『ドリステ』事件」が決着する一六三五年までの間に、ロトルーは契約にしたがって相当数の作品を書いたとされる。しかし、刊行されずに散逸した作品が多く、また、残された作品の初演の日付や上演順序は不明である。その中でおそらく三作目とされる喜劇『メネクム兄弟』*Les Ménechmes*（初演一六三〇〜一六三一?、初版一六三六）は、ラテン喜劇作家プラウトゥスの同名の作品を翻案したものである。当時プラウトゥスは翻訳されておらず、同時代のイタリア人劇作家による脚色のそのまた脚色や、イタリア人劇団によるパリ公演での部分的な借用によってその名を知られてはいたが、直接原典に当たってプラウトゥス風喜劇の伝統をフランスの舞台に移植したのは、ロトルーが最初であった。彼は続いて同じ作者の作品を基に、『二人のソジー』*Les Sosies*（初演一六三六末〜一六三七初頭?、初版一六三八）（後述）と、『捕虜、あるいは奴隷』*Les Captifs ou les Esclaves*（初演一六三八?、初版一六四〇）を執筆する。

ロトルーの「パイオニア精神」は、悲劇のジャンルでも発揮される。『死にゆくエルキュール（ヘラクレス）』*Hercule mourant*（悲劇、初演一六三四?、初版一六三六）は、メレの『ソフォニスブ』（初演一六三四?）[14]とともに、最初期の正則悲劇の一つである。ただ、もっとも高尚なジャンルである悲劇を刷新しようという確たる意図が、ロトルー自身にあったかどうかは定かではない。数年後のル・シッド論争の際にも、積極的な関わりを示す資料を残さなかったロトルーは、メレのように理論家ではなく[15]、まず何よりも観客の好みを優先する職業作家であった。そうした意味で、一六三二年秋、規則派の領袖シャプラン[16]の知遇を得たことは、彼を規則派に引き寄せるというよりも、彼の職業意識を触発したと考えることができる[17]。ロトルーは、セネカ（前四～六五）の『オエタ山上のヘルクレス』を基盤にして、原作にはなかった主要登場人物相互の対決場面や、若い恋人たちの純愛の危機というサスペンスを導入し、より近代的で劇的な進化をはかった。見所は、いったん落命して神となったエルキュールの天からの降臨という驚異が、サスペンスが最高潮に達した時にもたらされる最終場面だ。つまり、三単一の規則を遵守し、拷問にも等しい英雄の苦難と、その直接の原因を招いた妻の自殺という悲劇的なプロセスが主筋である一方、この「機械仕掛けの神」による恋人たちの救済によって、『死にゆくエルキュール』は《ハッピーエンドの大スペクタクル悲劇》という、じつは悲劇の定義を逸脱する作品になっているのだ。神話という権威づけられたテーマと正則性の枠組みの中で、流行の他ジャンル（悲喜劇、田園劇）のテクニックとスペクタクル効果を投入し、観客を惹きつける工夫をこらしたのである。

神話を題材にした悲劇としては、後に『アンティゴーヌ』*Antigone*（初演一六三七春?、初版一六三九）と『イフィジェニー』*Iphigénie*（初演一六四〇?、初版一六四二）が書かれる。両者とも、暗闇の場面（登場人物はランタンをもつ）があり、『死にゆくエルキュール』同様、視覚に訴える場面と悲劇的要素を結びつけようという作者の配慮が見える。前者は、ラシーヌの処女作『ラ・テバイード』の序文（一六七五年版）の中で、二つの異なった筋、つまり敵対する兄弟の筋と、彼らの妹アンティゴーヌの悲劇的英雄行為の筋があることで批判され、後世に名を残すこととなった。後者については、ラシーヌの同名の悲劇『イフィジェニー』（初演一六七四）の序文に、その言及はない。が、ロトルーの作と同じ詩句がみられることから、ラシーヌは先行作品を十分に読み込んでいたとされる。

さて、『死にゆくエルキュール』よりおそらく先に初演されたとみられる悲喜劇『ドリステ』*La Doristée*（初演一六三四初頭？）の初版出版を巡って、ある事件が起こる。ただ、ロトルー作品の出版といっても、前述したように出版権は座長のベルローズにあり、処女作を除いて二作目以降の出版は一六三五年一月を待たねばならない。それが一六三四年八月、作者名なしで『クレアジェノールとドリステ』*Cléagénor et Doristée* と題された悲喜劇が、大手の書店ソンマヴィルとキネから刊行されたのである。[18] これには「出版者から読者へ」という巻頭の辞が付され、「氏名不詳の人物から託された」と記されていた。注目すべきは、この海賊出版という違法行為に対しソンマヴィルとキネを訴えたのが、出版権を握っていたベルローズではなく、ロトルー本人だったことである。[19]

ロトルーは、デビューから五年ほどで、有能な劇作家としての地位を築いていたと思われる。先のシャプランは一六三二年の時点で、「あのように才能ある若者が、恥ずべき隷属下にあるのは残念に思う……」[20]と、劇作家ロトルーの優れた資質と、「雇われ作者」であるその境遇のアンバランスを嘆いている。また、「才能ある若者」は、故郷ドルーの領主ソワッソン伯爵[21]の庇護に加えて、演劇の擁護者として名高いブラン伯爵[22]やフィエスク伯爵[23]の支援を得ており、一六三五年にはシャプラン経由で宰相リシュリューの愛顧[24]も得ることになる。このような背景から、「雇われ作者」の作品は成功を重ね、彼はベルローズとの契約から自由になる方向へ向かう力を徐々に蓄えつつあったと推測できる。

「高等法院の弁護士」ロトルーが起こした訴訟に、不利を悟ったソンマヴィル側は示談を申し入れ、本の買い取り金として高額を支払った。そして翌一六三五年、作者の名を冠した『ドリステ』が出版された。彼は巻頭の「緒言」で、ヒロインの運命になぞらえてこの事件を仄めかしている。

『ドリステ』の「緒言」にはまた、この作品を指して「三十人姉妹の末っ子」という記述がある。初演された一六三四年初頭（?）の時点で三十作目というのは、一六二九年に結ばれたと思われる契約の推定内容の、年に五作から六作という条件にほぼ合致する。これが残存作の何番目かが分かれば、失われた作品の数が判明することになるが、二つの説[25]があり、少なくとも十数作が失われた、とされている。

この量産期における、他に興味深い作品を三作、あげておこう。

まず、悲喜劇『逸した機会』*Les Occasions perdues*（初演一六三三?、初版一六三五）は、ロペ・デ・ベーガの同名作[26]を翻案したものである。王侯貴族が登場人物でありながら、最終幕の暗闇での大混乱は笑劇的でさえあり、「間違いの喜劇」に近い。出典の枝葉が刈り取られていないながら、「要約不能」（ギシュメール[27]）とされるほど込み入った筋である。傑作とはいえないが、活気に満ちた楽しめる舞台となっただろう。

同じく悲喜劇『罪なき不貞』*L'Innocente Infidélité*（初演一六三四?、初版一六三七）は、強い個性をもった、出典不詳の作品である。王の元愛人が魔法の指輪を使って王を操り、王妃を亡きものにしようと謀る、という非常にシンプルな筋だが、善悪の対立と緩急のアクセントが明瞭で、緊張感に富んでいる。王の愛人の、大向こうを意識した劇場的悪女ぶりは、特に興味深い。「当時の典型的悲喜劇のうち、最もドラマティックな作品」（ランカスター[28]）ということもできよう。

『クリザント』*Crisante*（初演一六三五?、初版一六三九）は、あまり知られていない史実の大枠のみを借り[29]、三単一の規則とビアンセアンスを無視して、自由に脚色された悲劇である。ローマ軍の捕虜となった女王クリザントの誇りと、陵辱されてその誇りを踏みにじられた激しい怒りが力強く筋を運び、陰惨だがダイナミックな統一感と緊迫感を作品に与えている。後期の傑作悲劇『コスロエス』の「ノワール（ブラック）」[30]な色合いにつうじる雰囲気がある。

三　劇作家の権利と自立（一六三五〜一六三八年）

一六三五年初め、リシュリューの庇護下に入って年金を得たロトルーは、宰相が主宰する「五劇作家」の一人となる。コルネイユ、レトワール l'Estoile（一五九七〜一六五二）、ボワロベール、コルテ Colletet（一六二八〜一六八〇）らとともに、リシュリューの提出したアイデアを一人一幕ずつ劇作した。『テュイルリー宮の喜劇』*La Comédie des Tuileries*（初演一六三五年三月）など[31]がこの共同作業から生まれたが、作品としては優れたものはない。ともあれ最高権力者のこのような後援は、ベルローズとの契約更改のための、ロトルーの物質的・精神的支柱になったであろう。最初の契約は一六三六年までには解消され、以後はよりゆるやかな契約が結ばれたようだ。ロトルーが、一六三六年と一六三七年に書店主ソンマヴィルと交わした作品売却契約書が二通残っており[32]、それらによると、売却契約後、最長で十八ヶ月は出版を差し控えること、という規約がある。条件付きとはいえ、自作の版権をわがものにしたロトルーは、その後も相変わらず、だが格段に落ち着いたペースで、帰郷した後も、そしてその死まで、オテル・ド・ブルゴーニュ座のために書き続ける。

この過渡期に上演されたと思われるのが、喜劇『美しきアルフレード』である。

『美しきアルフレード』*La Belle Alphrède*（喜劇、初演一六三五末～一六三六初頭?、初版一六三九）

〔梗概〕（第一幕）バルセロナの乙女アルフレードは、妊娠した自分を捨ててロンドンの新たな恋人イザベルのもとに走った浮気男ロドルフを追い、男装して旅立つ。難破してオランの海岸で彼と遭遇するが、共々、海賊に捕らえられてしまう。（第二幕）海賊の首領は、アルフレードが幼い頃に生き別れた実の父親であった。父の助力を得た彼女は、ある計略を抱いて、イザベルに会うため、船出する。再会した兄のアカストがつきそう。（第三幕）海賊に幽閉されていたロドルフは、アルフレードが首領の求愛を拒んで殺された、と従者フェランド（アルフレードと共謀）に知らされる。激しい自責の念に襲われた彼は、父親の罪を息子の命で贖うため、アカストを追う。ロンドン郊外でアルフレード一行は、イザベル一家の命を救う。彼女はイザベルに、ロドルフが死んだ、と偽りの報告をする。（第四幕）アカストはイザベルに、彼女の妹は男装のアルフレードに一目惚れする。妹の恋心も利用し、アカストのイザベルへの求婚は受け入れられる。アルフレードは計略の順調な進展に満足。（第五幕）ロンドンに着いたロドルフは、アカストに決闘を申し込む。イザベルへの情熱はすでに消失し、彼の心は死んだアルフレードに占められていた。一同が会した決闘の場、復讐にはやるロドルフの前に、美しい女の姿に戻ったアルフレードが現れる。ロドルフは驚喜し、忠実な夫になることを誓う。かくしてアルフレードの奇策は成功した。

シェレールが、「ラシーヌの同時代人にとっては、この作品は、まさしく怪物に見えたことだろう」(33)と述べているように、古典主義の規則をことごとく蹂躙している作品である。時間は少なくとも数週間はかかり、場所はオラン周辺とロンドン近郊というだけでは不十分で、実際的には九ヶ所ほどが必要である。必然性を無視したような、さまざまな長短のエピソードが挿入され、主筋の起動や進行を妨げている。さらに、出典不詳(34)のこの作は、喜劇とみずから名乗りながら、主要人物が遭遇する事件はコミカルというより危険性が高く、内容は悲喜劇に近い。唯一の喜劇的存在であるほら吹き兵士の特徴をもつ従者フェランドは、『忘却の指輪』のファブリスほど筋の進展に大きな関与はしていない。しかしフェランドは、海賊の首領とともにロトルーのドラマトゥルギー上で重要な《劇中演技》を担っており、彼の劇中演技が、やっと第三幕で主筋を起動させることになる。

本作の中心テーマの大部を占めているのは、アルフレードとロドルフの、二つの偽りの死である。「偽りの死」自体は、バロック演劇によくある平凡なモチーフで、『憂鬱症患者』でも用いられている。だが『美しきアルフレード』では、これが繰り返されることで逆に平板さを脱却させている。この二つの死の報告は対照的で、ロドルフの死は三行で片づけられ[35]、イザベルの恋心は消失するが、アルフレードの死はフェランドによって鮮明かつリアルに長々と語られ[36]、ロドルフの情熱が蘇る。アルフレードの無惨な死の経緯を、フェランドはロドルフに信じさせねばならず、したがって、「迫真の演技」が必要とされる。他方、海賊の首領は、親子の名乗りをあげる前にアルフレードの勇気を試すと称し、彼女に拷問と死刑を宣告するという「余興」を行なう[37]。この半ば劇中劇的「余興」は、筋にまったく関与しない無償の余剰物[38]、まさに語の本来の意味での「余興」であり、やはり演劇の概念そのものを舞台で露呈せずにはいられない、無償であるだけに際立つ、バロック演劇の心性の表出といえるだろう。

「力ではなく、策略を使う[39]」ことを望み、二つの偽りの死というシナリオで、「運命に打ち勝ち、恋の厳しさを征服する[40]」目的を成就したアルフレードは、まさしく自分の運命の「演出家」である。そして、二つの偽りの死の偽りを暴いて終わる、このじつは快活な喜劇は、戦闘やバレエ[41]などの視覚を楽しませる要素も与って、「あらゆる意味で優れてバロック的な芝居[42]」といえるのだ。

『美しきアルフレード』と同じく、ソンマヴィルと交わした二通目の作品売却契約書にリスト・アップされている喜劇『二人のソジー』Les Sosies（初演一六三六末～一六三七初頭?、初版一六三八）は、ロトルーが座との契約から解放されて後に上演された、最初の作の一つである。[43] 前述の『メネクム兄弟』につぐ、二番目のプラウトゥスものである。出典とした『アンフィトルオ』は、広く知られたテーバイ伝説を源とし、スペイン、イギリス、イタリアなどですでに脚色されていたが、フランスではロトルーの作が最初といってよい。

　テーバイの将軍アンフィトリヨンの妻アルクメーヌに恋した主神ジュピテル（ゼウス）が、夫に変身して彼女と同衾し、半神の英雄エルキュール（ヘラクレス）が誕生する。ジュピテルの息子で使いの神メルキュール（ヘルメス）も、アンフィトリヨンの下僕ソジーに変身して主神の企てを助ける。演劇人にとってこの物語は、劇作として最適の要素——神話の驚異、神々の変身による自己同一性の収奪、そこから生じる滑稽な「取り違え」——を備えた魅力的な素材だった。ロトルーは、アンフィトリヨンとジュピテル、ソジーとメルキュール、この主従二組の「取り違え」を強調し、特にソジーの人物像に厚みと滑稽さを増加させて、タイトル・ロールとした。正則性とビアンセアンスを考慮したこの喜劇は成功し、一六四九年にマレー座は、『エルキュールの誕生』*La Naissance d'Hercule*と改題し、大がかりな機械仕掛けを使った大スペクタクル劇として再演した。モリエール作の喜劇『アンフィトリヨン』*Amphitryon*（初演一六六八）の主要出典の一つともなっている。

　ロトルーは結局、『捕虜、あるいは奴隷』*Les Captifs ou les Esclaves*（初演一六三八?）を含めて、三作のプラウトゥスものを一六三〇年代に舞台にのせたことになる。この時期には、他に二作のプラウトゥスが脚色されたが、[44] ラテン劇作家の影響が明白に認められるようになるのは、もっと後、モリエールの『アンフィトリヨン』や『守銭奴』*L'Avare*（初演一六六八）を待たねばならない。

『二人のソジー』は、シャプランの手紙に、「ここ二週間、『ル・シッド』と『二人のソジー』が、説明し難いほどの人気だった」（一六三七年一月二十二日付、ブラン伯宛て）[45]とあるように、ライバル劇団であるマレー座で上演されたコルネイユの名作と人気を二分するほどの成功作だった。一六三七年一月初演の『ル・シッド』は、フランス演劇史上よく知られている「ル・シッド論争」を巻き起こし、規則との合致を巡って識者や文人が激しく議論し合った。論戦の泥沼化を憂慮したリシュリューの命令で、創立間もないアカデミー・フランセーズが介入し、十二月にシャプラン起草の『悲喜劇ル・シッドに関するアカデミー・フランセーズの意見』が上梓され、規則派に一応の勝利がもたらされた。この論争に際してロトルーがとった態度は不明である。彼の作品の傾向とコルネイユへの友情と敬意を考えれば[46]、コルネイユ擁護つまり反・規則派に回るのが自然であろう。しかし、彼の有力な庇護者の一人ブラン伯爵は、規則派の領袖シャプランをはじめ、同派のメレや、コルネイユを強く批判して論争の火蓋を切ったスキュデリーらの、長年の後援者であった。したがって、ロトルー自身、メレやスキュデリーとも交友があった可能性が大きい。両陣営の板挟みになったであろうロトルーの葛藤や、何らかの意見を表明する確実な資料は残されていない[47]。次に取り上げるロトルーの重要作『迫害されるロール』は、こうした論争の渦中で執筆、上演されたと思われる。

『迫害されるロール』*Laure persécutée*（悲喜劇、初演一六三七末?、初版一六三九）

〔梗概〕（第一幕）ハンガリーの王子オランテは、身分の釣り合わないロールに恋をし、結婚を望んでいる。ポーランド王女を息子の妃として考えていた父王は、彼女を拘束しようとする。ロールは小姓に変装して難を逃れる。王は、彼女と面識がないのに、噂と憶測から不品行な不美人として彼女を誹謗する。（第二幕）策略で息子の情熱を消滅させようと、王は王子の腹心オクターヴを買収する。オクターヴは報酬としてロールを望む。面会を求めた未知の美女に王は夢中になるが、それがロールだった、と王子は明かす。ロールの美貌と才気は証明された。王は激怒する。（第三幕）オクターヴは策略を実行に移す。ロールの侍女にロールの衣服を着せ、彼女がオクターヴに恋を告白する場面を、オランテに目撃させたのだ。傷ついたオランテは一方的にロールに別れを宣言する。（第四幕）深夜、ロールを思い切れないオランテは、彼女の家の前に佇む。王子の愛と絶望の念は深い。長く激しい葛藤と躊躇の末、彼はロールを呼び出す。侍女は恋人たちの苦悩を見るに忍びず、オクターヴの奸計を白状する。誤解は解け、王子はオクターヴを許す。が、ポーランド王女が明朝到着するという報告が入る。（第五幕）一夜明ける。王子とロールは婚姻の絆を結んだ。宮廷に着いたポーランド王女の前に、またもや正体不明の美女（ロール）が現れ、名を伏せて自分自身の恋の経緯を語り、王女に裁決を仰ぐ。王女が父親の権威より恋の掟のほうに軍配を上げたので、王子はすべてを告白し、許しと助力を請う。そこでロールの養父が、彼女の真の素性を明かす。彼女はポーランド王女の妹であった。王は満足し、姉の王女に求婚し、受け入れられる。

ロペ・デ・ベーガの同名作[48]を出典とするこの作品は、十七世紀の悲喜劇の中でも特に優れたものの一つに数えられ、十七世紀中に少なくとも四版が出ている[49]。第一幕から第四幕までの構成と筋立てはおおよそ底本に準じているが、より劇的に凝縮されており、第五幕はロトルーの創作といってよい。悲喜劇のロマネスクな要素と、バロック的要素（文体の混合、王の権威の失墜、さまざまなタイプの変装）が盛り込まれていながら、無秩序に陥らず、ロールの子どもたち（ベーガ作では王子との間にすでに複数の子がいる）を削除するなどビアンセアンスに配慮し、三単一の規則も当時の基準では守られている。同時に、「この作は、相対的にシンプルで統一感のあるその構造により、規則派が主張する規範との形式的妥協を示している[50]」との見方ができる。したがってやはり、論争を意識した、規則派寄りの果実である可能性もある[51]。

とはいえ、『迫害されるロール』で作者の本領が発揮されているのは、「規則派が主張する規範」から外れた地平にある。『迫害されるロール』が、「相対的にシンプルで統一感のある構造」であるゆえんは、オランテとロールのカップルが王＝国是＝社会と対立する筋、つまり身分差婚という社会的・外的障害に関わる筋と、オクターヴ（と王）の奸計でカップルが分裂する筋、つまりカップルの内的障害に関わる筋とに、明確に分かれている点にある。前者は、第一幕、第二幕、第五幕で展開され、第三幕、第四幕で展開される後者を「包む」構成になっている。ロールは、「どこの馬の骨ともわからぬ女、［中略］生まれもわからず、名もなく、国もなく、後ろ盾もなく、貧しい女」（王の台詞、第一幕第十場）として社会的に「迫害」され、愛するオランテからは「芝居がうまい」「裏切り女」（第三幕第十三場）としてやはり「迫害」されてしまう。この作品は、ロールへのこの二重の迫害の解消、つまり彼女の「内と外」に関する、イリュージョンから真実（最終的にロールの真の素性の発見）への移行の芝居なのである。ロールにおいては、「化身」（シェレール）[52]としての台詞の量が、彼女自身として語られる台詞の量を凌駕している。「化身」とは、難を逃れるために変装した小姓（第一幕）、エリアントと名乗り、王を瞞着した美女（第二幕）、ポーランド王女に裁決を仰ぐ匿名の美女（第五幕）に加え、侍女がなりすまし、オクターヴを口説くロール（第三幕）である[53]。つまりヒロインは、その登場場面の半ばを《劇中演技》で通し、そうしたイリュージョンを通過して、最後に真の姿を獲得できるのである。ヒロインの「真の素性の発見」は出典にはなく、ベーガ作の王は結局、王子とラウラ（ロール）の子どもたちの様子にほだされて二人の結婚を承諾する。したがって、ロール像のこのような操作にロトルーの真価が発揮されているといえよう。

また、葛藤を一手に引き受ける王子オランテが繰り広げる雄弁は、観客の感情を強く揺さぶる力があったと推測できる。もっとも高く評価されたのは、ロールの「裏切り」にもかかわらず、彼女への愛を断ち切れないオランテの激しい葛藤を、鮮やかなレトリックと人間味をもって表現した第四幕第二場である。ランカスターは、「この場面はシェイクスピアにも匹敵するとされた」と述べている。[54] 悲喜劇としては端正な外観を備えながら、多彩な事件と感情の急変に富んだこの作品は、十七世紀フランス・バロック演劇の傑作の一つに数えることができる。

一六三七年の演劇界を揺さぶった「ル・シッド論争」の前後から、ロトルーの作品数は目立って減ってきている。一六三六年から一六三八年にかけて、新作上演は年平均二作ほど[55]となった。執筆作品数に関する厳しい契約の緩和に加えて、豊かなインスピレーションの奔流がゆるやかになったことによるのかもしれないし、あるいは論争が何らかの影響を及ぼしたのかもしれない。いずれにせよ、青春期と結びついたパリの劇界でのロトルーの騒擾期が終わろうとしていた。

四　故郷ドルーの劇作家（一六三九年から）

一六三九年早春、三十歳になる年、ロトルーは故郷ドルーに帰り、同年半ば頃、地方裁判所の司法官の職を買う。[56] 翌一六四〇年七月には、マント Mantes（現在イヴリーヌ県）出身のマルグリット・カミュ[57]と結婚する。六人の子どもが生まれるが、うち三人は幼くして死に、息子は司祭、長女は修道女になり、次女は独身で生涯を過ごすことになる。

いわゆる「身を固めた」ロトルーは、以後、職務に専念し、家庭の父親の役目を果たし、創作は余暇に行なったようだ。私生活のこうした激変のせいか、一六三九年の新作はない。一六四〇年から一六五〇年に亡くなるまでは、年にほぼ一作を舞台にのせた。この十年ほどがロトルーの成熟期で、傑作が生み出されていくことになる。

悲劇『真説聖ジュネ』*Le Véritable Saint Genest*（初演一六四四後半?、初版一六四七）が上演されたのは、エウリピデスを翻案した悲劇『イフィジェニー』（初演一六四〇?、前出）、イタリアものの喜劇『クラリス、あるいは変わらぬ愛』*Clarice ou l'amour constant*（初演一六四一?、初版一六四二）、スペイン種の悲喜劇『ベリゼール』*Bélisaire*（初演一六四三?、初版一六四四）の後である。ロトルーの作品中、『ヴァンセスラス』とともに研究対象としてもっともよく取り上げられてきた（翻訳が『フランス十七世紀演劇集・悲劇』(58)に所収されているので、筋についてはそちらを参照されたい）。

この劇中劇ものは、その明確な二重構造から、二つの出典をもっている。役者ジュネの回心と殉教が展開される枠となる劇の出典はロペ・デ・ベーガ『真実の見せかけ』(59)*Lo Fingido verdadero*であり、ベーガ作自体は史実を基にしている。そしてジュネ扮するキリスト教徒の迫害者であったアドリアンの、改宗と殉教の過程が演じられる劇中劇は、セロ神父作のネオラテン悲劇『殉教者聖アドリアヌス』(60)を底本としている。

主要人物が役者であり、舞台で劇中劇を演じる作品には、すでにグジュノーの喜劇『役者たちの芝居』（初演一六三一?）と、同タイトルのスキュデリーの喜劇（初演一六三二）や、コルネイユの傑作喜劇『舞台は夢』（初演一六三五）がある。これらの作品は劇中劇の手法によって、当時まだいくらか道徳的に疑問視されていた演劇の擁護と顕揚を行なった。この点に関して先行作とロトルー作品との違いは、演劇礼讃が登場人物としての役者の口からではなく、ディオクレティアン帝という権力者から発せられることにある。演劇愛好家の皇帝はまた、役者とその技術をも積極的に認めて讃美しており、最高位の人物が俳優を自発的に称える場面は、少なくともフランス十七世紀の劇作品の中には見あたらない(61)。さらにロトルーは、舞台装置の設営や役者の稽古場面など(62)、上演の作業現場の描出に加え、ひいき客につきまとわれる主演女優の愚痴、楽屋の様子、座長の仕事、劇団員それぞれの配役など、俳優の舞台裏についても触れている。一六二九年以来の座付き作者は、ここでその経験を適切に生かしているようだ。

一方、ジャンルとしての『真説聖ジュネ』は宗教悲劇であり、コルネイユの傑作悲劇『ポリュークト』（初演一六四二）の成功に端を発する、一六四〇年代の宗教劇流行の中にも位置づけられよう。四〇年代前半に殉教劇を三作出版したデフォンテーヌ Desfontaines は、ロトルーと同じ題材の悲劇『名優あるいは聖ジュネの殉教』*L'Illustre Comédien ou le Martyre de Saint Genest*（初演一六四四後半?、初版一六四五）をモリエールの盛名座で上演した。二つの作品の先行順位は不明であるが[63]、枠劇と劇中劇とのバランスのよい入れ子構造、作品内論理、テーマの追求、台詞の深さと豊かなレトリックにおいて、ロトルー作のほうが完成度が高い。

ジュネは、改宗して殉教した人物の役を演じている舞台上で、みずからも回心し、殉教するにいたる。こうした芝居＝虚構に殉じた役者ジュネの存在は、虚構と現実を等価に置くバロックの様態の象徴であるとともに、俳優とその役の関係についての普遍的な問題を提起することになる[64]。そして、これまでの作品で、策略、変装、余興など多様なシチュエーションのもとで、登場人物が他の人物を欺くために行なってきた《劇中演技》を、ロトルーはこの作品において、その本来的かつ晴れの場所である《劇中舞台》にやっと置いた、ということができるだろう。《劇中観客》は最初のうち、信仰告白をする舞台のジュネの言葉を「台詞」と解し、迫真の演技に感心するが、じつは、芝居の外見をまとった真実に欺かれていたことになる。俳優の演技を巡る逆説を、上演の現場で照射してみせた『真説聖ジュネ』は、「ロトルーの劇的思考が渾身の力を発揮した悲劇」（モレル）[65]なのである。

バロック的筋立て喜劇の傑作とされる『妹』*La Soeur*（初演一六四五?、初版一六四六）は、初演の日付が近い悲喜劇『セリー、あるいはナポリの副王』*Célie ou le vice-roi de Naples*（初演一六四四?、初版一六四六）と同じく、イタリア近代劇作家のデッラ・ポルタの作品を底本にしている。ロトルーは、上演したら四、五時間はかかるとされるこの作家の同名の喜劇を、(66)独白を抹消し、喜劇の指標である「ほら吹き隊長」や「食客」をも思い切りよく削除し、ビアンセアンスなどに配慮して場面の取捨選択を行ない、フランスの舞台に合わせて要領よく短縮した。「ほら吹き隊長」などの代わりに作者が喜劇性の支柱としたのが、策士の下僕エルガストである。

十数年前に海賊に拉致された母と妹を買い戻しに旅立ったレリーは、途中で宿屋の女召使いと恋に落ち、母は死んだことにして、彼女を妹と称して連れ帰る。ところが父親が、兄「妹」をそれぞれ結婚させようとし、悩んだレリーは下僕に相談する。エルガストは、レリーの父の吝嗇を利用するなどして、友人カップルとの交換偽装結婚を提案する。が、やはり息子をトルコから買い戻してきた人物の証言で、「妹」の身元が暴露されそうになる。トルコ語しか話せないその息子の「通訳」として、エルガストがでたらめのトルコ語を操り、その人物の証言をいったんは無効にする。ところがレリーの母が帰還し、「妹」を実の娘、つまりレリーの実の妹と認知する。レリーは近親相姦の罪に愕然とする。結局、彼の妹は、幼い時に別の娘とすり替えられていたことが分かる。その別の娘が、レリーの友人の恋人で、最初に父親がレリーと結婚させようとした相手だった。

若主人レリーの前に次から次へと出来する難局に対し、エルガストは愚痴をこぼしたり、皮肉なコメントをもらしながらも、（悪）知恵をしぼって対処する。この下僕の姿は、ブルゴーニュ座での初演当時、長期にわたる南仏巡業に出かける前のモリエールの目にとまったと考えられる。巡業から帰った彼は、一六六二年にパリでこれを再演している。さらに、エルガストとレリーがからむシチュエーションの痕跡は、初期作品『粗忽者』*L'Etourdi ou le contre-temps*（初演一六五五、リヨン）から『いやいやながら医者にされ』*Le Médecin malgré lui*（初演一六六六）、『町人貴族』（初演一六七〇）を経て、後期の『スカパンの悪巧み』（初演一六七一）にいたるまで、垣間見られる。特に『粗忽者』では、主人公レリーの下僕マスカリーユがエルガストと同様に傍白で自分の技量を自賛したり、登場人物名も同じであったり（レリー、マスカリーユの下僕仲間がエルガスト、父親役のアンセルム）、台詞にも同一の語彙や表現が認められる。

イタリア喜劇に発する下僕の役割は増幅され、喜劇作品としての確実なアイデンティティーを『妹』に与えている。とはいえエルガストの対処法は、実質的には付け焼き刃である。近親相姦という深刻な事態を危ういところで免れたのは、策略の遂行によるものではない。結局は人間の思うにまかせない《運命》が、作品世界を支配しているのである。「世界劇場」の概念を「劇場」の側から想起させるこの作品は、「芝居」への言及が台詞に散見される。「妹」を実の娘と認知する「振り」をするはずだったレリーの母は、娘と「感激の対面」をする。エルガストは「奥様の演技力」を褒め、本当に実の娘だと聞かされて蒼白になるレリーに、「ちょうど芝居でうまい役者がその作者まで欺くように」、「奥様は自分たちもだまそうとしている」というのである（第四幕第六場）。このような場面が、まさしく「虚と実の、巧妙で微妙な往復[67]」を見せている。

同時代ではモリエール以外に関心をもたれることのなかった『妹』は、十九世紀になってから二つのアンソロジー[68]に収録されたり、一九七〇年代以降は三つのクリティック版[69]が出るなど、ロトルー作品中では人気は高い。「イタリア物のフランス喜劇では頂点にある作品[70]」と評価することもできるだろう。

五　最後の傑作（一六五〇年まで）

悲喜劇『ドン・ベルナール・ド・カブレール』*Don Bernard de Cabrère*（初演一六四六〜一六四七?、初版一六四七）の後、ロトルーの全作品中、もっとも息の長い成功を収めた悲喜劇『ヴァンセスラス』が上演される。ポーランド宮廷を舞台とする、スペインの劇作家ロハス・ソリーリャ Rojas Zorilla の『王たる時、父たるは得ず』*No hay ser padre siendo rey*（出版一六四〇）を底本にしたものだ。ロトルーがこの素材を選んだ背景には、一六四五年七月、ポーランド王ラディスラス七世とヌヴェール公息女との婚礼がパリで行なわれて以来のポーランド・ブームがあったとされるが、史実としてはフィクションである。オテル・ド・ブルゴーニュ座での上演（回数は不明）の後に、モリエール劇団でも一六五九年に上演され、コメディ゠フランセーズでは一六八〇年の創立以来、十九世紀半ばまで二百二十七回上演された。版数も多く、一六四八年の初版から一九〇七年まで三十版以上が出ている。十八世紀には、二つの「改訂版」まで登場した[71]。

『ヴァンセスラス』*Venceslas*（悲喜劇、初演一六四七?、初版一六四八）

〔梗概〕（第一幕）ポーランドの老王ヴァンセスラスは、傲岸不遜で激情の持ち主である王太子、ラディスラスを扱いかねている。彼は王の寵臣フェデリック公爵を恋敵とみなし、弟王子にも敵対的な態度を露呈している。（第二幕）ラディスラスの激しい恋の対象であるカサンドル女公は、じつは弟王子と恋仲であった。弟は兄の目を欺くため、フェデリックを代理に立てていたのだ。一方、王女は、密かにフェデリックを愛していた。（第三幕）フェデリックも王女を愛していたが、身分の差は乗り越えがたい障壁だ。弟は恋人を兄から守るため、今夜秘密裡に結婚することに決める。（第四幕）未明、血まみれの姿を王女と王に発見されたラディスラスは、カサンドル邸の暗闇の中での、フェデリック公殺しを告白する。だが公爵には傷一つない。カサンドルが現れ、凶器の短剣を証拠品として見せ、持ち主のラディスラスを王子殺しとして告発する。（第五幕）ヴァンセスラスは、王の義務と父親の情に引き裂かれながらも息子に死刑を宣告し、処刑台に連行させる。だが王女とフェデリック、カサンドルまでもが、国是の名目で罪人の助命を嘆願する。さらに民衆が王太子の赦免を求めて、処刑台を破壊する。王がある決意をして息子を呼び戻すと、死を一度受容したラディスラスは、改心して別人のようになっていた。ヴァンセスラスは、やっと王の資質を獲得した息子に王位を譲る。あらたな王は、王女とフェデリックを結び合わせ、自身はあらためてカサンドルに求婚する。彼女は拒むが、ヴァンセスラスは時間に期待する。

副筋として王女とフェデリックの忍ぶ恋を付加したロトルーは、王とラディスラスの性格や葛藤も出典より複雑にし、「これはまったく翻訳などではないし［中略］、脚色と呼ぶのも難しい」（ランカスター）[72]とされる、独自の作品を創り上げた。誰が誰を愛し、誰を欺いているのか、第三幕の初めになるまで判明せず、対立し合う情念の激しさが息づまるような空気を醸し出し、観客の不安感を高めていく。第三幕と第四幕の間で事が起こり、殺人の報告が血にまみれた殺人者自身によって行なわれる。ラディスラスは恋敵のフェデリック公を殺したと思っているが、殺されたのが公爵か弟王子か、前者が現れるまで観客には判然としない。このような情報提示の遅延とより悪い状況への進行とによって、緊張感が増幅していく。最終幕はさまざまな議論の対象となった。正義を果たさねばならない王であるかぎり、息子を救えないと認識したヴァンセスラスは、譲位することで難問から脱出する。この解決法は理に適っているのか。国是が父親の情と手を携えるのは、正義とモラルの否定ではないか。改心したとはいえ、ラディスラスは「悪の貴公子」[73]である。そして王の譲位決意を後押しする最終的な要因となる皇太子の民衆人気については、その説得的な記述はない。また、和解と結婚は悲喜劇閉幕の定石だが、被害者の婚約者と殺害者との結婚可能性の示唆は、ビアンセアンスと真実らしさに反しないか[74]。

こうした疑問の多くが回帰し、観客の興味がもっとも集中する人物は、やはりラディスラスである。政治においても恋愛においても、むさぼるばかりの情熱に身を委ね、すぐに逆上するおのれを肯定し、自己破壊的な言辞を吐き、父親に「狂人」とさえいわれる彼は、処女作にまでさかのぼる、ロトルー作品の人物の狂的特徴を強度に備えている。一方で彼は、外面をつくろえない人物である。老父に対しては、いつまでも王位を譲渡されない苛立ちを隠さず、王の寵臣や弟には露骨な敵意と憎悪を見せ、恋する女公に対してさえ、彼女が意のままにならないと分かると、攻撃的に侮辱する。つまりラディスラスは、《劇中演技》を放棄した人物、実質のみの人物であり、命をかけた恋愛にさえ代理人を立てている、善人だが空虚な感のある弟王子とは対照的である。王でさえ一度は籠絡を試みる彼に、真っ向から対決するのはカサンドル女公である。彼女の闘争的言説によって、彼との会話はまさに言葉の決闘となる。(75) この二人は「倒錯的カップル」(76) ということができ、この点で最後の結婚の可能性は全面否定できない。

この作品は、コルネイユの影響が指摘されている。『オラース』（悲劇、初演一六四〇、初版一六四一）や『シンナ』（悲劇、初演一六四一、初版一六四三）では、王や皇帝が国是のために犯罪人を赦免し、『ル・シッド』の王女は『ヴァンセスラス』の王女のように、国是のために臣下への愛を抑圧している。一六四〇年代には悲喜劇は凋落期に入っており、初版（一六三七年三月）では「悲喜劇」とされている『ル・シッド』は、後の『作品集』（一六四八刊行）で作者みずから「悲劇」と変えている。『ヴァンセスラス』は、一六四八年五月の初版では「悲喜劇」であったが、同年末にオランダで刊行された第二版では、「悲劇」（作者自身による変更かは不明）となっていた。『オラース』と『シンナ』以来、相対的なハッピーエンドは悲劇の概念と矛盾しないとされたせいであろうか。それ以後長い間「悲劇」とされてきたが、結局、一九五六年の最初のクリティック版(77)で、初版の「悲喜劇」に戻された。

重厚で品位があり、かつ悲劇的緊張感に満ちた(78)『ヴァンセスラス』は、その激しさとリアルな悲愴さでスタンダールの注意をひき、『赤と黒』で引用されていることを付け加えておこう。

次作『コスロエス』は、ロトルー最後の傑作悲劇となる。王とその後継者との葛藤というテーマは『ヴァンセスラス』と同じだが、より複雑で悲劇的である。ここで難局に立たされるのは、反抗的な息子に悩む正義の王ではなく、父王殺しの父王に対し、正当な権利として謀反を起こさざるをえなくなった善良な息子である。

『コスロエス』*Cosroès*（悲劇、初演一六四八？、初版一六四九）[79]

〔梗概〕（第一幕）ペルシア王コスロエスの長子シロエスは、現王妃で継母のシラと、王座を巡って一触即発の状態にある。シラは息子マルドザヌを、死を賭しても王位につけようとしている。このままでは狂気の王を操るシラが、異母弟を即位させてしまうだろう。シロエスは迷いながらも重臣たちの勧告に押され、謀反に傾いていく。（第二幕）王の狂気は、父殺しによる王位簒奪への深い罪の意識から来ている。狂気の発作の合間をとらえたシラは、長子を正当な王位継承者とする国是に逆い、王にマルドザヌへの譲位を承諾させる。シロエスの逮捕命令が出る。（第三幕）だが、逮捕されたのはシラだった。シロエスが蜂起し、王として即位したのだ。あとは父と異母弟の逮捕だ。孝心の強いシロエスは、ためらいを克服しようとする。ところが恋人ナルセが、母シラの逮捕に異を唱え、釈放を求める。シロエスは愛するナルセに従うことにする。（第四幕）が、シロエスは、シラが自分に自殺を強要するつもりだった事を知って怒り、また、ナルセがシラの実子ではなかった事も知って喜ぶ。重臣たちは皆、シロエスの側についた。コスロエスとマルドザヌも拘束された。しかし彼は、父を裁く心構えができず、煩悶する。（第五幕）シロエスは、シラには服毒を選ばせ、マルドザヌは母親の前で斬首するよう命じる。重臣は彼の「強い魂」を賞賛する。ところが、父を目前にすると、その魂はくずおれる。彼は王座を父に返すという。コスロエスは王妃と王子の釈放を求め、みずから出向く。重臣たちがシロエスの行為に慌てる中、マルドザヌの自殺の報が入る。さらにシラの服毒、あとを追ってコスロエスも服毒したとの報告も。シロエスは狂乱する。

この「奇妙で、陰鬱で、強烈な作品」（シェレール）[80]は、バロニウス枢機卿による『教会年代記』[81]やセロ神父のネオラテン悲劇『コスロエス』[82]を基にして、ロペ・デ・ベーガ作『ドン・ベルトラン・デ・アラゴン』[83]から継母のテーマとシチュエーションを採用している。

タイトル・ロールであるコスロエス王は、ヴァンセスラス王と異なり、正当な後継者を排除することについて煩悶しない。ロトルーは彼を、父殺しの呵責による悔恨と狂気の「絶対的な人物像」、象徴的な「参照役柄」[84]として描いており、だからこそシロエスの台詞に父たる王は絶えず出てくるが、その登場場面は非常に少ない。第二幕第一、第二、第三場と第五幕第五場だけで、台詞も百三十八行ほどしかない。実質的な主人公はシロエスで、この正統後継者のためらいと不決断が強調される。「反逆」は長子にとって正当防衛であるにもかかわらず、彼はみずから決起せず、重臣たちに煽動され、敵の悪意（シラによる彼への自殺強要など）に反応して、事を起こすだけだ。とはいえ彼は、怯懦、卑劣な人物ではまったくない。マルドザヌと同じく、心底では人間性、愛、正義、平和を希求しているのに、政治的立場が彼らを破滅へと導くのである。この点ではコスロエスも同様で、彼の狂気は、父親殺しによる王位簒奪という自分の所行を、精神的に持ちこたえられなかった、受容できなかったことによる。[85]最後にシロエスは高邁にも、異母弟を不当に優遇する父王に反逆するという考え自体を放棄するにいたる。報復を恐れた重臣たちは恐慌状態に陥るが、ただ一人が、「そのような思いやりの深い行為はきっと報われます」（第五幕第六場）という。この台詞は、前述のコルネイユ作『オラース』や『シンナ』の終幕、権力者の寛容による大団円を想起させる。しかしロトルーはこの後すぐに、死の連鎖とシロエスの狂乱という陰惨な場面で幕を閉じてしまう。破局は確かにシロエスのせいではあるのだが、シロエスの意志とは別の次元で遂行されてしまった。ルネッサンス悲劇を介した、古代的な悲劇的宿命論の伝統を受け継ぐ結末である。

強い克己心によって難局を昇華する、コルネイユによる一六四〇年代の英雄悲劇のモデルに対し、ロトルーの人物たちは、両義性を手放さない。コスロエスは、父殺しの罪悪感で狂気にまでいたったというのに、さらに自分の息子に父殺しを促す状況を選ぶ王、シロエスは、高潔にして優柔不断な、自己の意に反した反逆者、マルドザヌは、次子の大らかさをもちながら、あえて状況を受け入れて身を滅ぼす王子である。ただシラだけは、コルネイユ作『ロドギュンヌ』（悲劇、初演一六四五）のクレオパートル同様、徹頭徹尾揺るぐことなく、罪を犯してでも野心に殉ずる激烈な女性人物である。その激しさは、前作のラディスラスと共通するものがある。

『ヴァンセスラス』に比べると、『コスロエス』の反響は乏しかった。フロンドの乱の時期（一六四八〜一六五三）に、王殺しのテーマと王の不運な死の結末は不適切とみなされた可能性もある。長子相続が議論の余地のない規範であったフランスでは、王の選択による譲位は考えられず、一方、王位簒奪は口にするだけでも大逆罪とされた。ロトルーはこの点を緩和するために、後妻に唆される王、側近に煽られる正統後継者という人物造型で、いわば責任の所在をぼかす工夫をしたと思われる。

なお、コルネイユの中期最後の名作悲劇『ニコメード』（初演一六五一）の状況設定は、『コスロエス』と酷似していながら、脇役が一人犠牲になるだけで、主人公の途方もない度量によって家族の和解と政治的和解がもたらされる。ユートピア的至福感に包まれての閉幕は、『コスロエス』の結末とは驚異的な対照性を見せている。

次作の悲喜劇『ドン・ロープ・ド・カルドーヌ』*Don Lope de Cardone*（初演一六四九？、初版一六五二、死後出版）が、ロトルー最後の作品となった。この作品は、充実した作品が多かった後期にしては平凡な悲喜劇である。

出典は不詳で、ロペ・デ・ベーガの同名作のタイトルのみを借りたとされるが、ロトルー自身の『ヴァンセスラス』の設定に似通った部分が多々ある。たとえば、アラゴン王はヴァンセスラス王のように、王の義務として、王女の婚約者であり国家にとって必要な軍人（主人公のロープ）に死刑を宣告する。また、アラゴン王子はラディスラスのように、自分を嫌っている女性（ロープの妹。王子はかつて彼女の恋人を殺した）を情熱的に愛し、死を覚悟することで、その情念を克服する。そして結果的に彼女の心を獲得する。ロープの立場はフェデリック公爵と似ており、劣位の身分で王女を恋し、戦勝の報酬として彼女を得る。そして最終的にロープは、ラディスラスのように、被害者遺族（ロープが決闘で命を奪った恋敵の父親）をも含めた全員の助命嘆願によって、めでたく解放され、王女と結ばれる。とはいえ、政治性が希薄で非個性的なこの作品は、荘重で独創的な『ヴァンセスラス』とは本質的に異なっている。

『ドン・ロープ・ド・カルドーヌ』は良くも悪くも典型的なロマネスク悲喜劇であり、当時、すでに使い尽くされてしまった感のあるジャンルの、平均的な作品である。このジャンルがまさに最盛期に入ろうとしていた時、奔放な想像力を駆使した悲喜劇『憂鬱症患者、あるいは恋する死者』で、ロトルーが劇作家としてのキャリアを始めたことを思い起こそう。同じジャンルの処女作と絶筆を比較すると、八方破れの魅力と個性は後者にはない。しかし、三単一の規則のロトルーなりの採用と消化にもより、技術面にかぎれば、構成と展開におけるその進歩は歴然としている。そして処女作の「恋する死者」クロリダンの様態の逆説は、情熱に殉じて「死」を受け入れ、それによって死から生還する絶筆のアラゴン王子に受け継がれているのである。

ジャン・ロトルーは一六五〇年、ドルーで猖獗を極めた疫病に倒れ、六月二十七日に埋葬された[87]。四十一歳になる年だった。

彼の死については、有名な「伝説」がある。それは、地元ドルーの教会参事会員ブリヨン神父によって一六九八年頃起草された十ページほどの小冊子『ジャン・ロトルーの略歴』[88]と、十八世紀にそれを再録したベネディクト修道会士ドン・リロンの著作[89]から生じたものだ。疫病が猛威を振るうドルーを離れるよう、強く勧めたパリ在住の弟ピエールに対し、ジャンはおおむね次のように手紙で返答したというのである。

市の治安を維持できるのは（司法官である）自分しかいないから、離れることはできない。司法長官はパリにいて、仕事で長く滞在するだろうし、市長は亡くなったばかりだ。クレルモン・ダントラーグ夫人も、ドルーから一里の彼女の館に避難するよう誘ってくれたが、同じ理由でお断りした。

そして手紙は以下のように締めくくられる。

こうして書いているこの時にも、今日、二十二番目の死者を弔う鐘が鳴っている。神の思し召しがあれば、私のためにも鳴るだろう。(90)

「市長」は従兄弟のクロード・ロトルーである。「クレルモン・ダントラーグ夫人」(91)はロトルーの庇護者の一人で、パリのマレ地区でサロンを主宰していた。文芸サロンの創始者ランブイエ夫人とも親交があり、したがってロトルーもランブイエ館に出入りしていた可能性がある。クレルモン夫人はドルー近郊にも館をもち、毎年晩秋に滞在していた。

日付不明で現物はもちろん存在せず、彼の死から半世紀近くもたって、このように伝えられているだけの「手紙」を有効な資料として認定することはできない。しかしこれが、「故郷に留まり、職務に殉じた高潔なロトルー像」を後世に伝えることになってしまった。一八六七年六月にはロトルーの彫像がドルーの広場に建てられ、落成式ではアカデミー会員が彼の「気高い人柄」を称賛した。一九五〇年の没後三百年記念式典でも、彼の

「名誉ある死」が語られ、『ロトルーの死』と題する一幕物の芝居まで書かれた。ロトルーは「故郷の誉れ」とされながら、彼に関する信頼性の高い資料はその故郷にも残されていない。

おわりに

ロトルーはまず、優れた職業劇作家であった。その立場を真摯に捉え、自己の責任を果たし、権利もおろそかにしなかった。劇的な素材を求めるのに熱意があり、選んだ素材を当時のフランス演劇美学にしたがって翻案するのに卓越した技術をもつ職人であった。出典の最良の部分を的確に抽出する術を知っており、出典に対し一貫した演劇美学上のコントロールをほどこしながら、構成をよりドラマティックに整えて、多様性に富んだロマネスクな作品群を創出した。座付き作者としては、一般観客を楽しませることが至上命令であったが、同じ劇作家や文人、学者など、識者にも認められる作品を舞台にのせるために創意工夫を重ねた。

悲喜劇流行期とロトルーの活動期は重なっている。この新しいジャンルは、彼の劇的想像力の表現に必要な柔軟性をもっていた。悲喜劇の特徴を簡単にまとめると、登場人物は王侯貴族が主だが一般市民、庶民も混ざり、深刻なテーマを抱えながらも結末はハッピーエンド、筋は波瀾万丈で、策略、変装、劇中演技、取り違え、偽の死、真の素性の発見、遭難、邂逅、決闘、待ち伏せ、幽閉などのモチーフや手法が駆使される。全三十五作品のうち十七作が悲喜劇であることに加えて、ここで取り上げた作品にかぎっても、喜劇『美しきアルフレード』は悲喜劇に近く、悲劇『死にゆくエルキュール』は結末を見ると悲喜劇で、悲劇『真説聖ジュネ』も、じつは皇帝の息女と副帝の婚約祝儀というめでたい状況を前提にしている。こうした事実は、単に流行と一般観客に迎合したというより、悲喜劇が彼の資質に適合したジャンルであったことを示していよう。(92)

悲喜劇を中心として、ジャンル間に相互浸透性が見られるロトルーの作品群であるが、「田園劇」とされる作品は一作もない。田園劇とは、田園を舞台にし、羊飼いたちのもつれた愛の葛藤を描いて、ハッピーエンドにいたるのが特徴である。オテル・ド・ブルゴーニュ座での前任の座付き作者であったアルディによって、一ジャンルとして定着し、ラカン作『牧人の詩』（初演一六二〇？）やメレの『シルヴィ』（田園悲喜劇、初演一六二六）をその代表的作品とする。流行期は悲喜劇と重なりはするが、悲喜劇より十年早く、一六三〇年代を境に急速に凋落している。一六二八年にデビューしたロトルーは、ジャンル名称としての流行遅れの気配を察知していたのかもしれない。それでも初期の悲喜劇一作と喜劇四作は内容的には田園劇ということができ、モレルはこれらを「純粋田園劇」と名づけている(93)。

柔軟なスタンスを踏まえ、ロトルーは「実験精神」が旺盛であった。それまで目を向けられていなかった素材（スペイン戯曲、プラウトゥスの原典など）を使用したり、喜劇や悲劇のあらたな形式に挑戦したこともそれを示すが、作品の内容においてもジャンルにかかわらず「リスクを冒してでも限界まで行こうとする欲望」（シェレール(94)）をもっていたようだ。たとえば、処女作の悲喜劇『憂鬱症患者』の狂気の描出は量として過剰であり、その治癒の仕方も奇想の部類に入る。また、『クリザント』はあまりに陰惨な悲劇であり、主人公の女王を含めて六人も死者が出る。そして、喜劇『妹』で示唆される近親相姦は、舞台上の登場人物にとっても受け入れがたい状況であり、当時としては瀬戸際のテーマであった。

多様なテーマ、モチーフ、手法を使いこなしたロトルーの劇作品は、庶民に訴える端的に愉快で刺激的な側面と、識者に訴える複雑で巧緻な側面を合わせもっている。そして、リアルで気取らない台詞と隠喩に富んだ台詞を用い、観客の視覚に働きかけるスペクタクル場面と心情に働きかける抒情的場面を舞台にのせた。つまり対照的な表現方法のどちらかに絞ることはなかった。

状況と登場人物が示す両義性と不確実性は、虚と実、内と外といった反対物の共存を引き受けるバロック時代、フランスでは宗教戦争後の不安定なルイ十三世の時代の強迫観念も反映していよう。死を覚悟すること、死を自分の裡に取り入れることによって死を逃れ、諦めることで結果的に獲得するロトルー劇の主人公たちは、しかし／それゆえ、結果を導くこの逆説的方法を永遠に知らないままである。ロトルーのスタンスはここにあり、バロックの逆説は、逆説のすみかである俳優——ジュネのような——が生きる舞台で、自己に言及し自家撞着も露呈しながら、もっともその真価を発揮しているのである。座付き作者としての責任を果たしながら、劇詩人としての権利と矜持を守り、奔放な作品を執筆する一方で、自身の思考については寡黙であり、手堅い生活を送ったロトルーも、バロックの両義性を生きた劇作家といえるだろう。

（1）十九世紀初頭にヴィオレ＝ル＝デュック Viollet-le-Duc が全集を刊行（一八二〇年。一九六七年にスラトキン Slatkine で復刻）したが、厳密とはいえないもの。現在（二〇一〇年八月）、フォレスティエ Georges Forestier 監修による全集 *Théâtre complet* が、Société des textes français modernes から詳細な解説付きで第九巻まで刊行され、全三十五作のうち、二十四作を扱っている。以下、『全集・一』のように略す。

（2）Jacques Morel, *JEAN ROTROU, dramaturge de l'ambiguïté*, Armand Colin, 1968, p. 7.

（3）Jean-Claude Vuillemin, *Baroquisme et théâtralité – Le théâtre de Jean Rotrou*, Biblio 17, 1994, pp. 63–69.

（4）Jules Jarry, *Essai sur les oeuvres dramatiques de Jean Rotrou*, A. Durand, 1868（Slatkine Reprints, 1970）, p. 9.

（5）実際の誕生月日は不明。同年六月ともいわれている。父はジャン・ロトルー Jean Rotrou、母はエリザベート・ルファシュー Elisabeth Lefactieux（もしくは Facheu）.

（6）ロトルーが書店主ソンマヴィル Sommaville と一六三七年一月十九日に交わした十作の作品売却契約書には、「ジャン・ド・ロトルー、高等法院の弁護士……」とある（『全集・八』p. 280 の注 9）。

（7）悲喜劇の初期の作家であるデュ・リエ Du Ryer (1605-1658) のグループには、オーヴレー、レシギエ、マレシャル、ピシューらがいた。
（8）Arioste, *Orlando furioso*, 1532. 一五五四年以後仏訳され、完訳出版は一五八二年。
（9）『美しきアルフレード』*La Belle Alphrède*,『捕虜あるいは奴隷』*Les Captifs ou les Esclaves*,『セリメーヌ』*La Célimène*,『クロランド』*Clorinde*,『ディアーヌ』*La Diane*,『フィランドル』*Le Filandre*,『フロリモンド』*La Florimonde*,『メネクム兄弟』*Les Ménechmes*,『二人のソジー』*Les Sosies*.
（10）ロペ・デ・ベーガ Lope de Vega（一五六二～一六三五）。スペイン黄金時代の劇作家、詩人。現存する劇作品は四七〇編。ロトルーの『忘却の指輪』の出典は、同名の *Sortija del olvido*.
（11）ベーガ作では、ほら吹きで強欲な楽士 Lirano.
（12）悲喜劇四作――『幸いな貞節』*L'Heureuse Constance*,『逸した機会』*Les Occasions perdues*,『迫害されるロール』*Laure persécutée*,『ドン・ベルナール・ド・カブレール』*Don Bernard de Cabrère*. 喜劇二作――『忘却の指輪』、『ディアーヌ』。悲劇一作――『真説聖ジュネ』（枠となる筋）。ロペ作のタイトルのみ借りているのは次の二作――『美しきアルフレード』と『ドン・ロープ・ド・カルドーヌ』*Don Lope de Cardone*.
（13）Corneille, *Le Cid*, 初版一六三七年三月。出典はスペインの劇作家ギリェン・デ・カストロ（一五六九～一六三一）の『エル・シドの青年時代』（一六一八）。
（14）初演は一六三四年末とされるが、ロトルーの悲劇より先か後かは不明。
（15）メレは田園悲喜劇『シルヴァニール』（初演一六三〇、初版一六三一）の序文で、規則擁護派の劇作家としてはじめて三単一の規則を説いた。
（16）Jean Chapelain（一五九五～一六七四）詩人。リシュリューの文学上の助言者で、一六三四年のアカデミー・フランセーズ創設に尽力し、以後その中心的な役割を担う。
（17）『死にゆくエルキュール』に先だって、初演が一六三二年末から一六三三年初頭と推測される正則喜劇『ディアーヌ』（初版一六三五）は、規則といういわば「縛り」があっても観客を楽しませ、かつ規則派の知識人をも満足させる作品が書けることを証明しようとした努力がうかがえる作品である。正則悲劇執筆への小手調べか。

(18) Sommaville et Quinet.

(19) 損害賠償を訴える一六三四年十二月五日付の公正証書が、アラン・ハウ Alan How によって発見された。『全集・五』、pp. 420–421.

(20) 一六三二年十月三〇日付、ゴドーGodeau 宛ての手紙。

(21) ロトルーは処女作をソワッソン伯 Comte de Soissons（一六〇四〜一六四一）に献じた。彼は生涯、伯の一族に忠実だったようで、『逸した機会』（初版一六三五）は伯の母アンヌ Anne へ、『二人の乙女』*Les Deux Pucelles*（初版一六三九）は伯の姪マリーMarie に献じられている。

(22) Comte de Belin『ドリステ』、『メネクム兄弟』は彼に献じられている。

(23) Comte de Fiesque『ディアーヌ』は彼に献じられている。

(24) 『死にゆくエルキュール』の初版（一六三六）には、リシュリューへの献詩がある。

(25) ランカスターは、残存作の十二作目としている。Lancaster, *A history of French Dramatic Literature in the Seventeenth Century,* Part I, Gordian Press, 1966, pp. 310–311.

デイエルコフ＝オルスボエルは、十八作目としている。Deierkauf-Holsboer, *Le Théâtre de l'Hôtel de Bourgogne,* I, Nizet, 1968, pp. 155–164.

(26) Lope de Vega, *La Ocasión perdida*（一六一一年刊行）.

(27) Roger Guichemerre, *La tragi-comédie*, Presses Universitaires de France, 1981, p. 92.

(28) Lancaster, *op. cit.,* Part II, p. 73.

(29) プルタルコス『烈婦伝』より。仏訳は一五七二年。

(30) Textes choisis, établis, présentés et annotés par Jacques Scherer, *Théâtre du XVIIe siècle, I*, Gallimard, Pléiade, p. 1632.

(31) *La Comédie des Tuileries*（初版一六三八年）. 他に『スミルナの盲人』*L'Aveugle de Smyrne*（初演一六三七年二月、初版一六三八）などがある。

(32) 一通目の日付は一六三六年三月十一日で四作品（『メネクム兄弟』、『セリアーヌ』、『セリメーヌ』、『アメリー』）が対象。二通目は一六三七年一月十九日で十作品（『恋する巡礼女』、『幸運な難破』、『罪なき不貞』、『クリザント』、『フィランドル』、『フロリモンド』、『美しきアルフレード』、『コルコスのアジェジラン』、『二人の乙女』、『二人のソジー』）が対象。
(33) Scherer, *op. cit.*, p. 1307.
(34) ロペ・デ・ベーガ作『美しきアルフレーダ』*La hermosa Alfreda*（出版一六〇一頃?）とタイトルは同じ。だが内容は異なる。
(35) 第三幕第八場（最終場）で、「詳細は道すがらお話しましょう」（アルフレード）となり、「詳細」は省略される。
(36) 第三幕第二場。合計一〇四行にわたって展開される。
(37) 「余興 divertissement」は海賊の首領の言葉。他に、「気晴らし、娯楽」の意がある。第二幕第五場がこれに充てられている。
(38) モレルは「奇妙な余興」といい（Morel, op. cit., p. 200）、シェレールは「まったく根拠がない」としている（Scherer, *op. cit.*, p. 1314）。
(39) 第二幕第六場、アルフレードの台詞。
(40) アルフレードの台詞。第二、第三、第四の各幕切れで、三度繰り返される。
(41) 第五幕、第五・第六場。イザベルとアカストの結婚を祝うため、イザベル邸の大広間でバレエが披露される。フェランドは踊り手に扮して、アカストに決闘状を手渡す。シェレールは、この種の「余興」を劇中に導入した最初の作品であると指摘している。Scherer, *op. cit.*, p. 1309.
(42) 『全集・九』、Vuillemin, pp. 483-484.
(43) 注32を参照。詳述すれば、『コルコスのアジェジラン』と『美しきアルフレード』は、売却契約後六ヶ月間、『二人の乙女』と『二人のソジー』は十八ヶ月の間出版を差し控えること、となっている。つまり契約の時点で、『二人のソジー』は新作だった。Perry Gethner, *La chronologie du théâtre de Rotrou*, in *Revue d'Histoire du Théâtre*, 1991, No.3, p. 245.

（44）一六三七年から一六三八年にかけて、*Le Capitan ou le Miles gloriosus*（匿名）と、*Le Véritable Capitaine Matamore ou le Fanfaron* (Marechal) が上演された。『全集・八』p. 11.

（45）『全集・八』*Les Sosies*, Introduction, p. 281.

（46）コルネイユ作『未亡人』*La Veuve* の一六三四年版にロトルーは巻頭詩 *Elégie* を寄せている。また、『真説聖ジュネ』第一幕第五場には、コルネイユ作品へのオマージュがある。

（47）十九世紀の研究者H・シャルドンによれば、ロトルーは自己利益を放擲する覚悟でコルネイユを支持したという英雄的な「伝説」が伝えられている。また、立場上、心ならずも反・コルネイユ派に与した、という現実的推測も成り立つとする。シャルドン自身は、D.R. の署名しかない、*l'Incognu et véritable amy de messieurs de Scudéry et Corneille*（一六三七年七月？）と題されたパンフレットの著者を、内容からみて Du Ryer ではなく、De Rotrou だと判断し、「嘆かわしい論争」でロトルーの果たした役割は、コルネイユとスキュデリーの両者への友情にもとづいた調停者の役割であった、と考える。ここにロトルーの「争いを好まぬ性格」が表れている、と。H. Chardon, *La vie de Rotrou mieux connue*, Picard, Paris, 1884, pp. 119–131.

（48）『迫害されるラウラ』*Laura perseguida*（一六一四出版）.

（49）一六四〇年、一六四六年、一六五四年版はフランスでの出版。一六四五年にはオランダ語版が出版されている。

（50）『全集・七』*Laure persécutée*, Introduction par Catherine Dumas, p. 354.

（51）一六三七年内に初演された見込みのある作品としては、他に前述の『アンティゴーヌ』があり、これも当時としては、ほぼ正則の悲劇である。

（52）Scherer, *op. cit.*, p. 1322.

（53）シェレールは、このうちの「正体不明の美女」をカウントしていないが、アイデンティティーの隠蔽も「化身」のうちに入るだろう。

（54）Lancaster, *op. cit.*, Part II, p. 216.

（55）一六三六年には、『美しきアルフレード』、『二人の乙女』（一六三六末？）、一六三七年には、『二人のソジー』、『アンティゴーヌ』、『迫害されるロール』、一六三八年には、『捕虜あるいは奴隷』が初演された。

（56）Lieutenant particulier, assesseur civil et criminel au comté et bailliage de Dreux.

（57）Marguerite Camus，一六一五年生まれ、没年不詳。

（58）「十七世紀演劇を読む」研究チーム『フランス十七世紀演劇集・悲劇』中央大学出版部、二〇一一年。

（59）*Lo Fingido verdadero*（一六二一出版）.

（60）Père Cellot, *Sanctus Adrianus Martyr*（一六三〇出版）.

（61）『全集・四』*Le Véritable Saint Genest*, Introduction par Pierre Pasquier, p. 186.

（62）Pasquier によれば、これらの場面はフランスではロトルーがはじめて用い、装置の設営場面は十七世紀で唯一の例である。*Ibid.*, p. 174.

（63）ロトルー作のタイトルには“Véritable”（本当の）という形容詞が付されていることから、先行競合作を前提としていると考えられる。つまりロトルー作のほうが後となる。しかし、*Nicolas Mary, sieur Desfontaines, Tragédies hagiographiques*, textes établis et présentés par Claude Bourqui et Simone de Reyff, Société des textes français modernes, 2004, 所収の *L'Illustre Comédien* 解説では、デフォンテーヌがロトルーを模倣したとして、ロトルー作が先と考えられている。

（64）前出『フランス十七世紀演劇集・悲劇』の当該箇所を参照。なお『真説聖ジュネ』の最近の舞台は、一九八八年、コメディ＝フランセーズでの André Steiger 演出による上演である。

（65）Morel, *op. cit.*, p. 131.

（66）Della Porta, *La Sorella*（一六〇四出版）. 上演の記録はない。

（67）『全集・三』*La Soeur*, Introduction par Claude Bourqui, p. 43.

（68）*Le Théâtre français au XVIIe siècle*（一八七一出版）と、*Comédie du XVIIe siècle*（一八八八出版）.

（69）Ed. André Tissier, Paris, Larousse (Nouveaux classique Larousse), 1970. Ed. Raymond Lepage, thèse de George Mason University, 1972. Éd. Barry Kite, Exeter, 1994.

（70）『全集・三』p. 44.

(71) 当時の有名作家マルモンテル Marmontel による版（出版一七五九）と、マルモンテル版に不満を抱いた俳優ルカン Lekain と文人コラルドー Colardeau による版（出版一七七四）。

(72) Lancaster, *op. cit.*, part. II, p. 546.

(73) 『全集・一』 *Venceslas*, Introduction par Marianne Béthery, p. 201.

(74) 十八世紀のマルモンテル版はカサンドルの自殺で締めくくり、当時は「悲劇」とされていたこの作品をより「悲劇」らしくしている。ジャンルについては、後述。

(75) 第二幕第二場、第三幕第四場、第四幕第六場。底本には、これだけの場面はない。

(76) 『全集・一』 p. 237.

(77) Wolfgang Leiner 版。

(78) 処刑を待つジュリアン・ソレルは、『ヴァンセスラス』の次の一節を思い出す。

「ラディスラス――[死なねばならぬとしたら、]私の魂は準備ができております。

ヴァンセスラス――断頭台の準備もだ。そなたの頭をそこに運ぶのだ。」[第五幕第四場]

(79) 一六四九年十二月一日にパリ版が刊行。同年にハーグ（オランダ）版が刊行されているが、これに日付はなく、パリ版よりいくらか後、とされる。ハーグの Elzevier 出版は、当時評価の高い作品（コルネイユの諸作品、ロトルーの『ヴァンセスラス』も）を上梓しており、こうした場合、「パリ版にしたがって」という文言が付されているのが通常だった。だが『コスロエス』にはこの文言がなく、パリ（ソンマヴィル）版とは異なるテクストを使っているようだ。フロンドの乱（一六四八～一六五三年）によって物情が混乱したせいだとされる。本稿は、プレイアッド版（パリ版を主体にし、明らかな間違いは訂正、必要に応じてハーグ版で補填）を使用している。

(80) Scherer, *op. cit.*, p. 1362.

(81) Baronius, *Annales ecclesiastici*. 十六世紀末から十七世紀初頭まで数版が出ている。

(82) Père Cellot, *Chosroès*（一六三〇出版）.

(83) Lope de Vega, *Mudanzas de Fortuna, y sucesos de don Beltrán de Aragón*（一六一三出版）.

（84）『全集・四』*Cosroès*, Introduction par Christian Delmas, p. 394.

（85）良心の呵責に苦しむ権力者像は、トリスタン・レルミット Tristant L'Hermite の悲劇『マリヤンヌ』（初演一六三六、初版一六三七）で知られている。

（86）ペストの一種である fièvre pourprée.

（87）ロトルーの死亡日は不明である。埋葬日も『全集・四』では六月二十七日となっているが、プレイアッド版では六月二十八日としている。ここでは新しい刊行物の日付をとった。

（88）abbé Brillon, *Notice biographique de Jean Rotrou*. 一八八五年に再版されている。

（89）Dom Liron, *Singularités historiques et littéraires*, tome I, 1734.

（90）この「手紙」はさまざまな研究書で部分的に孫引き引用されているが、ここでは比較的分量が多い『全集・四』p. 237にある引用を使った。

（91）Madame de Clermont d'Entragues. シャルドン前掲書、pp. 151-165 を参照。

（92）エレーヌ・バビは、悲喜劇執筆はロトルーの「選択」であり、「彼の選択は、流行や注文によるものではなく、文学創造に関わる、しっかりと培われた確信から生じている」と記している。『全集・五』INTRODUCTION GENERALE par Hélène Baby, p. 14.

（93）悲喜劇『セリアーヌ』*La Céliane*（初演一六三一〜三二?、初版一六三七）と、以下四作の喜劇――『セリメーヌ』（初演一六三一〜三二?、初版一六三六）、『ディアーヌ』（初演一六三二〜三三?、初版一六三五）、『フィランドル』（初演一六三三?、初版一六三七）、『フロリモンド』（初演一六三五?、初版一六五四、死後出版）。Morel, op. cit., p. 137.

（94）Scherer, *op.cit.*, p. 1297.

第六章　ジョルジュ・ド・スキュデリー ― バロックの騎士

浅谷眞弓

一　生まれ、青少年時代

ジョルジュ・ド・スキュデリーGeorges de Scudéry（一六一〇～一六六七）は文学史の上では十七世紀の小説家、マドレーヌ・ド・スキュデリーMadeleine de Scudéry（一六〇七～一七〇一）の兄として知られる。序文を書いたり、筋書きを考えたりして、妹が小説を書くのを手伝ったといわれる。演劇史の上では、一六三七年の「ル・シッド論争」で注目された人である。しかし、当時、特に一六三〇年代には詩や演劇作品などを書いて、妹より活躍していた。ここでは、ジョルジュ・ド・スキュデリーの演劇作品を中心に、その生涯と作品を紹介する。なお、初演年代はランカスターの推定にもとづく。

ジョルジュ・ド・スキュデリー

ジョルジュ・ド・スキュデリーが洗礼を受けたのは一六〇一年

八月二十二日である。セーヌ川河口の港町、ルアーヴルのノートルダム聖堂に記録が残っている。生まれたのは同年四月十一日とされる。五人中の第二子だったが、三人は早く亡くなり、マドレーヌは一六〇七年に生まれた。父はカトリック同盟に属するヴィラール元帥のもと、ルアーヴル港の要職を務めた海軍軍人であり、海賊でもあった。妹と同名の母マドレーヌは十六世紀に建てられた城に住む名士の娘で、裕福な家に育った(1)。

しかし、一家は常に貧しかった。そして、海の冒険を語ってくれた父はオランダ船への海賊行為が原因で、オランダに捕えられて、獄中で病み、釈放されるとすぐに没した。母も数ヶ月後他界する。両親を失った一六一三年、ジョルジュとマドレーヌ兄妹は叔父に引き取られた。叔父はかつて宮廷に仕え、裕福な上に知性を備えていたので、兄妹に十分な教育を施した。妹はイタリア語、スペイン語をはじめ、絵画、ダンス、リュート、料理、園芸、農業などを学んだ。兄もまた同等の教養を身につけ、絵画についてはある程度の知識が蓄えられた(2)。

ジョルジュはラフレーシュ学院と思われるコレージュを終えると、一六二〇年には父祖の地、南仏、ヴォクリューズ県のアプトに行った。父方の祖母の訴訟を片づける手伝いをし、同居するためだった。そこで彼は初恋の女性、カトリーヌと出会い、彼女の気を引くために詩を書いた。これが詩作に熱中するきっかけになった(3)。

ジョルジュは栄誉を求めて軍隊に入ったが、パリへ出るまでの詳細はあまり知られていない。一六二〇年から一六二七年までの一時期、ローマへ行き、イタリアの新旧の知識を吸収し、詩や絵画の趣味を深めたようだ。軍隊での最大の功績は、三十年戦争中、ピエモンテの戦いに従軍し、一六二九年三月、パ・ド・スーズで活躍したことである。これは後日テュレンヌ元帥に称えられたほどで、「スキュデリーが率いたことがあるのはオテル・ド・ブルゴーニュ座とマレー座のトゥループ（劇団、部隊）だけだ(4)」とはやはり中傷であろう。幼少、青年期の境遇、軍隊経験は創作に取り入れられたといわれるが、記録や手紙に残る証言は少ない(5)。

手柄を立てた一六二九年、スキュデリーは突如、軍隊生活を打ち切る。昇進に必要な官職を買う財力がなかったためといわれる。だが、元軍人はすぐさまランブイエ邸のサロンに迎えられる。主宰者は「比類なきアルテニス」ことランブイエ侯爵夫人カトリーヌであった。侯爵夫人はローマ出身であり、イタリア語、スペイン語を話した。弱小ながらも彼の貴族の肩書きと語学力、絵画の趣味が有効な入会資格になったのだろう。当時のメンバーには後に『ポール＝ロワイヤル論理学』の著者となる大アルノー、年の離れた長兄、アルノー・ダンディイらがおり、侯爵夫人の家族とともに言葉遊びや詩の朗読、芝居、ゲームを行なった。ここで彼は詩や書簡を残すヴォワテュール Voiture（一五九八～一六四八）、劇作品、小説を書いて活躍するスカロンと知り合い、サンジェルマンの定期市に出掛ける仲間となった。(6)

二　田園小説『アストレ』を劇化する

スキュデリーの最初の劇作品は『リグダモンとリディアス、あるいは瓜二つ』*Ligdamon et Lidias ou la Ressemblance* という韻文五幕の悲喜劇である。初演は一六二九年から一六三〇年でマレー座と思われるが、確かではない（一六三一出版）。出典はオノレ・デュルフェ Honoré d'Urfé の田園小説『アストレ』Astrée である。『アストレ』の中心になる筋は、羊飼いの青年セラドンが同じく羊飼いの女性アストレに恋する物語である。セラドンは誤解されて失恋し、入水自殺に失敗した後、森の隠者に導かれ、生気を取り戻す。そして、女装のままアストレに再会し、友人として過ごす。最後はアストレの本心を知って、正体を告白し、結ばれる。(7) この本筋が登場人物たちの語る波乱万丈なエピソードをともなって進行する。スキュデリーはかつて自分が愛読し、当時のサロンで流行した小説に取材して、小説の読者の興味を引くことを期待した。

〔梗概〕（第一幕）フォレの貴族リグダモンとロトマージュの市民リディアスは顔がそっくりだ。シルヴィーに振られたリグダモンは死地を求めて戦場へ赴く。リディアスは決闘で人を殺して逃亡する。（第二幕）旅の途中、リグダモンはリディアスと取り違えられて決闘するが、何とか戦場へ着く。（第三幕）敵に囚われたリグダモンはロトマージュに送られる。一方、リディアスはフォレに着き、シルヴィーにリグダモンと間違えられる。リグダモンのほうはリディアスの恋人アメリーヌにリディアスと取り違えられる。アメリーヌと結婚すれば命は助かるが、シルヴィーを愛するリグダモンは死を選ぶ。（第四幕）リディアスは誤解を晴らすため、危険を冒してロトマージュへ戻る。リグダモンは刑罰としてライオンと戦うが、二頭を倒す。アメリーヌの嘆願で命だけは助けられる。（第五幕）リグダモンはシルヴィーへの愛のために毒を飲む。アメリーヌも裏切られたと思い、死を決意する。しかし、リグダモンとアメリーヌは眠っているだけだった。リディアスとシルヴィーが刺客たちに追われて現れる。恋人たちは互いの恋人を見分け、真相を知った人々は誤解を詫び、それぞれの結婚を許す。

顔の似た二人が故郷を離れ、偶然に入れ替わり、互いの恋愛事情に翻弄されて、死に直面する様をサスペンスたっぷりに描いている。物語の大筋は原作に忠実だが、危機の連続、どんでん返し、甘い恋の語らい、戦闘の描写、牢獄での悲壮な心情吐露、叙情的スタンス、政治的議論と観客を飽きさせない工夫を随所に凝らした。

この時期、スキュデリーはオテル・ド・ブルゴーニュ座での本作の上演をきっかけにロトルーと知り合ったらしい。また、『シュレーヌのぶどう収穫期』*Les Vendanges de Suresnes*（一六三三）、『アルシオネ』*Alcionée*（一六三七）などの劇作品で知られることになるデュ・リエらと交流した。デュ・リエの後援者であるブラン伯爵から庇護を受けるようになった時期は明確でないが、詩作、劇作は一生の仕事と思えたらしい。パリのマレー地区に住み、ルーアンのサンソブールにも家があった(8)。

最初の作品が成功した勢いに乗り、スキュデリーは『罰を受けたペテン師、あるいは北の物語』*Le Trompeur puni ou l'Histoire septentionale* を一六三一年後半に初演する（一六三三出版）。前作同様、五幕韻文悲喜劇である。舞台はイギリス、アルシドールとネレは相思相愛だが、ネレに片思いの悪人クレオントの策略に嵌り、互いに不信感を抱く。また、ネレはデンマーク大使に結婚を申し込まれたため、イギリスを離れなければならなくなる。アルシドールは恋人を取り戻すべく、奮闘し、悪人や友ともなった恋敵を退け、めでたくネレと結ばれる。

前半三幕は『アストレ』第三部第四巻により、さらに同時代の詩人、ゴンベルヴィル Marin Le Roy de Gomberville（一六〇〇～一六七四）のバロック小説、『ポレクサンドル』*Polexandre*（一六二九～一六三二）から借りた部分もある。[9]『ポレクサンドル』の主人公、カナリア王にして無敵の英雄、ポレクサンドルは、世界一の美女、アルシディアーヌに恋するが、彼女は「近づけない島」の女王である。『アストレ』と同様、二人の恋が苦難を乗り越えて成就するまでが、出会った人々の語る物語や過去の経緯をともなって展開する。[10]

『罰を受けたペテン師』は流行の二作品をつなぎ合わせ、小説以上に小説的な物語を構築した。前作で成功した変化、多様性を重んじ、卑劣な策略、変装、決闘、殺人が見られるが、最後には善良な主人公が貞節な恋人と結ばれる。第二の恋敵も、主人公に横恋慕の復讐をためらわせるほどに好人物だ。運命に翻弄されながら、絆を強める恋人たちを描くためにすべての事件が仕組まれている。展開は原作に従いつつも、最後は悪人のクレオントが死ぬ勧善懲悪の結果に変えた。なお、『マウロの舞台装置覚書』によれば、舞台は並列装置でイギリスとデンマークの場面が同時に設けられている。[11] スキュデリーは本作をリシュリューの姪、コンバレ夫人に献呈し、このことがきっかけになって、枢機卿の庇護を受けるチャンスが与えられた。ジョルジュの生活のめどが立った時期であったので、マドレーヌがパリに出てきて、同居を始めたのもこの頃ではないかといわれる。[12]

ジョルジュは時をおかず、『勇敢な武士』*Le Vassal généreux* を発表する。一六三二年末または一六三三年のはじめにマレー座で上演されたらしい（一六三五出版）。「悲喜劇的な劇詩」としたが、内容は五幕韻文悲喜劇である。一六四三年に出版する悲喜劇、『アルミニウス』*Arminius* の序文に[13]、前作と同様に成功したとある。

舞台はパリ、ブルターニュの公爵の娘、ロジレとフランクの貴族テアンドルは相思相愛だが、令嬢が王の息子に横恋慕される。テアンドルはそれでも王国への忠誠を誓う。反乱が起き、市民、貴族、議会の支持を得て王に選ばれると、彼はあらたな王に恋敵だった王子を指名する。新王は恋人たちの結婚を認める。全編、『アストレ』第三部第十二巻、第五部第二巻を出典とする。正義を貫く忠臣と悪辣な腹心の対立、悪政を危惧した市民、議会、貴族らの蜂起、王国に忠誠を誓う主人公の善良さ、恫喝に屈せず、男装して魔手を逃れる公爵令嬢の勇気など、見所は多い。主人公は愚直一辺倒に国家権力に追従しているわけではない。恋する令嬢は勇敢な女性だが、下品ではない。波乱に富んだバロック小説的な物語に、社交界の交際で身に付けた礼節や趣味が生かされているのだ。

また、本作の後には、ランブイエ邸に通う詩人たちがモントージエ侯爵の依頼を受けて書き始めた詩集、『ジュリーの花飾り』のうち、スキュデリーが創作に貢献した十二作品が続けて出版されている。スキュデリーの社交界での交友関係、詩人としての力量、自信がうかがわれる[14]。

スキュデリーは、ここまではどちらかといえば原作の小説自体がもっている力、登場人物の魅力と人気を頼りにして創作し、また一方では短時間の上演にはむかない複雑な筋を選ぶことによってみずからの詩作の能力を試し、高めようと努めてきたようである。自分自身の創作の方向性を見出す時期と演劇の流行が悲喜劇に動いていた時期とが重なり、幸運な一歩を踏み出したといえよう。

三　あらたな試み

俳優たちを登場人物にした『役者たちの芝居』*La Comédie des comédiens* には作者と俳優たちの交流が垣間見える。本作を「新趣向の劇詩」と題する理由の一つは、前半が俳優たちの日常を描く散文二幕喜劇、後半がその俳優たちの演じる韻文による三幕田園悲喜劇になっているからだろう。初演はモンドリー率いるマレー座と推定されるが、正確な上演年は判っていない（一六三五出版）。作中、オテル・ド・ブルゴーニュ座の座付き作者アルディについて述べられ、故人として扱われているので、彼の亡くなった一六三二年以降であろう。グジュノーにオテル・ド・ブルゴーニュ座をモデルにした同名の作品『役者たちの芝居』があり、その作品の上演が一六三一年から一六三二年頃と推定され、出版が一六三三年であることから、スキュデリーの作品はその前後であるといわれる。ランカスターは一六三二年初演と考えている[15]。

〔梗概〕（第一幕）舞台はリヨンの掌球場、行方不明の甥を探す旅人ブランディマール氏が芝居を見に行く。木戸口で呼び込みをする役者のベロンブルこそ、遺産相続者である甥だった。紳士は役者たちを夕食に招く。（第二幕）役者を軽んじる紳士を説得するため、役者たちは田園劇の一場を演じて見せる。紳士は芝居を見て感激し、みずからも『愛に隠された愛』を演じたいと望む。（第三幕）劇中劇の舞台は森と田園。二組の恋人たちは本心を打ち明けられずにいる。（第四幕）恋人たちが相手の気を引くための策略は親たちに誤解され、互いに別の相手と結婚させられそうになる。（第五幕）恋人たちが夜逃げしようとしていると、親たちが現れて、それぞれの結婚を許す。劇中劇の終了後、ブランディマール氏は観客にまたの来場を乞う。

劇中劇の『愛に隠された愛』*L'Amour caché par l'amour* は典型的な田園恋愛劇で、『アストレ』第二部第四巻から題材をとった。本作発表当時の『アストレ』人気はまだ高く、田園劇の流行は衰えていなかった。だが、一六三四年、アルスナルで王妃を迎えての御前公演に際しては、劇中劇はコルネイユの『メリート』に変えられた(16)。

変則的な『役者たちの芝居』の後、バロック的悲喜劇の路線に戻ったのが『オラント』*Orante* である。スキュデリー研究家デュテルトルは初演、出版とも一六三五年とするが(17)、ランカスターは一六三三年初演と推定している(18)。今度の出典も『アストレ』で、本作に使われたエピソードはメレの一六二五年の悲喜劇、『クリゼイドとアリマン』のエピソードと同じである。メレもブラン伯爵の庇護を受けた一人で、交流があったのかもしれない。

舞台はナポリ、総督の息子イジマンドルは仇敵の家の娘、オラントを愛する。しかし、総督に追放され、母の勧める老人との結婚に絶望したオラントは自殺未遂を起こす。イジマンドルは恋人が死んだと誤解し、自分も死を決意する。男装したオラントは総督との訴訟に勝ち、イジマンドルと自分の結婚を承諾させる。

家が敵同士の恋人たちという設定はテオフィル・ド・ヴィオーの『ピラムとティスベの悲恋』*Les Amours de Pyrame et Tisbé* を思わせる。ヴィオーはスキュデリーが心酔していた詩人で、前作の『役者たちの芝居』に登場する劇団のレパートリーにも『ピラムとティスベの悲恋』が含まれており、一六三二年には不遇だったヴィオーの作品集をルーアンで出版したほどだ(19)。

しかし、ヴィオーの女主人公とは異なり、息を吹き返したオラントは男装して魔手を逃れ、恋人の父親と法廷で争って勝利し、結婚許可の言質を得る。舞台上の恫喝や監禁は衝撃的だが、野蛮な情動と理知とが戦う場面を鮮やかに描いている。全体として、先行作品同様の思いがけない事件が連続するロマネスクでスリルに溢れた作品である。大筋と同様、細部も出典に忠実な場面があり、場所はナポリ、ピサ、フィレンツェとイタリアの名所を巡るように変転し、各都市の特徴を示す舞台装置の楽しさが想像できる。

スキュデリーは、『偽りの息子』*Le Fils supposé* を『オラント』のすぐ後に書いたといっている。デュテルトルは一六三五年のはじめ頃に上演とし[20]、ランカスターは一六三四年初演と考えている[21]（一六三六出版）。出典はスペインのロペ・デ・ベーガの『ヘタフェの村娘』*Villana de Xxetafé*、ロトルーの『ディアーヌ』*La Diane* ともいわれる。五幕、韻文による喜劇とされている。喜劇は『役者たちの芝居』と本作の二作のみである。コルネイユの喜劇に触発されて書いたといわれるものの、内容は悲喜劇と大差ない設定で、ロマネスクな展開である。舞台はパリ、ベリーズはみずからの恋人フィラントとしてパリに来る。フィラントと見知らぬ娘との結婚を阻止すべく、策略を巡らし、勝手に縁組をした父たちを改心させ、フィラントと結ばれる。みずからの恋人に変装し、未知の父親に会いに行くなど、現実の世界ではありえない。誘拐による身元不明、取り違え、親の決めた婚約といった要素はラテン喜劇風でもあるが、波乱に満ちた展開の中で、場面毎に女性主人公の活躍が描かれ、スリルとサスペンスを盛り上げていく手法は見事であろう。『オラント』から切実さを抜き取り、当時流行の女性主人公の変装を見せることに集中した物語である。

スキュデリーは女性の冒険のみを描いたのではない。変装した男性が主人公の『変装の王子』*Le Prince déguisé* は、ランカスターによれば一六三四年、デュテルトルによれば一六三五年にマレー座で上演された（一六三五出版）。ジャンルは五幕韻文悲喜劇である。出典はスペイン語に翻訳されたギリシアの小説『プリマレオン』*Primaléon* とイタリアのマリノ Marinò（一五六九～一六二五）の小説『アドンヌ』*Adone* の二つによるという説がもっとも有力である[22]。

舞台はパレルモ、ナポリ王の息子クレアルクはシシリア王の娘アルジェニーに恋している。しかし、二つの国は敵同士である。王子は庭師に変装し、王女に近づく。「身分違い」の二人はたちまち恋に落ち、その罪で投獄される。決闘裁判の結果、互いに恋人の身代わりになって死ぬというので、王妃は悩みつつも結婚を許す。自分に代わって復讐を果たした者に娘を与えるという約束は、ロトルーの『コルコスのアジェジラン』*Agésilan de Colchos*（一六三五?）、グジュノーの『忠実な欺き』*La Fidelle Tromperie*（一六三三）に例がある。また、決闘に訴えて正義を判定する「決闘裁判」は同時代の悲喜劇によく見られた。舞台上で庭師の妻が自殺し、巻き添えを恐れた庭師が逃走する刺激的な場面がある。当初からスキュデリーは、叙情味をともなわせ、繊細に自然描写を行ない、詩作の技量を誇示してきたが、本作の王宮庭園の場面はもっとも見事だと評価される。宮廷で長い間賞嘆され、大成功を収めたと認める作者の自信作であった。

この期間のスキュデリーは初期と同様に小説に出典を求めながら、むしろ原作の世界を借りて自由に創作を行なったようだ。複雑な小説を演劇作品に要約して見せる手際が、慣れによって熟練したというだけではない。原作の登場人物はスキュデリーの演劇空間でいっそう躍動し、生身の人間として生きる術を得た。主人公の冒険は人づてに聞く奇談ではなく、観客自身が事件を間近で目撃する、あるいは当事者として巻き込まれていく迫力をもつ。劇中劇の構成はまさしくそのような現実を観客に教え、作者自身の創作態度を変えたのである。

四　古典劇の試み

一六三四年にメレの悲劇、『ソフォニスブ』がマレー座で上演されて、成功を収めた。ランブイエ邸に集う人々もこの作品をサロンで上演したが、スキュデリーがその場に居合わせ、何らかの役を演じたという説がある。[23] スキュデリーは、この悲劇の成功に刺激を受けて、『セザールの死』*La Mort de César* を書いたらしい。『セザールの死』の初演は一六三四年の終わりか翌一六三五年のはじめ頃、マレー座によって行なわれ、モンドリーがブリュート（ブルートゥス）を演じて好評だった（一六三六出版）。

ブリュートとカシー（キャシアス）らはセザール（シーザー）の暗殺をもくろむ。セザールの妻や友人が警告するが、セザールは死を恐れず元老院に向かい、暗殺される。アントワーヌ（アントニー）はセザールの偉業を称える追悼演説を行なって、市民らの支持を得ると、すでにローマを去っているブリュート、カシーの反乱軍討伐を宣言する。

出典は、プルタルコスの『対比列伝』とスエトニウスの『ローマ皇帝伝』などである。本作はスキュデリーのはじめての悲劇であり、韻文五幕で構成される。場所はローマ市中、元老院、セザール、アントワーヌ、ブリュート各邸宅の一室、時間はセザール暗殺の朝から翌日まで、筋はセザールの暗殺を描くのみで、三単一の規則に従っている。

舞台上での暗殺、アントワーヌによる追悼演説は特にドラマチックである。本作のセザールは命がけでローマに尽くす。設定は違っても、作者にとって彼は前に書いた『勇敢な武士』の主人公のような人物である。デュテルトルは、セザールの台詞はそのまま作者の死生観、倫理観、政治信条を表し、王政擁護と寛容を至上命題としているともいう(24)。『ソフォニスブ』ほどの高い評価は得られなかったにせよ、ラ・メナルディエールは『詩学』*La Poétique* の中で本作を念頭に置いて書いた部分があり(25)、ドービニャック師も、『演劇作法』の中で、すぐれた作品の一つとして本作の名前をあげている(26)。

スキュデリーは『セザールの死』の後、ローマの古典に取材して、韻文五幕悲劇、『ディドン』*Didon* を書いた。今度の出典はウェルギリウスの『アエネーイス』により、カルタゴの女王、ディドンを主人公にした物語を選んだ。上演は一六三五年の終わりから一六三六年はじめ頃と推定される（一六三七出版）。

〔梗概〕（第一幕）舞台はカルタゴ、女王ディドンは窮地を救ったトロイの王子エネを愛しているが、エネは新しい国、ローマを建国するために旅立たねばならない。（第二幕）ディドンは王子を引き止め、気晴らしに狩りに誘う。皆とはぐれた二人は雷雨に遭い、洞窟の中で互いの気持ちを明かす。（第三幕）友人らは王子がディドンに惑わされていると嘆き、エネのもとへメルキュール神から出発の命が下る。（第四幕）エネは出発の準備にかかるが、苦悩の果てに、友に自分を殺してくれと頼み、絶望したディドンも死を決意する。（第五幕）決意を固めたエネの船出を見送り、過酷な運命を負わせた神を呪いつつ、女王は神々に祈ると偽って犠牲用に薪を積み上げさせ、恋人が残していった剣で自殺する。

場所はカルタゴの王宮の一室、宮廷の広間、森、洞窟、港、岸辺に臨む部屋またはバルコニーなどであり、時間は狩りの日を挟んで二十四時間以上を要するだろうが、臣下たち、狩人の一群など、多人数が出演し、舞台装置は幕毎に変化する。特に、狩りのために入っていく森や突然の雷雨を避ける洞窟の場面、出発の準備を行なう港の場面は視覚効果を狙った演出、装置が可能である。本作の舞台の豪華さは後に、コルネイユが自作の『ソフォニスブ』（一六六三）の序文で称えている。(27) 宿命の恋人たち、エネとディドンの会話はサロン風のギャラントリーに彩られ、「プレッシュー」と呼ばれる優雅で精緻な言葉づかいになっている。全体に、深刻な悲劇ではなく、きらびやかなバロック的悲喜劇の印象を与える。原作の高尚さは消えて、誰にでも理解できる男女の別れの切なさだけが残った。スキュデリー自身の証言によれば、本作は観客の反応が良くなかったために、再演はあまりされず、成功作ではなかった。だが、出版されるや、シャプランは作者に賞賛の手紙を送り、文学作品としてのすばらしさを認めた。(28) なお、作者と同様にリシュリューの庇護を受け、コルネイユやロトルーとともに「リシュリューの五劇作家」に選ばれたボワロベールはあらためて『真のディドン』*La Vraye Didon*（一六四一後半上演、一六四三出版）を書いた。ボワロベールは、女王らしくないと批判された本作のディドンのイメージを変え、立派な女性に描き直すことを目的とした[29]。

『セザールの死』で、複雑な筋を用いずとも、充分に劇的効果をあげることができると知ったスキュデリーは、続く『ディドン』で、豪華な舞台を作り、小説と同様に、古典古代作品がきらびやかで繊細な、当時のフランスに独自の悲喜劇的作品の原作となる可能性を拓いた。出典にどのような物語を求めようと、作品はすべて「スキュデリーの作品」として通るようになったのである。

五　ル・シッド論争とバロック的な悲喜劇への回帰

フランスのバロック小説、イタリアの新旧の小説、古代の歴史や古典文学作品など多様な題材を求めてきたスキュデリーは、ついで、スペインの小説から演劇作品を作った。韻文五幕悲喜劇、『自由な恋人』*L'Amant libéral* は一六三六年後半にオテル・ド・ブルゴーニュ座で初演されたと推定される（一六三八出版）。この作品は、セルバンテスの『模範小説集』に取材し、題名もスペイン語の題名をそのままフランス語に移している。原作との違いは、筋がすべて短い期間にキプロス島だけで展開することである。

海賊に誘拐され、船の難破で死んだと思われていたレオニーズはユダヤ人商人の奴隷になってキプロス島に住んでいる。彼女に片思いするレアンドルはこのことを知り、奴隷に身を落としたレオニーズの父とレオニーズの恋人のパンフィルを救う。レオニーズはレアンドルの優しさに気づき、貪欲な父や身勝手な恋人を捨て、彼と結婚する。レアンドルがレオニーズを取り戻そうとする間に、イスラムの高官たちが彼女をめぐって争い、殺し合うなど、非常に波乱に富んだ物語である。作者は、平凡な成功しか得られなかったとしているが、スペインの小説や演劇作品に取材した「スペイン物」の流行に乗じて書いたことは注目すべきであろう。演じたベルローズは本作を大変気に入り、ゲラン・ド・ブスカル *Guérin de Bouscal*（?～一六五七）、ベイらも同じ題材で作品を書いて、上演した(30)。

スキュデリーの代表作とされる『専制的な愛』*L'Amour tyrannique* は一六三八年初演の韻文五幕悲喜劇である（一六三九出版）。マレー座によって上演されたようだ。リシュリューは本作を大変に好み、四度繰り返して見たといわれる(31)、リシュリューが少女たちに上演させた時、枢機卿の不興を買った父を助けるため、ブレーズ・パスカルの妹、ジャクリーヌは女官、カサンドルを演じて、許しを求めたと伝えられる。その際、モンドリーが助言を与えたことから、マレー座での上演が推定される(32)。

〔梗概〕（第一幕）舞台はカッパドキアの首都、ティリダートは弟の妻ポリクセーヌを奪うため、義父の国を攻めた。（第二幕）夫が入水自殺したと思い込んだポリクセーヌは失神する。（第三幕）捕えたポリクセーヌが意のままにならず、妻や義父が執拗に嘆願するので、ティリダートは苛立つ。（第四幕）ポリクセーヌの兄からティリダートの腹心に密使が来る。腹心は協力を約束する。（第五幕）ティリダートは皆の処刑を命じるが、軍は腹心に掌握され、敗北が決まる。ティリダートは悔い改め、全員を解放する。腹心は裏切りを詫び、勝利したポリクセーヌの兄は和平と全軍撤退を宣言する。

場所は城塞都市の城壁の上と水辺、野営地のテント、時間は二十四時間程度で足りる。筋は、相愛の夫婦に横恋慕する強引な男とその男を健気に愛し続ける妻を中心に展開する。腹心が専制君主の正当性を欠いた行動を支持せず、全軍掌握を決意する場面は『勇敢な武士』の忠臣の態度を思わせ、ペンを剣のように扱う作者の面目躍如であり、見せ場になっている。作者が得意とする戦場、野営の描写に哀切な夫婦の別れや心中、自殺を加えて、硬軟を取り混ぜ、ドラマを盛り上げることに成功した。王子の兵士への変装や密使となる隊長の農民への変装は、以前の悲喜劇の変装ほど効果的でないが、稚拙な変装がかえって王子の悲しい境遇を際立たせ、密使は兄の巧妙さを教える。

出典はタキトゥスなどではないかといわれるが、定かでなく、バロック小説の設定に近い。スキュデリーは本作を悲喜劇として発表した。しかし、親友ヴォワテュールのライバルで旧友のサラザン Jean François Sarasin（一六一四～一六五四）は出版に際し、「悲劇について、あるいはスキュデリー氏の『専制的な愛』に関する考察」*Discours de la tragédie ou Remarques sur L'Amour tyrannique de Monsieur de Scudéry* を書き、序文としている。本作は、同じく旧友のゲ・ド・バルザック、小説家ソレル、十八世紀のヴォルテールらの高い評価を得た。(33)

コルネイユの『ル・シッド』は、本作上演の前年、一六三七年の初演以来、大変な好評を得た。一方、スキュデリーは『ル・シッド』の上演後、早い時期に、「『ル・シッド』に関する批判」*Observations sur Le Cid* を書いて、規則と合わない点を細かく論じた。現在では、本作はコルネイユの悲喜劇、『ル・シッド』に対抗して書いた作品と考えられているが、二つの家族の和解、幸せな結末を除けば、『ル・シッド』と共通点はない。

ル・シッド論争の後で、スキュデリーは『演劇の擁護』*L'Apologie du théâtre*（一六三九）を出す。ギリシア、ローマ演劇の歴史から解き明かした本書の目的は演劇の社会的地位の向上を訴えることだった。古来、特に問題とされてきたのは、演劇に関係する人々の倫理的な態度であった。つまり、俳優たちは身持ちが悪く、彼らに熱狂する観客は時間と金銭を浪費し、道徳を踏みにじり、社会を乱すというのだ。そこでスキュデリーは演劇が国家的な事業として成功した過去の例や人格者であった作者、名優について詳しく紹介し、演劇に携わったり、演劇作品を鑑賞しても、そこで描かれる悲劇、喜劇の悪徳や悪事に影響を受けることはない、と主張する。特に悲劇は高貴な人々の趣味にかない、教育的効果もあるので、当代のフランスの文化を向上させ、国力を強めるために必要なものとして位置づけられる。この『演劇の擁護』に述べられる俳優の立場は、『役者たちの芝居』の中で登場人物たちによって表明されたものと同じであり、スキュデリーの演劇に対する態度と知識を示した重要な著作となっている。

『ディドン』に対する観客の評価は作者の自信ほどには高くなかった。「スペイン物」の流行に乗って書いた『自由な恋人』は作者の力量の確かさを見せつつも、平凡な成功しかもたらさず、悲喜劇として発表した『専制的な愛』は悲劇との関係で論じられた。「ル・シッド論争」で規則派に同調したスキュデリーは理論と実際の創作との間で引き裂かれ、矛盾し、迷走しているように見える。だが、作者は依然として「スキュデリーの作品」を世に問い続ける。元軍人の詩人にとって、矛盾は弱点ではなく、武器なのである。規則に沿った悲喜劇こそ、作者の次の目標となった。

六　一六四〇年代のスキュデリー

スキュデリーは再び『アストレ』に立ち返って、韻文五幕悲喜劇の『ウドクス』*Eudoxe* を書いた。出版が一六四一年であることから、初演は一六三九年から一六四〇年頃と推定される。デュルフェが書いた第二部第十二章とデュルフェ亡き後、仕事を引き継いだ秘書で、劇作品も作ったバロが書いた第五部第八章に取材した。原作の枝葉を切り、物語を整理しようと努めているところが以前とは違う。このために、登場人物が過去や舞台で演じられない事件を報告するレシが長くなった。ローマ皇帝ヴァランティニアンの元皇后ウドクスは反乱にあい、ゴート族の王に助けられ、カルタゴに逃げ延び、今度はこの王に求婚され、軟禁されてしまう。密かにカルタゴに渡ったウドクスの幼馴染ユルサスと友人たちが協力して元皇后を救い出し、長年の願いを叶えて、ウドクスとユルサスが結ばれるまでを描いた物語である。

同じ年、一六四一年に出版された『アンドロミール』*Andromire* は韻文五幕悲喜劇で、初演年、初演劇団、出典ともに不明であるが、ランカスターは一六四〇年上演と推定する。シラクサの女王アンドロミールはアグリジェントの王子クレオニームを愛しているが、亡父がヌミディア人のシファクスとの結婚を約束していた。やがて、シラクサとヌミディアは戦闘状態に陥り、捕虜となったシファクスはアンドロミールの妹、ストラトニスに恋する。もう一人の妹、ポリクリトは野心家アルバスに捨てられる。彼にとっては恋よりもシラクサの王位のほうが魅力的だった。三組の恋人たちは、野心、恋愛感情、政治の軋轢に苦しみながら複雑に絡み合い、結局、王国の運命を決するヌミディア王ユグルトのシラクサ入りにより、最初に思った相手と結ばれる。

作者は本作の序文で、成功しなかったといえば謙遜というより人を欺くことになってしまう、と記した。また、創作に関しては、エピソードを多く盛り込み、予期しない出来事を連続させて、場面毎の新しさ、サスペンス性を保って筋を書くことを重視するバロック的な手法を紹介した。「裸の」物語を書くことは困難だという一方で、『ル・シッド』を批判した経緯から、規則を守った作品を書かなければならないとも考えていた。(34)

同じ頃、マドレーヌの小説『イブライム』が一六四一年に出版された。タルマン・デ・レオーの『逸話集』(一八三四)によれば、この小説ではジョルジュが大筋、序文、献呈の辞、戦闘場面を担当したといわれるのだが、実際の役割分担は判っていない。(35) スキュデリーは、この小説に取材した作品を二作上演した。一六四一年終わりから一六四二年に上演された『イブライム、あるいは名高きバッサ』と一六四三年に上演された五幕散文悲喜劇『アクシアーヌ』である。

『イブライム、あるいは名高きバッサ』*Ibrahim ou l'Illustre Bassa* は韻文五幕悲喜劇である（一六四三出版）。舞台はスルタンの後宮、ジェノヴァ出身のジュスティニアンは相愛のイザベルと別れ、苦難の末に、スルタンにつぐバッサの地位を得る。イブライムと名を変えたジュスティニアンに片思いをするスルタンの娘と、ジュスティニアンのために攫って来たイザベルに恋してしまうスルタンが廷臣の野望や皇妃の嫉妬を絡めて交錯し、野心家たちが追放されたり、死んだりした後、イブライムとイザベルが結ばれる。長い物語の複雑な筋を大団円にまとめあげる手腕は相変わらず卓越しており、危機の連続がいつのまにか最良の結果にたどり着くように仕組まれている。

五幕散文悲喜劇『アクシアーヌ』*Axiane* は一六四三年に上演されたが、劇団は不明である（一六四四出版）。レスボスの元王、レオンティダスは謀反にあい、海賊の首領になった。娘のアクシアーヌと奴隷（じつはクレタ島の王子）エルモクラートは愛し合い、レオンティダスの捕虜となった叔父のクレタ王を救おうとする。レオンティダスは三人の勇気や互いを思う愛情に心を打たれ、娘と王子の結婚を許す。本作は、時間と場所の規則を守るために、海賊たちを上陸させたままで筋を展開し、真実らしさに背いたといわれる。だが、作者の父はルアーヴルの港から陸へ上がった海賊だったのだから、まったくの非現実ではなかろう。作者唯一の散文劇であることを除けば、勇敢な女性主人公、アクシアーヌの活躍は一六三〇年代のバロック悲喜劇を思わせる。姉妹編『イブライム』と同等の成功は得られなかった。

最大の庇護者であったリシュリューが一六四二年に死んだ後、『アルミニウス、あるいは兄弟は敵同士』*Arminius ou Les Frères ennemis* が、『アクシアーヌ』より後に、一六四三年の終わり頃に上演された（一六四三出版）。ローマ史に取材した韻文五幕悲喜劇である。出典はタキトゥスなどと推定される。コルネイユは『セザールの死』をまねて『シンナ』を書き、スキュデリーは『シンナ』に倣って『アルミニウス』を書いたといわれる。(36) アルミニウス（ヘルマン）は元ゲルマン人の隊長で、ローマ帝国に帰順して将軍に出世したが、反旗を翻し、紀元九年、テウトブルクの森でローマ軍三万五千人を全滅させ、ゲルマン人にとっては英雄となった。本作の筋は事件の後日談になる。

〔梗概〕（第一幕）舞台はローマ軍の野営地、ジェルマニクスはテウトブルクで奪われたローマ軍旗と捕虜にしたアルミニウスの妻を交換するつもりだが、調整は難航する。（第二幕）アルミニウスはジェルマニクスが交渉を打ち切ると聞き、激怒する。（第三幕）アルミニウスはジェルマニクスから妻に会う許可を得て、交渉再開に歩み寄る。（第四幕）ジェルマニクスとアルミニウスはまたも妥協点が見出せない。（第五幕）アルミニウスは妻の元婚約者である実弟と再会し、非難の応酬を演じた挙句、弟が兄に切りつける。ジェルマニクスは自陣でのアルミニウス兄弟の愚挙を許し、彼の妻を解放する。アルミニウスはジェルマニクスの寛大さに感激し、軍旗を返還する。

本作は一六四六年から一六四七年のオテル・ド・ブルゴーニュ座のレパートリーにも入り、ランカスターは成功したと評価する。(37)『シンナ』で克己と寛大さを示して大団円に導くのが皇帝オーギュストであるのと同じく、『アルミニウス』ではジェルマニクスが副官との激論、交渉、葛藤の末に捕虜を解放している。時間は二十四時間前後、場所はローマ軍の野営であり、筋はジェルマニクスの決断を中心に展開するが、ローマ軍の誇りの象徴である軍旗をめぐって刻々と変化する状況、兄弟同士の刃傷沙汰、現在の妻がかつての恋人に夫を愛するように頼むなど、悲喜劇の名前にふさわしい作品である。本作がテキストの存在する最後の劇作品になった。

『アルミニウス』を書き終えた時、彼は華やかだった三〇年代をどのような感慨で眺めたのだろうか。悲恋を描いた『ディドン』は観客に通じず、『専制的な愛』は思惑とは別の評価で作者の名を残すことに貢献した。思えば、その頃が作者と観客の分岐点であったのかもしれない。規則に沿った悲喜劇という矛盾を力に変えて、作者は失われた観客の心を取り戻そうと、精一杯に戦った。その結果、『アルミニウス』は悲劇のような悲喜劇となったが、もはや舞台は彼の作品にあまり期待を抱かなかったようだ。

七　晩年のスキュデリー

一六四二年、ランブイエ侯爵夫人の働きかけにより、スキュデリーはマルセイユのノートルダム・ド・ラ・ガルドの要塞司令官に任命された(38)。任命から二年後、任地のマルセイユヘローヌ川を下り、妹と一緒に赴いた。その途中、一六四四年の末頃、アヴィニョンに立ち寄って、十四世紀のイタリアの詩人、ペトラルカの恋人で、作品の主題になったロール（ラウラ）の墓に参り、詩を作った。『ヴォクリューズの泉』*La Description de la fameuse fontaine de Vaucluse*（一六四九）は尊敬するペトラルカの名前とともに、泉を描写した作品である(39)。

ノートルダム・ド・ラ・ガルドに到着した兄妹は冬の美しい景色に感動して詩を作ったりしたが、友人のスカロンが心配するほど生活は苦しかった。ジョルジュはすぐにパリが恋しくなる。期待したより収入が少なかったこともあり、「王のガレー船の隊長」という名誉職を得ると、パリに戻る決心をした。一六四七年八月、兄妹はマルセイユを出発する。パリへの帰り道、ジョルジュがイゼール川で溺死したとの誤報が『ガゼット』紙上に載ったのはこの時、一六四七年十月である(40)。また、妹と小説の構想を練っていて、物語の筋を現実の暗殺計画と取り違えられ、逮捕されかかったりしている。パリに着いた二人は以前住んでいたマレー地区に戻った(41)。

地方での生活は主に、マドレーヌの『グラン・シリュス』*Le Grand Cyrus*（全十巻、一六四九〜一六五三出版）の田園の描写に生かされた(42)。小説の主人公、シリュス大王のモデルはコンデ大公といわれ、メデスの王女の愛を得るためにシリュスが次々と決闘や戦争を行なう物語である。小説が出版された頃、一六四八年に、「フロンドの乱」が起きる。反乱の中心人物はレー枢機卿であるが、続く二度目の反乱はコンデ大公や大公の姉、ロングヴィル公爵夫人などがスペインと密かに同盟して起こり、スキュデリー兄妹はコンデ大公側に立った。騒乱の前は、韻文で書いた評論集、『スキュデリー氏の書斎』*Le Cabinet de Monsieur de Scudéry*（一六四六）、その只中には、君主制を擁護してマザラン当人に捧げられた『王政論』*Les Discours politiques des rois*（一六四八）、これまで書いてきた詩をまとめた『詩集』*Les Poésies deiverses*（一六四九）を出版した(43)。

一六五〇年、ジョルジュはアカデミー・フランセーズの辞書の制作に携わっていた文法学者のヴォージュラに代わり、アカデミー会員に選ばれた。一方、マドレーヌは一六五一年、ボース通りのシャンラット兄弟所有の邸宅に居を定めて、没する一七〇一年までそこにいたが、兄妹がいつまで同居していたか定かではない。ジョルジュが結婚した年も諸説あり、一六四七年から一六五四年までパリにいたことのみ知られる。「愛の地図」で知られることになるマドレーヌの小説『クレリー』*Clélie*（一六五四～一六六〇出版）を手伝ったのは一六五三年頃まで、最初の二巻といわれる(44)。

一六五四年、政争に巻き込まれ、パリでの居場所を見出せない失意のうちにコンデ家の縁戚の領地、ルアーヴルに近いグラヴィールへ行く(45)。同じ年に、英雄詩、『アラリック、あるいは征服されたローマ』*Alaric ou Rome vaincue* を出版した。翌年、一六五五年七月一日、マリー・マドレーヌ・デュ・モンセル・ド・マルタンヴァと彼女の裕福な父の城で結婚式をあげた。マルタンヴァ嬢は一六二七年生まれの二十八歳、持参金は三万リーヴルである。ルアーヴル総督、サン＝テニャンの縁戚でもあった妻は妹のマドレーヌに劣らない知性の持ち主といわれ、ジョルジュと一緒に詩を作った。夫の死後、「フロンドの乱」でサンテニャン同様、コンデ側で戦ったリベルタン、ビュッシー・ラビュタン伯爵と交わした書簡が残っている(46)。

一六六〇年、スキュデリーは再びパリへ戻り、マレー地区のベリー通りに居を構えた。一六六〇年から一六六三年にかけて出版した長編小説、『アルマイド、あるいは奴隷で女王』*Almahide ou L'Esclave reine* は、シャプランがアイデアを提供し、妻のマリー・マドレーヌが手伝って書かれた作品である。一六六一年には悲劇『大アンニバル（ハンニバル）』*Le Grand Annibal* を執筆し、作品は一六六七年オテル・ド・ブルゴーニュ座で再演された。初演年、劇団、出版年ともに不明である。再演は成功しなかったようだ。他に『ミトリダートの死』*La Mort de Mitridate* や『リュシダン、あるいは伝令官』*Lucidan ou le Hérault d'armes* など、作品名のみが伝わっている。一六六二年、マリー・マドレーヌとの間に息子、ルイが生まれた。洗礼は六月十二日、代父はサン＝テニャン、代母はグランド・マドモワゼルことモンパンシエ嬢が務め、モンパンシエ嬢の父の屋敷であるオルレアン公邸の礼拝堂で行なわれた華々しいものだった。成長したルイは神父になるが、大変な美貌と知性を備えていたという。(47)『大アンニバル』が再演された同じ年、一六六七年五月十四日、ジョルジュ・ド・スキュデリーは脳卒中の発作に襲われ、妻マリー・マドレーヌに看取られて死んだ。(48)

八　バロックの騎士

スキュデリーの演劇作品十六作のうち、悲喜劇は十二作、喜劇と悲劇は各二作である。『セザールの死』を除けば、喜劇と悲劇の内容も悲喜劇に似ている。彼は名実ともにバロック的な悲喜劇の作者であるといって良いだろう。そして、「ル・シッド論争」の頃から演劇の規則に従おうと努力したが、自身が書きたいと思う悲喜劇的な筋と時間、場所の規則とはあまり巧く折り合わなかったようだ。一六三〇年代に、ランブイエ邸で『アストレ』の羊飼いのように「サラディス（サライデースとも）」やおそらくはアリオストの『狂えるオルランド』の登場人物になぞらえて「勇敢なアストルフ」と呼ばれた時代は去り、社交界でのスキュデリーの立場は変わってしまった(49)。マドレーヌが主宰するグループを作ったが、ジョルジュは新しい場所に溶け込めず、時代遅れの気難しい人物と思われるようになる。文学史家シャルル・クレルクに「文学のマタモール（法螺吹き隊長）」と呼ばれるイメージはこの頃の姿と一致するであろう(50)。デュテルトルは、後世から見れば未成熟な、そのために矛盾して映る創作の態度をディレッタント（趣味人）、バロック的な精神と評している(51)。シェレールは前古典主義の重要人物の一人として注意を促す(52)。結果的には、やはり、一六三〇年代の流行に生きた人といえる。

しかし、イタリア、スペインの言語、文学、文化につうじて、常に新しく、観客を魅了する作品作りを心がけた同時代の劇作家たちに交じって、才能、人柄を認められた作者を空威張りの意気地なしと切って捨てるのは忍びない。彼は、理論的には充分理解していた規則と自分が書きたいと思う筋との間の矛盾、軋轢を武器に変えて、波乱に満ちた、それでいて繊細な作品を生み出した。また、作品を捧げて主君と仰いだ人には一徹に忠誠を誓い、友情に厚く、義侠心に富んでいた。若い日には、不当な評価を下されたテオフィル・ド・ヴィオーの作品集を出版し、また功成り名遂げた後も、亡き友ヴォワテュールのために、時のサロンの寵児、バンスラードの攻撃を受けて立った(53)。そして、かつての主たち、友人たちは最後まで彼の誠意に応えたのである。

彼は時代が去ると同時に忘れられたが、その時代を振り返る時に読むべきいくつかの作品を残した。たとえ小なりといえども貴族としての矜持を保ち、職業詩人と揶揄されるのを嫌って、あくまでもその道のディレッタントに徹したスキュデリーこそ、悲喜劇の時代を象徴する勇敢で楽しい法螺吹き隊長、いや、バロックの騎士の名にふさわしいしいであろう。

(1) Eveline Dutertre, *Scudéry Dramaturge*, Droz, 1988, pp. 14–16.
(2) *Ibid.*, pp. 20–21.
(3) *Ibid*, p. 23, Jean-Pierre Chauveau, *Anthololige de la poésie française*, Gallimard, Pléiade, 2000, Notice, pp. 1504-1505.
(4) Dutertre, *op. cit.*, p. 22.
(5) *Ibid.*, pp. 22–23.
(6) *Ibid.*, p. 27.
(7) 倉田信子、『フランス・バロック小説の世界』、平凡社、一九九四年、九八—一二〇頁。
(8) Dutertre, *op. cit.*, p. 25.
(9) Dutertre, *op. cit.*, p. 103. ゴンベルヴィルの『ポレクサンドル』の完結した形は一六三二年から一六三七年に出版されたので、作者は、まだエピソードにすぎない一六二九年版の『ポレクサンドルの追放』*L'Exile de Polexandre* を参考にしたようだ。
(10) 倉田、前掲書、一二一—一四四頁。
(11) Dutertre, *op. cit.*, p. 206. *Le Mémoire de Mahelot, Laurent et autres décorateurs de l'Hôtel de Bourgogne*, éd. H. - C. Lancaster, Paris, Champion, 1920, pp. 68–69.
(12) Dutertre, *op. cit.*, p. 26.
(13) Georges de Scudéry, *Arminius ou Les Frères ennemis*, Toussainct Quinet, 1643. Dutertre, *op. cit.*, p. 105.
(14) Chauveau, *op. cit.*, Notice, pp. 1504-1505, pp. 1507–1508.
(15) Lancaster, *A History of french dramatic literature in the seventeenth century,* Part I, vol. 2, p. 658.
(16) Dutertre, *op. cit.*, p. 220, p. 247.
(17) *Ibid.*, p. 116.
(18) Lancaster, *op. cit.*, p. 476.
(19) *Edition des Oeuvres de Théophile*, Rouen, 1632. Dutertre, *op. cit.*, p. 51.

(20) Dutertre, *ibid.*, p. 121.
(21) Lancaster, *op. cit.*, part I, p. 646.
(22) Antoine Adam, «*Le Prince déguisé et L'Adone de Marino*», dans *La Revue d'Histoire de la Philosophie*, Lille, 1937. Dutertre, *op. cit.*, p. 132.
(23) Dutertre, *op. cit.*, p. 27.
(24) *Ibid.*, pp. 271-277.
(25) La Mesnardière, *La Poétique*, Slatkine Reprints, 1972, p. 32.
(26) Abbé d'Aubignac, *La Pratique du théâtre*, Paris, Sommaville, 1657. éd. cit Baby, Paris, Champion, 2001. livre II, ch.9, p. 205.
(27) P. Corneille, *Sophonisbe*, Au lecteur, Marty-Laveaux, VI, p. 462. Lancaster, *op. cit.*, Part I, p. 49.
(28) Dutertre, *op. cit.*, p. 297.
(29) Lancaster, *op. cit.*, Part II, pp. 346-347.
(30) Dutertre, *op. cit.*, pp. 343-345.
(31) Jacques *Truchet*, *Théâtre du XVIIe siècle*, t. II, Gallimard, Pléiade, 1986, Notice, p. 1403.
(32) *Truchet*, *ibid.*, pp. 1406-1407.
(33) *Ibid.*, p. 1403.
(34) Dutertre, *op. cit.*, p. 323, "Il est difficile, dit-il, une action toute nue (…) sans épisodes, sans incidents imprévus, etc."
(35) 倉田信子、前掲書、一四四―一五七頁。
(36) Dutertre, *op. cit.*, pp. 332-333.
(37) Lancaster, *op. cit.*, Part II, p. 634.
(38) 倉田、前掲書、七八―七九頁。
(39) Georges de Scudéry, *Poésies diverses*, Augustin Courbé, 1649. Chauveau, *op. cit.*, pp. 1116-1117, p. 1505.

(40) Truchet, *op. cit.*, p. 1399.
(41) Truchet, *ibid.*, notice, p. 1399, Dutertre, *op. cit.*, p. 35.
(42) 倉田、前掲書、八〇―八二頁、一八八―二〇九頁。
(43) Chauveau, *op, cit.*, pp. 1506–1507.
(44) Dutertre, *op. cit.*, p. 39.
(45) *Ibid.*, pp. 39–41.
(46) *Ibid.*, p. 41, p. 44.
(47) *Ibid.*, pp. 40–41.
(48) *Ibid.*, p. 44.
(49) *Ibid.*, p. 26, p. 40, p. 50.
(50) *Ibid.*, p. 13, p. 46.
(51) *Ibid.*, p. 60.
(52) Jacques Scherer, *La Dramaturgie classique en France*, Paris, Nizet, 1950, (1986), p. 429.
(53) Dutertre, *op. cit.*, p. 37. いわゆる「ヨブ論争」は一六四九年に起こった。

第七章　デマレ・ド・サン＝ソルラン ― リシュリュー時代の劇作品

伊藤　洋

一　生涯

デマレ・ド・サン＝ソルラン

ジャン・デマレ Jean Desmarets（一五九五?〜一六七六）は、後にサン＝ソルランの土地をリシュリュー公爵家から与えられたので、ド・サン＝ソルラン de Saint-Sorlin を付けてデマレ・ド・サン＝ソルランと自称し、貴族として他からも呼称されることになる。彼については生まれが一五九五年頃（一説では一六〇〇年頃）でパリの平民の出身であること、近いいとこにヴィジャン夫人という男爵夫人がいたので貴族社会に紹介されたこと、以上のほか詳細は不明である。この男爵夫人はランブイエ侯爵夫人と親しい友人でランブイエ邸のサロンに出入りしていたから、そこにデマレも若い頃から紹介され、宮廷人と親しくなったという[1]。

彼の名が見え始めるのは一六三一年からで、後にアカデミー・フランセーズ（フランス学士院）を構成するグループの一人としてである。おそらく十七世紀フランスの作家の中で、もっとも多才、多作な一人であろう。文学のみか絵画、建築まで造詣が深かった。彼の書き残した作品も、小説、叙情詩、英雄詩、劇作、バレエ台本、書簡、随想、対話集、学術論文など多岐にわたっている。これらの作品群を網羅して紹介することはできないので、ここでは絞って劇作を中心に見ていくことにする。

劇作品は全部で七編あるが、ほかに三編（『アンニバル』*L'Annibal,*『魅惑するはずが魅惑され』*Le Charmeur charmé,*『耳の聞こえない人』*Le Sourd*）が書かれたとされている。ただしこれらは作品名の記録のみで上演されていないし、原稿も残されていないので完成したものかどうかも分からない。したがってここでは劇作品を七編（喜劇二、悲喜劇四、英雄喜劇一）と考え、ほかにバレエ台本二編を考察の対象にする。

1　作者の生年の疑問

右にデマレの生涯、とりわけ若い頃の生活ぶりが不詳だと書いた。確かに未だに彼の生涯は完全には分かっていない。とはいえ近年デマレ研究は進んでおり、最近二十年ほどの間に重要な研究書が二冊刊行された。その一冊はこれまでにもデマレを探求し、ずっと以前に彼の『妄想に囚われた人々』の注釈版[2]も出版していたガストン・ホールの書いた研究書（一九九〇刊[3]）で、もう一冊がクレール・シェノーの編纂した『演劇全集』（二〇〇五刊[4]）である。

前者ガストン・ホールの研究書『リシュリューのデマレとルイ十四世の世紀』は、かなり画期的な見解でデマレの若かりし頃を推測し描き出している。ここでその理論を逐一たどる余裕はないが簡単に述べると、数人いるデマレという人物の家族関係、親戚関係を調査し、われわれの問題にしているデマレを特定し、そのデマレを最後のルネサンス的「万能人間」と考え、宮廷バレエの踊り手、道化、さらにその作り手でもあって、ルイ

十三、十四世時代の優れた宣伝師であったと推論する。そして著者は当時の文人であるマレルブの一六一三年の書簡の中にある「マレ Maret という男が羊飼いに扮して」踊り、人々を大いに笑わせていた、とあるのを、問題のデマレ・ド・サン＝ソルランだと断言する。著者はほかにもその傍証として、宮廷バレエの研究家マクゴーワンなどの文献も引用しながら、宮廷バレエ界で「有名なマレ célèbre Marets」となっていく過程を細かく追っている。そこから逆算して一六〇〇年頃の生れとする彼の見方も出てくる。ただしデマレの生年についての著者ホールの推論は手薄のように見受けられる。著者はデマレが自作の詩や劇作品などの献呈先が異常に多いことに目をつけ、デマレの宮廷における位置を探ろうとする。したがって宮廷バレエをかなり重視しながら、リシュリュー枢機卿を助け、王政・王国を宣伝し、ルイ十三世時代からすでにルイ十四世の絶対王政の準備をしていたという彼の政治的立場を読み解くのである。見解としては確かに興味深いし、納得のいく部分もある。

しかし一六〇〇年頃生れの少年デマレが一六一三年に早くも宮廷バレエに出演して踊り、道化を演じることがはたしてできただろうかという素朴な疑問も湧いてくる。その故か、この本以後に出版された右記シェノーの本ではこの論をそのまま認めているようには見えず、むしろデマレの生年論争を避けて触れようとしないかに見える。もっと詳しい証拠や精査が必要ということだろう。

実際ホールの本が出版された後に出た『十七世紀フランス文学史』（二〇〇五刊）では、デマレは一六〇〇年頃の生れと本文では記されているが、後ろの作者一覧表ではこれまでどおりの一五九五年が記載され混乱を露呈している。(5) まだ決着が付いていない証拠だろう。したがってここではこれまでのような生年（一五九五頃）をそのまま残して、ホールの言う彼の若い頃の宮廷バレエでの活躍ぶりは二の次としておき、今後の研究を待ちたいと思う。

2 作家デビュー

デマレの最初の作品は小説『アリアーヌ』*Ariane*（一六三二）と『詩論』*Discours de la Poésie*（一六三三）で、これが成功しリシュリュー枢機卿 Cardinal et Duc de Richelieu（Armand-Jean du Plessis, 一五八五〜一六四二）の注目を惹いた。リシュリューは一六二二年に枢機卿になり、一六二四年に国王の国務会議に入りその首席委員として事実上の宰相の地位に就いている。しかしそれから日が浅く地位がまだ不安定なため、フランス国家の芸術文化の庇護にもっと力を発揮したいと考えていたのだろう。

『詩論』の翌一六三四年に、デマレはリシュリュー宰相に仕えることになった。宰相の話し相手をし、癒し楽しませる「精神的仕事」をしていたといわれる。当時の宮廷や社交界、演劇界の多くの裏話を残したタルマン・デ・レオーの『逸話集』によれば、この宰相の側近の役に就いていたのは作家のボワロベールとデマレの二人だったという。(6) しかも彼のほうがボワロベールよりも言葉巧みに宰相を笑わせて成功していたので、ボワロベールは彼を敵視し苦しんでいたらしい。

ではデマレはどのようにして国王やリシュリュー枢機卿を慰めていたのだろうか。『逸話集』にその例がいくつか記載されている。国王に対してこんなことを言って笑わせ、可愛がられていたことを示すものとして、ほんの短い一つの逸話をあげてみよう。これはルイ十三世に対してのことである。

デマレが国王に言ったものだ。「陛下のお振る舞いには、私の真似のできないことが二つございます。」――「はて！　それはなんだ？」――「お食事はたったお一人でなさり、排便は皆様と連れ立ってなさることでございます。(7)」

こんな調子でリシュリュー枢機卿にも仕え、笑わせていたのだろうと推測される。ガストン・ホールはこのような記録をもとにデマレが早くから「国王の道化」だったと断じるのである。

これに対して、ボワロベールはどうだったのだろうか。『逸話集』の中に、ボワロベールが使った有名な『ル・シッド』茶化しの会話が載っている。現代でも時折フランスの学生が使うギャグなので紹介しておこう。ボワロベールの起死回生の傑作で、デマレもこの時には敗北感を味わったのではないだろうか。

コルネイユの『ル・シッド』の大当たりを苦々しく思っていたリシュリュー宰相を慰め、ご機嫌を取り結ぼうとする知恵である。劇中で平手打ちされて侮辱を受けた父親がその仇を討って欲しいと息子ロドリーグに頼む場面（一幕五場）だが、

父　ロドリーグ、お前には勇気（ハート）があるか？（Rodrigue, as-tu du cœur?）

聞かれた息子は答える。

ロドリーグ　ダイヤしかないな。（Je n'ay que du carreau.）(8)

『ル・シッド』の名場面をもじったこのジョークで一同大笑い。ボワロベールはリシュリュー宰相を大いに楽しませ慰めたという。言うまでもなく、元の『ル・シッド』中の台詞では、父は du cœur を「勇気」（古語）の意味で使っているから、息子は「そう言われるのが父でなかったら、その証拠をすぐにお見せするところです」と答えて勇気のあることを示す。しかしこのパロディでは、息子は父の言葉をトランプの「ハート」の札の意味

にとって「ダイヤの札しかない」と答えているのである。

舞台上演に沸き、人々が台詞を暗記までしたという『ル・シッド』の、よく知られた台詞をもじった巧みな笑わせ方である。ボワロベールの機知・才覚を遺憾なく発揮したものと言えるだろう。

ところでデマレにはトランプを作る才能もあったらしい。一六四四年頃デマレは、「フランス国王トランプ」*Cartes des Rois de France* を教育用トランプとして創作していた。ただしこれは三十九枚だけ完成して、全体は未完成になった[9]。

一方でデマレはリシュリュー宰相が一六三五年に設立するアカデミー・フランセーズの準備もし、その発足後は初代の事務総長として一六三八年まで勤めた。この時に彼は庇護者リシュリューの意向に沿って精力的に劇作に励み、一六三六年から一六四二年までの間に、彼の演劇関係の作品すべて、劇作七編、バレエ台本二編を書いている。その処女喜劇『アスパジー』（一六三六）は平凡な作品であるがある程度の成功を見る。第二作目の代表作の喜劇が『妄想に囚われた人々』（一六三七）であり、さらに勤めを辞めてから『ロクサーヌ』（一六三九）、『ミラム』（一六四一）など悲喜劇四編、英雄喜劇『ウーロップ』（一六四二）一編を書いている。

小説は全部で三本、冒頭にあげた『アリアーヌ』のほかに、『ロザーヌ』*Rosane*（一六三九）と『物語の真実』*La Vérité des fables*（一六四七）である。三作とも長編で、異常な状況に異常な性格の人物が登場し、寓意も変装もあり波瀾万丈で、バロック小説と言ってもよい。

注目したいのはリシュリューの死（一六四二）後は、演劇に関するものは、バレエ台本も含めて何も書いていないことで、演劇の仕事はすべてリシュリューの注文、あるいはリシュリュー提案の主題を取り上げたものだったのだろう。間違いなく宰相付きの劇作家だったのである。それを自認してもいただろうし、リシュリュー宰相からも認められていたのだろう。

ガストン・ホールが研究の端緒としたのはその点である。ホールはデマレの各作品の献呈者の多様なことを非常に重視している。右記の『アリアーヌ』は匿名発表であるが、献呈先は「貴婦人方へ」となっている。しかし後の『ロザーヌ』はデギヨン公爵夫人宛て、『物語の真実』はアンヌ・ドートリッシュ王太后宛てである。

宰相付きの劇作家であることが内容的にも明白に現れるのは、彼の最後の叙事的な劇詩、英雄喜劇『ウーロップ』である。しかもこの作品の前に、非常に寓意性をもった宮廷バレエを発表している。これらの中で作者は一六一八年からヨーロッパを揺るがした三十年戦争について、フランスの立場を守るという政治的意図を寓意の形で表現している。こうして彼はリシュリュー宰相への奉仕の褒美として、リシュリュー家の筆頭執事、王室顧問官、さらに海軍事務局長など地位の高い官職にも任命された。この新しい要職によって、彼は以前よりもっと宰相に恩義を感じ、宰相であると同時に枢機卿でもあるリシュリューのために詩作品を作る。それがやがて宗教的なものに進んでいったとも考えられよう。彼の後半生に進んでいった道がそれなのである。

3　後　半　生

宰相の死後も彼はリシュリュー家に忠実で、そのフランス西部ポワトゥー地方の家に入り、息子の若いリシュリュー公爵の後ろ盾として働いた。それらの功績によって、一六五一年公爵から大西洋岸のシャラント＝マリティム県のサン＝ソルランの土地を与えられ、貴族の称号を得て、以後それを自分の名につけて名乗ることになる。一六五三年にパリに戻る。

それからはますますギリシア神秘主義的哲学、ネオ・プラトン学派のような考え方が強くなっていく。まずリシュリュー公爵夫人に献呈した詩集『リシュリューの散歩、あるいはキリスト教の美徳』*Les Promenades de Richelieu, ou les Vertues chrestiennes*（一六五三）を著す。ついで長大なキリスト教英雄叙事詩『クロヴィス、あるいはキリスト教国フランス』*Clovis, ou la France chrétienne*（一六五七）を発表し、翌年には重要な信仰作品の詩『魂の悦び』*Les Délices de l'Esprit* を出版する。この中でキリスト教を賛美しその精神的な価値を高く評価して、ここにこそ文学の美があると主張する。だから異教の古代作家を模倣する人を非難し、古代を手本とすべきではないと説いた。これがいわば新旧論争の始まりだった。一六六九年には聖書にもとづいた詩集『マリ＝マドレーヌ、あるいは恩寵の勝利』*Marie-Madeleine, ou le Triomphe de la Grâce* を発表し、翌年には同じく詩集『エステル』*Esther* を発表する。この中でボワローの推奨するいくらか冷たい古典主義に対して、彼はキリスト教芸術の親密さと素晴らしさを対比させて論じる。

以前に出版した『クロヴィス』の第三版（一六七三）に、彼は追加して『ギリシア、ラテン、フランス詩集の比較論』*Traité pour juger des Poèmes grecs, latins et français* を刊行した。ほかに叙情詩『公正王ルイとその世紀の勝利』*Le Triomphe de Louis le Juste et de son Siècle*（一六七三）がある。

一六七四年には『英雄詩の擁護』*La Deffense du Poëme héroïque* を、ボワローNicolas Boileau-Despréaux への反論として公表した。これには「D…氏の風刺作品についての考察」という副題が付いている。「D…氏」というのはボワロー＝デプレオーのことで、ボワローが同年その著『詩法』*L'Art poétique* の中で、古代を礼賛したことへの反論であった。さらに翌年デマレは『フランス詩とフランス語の擁護』*La Deffense de la Poësie et de la Langue françaises* の中でペローCharles Perrault に論争参加を呼びかけた。こうして有名な「新旧論争」Querelle des Anciens et des Modernes が始まり、火花を散らすことになった。以後詳しくは省略するが、デマレ、ペロー、フォントネルらが近代派として論じ、ボワロー、ラ・フォンテーヌ、ラ・ブリュイエールらが古代作家を擁護した論争である。

デマレの思想は神秘的で狂信的でもあり、一六五五年頃からのポール＝ロワイヤル事件の折には、イエズス会派に与して、厳格な神学教義ジャンセニスム（ヤンセン主義）を標榜するポール＝ロワイヤル修道院に対して激しい憎悪を抱いていた。彼はこれをあらたな異端とみなし、反対して十字軍を望むほどまでにもなり、詩人ボワロー、神学者ニコル Nicole とも論争をした。余りにも狂信的なので彼は論敵からは狂人扱いされ、自作『妄想に囚われた人々』の人物のようだと批判された。一六七六年パリで没した。

二　劇作品

まず劇作品七編（喜劇二、悲喜劇四、英雄喜劇一）を、作品上演順に列挙してみよう。

(1)『アスパジー』*Aspasie*（喜劇）一六三六年演・刊
(2)『妄想に囚われた人々』*Les Visionnaires*（喜劇）一六三七年演・刊
(3)『シピオン』*Scipion*（悲喜劇）一六三八年演、一六三九年刊
(4)『ロクサーヌ』*Roxane*（悲喜劇）一六三九年演、一六四〇年刊
(5)『ミラム』*Mirame*（悲喜劇）一六四一年演・刊
(6)『エリゴーヌ』*Erigone*（悲喜劇）一六四二年演・刊
(7)『ウーロップ』*Europe*（英雄喜劇）一六四二年演、一六四三年刊

このほかに以下のとおり、バレエ台本二編がある。

(a)『至福のバレエ――親王殿下ご生誕を祝して――』*Ballet de la Félicité sur le sujet de l'heureuse naissance de Mgr le Dauphin*（韻文詩）一六三九年
(b)『フランス軍隊の繁栄のバレエ』*Ballet de la Prospérité des Armes de France*（韻文詩）一六四一年

これらの中ですでに記した『演劇全集』のほかに、現代において個別に出版されているのが初期の喜劇二編『アスパジー』と『妄想に囚われた人々』である。[10] これらの劇作品の多くが改装されたパレ＝カルディナル（枢機卿館――後のパレ＝ロワイヤル）の劇場で初演されている。

創作順に作品を見てみると、デマレは作品ジャンルを混じえて創作してはいない。初期は喜劇、中期は悲喜劇、最後は英雄喜劇と順序良く並んでいる。つまり彼はある時期には喜劇のみ、悲喜劇のみを書いていたのだろうが、裏返して言えばそれだけ注文が厳しく、特にリシュリューから限られたテーマで注文され、年に一作ずつ大急ぎで創作せねばならなかったのではなかろうか。そして合間に祝福のためのバレエ台本を手がけていたのだろう。この二編のバレエ台本を宮廷バレエの研究者マクゴーワンは政治的なバレエの中に分類している。[11] では、ここでも創作順に作品を考察していこう。

1　喜劇『アスパジー』

この喜劇は一六三六年に創作されているが、フランス演劇史にとっていくつかの重要な問題を提起している。上演されたパレ＝カルディナル（枢機卿館）の劇場は小さかったが、そこでの新しい演出技法が注目に値するし（場所の移動、隠し部屋など）、フランス演劇へのリシュリューの力の入れ方も見える。またモリエールの作劇術にも影響を与えているとも言えそうである。

初演はパレ＝カルディナルの小劇場だった。一六三〇年からリシュリューはパレ＝カルディナルの小ホールを劇場に改装させていたが、それができ上がり、一六三五年の冬に祭典で披露された後にこの公演だった。一六三七年にはさらに大きな劇場を作らせることになる。その大劇場は後の『ミラム』で正式な柿落しをする。

〔梗概〕（第一幕）リジスはアスパジーに恋している。ところがその父やもめのアルジレオンも同じアスパジーを恋しく思っている。しかし互いにそのことを知らない。その思いを父はアスパジーの父親に話す。アルジレオンは財産家なので、財にものをいわせてアスパジーの両親の同意を得る。リジスのほうはまだ父のことを知らないまま、叔父テレフ（父の兄）に恋の助力を求める。（第二幕）父親たちが同意したのをアスパジーは知り、リジスや彼女の友人ディオネと相談する。アスパジーは母親から正式に結婚の話を聞かされる。最初は結婚相手が当然息子のリジスのことだと思っていたが、その父親だと言われびっくり、そして絶望。（第三幕）アルジレオンはすぐ結婚することにして、聖職者に結婚を祝福してもらおうと娘とその両親ともども寺院に行く。結婚の儀式は済ませたと聞き、息子は絶望に打ちひしがれる。アルジレオンの従僕テレサンは一時的にアスパジーを隠し部屋に閉じ込める。（第四幕）叔父テレフは弟アルジレオンに両家の財産の違いなどにこだわらず、リジスとアスパジーを早く結婚させるように説得する。父親はそこではじめて息子の恋を知り憤慨する。彼は帰宅するとすぐ息子に、「おれのベッドを襲うとは何という恐ろしいこと」、恥知らずな「近親相姦の罪だ」となじり、息子を追い出してしまう。アルジレオンはその足で閉じ込めておいたアスパジーに会い説得する。息子は庭に隠れている。（第五幕）リジスはついにアスパジー恋しさと絶望のため卒倒する。彼女のほうは彼が死んだと思い込み、彼を愛撫し気を失ってしまう。アルジレオンはアスパジーの両親と一緒に戻って来て、二人の死んだ様子を見て、

神々よ、私の叫びを聞いて、この二人に再び魂をお授けください。
ああ！　二人に命をお返しください。そうすれば私の恋を二人に返します。

と神に祈る。若い恋人たちはたちまち息を吹き返し、幸せを謳歌する。

この作品でデマレは、まだ議論され始めたばかりで、しかも当時の喜劇ではほとんど守られていなかった「三単一の規則」を不完全ではあるが守ろうと努めている。これもリシュリュー宰相の意向を汲んでのことだったのかもしれない。

この初演は小劇場の最初のお披露目でもあり、当時のガゼット（新聞）によれば、リュートやヴィオルなどの楽器を使った音楽入りで豪華な祝祭的公演だった。舞台の演出技法は巧みで、小さな幕を使って一つの書割の舞台装置を隠し、他の場所への移動や隠し部屋を示したりする。

何よりも大きな特徴は、登場人物がみな中流か下層階級であることだろう。この時代の喜劇は、コルネイユの初期喜劇も含めて、ほとんどすべて上流階級の人物たちの滑稽な喜劇だった。しかしここでは中流階層の人々の生活ぶり、その世代間の争いを描いて見せている。作品内容はかなり悲劇的だし、その悲劇性を、随所で見せる笑いの場面や結末の幸せでひっくり返す。その意味では非常に近代的な戯曲であろう。

当然モリエールにつながる要素をいくつももっている。父と息子の恋人争いとなれば、すぐ思い浮かぶのはモリエールの『守銭奴』だろうし、老人の恋となれば『女房学校』だろう。モリエールがこの作品を参考にしたかどうか、その関連性、影響関係などは今後の重要な研究課題であろう。

2　喜劇『妄想に囚われた人々』

この喜劇の初演は、日にちも場所もはっきり確定されていないが、シャプランの手紙などから推測するシェノーの研究によれば、『ル・シッド』上演の一、二ヶ月ほど後の一六三七年二月〜三月で、場所はマレー座らしい。劇中の変わった詩人アミドールを演じたのはタルマン・デ・レオーの『逸話集』によれば、当時の人気役者モンドリーだったようである。[12]

この喜劇には、一風変わった妄想家ばかりが登場する。自分が勇敢だと思われたい空威張りの隊長、古代の詩だけを信奉する変わった詩人、女性に会いもせずに想像で恋する男、空想で自分は金持ちだと思っている男、これら四人の男に対して三人姉妹が出てくる。一番上の姉は歴史上の故人、アレクサンドル（アレクサンドロス）大王をひたすら恋い慕い続けており、二番目は誰でも皆自分に恋していると信じており、三女は人間よりも演劇に恋い焦がれている。このように皆それぞれ妄想を抱いて恋しているのだが、この三人娘を結婚させたいと思っている父親は、人の言うことを信じやすい単純な人で、右の四人の男が婿によいと考え、娘を嫁に上げると約束してしまう。婿四人に娘三人、さあどうするか、というのがこの芝居の見所である。

この作品の拙訳がすでに出版されているから(13)、ここでは梗概は省略する。喜劇は結婚でめでたく終わるというのが当時の一般的な考え方だったが、この作品の特徴はそれに反するところである。当時としてはよくある筋書ではあるのだが、安易に結婚で決着をつけず、狂気に近い妄想を結末でも悪として糾弾していない。これが非常に興味深いことで、しかもこれらの狂気を新しい意外な視点からずばりと描いて独自性を発揮している。その観点からすれば異色作である。

この芝居は、当時のパリの自分たちの周りにいくらでもいる人物像やサロンをモデルにしており、それが目の前の舞台に現れる「モデル戯曲」とも言えるものだったから大成功だった。大当たりしたコルネイユの『ル・シッド』上演がこの年の一月初めだったから、折しもそのほぼ一ヶ月余の後のことであり、文学史上で重要な『ル・シッド』論争」が始まろうとしていた。実際、この作品中でも演劇狂いのセスティアーヌが詩人アミドールと議論する所で「一日、一つの場、一つの筋のあの規則」（二幕四景）と「『ル・シッド』論争」で問題になる「三単一の規則」について早くも話題にしている。こんな時事性も作品成功の要因にあげられるだろう。

このような人間の狂気に近い妄想を風刺し、もじったりして笑い飛ばすのは当時としては流行っていたようで、この作品が成功してからは、その類いの芝居が数多く見られる。この作品自体その後もたびたび上演され、後にはモリエール一座も上演した記録を残している。またモリエール作『女学者』*Les Femmes savantes*（一六七二）には『妄想に囚われた人々』の影響が色濃く残っていると考えられている。『女学者』に登場するアルマンドやベリーズの姿に、『妄想に囚われた人々』の長女メリスやエスペリーを彷沸とさせるものがあることは確かだろう。

3 悲喜劇『シピオン』

初演の日付・場所は不詳であるが、一六三八年の初め、マレー座と推測されている。もっともガストン・ホールは、パリ大学のフォレスティエ教授の見解にもとづいて、劇中（一幕三場や四幕二場）で必要と思われるバルコニーがマレー座では使えないとの理由から、パレ＝カルディナルの小劇場だったのではないかと推定している。この作品はリシュリュー枢機卿に献呈されているから、その点からもこの説は首肯できるだろう。

デマレは必ずしも史実にもとづかない歴史作品、しかも新しいジャンルの悲喜劇を書くために、かくまわれているオランド姫という人物を創り出し、この姫に恋する三人の恋人シピオン（ローマの将軍スキピオ）、リユシダン、ガラマントを描いた。

〔梗概〕（プロローグ）場所はスペイン南部の海岸近くの都市カルタジェーヌ（現カルタヘナ、昔の都市国家カルタゴ・ノーウァ）。女神ジュノンを祭った神殿の巫女が女神の怒りを鎮めようと祈っている。女神はカルタゴの町の守護神である。（第一幕）今カルタジェーヌはローマの将軍シピオンの軍に包囲されている。総督が部下のカルタゴの兵士たちに反撃せよと檄を飛ばしている。そこにセルティベール（ケルト族の王国）の王子リュシダンがローマ軍を打ち破って帰国した。この都市を救ってくれた恩人である。ここにはイスパール王国（現セビーリャ）の姫オランドがかくまわれており、彼女に恋しているヌミディア王子ガラマントもいる。オランド姫自身はリュシダンを愛している。カルタジェーヌの総督は町の包囲が解けたら、すぐにリュシダンがオランド姫と結婚してもよいと許可する。総督のこの決定にガラマントは非常に怒る。（第二幕）リュシダンとオランドの喜び。そこにまたローマ人が攻めて来たとの知らせ。総督は反撃を指示する。ところがガラマントがシピオンに告げ口し、町への入り方を教える。ローマ人たちが都市になだれ込んで来る。その中に兵士に変装したフォルテュネ島国の王女イアニスベも入っていた。彼女は自分を捨てたガラマントを慕っての行為だった。シピオンはこの都市を陥落させて、スペイン全土を占領せんと兵士を鼓舞する。（第三幕）カルタジェーヌが戦いに不利な時、ガラマントはオランド姫を騙して外におびき出す。そこへリュシダンがやって来て二人の決闘となり、二人とも深く傷つく。ガラマントは看護するために近寄るイアニスベの前で死にそうである。（第四幕）オランド姫はリュシダンと会い、彼の傷を気遣いながらその場を離れる。彼女は自分がカルタゴ人の人質なのだと打ち明け、将軍シピオンに保護を頼む。将軍は彼女に恋してしまい、保護すると約束する。しかし彼女には恋人がいると知り、将軍は自身の恋とローマ国家の復讐の板ばさみに合い苦悩し、恋を諦めようと考える。（第五幕）ガラマントがようやく傷も癒えシピオンに会いに来る。彼は将軍に町への入り方を教えた時の報酬として、オランド姫を彼に約束してくれていたと要求する。オランド姫が呼び出され聞かれると、姫はリュシダンと恋仲だと宣言する。切羽詰ったシピオンだが、イアニスベが窮地を救う。ガラマントがシピオンと約束する前に、総督がイアニスベにガラマントを引き渡すと約束していたのである。こうしてリュシダンとオランド姫の結婚には障害がなくなる。将軍シピオンは二人の結婚に加えて、スペイン人人質の解放を行なう。オランド姫を手に入れたリュシダンは、ローマ人に奉仕すると誓う。

前作『妄想に囚われた人々』で、デマレは当時としては非常に特異な喜劇に成功したので、演劇界は彼の新しい芝居に大きな期待を抱いていたに違いない。しかも歴史を扱う新しいジャンルの悲喜劇だったから関心も高かっただろう。しかし彼は今度は当時の慣例に従った作品作りにとどまった。

同時代のコルネイユの悲喜劇（後に悲劇）『ル・シッド』（一六三七演）とトリスタン・レルミットの悲劇『パンテ』（一六三七〜一六三八演）に対抗して、デマレは悲劇的なテーマを書いたのだろうが、必ずしも成功しているとは言いがたい。主役であるべきシピオン将軍が二義的な人物になってしまったから、折角プロローグで説いている中心主題、将軍の「愛と徳」の葛藤が明確に浮かび上がらないのである。

4　悲喜劇『ロクサーヌ』

この作品の初演は詳細不明である。一六三九年に上演されたことは推測されるが、上演場所は皆目分からないままである。とはいえ、この作品もリシュリュー枢機卿に捧げられていることは確かな事実である。歴史的悲喜劇で、愛と政治の問題がからんでいることを考えれば、前作『シピオン』との連続性をもった作品である。

デマレは、単に劇作品の素材としてなのか、よほどアレクサンドル（アレクサンドロス）大王が好みのようである。劇作二作目の『妄想に囚われた人々』でもアレクサンドル大王に夢中になっている女性が登場した。それに続いてまたこの大王を主題にする作品である。もっとも前の作中では大王は登場しなかったが、ここではアレクサンドル王が実際に登場人物として出て来る。一般の観客にとっても、歴史上の人物アレクサンドル大王は馴染みの人物だったのだろう。後の宮廷バレエにも登場する。

〔梗概〕（第一幕）ペルシア帝国の地方総督コオルターヌと別の総督フラダートが激しく議論している。コオルターヌはマケドニアのアレクサンドル大王に降伏すると言い、自分の娘ロクサーヌの魅力を利用して大王のご機嫌を取り結びたいと願っている。しかしフラダートは、ロクサーヌを愛しているからそれに反対している。（第二幕）アレクサンドル大王は到着すると、コオルターヌに会い自分への忠誠を誓わせる。コオルターヌはロクサーヌを紹介し忠誠を誓う。大王はすぐに彼女の美しさに魅惑されてしまう。フラダートはロクサーヌが大王に気に入られたとの知らせを受け絶望的になる。（第三幕）大王はフラダートの首をもって来るよう部下に命令する。しかしロクサーヌがフラダートを許すよう彼に懇願する。それでいて父の望みには反することだったが、アレクサンドル大王との結婚は拒否する。自分では自殺するつもりだからである。大王のロクサーヌ説得も功を奏しない。（第四幕）大王が敵方の姫と結婚するらしいとの噂が流れる。フラダートはそれに反対するマケドニア人たちを扇動して大王打倒に動き、大王暗殺の機会を狙う。ロクサーヌはそのことを知ると怒り、フラダートのために大王に頼んでいたのにと以前していた約束を破棄する。フラダートは「おれのしたいことは罪を犯すことだけ」と言いながら彼女の命を奪おうとした時、アレクサンドル大王が入ってきて阻まれる。ついにロクサーヌはアレクサンドル大王と結婚する準備をすることになる。ただし大王の側近の賛同を得なければならない。（第五幕）大王が結婚の祝宴を催している宮殿にフラダートが忍び込もうとして、兵士に殺されてしまう。その後マケドニアの隊長クリートが傲然とアレクサンドル大王の結婚に反対するので、怒った大王の手で殺害される。大王はすぐに自分の行為を痛烈に反省する。自殺せんとする大王は友人らの手で止められる。大王の悲嘆が大きいので、部下たちはロクサーヌに大王と結婚して、大王を慰めてくれるよう頼む。彼女も大王もそれを受け入れ、万事めでたくまとまるのだった。

この項の最初に述べたように、この作品は前作『シピオン』に続いて書かれ、両作とも愛と政治がからんでいるから、形式面、内容面ともに似通っており連続性をもっている。しかしこの『ロクサーヌ』中のフラダートという人物には注目してよいだろう。この人物は自ら四幕四場で告白するように、「おれは自分の罪の恐ろしさを知っている」と言いながら恋人ロクサーヌを殺害しようとする。罪と知りながらあえてその罪を犯すのである。

このように本作品には前作よりも、情念、怒り、復讐、欲望、愛によって動かされる強烈な人物が描かれている。それは時には古典劇の規則である「真実らしさ」や「礼節」にも反するほどである。しかしデマレはあえてそれを取り上げて、観客の好みに合わせ見せ場にもしたのである。

5　悲喜劇『ミラム』

この作品は時の国王ルイ十三世に献呈されている。初演は一六四一年一月、パレ＝カルディナルの新しい大劇場で行なわれた。この枢機卿館は建築家ルメルシエが設計したもので、最初はリシュリュー館の名称だった。一六三七年から三年がかりでこの枢機卿館の大ホールを大劇場に改装したもので、新作の悲喜劇がいわばこの大劇場の柿落しになった。この『ミラム』には表題の脇に「パレ＝カルディナルの大ホールの劇場開館」の語が添えられている。この枢機卿館はリシュリューの死後、国王に献上されたから、以後は国のものとなりパレ＝ロワイヤル（王宮）Palais-Royal と名を変え、後にその劇場がモリエール一座の拠点となるのである。

初版が発行された折（一六四二）の版画が、既出の『演劇全集』に再録されている。その一枚には新築成って開場したパレ＝カルディナル（後のパレ＝ロワイヤル）の舞台図がある。それを見ると、プロセニアム・アーチを備えたいわゆる額縁舞台であること、舞台前に今まではなかった舞台全体を隠す緞帳 rideau d'avant-scène が上から下がっていること、客席から舞台に向けて上る五段ほどの階段があることなど、フランスで初めてのことが含まれた新しい劇場であることが分かる。正式には一六四七年音楽悲喜劇『オルフェ』公演の折に、トレッリが機械仕掛けも使えるように舞台設備を再整備して、より近代的なものになっている。

『ミラム』は『妄想に囚われた人々』とともに、デマレのもっともよく知られた作品だろう。デマレは悲劇の主題を選びながら、素材を適宜変更して完全な悲喜劇にしている。そのためフランス最初の機械仕掛けを使った悲劇（実際は悲喜劇）ともいわれ、遠近法が舞台に初めて取り入れられた作品として有名である。

〔梗概〕（第一幕）舞台はビテュニア国の王宮の庭園。近隣のコルコス国王の寵臣アリマンが、この国の国王の娘ミラム姫を奪おうとして、戦争を仕掛けて来ていることを国王が嘆く。国王は娘にフリュギア国王アザモールとの結婚を命じるが、娘は拒否する。娘ミラム王女のほうも、アリマンが以前今は亡きコルコス国の王子からの結婚申込みのために使者としてこの国にやって来た時に、彼を見初めて身分違いの恋に落ちていた。平和を願うミラムが腹心の侍女アルミールに相談すると、彼女は海岸そばの庭園で夜二人が逢えるように準備すると言う。（第二幕）初めはビテュニアの負け戦との報告がある。ビテュニア国王がフリュギアのアザモール王に会見し、明朝出発することを約束する。アザモール王もミラムに恋をしていたから、アリマンを討つと言う。一方ミラムと密会をして彼女の愛を信じた敵将アリマンは、戦争遂行の許可を彼女から受ける。ただし彼女の父王の死を絶対に惹き起こしてはならないという条件つきである。（第三幕）続行されたその後の戦いでアリマンのほうが敗北し、彼は泳いで逃げようとする時にアザモール王に捕えられた。アザモールの特別の温情でミラムは囚われたアリマンと会う。アリマンは遠い海の城砦に送られる。アザモールはミラムの心を知り、彼女を諦める覚悟をする。（第四幕）ミラムはアリマンが奴隷に自分を刺させたとの侍女の報告を聞く。そこへやって来たアザモールが敵将アリマンの死を悼み、その美徳を称えるのを陰で聞き感動する。顔を出したミラムはアザモールが死ぬと言うのを止めるために、「あなた以外に夫はいない」と結婚を承諾する。アザモールは歓喜する。しかし彼女は自分で毒薬を飲む決心をしている。（第五幕）ミラムと侍女アルミールが毒薬を飲んで死んだという知らせが、ビテュニア国王の所に届く。居合わせたアザモールも絶望し、自殺しようと考える。コルコス国王からの大使が来て、アリマンはじつはフリュギア国王アザモールの実弟であると宣言する。この知らせに感激してアザモールは、自身のミラムへの求婚を撤回する。その時、侍女アルミールが報告にやって来る。王女ミラムと分けた毒薬はただの眠り薬だったという。アリマンも受けた傷が軽かったことが知らされる。彼の失神が誤解されたのだった。一方ミラムの父は、アリマンがアザモールの弟であるなら、娘ミラム王女と身分は違わず結婚するのに不足はないと認め、二人の結婚を許すことになってめでたく幕となる。

この梗概を見ただけでも、人物やその心の動き、筋立てが大変安易に作られていることが分かる。例えば、第四幕で王女ミラムが愛していたアリマンが死んだと聞いた後、恋敵アザモールとの結婚に承諾する場面も、あるいはアリマンの出自が最後に発覚することも不自然といえば不自然であろう。しかしこうした手法は当時の悲喜劇では普通のことだったから、あまりそれをとがめるわけにはいかない。問題はその不自然さをどこまで自然に、真実らしく見せるか、なのである。この『ミラム』では作者はむしろ作品内容よりも、新しい大劇場の舞台条件を利用して、遠近法をいかに生かして見せられるかを考えた作品構成にしたのだろうと推測される。

舞台は王宮の庭園であるが、舞台の版画によれば、正面手前には両側に列柱のある宮殿が見え、奥の中間ほどの所に彫像の飾られた欄干があり、さらにその奥に海が見える。実際海岸そばの庭園で二人は密会するし（第二幕）、アリマンは遠い海の城砦に追いやられる（第三幕）。舞台を移動させて遠近法を巧みに利用し、生かしていると言える。その点でデマレの見事な作劇術を味わうべき作品なのだろう。

6　悲喜劇『エリゴーヌ』

初演は一六四二年、パレ＝カルディナルと推測されている。デマレの唯一の散文劇である。なぜ彼がこの第六番目の戯曲だけ散文にしたかについては不明であるが、一六四〇年から四二年頃には韻文、特にアレクサンドラン（十二音節詩句）でない悲劇も多く書かれているから、一種の劇界の流行でもあったらしい。

戯曲の再版も、舞台の再演も今のところ記録が見つからないことを考えれば、この上演は余り当たらなかったようである。あまりにも荒唐無稽なためか、この作品は彼の戯曲中もっとも知られず、評価が低いとされている。

〔梗概〕（第一幕）タプロバーヌ国のウリディィス女王は、国家安泰のために王子が必要だと説き、相手を知らないままに、娘エリゴーヌ王女をカルマニ国の王子クレオメーヌと結婚させようと目論んでいる。しかし当の王女エリゴーヌはアラビ（アラビア）国の王子プトロメのほうを愛している。ところが王女がプトロメと会った時、一緒に船で駆け落ちして逃げようと提案される。それを断ると、プトロメは彼女の元を去り、みずから水に飛び込んで死んだと噂される。（第二幕）この国の宮廷にクレオメーヌ王子の来訪が告げられる。しかし実際には本物のクレオメーヌはプトロメに捕えられ牢獄に入れられた。プトロメがクレオメーヌの衣服と身分証明書をもって、つまりクレオメーヌになりすまして現れたのである。変装したプトロメと会ってエリゴーヌは仰天する。（第三幕）一方ウリディィス女王は、神託によって彼女の娘と結婚したいとやって来る男と結婚したら、幸せな再婚になるだろうと予言されていた。そのためプトロメがクレオメーヌに変装して来た時、女王は結婚を申し込んだのである。プトロメ（＝クレオメーヌ）は王女エリゴーヌをカルマニ国王の所に送り届けたら、すぐにウリディィス女王と結婚すると約束する。女王は娘とプトロメの結婚にただちに同意し、聖職者の手で結婚式が挙行される。プトロメは「私はカルマニ王の名においてエリゴーヌを妻とします」と宣言し、エリゴーヌは「あなたを夫とします」と答える。ちょうどその時本物のクレオメーヌが到着し、プトロメを非難する。プトロメが、今来たクレオメーヌは海賊だと言い返すので、本物のクレオメーヌが逮捕される。ウリディス女王は彼を美男子だと思い、王子にふさわしい顔をしていると言う。女王がプトロメに自分と早く結婚をと迫ると、彼はエリゴーヌと駆け落ちしようと準備している。（第四幕）しかしウリディス女王の親類の王女アステリーが、今まで打ち明け話を聞かされて経緯を知っていたので、すべての事情を一同に説明する。今度はウリディス女王が娘とプトロメたち恋人を閉じ込め、クレオメーヌを釈放する。結局アステリーの説明で、クレオメーヌはカルマニ国王の弟、プトロメはアラビ国王の息子と分かる。母親ウリディスは混乱し嘆く。（第五幕）釈放されたプトロメは謝罪をし、エリゴーヌはプトロメとの結婚は母にも認められ誓言もされたと母親に主張する。クレオメーヌは、神託の意志通り女王と結婚すると言う。残る一つの障害はカルマニ国王の同意だけだった。そこでクレオメーヌは自分が王の大使を装っていたが、じつは国王であると事実を明かす。これで二つのめでたい結婚となり一同喜ぶ。

神託の勧めにしたがって、歳の差にもかかわらず母親である女王が娘の求婚者に求婚する、あるいは当時の流行だった変装を使って筋立てしている、などいかにも絵空事に思われる。とはいえ、デマレとしては何とか当時論争のあった劇規則に則ろうとして苦労した跡が見える。ジャンルの峻別にはそぐわないし散文劇ではあるが、それでも「規則に則った悲喜劇」になっているのである。

不自然と思われる結末の部分も、クレオメーヌの身分が分かってから後で女王との結婚の話があれば、筋の流れはいくらかでも自然になっただろう。しかし逆になっていて、最後になって真相を知らせるから、いかにもデウス・エクス・マキーナ（急場の救いの神）の登場で唐突感は免れない。しかしこれも「場の連結」を優先させたからの策に違いない。三単一の規則（筋、時、場の単一）は守られ、こうした場の連結もおおよそ守られているから、規則的な悲喜劇にほかならないのである。

7　英雄喜劇『ウーロップ』

三十年戦争の末期になり、国内での陰謀家たちがスペインと内通した証拠があがり、国王の寵臣サン＝マール侯を処刑するなど多忙なこともあり、初演は最初予定されていた時期よりかなり遅くなったようである。それでもリシュリュー宰相の体調が悪くなったので、大急ぎで一六四二年十一月にパレ＝カルディナルの劇場で上演された。しかしリシュリューは病気のため見物できなかった。結局デマレがリシュリューのために、その政策の成果を称賛しようとした英雄喜劇は、リシュリュー本人の目には入らなかったのである。リシュリューはこの上演の二週間後（十二月四日）に亡くなった。

この戯曲は寓意劇だから、登場人物はみな国家、地方、都市を表している。題名にも使われ、主役でもある人物ウーロップ（女性）は「ヨーロッパ」、フランシオン（男性）は「フランス」、イベール（男性）は「スペイン」、ジェルマニック（女性）は「オーストリアとドイツ」、オーゾニー（女性）は「イタリア」、オーストラジー（女性）は「ロレーヌ（フランスの地方）」などである。事件が相互に関係なくばらばらに起こり、相互の絡み合い、葛藤もなく、その筋書きは劇的ではない。厳しく言えば、楽しい喜劇とは言えず、フランスの、リシュリュー宰相の政策礼賛の言葉が連なるだけの劇である。

シェノーによれば、この作品は四年くらい前にすでにデマレが構想を練っていたものらしい。シャプランの手紙がそれを証明していると言う。四年前というと、一六三八年で王太子（後のルイ十四世）誕生の時であり、生誕を祝福する宮廷バレエをデマレが作った頃である。宮廷バレエには寓意がつき物だったから、最初は宮廷バレエ風の寓意をこの喜劇の中にも取り込もうとしたのかもしれない。

〔梗概〕（プロローグ）平和の女神が、勇敢なフランス軍の活躍で、ウーロップが救われると予言する。フランシオンがオーゾニーを悪党イベールから救い、オーストラジーに忠誠を誓わせ、ジェルマニックを味方につけ、イベールにウーロップ征服の魂胆を諦めさせると言う。（第一幕）ウーロップが自分の護衛騎士としてフランシオンを選んだことについて、イベールはジェルマニックにこぼす。イベールは何とかウーロップの気を惹こうとしているのである。フランシオンが今ラ・ロシェルの反乱のことで忙しくしているから、イベールは半ば自分の支配下にあるオーゾニーを捕まえようとしている。（第二幕）イベールはオーゾニーを捕まえればウーロップを征服できると期待しているが、実際には失敗する。フランシオンが反抗的なラ・ロシェルの攻略に成功し、オーストラジーから見返りとして三つの髪結び（ロレーヌの三拠点）と宝石箱（ナンシー）をもらった。イベールは今度はジェルマニックを利用しようと考える。ジェルマニックは、フランシオンが北の異教徒から応援を引き出すことに反対しているからである。（第三幕）ウーロップはこの北の同盟は嘘偽りなどではないと宣言し、フランシオンが異教を封じ込めたことを称賛する。ウーロップはフランシオンが自由のために闘っていると信じている。オーストラジーは今やフランシオンと友人となり、フランシオンは以前に取った見返りの品も大半を彼女に返却する。しかしすぐに彼女はイベールと手を結ぶ。（第四幕）イベールはジェルマニックに近づこうとするがはねつけられる。ジェルマニックはフランシオンと仲良くなり、イベールは嘆く。ウーロップとジェルマニック、オーゾニーは意気投合する。そこにオーストラジーも加わる。（第五幕）オーストラジーはフランシオンの厚意に感謝し、これからはフランシオンの勇気と高邁さを人々に知らせねばならないと語る。そこに来たフランシオンをウーロップも称賛する。イベールのみ孤立し、モナコ、ペルピニャン、トルトナ（トリノ地方）を失い絶望に沈むのである。

この戯曲は英雄喜劇と銘打たれているが、当時のいわゆる英雄喜劇とは少し異なる。ここには登場人物たちの優雅な恋愛の駆け引きがあり、それだけを見れば伝統的な恋愛喜劇、英雄喜劇なのだろう。しかしそれに現実の、しかもかなり正確で生々しい政治状況がそのまま寓意として写し込まれている。その意味では異形であり、デマレの演劇作品の中でも特異なものと言えるだろう。

この作品が検閲されなければならなかったことも納得がいくことである。逆に言えば、デマレがリシュリューの政策を支持し称賛しようとした意図は、十分かなえられたと言ってよく、彼自身もそう判断したに違いないと思われる。

以上梗概を中心に、戯曲七編すべてを考察してきた。庇護を受けていたリシュリューの演劇規則推進の願望に沿ったかたちで作品を書いていた作者デマレの姿勢が浮かび上がってきたと思われる。ここで、最後の寓意性の強い作品『ウーロップ』の創作と時を同じくして書いた宮廷バレエ二編にも触れておかなければなるまい。一編はほとんど同年創作の『至福のバレエ』であり、もう一編はその二年後に踊られた寓意と機械仕掛けに彩られた『フランス軍隊の繁栄のバレエ』である。ここにもデマレのリシュリュー尊崇の気分が満ち満ちている。

三　宮廷バレエ

1　『至福のバレエ』

劇作品の『ウーロップ』の項で触れたように、一六三八年九月に王太子が誕生して、長年待っていた待望の王子だったから王家や宮廷はもちろん、一般市民も大喜びだった。その祝福の祭典が催されることになれば、当然宮廷バレエの公演が必要だった。それが『至福のバレエ――親王殿下ご生誕を祝って――』（一六三九演）である。

このバレエは、一六三九年三月五日にまず王太子の生誕地、パリ郊外のサン＝ジェルマン＝アン＝レの城館で、ついで同じく三月八日にパリのパレ＝カルディナルで、王と王妃ほか側近の貴族たちが列席する場で踊られた。

〔構成・筋〕『至福のバレエ』は、その前書きにあるように三部から成り、各部が「レシ」（韻文詩の語りや歌―ソロや合唱）とその後のアントレのバレエと音楽から成り立っている。第一部は戦争による過去の不幸が、第二部は王子生誕による現在の幸福が、第三部は完全平和によって期待される幸せが表現される。前書きには「立派な悲喜劇を真似て」構成されているとある(14)。

第一部には擬人化された「野心」が登場して、国王に語りかけ、歌いかけるレシから始まる。アントレでは、「不和」が王侯たちの間に対立が起きるように「地球」を投げ込み、大砲の上に乗ったベローヌ（「戦争」の擬人化）が「金」と「銀」に先導されて登場する。後ろには四人の征服者、カエサル、アレクサンドロス大王たちに扮する侯爵たちを従えている。以後、地球の支配権を争って戦いが繰り広げられるが、そこに登場するのはスペイン人、ドイツ人と戦うフランス人、スウェーデン人である。そこに二人の「愛」の神キューピッドが「至福」の車を引いて来る。そこには王太子が乗っていて、足元には「正義」が付き従っている。

第二部は、この「至福」、「正義」、「愛」がリュート（琵琶に似た古楽器）の演奏に合わせて高らかに、至福が「あれほどの不幸のあとに、ついにわれ現れたり」などと歌うレシから始まる。以後のアントレは華麗に、花火や酒宴（酒を飲む歌もある）やトランプなどが出てきて王太子生誕の喜びを爆発させる。ホールによれば、デマレもここで踊ったそうである。(15) 確かに台本にも「お付きの従僕を従えた、障害のある兵士マレ氏（sieur Marais）」と書いてある。これが「われわれのデマレ」とすればの話だが、ホールは本人と信じているようである。

第三部のレシは、翼をつけた「名声」が手にトランペットをもって登場、アリアを歌って始まる。「私は地越え波越え／私自身のこの声で／世界一偉大な王の／功績を広めよう」と。その後のアントレはうち三つがトルコ主題で、フランス、スペイン、ドイツ、スウェーデンなどが力をあわせてトルコと戦い、ヨーロッパを固く守るという話である。

これはまさしくデマレの英雄喜劇『ウーロップ』の主要なテーマと重なるものであった。そこにはリシュリュー、ひいてはルイ王朝に心から従っていた劇作家デマレの深い思いもあったのだろう。

2　『フランス軍隊の繁栄のバレエ』

このバレエは、一六四一年二月にパレ＝カルディナルの大劇場で、国王夫妻、ほか諸貴族の前で踊られた。これは本来アンギャン公爵とリシュリューの姪の結婚を祝してのものだったが、内容的には最近のフランスの戦勝を称えるもので、寓意と神話に満ちたものになっている。『繁栄のバレエ』と通称されているので以下それに従う。

デマレの台本序文には「バレエは無言の演劇であり、演劇と同じように、幕と場に分けられるべきものである。各レシが幕の区切りとなり、踊り手たちの各アントレがそれぞれ場になっている」とある。実際この台本では、ほかの宮廷バレエの台本とは異なり、「幕 acte」という語を使い、「第一幕」から「第五幕」まで並べられ各幕の最初にレシが置かれている。その後のアントレも各幕で「第一場」から「第七場」などと並べられている（ほかの宮廷バレエの台本では通常全編通し番号で書かれている）。まさにこの『繁栄のバレエ』は悲喜劇風の構成になっており、しかも機械仕掛けを駆使している。

〔構成・筋〕（第一幕）台本によると、「美しい宮殿が描かれた緞帳」がゆっくり上がると、森林に飾られた「地球」が現れ、そこに「調和」がたくさんの雲に支えられた椅子（機械仕掛けを使っている）に座って登場する。後ろに鳥を従えている。「私は心地よい調和だ」と名乗り、世界中に永遠の悦びをもたらす、と歌う。このレシが終わると、あらためてまた舞台が開く（ここは引き幕）。今度は奥のくぼみに「地獄」が現れる。こうして第一のアントレ（第一場）が始まる。アンギャン公ら六人が悪魔（傲慢、策略など）の踊りを見せる。第四アントレでは、一羽の鷲が雲から下り、二頭のライオンが洞窟から出て来る。「怒り」が蛇を使ってこれらの敵と激しく戦い痛めつける。地獄は閉じ（引き幕が閉まり）、美しい「地球」がまた現れる。第六アントレで、ガリア地方の「エルキュール」（ヘラクレス――ルイ十三世を表す）に扮したアルクール伯が「軍神マルス」や「名声」を従えて登場し、弓矢で鷲（スペインを表す）と戦い、こん棒でライオン（スウェーデン）を打ち倒し、勝利する。（第二幕）雪に覆われたアルプスの光景。「イタリア」が山の上で、「フランス国王様、助けてください」に始まるレシを歌う。終わると、アルプスが開かれてカザーレの町（イタリア北部）が遠くに現れ、スペイン軍のテントと陣地、フランス軍の陣地が見える。イタリアの四つの川が助けを求める踊りをし（第一アントレ）、フランスの援軍の踊りや戦いの踊りがあり、第四アントレの後で「舞台は変わり、アラスの町（北フランス）になる」。スペイン軍との戦いは続き、第六アントレで、「慎重」の女神パラス（＝アテナ）が馬車に乗って登場する。ガストン・ホールによると、この馬車は「百合の花で飾られ、先触れのイルカに引かれて」いるとほかの文献を参照して説明する。[16] 言うまでもなく百合の花はフランス王家の紋でフランスの象徴であろうし、イルカは王太子の象徴（フランス語ではどちらも同じ語 dauphin）であろう。（第三幕）岩のごつごつした海に、三人の海の精セイレンが登場しレシを合唱する。第三アントレではアメリカ人が登場し、スペイン人に宝物を差し出す。第五アントレではフランスの帆船が海上に現れ、スペインの帆船と戦い炎上させる。次のアントレでは勝利の踊りがある。（第四幕）大空が表され、天上から九人の女神ミューズが降りてきてレシを合唱する。以後のアントレでも「エルキュール」にこのまま世界を無事に治めて欲しいと願う。第七アントレで、最高神ジュピテル（ユピテル）に扮したアンギャン公が、雲に支えられた、まばゆいばかりの玉座に座って空から降りて来る。ジュピテルは鷲やライオンを撫でておとなしくさせる。こん棒をエルキュールの肩に載せ、ソロの踊りを踊って天空に帰っていく。（第五幕）舞台は花と果実が一杯の「地球」である。そこに雲に乗った花と果実で溢れる黄金の馬車が空から降りて来る。そこには「融和」が座ってスペイン人とフランス人にレシを歌いかける。第三アントレでは飛びはねる危険で滑稽な踊りがある。最後の第六アントレでは、「栄光」が踊った後雲の上に乗り、空に消えていく。「それはすべてのアントレの素晴らしい合体である」。これがフィナーレだった。

少し詳しく書きすぎたかもしれないが、ここには時事性を寓意として見せながら、ふんだんに機械仕掛けの装置を使ったデマレの才知が確かに見えると思ったからである。これはほとんど同時期に書かれた悲喜劇『ミラム』とも英雄喜劇『ウーロップ』とも関係が深い宮廷バレエである。デマレは新しいパレ＝カルディナルの大劇場を、国王やリシュリューのために巧みに利用し、宣伝することを忘れなかったのである。

おわりに

リシュリュー宰相は、当時の優れた劇作家を五人（P・コルネイユ、ロトルー、ボワロベール、レトワール、コルテ）集めて、その五作家に命じて自分の構想による劇作品を作らせた。その一編が『テュイルリー宮の喜劇』（一六三五演、一六三八刊）であるが、残念ながらこれはあまり成功しなかった。その五人の中にデマレは選ばれていなかったのに、同時期になぜデマレはリシュリューにこれほど信頼され、劇作を任されたのか、なお謎が残り、今後の研究課題であろう。

ただデマレの全劇作品を考察して言えるのは、彼は決して単なる政治的宣伝劇作家に過ぎなかったわけではないことである。『ウーロップ』を除いたほかの作品には、それほど宣伝臭が感じられないではないか。それは彼の巧妙さかもしれないが、それぞれが劇作品として十分通用するものになっているからである。代表作『妄想に囚われた人々』の他劇作品とは全く異なる異色性を別にしたら、それ以外の作品は時流に乗っていて、当時の観客を十分楽しませるものになっていたのである。観客を飽きさせない筋立て、構成力など、彼の作劇術は評価に値する。リシュリューの支援を受けて上演され世に出ることができて、今となればその劇作品は格別に優れてはいないかもしれないが、全く無視されるべきものでもないことは確かである。

とりわけ、デマレは舞台機構の最大限の利用という観点からすると、さらに重要性が増す。彼の悲喜劇『ミラム』は、機械仕掛けを使っている点でも重要であるが、それにも増して機械仕掛けの利用によって舞台転換ができることを人々に示したことが大きい。世は単一（あるいは統一）を求める「古典劇」の方向にあっただけに、この悲喜劇の処理の仕方はしばらくは埋もれることになるが、この舞台転換の方法こそ以後のオペラやバレエで生かされることになるのである。

（1） Antoine Adam, *Histoire de la Littérature française au XVIIe siècle*, tome I, Domat, 1948, p. 271. および Hugh Gaston Hall, *Richelieu's Desmarets and the Century of Louis XIV*, Clarendon Press-Oxford, 1990, pp. 46–47.

（2） Desmarets de Saint-Sorlin, *Les Visionnaires*, éd. par H.Gaston Hall, Librairie Marcel Didier, 1963.

（3） ホール前掲（注1）書。

（4） Jean Desmarets de Saint-Sorlin, *Théâtre complet*, textes établis par Claire Chaineaux, Honoré Champion, 2005.

（5） Dominique Moncond'huy, *Histoire de la littérature française du XVIIe siècle*, <Unichamp Essentiel> No 16, Honoré Champion, 2005, p. 142 et p. 210.

（6） Tallemant des Réaux, *Historiettes*, 2 vol. éd. par A.Adam, Bibl. de la Pléiade, Gallimard, 1960–1961, tome I, pp. 268–269, 398–400.

（7） タルマン同書、第一巻、三三九頁。

（8） タルマン同書、第一巻、四〇〇頁。

（9） ホール前掲書、二三〇頁。

（10） *Aspasie*, Texte établi par Philip Tomlinson, Droz, 1992. および既出（注2）。

（11） Margaret M. McGowan, *L'Art du Ballet de Cour en France (1581–1643)*, CNRS, 1963, pp. 184–190.

（12） シェノー前掲書、一六四頁、およびタルマン・デ・レオー前掲書、第一巻、七七五頁。

（13） 『フランス十七世紀演劇集　喜劇』中央大学出版部、二〇一〇所収。

（14） バレエ台本についてはポール・ラクロワ版を使っている。*Ballets et Mascarades de cour de Henri III à Louis XIV (1581–*

1652), recueillis et publiés par M. Paul Lacroix, tomes 5 et 6, Slatkine Reprints, 1968.

(15) ホール前掲書、二〇六頁。

(16) ホール前掲書、二〇八頁。

第八章　トリスタン・レルミット ― 夢と孤独の作家

野池恵子

トリスタン・レルミット Tristan L'Hermite（一六〇一～一六五五）は生涯孤独であった。大貴族の家に生まれたものの、幼い頃すでに、家の経済は破綻していた。三歳の時に、母方の祖母に連れられて居城を去り、家族と別れてパリに住んだが、一六〇六年にはアンリ四世の庶子アンリ・ド・ブルボンの小姓となって宮廷に移り、親類とも完全に離れた。一方、父はその後早い時期に死に、一家が代々住んだ城は、維持が困難になったため、手放さなければならなくなった。根づく場所がなくなった彼は、小姓をやめたあとは、大貴族の家の秘書官になるなどして地方を巡り、二十歳過ぎには、ルイ十三世の弟であるガストン・ドルレアンに仕えることになる。しかしガストンは非情な男で、トリスタンに充分な手当や配慮をしなかったために、彼は経済的に困窮した。アカデミーに選ばれ（四十八歳）、またギーズ公の後ろ盾を得てようやく経済的にうるおうまで、生活はかなり苦しかった。生涯独身で、子どもはもちろんいなかった。

トリスタン・レルミット

トリスタンは、幼い頃から世話になった貴族に感謝の念を詩に書いていた。そして自然な形でまず詩人として作家のデビューを果たした後、悲劇、悲喜劇、田園劇、喜劇と、当時の演劇のあらゆるジャンルの作品を書いたほか、自伝的小説や書簡集、宗教詩、歴史書も出版し、その多様な才能を世間に順次示して行った。この論考では、主に彼の演劇作品に見いだせる多様性（ポリグラフィー）を検証し、根を持たなかった彼が、最終的に「孤独」の中に安定を見いだしたことを確認したい。

一　誕生から処女詩集の出版まで（一六〇一～一六三六年）

トリスタン・レルミット、本名フランソワ・レルミット François は一六〇一年に、フランス西南のリモージュ市に近いソリエ城に生まれた。ほかに弟が二人生まれたが、一番下の弟ジャン＝バティスト Jean-Baptiste はのちに『ファエトンの墜落』*La Cheute de Phaéton* を執筆する文人となった。父は由緒ある大貴族の家の出であり、母も王につながる名家の出であったが、父がある政治事件に連座して死刑判決を受けたこともあり、トリスタンが生まれる頃にはすでに一家の経済は傾いていた。

三歳の時に、母方の祖母に連れられてパリに行き、母親と離れていとこたちと暮らした。そしてアンリ・ド・ブルボンの小姓になったが、王子の教育官が人文主義《ユマニスム》の教養豊かな傑出した人物であったことから、その指導のもとに、彼自身もさまざまな書物を読み、同時によそでは学べないことも王子とともに学んだ。些細なことで激昂する性格は父親譲りだったらしく、彼も殺傷事件を起こして、宮廷を逃れることになる。この時代の様子は『薄幸の小姓』*Le Page disgrâcié* の中に垣間見ることができるが、虚実入り混ざって語られるため、何が事実かわかっていない。少なくとも、小説にあるような流浪の生活を送ったという証拠は何も残っていない。

一六一七年頃トリスタンは、詩人でもあったニコラ・サント＝マルトと知り会い、彼に仕える。そののちニコラの紹介により、ルーダンに住んでいた彼の伯父であり、フランス十六世紀後半の文学の碩学でもあったセヴォル・ド・サント＝マルトのもとにおもむいて、朗読係と司書の役割を果たした。ここで歴史、物理、解剖学の書物を読んでユマニストの知識を蓄えた彼は、主人に感謝の念を伝えるために詩作にうちこんだ。そののちも主人に詩を捧げる行為は続き、詩人になるための基礎をかためた。

ルーダンで二年余りを過ごして教養を深めたのち、トリスタンはヴィラール＝モンプザ侯爵に秘書官として雇われる。ここでの仕事はやはり朗読係であった。

一六二〇年に国王ルイ十三世の側近従者に選ばれた関係で、一六二一年と二二年にプロテスタントを制圧する戦争に参戦する。テオフィル・ド・ヴィオーとともに血なまぐさい残酷なイメージの詩編を残すことになるが、モントーバンの攻囲では高熱を発して譫妄に陥り三ヶ月のあいだ病に伏した。この時体験した錯乱は、のちの悲喜劇『賢者の狂乱』にいかされることになる。すでに彼はその詩才と文章力と、機転のきく精神とで大貴族たちの関心を大いに引きつけていた。火器の発達により戦争は悲惨になり、剣で武勇を示せる時代は終わっていたこともあり、この遠征はトリスタンに武人としてではなく、文筆家として生活をする決心をさせた。

二十歳頃から、彼が自身の祖先だと思っていた人物トリスタン・レルミットの名を名乗り始める。トリスタンは悲しみ（＝トリスト）を連想させ、エルミットは隠者の意味にもなる。

一六二二年にトリスタンは、縁があって王弟ガストン・ドルレアン（十四歳）の家に入り、一六三四年までは継続して王弟に奉仕する。決定的に離れるのは一六四二年である。

彼は、王弟の行くところにはどこにでもつきそい、取り巻きたちとともに葡萄酒と賭への情熱に身を任すことになる。一六二七年にはラ・ロシェルの攻囲に参戦、一六三一年にはロレーヌ、一六三二年にはフランドルへ王弟の亡命につきそって出かけている。また三四年には王弟の使命を帯びて英国に出かけているので、シェイクスピアを見た可能性があるといわれたが、きわめて短期間の滞在だったので、事実とは考えられていない。

一六二八年に詩『海』*La Mer* を出版し[1]、王弟に献呈している。自然への愛情が歌われ、後年の詩集にもずっと引き継がれる。一六三三年には詩集『アカントの嘆き』*Les Plaintes d'Achante* を出版する。やはり優しく洗練された、味わいの深い詩集となっている。この時代は詩というメジャーなジャンルで貴族たちの気をひく努力をした。

一六三四年、トリスタンがイギリスから帰ったのち、国王に反旗を翻し続けていた王弟は、国王と取引をして、パリに戻るが、そのままブロワの城に引きこもってしまう。トリスタンはいよいよ王弟のもとを離れて他の庇護者を捜さなくてはならなくなる。長い間ガストンに奉仕したトリスタンであったが、経済的にひどく困窮していた。この王弟は取り巻きへの心遣いがきわめて乏しかったのである。この頃すでにトリスタンは、肺結核にかかっていて、時々発作に襲われていた。

二　劇作家トリスタンの誕生、『マリヤンヌ』と『パンテ』の初演

一六三六年からトリスタンはパリに定着する。それとともに文学・演劇界にも出入りするようになり、モデーヌ館の常連となってモデーヌ夫妻の庇護を得る。当時夫である騎士モデーヌの公認の恋人だった女優マドレーヌ・ベジャールとこの時に知り合う。その後、弟ジャン＝バティスト・レルミットがマドレーヌのいとこと結婚したこともありベジャール一家とのつきあいが深まる。人気を集めていたマレー座の俳優モンドリーと懇意になったのもこの頃で、彼から悲劇の執筆を依頼されて、『マリヤンヌ』*La Mariane*（一六三六初演）が誕生した。

そして翌年、引き続きモンドリーのために悲劇『パンテ』*Panthée*（一六三七～一六三八初演）が執筆された。一六三〇年代は数からいえば悲喜劇が圧倒的に多かった。しかし一六三四年になって初演されたはじめての正則悲劇とされるメレの『ソフォニスブ』が当たったこともあり、悲劇はしだいにメジャーなジャンルになっていく。ラ・ピヌリエール La Pinelière『イポリート』*Hippolyte*（一六三四初演）、ロトルー『死にゆくエルキュール』（一六三四初演）、スキュデリー『セザールの死』（一六三五初演）がすでに上演されていて、この時期に規則にかなった悲劇を書くということは、トリスタンにとっては時流に乗るということであった。

『マリヤンヌ』は一六三六年春にマレー座で初演された。妻から愛されないユダヤの専制君主を演じたモンドリーの迫真の演技のおかげで、大成功を博した。トリスタン自身も次作の『パンテ』の序言で、この名優の情熱の表現力を褒め称えている。ラパン神父の報告によると、「どの観客も夢見がちに物思いに沈んだ様子で劇場を出た。今その目で見てきたことに思いを巡らせ、同時に大いなる喜びに浸るのだった」(2)そうである。しかしモンドリーは一年と少しのあいだこの当たり役を演じたのち、脳卒中に陥り、舌が麻痺した結果、舞台をあきらめなくてはならなくなる。以後は、モリエールの劇団やコメディ＝フランセーズが十七世紀をつうじて引き続き上演して行き、人気作品であり続けている。

トリスタンは緒言で、フラヴィウス・ヨセフス Flavius Josephe（三七～一〇〇?）の『ユダヤ古代誌』*Antiquités Judaïques* とコーサン神父 Père Caussin の『聖なる宮廷』*La Cour Sainte* を典拠としてあげている。先行作品の作家であるドルチェ Dolce やアルディの冗長な筋に比べて、トリスタンの筋は単純に仕上がっているし、主要人物二人に筋は集中しているので、特に先行者二人の作品が出典となることはなかったものと思われる。

場所は、エルサレムの宮殿で、並列舞台であったこともあり、エロードの部屋、マリヤンヌの部屋、裁判の部屋、牢、マリヤンヌと母が出会う場所の合計で五ヶ所を数える。場面は三ヶ所で切れる。時間は数時間で、筋はエロードのマリヤンヌへの愛に統一されている。三単一の規則は当時としては、ほぼ守られているといえる。

この悲劇のユニークなところは、冒頭に示されるユダヤの王エロードの悪夢である。王がうなされて飛び起きる場面から始まり、続く場で、王が妹・弟たちにその報告をする。

それは夜が明ける頃であった。光と物音があたりに広がっていた。彼は気がつくと、森に一人でいた。恐怖が支配する闇の世界にマリヤンヌを呼ぶ声を聞いたので、有頂天になり愛の女神に導かれるまま声のするほうに駆けていった。しかしたどり着いたところは血で赤く染まった池のほとりで、そこに立つと雷鳴が聞こえ大地が揺れた。現れたのは王妃マリヤンヌではなく、彼女の弟の亡霊で、往時の華やかな姿はなく、顔は水で膨張して血まみれであった。亡霊はエロードに暗殺されたことをのろい、不幸を予告する。エロードは呪詛から自分を守るために亡霊に打ってでるが、それを捕らえたと思ったのもつかの間、顔があると思った場所には空気しかなく、亡霊を見失ったために恐怖感に襲われて、大声をあげて飛び起きたのであった。声を聞き、色を見るという肉体を消耗させる夢で、無意識の危機を告げるものだった。

ジャック・モレルは、「英雄の夢の伝統におけるトリスタン・レルミットの位置」(3)において、トリスタンの夢の取り扱いの特徴を検討している。ギリシア・ローマ時代から、フランスルネサンス期までの夢の伝統の中にトリスタンを位置づけ、さらに彼以後の夢の舞台化の流れを、ラシーヌの『アタリー』*Athalie* までたどった。その中で、トリスタンの夢の特徴を、一、筋との融合、二、人物が出現する、三、二部構成、四、人物が変わり果てた姿をしている、五、人物が消滅する、の五点あげている。

『マリヤンヌ』の場合には、夢は第一幕一場におかれて、その内容が筋を追うにつれて実現されていく。夢に見られた王の無意識の世界が、その後の王の理性を狂わせて、葛藤させ、悲劇的な結末に導く。最終幕は王が理性の働きを失って錯乱し、無意識の世界に生きることになったところで終わる。夢の影響は悲劇全体を覆っていて、筋とのからみはアルディと比較すると別格に巧みである。トリスタンの創意が生きた構成となっている。

モレルは、叙事詩で死者の出現する夢の起源は『イーリアス』二十三の書のアシールの夢にさかのぼると指摘している。アルディは死者を舞台にのせてしゃべらせた。トリスタンはそれを引き継いで、どの作品においても夢に人物を出現させている。そして人物に内容を語らせたが、『マリヤンヌ』の場合は、夢にはエロードに殺害されたアリストビュルが出現した。

モレルは、次作の『パンテ』以降の夢が二部構成でできていて、一方が一方を補足したり、解釈したりすると述べている。しかし処女悲劇においても夢は、間違いなく二部構成になっている。エロードが一人でいる森の場面と、血の池の場面の二つである。ダラ＝ヴァレ(4)は、このマリヤンヌと叫んでいるのはじつは夢を見ていたエロード本人だと解釈する。彼はマリヤンヌと寝言で叫び、後半ではマリヤンヌに瓜二つだった兄弟のアリストビュルが出現するので、マリヤンヌを求めると悲劇が起きるという因果関係が示されていると考えられる。

トリスタンの夢の特徴の四番目は、夢の人物が往時とは変わり果てた姿で登場する点である。『イーリアス』のアシールの夢に現れた死者は生前と同じように美しかった。死者を生前とは変わり果てた醜い姿で登場させたのはセネカで、アルディやトリスタンの同時代人たちは、セネカの死者の恐怖のイメージを受けついでいる。『マリヤンヌ』では、アリストビュルが生前の美しい姿からは想像できないほど醜く描写されている。

夢の中の亡霊を押さえつけたと思った瞬間に、姿を見失うという五番目のパターンは、『イーリアス』のアシールや、セネカ『トロイアの女たち』のアンドロマックに見いだされる。エロードは死者の顔を打ったはずなのに、空を切るだけだったので、トリスタンはその点でも古代からの伝統を受けついだのである。

前例を参照しながら、トリスタンは以上のような独自の夢の形式を確立したが、以後の戯曲でもそれにさまざまなヴァリエーションを加えて、夢の舞台化をはかることになる。ところで、「悪夢を見て飛び起きる」という手法はスキュデリーが『セザールの死』で用いた手法である。モレルはそれが十七世紀としては初の試みだと指摘している。トリスタンはスキュデリーのやり方を真似たが、スキュデリーが劇の半ばで示したのに対し、トリスタンはそれを冒頭で見せたので、悪夢の存在を強く印象づけることに成功した。劇の発端で無防備で孤独なエロードに適用したのはトリスタンの創意工夫だといえる。

以上のように夢を冒頭におきその予知された悲劇の結末を五幕においた結果、一幕と五幕はエロードの独壇場となり、愛されない専制君主の起伏ある心情と狂気を描くことにトリスタンは成功したのである。

次作『パンテ』*Panthée* は一六三七～八年にマレー座で初演された。

〔梗概〕（第一幕）スサの王妃パンテは敵側のペルシア王シリュスの捕虜になった。囚われの身であるにもかかわらず、シリュスから丁重な取り扱いを受けたパンテは、シリュスの高邁さに感謝して、夫のアブラダートにシリュスの側につくよう手紙で促す、彼はいまだその生死さえ不明ではあったが。一方シリュスの寵臣アラスプは、パンテに一目惚れをしてしまい、絶望的な思いを深めている。パンテの面前に出ると言葉を失い、パンテがアブラダートの事を話題にしただけで、失神してしまうほどである。（第二幕）森の中でアラスプがひとり悲嘆に暮れていると、パンテがそこに来る。思わずアラスプは王妃に愛を打ち明けてしまうが、王妃は夫の不幸を告げる悪夢を見たところだったので、アラスプの無礼に怒り、シリュスに彼を罰してくれるよう頼みに行く。（第三幕）アラスプは、友人に逃亡することを勧められるが、パンテのもとを離れては生きてはいけない。シリュスはアラスプを呼び出して怒るものの、アラスプのあまりの落胆振りに罰してよいものかどうかとまどう。そこにパンテが登場。夫から手紙が届き、まもなくシリュスの陣営に着くと知らせる。その喜びに免じてアラスプは許されることになる。（第四幕）アブラダートが到着してパンテ夫婦は無事に再会を果たす。しかし敵が迫ってきたので戦いがすぐに再開される。アブラダートはシリュスに勝利をもたらすが、その直後負傷して、死んでしまう。（第五幕）パンテは責任を感じて自殺。生きる望みがなくなったアラスプも岩場から身を投げて自殺する。

先行作品は五を数えるが、そのうちアルディの『パンテ』が唯一トリスタンの参考になったと考えられる。デュルヴァル Durval（生没年不明）の『パンテ』*Panthée* については、ランカスターはトリスタンの競合作品として、オテル・ド・ブルゴーニュ座で上演されただろうと推測する。(5) 前作『マリヤンヌ』の大成功に気をよくしたトリスタンは、モンドリーのために恋に苦悩するアラスプを描いた。しかしこの評判の役者が病に倒れたために、思いを果たせずに終わる。アラスプの占める部分が多かったので、パンテを中心に展開する主筋以外に副筋ができてしまい、結果として統一が損なわれてしまった。ドービニャック師は『演劇作法』の中でこの悲劇を細部にわたって検討し、批判している。そのうちアラスプの結末が不明であるとの批判に対しては、戯曲出版時にトリスタンは、彼を自殺させることで解決している。一方ベルナルダンは、モンドリーの病気と「ル・シッド論争」の影響を考慮し『パンテ』をもっと評価すべきだと考える。(6) コルネイユをはじめとする同時代人たちも、この作品に言及し、評価の対象にしている。場所は三ヶ所、時は十二時間以内。古典悲劇の法則は、筋の単一をのぞけばほぼ守られている。

『パンテ』で導入された夢は、囚われの王妃パンテが見る。前作とは異なり、第二幕二場である。いまだに夫の生死がわかっていない状態だった。パンテによると夢は太陽がその金色の光の矢で闇を払い、愛で目覚めた小鳥がさえずり始める明け方の頃に、アブラダートが夢に現れた。夫の体、目、肌は本物そのままを見るようで、夫の声も彼女の耳に届いた。明るい顔つきをしていて、唇は赤く、パンテに再会できたことを天に感謝する風で、目には満足感がただよっていた。パンテも甘美な思いを味わっていると、突然、夫は悲しげな顔に変わり、血みどろで青白い顔に変わった。そして弱々しい声で、死んだような口から彼はもう自分は生きていないと言って、自身の死を妻に伝えたのだった。パンテは心臓が凍りついたようになりアブラダートにかけよるが、口づけは冷たく体までが凍りついてきたので、力をふりしぼって飛び起き、呪縛から逃れたものの、目には涙がたくさんたまっていたのだった。

『マリヤンヌ』の時と同じく、夢にはアブラダートという人物が現れている。やはり二部構造で、前半は生前どおりの姿で、後半は血塗られた顔で現れる。ユニークなのは生きた姿が、パンテの目前でみるみるうちに血に染まっていくことである。それにより、パンテの驚愕と不安に臨場感が生じて、観客にもいっそう印象的に伝わることになる。前作と同じように、夢の人物アブラダートは姿を消すが、それは今回はパンテが飛び起きたと同時である。エロードは打ってでたが、パンテは飛び起きただけなので、少々ながら違いが認められる。また、パンテの夢も予知夢であり、筋にうまく取り入れられている。夢が語られることで、パンテの不安感が強く描かれることになるし、夫婦の深い愛情も語ることが可能になった。モレルが指摘した夢のトリスタンなりの形式に変化はないが、前作とは少しずつ変えられて実現され、多様になっている。トリスタンの創作が生きている場所である。

『マリヤンヌ』では、夢を見る人物と孤独を細やかに語る人物は同一であった。『パンテ』では副主人公のアラスプが愛の孤独を語る存在となっている。モンドリーが演じる予定だった役で、トリスタンにとっては大切な人物であった。その結果、先行作品のアルディの『パンテ』より、アラスプの愛は深刻に描かれ、孤独を語る台詞も格段に多い。たとえば一目惚れしたアラスプが、森の木々を相手に恋の苦しみを訴える場面では、前半は六行ずつ八連のスタンスで、全体は約八十行ほどの長さになっている。愛の告白直後には再び八十行の台詞を王妃パンテの前で述べて、その後八十行の独白が続く。五幕にも再登場するので、台詞の多さは破格であることがわかる。

トリスタンは時流にのって、二編の悲劇を書いた。規則を尊重する一方、トリスタンの教養の核心にあった人文主義の知識をもとに、夢や孤独を描いて、トリスタンなりの独自性を打ち出した。しかし、ドービニャック師から作劇術について非難をあびたり、役者モンドリーが死亡したりしたので、しばらく演劇界から遠ざかることになる。

三　新しい試みの時代

トリスタンは一六四〇年にガストン・ドルレアンの取り巻きの貴族に戻ることに成功した。しかし仕え始めた二十年前と比べて相変わらず貧しかったので、四二年に決定的に王弟の家を去る。あらたな庇護者を捜さなくてはならなくなったトリスタンは、裕福な徴税官モントーロン、プレシス゠ゲネゴー夫人、サン゠テニャン公爵などに庇護を求めた。

この時代、トリスタンは新しいジャンルに挑む。一六三八年に『恋愛詩集』*Les Amours*、一六四一年に詩集

『七弦琴詩集』*La Lyre*を出版したあと、一六四二年初めに『雑書簡集』*Lettres mésleés*を出版、一六四三年には自伝的小説『薄幸の小姓』を出版する。また一六四四年にははじめての悲喜劇である『賢者の狂乱』を初演にもちこんでいる。

『恋愛詩集』は、『パンテ』の失敗の直後だったせいもあり、特に創意にあふれることはなく、再録された『アカントの嘆き』の延長線上に位置する作品となった。

『七弦琴詩集』は、中心になる詩「オルフェ」の前後にさまざまな詩がまとめられた詩集である。それぞれの詩は形式、長さ、詩想においてかなり異なっていて、著名人への感謝・称賛の詩、死を悼む詩、社交界向けの詩、愛の詩などが連ねられている。トリスタンは読者の多様な関心に答えながら、世間と好関係を保つよう努力しているが、その中に王弟ガストンに不満を表す詩（一六三六作）も収められている。王弟の不興を買ったことを明らかにして十五年間のガストンに仕えた年月がまったく無駄だったのではないかと、嘆いているのは、注目に値する。

一六四二年、トリスタンが王弟のもとを決定的に去った年に、『雑書簡集』が出版される。書簡集の出版はその頃はやっていて、トリスタンも流行にのったと考えられる。しかし、彼の場合は自身の実生活に関した手紙もそこに収録し、多様なテーマで自由に書いている。特に日付を記さなかったり、宛名を不明にした手紙が多く、フィクションの手紙もある。ベレガールは、「それらの個人的な手紙は作家の心配事を明らかにしており、展開されるテーマ（肉体の苦しみ、友情、近親者への情愛、信仰）を見ると、誠実で自主独立を望む男のポートレートが浮かびあがる」(7)と述べる。そして、愛の書簡や称賛の手紙のほかに、誠実であるにもかかわらず主人からは忘恩で仕返しされる男の嘆きの手紙は「自伝的性格」をもっていると指摘する。

一六四三年に、小説『薄幸の小姓』が出版され、トリスタンの自伝を書きたいという書簡集に見られた欲望はかなりの程度達成される。書簡集と同様に、英雄主義的要素は排除されていて、スキュデリー嬢の『イブライム、あるいは名高きバッサ』など当時はやっていた英雄小説とは趣を異にしている。ピカレスク小説の流れを汲むもので、主人公は、理想に走るタイプではなく、現実にすぐそばに位置するアンチヒーローであり、「私」が物語を導いて行く。

「私」はアリストンと名づけられてはいるが、明らかにトリスタンの分身で、貴族の家に幼い時に小姓として入り、戦争を体験する十八歳から十九歳までの時代をフィクションを交えながら語っている。最後は、聞き手であるティラントに向かって、自分が出会った社会の人々の仕事に対し嫌悪の情を明らかにして、貴族たちとのつきあいはしたくないと断言して終えている。戦争の悲惨を体験して大切な人を失い、また熱病にかかり錯乱状態に陥った「私」の主張は、トリスタン自身の本音であることに間違いはない。

『薄幸の小姓』は二巻からなり、長短がいろいろな断章で構成されている。筋はあるもののそれぞれが独立しているので単独で読むことも可能である。子どものいたずらの面白おかしい場面、洞窟などもでてくるパストラル風恋愛の場面、そして戦場での場面など、さまざまなテーマが見いだされて、読者の多様な興味に答えようとしている点は『七弦琴詩集』や『雑書簡集』などと類似している。詩集、書簡集、小説、と当時の伝統的なジャンルに挑戦しつつ、そこに自身の自伝的な要素を取り込んで、社会に対する不満を、自我をあらわにしていった点は、トリスタンとしても不安をともなう新しい試みだったといえる。

翌年一六四四年には、再び新しいジャンル悲喜劇に挑戦して、『賢者の狂乱』*La Folie du sage* をオテル・ド・ブルゴーニュ座で初演する。

〔梗概〕（第一幕）サルディニア王は、鏡や花火を用いて戦勝に貢献したアリストを称える。が、その直後に彼の娘のロズリーを愛妾にしたいと申し出て、父を絶望させる。彼の娘はすでに婚約していた。（第二幕）ロズリーは、王の横恋慕が原因で窮地に陥る。婚約者パラメードの気弱さを非難する一方、過酷な運命は、星の巡り合わせのせいだととらえる。（第三幕）ロズリーは策を弄して、腹心とともに、毒杯をそばに置いて「死ぬ」。じつは眠り薬を飲んだだけだった。王は侍臣に説明を求めるものの、毒という語が比喩的に用いられているのが理解できずに、パラメードが彼女に毒を与えたと誤解する。すぐにパラメードは逮捕される。アリストは名誉を守った娘を褒めはするものの、父としての自然の情は彼女の死を受け入れがたいとして、狂乱する。（第四・五幕）ロズリーたちの手当のために訪れた医者を相手に、事情を知らないアリストは広範な医学の知識を披瀝しつつ、さらに狂乱する。しかし、ロズリーが眠っていただけだとわかると、王は正式に彼女に求婚する。アリストは娘には義務に従うように命ずるが、娘は拒否する。父は娘の徳の高さに触れてようやく賢者に戻る。一方国王も事情がわかり、自身は身をひくことに決める。

芝居としては七年振りの作品である。パリに定着したトリスタンは、演劇人たちとの接触を多くしたが、『パンテ』がドービニャック師の批判にあい、リシュリューとの関係が悪化したせいか、しばらく演劇の執筆から遠ざかっていた。しかし今回は悲劇ではなく、はじめて悲喜劇に挑戦した。

時と場所（数時間、宮殿内の二ないし三ヶ所）は単一、賢者アリストの狂乱が筋の展開の動力になりえていないが、国王の恋愛というテーマから見ると、筋も単一と考えられる。作家にインスピレーションを与えた作品としてはラ・カルプルネード La Calprenède の『エドワール』*Edouard*（最初の二幕）が、またアリストの錯乱についてはトリスタン自身の自伝的小説『薄幸の小姓』が考えられるが、総体としてはトリスタンのオリジナル作品に仕あがっている。

一六四〇年代はすでに悲劇の時代であり、この時期に悲喜劇を書くのは当時としては時流に反していた。しかし、三単一など、悲劇なみに規則は守られている。

この作品の主要な関心の一つは賢者アリストという人物にある。悲喜劇の登場人物としては賢者は珍しく、トリスタンの斬新なアイディアといえよう。この賢者は国王の心ない横恋慕で娘の幸せが雲散霧消しそうになる。絶対権力を持つ者には抵抗する術もなく、彼は二度にわたり狂乱する。いずれの場合も彼の博識な知識がよどみなく披瀝されるが、一つ一つの文は正常であるものの、総体としては意味を持たない。最初の狂乱ではストア派の学者たちやその著書をやり玉にあげて、それまで彼らを疑うこともなく信奉してきた自分自身を深く後悔する。これは十六世紀から十七世紀初頭の当時の学問への批判となっている。二度目の狂乱の場面では、医学が俎上にあがる。しかし娘が蘇生すると聞いても、すぐには喜ばない。ただその医学的方法を知識の世界に延々と探るだけである。娘の幸せが戻って来た時に、賢者の狂乱は収まるものの、この事件が起こる前には彼は、国王の戦勝に大いに貢献したほどの人物だ。どれほどの戦功をあげても、賢者の身の上は不安定なのだった。

アリストの狂乱を描くには、トリスタンがモントーバンの攻囲で熱病にかかった時の記憶が役だった。トリスタンの身の上も、やはり大貴族たちの気まぐれに左右されているので、この賢者はトリスタンの分身といっても間違いないだろう。アリストの王への不満や嘆きは、トリスタン自身の内面の声と受け取れる。『賢者の狂乱』にも、「私」の心情が書き込まれていたと考えられる。『七弦琴詩集』、『薄幸の小姓』と並ぶこの時代のトリスタンの新境地といえるであろう。

この作品は悲喜劇であり、予知夢を導入することは不可能であるが、アリストの狂乱じたいが、トリスタンの高熱時の一種の悪夢のようなものであったと考えると、この作品の傍らにもやはり夢が存在していたといえる。

四　再び悲劇へ　『セネクの死』『クリスプの死、あるいはコンスタンタン大帝の一族の不幸』『オスマン』

トリスタンは、同年から三年続けて悲劇を三本執筆している。四〇年代は悲劇がもてはやされた時期であり、時流にのった感があるが、三作品を検討してみると、トリスタンなりの配慮や創意工夫がいたるところに見られる。

『セネクの死』*La Mort de Sénèque* は一六四四年に盛名座で初演され、翌年に出版されている。

〔梗概〕（第一幕）后を暗殺した皇帝ネロンは、解放感に浸る。しかし彼と相愛のサビーヌは、敵側の巻き返しを恐れて、ネロンに彼の恩師セネクの危険性を吹聴する。一方、セネクはネロンに引退を願い出る。莫大な財産を返還して田舎で読書三昧の生活を送りたいと言う。ネロンはそれを拒否する。（第二幕）ネロン暗殺計画が早められ、決行が翌日と決まる。その仲間であるセネクの甥のリュカンと解放奴隷のエピカリスは、お互いに愛しあっていることに気づく。リュカンは伯父のセネクに、ネロンの暗殺計画が予定通りであることを知らせるが、セネクはネロンが教え子であるために、暗殺には加わらない。突然、エピカリスが海軍隊長に逮捕される。海軍隊長は以前彼女に袖にされたのを恨みに思い、暗殺計画が実在するとは知らずに、讒言したのだった。（第三幕）ネロンは、エピカリスを審問する。彼女は巧妙に言い逃れたが、疑いは晴れない。セヴィニュスの奴隷が主人によるネロン暗殺の計画を密告したので、セヴィニュスも逮捕される。ネロンが襲われるという悪夢を見たサビーヌが、セヴィニュスの追及を強硬に主張する。（第四幕）セヴィニュスは抗しきれずに、仲間のリストをネロンに渡してしまう。その中にセネクの甥の名前もあったので、サビーヌは伯父自身の死刑をも主張する。（第五幕）死期を悟ったセネクは、天上での休息を思い、幸福感に浸る（スタンス）。一方エピカリスは拷問に耐え抜き、口を割らなかった。不安に陥ったネロンのもとに、セネクの自死が報じられる。腰まで桶に入れて座り、血管を切らせて死んだが、神＝愛のもとに帰れることに至福を感じていたという。ネロンは、後悔して悪事の元凶であるサビーヌを追放し、自身の非を嘆く。

タキトゥスのほかに、コーサン神父の『聖なる宮廷』、マスカロン Mascaron の『セネクの死と最期の言葉』*La mort et les dernières paroles de Sénèque*（一六三七）や、当時流行していたデマレ・ド・サン＝ソルランの小説『アリアーヌ』も参考にしたと考えられている。また、ローマの陰謀劇『シンナ』（コルネイユ作）の成功にヒントを得て執筆したと推測される。エピカリスの役をマドレーヌ・ベジャールが演じたという記録が残っていることから、モリエールが一六四三年にマドレーヌらと立ち上げた「盛名座」のデビュー公演に初演されたと考えられる。初演当時は一応の成功を得たものの、一六四七年以降の出版はなく、上演もあまりされなかった。なお、一九八四年二月に、ジャン＝マリ・ヴィレジエの手により発掘され、コメディ＝フランセーズで上演された。太陽劇団のアリアーヌ・ムヌシュキン監督による映画『モリエール』では、盛名座の女優マドレーヌ・ベジャールがエピカリスを演じる場面が再現されている。

場所はローマでメセーヌ庭園に設定されている。ネロンの暗殺計画者たちが話をまとめる場面さえも、メセーヌ庭園を使うようトリスタンは指示する。全集の編者ショーヴォによると、この公共の場にネロンやセネクの館があると考えられるので、きわどいところで場所の単一は守られる。そこは権力の集中する場で、後のラシーヌの場所の設定を先取している。また悲劇は一日で終わり時間も単一である。筋は、セネクの死に関するものと、陰謀に関するものの二つに分かれるが、最後のセネクの死で一つにまとめられる。場面のつながりも丁寧に守られている。また「提示」も一幕で行なわれて、そのあとエピカリスの逮捕、セヴィニュスの逮捕と急変が二幕と三幕に用意されている。最後にセネクの死で終わり、古典悲劇の規則にきれいに則った劇構成となっている。セネクの死の様子は舞台で語られるだけで、ビアンセアンスも守られている。

一方、この時代にはもうあまり見られなくなった「夢」が、『セネクの死』にも、引き続き導入されて、トリスタンなりのそれまでのパターンが更新されている。

この悲劇では、夢はサビーヌが見る。三幕二場である。すでにエピカリスが逮捕されて事態は急を告げていた。サビーヌは昼間、庭園の泉のそばにいる時、水の流れの音にささやかれてうっとりとした気持ちになり、まどろんでしまった。夢の中のではないとはいえ、やはり自然の描写から始まっている。また、サビーヌの夢も二部構成で、故オーギュスト帝が姿を現す前半と、マルス神にネロンが襲われる後半に分かれる。前半では、彼女が目を閉じて愛すべきもののイメージを追っていると、突然、故オーギュスト帝が指をさしながら現れたという。そして、息子の命が暗殺者に狙われているので、助けるようサビーヌに頼んだ。後半には、ネロンの戦功をねたんだマルス神が実際に夢に出現した。サビーヌが、オーギュスト帝の指さす方向に目を向けると、ネロンが今にも殺されようとしていたという。サビーヌの大声でバッカス神とセレス神が現れて、マルス神の短剣を地面に落としたのでネロンは救われた。サビーヌは安堵して目を覚ました。

ところでサビーヌから悪夢の報告を聞いたネロンは、皮肉をこめて「その恵みにより、穀物畑を黄色く色づける女神と、秘密の暴き手バッカスに感謝しなければならない」（v・九四四―六）と言って、夢の予言は信じなかった。しかし実際には、密告者とサビーヌという女性によって救われる。夢は筋に巧妙に絡められている。

夢に死者が出現する、姿を消す、大声をあげる、二部構成、筋に融合している、などサビーヌの夢は、それまでの工ロードやパンテの夢と共通した形式を持っている。しかし、ここでの大きな相違は、導入の場である。最初の急変と次の急変とのあいだに置かれている。そして、次の急変を作る解放奴隷の密告の真実性を裏づける材料として、この悪夢が利用されているのである。夢は新しい機能を獲得している。

『セネクの死』は、政治悲劇でトリスタンとしてははじめての試みであった。最初の悲劇にあったような恋愛の分析はこの悲劇にはないが、そのかわり、まだ弱さの残るネロンの心情が細やかにに描かれている。暗殺計画の首謀者の一人であるエピカリスの強さも台詞に表現されているが、何といっても人を感動させるのは、セネクの悲劇を前にして発せられる言葉である。すでにセネクはネロンの非道を承知していて、ネロンの教育に失敗したことがわかっていた。それもあり、過分に与えられた財産を皇帝に返して、自分は田舎で読書三昧に徹する許可を求めたのだった。甥から暗殺計画を知らされて、その規模の大きさに驚嘆するが、やはり育てた子を殺す計画に参加することはできなかった。計画が発覚して死期のきたことを悟ったこの博学な哲学者は、スタンスの形で、自分の「魂」に呼びかけて、いよいよ天に戻れることを知らせる（五幕一場）。高慢や野望などが支配し、徳がくびきにかけられている現世は、彼にとってひきとめる魅力はない。ストア派の考えが示されるこのスタンスと、それに続く妻ポーリーヌとの別れの長台詞は、トリスタンがセネカの著書を熟読して、周到に用意している。セネクと彼の後を追うという妻との別れの会話には哀れみがこめられていて、暴君ネロンの権力の忌まわしさが浮き彫りにされている。暴君の誤解で命を落とすセネクには、トリスタンの「私」の声がこめられていると理解できる。

古典悲劇の規則は最初の二作品と比較すれば、はるかにうまく守られている。しかし、トリスタンにとってははじめての政治劇となり、夢はまた新たなやり方で導入されたほか、政治的に利用されるというあらたな機能が付与されていた。また碩学セネクの諦念などが、丁寧に描かれていて、トリスタンなりの新味を提供している。

同じ一六四四年に、再び悲劇の『クリスプの死、あるいはコンスタンタン大帝の一族の不幸』*La Mort de Chrispe, ou les malheurs domestiques du Grand Constantin* が、同じ盛名座で初演された。

〔梗概〕（第一・二幕）ローマ皇帝コンスタンタンの后フォーストは、義理の息子クリスプに恋をしてしまい苦しむものの、分別に訴える決心を固める。戦勝して戻ったクリスプは、敵将の武勇を褒めて、彼とその家族の命乞いを父コンスタンタンにしてくれるようフォーストに頼む。彼女は一抹の不安を感じつつも承知するが、まもなくクリスプとコンスタンスが恋愛関係にあることを知り、激しい嫉妬心を味わう。（第三幕）コンスタンタン帝とクリスプの教育係は、同時に同じ事柄について違う悪夢を見たので、クリスプの身を案ずる。恋敵発覚で動揺したフォーストは皇帝に、敵将の家族の助命を頼みつつも同時に殺すよう言うので、当惑した皇帝は答えを保留する。それに怒ったフォーストは、クリスプに怒りをぶつけ、興奮の余り思わず愛を告白しかけるが、ようやくのところで抑える。（第四幕）フォーストは、若い二人が恋愛関係にあることを皇帝に告げて、不幸を予言する。皇帝はそれを聞いて再考し、敵将家族の助命はしないことにする。一方フォーストは、若い二人の愛を見せつけられて、嫉妬に狂い、復讐を誓う。（第五幕）フォーストは、毒を仕込んだ手袋でコンスタンスを殺そうとしたが、それにクリスプまでもが触れてしまい、二人とも死んでしまう。クリスプの死を知ったフォーストは煮湯に飛びこみ自殺する。后の死が報告されると、皇帝は、天から反省を促されたと考えて、以後は良きキリスト教徒として国を治めることにする。

大成功こそおさめられなかったものの、一六四六〜七年のオテル・ド・ブルゴーニュ座のレパートリーに入ったほか、モリエールも地方巡業から帰った後、パリで再演している。

義理の息子への不倫の愛というテーマを扱った先行作品としては、グルナイユ Grenaille の『罪なき不幸者、あるいはクリスプの死』*L'Innocent malheureux ou la Mort de Chrispe*（一六三八演）があるが、ランカスターはこの作品と影響関係はないと見ている。また、同じテーマをラシーヌが『フェードル』で追求していて、不倫の愛を、相手を変えて三度打ち明けたが、トリスタンでは、愛は告白されない。むしろ嫉妬心がテーマになり、悲劇の緊張はずっと和らいでいる。近親相姦という衝撃的なテーマが回避され（この作品を献呈したショーヌ夫人の意向に沿ったと考えられる）、芝居のやまが取り除かれることになってしまったが、ビアンセアンスは守られた。

場所はローマのコンスタンタン帝の宮殿内で一ヶ所である。ただし、その中でフォーストの館が一度だけ使われる。時は二十四時間内と考えられる。筋もほぼ統一されている。主筋はフォーストの義理の息子クリスプへの愛であり、副筋として若いクリスプとコンスタンスの愛があるが、若者たちの恋愛はフォーストの愛にうまく絡められており、最後には二人がフォーストに毒殺されるので、筋は単一と考えられる。場面もうまく続けられていて、断絶はない。トリスタンは、すべての点で規則を守っているといえる。

夢の導入は三幕一場で、コンスタンタン帝とクリスプの教育係の二人が同時に見ている。前晩のことで、夢の背景は、自国に凱旋する途中のある昼間のことであった。皇帝は灼熱の暑さを避けて緑の草の上で休んでいた。そこにずっとつきそってきた美しい鷲が舞い降りてきて、皇帝の顔に日陰を作ってくれた。さらに翼を動かして涼風を送ってくれた。供の者たちはその鷲を見て、ジュピターの鷲のようだと褒めそやした。世話をされるがまま心地よさをかみしめていると、突然ハゲタカが空から降りてきて、鷲を襲いクチバシで殺してしまった。皇帝はハゲタカをすぐに殺したが、それで怒りだけはおさまったものの、不安が募り、涙を流してため息をつきながら、目を覚ましたという。これは象徴夢であり、一六二〇年代に、アルディが用いた夢で、この時期には下火になっていた。トリスタンはそれをうまく発掘したといえる。夢のイメージは鮮明であり、暑さと涼しさや緑が対照的に描かれている。ハゲタカを殺した後は、極度の不安に襲われて涙を流し、肉体の動揺を感じている。

それまでの夢と同じように、この悲劇でも夢は二部構成である。後半が今までと異なり、別の人物に振り分けられている。教育係の見た夢は具体的な夢で、皇帝の夢ときになっている。語りを始める前に、鷲が皇帝の息子のクリスプのことであると教育係自身が指摘している。夢のコメントを夢がした形になる。

明け方にうちひしがれた様子でクリスプが教育係の夢に現れた。青白い顔で目は死人のようであった。体は氷のような冷たさで、教育係もそれを感じることができるほどであった。そして弱々しい声で直接語った。彼は、残酷な定めの容赦ない試練を受けていること、もうじき命を失うことになるので、彼の魂が父に呼びかけたこと、それまでの愛情の印に父の手に想像の中で接吻したことを、父に伝えて欲しいと言った。そして目の前でクリスプの体から魂が抜けていった。この夢を見た教育係も、悪夢を見ながら声を聞き、冷たさを感じて肉体が動揺している。また目覚めた後に涙がたくさん流れていたことを認めている。

これらの夢はやはり予知夢であり、「恐るべき激情がひどい行き過ぎに」に陥ったために命を落とすことになると予告されている。すなわち、フォーストの横恋慕がクリスプの死を呼ぶことが予告されていて、筋にうまく絡められている。また、この『クリスプの死』では、悪事の予兆が他の形でも示されている。日中寝室にフクロウが飛び込んできて、体を硬直させて死んだことや、愛犬がいつになく悲しげに泣き続けるという現象が、皇帝によって報告されて、不穏な雰囲気が強調されている。夢の予告が前兆で強化されているのである。

『クリスプの死』において、細やかな心情の分析がされるのは皇后のフォーストである。一幕、二幕、五幕がフォーストの独白で始まっている。そのうち二幕と五幕はスタンスで始まる。四幕はフォーストとコンスタンタン帝の対話で始まるものの、フォーストの出番は多く、目立つ。三幕がコンスタンタン帝の夢をめぐる場で始まるので、フォーストと夢が、各幕の冒頭を占めていて、重要性が強調されている。

フォーストがそこで表現したのは、恋情と罪悪感、嫉妬心であり、彼女は何度も思いを高めてはそれを鎮め、嫉妬心に燃えて狂い、最後には罪を犯して、さらに死後の世界まで若い二人を追っていく。恋する彼女は最初から最後まで強く、孤独であった。

夢を見たコンスタンタン帝もトリスタンの人物としては新しい。現世を嫌い、神の世界に幸せを求めた人物としては、マリヤンヌやセネクがいるが、コンスタンタン帝は最後に良きキリスト教徒として生きる決意を固める。しかし救いを信じているとは考えられず、やはり孤独である。

この作品でも、古典悲劇の規則は守られている。一方、夢はそれまでのトリスタンの形式に従いつつ、二部構成をさらにあらたに展開させたり、前兆で予知夢の世界を強調させたりして、新しさを打ちだした。嫉妬心に身をやつすフォーストの心理の表現も、トリスタンの新しい試みであった。


トリスタンは一六四五年にサン゠テニャンから大きな援助を得たほかショーヌ公爵夫人の家に出入りする騎士（Chevalier d'honneur）になった。しかし、一家がオーヴェルニュ地方に出向することになったので、彼は病気を理由にパリにとどまった。一六四六年には、ギーズ公の取り巻きの貴族になった。しかしギーズ公は新しく恋をしたために、前の結婚を取り消してもらいにローマ教皇のもとに出発してしまう。その結果、この年は収入がほとんどなくなったトリスタンは、パリの質素な建物の五階の部屋にうずくまり、ほとんど同時に『聖処女への祈り』*L'office de la sainte Vierge* と最後の悲劇『オスマン』***Osman*** を書き続けたといわれている。

詩と散文からなる『聖処女への祈り』は一六四六年に出版された。この時期、聖母マリア信仰はルイ十三世の政策により流行したので、トリスタンがはたして心底、キリスト教の英知に興味を示したかは不明である。

最後の悲劇『オスマン』は、国王の出版許可が四七年に取得されているので、一六四六〜四七年のシーズンに初演されたと考えられている。

〔梗概〕（第一幕）就寝中のトルコ皇帝オスマンの姉（妹）は悪夢を見て大声をあげる。譫言からオスマンが殺害される夢だとわかる。その夢が凶事の前兆ではないかと疑った姉（妹）は、伯父の「狂人」に相談する。一方オスマンは、暴動の起きる危険があるため、首都を脱出しなければならないのに出発を遅らせている。じつは肖像画の貴婦人に恋をしてしまい、その女性が到着するのを待っているのである。（第二・三・四幕）「狂人」が不幸を予言したこともあり、姉（妹）は不安を隠せない。オスマンは予知夢をきっぱり否定する。待っていたミュフティ（イスラム教の法学の権威）の娘が肖像画とはかけ離れた顔立ちだとわかると、娘をすぐに帰国させる。娘はオスマンを恨むが、彼が死ぬと自分も生きていけないと認識する。オスマンは今度は昼間正々堂々と都を出て行きたいと考え出発をためらうが、そのうち攻撃が開始される。（第五幕）運命を嘆くオスマンの面前にミュフティの娘が現れて、結婚と引き替えなら帝国を渡したいと申し出るが、オスマンは断る。娘は、オスマンに先に恋をしたのは彼女であり、肖像画を描かせて策を弄し彼に近づいたことを、一人思い出す。オスマンの死が報じられると、娘も剣で三度自分を刺して死ぬ。オスマン自身が死んでも、彼女の脳裏に彼の姿が残っているかぎり、まだ死んだとはいえないと考えたからだった。

初演劇団は不明である。この作品への言及が同時代にほとんどないので、上演されなかった可能性もある。出版は彼の死の翌年一六五六年で、すぐには出版されなかった。この頃トリスタンは財政が窮乏していたので、出版の費用が調達できず、そのうちフロンドの乱も始まったために、出版は忘れ去られてしまったとベルナルダンは推測している。『オスマン』の出版は、トリスタンのただ一人の弟子キノーが、師の死後に実行したもので、キノーによるビュッシー＝ラビュタンへの献呈辞があるだけで、トリスタン自身の献呈辞はない。また、他の作品で各幕毎に付された「要約」argumentが、この作品にはついていない。

先行作品としてはベルギーのドゥニ・コペ『オスマン帝の暗殺』やジョルジュ・ド・スキュデリー『イブライム、あるいは名高きバッサ』があり、一連のトルコ物の中でも『オスマン』は、ランカスターを待つまでもなく『バジャゼ』*Bajazet*につぐ傑作と考えられる。

主な出典は、ミシェル・ボーディエ Michel Baudier『トルコ人一般史一覧』*L'Inventaire de L'Histoire générale du Sérail*（一六二八）、クロード・マラングル Claude Malingre Sieur de Saint-Lazare『我らが時代の悲劇的な物語』*Les Histoires Tragiques de notre temps*（一六三五）、ヴィットリオ・シリ Vittorio Siri『メルキュリオ』*Mercurio*（一六四六）などであるが、そのほかに当時書かれた手紙類や、在コンスタンチノープルのフランス大使ド・セジ De *Cézy*によるトルコ見聞記などを、トリスタンは参照にしたと考えられている。また当時フランスに流通していた図像も役だった筈だとニコル・マレは指摘する(8)。そのような多数の資料をトリスタンは駆使して、作品を書きあげた結果、トルコ地方色が濃厚に打ちだされ、ターバン、三日月刀、回教修道僧などの語が導入されたり、狂人の夢には天の声があるなど、特別な信仰や慣習が作品に書かれた。

三単一の規則は守られている。皇帝姉（妹）が夢を見た直後に事件は起こっている。場所はコンスタンチノープルの後宮ないし、王宮内。なおその場所については、トリスタンにより舞台装置の指示が記されていて、側面に窓があり、そのカーテンをひくとバルコニーが現われるようになっている。当時としては珍しいト書きの例として引き合いに出される。筋も「暴動による皇帝の死」で単一であり、皇帝を誘惑しようとした娘の恋という筋も、暴動を利用して結婚しようとしているので、皇帝の筋にうまく絡められている。構成も古典劇の規則に沿っていて、場面もうまくつなげられている。皇帝は舞台の外で死ぬので、その点ではビアンセアンスは守られているが、ミュフティの娘は観客の前で短剣で自殺するので、この場面は古典劇の美学には反している。

重要な役割を担う女性が二人とも固有名詞をもたないのは残念だ、とランカスターは述べるが、これも古典劇にはないことである。しかし、全体としては、この時代の悲劇の規則は、ほぼ守られているといえる。

夢はこの悲劇の場合、皇帝姉（妹）が見ている。『マリヤンヌ』の時と同じで、一幕の冒頭で示される。就寝中の皇帝姉（妹）が、譫言を言っているのを侍女たちが聞きつけて、彼女のもとにやってきて、起こそうとした時に、彼女は目を醒ます。そして、皇帝が殺される場面を夢で見ていたと告げるのである。その後、いかに恐ろしい夢を見たかを繰り返して述べて、「狂人」に相談したいと言う。彼女によると狂人は肉体だけがこの世にあり、魂は天界に住んでいる。だから狂人の声は天の声だと彼女は考えるのである。これまで夢は二部構造だったが、今回は後半の夢ときを狂人が受け持ち、どうにか二重構造が続行して使われている。また皇帝が夢に出現しているが、その姿がどうであるかの描写はない。夢の描写はごく少なく、ただ不安だけが繰り返され、皇帝姉（妹）の心情を説明するのに、役だっている。

皇帝姉（妹）はトリスタンが創作した人物である。夢を見る人物として、またオスマンの命を心底心配する人物として、重要な役を果たしている。また彼女の二人の侍女もトリスタンの創作であり、皇帝姉（妹）の話相手になるほか、オスマンが絵画の美女に恋するよう仕組んだりして、筋の展開に役だてられている。

ミュフティの娘を中心に据えたのもトリスタンのアイディアであった。自身の愛の成就を願って、必要以上に美しくポートレートを描かせて、オスマンに会いに来るほどの意志の強い彼女が、オスマンに袖にされて嘆く場面は大きな見せ場になっている。皇帝という身分にひかれたのではなく、オスマン自身が好きだったのにと言って絶望し、復讐を誓う場面など、愛を受け入れてもらえない娘の孤独な心情が精彩のある詩行で描かれている。特に、オスマンのイメージが自分の脳裏にあるあいだは、彼が死んだとはいえないからだと自殺の理由を説明する所からは、フィクションの姿が現実と同じ位鮮明となっていることが伝わってきて、夢との関係から見ても、興味深い。

またオスマンを、トリスタンは高貴な人物に仕立てた。欲深い一面をぼかすなどして欠点を隠したり、蜂起した群衆に対して、鎧戸越しではなく、バルコニーから直接語りかける場面を創作したりして、活動的な面を強調した。さらにオスマンを後継者の息子たちから遠ざけて描くことで、彼の孤独がにじみ出るようにした。オスマンに与えられた史実とは異なるイメージに注目したニコル・マレは、『オスマン』の執筆意図を、シェイクスピア、ヴィクトル・ユゴー、ベルトルド・ブレヒトなどが意図していた意味での歴史劇に求めている(9)。

古典悲劇の規則は守られているが、夢や前兆、愛をつらぬく孤独なミュフティの娘の造形は、トリスタンの独創であり、作品に散見できるイスラム文化の紹介もトリスタンのアイディアによる。あらたな歴史劇の創作を試みて、孤独で高貴なオスマンを創造したのも、トリスタンの独自性が見られて、この悲劇を魅力あるものにしている。

五　古いジャンルに着手

一六四六年から一六四八年の間に、トリスタンは三本の巻頭詩を執筆した。ゴンベルヴィル『良き品行の教理』*La Doctrine des moeurs*、スカロン『偽ヴェルギリウス』*Le Virgile travesti*、ダスシ D'Assoucy『ビュルレスクな試行によるパリスの審判』*Le jugement de Pâris en vers burlesques* の三作品であり、それを機にスカロンなどを通してビュルレスクの動きにも関係した模様である。

一六四八年には、『英雄詩集』*Les Vers héroïques* を出版する。これは一六二八年出版の詩『海』から四〇年代に書かれた詩まで、まだ未発表のものを含めて一冊にまとめたものである。庇護者として彼がこの頃あてにしていたサン＝テニャン公爵に献呈されているが、中の詩はそれまで頼ってきたさまざまな人物たちに捧げられている。テーマは大きく分けると英雄主義、愛、死の三つのグループに分けられ、形式も長さも前作と同じようにさまざまである。しかし、老女と結婚する外科医の皮肉な詩や、「ある有名な酔っ払いの墓」などの四行ほどのビュルレスクの詩が少し混ざっているのは注目に値する。また、奴隷のように社会に尽くさなければならない生活を嘆き、社交と創作は両立しがたいと主張するメランコリーな詩人の姿も描かれてもいる。トリスタンは小説では描ききれなかった人生の断面を詩に書いていて、『英雄詩集』を『薄幸の小姓』の一種の続編にしている。

一六四八年にフロンドの乱が起きた。この間トリスタンは、フロンド派とも、国王派とも同じ距離を保ちながら活動したが、相変わらず庇護者探しに奔走していた。肺結核にもかかわらず、クリスチナ女王の庇護を求めてスウェーデンに出向こうとさえ考えている。そのような中で、大法官セギエを庇護者として得た彼は、一六四九年に、セギエの推薦で、アカデミーの会員に選ばれた。アカデミー側の事情もあったとはいえ、すでに多くの作品を執筆していたトリスタンには少々遅すぎた選出であった。しかし、徳を欠かさずに生きてきたと自負するトリスタンは、それで「復讐ができた」と考えた。セギエとは以後も変わらぬ関係を保ち続けるが、財政はいつもトリスタンにとって厳しく、一六五〇年には、一時ガストン家に復帰するものの、経済は上向かず、まもなく去っている。

一六五二年にギーズ公がスペインで解放されてパリに戻ってきたために、トリスタンはギーズ公の館に再び世話になる。それまでは彼は大貴族に客人として仕え、奉仕によって金銭を得ていたが、ギーズ公は彼のメセナになったので、金銭的には以後安定し、死ぬ一六五五年までギーズ家を出ない。

トリスタンは、金銭目当ての執筆の必要がなくなり、人生のターニングポイントを通過したと推測できる。当時としては忘れ去られていたジャンルであるパストラル（田園劇）と喜劇を執筆したのである。

パストラル『アマリリス』*Amarillis* は、一六五二年三月にオテル・ド・ブルゴーニュ座で初演された。〔梗概〕（第一幕）殺傷事件がもとで町から逃げた婚約者ティレーヌに会うため、ベリーズは羊飼いたちが住むリニヨン川の岸辺にやって来た。ところが彼は、羊飼いの娘アマリリスに一方通行の恋をしていた。ベリーズは恋人を取り返すためにある計画を思いつく。（第二幕）アマリリスと姉（妹）のダフネのそれぞれに、二人の羊飼いが恋をしている。フィリダスは詩人で、アマリリスを愛し、思いを言葉に綴る。現実主義者のセリダンは、ダフネを愛している。カップルが二組できあがりそうになったところに、男装のベリーズがクレオントと名乗り現れる。美しい彼（女）に、姉妹たちは恋してしまう。（第三・四幕）クレオントは計画通りアマリリスに愛を告白する。次にダフネにも告白。ところが、セリダンがその場面を目撃して、彼（女）を恋敵だと勘違いをする。セリダンは決闘をしかけるが、彼（女）は延期させる。アマリリスも姉（妹）が恋敵だとわかったので、クレオントの愛が真実であることを確かめるために、森の泉に来るように頼む。昔からそこで嘘をつくと死ぬといわれている。ダフネも、彼女は手紙で、彼（女）を同じ泉に誘っていた。サチュロスたちは、美女が夜に泉に行くと聞き、襲い方を相談する。（第五幕）クレオントは若者二人を別々に泉に呼び寄せておく。先に泉に着いたアマリリスを、サチュロスたちが襲うが、フィリダスが助ける。アマリリスは助けたのが意中の人でなかったため、怒る。クレオントが現れて、胸を見せて女性であることを皆に教えて、事態を収拾する。遅れてきたダフネも怒りを鎮めたので、六人の若者たちは夜明けに結婚をすることになる。

出版社の緒言によると、この作品は、ロトルーが喜劇『セリメーヌ』*La Célimène* を執筆した時に作ったパストラル用の粗筋を完成させるために書かれている。ロトルー自身はパストラルを書くつもりだったが、当時すでにこのジャンルは下火になっていたので、急遽喜劇に変えたのだった。トリスタンは知り合いからその下書きを見せられ、執筆を依頼されたので、五年ぶりに芝居に復帰したのだ。ロレの書簡によると、三月の四旬節（復活祭前の節制の期間）にもかかわらず成功を収めたという。[10] 女優ジャンヌ・オズーJeanne Ausou（一六三五？～？）の男装が観客を魅了したと想像される。

ロトルーの下書きは残されていないので、作品から想像するよりほかないが、トリスタンはロトルーの喜劇の筋を、ほぼ踏襲している。詩行もかなりの部分をそのまま用いている。

恋人の移り気と、恋人を取り返すための男装という主人公の変身は、ロトルーの『セリメーヌ』と同じであるが、それはパストラルの基本のテーマでもある。アマリリスが愛の勝利の歌をうたうのを聞いて、彼女の恋の相手は自分かとフィリダスは取り違えるが（『セリメーヌ』にも同じ場面がある）、そのような勘違いや、盗み聞きが幾度も繰り返されて筋が展開していくのも、パストラルの常套手段である。ロトルーの羊飼いと同じようにフィリダスは、恋に苦しみ、詩を書きながらうたた寝をするが、夢の中で恋人に会えるのを楽しみとするのも、トリスタン的ではあるが、パストラルによく見られる場面でもある。

それに対してトリスタンが変更した点のまず第一は場所である。『セリメーヌ』の場所は不特定の田舎であったが、トリスタンの場合は、リニヨン川の岸辺の森の中で、時代も王グンドバード（在位四八〇頃～五一六）の頃である。その森にはアストレも住むと台詞にあり、パストラルには相応しい設定がなされて、トリスタンの愛読書『アストレ』の記憶が生きている。

人物名はすべて、パストラルの伝統的な名前に変更されていて、さらにサチュロスも登場する。彼らは猥談にふけり、羊飼い娘が水浴びをするところをのぞき見するが、これもパストラルのお決まりの設定である。

愛を確かめるのに、森の泉が利用されたが、ロトルーの場合は恋人の寝室が用いられていた。また、トリスタンの場合、羊飼いの娘を襲ったサチュロスは、殺されなかった。ビアンセアンスの観点からいって、トリスタンの取り扱いは優っている。

ロトルーの場合二人の姉妹には同じことが二度ずつ、同じようにおきるが、トリスタンの場合は、繰り返しを避ける配慮がされていて、たとえば愛の告白も、惹かれる点を変えてなされたり、泉に誘うのに、一方には口頭で、一方には手紙でさせている。最終場面の誤解ときも、ベリーズは胸を一度見せただけですませて、ダフネには、他のやり方で知らせる。ロトルーが二度胸をだしたのに比べて、変化に富んだ劇作りをしている。また、男性になったベリーズの位置は恋人と対等だが、ロトルーの場合は男装しても恋人の「僕（しもべ）」の位置のままでいると、フォレスティエは指摘しているが[11]、それもトリスタンの人物再現の目が冴えていて面白い。そのほか、ロトルーの台詞をカットしたり、入れ替えたり、付け加えたりして、会話が自然に運ぶようにしたり、表現を厳密にしたりしている。その結果、ごくありふれたパストラルができあがったが、ギシュメールが述べるように[12]、魅力的な筋と、サチュロスのエロチックな台詞と、男装の女優の名演が幸いして、作品は成功に導かれたと考えられる。

『アマリリス』はしばらくの間、宮廷を中心に上演が続いたが、何といっても大きな影響は、その後、キノー、ジルベール Gilbert（一六二〇～一六八〇）、ブルソー Boursault（一六三八～一七〇一）、ドノー・ド・ヴィゼ Donneau de Visé（一六三八～一七一〇）、そしてモリエールにまでパストラルを執筆させたことに見られる。この時代に時ならずパストラルの復活を招いたことは、彼の功績である。ベレガールはトリスタンが発端となって、一六五〇年から六九年までの間に、パストラルは目に見えて進歩をとげたと指摘している[13]。

ロトルーの粗筋がきっかけになったとはいえ、執筆の決断には勇気が必要だったはずである。しかし結果的に、彼の多様な才能がまた一つ開花したといえる。

次にトリスタンが選んだ喜劇は『寄食者』*Le Parasite* で、一六五三年にオテル・ド・ブルゴーニュ座で初演された。

〔梗概〕（第一幕）早朝。リュサンドはリザンドルと恋仲なのに、母マニーユによってル・キャピタンと翌日、結婚させられようとしている。乳母のフェニスが窮地を脱するための計画をたて、食いしん坊のフリプゾスに、計画にかかわる用事を、食べ物と交換で頼む。じつはマニーユは十四年前、海難事故で夫アルシドールと息子（二歳）を失い、二人の生死がいまだにわかっていない。フェニスの計画とは、リザンドルがその息子になりすましてマニーユに会い、翌日の結婚を延期させようというものだ。（第二幕）リザンドルは、父から学業に専念するよう命じられている上、金銭面からいっても、結婚のできる状態ではない。悩む彼の耳に、恋人が近々ル・キャピタンと結婚するという噂が届く。絶望する彼に、フリプゾスから策略を説明する手紙が渡される。（第三幕）トルコの奴隷姿でリザンドルが、マニーユ家を訪問。親子、兄弟が涙の対面をする。ところが、パリに出張で来たリザンドルの父親が、マニーユの家の前で息子の姿を見つけてしまったことから騒動が始まる。ル・キャピタンが暴力をふるったので、マニーユは娘と彼との結婚を破談にする。（第四・五幕）ル・キャピタンは、マニーユの行方不明の夫をでっちあげることで巻き返しをはかる。適任の老人を見つけたが、じつはこれが本物の夫のアルシドールだった。二人はマニーユの家に乗り込むが、最初はペテンだとして相手にされなかった。しかし妻の悪夢のことをアルシドールが知っていたのが決め手となって、マニーユから夫と認知される。一度は腹をたてたリザンドルの父も、事情を聞いて息子たちの結婚に賛同、若者たちはめでたく結ばれることになる。

出典はフォルナリス Fornaris の喜劇『アンジェリカ』*Angelica*（一五八五出版）であるが、フォルナリスは先行作品『オリンピア』*Olimpia*（デッラ・ポルタ作）を、またデッラ・ポルタ Della Porta 自身はプラウトゥスを参考にしている。またこの後に書かれたモリエールの『粗忽者』は反対に『寄食者』から影響を受けたと指摘されている。場所はパリのマニーユの家の前の一ヶ所に固定され、時間も二十四時間以内。先行作品に比べて、筋は単純になり、流れはよくなった。筋は単一である。この時期は、ロトルーは死に、コルネイユは喜劇をすでに放棄、モリエールは作品発表前という喜劇の端境期にあたり、作品は一六八三年まで、コメディ＝フランセーズで上演された。

登場人物はイタリア喜劇でおなじみの、寄食者、ル・キャピタン、女中（トリスタンは乳母としている）、父、母、若いカップルだ。

寄食者フリプゾスはいつも腹ぺこで、食べ物のためなら、面倒な計画にも力を貸す。食べたい物の名前を列挙し、家を追い出された時はそれまで食べた料理を次々に思いだして別れを告げる。また、ル・キャピタンが贈り物をしてくれるという兜の一種（「ポ」）を、葡萄酒を入れる壺（「ポ」）と間違えるなど、話をしていても話題は食べ物ばかりに流れて行く。ル・キャピタンは空えばりの隊長で、家来がまわりにいないので（いるはずはないが）、どこに行ったか自問し、靴がないなら、モロッコまで上質の皮を求めて買いに行け、と大げさなことを言う。決闘もいざ始まりそうになると、雨が剣をさびさせるからと言って、あっさり逃げ出す。フェニスも、次々にアイディアをだして若いカップルを救おうと活発に動き回る。親たちは、子どもの結婚に反対するが、最後には受け入れる。

筋も伝統的でトリスタンの独創部分はない。結婚をめぐって親子が対立するが最後はハッピーエンド、海難事故、行方不明だった家族が生還するなどは、イタリア喜劇に特徴的なものである。

トリスタンらしさが見られるのは、精彩ある言葉の選択である。前述したが、フリプゾスの食べ物をめぐる言葉の面白さは枚挙にいとまない。空腹でズボンが落ちそうだと思ったフリプゾスは、女中のフェニスの顔を見たとたん、「おまえの鼻はまさか仔牛の足じゃあないよな。そうなら器用におまえの鼻面《ミュゾー》（ミュゾー＝牛の頬や顎の塩漬け肉）をふいてやるのに（＝平らげてやる）のに」と言う。食欲を満たすのにどれだけ苦労しているかを説明して、「ポタージュに泳ぐ仔牛の大きなすね肉、羊のもも肉、牛の舌、食べ頃の豚肉、ソーセージ二〜三本、こいつらはおいらのグーグーの腹の中では、すてきな歌声になるというものさ」と言う。ユーモアに満ちた、想像力あふれる言葉はトリスタン独特のものである。

また、フリプゾスは実在の酒場を並べて、その時代のパリを芝居にとり込んでいる。二十一世紀の現在も存在する「モヴェール広場」の名前も話に出てくるため、観客は芝居をよりいっそう身近に感じられたはずである。トリスタンは、昔ながらのイタリア風喜劇を、特に新しいものを付加することもなく執筆したが、それ自体に新しさはなかったものの詩行の魅力で、喜劇を復活させたといえる。

『寄食者』は、ショーヌ公爵に献呈されている。トリスタンが世話になったショーヌ公爵の息子である。この頃の事情を考えれば、ギーズ公に献呈してもいいはずだった。そうしなかったのは、一六五〇年頃から用意されていた小説『コロメーヌ』*La Coromène* を公爵に献呈するつもりだったからだと考えられる。『英雄詩集』に端を発したビュルレスクな面をこの喜劇の中に結実させたとはいえ、次の大作の小説のほうが、彼のなかでは大きな比重を占めていたのである。

おわりに

トリスタンは演劇の分野では、悲劇五作、悲喜劇、田園劇、喜劇をそれぞれ一本ずつ残して、ほぼ全ジャンルを制覇した。その他、詩集、小説、書簡集、歴史書なども執筆していて、多様性（ポリグラフィー）の作家であった。

また、演劇の各作品においても多様性の作家だった。当時の時流にのって古典悲劇の規則を守りつつも、バロック時代の特質を示す「夢」をどの悲劇にも取り入れて、夢の独自の形式をつくりあげたが、そのどれ一つとして同じものを書かなかった。古典悲劇の規則に則りながらも、スタンスや独白などを多用しつつ、時として人文悲劇の時代のような長台詞で人物の心理を深めたが、それによって浮き彫りにされた人物たちの心理も、多様であった。専制君主であるが、妻に愛してもらえない男の愛の狂乱だったり、貞淑な妻に横恋慕した若者のメランコリックな愛だったり、専制君主に疑われて自殺せざるをえなくなった碩学の無念だったり、義理の息子への愛と嫉妬だったり、一目惚れをした皇帝を我がものにするために策略を弄した若い娘の想いだったりした。

詩集、小説、書簡集などもテーマはさまざまで、形式も断章風に書かれて、それぞれの断章の長さもさまざまであるなど、多様性は徹底していた。

そのような中で、一六四二年と四三年に出版された『雑書簡集』と『薄幸の小姓』において、「私」が描かれるようになった。貴族の考え一つで人の運命が変えられてしまう宮廷社会について強い不満が「私」を主語にして語られるのである。そして翌年の悲喜劇『賢者の狂乱』では明らかに作家の分身であると考えられるアリストが描かれ、国王の思いつき一つで、家庭の平和がめちゃくちゃにされた賢者の狂乱が描かれた。王弟にいくら奉仕しても、誠実な取り扱いをしてもらえないトリスタン自身の悲嘆が描かれたと考えられ、「私」を描くことにした作家の変化が、一六四〇年代の半ばに見られれのである。

アカデミーの会員となり、さらにギーズ公というメセナを得て、金銭的に落ち着いたあとは、トリスタンははじめて弟子を設け、キノーを作家としてデビューさせた。その弟子のためにそれまで、芝居の上がりは劇団員たちだけで分配されていたのを、作家も金銭をもらえるような制度を確立させた。このことから、「私」の不満の一部が、現実社会で解消されたといえる。

金銭のために物を書かなくてもよくなってからは、まったく流行遅れだった田園劇と喜劇が書かれる。そしてトリスタン流に筋が魅力的に整えられて、精彩ある言葉によってそれぞれのジャンルが生き返った。しかしこの二作品は、トリスタンとしては大作ではなかった。一六五〇年頃から用意され始めた『コロメーヌ』という小説が、どうやらギーズ公への献呈が考えられていた渾身の作品のようだった。原稿は残念ながら残されていない。

トリスタンが多様性を追い求めたのは、社会に根をもたないことから来る不安感によるだろう。生活の糧を得るためには綿密にネットを張り巡らせて、社会と良い関係を保たなければならない。さまざまな可能性を試してみながら、作家として生きる道を探したのだ。しかしメセナを得てからは、彼は社交界から離れて、孤独な生活を送ることができた。トリスタン自身が愛していた孤独に根をはり、新しい活動を展開できるようになった。悲劇以外の、悲喜劇、田園劇、喜劇においてもその傍らに夢の存在を感じさせていたトリスタンのことだから、夢のテーマを大きく発展させることもできたはずだ。

彼は長らく苦しんでいた肺結核のために、一六五五年九月にキリスト教徒として死去した。夢のテーマはどう続行されたのか、あるいはされなかったのか、今では知る術もないが、まだ創作の泉が枯れてはいなかったので、道半ばにしての病死は、大変悔やまれる。

（1）　一六四八年出版の『英雄詩集』に収録される。

（2）　『アリストテレス詩学についての考察』*Réflexions sur la poétique d'Aristote*, 1675.

（3）　Jacques MOREL «Tristan dans la tradition du songe héroïque» in *Cahiers Trisntan l'Hermite* III.

（4）　Daniela DALLA VALLE «Son nom seul est resté» in *Cahiers Tristan L'Hermite* IV.

（5）　Lancaster : *A History of french dramatic literature in the seventeenth century.*

（6）　N.-M.Bernardin : Un précurseur de Racine, Tristan L'Hermite sieur du Solier.（一六〇一～一六五五）: sa famille, sa vie, ses œuvres. 一八九五年 (Slatkine Reprints 一九六七年)。

（7）　Sandrine Berregard : *Tristan L'Hermite, «héritier» et «précurseur» Imitation et innovation dans la carrière de Tristan L'Hermite.*

（8）　トリスタン・レルミット全集四巻　Honoré Champion.

（9）　*Oeuvres Complètes tomeIV* Honoré Champion.

（10）　ロレ Loret 書簡三月十七日付。トリスタン・レルミット全集五巻所収。

（11）　*Esthétique de l'identité dans le théâtre français.*（一五五〇～一六八〇）

（12）　*Oeuvres complètes tome V* Honoré Champion.

（13）　Sandrine Berregard, *ibid.*

参 考 文 献

Tristan L'Hermite : *Œuvres complètes* 5 vol., Paris, Honoré Champion 1999-2002

N-M Bernardin : *Un précurseur de Racine, Tristan L'Hermite Sieur du Solier (1601-1655), sa famille, sa vie, ses œuvres,* Genève, Slatkine Reprints, 1967

Le théâtre complet de tristan l'Hermite, The University of Alabama Press, 1975

Théâtre du XVIIe siècle, Paris, Gallimard (Pléiade) , 1986

Lancaster : *A History of french dramatic literature in the seventeenth century,* New York, Gordian Press, Inc

Sandrine Berregard : *Tristan L'Hermite, «héritier» et «précurseur». Imitation et innovation dans la carrière de Tristan l'Hermite,* Tübingen, Gunter Narr Verlag 2006

第九章　ポール・スカロン ― スペイン・コメディアにこだわり続けた劇作家

冨田高嗣

一　文壇にデビューするまで

ポール・スカロン

文学史的に、スカロンPaul Scarron（一六一〇〜一六六〇）は小説『ロマン・コミック』*Le Roman comique*の作者として、また『偽ヴェルギリウス』*Le Virgile travesti*に代表されるようにビュルレクス体を駆使する詩人として取り上げられることが多く、劇作家としての側面はそれほど重要視されてこなかった。事実、スカロンの文学活動全体を俯瞰する研究書では『ロマン・コミック』が中心に論じられることが多く、劇作品への言及は付加的なものでしかなかった。確かに、演劇史的には十七世紀を代表する喜劇作者の一人として評価されてはいるものの、十分とはいえなかった。ところが、近年スペイン・コメディアとの関わりからスカロンの劇作品に注目が集まるようになり、あらたな研究が出てくるようになった(1)。また、個々の作品の校訂版も出版されるようになり、さらには

二種類の戯曲全集が刊行されるにいたっている。(2)

スカロンの文学的着想の多くはスペインにあるといってよい。『ロマン・コミック』に挿入されているエピソードはセルバンテスに依拠しているし、『悲喜劇的短編集』*Les Nouvelles tragi-comiques* はスペイン語からの翻訳である。劇作品についても同様で、彼は全部で九つの戯曲を書いているが、そのうち八作品はスペインのコメディアに依拠したものである。そこで本章ではスペイン・コメディアとの関連からスカロンのドラマツルギーについて戯曲の構成と人物造形を中心に論じ、スカロンの劇作品の独自性は何であるのかを考察していくことにする。その前にまずはスカロンが文壇にデビューするまでの生い立ちを簡単に紹介しておこう。

ポール・スカロンは一六一〇年七月十日パリの生まれ。スカロン家は十五世紀以来、法曹界、財界、政界に関わってきた名家で、父親はパリ高等法院評議官であった。実母は彼が三歳の時に他界してしまったため、父親は一六一七年に後妻を迎える。しかし、スカロンはこの継母や異母兄弟たちとの折り合いが悪かった。一六二九年には継母の意向もあり、スカロンは家を出てしまう。ところが、スカロン自身はこの生活を楽しんでいたようで、毎日のように社交界に出入りし、ポール・ド・ゴンディ（後のレー枢機卿）、トリスタン・レルミット、サン・タマン、ジョルジュ・ド・スキュデリーらと交流を深めていった。

一六三五年にはスカロンはパリを離れ、ル・マンの司教ボーマノワール・ラヴァルダンのもとへ行く。これは、スカロンと継母たちの関係悪化を心配したスカロンの父親が、知り合いのつてを頼って取りはからったといわれている。しかし、ル・マンでもさまざまな人物との出会いがあった。画家のプッサンや演劇界のパトロンとして有名だったブラン伯爵らと出会ったのはこの頃だといわれている。俳優のモンドリー、劇作家のメレやロトルーはブラン伯爵の援助を受けていたことから、彼らとスカロンとの交流もあったのかもしれない。

ル・マンでの生活を謳歌していたスカロンだったが、一六三八年に結核性のリューマチに襲われてしまう。裸のまま凍った湖で泳いだことが原因であると巷間伝わっている。謝肉祭の夜、裸になって全身に蜂蜜を塗り、鳥の羽をつけ、そのまま凍った湖に飛び込み、水鳥の真似をしたらしい。若気の至りともいえるこの行動により、スカロンは生涯リューマチに苦しむことになる。後にこの病気のせいで身体がひどく湾曲してしまい、「Zの人」Mosnieur Zというあだ名がついてしまう。だが、療養先でまたあらたな出会いがスカロンを待っていた。彼はルイ十四世の愛妾マリー・ド・オートフォールに出会い、気に入られる。一六四〇年頃、スカロンがパリに戻った際に王妃は年金を与えたために、彼は「王妃の病人」Malade de la Reineと呼ばれるようになる。しかし、スカロンがパリに戻った直後、父親が他界。そのせいで遺産を巡り、継母や異母兄弟と訴訟沙汰になってしまう。これが後年まで続き、スカロンを苦しめる。

スカロンが本格的に文学活動を始めたのはこの頃で、一六四三年に『ビュルレスク詩集』*Le Recueil de quelques vers burlesques*を発表した。この詩集は大変な評判となり、一躍有名人となった。

二　俳優ジョドレとの出会い

まずは詩人として文壇に登場したスカロンだったが、その直後劇作家としてもデビューすることになる。最初の二作品は喜劇俳優ジョドレをモチーフにした作品だった。

『ジョドレあるいは主人になった召使い』*Jodelet ou le Maître valet*

〔梗概〕（第一幕）ブルゴスの青年貴族ドン・ジュアンは、婚約者イザベルに会うため、召使いのジョドレとともにマドリッドへ来た。だが、まだお互いに会ったことがなく、肖像画しか見ていない。しかし、相手にはジョドレの肖像画が送られていた。そこで、ドン・ジュアンは、ジョドレと自分が入れ替わってイザベルに会うことを考える。また、彼には殺された兄の敵と行方不明になっている妹リュクレースの捜索という別の目的もあった。（第二幕）イザベルの父ドン・フェルナンのもとへ、甥のドン・ルイとドン・ジュアンの妹リュクレースが別々に現れ、それぞれ助けて欲しいとやって来る。じつは、ドン・ルイはドン・ジュアンの仇であり、リュクレースは妹だった。一方、ドン・ジュアンとジョドレは主従を入れ替わって、ドン・フェルナンのもとへ。しかし、ジョドレの無礼な振る舞いに一同唖然。（第三幕）ドン・ルイとリュクレースが鉢合わせしてしまった現場にドン・ジュアンも現れる。彼はドン・ルイが自分の仇であることを知る。（第四幕）みなはジョドレがドン・ジュアンだと思っているので、今こそ仇を討つべきというが、臆病なジョドレはとまどう。（第五幕）ドン・ルイはジョドレと戦おうとするが、ついにドン・ジュアンが自分の正体を明かす。ドン・ルイは兄を殺してしまったことを詫び、今でもリュクレースを愛しているというので、ドン・ジュアンは彼を許し、二組のカップルが誕生する。

この作品は一六四三年にオテル・ド・ブルゴーニュ座で初演され、大成功を収めたといわれている。モリエール劇団やコメディ＝フランセーズにおいても数多く上演された。ロハス・ソリーリャ Rojas Zorrilla 作『侮辱されれば熱意は不要あるいは主人になった下僕』*Donde hay agravios no hay celos y amo criado*（一六四〇出版）を下敷きに作られたものであり、十七世紀フランスで流行した「スペイン物」の一つである。あら筋で紹介したように、貴族の若者が召使いと入れ替わるのだが、これは十八世紀に書かれたマリヴォーの『愛と偶然の戯れ』にヒントを与えたともいわれている。

ロハスでは主人公が自分の目的の達成のためにこの策略を用いたこと自体に意味があった。そして、召使いがはからずも貴族として振る舞わねばならなくなったことから生じる滑稽さも重要な要素ではあるのだが、身分不相応な状況に置かれた境遇を嘆くなど、召使いの悲哀を感じさせることに重きが置かれている。ところが、スカロンはこの召使いの役割を原作以上に拡大する。

きれいになれよ、俺の歯。でなきゃ、格好がつかないよ。
歯がなくなってしまうなんて災難だ。そんなの俺はいやだ。
そうだとも、にんにくはたまねぎよりいいぞ。
かわいい男の子がやって来て、
俺の食べたにんにくのにおいを嗅いだら、
変な顔をして、
股に手をあてる。（第四幕第一場）

原作では同じ場面で、召使いはその悲哀を感じさせるような台詞をモノローグでしゃべり続けているのだが、ジョドレはいたってのんきな様子で歌っている。スペイン・コメディアの主筋は、あくまでも主人公である貴族の青年たちの恋愛と名誉を巡る物語であって、当時のフランスの考え方でいえば「悲喜劇」的様相を呈しているために、召使いの役割は副次的なものでしかない。スカロンは枠組みをスペインから借りてはいるが、召使いであるジョドレにより大きな役割を与え、独自の「喜劇」を作り上げようとしたのだった。この手法はこの後のスカロンの作品でも看取できる。

スカロンの劇作品全体をつうじて見られる特徴に「見た目と内実のギャップ」がある。つまり、登場人物の目に見えているものが必ずしも正しいものではないという仕掛けが何度も現れ、劇が展開していく。観客はその仕掛けを知っているので、まさしく客観的な立場からどのように話が進んでいくのかを楽しむことになる。中には観客にも知らされない仕掛けもあるにはあるが、あくまでも登場人物にとっての「ギャップ」が中心である。その仕掛けの劇的効果をさまざまな形で表現しようとスカロンは考え、戯曲を構成している。これ自体は「スペイン物」によく見られる特徴の一つであるが、スカロンはこの特徴をとりわけ好んで使っている。

『ジョドレ』においては、主人と召使いの入れ替わりが最大の仕掛けであるが、この部分を強調するのに召使いの役割を拡大する必要があった。このドラマツルギーを支えたのは、何といっても召使い役を演じた俳優ジョドレであった。コルネイユ『嘘つき男』のクリトン役で大評判となった当時を代表する喜劇役者のジョドレがこの作品の中では芸名のまま登場し、さらには戯曲の題名にもなっていることから、ジョドレの担っていた重要性は容易に理解できる。この戯曲の成功が一連の「ジョドレ物」と呼ばれる作品群を生み出すきっかけとなり、俳優ジョドレの名声はますます高まっていった。事実、スカロンはこのジョドレの人気にあやかった作品を作ることになる。

また、当時人気のあった戯曲であるコルネイユの『ル・シッド』やスキュデリーの『セザールの死』の台詞をパロディとして用いている点も忘れてはならない。スペイン・コメディアを下敷きに喜劇を作ったフランスの作家たちには、大きく分けて二つの態度がある。舞台設定や登場人物名をフランス化して作劇をするか、あるいは原作の設定をそのまま利用して作劇をするかのいずれかである。スカロンは後者である。しかしながら、スカロンはタイムリーともいえる題材を織り込みつつ、フランスの観客を楽しませることに十分な配慮をしながら作劇をしていることがうかがえる。二〇〇九年出版の『スカロン戯曲全集』の編者であるステンベルクは、「スカロンの作品の中でもっともよいものとはいえないものの、この作品の中にスカロンのドラマツルギーのさまざまな要素が見て取れる」[3]と評しているが、まさに正鵠を得ている。

『決闘者ジョドレ』*Jodelet duelliste*

『ジョドレ』の成功に平行して、スカロンは詩作も続けている。一六四四年には『ティフォン、あるいは巨人と神との戦い』*Le Typhon ou la Gigantomachie* と『続ビュルレスク詩集第一部』*La Suite de la 1re partie des Œuvres burlesques* が相次いで出版される。また、一六四五年には『ジョドレ』も出版され、劇作品第二作目の『決闘者ジョドレ』も上演の運びとなる。

この作品はもともと『三人のドロテあるいは横っ面を張られたジョドレ』*Trois Dorothées ou le Jodelet souffleté* というタイトルのもとマレー座で上演されたのだが、一六五〇年か五一年頃に『決闘者ジョドレ』とタイトルを変えて上演されている。以下の梗概は『決闘者ジョドレ』のものである。

〔梗概〕（第一幕）青年貴族ドン・フェリクスはリュシーという女性を追いかけてトレドにやって来た。ところが、この男は稀代の女たらしで別の女性と婚約している。召使いのジョドレが諫めてもまったくいうことを聞かない。（第二幕）自分の結婚のためにトレドにやって来たドン・ディエーグは、親戚のドン・ガスパールと出会う。ドン・ガスパールは恋の遺恨からある男性と戦うというので、ドン・ディエーグは協力を約束。ドン・ディエーグは婚約者の家を探している最中に街で出会った女性（リュシー）に一目惚れしてしまう。ドン・ディエーグの召使いアルフォンスは彼女が婚約者の家の人間であることを聞きつけてくるので、ドン・ディエーグは期待する。（第三幕）ドン・ディエーグが婚約者の家に行くと、リュシーは婚約者（エレーヌ）の妹であり、しかもドン・フェリクスと結婚することになっていることを知り、がっかりする。ところが、リュシーはドン・ディエーグに恋をしてしまった。(第四幕) リュシーは別の女性に変装して、一方ドン・ディエーグは偽の手紙を使ってドン・ペードルにドン・フェリクスの所業を知らせて、この結婚をなかったことにしようと画策する。(第五幕) ドン・ガスパールが現れ、ドン・フェリクスと別の場所で決闘し、彼に大けがをさせたという。そこで、ドン・ペードルはドン・ガスパールにエレーヌとリュシーのどちらかと結婚するように勧める。リュシーは耳が聞こえないふりをするので、ドン・ガスパールはエレーヌを妻に選ぶ。すると、リュシーの耳はたちまち聞こえるようになり、彼女はドン・ディエーグと結婚することになる。

この作品に対する後世の評価は決して高いものではない。原因はその構成にある。中心となる登場人物のうち、ドン・フェリクスを巡る筋はロハス・ソリーリャ作『裏切れば必ず罰せられる』*La Tración busca el castigo*(一六三七出版)を、ドン・ディエーグを巡る筋はティルソ・デ・モリーナ Tirso de Molina 作『耳が遠いものほど悪いものはない』*No el peor sordo que el que no quiere oir*(一六三四出版)を、そしてドン・フェリクスの召使いジョドレを巡る筋はロハス・ソリーリャ作『友のための友はいない』*No hay amigo para amigo*(一六四〇出版)を参考に作られている。つまり、スカロンは三つのコメディアに取材し、一つの作品を作り上げているのである。普通は一つのコメディアを粉本として作品を作るので、これは非常に珍しい。

ジョドレが出てくる場面は先の梗概ではほとんど紹介していないので、簡単に紹介しておくと以下のとおりである。ジョドレは第二幕でドン・ディエーグの召使いアルフォンスの質問にきちんと答えないために平手打ちを食らってしまう。そこでジョドレはアルフォンスに復讐をしようと息巻くが、実際にアルフォンスが登場すると急に臆病になり、何もできない。ついには決闘状をたたきつけるものの、やはり臆病風に吹かれてしまい、逆にアルフォンスに殴られてしまう。

これらの場面は各幕の最初あるいは最後に付加的に置かれているだけで、ジョドレ自身第一幕と第二幕以外では他の登場人物とは関わりをもたない。つまり、ジョドレの活躍する場面は主筋にはほとんど関係せず、仮にこれらがなくても戯曲の構成を損なうことはない。ドン・フェリクスを巡る筋とドン・ディエーグを巡る筋は比較的上手く結びついており、それほど無理を感じない。むしろスペイン・コメディアのもつ世界観を上手に表現しているといえる。しかし、ジョドレの登場する場面はその他の筋とまったくといってよいほどに関連がないため、構成的に統一感のない作品になってしまった。この点が後世の批判を被ることになってしまったのである。

『三人のドロテ』から『決闘者ジョドレ』への改作の主な変更点は登場人物の整理であった。前作で登場する人物を二人削り、それぞれの役割を別の人物に振り分けている。登場人物を整理することで、それぞれの人物が劇中で担う役割をより明確にし、筋の運びをより円滑にしようという意図のもとに改作している。だが、主筋とジョドレの場面との連関に変化はない。それはやはり役者ジョドレの存在の大きさ故であろう。前作『ジョドレ』の大成功はひとえに俳優ジョドレのおかげであり、次作においても観客がジョドレの登場を待望していたことがうかがえる。そのために多少構成に難があっても、ジョドレの活躍がそれを補って余りあるとスカロンも考えたのであろう。タイトルも改作時において『決闘者ジョドレ』と副次的な筋を前面に押し出しているのもそのせいであると考えられる。事実、この作品は興行的には成功したといわれている。したがって、これは当然の帰結といえるかもしれないが、ジョドレがいなくては成立しない作品となってしまったため、後年の評価は徐々に下がっていってしまったのだろう。

改作前の『三人のドロテ』が出版されたのとほぼ同じ頃、一六四七年にスカロンは『マタモール隊長の機知』*Les Boutades de Captaine Matamore* を発表する。この作品は二十五編の詩と二編の対話で構成されているが、詩の多くはスタンスあるいはアントレであり、宮廷でのバレーなどのために書かれたものと考えられている。そして二編の対話であるが、一つはマタモールとボニファスの対話であり、もう一つは数人による短い劇のような形式で書かれている。後者はすべての行が同じ韻でつくられているきわめて実験的な作品であり、ステンベルクは「文体練習のようなもの」と指摘している。(4) また、前半部分の詩にもさまざまな内容のものが含まれており、スカロンがここで培ったものがこれ以降の劇作品の中で活かされているといえる。

三　『滑稽な相続人』と『ドン・ジャフェ・ダルメニー』

一六四八年にスカロンは『偽ヴェルギリウス』の出版許可を取り、翌年からその出版を開始する。ローマの大叙事詩『アエネーイス』のパロディとして、ビュルレクス体で書かれたこの作品は大評判となり、詩人としてのスカロンの名をさらに高めることになった。いわば、スカロン自身充実した創作生活を送り始めた時期である。この頃に書かれた二作の戯曲『滑稽な相続人』と『ドン・ジャフェ・ダルメニー』をここで紹介する。

『滑稽な相続人、あるいは興味を持たれた婦人』*L'Héritier ridicule ou la Dame intéressée*

〔梗概〕（第一幕）貴族の子女レオノールはある男性（ドン・ディエーグ）に恋をし、彼を追いかけてマドリッドまでやって来たところ、偶然にも再会することができた。ところが彼はエレーヌという女性に惚れている。しかし、ドン・ディエーグが金持ちではないので、エレーヌにその気はない。（第二幕）ドン・ディエーグは伯父の急逝により多額の遺産を相続することになった。そこで、エレーヌの気持ちを確かめるために、召使いのフィリパンを自分の親戚に仕立てて、彼女に近づけることにする。（第三幕）ドン・ディエーグは伯父の遺産が自分にではなく、親戚に入ることになったのだが、それでも結婚してもらえないだろうかとエレーヌにプロポーズ。彼女は困惑する。そこへ親戚に化けたフィリパンが現れ、エレーヌに言い寄る。（第四幕）ドン・ディエーグの友人ドン・ジュアンはレオノールを追いかけてきたのだが、この地でエレーヌに出会い、彼女に惚れてしまう。（第五幕）フィリパンはエレーヌにプロポーズする。ドン・ディエーグはドン・ジュアンとの結婚を勧めるが、彼女は断る。そこでドン・ディエーグはフィリパンの正体を明かすと、エレーヌは驚き、ドン・ジュアンに泣きつくが、彼はまったく耳を貸さない。そして、ドン・ディエーグとレオノールはめでたく結ばれる。

一六四九年にオテル・ド・ブルゴーニュ座で初演されたのではないかと推定されている。というのも登場人物の一人フィリパンとはオテル・ド・ブルゴーニュ座所属の俳優ド・ヴィリエの当たり役であったためである。原作はカスティリョ・ソロルサノ Castillio Solórzano（一五八四～一六四八？）作『偽りの相続人』*El Mayorazgo figura*（一六四一出版）で、スカロンはその内容をほぼ踏襲している。前作では複数の作品の筋を組み合わせていたが、この作品は第一作目の『ジョドレ』と同様に一つのコメディアをそのまま取り入れたものとなっている。

筋を見てみると、召使いのフィリパンが偽の相続人に扮装する点、『ジョドレ』との類似がよく指摘される。しかし、『ジョドレ』との最大の違いは変装した召使い以上に、それに騙されてしまった相手が痛手を受けてしまうところにある。ドン・ディエーグはエレーヌの本心を探るためにこの仕掛けを用意したところは『ジョドレ』と同じであっても、最終的にエレーヌの金銭的な欲望に対する戒めとなってしまうところが決定的に異なる。『ジョドレ』においては、あくまでも身分違いの状況に置かれた召使いのジョドレの言動を見ることに最大の意味があったのだが、この作品ではあまり好ましくない心根をもった人間を罰すること、いわば勧善懲悪の意味合いをもつ。こうしたテーマを盛り込むことで、召使いを中心に展開する場面と主筋との関わりの度合いがより綿密になってくる。このような工夫をすることで、ジョドレのようなスーパースターに頼ることなく、しかも、召使いの役割を減ずることのない構成になったといえる。確かに、フィリパンを演じていたド・ヴィリエも十七世紀を代表する喜劇役者ではあるが、まだその最盛期ではなかった。飛ぶ鳥を落とす勢いのジョドレと比較すると見劣りしてしまったことは想像に難くない。この作品ではジョドレを使うことができなかったためにこうした工夫が必要になったのだろう。また、前作ではその構成を上手く処理できなかった反省があったと推察することもできるだろう。この作品とスカロンの後年の作品との関係を見てみると、筋の構成は『決闘者ジョドレ』のようなものではなく、あくまでも一つの粉本に基づいて作り上げていくことがここで決定づけられたといえる。

スカロンは召使いの場面と主筋との連関を強めているが、笑いの場面を盛り込むことを忘れてはいない。この一例として第四幕第五場について指摘しておきたい。先に示した梗概では紹介していないが、簡単にまとめると以下のような場面である。エレーヌの家の前にフィリパンが楽士を連れて登場し、セレナーデを演奏させる。そこへドン・ジュアンも現れる。すると、夜陰に乗じてドン・ディエーグと召使いがフィリパンとドン・ジュアンをそれぞれ殴りつける。フィリパンとドン・ジュアンは這々の体で逃げ出してしまう。この作品ではこれまでと比較して召使いを演じる役者に依存する部分を減らしている代わりに、こうした見てすぐに分かる直接的な笑いを提供する場面をスカロンは取り入れている。この場面と同じような場面が『ドン・ジャフェ・ダルメニー』の第四幕第三景に登場するし、それ以降の作品においても出てくる。だが先に指摘したように、こうした場面と主筋とをきちんと連関させて、突出したものではなく仕立てていることはもちろんである。

十七世紀においてスカロンの作品は『ジョドレ』や『ドン・ジャフェ・ダルメニー』がもっとも多く上演されたのであるが、この『滑稽な相続人』も恒常的に上演され続け、大変に人気を博していた。ところが十八世紀になるとあまり上演されなくなってしまった。明確な理由はわからないが、『ジョドレ』や『ドン・ジャフェ・ダルメニー』は上演され続けたので、これらの間に埋没してしまったのかもしれない。

『ドン・ジャフェ・ダルメニー』*Dom Japhet d'Arménie*

この作品に関しては、拙訳があるので、詳細はそちらを参照いただくとして、ここではごく簡単な紹介にとどめる。

〔梗概〕青年貴族ドン・アルフォンスは、旅の途中、オルガスという村で田舎娘のレオノールに一目惚れをしたため、ドン・ジャフェという男の下僕に変装している。ドン・ジャフェとはかつて皇帝の道化だったが、自分はノアの末裔であるなどと不可解な言動をするので周囲を混乱させる。そこへコンスエグラの騎士団長から手紙が来て、じつはレオノールがその姪であることが判明する。みなはコンスエグラに向かう。騎士団長はジャフェを歓迎するふりをして、さまざまな茶番で彼をいじめて楽しむ。最初は大言壮語を繰り返していたジャフェだが、徐々にその臆病者の本性を見せてしまう。一方、ドン・アルフォンスはレオノールとの密会の最中に捕まってしまうが、自分の正体を明かすと、騎士団長も納得し、レオノールとの結婚が認められる。

十七世紀演劇研究の碩学ロベール・ガラポンに「ビュルレスク喜劇の傑作」(5)と評されたこの作品は、オテル・ド・ブルゴーニュ座にて初演され、興行的に大成功を収めた。まだ幼かったルイ十四世の御前でも上演され、王はこれを大変にお気に召し、晩年になってもこの時のことを忘れずにいたといわれる。モリエールもこの作品を好んで上演していることから、十七世紀において非常に人気の高い作品であったといえる。またコメディ＝フランセーズも創立から百年の間に二百五十九回もの上演をした記録があり、十八世紀においても人気を保ち続けていたことが分かる。

このように非常に人気のあった作品であるのだが、その初演年代には諸説あり、確定していない。最初は一六四六年から四七年のシーズンに上演されたと考えられてきた。これはオテル・ド・ブルゴーニュ座の記録に依拠したものだが、フロンドの乱直前のこの時期にこのような芝居が上演可能であったのかについては以前から疑義があった。当時の様子を描いているサラザンの短編小説『オノリーヌ』*Honorine* の中に『ドン・ジャフェ・ダルメニー』の上演を見たという記述があり、その状況設定から、レイモン・ピカールやガラポンは一六五一年から五二年頃と判断した。しかし、どちらを採用するのかについては意見が分かれている。プレイヤド叢書の『十七世紀演劇』の編者ジャック・トゥルシェや二〇〇七年に出版された戯曲全集の編者バルバラ・ソモヴィーゴは一六五一年説を採用しているが、もっとも新しい戯曲全集の編者であるステンベルクは一六四七年説を採用している。(6)

それでは作品の構成に話を移すとしよう。粉本はカスティリョ・ソロルサノ作『シガラル侯爵』*El Marquès del Cigarral*（一六三四出版）で、スカロンは構成、内容ともにこれを踏襲し、いくつかの場面を付け足している。ドン・アルフォンスとレオノールの恋物語がこの戯曲の大きな枠組みだが、これ自体当時の喜劇あるいは悲喜劇の筋として目新しいものではない。しかし「ビュルレスク喜劇の傑作」と評価されるのは、作品のタイトルにもなっているドン・ジャフェ・ダルメニーという人物の奇怪な言動ゆえである。登場していきなり以下のような自分の紹介を始める。


われこそはノアが第二子の子孫なのだ。

このわしまで子々孫々受け継がれてまいった血筋が、

世俗においてわしを国士無双たらしめておる。
かの恐るべき英雄、皇帝シャルル・カンは、
わが二千八百親等のいとこだが、
当然のことながらわが才気を気に入って、
長きに亘りスペインの街々を旅しておった。
ところが、皇帝はこのわしの遠征を中止するよう懇願してきたのだ。
というのも、狭きところにふたつの太陽が並列しては、
寒気の反対を過分なものにしてしまいかねん。（第一幕第二場）

ノアの子孫と公言して憚らないこの男性は、もともと神聖ローマ皇帝の道化であった。つまり、みずから高貴な人物を演じて、皇帝を楽しませる役割を担っていた人物である。わざわざ古くさい表現を使ってみたり、あるいは新しい言葉を次から次へと作り出したりして周囲に笑いを提供する。大言壮語を繰り返すこの人物は、ラテン喜劇以来の「ほら吹き隊長」や中世以来の笑劇に登場する「衒学者」の流れを汲んでいる。ドン・ジャフェのおかしな台詞は常人の言葉づかいとは異なり、一種のファンタジーを醸し出すが、これは真面目なものや高貴なものをくだけた、卑俗な文体で笑い飛ばすビュルレスク体がこの人物の中で巧みに表現されているためである。たとえば、古代の英雄や旧約聖書の人物を喩えに用いてみずからの威厳を誇示しようとするが、滑稽なものとしかうつらない。また自作の詩を披露するものの、「胃袋」「ふいご」などのようにおよそ詩にはふさわしいと思えない言葉ばかりを並べ立てる。第一幕と第二幕では大人物ぶっている様子が描かれるが、第三幕以降ではこれが徹底的にからかわれる。騎士団長の宮廷に招かれるものの、なかなか話をさせてもらえなかったり、耳元で銃を

発射されたり、ついには闘牛をさせられたりと、次から次へといじめられ、道化としての本領が発揮される。そして、ドン・アルフォンス主従に闇討ちをされる場面では臆病者の本性を顕してしまう。ジャフェの召使いフカラルは抵抗しようというが、ジャフェは何もできない。

ジャフェ　うっ！　殴り屋の方々、顔はよしてください！
フカラル　まったく、大声を出しますよ。
ジャフェ　　　　　　フカラル、落ち着いてくれ。
フカラル　背中をやられているのにしては、十分落ち着いていますよ。
ジャフェ　顔を守るために背中を犠牲にして、
　　　　向かい合わせになって腹をくっつけよう。（第四幕第三場）

この後、レオノールのもとへ夜這いに出かけたのだが、騎士団長たちに泥棒よばわりされる場面でも、同じようにおびえてばかりである。この点ではスペイン・コメディアの召使いグラシオーソの流れも汲んでいるといえる。このように的外れな大言壮語から生まれる滑稽さ、周囲から徹底的にいじめられることから生まれる滑稽さなどのさまざまな笑いを提供する人物をスカロンは創り出しただけでなく、この人物をお定まりの筋に絡み合わせ、全体を上手に構成し、独特の作品に仕立て上げている。このことからも『ドン・ジャフェ・ダルメニー』は十七世紀を代表する喜劇の一つといってよいだろう。

四　二つの競作

フロンドの乱以降、スカロンは政治的問題で宰相マザランと対立をするようになり、ついに一六四九年にスカロンの年金は停止されてしまう。彼はこれに怒り、一六五一年にはマザランを批判する『ラ・マザリナード』*La Mazarinade* を出版し、敵意をむき出しにしていく。そして、この年の九月には小説『ロマン・コミック』の第一部が出版される。ル・マンの町を舞台に、旅役者の一座と町の人々を巡って面白おかしい物語が展開されるが、メインの筋とは関係のないいくつかの挿話は、セルバンテスに依拠したものである。この小説は、十七世紀フランスを代表する作品の一つである。

一方、私生活の面でスカロンに大きな変化が訪れる。それは後に彼の妻となるフランソワーズとの出会いである。スカロンは病気療養のためにギニアに旅行しようと考え、「赤道インド協会」la société des Indes exquinoxiales に参加し、そこで十六世紀の詩人アグリッパ・ドービニエ Agrippa d'Aubigné（一五五二～一六三〇）の孫娘フランソワーズと知り合った。そして、お互いに行き来するようになり、翌五二年に結婚する。スカロンの死後ルイ十四世に見そめられマントノン夫人となるフランソワーズとの結婚はさまざまな憶測を呼び、スカロンは醜聞に悩まされ続ける。しかし、結婚後スカロンの家には以前にもましてさまざまな人々が訪れるようになり、活気を呈するようになった。昔から付き合いのあったスキュデリーやサラザン、またニノン・ド・ランクロ、サブリエール夫人、セヴィニエ夫人なども足繁くスカロンのサロンに通っていたといわれている。ただ、こうした人付き合いが、家計を苦しめていたようで、スカロンは次々に作品を書かねばならなかった。こうした時期に書かれた戯曲二作品『サラマンカの学生』と『自分自身の番人』は、オテル・ド・ブルゴーニュ座とマレー座のライバル関係の中で競作となった。

『サラマンカの学生あるいは寛容なる敵』*L'Écolier de Salamanque ou les Ennemis généreux*

〔梗概〕（第一幕）舞台はトレド。貴族の子女レオノールは自室で伯爵に結婚を迫っている。そこへレオノールの父ドン・フェリクスが現れると、伯爵は雑言を吐き出て行ってしまう。ドン・フェリクスはこの恥辱を注ぐためにサラマンカで学生をしている息子ドン・ペードルを呼び戻すことにする。（第二幕）ドン・ペードルはトレドにいて、恋人カッサンドルと密会している。その晩ドン・ペードルが刺客たちに襲われ、その首謀者を殺すが、相手は大勢なので逆に殺されそうになる。そこへ伯爵が現れ助太刀をし、刺客を退ける。伯爵はドン・ペードルを自宅に案内。すると、警官が現れ、ドン・ペードルに殺されたのは伯爵の兄だったと報告。しかし、伯爵はドン・ペードルをかくまい、逃がす。ところがドン・ペードルがすぐに戻ってくる。というのも父親の名誉を回復しなければならなくなったので、伯爵に助力を願い出るためだった。また、ドン・ペードルの恋人カッサンドルは伯爵の妹であったことが分かる。（第三幕）ドン・ペードルが伯爵と一緒に出かけると、ドン・フェリクスに鉢合わせしてしまう。ここでドン・フェリクスの仇が伯爵であることが分かる。しかし、ドン・ペードルは彼が命の恩人であることから、この場では彼を逃がし、後で決着をつける約束をする。（第四幕）ドン・ペードルは殺人の容疑者として投獄されている。だが、伯爵の計らいですぐにも釈放されることに。ドン・ペードルは獄内で伯爵が刺客に狙われていることを知り、助太刀に行くことを決める。（第五幕）刺客に襲われている伯爵をドン・ペードルが助ける。二人きりになったので、ここで決着をつけることにする。しかし、ドン・ペードルの剣が折れてしまったので、別の剣を取りに帰る。その間にドン・フェリクスたちが現れ、伯爵がドン・ペードルを殺したのではないかと疑うが、そこへドン・ペードルが戻るので、誤解が解ける。そしてドン・ペードルとカッサンドル、伯爵とレオノールの結婚が認められる。

この作品は一六五四年に初演され、翌年に出版されている。ロハス・ソリーリャの『義務づけられて辱められる、あるいはサラマンカの学生』*Obligados y ofendidos y Gorón de Salamanca*（一六四〇出版）をもとに作られている。スカロンは献辞の中で「スペインに題材を求めたものの中で、『ル・シッド』以来フランス演劇に現れた最高のもののひとつ」[7]といっている。スカロン自身この粉本を気に入っていたのであろうが、こう評するのにはもう一つ理由があったと考えられる。それはこの作品がスカロンを含め三人の作家による競作になってしまったからである。スカロン以外の二作品とは、ボワロベールの『寛大なる敵』*Les Généreux Ennemis*（一六五四）とトマ・コルネイユの『名だたる敵』*Les Illustres ennemis*（一六五五）である。スカロンの作品を含め、それぞれの初演年代は確定しているのだが、初演された劇団については諸説ある。たとえば、スカロンとボワロベールの作品がオテル・ド・ブルゴーニュ座で上演され、トマ・コルネイユの作品がマレー座で上演されたという説[8]、三作品ともオテル・ド・ブルゴーニュ座で上演されたという説[9]、そしてスカロンの作品はマレー座で、他の二作品はオテル・ド・ブルゴーニュ座で上演された説[10]とさまざまである。スカロンの作品にかぎって見てみると、デイエルコーフ＝オルスボウエルは、オテル・ド・ブルゴーニュ座で初演されたのではないかと推察している。というのも、この作品に出てくるクリスパンを演じていたレーモン・ポワッソンが、この年にオテル・ド・ブルゴーニュ座に登場するからである[11]。また、これらの作品がどの順序で上演されたのかについてだが、パルフェ兄弟によると、まずスカロンがロハスの原作をもとに戯曲を書いていたのだが、その情報を聞きつけたボワロベールが先に書き上げて、上演してしまった[12]。これにより、スカロンとボワロベールの仲が悪くなったといわれている[13]。

これまでの作品と比べてみると、スペインのコメディアがもつ世界にかなり近い作品になっている。コメディアの眼目は貴族である主人公がいかにして自分自身あるいは自分の家の名誉を守るのかにある。名誉のためであれば命の危険すら顧みない。これまでのスカロンの作品でもこうした世界観が反映されてはいたが、この作品ではその度合いが強い。これはコメディアに題材を求めたフランスの喜劇全般にあたることだが、ジャンルは「喜劇」と称していても、当時のフランスの基準では「悲喜劇」である作品が多い。しかし、すでに述べたようにスカロンは他の作家に比べ、戯曲の中で滑稽な役回りの人物を重要視し、その場面や台詞を増やしている。たとえば、『サラマンカの学生』と他の二作品とを比較してみると、ボワロベールやトマ・コルネイユの作品では笑いを誘う場面がスカロンに比べて少ない。トマ・コルネイユの作品にいたっては、笑いの場面はほとんどない。だが、スカロン自身の他の作品と比較してみると、『サラマンカの学生』ではジョドレやドン・ジャフェのように明らかに笑いの軸になるような人物は登場しない。この作品の筋そのものにスカロンは興味を抱いたのではないだろうか。自分の戯曲を常に「喜劇」として書いてきたスカロンだが、この作品は「悲喜劇」としているのはそのためであろう。

原作の持ち味を十分に生かそうとしたスカロンだが、第五幕に原作にはない場面を加えている。それはドン・ペードルが剣を取りに戻る場面である。これはスカロンが「見た目と内実のギャップ」に興味を抱いていたことの証左であろう。これまでの作品においても、見た目は貴族なのに本当は召使いであるジョドレを活躍させたり、その奇怪な言動とは裏腹に非常に臆病な本性を備えたドン・ジャフェといった人物を中心に据えたりしている。また、隣室に隠れて様子をうかがったり、闇の中でさまざまな出来事が起きたりするのはスペイン・コメディアの影響であり、ドゥーヴィルやボワロベールも同じような場面を多用しているが、スカロンは先駆者たち以上にこうした部分への愛着を抱いていたのではないだろうか。

『自分自身の番人』*Le Gardien de soi-même*

〔梗概〕（第一幕）シチリアの王子アルカンドルは、騎馬試合でナポリ王の甥を殺してしまったので、商人に変装し、殺した相手の妹コンスタンスのもとに身を寄せている。農夫のフィリパンが主人の服を着ていたところ、ナポリ王の追っ手に見つかり、彼はアルカンドルとして逮捕されてしまう。（第二幕）コンスタンスの命令でアルカンドルはシチリアの王子として逮捕されたフィリパンの番人をすることになる。フィリパンはナポリ王のもとへ連れ出されるが、アルカンドルの召使いが本物の王子であると偽証するので、みなはフィリパンがシチリアの王子であると信じてしまう。（第三幕）アルカンドルは恋人であるナポリ王の娘イザベルと再会し、二人はお互いの気持ちを確認する。そこへシチリアの皇太子の使者が現れ、両国の和平のためにシチリアの王子とナポリの王女との婚姻以外に方法はないと告げる。ナポリ王はフィリパンが王子であると思っているので、悩んでしまう。（第五幕）シチリアの皇太子が現れ、婚姻を求めるが、みなはさまざまに誤解をしたままであるので、混乱する。そこでアルカンドルが自分の正体を明かし、謝罪することで、すべての誤解が解ける。アルカンドルとイザベル、コンスタンスと皇太子の結婚が決まる。

この作品はオテル・ド・ブルゴーニュ座で一六五四年から五五年のシーズンに初演され、興行的に成功したといわれている。粉本はカルデロン Calderón の『自分自身の看守』*El Alcayole de si mismo*（一六五一）である。前作『サラマンカの学生』と同じく、これも競作となった。トマ・コルネイユは、一六五五年にライバル劇団のマレー座で『己自身の牢番』*Le Géolier de soi-meme* を上演している。ランカスターによると、スカロンの作品の成功を受けてトマ・コルネイユの作品をマレー座が上演したようで、しかも後者のほうが興行的に成功したらし

い。(14)

この作品の内容を見てみると、召使いが主人になる点は『ジョドレ』や『滑稽な相続人』と同じである。だが、戯曲全体の枠組みがこれまでとは異なっている。それは主要な登場人物が単なる貴族なのではなく、王家の人間である点である。主人公アルカンドルの結婚問題が国家存亡の危機に関わり、この婚姻こそが国家間の和平のための唯一の手段という設定である。これは喜劇というより、悲喜劇や悲劇の枠組みであるといえる。娘の婚約者があまりにもおかしな言動を繰り返すために苦悩する父親の姿が描かれるとしても、『ジョドレ』に登場するドン・フェルナンとこの作品に登場するナポリ王とでは苦悩のレベルが違うといえるかもしれない。しかし、スカロンはこれを「悲喜劇」ではなく「喜劇」として作っている。つまり、王であろうと、一貴族であろうと父親という点では同じなのであり、身分の差は関係ないとスカロンは考えていたのかもしれない。事実、スカロンが描き出す二人の父親には大きな違いはない。スカロンにしてみれば、父親の身分そしてその背景に何があるのか以上に、将来の娘婿の奇怪な言動に悩まされる父親を描くことに意味があったのだろう。こう考えれば、スカロンがこの作品を「喜劇」として提示したことにも納得できる。

筋ということでいえば、召使いが主人になってしまう先行作品以上に、この作品では主人であるアルカンドルの役割に大きな意味がある。それは召使いだけではなく、自分自身も危機的な状況に追い込まれてしまう点がこれまでとは違う。偶発的にフィリパンが自分と間違えられてしまい、自分で自分を見張るという皮肉な状況にあって、アルカンドルは自分の力でこの危機を打開しようとする姿が強調されている。そもそも本当はシチリアの王子でありながら商人に変装して逃亡を続けている前提からして、最終的にハッピーエンドを迎えるためにアルカンドルがどのように困難を克服していくのかに焦点が当たっているのである。

登場人物のそれぞれが何らかの誤解を抱いており、最後にはその誤解がすべて氷解し、大団円となるのだが、この筋の基盤となっているのはやはり「見た目と内実のギャップ」であり、スカロンの指向にぴったりと合ったものといえる。この側面からいえば、主人公がシチリアの王子であることに意味が出てくる。つまり、本物の王子が商人に変装し、みなが王子と信じていた男は単なる召使いにすぎなかったのであるから、そのギャップは激しく、これまでの作品以上に効果的であるといえる。たとえば、第一幕第七場でフィリパンは王子の服を着ているために王子と間違えられるが、追っ手の一人に「そのような下品な言葉遣いでご自分を偽られても無駄でございます」といわれてしまう。ただ、スカロンはこのようなギャップのためだけにこうした設定を求めたかどうかは軽々に判断できない。というのも設定自体は原作に依拠したものであって、筋の面白さ、自分の指向に適った作品を求めたと考えるのが自然であろう。

五　作風の変化

一六五五年、スカロンはスペインの短編小説集『恋愛模範短編集』*Novelas amorosas y ejemplares*（サヤス・イ・ソトマイヨル作）をもとに『悲喜劇的短編集』を出版している。ここでいう「悲喜劇的」とは、悲劇と喜劇が紙一重の状況、あるいは当事者にとっては悲劇であるが周囲から見れば喜劇に見えるような状況のことである。この短編集に収録されている「無益な用心」*La Précaution inutile* では、自分がコキュになることを恐れている主人公がさまざまな手段でこれを防ごうとするものの、最終的には妻に逃げられてしまうさまざまが描かれる。この短編はモリエールの『女房学校』に影響を与えたといわれている。またこの『悲喜劇的短編集』にはこれ以外にも『守銭奴』と似た内容の短編も収録されている。そして、この短編集の翻訳はこの後のスカロンの劇作品に変化をもたらしたと考えられる。まずは次作『滑稽な侯爵』を見てみることにしよう。

『滑稽な侯爵、あるいは急いで作られた伯爵夫人』*Le Marquis ridicule ou la Comtesse à la hâte*

〔梗概〕（第一幕）ポルトガル人の女性ステファヌは、スペインの貴族の青年ドン・サンシュに恋をしている。ドン・サンシュの兄ドン・ブレーズ侯爵は、自分がコキュになることを極度に恐れている。（第二幕）貴族の子女ブランシュは馬車の事故の際、ある青年に命を救われた。彼女には婚約者がいるのだが、この青年に恋をしてしまう。その婚約者とはドン・ブレーズであり、青年とはドン・サンシュだった。（第三幕）ドン・ブレーズはブランシュの本心を探るために、ドン・サンシュに彼女を口説くよう命じる。一方、ブランシュはドン・サンシュがドン・ブレーズの弟であることを知り、絶望する。（第四幕）ステファヌはブランシュのもとを訪れ、ドン・ブレーズにはすでに子供がいると嘘をつく。そこへドン・ブレーズが現れるので、ステファヌは隠れる。ドン・ブレーズはブランシュの父ドン・コムに彼女の人となりを知るまでは結婚できないと言い出す。すると隙を見てステファヌが逃げ出すので、ドン・コムは見知らぬ女性を隠していたと勘違いし、こうなっては名誉のためにも今すぐに結婚するようドン・ブレーズにせまる。（第五幕）ステファヌとドン・コムは、話の中から自分たちが生き別れになっていた親子であることを知る。そこで、ドン・コムはこれまでの贖罪の意味も込めて、ドン・ブレーズとステファヌの結婚を勧め、お互いにこれを承諾する。またブランシュがドン・サンシュのことを好きであると知ったドン・コムは二人の結婚も認める。

一六五六年に上演された作品であるが、原作はアントニオ・コエリョ Antonio Coello 作『かかわらない方がよい』*Peor es urgallo* だが、このコエリョという人物はまったくの無名の作家であり、印刷された作品は現存しておらず、この粉本もマドリッドの図書館に十八世紀に書写されたものが残っているにすぎない(15)。したがって、スカロンがどのような形でこの作品に接したのかは不明である。これまでスカロンが参考にしてきたスペインの作家たちはどれもみな有名な人たちばかりであった。だが、まったく知られていない作家の作品をあえて取り上げたということは、それだけその内容をスカロンが気に入ったからではないかと推察できる。

この戯曲の中心人物がドン・ブレーズであることはいうまでもない。ランカスターは、その威張った様子と臆病な様子の二面性があることをとらえてドン・ジャフェ、またトマ・コルネイユの『ドン・ベルトラン・ド・シガラル』*Dom Bertrand de Cigarral*（一六五一）の主人公ドン・ベルトランとの類似性を指摘している。(16)また、自分が婚約者に裏切られることを極度に恐れ、自分の弟が彼女に近づくだけでも警戒をしてしまう様子は『女房学校』のアルノルフを思わせる。最終的にハッピーエンドではあるものの、ドン・ブレーズの偏執狂とまでいえる言動がこの作品の軸になっている。

しかしながら、これまでのスカロンの作品おいて貴族である登場人物が笑いを誘う中心になることはなかった。笑いの中心にあったのは基本的にジョドレやフィリパンのような召使いであり、スペイン・コメディアのグラシオーソに依拠した人物であった。『ジョドレ』以降、大食漢で、酒好きで、臆病者といった性格を有する召使いが、本人の意志に反して貴族の世界に放り込まれ、奇怪な言動で周囲の顰蹙を買ってしまうのがパターンであった。また、『ドン・ジャフェ・ダルメニー』でも、ドン・ジャフェはグラシオーソの臆病な側面とラテン喜劇以来のほら吹き隊長のもつ大言壮語が混じり合う人物であり、自分を大人物といって憚らないが、皇帝の道化であった。ところが、ドン・ブレーズは召使いや道化ではなく、貴族であり、むしろ召使いたちを笑い飛ばす立場の人間である。つまり、貴族の世界に別の世界の人間が入り込むことのギャップが笑いを誘っていたのに対して、もともと貴族である人間の奇怪な言動に周囲の人たちが振り回されることで笑いを提供している点で、まったく異なるシステムのうちに構成されているといえる。なぜこうした変化をスカロンが求めたのかについて、スカロン自身は何も語っていないので推察するしかないのだが、一つには何らかの理由でジョドレやド・ヴィリエのような召使いを好演してくれる俳優に出演してもらえなかったことが考えられる。また、もう一つの理由として、この作品の直前に出版した『悲喜劇的短編集』の影響があるといえる。先に述べたように、悲劇と喜劇が紙一重の人物を主人公にするには召使いではなく、ある程度社会的立場のある人物であるほうが効果的であるとスカロンは考えたのではないだろうか。これも「見た目と内実のギャップ」という側面からすれば、より効果の高い設定であることはいうまでもない。

『女房学校』との類似性を指摘したが、スカロンが行なったこのような変化はモリエールのドラマツルギーの変化にも似ている。コキュになることを恐れる主人公にした劇は数多いが、あくまでも笑劇の枠組みの中で書かれたものが多い。つまり、笑劇において笑いの中心になるのは見た目にもおかしな格好をした人物であったのだが、モリエールは『女房学校』以降のいわゆる性格喜劇と称される作品においては一般の市井にいる人物の中にある偏執的な性格に着目し、戯曲を構成していった。確かに、ドン・ブレーズの性格描写にはアルノルフほどの深みは見られないが、社会的立場の高い人物の偏執的な性格に焦点を当てている点は同じであり、同じような方向性を目ざしていたのかもしれない。

スカロンにとって新機軸といってもよいこの作品だが、レリスは成功したと記述しているものの(17)、ランカスターは評判がよくなかったようだと記している。というのも、モリエール劇団にもコメディ゠フランセーズにもこの作品の上演の記録がないためである。不評の原因は『ドン・ジャフェ・ダルメニー』や『ドン・ベルトラン・ド・シガラル』と似ているためにこの作品が埋没してしまったのではないかと分析をしている(18)。このことから初演時にはある程度の評判を得られたとしても、長続きはしなかったということはいえるかもしれない。

この作品を世に送り出してからも、『ロマン・コミック』第二部を出版するなど、精力的に文学活動を続けていたスカロンであったが、病状は悪化し続け、ついにマレー地区の自宅で一六六〇年十月六日に息を引き取る。

自分の体を変形させてしまうほどの病気、継母や異母兄弟との確執、美しい妻とのゴシップ、政治的対立など日常生活においてはさまざまな問題を抱えていたが、それらを払拭するかのように笑いを追求した作品を書き続けた生涯であった。

六　生前には発表されなかった作品

ここで紹介する作品はスカロンの生前に出版された形跡はなく、上演されたのか否かも分かっていない。二作品とも、スカロンの死から三年後の一六六三年に出版されている。スカロンの死後、家族は経済的困窮から脱するためにスカロンが書きためていた作品を出版し続けており、これらもそうした経緯で発表されたものと考えられている。

『偽りの見た目』*La Fausse apparence*

〔梗概〕（第一幕）マドリッドの貴族ドン・カルロスは、恋人のレオノールとともにバレンシアにいる親戚ドン・ルイのもとへ逃げてきた。というのもドン・カルロスがレオノールの部屋に行ったところ、すでに別の男性がいたので、剣を交えることになり、相手に瀕死の重傷を負わせてしまったからだった。彼らは追われているので、とりあえずレオノールをドン・ルイの妹フロールの侍女に変装させることにする。ドン・カルロスは一緒に逃げてては来たものの、レオノールを許してはいない。（第二幕）フロールにはドン・サンシュという恋人がいるが、彼こそがドン・カルロスに怪我をさせられた人物だった。ドン・サンシュの召使いがこの顛末をフロールに手紙で知らせていたので、彼女は激怒。しかし、フロールは今でもドン・サンシュを愛している。（第三幕）ドン・ルイはフロールの身持ちが心配なので、ドン・カルロスに彼女を見張っていて欲しいと懇願。一方、レオノールはドン・サンシュと出会ってしまったために、自分の正体を明かす。ドン・カルロスは相変わらず彼女を許そうとしないので、彼女は卒倒してしまう。（第四幕）ドン・カルロスは今でもレオノールを愛しているが、名誉のために彼女を許せないので、彼女がドン・サンシュと結婚することを望んでいる。そこでドン・ルイはフロールにその仲立ちを依頼する。フロールは自分の愛する人に別の女性との結婚を勧めねばならないことに悩んでしまう。（第五幕）ドン・サンシュはレオノールとの結婚を勧められるが、レオノールにはまったくその気がないこと、またマドリッドでの一件も彼女にはまったく否がないことを伝えるので、ドン・カルロスは彼女を許すことにする。そしてドン・カルロスとレオノール、ドン・サンシュとフロールの結婚が決まる。

これはカルデロン作『最悪のことが確実なものとはかぎらない』*No siempre lo peor es cierto*（一六五二）を焼き直したもので、一六五八年から五九年頃に執筆したのではないかと考えられている。

これまでの作品との比較でいえば、笑いの要素が極端に減らされている点が注目される。ジョドレのような召使いも登場しないし、ドン・ジャフェのように二面性をもつことで笑いを誘う人物も登場しない。この作品の中心であるドン・カルロスは、恋人レオノールが浮気していると信じ込んでしまい、戯曲の終盤になるまで真実に気づかないままの人物である。タイトルのとおり、「偽りの」見た目を信じてしまったために、真実が何度となく彼の前で繰り広げられるのにもかかわらず、恋人の言葉を信じることができない。執拗なまでに一つの疑念を抱き続け、滑稽に写ってしまう人物造形という点では前作の『滑稽な侯爵』の主人公ドン・ブレーズに似ており、またモリエールの作り出す登場人物たちにも似ている。何度も何度も同じことを繰り返してしまうところは『粗忽者』のレリーを思わせるし、自分の信じていることを疑わないところは『タルチュフ』のオルゴンのようでもある。ただ、一つ異なっているのは、このドン・カルロスは貴族としての名誉を気にするがためにこのような行動に出ているところである。スペイン・コメディアの登場人物たちは名誉を守るためであれば命もいとわない。事実、ドン・カルロスは第五幕第七場で決闘をして命を落とす覚悟を示す。つまり、コメディアにおける典型的な中心人物である。『滑稽な侯爵』のドン・ブレーズの言動には奇怪なものも多かったが、ドン・カルロスはむしろごく当たり前な台詞をしゃべっており、ただ頑なにレオノールに対してはしつこく厳しい態度をとり続けるところだけが際だっている。笑いを誘うということでいえば、フロールが本心に逆らいながらも、自分の恋人であるドン・サンシュにレオノールとの結婚を勧めなければならない場面のように皮肉な笑いが多い。これは前作同様『悲喜劇的短編集』に現れる「悲喜劇」的な人物たちが醸し出す笑いを求めたためであるといえよう。したがって、これまでのスカロンの作品の中に現れる種類の笑いはここではあまり見られない。ただ、「見た目と内実のギャップ」を軸に筋を構成している点は共通しているといえる。

ステンベルクはこの作品を「まるでドゥーヴィルの作品のようだ」[19]と評している。ドゥーヴィルとは一六三〇年代からスペインのコメディアに着目し、「スペイン物」の流行の先駆けとなった人物である。スペイン・コメディアをフランスに導入する際に、ドゥーヴィルはフランスのリアリティを追求した。舞台をフランスに設定し、登場人物をフランス人の名前に変えながらスペイン・コメディアの世界観を取り入れようと考えた[20]。言い換えれば、コメディアをそのままフランスに移してきた戯曲ということである。これに対し、スカロンは舞台や人物はスペインのままにしておきながら、召使いの役割を拡大し、独自の笑いを追求した。したがって、ドゥーヴィルとスカロンを比較した場合、笑いを誘う場面はスカロンのほうが圧倒的に多い。つまり、笑いの場面が減っているのであるから、「ドゥーヴィルのようだ」と評していると考えられる。また、ステンベルクはこの作品の出来があまりよくないという意味でこう形容しているのであろう。確かに、マルティナンシュもドゥーヴィルを「翻案者にすぎない」と評していることからも、(21) ドゥーヴィル自体の評価がきわめて低い。事実、現代ではほとんど顧みられることのない作家の一人である。しかし、ドゥーヴィルの作品を細かく見ていくと評価すべき点も多々あり、「ドゥーヴィルのようだ」という形容には異論がないわけではないが、これはまた別の機会に論じたい。

『海賊の王子』*Le Prince corsaire*

〔梗概〕（第一幕）舞台はキプロス。キプロス王が亡くなった。その遺言によると、王の弟でありシチリア王であるニカノールの息子アマンタスに王位を譲りたいとのことだが、二人の娘エリーズ、アルシオーヌのどちらかと結婚することが条件。姉のエリーズは別の国の王子アルカンドルに恋をしているのでその気はない。しかし、そのアルカンドルが海賊の王子オロスマヌに殺されてしまったとの一報が入る。（第二幕）アマンタスはエリーズに恋をしている。みなは国家のためにもエリーズにこの結婚を承諾するよういうが、彼女は明確な返事をしない。そこへオロスマヌはアマンタスと戦いたいと手紙で知らせてくる。アマンタスはオロスマヌのもとへ。アルシオーヌは密かにアマンタスに恋をしているので、心配でならない。（第三幕）アマンタスは怪我をして戻り、オロスマヌこそエリーズにふさわしいといい出す。そこへオロスマヌの軍勢が侵攻してきたとの知らせが入る。ニカノールはオロスマヌ討伐をアマンタスに命じる。ところが、その前にオロスマヌが逮捕されてしまったと報告が入る。（第四幕）オロスマヌの正体はアルカンドルだった。そうとは知らずエリーズは彼を殺そうとするが、アルカンドルであることに気づく。アルカンドルはキプロス王の命じる戦争に疑念をもっていたために、本物のオロスマヌが死んでしまったのに乗じて、彼になりすましていたのだった。アマンタスが現れ、彼を逃がすために服を交換する。（第五幕）交換した服のせいでニカノールは息子のアマンタスを襲ってしまう。ニカノールはそのせいで狂乱し、エリーズの命を奪おうとさえする。しかし、アルカンドルの腹心が現れ、アルカンドルこそニカノールが若い頃にある国の女王に生ませた王子であることを伝えると、ニカノールは正気を取り戻す。そして、アルカンドルとエリーズ、アマンタスとアルシオーヌの結婚が認められる。

これまでの作品と決定的に違っているのはこの作品だけはスペインのコメディアに依拠して作られていないこと、そしてまったく笑いの要素がないことである。スカロンはこの作品を「悲喜劇」としている。「悲喜劇」の定義は非常に複雑であり、明確な線引きは難しいが、少なくとも『滑稽な侯爵』や『偽りの見た目』の直前に翻案した『悲喜劇的短編集』に現れるような「悲喜劇」ではなく、一六三〇年代から四〇年代に流行した「悲喜劇」と同じである。これまでスカロンが作り出してきた笑いを提供する人物は『海賊の王子』には一切登場しない。国家の危機的な状況という設定、登場人物たちのシリアスな台詞のやりとり、恋人たちの愁嘆など仮にハッピーエンドでなければ、悲劇として成立してしまうだろう。主人公の生い立ちが最後の最後で明るみに出ることで物語は一気に好転していくあたり、こうした言い方が正しいか否かについて疑問がないわけではないが、まさしく純然たる「悲喜劇」である。つまり、いわゆる「悲喜劇」として見れば上手く構成されており、決して悪い作品ではない。だが、やはりスカロンが書いているということ、そしてここまでの彼の作品の傾向を考えると、この作品だけ突出してしまう印象は否めない。

なぜスカロンがこうした作品を残したのかは分からない。しかも、生前に出版されていないことを考えれば、スカロン自身これを世に出すことを考えていたのか否かも分からない。『マタモール隊長の機知』で見せたように、さまざまな文体を駆使することのできたスカロンであるから、このようなジャンルの作品を書くことができるとアピールしたかったのかもしれないが、これは推察の域を出ない。ただ、これまでの作品に共通していた

「見た目と内実のギャップ」という側面から見てみれば、この作品にもそうした要素は多分に看取できる。オロスマヌはアルカンドルであり、それに気づかないエリーズは自分の恋人を一歩間違えば自分の手で殺してしまっていた。ニカノールも知らなかったとはいえ自分の実の息子を殺そうとしてしまう。かつて流行した悲喜劇にもさまざまなタイプがあるが、中でもこのような題材を選んでいることは、スカロンの指向に沿ったものであるといえるだろう。

スカロンが書いた戯曲は以上九作品であるが、これ以外に三つの断片が残っているので、簡単に付言しておこう。どれも喜劇として書かれたものである。もっとも長いものには『偽のアレクサンドル』*Le Faux Alexandre* とタイトルもついており、第一幕と第二幕の途中まで約五百行が残っている。登場人物にはジョドレの名前もあり、彼の活躍を期待して書かれたのであろう。したがって、かなり初期に書かれたと考えるのが妥当である。また、注目すべきはおそらくスペイン・コメディアに依拠したものかどうか不明な点である。というのも、登場人物たちはフランス人であり、内容から舞台設定はトゥールと推察されるからである。スペイン・コメディアに依拠している作品はすべて状況設定をそのまま利用していることから、典拠がないかあるいはコメディアではない作品にもとづいて作られた可能性を捨てきれない。

次に長いものは約三百二十行の作品で、タイトルはない。残っている内容の大部分は、おそらく主人公であると思われるタラントの王子タンクレードとサレルノの王妃イザベルのやりとりである。ステンベルクはこの台詞と『偽りの見た目』の中に登場する台詞との関連性を指摘している[22]。

もっとも短いものは、全体で約二百三十行しかなく、タイトルもない。第一幕の途中までと第二幕の断片が残されている。スペイン人の名前が並ぶ登場人物の一覧表からして、スペイン・コメディアに影響を受けて書かれたものと推察されるが、詳細は不明である。

おわりに

スカロンの戯曲といえば『ジョドレ』や『ドン・ジャフェ・ダルメニー』のような笑いにあふれた作品が代表的であり、また、スペイン・コメディアから多大なる影響を受けていることはこれまでも多く指摘されてきた。しかし、こうして彼の戯曲を通観してみると、そのドラマツルギーの中でも、とりわけ人物造形について変化のプロセスが見て取れる。最初はジョドレの力を借りて、召使いの役割を拡大することを目ざし、独自の世界を作り上げようと考えた。そして、そうした人物と筋との関係を緊密にさせることで、添え物でしかなかった人物を前面に押し出す。その後、主人公を召使い的人物から貴族にし、その言動のおかしさをより効果的に提示しようとした。その根底には、本文中何度も述べたように、「見た目と内実のギャップ」があったといえる。唯一スペイン・コメディアに依拠していない最後の作品についても、このキーワードから見れば、同一の指向性にもとづいて作劇されている。こうした人物造形のあり方は、スカロン以降のフランス喜劇に大きな影響を与えている。召使いの役割の拡大は、召使いを主人公にしたさまざまな作品が生み出される一つの要因となっているし、また指摘したように、スカロンの後期作品の人物造形のあり方とモリエールの人物造形のあり方の類似性を鑑みれば、その重要性は十分に理解できるであろう。

（１）　A. Cioranescu, *Le masque et le visage, du baroque espagnol au classicisme français*, Droz, Genève, 1983.
R. Ruiz Alvarez, *Las comedias de Paul Scarron y sus modelos españoles*, Universidad de Léon, Secretariado de Publicaciones, 1990.

C. Marchal-Weyl, *Le tailleur et le fripier, tranformation des personnages de la comedia sur la scène française (1630–1660)*, Droz, Genève, 2007.

(2) *Théâtre complet,* édition critique avec introduction, notes et glossaire par B. Sammovigo, Felici Editore, 2007.
Théâtre complet, édition établie et présentée par V. Stenberg, 2 vol., Honoré Champion, 2009.

(3) Stenberg, *op. cit.,* p. 63.

(4) *Ibid.,* p. 304.

(5) *Don Japhet d'Arménie,* texte établi et annoté par R. Garapon, Librairie Marcel Didier, 1967, pp. XIX–XXI.

(6) 議論の詳細については、Stenberg, *op. cit.,* pp. 387–390を参照のこと。

(7) Stenberg, *op. cit.,* p. 635.

(8) Lancaster, H. C., *A History of french dramatic literature in the seventeenth century,* New York, Gordian Press Inc., 1966, t. 3, p. 69.

(9) Stenberg, *op. cit.,* p. 633.

(10) Léris, A. de, *Dictionnaire portatif historique et littéraire des théâtres,* Paris, C. A. Jombert, 1763 (Genève, Slatkine Reprints, 1970), pp. 159, 218 et 244.

(11) Deierkauf-Holsboer, S. W., *Théâtre de l'Hôtel de Bourgogne,* Paris, Nizet, 1970, tome II, p. 78.

(12) Parfaict, Claude et François, *Histoire du théâtre françois,* Paris, 1746, tome VIII (Genève, Slatkine Reprints, 1967, tome II, p. 265).

(13) Tallemant des Réaux, *Historiettes,* éd. Adam, A., Bibliothèque de la Pléiade, Paris, Gallimard, tome I, p. 411.

(14) Lancaster, H. C., *op. cit.,* pp. 76–80.

(15) Manuel Losada Goya, J., *Bibliographie critique de la littérature espagnole en France au XVIIe siècle,* Droz, Genève, 1999, pp. 198–199.

(16) Lancaster, *op. cit.,* pp. 80–83.

（17） Léris, A. de, *op. cit.*, p. 283.

（18） Lancaster, *op. cit.*, pp. 80–83.

（19） Stenberg, *op. cit.*, p. 957.

（20） 拙論「ドゥーヴィルとスペインのコメディア」（中央大学人文科学研究所『人文研紀要』第五十九号、平成十九年九月）を参照のこと。

（21） Martinenche, E., *La comedia espagnole en France*, Paris, 1900（Genève, Slatkine Reprints, 1970）, pp. 401–402.

（22） Stenberg, *op. cit.*, pp. 1135–1136.

第十章　フィリップ・キノー――サロンと栄達

橋本　能

キノーPhilippe Quinault（一六三五～一六八八）は今日ではほとんど無名の作家である。わずかにリュリのオペラの台本の作者としてしか知られている。しかし、当時は人気の高い流行作家であった。コルネイユとラシーヌをつなぐ存在の一人として、演劇史のうえでもっと注目されてよいだろう。本章では、その生涯と作品を次の四期に分けて考えたい。

フィリップ・キノー

第一期　喜劇の時代――誕生（一六三五年）からトリスタンの死（一六五五年）

第二期　悲喜劇の時代――『ティモクラート』の上演（一六五六年）から結婚（一六六〇年）

第三期　悲劇の時代――結婚（一六六〇年）からラシーヌの登場

第四期　オペラの時代――王立音楽アカデミーの成立（一六六三年）からキノーの死（一六八八年）

なお本章の伝記的記述の大部分は、エティエンヌ・グロとビュイシュテンドルフの研究書(1)にもとづくことをあらかじめ明記しておく。これらの研究書はかなり古い文献であるが、今日でも伝記的資料としては他に代えがたいものである。

一　試行錯誤――トリスタンの庇護のもとに

フィリップ・キノーPhilippe Quinaultは、一六三五年にパリのパン屋の長男としてグルネル＝サント＝ノレ通りで生まれて、六月五日にサン・テュスターシュ教会で洗礼を受けた。父親はトマ、母親はプリム・リキエである。二人は一六三四年二月二十七日に結婚した。フィリップが生まれて二年後の一六三七年に弟マルタンが、さらに五年後の一六四二年に妹のバルブが生まれた。キノーの少年時代についてはよく分かっていない。

劇作家トリスタン・レルミットと父親のトマは同郷の出身で、パリに来る以前にキノー家とトリスタンの一家は付き合いがあった。当時トリスタンは、ガストン・ドルレアン家の侍臣だった。一六四三年頃つまり八歳の頃、キノーはトリスタンの従僕となった。

一六五〇年から五三年頃にキノーは法律の勉強に取り掛かり、トリスタンに仕えながら弁護士の見習いとなった。キノーは弁護士としてある程度の評判を得たようである。

一六五三年にキノーの喜劇『恋敵』*Les Rivales*がオテル・ド・ブルゴーニュ座で上演された。舞台はリスボン、騎士を追いかける男装の元婚約者と婚約者の二人が宿で騎士とすれ違いの騒ぎの末、結局騎士は元の婚約者と結婚、婚約者は元の婚約者の兄と結婚する。キノーは当時十八歳で、この喜劇がデビュー作となった。この喜劇は、ロトルーの悲喜劇『二人の乙女』の脚色である。スペイン風喜劇の流行は一六三六年から五七年あたりで、当時流行は続いていた。オテル・ド・ブルゴーニュ座は、セルバンテスの『模範小説集』を粉本とするロトルーのこの悲喜劇を上演しようと考えたが、時代遅れになっていたため、改作をトリスタンに依頼した。こうした例はないわけではない。この作品の上演の前年になるが、トリスタンはロトルーの喜劇『セリメーヌ』を田園劇『アマリリス』と改作して上演している。トリスタンは、キノーに代作させたわけだが、トリスタンはキノーの才能を認めて弟子にしたといわれる。上演は成功し、キノーの劇作家としての道を開いた。

この成功を機に、キノーはこの頃からサロンに出入りし始める。わずか十八歳であったが、低い身分の出身のキノーは成功を求めて社交界に入ろうとした。キノーは美男で身だしなみが良かった。彼は背が高く、目は黒くてくぼんでいたが、生き生きと光っていて、唇は少し厚かった。顔は美しくて、女性に気に入られた。彼は多くのサロンの女主人から招待された。そこで彼は自分の作品を朗読した。彼はペロー兄弟とも友人になった。しかし、一方では社交界の成功の代償を支払わされた。サロンの対立に巻き込まれ、『プレッシューズ大事典』*Le Grand dictionnaire des précieuses*（一六六一）を書いたソメーズからも攻撃を受けた。

キノーは翌年から立て続けに作品を発表する。一六五四年には田園悲喜劇『高邁な恩知らず』と喜劇『無分別な恋人、あるいは粗忽な主人』が、一六五五年には喜劇『喜劇なしの喜劇』と悲喜劇『愛と運命のいたずら』が次々と上演されている。

田園悲喜劇『高邁な恩知らず』*La Genéreuse Ingratitude* は、オテル・ド・ブルゴーニュ座で上演された。舞台はアルジェリア、ゼランドは男装して、自分を裏切った婚約者を追いかけてこの地にやってくる。婚約者はゼランドの兄の命の恩人だが、兄は婚約者が妹を捨てたことを知って、決闘を申し込む。後悔した婚約者は彼女と結婚する。既に述べたとおりトリスタンは、ロトルーの喜劇『セリメーヌ』を元にした田園劇『アマリリス』を一六五二年にオテル・ド・ブルゴーニュ座で上演して成功した。この成功を機に、一時的に田園劇が流行する。

キノーが田園劇を手がけたのは、おそらくはこの流行の波に乗ろうとしたのだろう。作品は成功した。成功には、評判だけでなく、有力者の庇護が必要だった。キノーは、コンティ公にこの作品を献呈した。

コンティ公アルマン・ド・ブルボンは、ギーズ公の従兄弟に当たる。若年の頃は放逸な生活を送っていたといわれる。一六五四年には地方巡業中のモリエールを庇護して、「コンティ公付き劇団」と名乗らせているように、キノーが作品を献呈した頃は演劇の庇護者であった。一六五七年に回心して、熱烈なカトリック教徒となり、秘密結社「聖体秘跡協会」に加盟して、モリエールの『タルチュフ』上演を阻止しようとしたことで知られる。キノーはとにかく後ろ盾がほしかったのだろうが、一方で、こうしたやり方はますます反感を買った。(2)

同年の年末には、喜劇『無分別な恋人、あるいは粗忽な主人』*L'Amant indiscret ou le Maître étourdi* がオテル・ド・ブルゴーニュ座で成功し、宮廷でも演じられ、キノーはサロンで朗読もしている。舞台はパリ、主人のクレアンドルは粗忽者でへまばかりしているが、下僕フィリパンの活躍で恋人の母親から結婚の許しを得る。当時はスペイン風喜劇が流行していたが、イタリア喜劇を底本とした作品である。原作はニコロ・バルビエリの『浅慮な男』*L'Inavvertito*（一六三〇刊）で、後にモリエールもこの作品をもとに、『粗忽者、あるいは不時の蹉跌』（一六五五）を書いている。作品の面白さは、粉本と同様に、下僕の策略が主人の粗忽、不注意で失敗するちぐはぐさにあるが、舞台をパリにして、全体の雰囲気はフランス風に移し変えられている。成功したとはいえ、まだ二十歳のキノーは押しも押されぬ詩人とはいえない。今度は、彼は献呈者としてカンダル公爵を選んだ。カンダル公爵ガストン・ド・ノガレは、グロによれば、美男で、多くの貴婦人と浮名を流して、多額の負債を設けた。また喧嘩好きで、ルイ十四世も彼の武勇に一目置いていた。当時の社交界で人気の高い人物であり、多くの作家たちを庇護している。

翌年の一六五五年はじめに、喜劇『喜劇なしの喜劇』*La Comédie sans Comédie* がマレー座で上演された。舞台はパリ、役者たちと商人の息子と娘が恋仲になる。役者たちは父親の商人を説得するために芝居を演じて見せる。芝居に感心した商人は結婚を許す。創作のヒントとなったのは、グジュノーとスキュデリーが書いた同名の『役者たちの芝居』（前者一六三二、後者一六三二）だろう。これらの作品では、劇中劇の前に役者の楽屋裏での姿が演じられる。キノーの作品の独自性は、劇中劇で田園劇、笑劇、悲劇、仕掛け付きの悲喜劇が一幕ずつ演じられることにある。創作の動機として、グロはスカロンの『ロマン・コミック』の大流行をあげている。[3] また、これの喜劇を上演したマレー座は人気が落ちて、仕掛け芝居の上演に活路を見出そうとした。マレー座は一六五〇年にはコルネイユの仕掛け付きの悲劇『アンドロメード』を再演して、その後も引き続き仕掛け芝居の上演で人気を回復していた。また当時、笑劇役者ジョドレ、オートロッシュが劇団に在籍していた。劇中劇で劇団のレパートリーを見せるために、マレー座がキノーに注文したのではないだろうか。

同じ一六五五年八月末か九月はじめに悲喜劇『愛と運命のいたずら』*Les Coups de l'Amour et de la Fortune* がオテル・ド・ブルゴーニュ座で上演された。バルセロナの支配者の伯爵の二人の娘が遺産を争う。戦争で勝利した姉は手柄を立てた主人公のドン・ロジェと結婚する。同時期にボワロベール作の同名の悲喜劇『愛と運命のいたずら』*Les Coups d'Amour et de Fortune* がマレー座で上演されて、競作になった。ボワロベールは出版時に付した献辞の中で、名前こそあげていないが、キノーが自分の作品を剽窃したと非難した。またスカロンも『無益な用心』（一六五五）の序文の中で、女優のボーシャトー嬢がこの作品のアイディアを出して、トリスタンが一幕から四幕まで書いた後、病気のトリスタンに代わって自分が最後の幕を書いた、とキノーを非難している。ランカスターは、初演はスカロンのいうとおりの台本でなされたのだろう、しかしトリスタンの執筆にはキノーも協力していて、出版の時はキノーが全面的に改稿したのではないか、と推測している。[4] この作品は同年十月ギーズ公爵に献呈されている。ギーズ公アンリ二世は、ギーズ公シャルル一世の次男として生まれ、一六四〇年公位を継いだ。彼はリシュリューに対抗し、ソワッソン伯ルイ・ド・ブルボンと陰謀を企み、一六四一年にラ・マルフェで戦った。このため彼は死刑を宣告され、フランドルへ逃亡した。一六四三年に死刑を赦免されると帰国した。彼はナポリ王位の復活を熱望して、一六四七年フランスの後ろ盾で支配者となったが、一六四八年スペイン支持派の捕虜になった。後にルイ十四世の家令職に任命されて、パリに住んだ。

一六五五年九月十一日にトリスタンが死去した。トリスタンの死後、一六五五年十一月から一六五六年四月の間にキノーはギーズ公爵の侍臣の肩書きを得て、その屋敷に住み込んだ。キノーの手元に残されたトリスタンの原稿の中に、一六四七年に書いた未出版の『オスマン』があった。『オスマン』は一六五六年一月に出版されたが、ビュッシー＝ラビュタン伯爵に捧げられた。グロによれば、支持者を求めていたキノーが自分の都合で勝手にトリスタンの原稿を献呈した。(5) ビュッシー＝ラビュタン伯爵は、軍職ではコンデ公に従ったが、フロンドの乱ではテュレンヌの指揮下でコンデ公軍を敗北させた。『ゴール情史』の作者で、セヴィニェ夫人をはじめとして多くの文人と書簡を交換し、名文家として知られ、アカデミー・フランセーズの会員に選ばれている。

デビュー当時のキノーの作品は、トリスタンの陰を引きずるものが多い。『恋敵』はトリスタンの代理で執筆した作品であり、『高邁な恩知らず』はトリスタンの『アマリリス』の成功を追いかけた作品である。また『愛と運命のいたずら』はトリスタンの執筆した作品の改作と考えられる。キノーにとって、この期間はトリスタンの影響のもとでの修行時代といえよう。

二　自己発見――『ティモクラート』の上演

一六五二年から五八年の時期にかけて悲喜劇は相変わらず人気があった。この間、もっとも多く悲喜劇を書いたのはキノーである。また一六六四年に悲劇『アストラート』を書くまでは、残っている作品はすべて悲喜劇である。

一六五六年七月に喜劇『恋する幽霊』*Le Fantosme amoureux* が上演された。舞台はフェラーラ、自分の恋人に横恋慕した公爵に殺されそうになった主人公が幽霊のふりをする。原作は相変わらずスペイン劇で、カルデロンの作品『恋する幽霊』*El Galant Fantasma* である。初演は七回にとどまったが、出版は再版を重ねている。この作品は同年十月にサン＝テニャン公爵に献呈された。

サン＝テニャン公爵フランソワ・ド・ボーヴィリエは多くの作家たちを庇護して、トリスタンもその一人だった。ラシーヌも『ラ・テバイード』を捧げている。自身も文芸をたしなみ、アカデミー・フランセーズの会員でもあった。ルイ十四世が一六六四年五月ヴェルサイユで催した祝祭『魔法の島の歓楽』も、彼が発案し、企画したものである。

しかし、一六五六年十一月にトマ・コルネイユの悲劇『ティモクラート』がマレー座で上演されて、空前の成功を収めた。キノーはこの成功を見て、スペイン劇の翻案を捨てて、歴史に取材した悲喜劇を試みる。

一六五七年十一月に、悲喜劇『アマラゾント』*Amalasonte* がオテル・ド・ブルゴーニュ座で上演される。この作品の出典はイタリア・ルネサンスの歴史家フラヴィオ・ビオンド Flavio Biondo で、スペイン劇の翻案ではない。詳しくは、この時期の悲喜劇の特徴のまとめで後述する。ロレの『ミューズ・イストリック』の十一月十七日の記事によれば、上演はかなりの成功を収め、十四日に国王も観劇して気に入っている(6)。宰相マザランは、クリスチナ女王の晩餐会で『アマラゾント』を上演させた。この作品は一六五八年に出版されたが、キノーはこの作品をマザランに献呈している。

一六五八年には、悲喜劇『偽のアルシビアッド』、悲喜劇『カンビューズの結婚』、悲劇『シリュス帝の死』の三作品が立て続けに上演される。

『偽のアルシビアッド』*Le Feint Alcibiade* は、一六五八年二月末にオテル・ド・ブルゴーニュ座で上演された。舞台はスパルタ、兄のアルシビアッドに瓜二つの妹が男装し、恋人を追いかけてアテネからやってくる。そこで陰謀に巻き込まれるが、解決に一役買って、恋人の心を取り戻す。『アマラゾント』ほどではないが、かなりの成功を収めた。同年十二月十七日にクリスチナ女王が観て、気に入っている。『偽のアルシビアッド』はフーケにも気に入られた。キノーはフーケに献呈し、庇護を求めている。

同年夏、悲喜劇『カンビューズの結婚』*Le Mariage de Cambyse* がオテル・ド・ブルゴーニュ座で上演された。舞台はメンフィス、ダリウスとアリストヌは兄妹でありながら、互いを愛し合い、そのことに苦しんでいる。ペルシアの王カンビューズがアリストヌと結婚しようとする。アリストヌがカンビューズの妹であることが分かり、ダリウスとアリストヌは晴れて結婚する。ペルシア、トルコなど中近東を題材とした一連の芝居の先駆的作品の一つである。出典はヘロドトスで歴史に取材したが、内容はロマネスクな筋立てである。

悲劇『シリュス帝の死』*La Mort de Cyrus* は、一六五八年十二月後半にオテル・ド・ブルゴーニュ座で上演された。悲劇『ティモクラート』の上演以後、トマ・コルネイユが『ベレニス』*Bérénice*（一六五七）、『コモッド皇帝の死』*La Mort de L'empereur Commode*（一六五七）と悲劇を矢継ぎ早に上演したことに影響されたのだろうか。キノーの書いた最初の悲劇である。ペルシアの王シリュスは敵国スキュティアの捕虜になる。シリュスは、敵国の亡き王の妻トミリスと密かに愛し合っている。将軍のオダティルスはシリュスを釈放する代わりにトミリスに結婚を迫る。トミリスは要求を受け入れて結婚するが、その直後オダティルスは戦場で死ぬ。オダティルスを殺したシリュスは処刑され、トミリスも毒を飲んで死ぬ。マドレーヌ・ド・スキュデリーの『グラン・シリュス』からヒントを得たこの作品は悲劇と銘打っている。キノーは格調高い作品を書こうとしたが、やはり習慣の虜だった。内容的にはロマネスクで、キノーのほかの悲喜劇と変わりない。結末が不幸で終わる以外に悲劇の名に値しない。『シリュス帝の死』はフーケ夫人に献呈されて、その庇護を感謝している。

一六六〇年一月二日、悲喜劇『ストラトニス』*Stratonice* がオテル・ド・ブルゴーニュ座で上演されて成功した。舞台はシリアのアンティオッシュ、王子アンティオキュスは父王の婚約者ストラトニスを恋するあまり重い病にかかる。真相を知った父王はアンティオキュスに王位とストラトニスを譲る。父と息子がライバル関係にある早い時期の芝居である。この悲喜劇で変装や身代わりを使っていない。キノーはこの作品で古典的な技法を修得していることを示しているといえよう。

この時期のキノーの作品は、『シリュス帝の死』を除いては、すべて悲喜劇である。中でも『アマラゾント』はキノーの代表作の一つであり、キノーの劇作法の特徴がよく現れている。この悲喜劇を例として、キノーのこの時期の劇作の特徴を見ていこう。

〔梗概〕舞台は中世のローマ。（第一幕）ゴートとイタリアの女王アマラゾントは摂政のテオダを夫に選んだ。しかし、敵に内通したという偽手紙によってテオダは逮捕される。テオダは、彼を愛するアマルフレッドに無実を訴える手紙を託す。（第二幕）アマラゾントはテオダと面会して、その釈明を受け入れて、彼との結婚を再び宣言する。アマルフレッドは嫉妬からテオダの手紙をわざと落とす。手紙を読んだアマラゾントはテオダの相手はアマルフレッドだと誤解する。アマラゾントは結婚を中止する。（第三幕）偽手紙でテオダを陥れようとした大公のクロデジル（アマルフレッドの兄）は暗闇にまぎれてテオダを殺そうとする。しかし、殺されたのは別人で、テオダに殺人の嫌疑が及び、塔に幽閉される。（第四幕）アマラゾントが疲れて転寝をしているところに、塔を抜け出したテオダが釈明しに現れる。その場にいたアマルフレッドは、自分の企みが発覚しないようにアマラゾントを殺そうとする。テオダが剣を奪ってとめるが、アマルフレッドは逆にテオダがその剣で女王を殺害しようとしたと訴える。アマラゾントは怒って、テオダを塔に連行させる。アマラゾントは、テオダを殺そうと毒を塗った恩赦の書状をクロデジルに手渡す。（第五幕）アマルフレッドは良心の呵責に耐え切れず、アマラゾントにテオダの無実を告白し、殺人の犯人は兄だと明かす。アマルフレッドは毒を飲んで死ぬ。そこへテオダが現れる。赦免状を見ようとしてクロデジルは仕掛けられた毒で死に、死ぬ前にすべてを告白した。アマラゾントは、テオダとの結婚を宣言する。

粗筋からも明らかなように、劇中で事件が次々と起こる。偽りの証言と告発で、アマラゾントの心は二転三転する。

テオダは女王への申し開きの手紙をアマルフレッドに託す。しかし、テオダを密かに愛するアマルフレッドはこの手紙を逆に利用して、テオダと女王の仲を裂こうとする。殺人事件の証人としても、テオダに不利な嘘の証言をする。アマルフレッドはアマラゾントを殺害しようとしながら、テオダが殺そうとしたと嘘をつく。『アマラゾント』のすべての場面は偽りの打ち明け話の上に成り立っている。テオダは運命の悪戯にもてあそばれるが、このような事件の連鎖を生み出すものは登場人物の誤解（思い違い）と思い込みである。結末は唐突に訪れる。デウス・エクス・マキナであり、結末は筋の帰結として生まれたものではない。

キノーの他の悲喜劇には、『アマラゾント』では使われなかった手法がいくつかある。たとえば、人物の入れ替わりなどである。しかしキノーの悲喜劇に共通していえることは、登場人物の誤解と思い込みをさまざまな手法を駆使して生み出して、事件の連鎖を作り出していることである。

こうした特徴が、キノーの芝居にロマネスクな色合いを与えている。『シリュス帝の死』も、悲劇といいながらも同様な手法を駆使したロマネスクな作品である。このような劇作法は悲喜劇特有のものであるが、キノーはこのような手法を駆使して劇を展開しているのである。

キノーはスペイン劇の翻案から劇作家としてデビューした。スペイン劇もこのような錯綜した筋立てが特徴である。スペイン劇の翻案から出発したキノーは、悲喜劇の劇作法こそ得意の手法ではなかったのではないだろうか。歴史に取材しながらも、ロマネスクを取り除こうとするどころか、キノーはますますそれを強調しているといえよう。

三　成功から翳りへ――ラシーヌの登場

一六六〇年はキノーの栄達にとって輝かしい始まりの年でもある。一六六〇年四月二十九日、『ストラトニス』上演の数ヶ月後、パリの商人ジャック・ボネの未亡人で若くて金持ちのルイーズ・グジョンと結婚した。妻の持参金は四万リーヴルだった。

この年、ルイ十四世が結婚した。キノーは、宰相マザランからピレネの和平と国王の結婚をテーマとした田園劇を作ることを命じられた。『リジスとエスペリの恋』*Les Amours de Lysis et d'Hespérie*（未出版）である。一六六〇年十一月二十六日にオテル・ド・ブルゴーニュ座で上演された。十二月九日、ルーヴルで国王の前で上演されて成功した。一六六一年末、三千リーヴルの下賜金を受け取った。

一六六一年三月二十三日に長女マリ＝ルイーズが生まれた。なお、妻には三人の連れ子がいて、キノーとの間には二人の娘、一人の息子をもうけた。キノーは、洗礼の証書に「国王の部屋付きの侍臣」escuyer, valet de chambre du Roy と記した。娘の生まれる以前に、キノーはこの職を買ったことを示している。この職は年収二千六百四十リーヴルをもたらすものだった。この職は王のベットの頭部を整える権利をもつことを示す職で、貴族に属することを示す名誉職であり、ルイ十四世にも近づくことが可能になった。

この時期のキノーについて、グロは次のようなエピソードを述べている。当時、キノーは足繁くルーヴル宮に通っていた。宮廷では「愛の謎かけ遊び」が流行していた。ある日、ブルジー夫人が国王の前で五つの愛の謎を出した。国王の求めに応じて、キノーがその謎を解いた。周囲の人々から宮廷人と認められた。「キノーにとって何よりの喜びだったろう」(7)。

一方、キノーの作品数は、結婚後は以前に比べて少なくなる。一六六二年に悲喜劇『アルブの王アグリッパ』、一六六四年に悲劇『アストラート』、一六六五年に喜劇『あだっぽい母親』を上演している。

『アルブの王アグリッパ』*Agrippa, roy d'Albe* はオテル・ド・ブルゴーニュ座で上演された。アグリッパはアルブの国王を殺して、国王にすり替わっている。アグリッパは正体を表して、王位を返上して、恋人と結婚する。作風としては、国王と家臣が瓜二つで、すり替わったことが誰にも気づかれないことなど、以前の悲喜劇と変わりない。一六六二年十一月十一日に、モリエール一座はクロード・ボワイエの悲劇『オロパスト、あるいは偽のトナクサール』*Oropaste ou le faux Tonaxare* を上演した。この作品も、同様に家臣が国王にすり替わる芝居である。どちらの創作が先かは不明だが、この二作は競作として上演された。ランカスターは、作品の感傷性が巧みな構成で効果をあげていると評価している(8)。この作品は大成功を収めて、その後もコメディ＝フランセーズのレパートリーに長く残っている。キノーは、この悲喜劇を一六六三年一月二十五日にルイ十四世に捧げた。一六六一年にキノーを庇護してくれたフーケが失脚していたが、キノーはコルベールの恩顧を得て、一六六四年に年金授与者になった。

悲劇の流行のきっかけの一つは一六五六年の『ティモクラート』の上演だったが、その後悲劇の上演にますます拍車がかかり、演劇状況は全体として古典的な悲劇への回帰の傾向が見られる。その後、悲劇は一六五九年のコルネイユの『エディップ』*Œdipe* から一六六二年のコルネイユの『セルトリウス』*Sertorius* を経て、一六六五年のラシーヌの『アレクサンドル大王』にいたる。この時期は次世代のラシーヌの悲劇の準備期ともいえよう。キノーが以後悲劇の創作へ舵を切ったのも、こうした観客の新しい嗜好を見越してのことだろう。

一六六四年十二月か一六六五年一月に悲劇『アストラート』*Astrate* がオテル・ド・ブルゴーニュ座で上演された。『アストラート』は三ヶ月近く続演の大成功を収めた。一六六五年には王妃の病気快癒の祝いの催しに王妃の居室で上演された。キノーはこの作品を王妃に献呈している。『アストラート』はこの時期のもっとも成功した悲劇であり、キノーの代表作の一つとなった。この悲劇については、詳しくはこの時期の悲劇の特徴のまとめとして後述する。

一六六六年初頭に出版された『諷刺詩第二』*Satires* で、ボワローはキノー攻撃の狼煙をあげた。その中で、キノーを取り上げて厳しく批判した。当時、ボワローは無名だったが、その批評の手厳しさは知られていた。ちょうどおりしもボワローの友人であるラシーヌの『アレクサンドル大王』（一六六五）が上演されて、批判された。『諷刺詩第三』は、ボワローのキノーへの宣戦布告となった。『アストラート』へのボワローの批判は、『アレクサンドル大王』への批判への反論でもあった。

キノーは当時の流行作家であり、ボワローとはまったく気質が合わなかった。また、ボワローのキノーへの攻撃は、ボワローがペロー兄弟と対立していて、キノーがペロー兄弟の友人であったこともその一因だろう。しかし、キノーはボワローと争わず、穏やかに対していた。ボワローの攻撃は、数年続く。ボワローは何かにつけてキノーを批判した。以後、ボワローはキノーの終生の敵となった。

一方、実生活では、一六六五年に次女のマルグリット＝ジュヌビエーヴが生まれた。

一六六五年十月、喜劇『あだっぽい母親、あるいは仲たがいした恋人』*La Mère coquette ou les Amant brouillés* がオテル・ド・ブルゴーニュ座で上演された。舞台はパリ、父親は息子の恋人を再婚相手に狙い、母親は娘の恋人を狙っている。結局は母親には行方不明の夫が現れ、父親も再婚をあきらめて、恋人同士がめでたく結婚する。その間、欲にかられた召使たちが若者たちの恋を裂こうとするなど、モリエール以後の風俗喜劇の方向性を予告するような作品である。ドノー・ド・ヴィゼの同名の喜劇『あだっぽい母親』*La Mère coquette* が同じ十月はじめにモリエール一座で上演された。モリエール一座がドノー・ド・ヴィゼの喜劇を上演することを知ったオテル・ド・ブルゴーニュ座が、キノーに同じ題名の喜劇を依頼したらしい。キノーは、ドノー・ド・ヴィゼの作品から人物と状況設定ばかりか台詞も盗用していた。ドノー・ド・ヴィゼは激高して、キノーの盗作を非難して、文壇の大騒ぎになった。競作の例は多いが、この場合はドノー・ド・ヴィゼの喜劇のキノーによる明らかな剽窃である。結局、ドノー・ド・ヴィゼの作品は成功し、キノーの作品は十一月末には上演されなくなる。しかし皮肉にも、その後の上演を見ると、キノーの喜劇はコメディ＝フランセーズで上演されるが、ドノー・ド・ヴィゼの作品は再演されていない。『あだっぽい母親』は、キノーの作品の中で十七世紀のコメディ＝フランセーズでもっとも上演された作品となった。その後、三年間、キノーに劇作はない。グロによれば、これはキノーが自分の財産を築くことに腐心して、できる限り高い身分に上ろうと常に考えていたからである(9)。

一六六八年はキノーにとって重要な年である。彼は宮廷詩人としての地歩を築こうとする。すでに一六六四年には国王の年金授与者のリストに載っているが、一六六八年のフランドル戦争における国王の勝利を称えるリュリ作曲の田園劇『ヴェルサイユの洞窟』*La Grotte de Versailles* が演じられ、この田園劇の作詞を担当したことが、キノーの成功への新しい一歩となった。彼はルイ十四世の栄光をたたえる詩人に加えられた。一六七〇年には、キノーはアカデミー・フランセーズの会員に選ばれた。

しかし、ラシーヌの悲劇『アンドロマック』の成功は、彼を再び演劇に引き寄せた。悲劇『ラ・テバイード』で劇壇に登場したラシーヌは、一六六七年に『アンドロマック』、一六六九年に悲劇『ブリタニキュス』、一六七〇年に悲劇『ベレニス』で矢継ぎ早に成功を収めた。悲劇も優雅な演劇から古典主義の演劇へと潮流が変わる。キノーは再び悲劇の創作に向かった。

一六六八年十一月十六日に、悲劇『ポーザニアス』*Pausanias* がオテル・ド・ブルゴーニュ座で上演された。舞台はビザンチン、ポーザニアスと捕虜のクレオニスは密かに愛し合っているが、反乱の最中、ポーザニアスの婚約者によってクレオニスは殺され、ポーザニアスも自殺する。出典はプルタルコスだが、このテーマを扱うのに『アンドロマック』を参考にしたようだ。しかし、状況は類似するが、筋の展開に追われて、ラシーヌのように、恋人たちの情念を描ききれていない。前の年にラシーヌの『アンドロマック』が同じ劇団で成功しただけに、キノーの作品はあまり成功しなかったようである。キノーは『ポーザニアス』をモントージエ公爵に献呈した。ここにも、献呈相手の選択のキノーの巧妙さが現れている。一六六八年九月に、モントージエは皇太子の家庭教師に指名されていた。

一六七〇年十二月か一六七一年一月に、悲劇『ベレロフォン』*Bellérophon* がオテル・ド・ブルゴーニュ座で上演された。舞台はリキュアの首都パタール、王女ステノベは、自分を愛さないエフィールの王子ベレロフォンを殺そうとする。しかし、自分のために ベレロフォンが死んだと誤解して、ステノベは自殺する。キノーの作品の特徴を示すのにラシーヌの『フェードル』(一六七七)との比較が分かりやすいだろう。多くの類似は、出典となったエウリピデスとセネカから説明できる。一方、主人公の恋、ヒロインの嫉妬、怪物との戦闘の細部など、キノーの作品にあって、古代の作品にない類似もあり、『ベレロフォン』は『フェードル』の先行作品の一つと考えられる。キノーは成功を主張しているが、上演はあまり成功とはいえなかったようだ。それでも、一六七一年一月二十二日に国王が観劇しているから、失敗といってもさほどのものではないだろう。その後この悲劇が長く上演されなくなったのは、ラシーヌの作品のためだろう。この作品が『アストラート』や『アグリッパ』ほど長く観客の興味を引かなかったのは、皮肉に見れば、欠点によるものではなく、他の芝居よりもラシーヌと比較されるだけの長所があったといえなくもないだろう。

キノーは、シュヴルーズ公爵シャルル＝オノレ・ダルベールに『ベレロフォン』を献呈している。キノーは作家への年金を決定するコルベールの知遇を得て、一六六四年に年金を授与されているが、シュヴルーズ公爵は一六六七年にコルベールの長女と結婚している。ラシーヌも『ブリタニキュス』を捧げているが、キノーもシュヴルーズ公爵がコルベールの女婿であることを念頭に置いて献辞をささげたのであろう。

一六七一年一月十七日にモリエールの舞踏悲喜劇『プシシェ』*Psyché* がテュイルリーで上演されるが、モリエールの執筆が遅れて、コルネイユとキノーはその執筆に協力した。キノーはプロローグと間奏曲を作詞した。しかし、キノーはすでに演劇を離れることを考えていた。これに先立つ一六七〇年のアカデミーの演説で、すでに引退の意思をほのめかしていた。彼の野心は会計検査院 Chambre des Comptes の検査官 auditeur になることで、その代わりに劇作をあきらめようとしていた。会計検査院は、アンシャン・レジームにおいて財政・金融の事件に特化された最高裁判機関だった。各地に置かれたが、パリの会計検査院がもっとも古く、現在の会計検査院 La Cour des comptes の前身である。この人事について検査院の人々から反対の声が上がった。メンバーから、キノーは出生の卑しさ、劇作家という仕事を理由に遠ざけられていた。しかし、キノーは職を一万リーヴルで買って、結局一六七一年九月十八日、監査官に選ばれた。裕福さで称賛され、称号で飾られて、彼は十分な成功を得たといえよう。

この時期のキノーの作品は、喜劇『あだっぽい母親』を除いて、すべて悲劇である。中でも『アストラート』はキノーの代表作の一つである。この悲劇を元に、キノーの登場人物の心理的特徴を見ていこう。その粗筋は次のとおりである。

〔梗概〕（第一幕）舞台はティール国の女王の住まい、反乱を鎮圧したアストラートは、簒奪者の娘で女王のエリーズと結婚の運びである。一方、前王の忘れ形見が生きているという噂が流れている。アストラートの父親シシェは反乱の首謀者で、息子と女王の結婚に反対する。（第二幕）エリーズに不吉な信託が下る。彼女の元の婚約者アジェノールが恨み言をいうが、エリーズはアストラートを夫に指名する。（第三幕）宮廷に不穏な動きがある。エリーズはアジェノールに、結婚しない代わりに王位を譲ると提案する。アジェノールは王位を盾にアストラートを逮捕しようとするが、女王に忠実な衛兵隊長に逆に逮捕される。シシェはアストラートに、女王との結婚を取りやめるように、謀反の首謀者は自分だと告白する。板ばさみになったアストラートは、父親の罪の許しを乞うために女王に会いに行く。（第四幕）女王はシシェを許す条件として亡き王の息子を差し出すように命じた。シシェはアストラートに、お前が亡き王の息子だと明かす。アストラートはエリーズに、このことを告げる。反乱が広がり、鎮圧できないと報告が入る。（第五幕）アストラートは女王を守ろうとするが、反乱は成功して、武装が解かれる。アストラートは王位に就くことを拒んで死のうとする。エリーズは毒を飲んで自殺する。

悲喜劇に見られた特徴、すなわち、事件の連鎖、偽りの告白、偽手紙、恣意的な結末、などはキノーの悲劇にも見出される。しかし、『アストラート』では、キノーの登場人物の心理的特徴は悲喜劇よりもより鮮明に現れている。

王妃から婚約の破棄をいい渡されたアジェノールは、一旦権力を握ったと見るや、アストラートを逮捕しようとする。しかし、それ以前はいたって恬淡として慇懃な態度を崩さない。第一幕で、アストラートも謙虚にアジェノールにエリーズをあきらめるための助言さえも求める。アジェノールは、アストラートに対して次のように答える。(10)

私には君を非難するものはない。
私の心に対して彼女の魅力を抑えるのと同じく、
美しい炎を押さえつけたら間違いだろう、
恋する男は、ライバルの恋の炎を掻き立てるに違いない。

この対話はまさにサロンでの対話そのものである。キノーの登場人物の生きる世界では、愛は遊び、気晴らし、優雅さの競い合いである。そこではライバルが賞を争うのに、憎しみも嫉妬もない、そこでは高邁さと自己犠牲の行ないとも出会う。

女王は結末でアストラートのために自殺するが、劇の冒頭ではアストラートのあげた勲功を評価して結婚するという態度を示している。エリーズの愛は敬意の形で表される。エリーズはアストラートへの愛を次のように語る。(11)

ええ、私の誇りは、私に役立つどころか、私をもてあそぶ。
私の誇りは、私に愛を隠しながら、私を愛にゆだねた。

最初は私はひそかなやるせなさを否定した、

侍女がエリーズにアストラートの心情を伝えようとすると、エリーズはこう答える。(12)

彼が私を愛しているですって、彼が私にそう言ったことはありません。
彼の恋の炎を抑えるために、彼は何も惜しんだりはしません。

侍女の問いにエリーズはさらに次のように答えている。(13)

侍女　美しい激情から、彼が黙っていられなくなったら、
　エリーズ様、あなたは本当に彼を嫌えるでしょうか？
エリーズ　そうしたなら、少なくとも、彼は我を忘れているということです。

女性は決して男性からの求愛を許さず、男性の愛の表現は女性が許すまで待たなくてはならない。恋人は、彼女が「愛している」というのを許していると判断できるまで待たなくてはならない。

一方、アストラートは養父からエリーズが簒奪者の一族であり、養父が陰謀の張本人であることを聞かされる。アストラートは途方にくれて、女王に許しを乞うように養父に勧めて、次のようにいう。(14)

…しかし、人が魅惑された時、

愛する対象にどんな言い訳をするのか、
二つの美しい瞳の輝きは罪を和らげる、
恋する男たちの目にはすべてが正当に思える。
彼らのエスプリは、常にこころの一部であり、
愛は厳しい判事ではない。

エリーズの大罪を知った時、アストラートは恐怖におののいているはずである。しかし、キノーはアストラートを完全な恋人たちのモデルとして描き出そうとしている。さらに養父から自分が殺された前王の忘れ形見であることを知らされる。養父はアストラートに、エリーズを忘れろと命じる。アストラートはその言葉に耳を貸さない。

愛するものの目のために、私のすべての義務は忘れられる。(15)

愛の神は助言を求めねばならない唯一の神だ。(16)

反乱を前にして、エリーズの勧めに対して、アストラートはこう答える。(17)

エリーズ　あなたの血筋に従いなさい、
アストラート　その叫びは無益です。

私は愛に従います、それ以外は何も耳を貸しません。

アストラートは最後まで女王を守ろうとする。このような彼の行動はロマネスクな英雄の行動である。恋する男の義務はなによりも恋人を選ぶことである。キノーの登場人物は、愛を高貴で、洗練された、罪を犯すことのできない感情という幻想を育てている。その最終の目的はあらゆる手段で到達する幸せである。結局、彼らは愛を神の地位にまで高める。キノーの登場人物の感情と行為は人間の真実の外にあり、それがキノーの芝居をロマネスクと特徴づけている。登場人物それぞれのこうした態度は、おそらくサロンでのマナーをそのまま反映したものであろう。

四　才能の開花――オペラの誕生

フランスのオペラは、一六六九年にペランによる「王立音楽アカデミー」の設立に始まる。一六七一年にペランの台本、カンベールの作曲でフランス最初のオペラ『ポモーヌ』が上演される。しかし、一六七二年にペランは負債を抱えて投獄され、結局リュリがオペラの上演独占権を買い取った。多くの宮廷音楽家が反対したが、一六七二年三月十八日にリュリの権利が認められた。

「王立音楽アカデミー」は、一六七二年十一月十五日に『アムールとバッキュスの祭典』*Les Fêtes de l'Amour et de Bacchus* を上演して、大成功を収めた。キノーはこのバレエの台本を担当した。

続いて、一六七三年四月二十七日に『カドミュスとエルミオーヌ』*Cadmus et Hermione* がベ＝レール掌球場で上演された。ギリシア神話の英雄カドミュスが巨人たちを倒して、エルミオーヌと結婚する。リュリとキノーの最初のオペラである。ジャンルは悲劇 Tragédie である。上演は大成功を収めた。国王をはじめ、貴族が見に来た。ルイ十四世はキノーに二千リーヴルの年金を与えた。

リュリは、オペラの台本作家を求めていた。リュリはキノーと年間四千リーヴルで正式に契約を結んだ。この条件は当時としては破格のものだった。しかし、リュリのために働くのは、楽な仕事ではなかった。キノーがいくつかの主題を選ぶ。それを国王に提出し、国王がその中から一つを選ぶ。主題が決定すると、キノーは制作に取り掛かり、プランをリュリに手渡す。リュリと意見が一致すると、キノーが台本を書く。数場面が出来上がると、それをアカデミー・フランセーズに提出する。それが認められると、リュリが音楽に合うように一語一語検討して添削する。台本の制作以外にも作業がある。リュリがオペラのアリアを作曲して、キノーがこれに歌詞をつける。主導権を握ったのはリュリで、彼はキノーにたびたび書き直しを求めた。

一六七三年二月十七日にモリエールが死去した。この機に乗じて、リュリはモリエール一座からパレ・ロワイヤル座を奪う。以後、パリでの王立音楽アカデミーの公演は、パレ・ロワイヤル座で行なわれる。

一六七四年一月十一日、パレ・ロワイヤル座で『アルセスト』*Alceste* が上演された。ギリシア神話の英雄アルシッド（ヘラクレス）は、夫の身代わりに死んだアルセストを冥界から連れ戻す。国王は絶賛したが、観客の反応は冷ややかで、批評は厳しかった。論争が巻き起こる。ラシーヌは脅威を感じて、『イフィジェニー』の序文で暗にオペラを批判している。ピエール・ペローはキノーのために『オペラの批評』*Critique de l'opéra* を書いて、オペラを弁護した。国王は四月十日に再度観劇、三ヶ月後にはヴェルサイユで再演させている。オランダ戦争中、一六七四年、フランスはフランシュ＝コンテを獲得した。ルイ十四世はこれを祝って祝祭を計画して、その中で『アルセスト』が上演され、大成功を収めた。『アルセスト』は以後もしばしば再演されて、リュリのオペラの代表作の一つとなった。

一六七四年、キノーは「碑銘（銘文）並びに賞牌アカデミー」Académie des inscripitons et des medailles の会員に選ばれた。このアカデミーは一六六三年コルベールにより創設され、当初の使命は、ルイ十四世の名誉のために記念建造物やメダルの碑文や金言を作成することだった。キノーはそこにオペラ台本を提出した。

一六七五年一月十一日にサン＝ジェルマン・アン・レで、四月にはパリで、『テゼ』*Thesée* が上演された。ギリシア神話のメデは、テゼを愛するアテネの王女エグレを脅迫して、国王との結婚を迫る。メデは、脅迫に屈しないテゼを国王に殺させようとする。テゼが国王の息子であることが明らかになり、メデは退散する。この作品ではじめて「音楽悲劇」Tragédie en musique の名称が用いられた。

一六七五年、キノーはオランダ侵略戦争における戦勝への祝辞を国王に述べることをアカデミー・フランセーズから任された。演説は国王に気に入られた。パリ中がキノーを、「叙情的にも演劇的にもかつてフランスが生んだもっとも優れた詩人[18]」とみなした。

一方、名声とともに嫉妬にもさらされた。ペローの言によれば、リュリにむかって冗談で「キノーを捨てろ、さもなければ死ぬぞ」とまで迫る者があったという。[19] リュリはキノーに代えて台本をラシーヌに依頼した。ラシーヌは承諾したが、書き始めてみて当惑し、ラ・フォンテーヌに協力を求めた。しかし、台本は完成しなかった。結局、キノーに代わる台本作家はいなかった。

一六七六年一月十日にサン＝ジェルマン・アン・レで、八月にはパリで、『アティス』*Atys* が上演された。

〔梗概〕（プロローグ）神々が新しい英雄（ルイ十四世）の登場とオペラの開演を告げる。（第一幕）（ギリシア神話の女神シベールに捧げられた山）水の精サンガリッドはフィリジーの国王と今日結婚することになっているが、彼女は密かにアティスを愛している。アティスとサンガリッドは互いに愛を告白する。（第二幕）（シベールの神殿）国王は、シベールが自分以外の人物を祭司に指名することを恐れている。シベールはアティスを祭司に選ぶ。（第三幕）（シベールの大祭司の宮殿）シベールはアティスに夢で自分の愛を伝える。シベールは、アティスとサンガリッドの仲に疑いの目を向ける。（第四幕）（サンガールの川の宮殿）アティスとサンガリッドは、互いに相手の心変わりを非難するが和解する。アティスは国王とサンガリッドの結婚の中止を宣言する。（第五幕）（心地好い庭園）シベールの命令で、アレクトンが松明をもって地獄から現れる。アティスの頭上で松明を振りかざすと、アティスは錯乱し、サンガリッドを怪物と取り違えて、彼女を殺す。正気に戻ったアティスはシベールを呪い、胸を刺して自殺する。シベールはアティスを松の木に変える。

批評は賛否両論だったが、宮廷で賞賛された。『アティス』は「国王のオペラ」と呼ばれる。一六七八年にはパリで再演され、称賛された。『アティス』は、『アルミード』とともに、十八世紀にヴォルテールをはじめとしてキノーの傑作と高く評価されている。

一六七七年一月五日にサン＝ジェルマン・アン・レで、八月にパリで、『イシス』*Isys* が上演された。ギリシアの神ジュピテルに愛されたイオは女神ジュノンの嫉妬に苦しめられるが、最後に許されてエジプトの女神イシスになる。当時、国王の心はモンテスパン夫人からリュドレ夫人に移っていた。モンテスパン夫人はリュドレ夫人を虐め続けていた。『イシス』はこの事件への当てこすりとみなされた。キノーは責任を取って、台本作家をやめざるをえなかった。

台本作家のいない一六七七年は、オペラの上演は『テゼ』と『アティス』の再演でしのいだ。『イシス』は八月まで上演されず、翌一六七八年も新作はなかった。しかし、オペラは盛況をきわめて、毎週三回（火曜、金曜、日曜）上演されて、作品が流行に追いつかないほどだった。キノーの代わりを求められたのが、トマ・コルネイユだった。彼は当時ドノー・ド・ヴィゼと組んで、仕掛け芝居『シルセ』、『見知らぬ人』*L'Inconnu*、『貴婦人の勝利』*Le Triomphe des dames* で成功を収めていた。

リュリの依頼で、トマ・コルネイユは『プシシェ』を脚色した。一六七八年四月十九日、パリで上演されたが、大成功とはいかず、宮廷でもついに上演されなかった。続いて、『ベレロフォン』*Bellérophon* が、一六七九年一月三十一日パリで上演されて、予想外の成功を収めた。しかし十月二十九日以降は『カドミュスとエルミオーヌ』と『テゼ』が交代に上演されるようになる。結局、トマ・コルネイユの台詞は、リュリを満足させられなかった。

この間、キノーはコルベールに伺候して、一六七七年九月にソーでの祝祭のためにソネを書くなど、詩人として活動していた。そうこうするうちに、モンテスパン夫人が国王の寵愛を失い、キノーの復帰が決まった。

キノーが台本を書いた『プロゼルピーヌ』*Proserpine* は、一六八〇年二月三日にサン＝ジェルマン・アン・レで、十一月十五日にパリで上演された。ギリシアの女神セレスの娘プロゼルピーヌは、プリュトーンによって冥界に連れ去られて、プリュトーンと結婚する。上演は、宮廷でもパリでも成功を収めた。

一六八〇年三月七日、王太子が結婚した。各劇団は祝賀の上演を行なったが、ルイ十四世はリュリにバレエ『アムールの勝利』*Le Triomphe de l'Amour* の作曲を命じた。作詞はキノーとバンスラードが担当した。一六八〇年九月に上演されて、一六八一年一月二十一日まで上演は続いた。

一六八二年四月十七日にパリで、その後宮廷で、『ペルセ』*Persée* が上演された。ギリシア神話の英雄ペルセ（ペルセウス）は、怪物の生贄となったアンドロメードを救って結婚する。パリでは特に第五幕の装置が熱狂的に受けた。批評もおおむね好評で、批判を受けることはなかった。コメディ＝フランセーズはこれに対抗するためにコルネイユの『アンドロメード』を再演した。

一六八三年一月六日にヴェルサイユで、四月二十七日にパリで『ファエトーン』*Phaéton*が上演された。ギリシア神話のアポロンの息子ファエトンはエジプトの王位を手に入れるが、不吉なことが次々と起こり、アポロンの神殿に向かう。ファエトンはアポロンの馬車を操縦しきれずに落雷を受けて死ぬ。パリではその仕掛けで大成功を収めて、「民衆のオペラ」と呼ばれた。

以上の三作、『プロゼルピーヌ』、『ペルセ』、『ファエトーン』は神話から題材をとっているが、これ以後の三作はロマネスク文学に取材している。この変化は、題材を選ぶ国王の好みの変化を表すものだろう。

一六八四年一月十五日に、『ゴールのアマディス』*Amadis de Gaule*を上演した。ゴールの王の息子アマディスはイギリスの王の娘オリアンヌと愛し合っているが、気持がすれ違う。アマディスとオリアンヌは魔女アルカボンヌの虜になるが、魔法使いのウルガンドに救出される。二人の誤解は解けて、愛を誓い合う。

一六八五年一月八日にヴェルサイユで、五月八日にパリで、『ロラン』*Roland*が上演された。アンジェリックは中世の騎士ロランに愛されているが、密かにメドールと愛し合い、二人は駆け落ちする。ロランは一旦は狂気に陥るが、理性を取り戻して国を救うために戦場に赴く。『ロラン』は少なくとも最初はヴェルサイユで賞賛された。しかし、宮廷の行事はオペラを含めて少々飽きられてきた。パリで十一月まで続演されたが、批評は厳しく、台本は以前の作品に比べて劣ると判断された。

一六八五年八月、長女マリ＝ルイーズがシャルル・ル・ブランと結婚した。彼は国王顧問であり、会計検査院の監査官で、キノーの同僚に当たる。また彼は王の第一の画家で十七世紀最大のデザイナーであるル・ブランの甥に当たり、名家のル・ブラン一族の出身である。グロによれば「キノーは人々を見返すことができた」[20]。

一六八五年五月十六日、国王から翌冬のために三つのテーマを与えられた中から、『アルミード』が選ばれた。『アルミード』*Armide*は、一六八六年二月十五日にパリで上演された。

〔梗概〕（プロローグ）（宮殿）「栄光」と「叡知」は偉大な英雄（国王）を誉め讃える。（第一幕）（凱旋門で飾られた大きな宮殿）ダマスの王女で魔女のアルミードは、十字軍の騎士ルノーを倒すことを結婚の条件とする。民衆が勝利を祝って歌い踊っていると、ルノーが捕虜を奪い去ったと報告する。（第二幕）（川の中に喜びの島の野原）ルノーが岸辺で眠っているところを魔法をかけられて、捕らえる。アルミードはルノーを刺し殺そうとするが殺せない。アルミードは、悪魔に命じてルノーと自分を風に乗せて地の果ての砂漠へ連れて行かせる。（第三幕）（砂漠）アルミードは自分がルノーへの恋の虜になったことを悩む。「憎悪」を呼び出して、恋を追い払おうとするができない。（第四幕）デンマークの騎士がルノーを救出にやってくる。さまざまな妖怪が彼の邪魔をするが、退散させる。（第五幕）（アルミードの魔法の宮殿）アルミードは、ルノーへの愛のために乱れた心を静めに地獄へ行く。デンマークの騎士がルノーを正気に戻して解放する。アルミードは、立ち去るルノーを空を飛ぶ車で追いかける。

『アルミード』は今日ではリュリのオペラの傑作の一つと目されているが、当初は大成功とはいかなかった。その理由にはさまざまな議論があるが、宮廷で先に上演されなかったことが一つの要因であろう。

『アルミード』初演の数週間後、一六八六年四月六日にキノーはルイ十四世にオペラ創作からの引退を願いでる。諸家の意見が一致するところでは、以前から信仰の厚いキノーはモラルについて疑問があるジャンルのために働くことに良心の咎めを感じていた。国王もそれを了承した。その後もキノーは国王を称える詩を書き続けている。ソメーズやボワローの批判は続いていたが、それでもキノーの晩年は穏やかなものだった。温厚な性格から彼には多くの友人がいた。一六八八年二月十三日、次女の結婚式に出席した。その後、六月に死の近いことを感じた。彼は耐え難い不眠に苦しみ、衰えは続いた。十一月二十六日金曜日にキノーは息を引き取った。同時代の文法学者テゥーリエ・ドリヴエは、次のように述べている。「品行は非常につつましく、あらゆる行為において優しく、規律正しい情熱しかもたず、よき夫、よき一家の父であった」[21]。

彼は国王の命令でオペラ台本を担当した。オペラの制作は、あくまで注文にもとづくものであり、国王が主題を選び、リュリの指示に従って台詞を書き換えた。しかし、オペラの特徴は、ロマネスクにある。その内容と構成は基本的にはキノーの劇作品と同じ性質のものであった。またキノーの叙情的な台詞は、オペラの制作に生かされたといえよう。オペラの評価は音楽も関わるから、一概に台本のみを取り上げるのは難しい。しかし、リュリを専門とする音楽学者は次のように述べている。「キノーの台本は、リュリの音楽よりも永続的な重要性が認められる。というのは一七六〇年以降、彼の台本は新たに（ほかの作曲家たちによって）音楽をつけられた。［中略］百科全書家にとってリュリが崇拝の的になっている一方で、キノーをはっきりと分けて考えても驚くにあたらない」[22]。

五　キノーとサロン

「彼には明らかに才能があった、財産を作る才能である。キノーの傑作、それは『アストラート』でも『あだっぽい母親』でもない、キノーの傑作は彼の人生である」[23]。グロはこのように述べている。

トリスタンの従僕から人生を出発したキノーは、名声と人から羨まれる身分への野心を示した。彼は卑しい出身と身分を隠そうとした。出世欲は、彼の特徴の一つだったといえよう。キノーはアカデミー・フランセーズの会員に選ばれた。会計検査院の検査官、碑銘（銘文）ならびに賞碑アカデミーの会員、サン＝ミッシェル勲章授与者で、ラシーヌ、ボワロー、ラ・フォンテーヌよりの高い地位についた。グロのいうとおり、キノーの人生は宮廷人としての栄達を目ざす人生だったといえよう。(24) サロンでの人気を得ようとしたのもそのためだった。そのことが、ボワローはじめ、ソメーズ、フュルティエールなどの批判を招く一因となった。

キノーの作品を特徴づけるものは、愛がすべてを凌駕して、すべてを正当化するということにある。コルネイユでは愛は偉大さを越えられない。ラシーヌでは禁忌が働く。キノーでは、愛のみがすべてを支配する。それがキノーの作品とコルネイユの、さらにラシーヌの作品とのいっそうの違いをなしている。

キノーの劇作で頻繁に現れる手法は、取り違えである。登場人物は優柔不断で迷い、決断できない。キノーの恋愛至上主義から、こうした数々の誤解と思い違いが生まれ、劇を展開させていく。こうした特徴は、サロンの世界の常套であり、サロンの駆け引きを反映しているとはいえないだろうか。グロが書いているように、「キノーは単に一時の詩人ではない、彼はそれ以上に環境の詩人であった」(25)。

オペラを作る以前のキノーなら、おそらくこの言葉は当たっているだろう。しかし、キノー自身の意識とは別に、リュリとともにフランスにオペラを作り出したことは否定できない。このようなキノーの作風にとっては、心理の掘り下げよりも、事件の連鎖で展開するロマネスクな（それこそが特徴である）オペラはキノーに適していた。劇規則や心理分析にとらわれず、作風にそった創作ができるオペラは、キノーにとってまさにふさわしいジャンルではなかったのか。

ヴォルテールはデッファン夫人に書いている、彼（キノー）は優雅さ、素朴さ、真実と正確さにおいて、われらの詩人たちのなかの第二位とみなされると。「第二位とは、いうまでもなくラシーヌについでということである」(26)。またアダンが記しているように、「コルネイユとラシーヌが保持している厳しさに正当な評価を与えるためには、キノーを読まねばならなかった」(27)。

キノーは、コルネイユ劇からラシーヌ劇への変遷の道程で、やはり無視できぬ役割を果たした存在であったといってよいだろう。

（1）Étienne Gros, *Philippe Quinault sa vie et son oeuvre*, Slatkine, 1970.
J.B.A.Buijtendorp, *Philippe Quinault Sa vie, ses tragédie et ses tragi-comédie*, H.J.Paris, 1928.

（2）Étienne Gros, *op.cit.*, Slatkine Reprints, 1970, p. 19.

（3）*Ibid.*, p. 23.

（4）H.-C. Lancaster, *A History of french dramatic literature in the seventeenth century*, Gordian Press, 1966, Part Ⅲ, p. 143.

（5）*Op.cit.*, p. 40.

（6）*La Muze historique*, par J. Loret, P. Daffis, 1877, tome Ⅱ, p. 407.

（7）*Op.cit.*, p. 70.

（8）*Op.cit.*, Part Ⅲ, p. 568.

（9）*Op.cit.*, p. 83.

（10）Philippe Quinault, Astrate, in *Théâtre du XVIIe siècle*, Bibliothèque de la Pléiade, Édition Gallimard, 1986, Acte Ⅰ, Sc. 1, p. 1043.

（11）*Ibid.*, Acte Ⅱ, sc. 3, p. 1058.

（12）*Ibid.*, Acte Ⅱ, sc. 3, p. 1058.

（13）*Ibid.*, Acte Ⅱ, sc. 3, p. 1058.

（14）*Ibid.*, Acte Ⅲ, sc.5, p. 1075.

（15）*Ibid.*, Acte Ⅳ, sc.2, p. 1084.

（16）*Ibid.*, Acte Ⅳ, sc.3, p. 1088.

(17) *Ibid.*, Acte Ⅳ, sc.4, p. 1089.
(18) Gros, *op.cit.*, p. 114.
(19) *Ibid.*, p. 115.
(20) *Ibid.*, p. 156.
(21) *Ibid.*, p. 177.
(22) *Théâtre du XVIIe siècle*, *op.cit.*, tome Ⅲ, p. 1044.
(23) *Op.cit.*, p. 96.
(24) *Ibid.*, p. 61.
(25) *Théâtre du XVIIe siècle*, *op.cit.*, tome Ⅱ, p. 1540.
(26) *Ibid.*, tome Ⅲ, p. 1045.
(27) *Ibid.*, tome Ⅱ, p. 1540.

第十一章　ルニャールとルサージュ ― 世紀末の下克上

鈴木康司

ジャン＝フランソワ・ルニャール Regnard, Jean-François（一六五五～一七〇九）もアラン＝ルネ・ルサージュ Lessage, Alain-René（一六六八～一七四七）も、十七世紀から十八世紀にかけて生きた作家たちであり、それぞれの代表作、前者は『包括受遺者』*Le Légataire Universel*（一七〇八）、後者は『チュルカレ』*Turcaret*（一七〇九）ともに十八世紀に入ってからの作品である。それにもかかわらず、両作品を十七世紀喜劇史の範疇に入れるのは、これらが風俗喜劇流行の好例として十七世紀末のフランス社会をたくみに描写しつつ、両世紀間の橋渡しの役を見事に務めているからに他ならない。

＊＊＊

十七世紀も一六八〇年頃を過ぎると、ブルジョワジーはもはや、新興勢力とはいえぬほどに、社会各層に根を張っている。絶対王制にある程度の夢を抱くことが可能だった世紀半ばとは様相が異なり、王権を確立するためにルイ十四世が意識的に封建貴族を押さえ込み、町人出身者を優遇したとはいえ、コルベールをはじめ法服貴族が大町人の出身者で固められてくると、これに圧倒された帯剣貴族は財力の乏しさと時代への適応能力の不足によって、実質的な没落を余儀なくされる。

一方、一六六〇年代にはブルジョワジーの良き守護者とみなされた太陽王ルイ十四世も、一六七二年から七三年にかけてのオランダ戦争、一六八八年から九七年のアウグスブルク同盟戦争、一七〇一年から一三年のスペイン王位継承戦争と、相次ぐ出兵と膨大な戦費に国力を疲弊させたうえ、一六八五年のナント勅令廃止によって新教徒の手工業者およそ四十万人を国外に逃亡させる結果をもたらした。秩序と均衡を旨とする古典主義の社会的基盤はこの時期、完全に崩れつつあったのである。

社会構成に変動が起これば、当然ながら風俗、モラル面にもさまざまな変化がもたらされる。財力を失った王の権威は失墜し、社会階層の秩序が崩れる。旧来の道徳律は失われ、放縦な雰囲気が社会に瀰漫し、徴税官など財力を有する人間がのし上がり、金銭が人々の上に重くのしかかる。刹那的で僥倖を求める人間が増え、賭博の流行による家庭生活の破壊、放蕩貴族や遊び女の増加が顕著になる。金の魔力に取り付かれた軍人、聖職者、王の代理官として庶民の膏血を搾り取る収税請負人、主人の悪徳に倣い、私腹を肥やして自分もなりあがろうとする奉公人などが社会の表面に登場してくる。

かような社会の変化に作家たちが無関心であるはずはなく、ある者は怒り、ある者は驚き、あるいは楽しみながら、種々さまざまな社会現象を取り上げては筆に載せる。ラ・ブリュイエール（一六四五～一六九六）の『人さまざま』*Les Caractères*（一六八八～一六九六）を想起すればこのことは簡単に推測できよう。

舞台においてこの頃から大いに栄えた風俗喜劇も、劇作家たちの手によってこれら社会現象が舞台に載せられたものであった。

風俗を描くということ自体はむろん、はるか以前から行なわれていた。ピエール・コルネイユの初期の喜劇はルーワンの上流社会の風俗を描いたものだったし、十七世紀喜劇界第一人者のモリエールは風俗を描く「画家」

と呼ばれていた。

　ただし、モリエールと世紀末の風俗喜劇の作家たちとはいくつかの点で大きな違いがある。その一つは、モリエールが同時代の人間を描く時には、個々の特定な人格を対象とはせずに、色々な人物の特徴を兼ね備えさせたうえ、かつその人物に強烈な個性を与えて普遍性をもたせる。アルパゴンやアルノルフ、アルセストなどは、ある実在の人物がモデルとなっているわけではなく――そう誤解した同時代人もいたが――人間なら大なり小なり所有する欠陥や悪徳がモリエールの主人公の内部に集約され、増幅されて一人の代表的人格を作り出しているのだ。モリエールは時間や空間を越えて存在する人間の普遍像を追求する努力を傾けたのであり、だからこそ、こうした主人公たちは時代と国境を越えて今日にいたっている。

　これに対して、退廃期に入った世紀末社会に出現した風俗喜劇の作者たちが目ざしたのは、変動期の流行やら時事的興味を具体的に捉えて、舞台に再現することだった。したがって、人物も台詞も街中から切り取ってきた風俗そのものであれば良かった。

　一例をあげれば、モリエールの下僕たち、スガナレルにせよスカパンにせよ、はたまたコヴィエルにせよ、彼らははるか以前からスペインやイタリアに生まれてフランスに移設された喜劇の伝統的人物だった。これに対して、世紀末の作家たち、ダンクール Dancourt, Florent Carton dit（一六六一～一七二五）、デュフレニー Charles Dufresny（一六五七～一七二四）、ルニャール、ルサージュが描く下僕たちは世紀末の社会悪が生み出した現実社会の申し子ばかり、揃いも揃って下克上のチャンスをうかがう悪党ばかりである。

　なかでもこれら作家たちを代表するのはルニャールとルサージュであろう。この二人を論じることによって、世紀末の風俗喜劇の姿を浮き彫りにするのが、この論文の主眼である。

一　ルニャール Regnard

ルニャールの生涯については、既刊の『フランス十七世紀演劇集　喜劇』（中央大学出版部）中で紹介済みだから、此処では詳述しないが、彼は金持ちの一人息子として生を受け、生涯を金にあかして道楽三昧に送ったエピキュリヤンであっただけに、深刻な舞台を避けてもっぱら喜劇分野にのみ作品を発表している。一六八八年から一七〇八年まで二十二篇の喜劇を書き、そのうち半分近くの十篇がイタリア劇団、十篇がフランス劇団で上演されている。彼は最初のうち、もっぱらイタリア劇団のために作品を書き下ろしていた。

ジャン＝フランソワ・ルニャール

パルフェ兄弟は彼を評して

ルニャール氏は、良質の喜劇の目的とは、ただ単に楽しませたり笑わせたりすることではなく、観客がその喜劇に対して心から共感しうるだけの理由を提供することにあるのだという点に、充分な注意を払っていない。氏がひたすら求めたのは公衆の喝采であって、それが如何なる方法によろうと問題ではなかったのだ。(1)

と述べるが、単に楽しませ、笑わせるためならば、当時はイタリア劇団の舞台ほど都合の良いものはなかった。一六八〇年にルイ十四世の命によってパリで唯一のフランス劇団、後のコメディ＝フランセーズが誕生し、

演劇上演独占権を得たにもかかわらず、外国人役者団であるイタリア劇団はフランス語による上演を許されていた。(2)

彼らの上演作品が実際にどのようなものであったかは、一六九四年および一六九七年にアルルカン役者として有名なゲラルディ Gherardi（一六七〇?～一七〇〇）が編纂した戯曲集(3)——五十五篇の喜劇、笑劇およびその断片——で知ることができる。収録作品の形式は自由、大部分は時代風俗のクロッキーであり、伝統的なラッチにより各場面がつながり、露骨な風刺も盛り込まれている。いわゆる古典喜劇の世界とは無縁の舞台といってよい。

それだけにルニャールがイタリア劇団に提供したレパートリーに共通していえるのは、自由奔放な想像力と笑い、それに風俗描写を主眼としたコラージュである。『離婚』*Le Divorce*（一六八八）をはじめ、『さすらう娘たち』*Les Filles errantes*（一六九〇）、『浮気女あるいは婦人アカデミー』*La Coquette ou l'Académie des Dames*（一六九一）、『シナ人』*Les Chinois*（一六九二）などと題名こそもっともらしくついてはいるが、どれも例外なく筋立てに脈絡はない。そして、アルルカン、メズタン、パスカリエル、ピエロ等々、おなじみのコメディア・デッラルテ特有の「仮面」の活躍で笑いが提供されるのだが、彼らの名前こそザンニの範疇にくくられるとはいえ、必ずしも下僕として常に登場するわけではない。たとえば『離婚』についていうと、アルルカンはアウレリオの下僕という設定を受けてはいるが、床屋、ダンス教師、騎士、シナの大使とめまぐるしく役割を変える。同様に老人の下僕と指定されたピエロやメズタンも、最初に舞台へ登場する時は、前者がジュピテル、後者がメルキュールに扮して現れる。むろん、彼らの扮する神々に威厳はなく、ジュピテルは大鷲のかわりに七面鳥にまたがり、メルキュールはその傍に侍るありさまである。こうしてルニャールの喜劇もコメディア・デッラルテの習慣にもとづいた道化による滑稽問答やラッチの連続となる。

『浮気女あるいは婦人アカデミー』に話を移せば、父親の決めた婚約者である田舎代官アルルカンを嫌い、結婚を忌避するコロンビーヌの手練手管が興味の中心となる。彼女を助けて活躍する下僕パスカリエルとメズタン、彼女に恋する気弱なピエロが周囲を彩り、最後はめでたく代官を追い払ってしまう。この作品がモリエールの『プールソニャック氏』を換骨奪胎した笑劇であることは誰でもすぐ気づくであろう。しかし、この芝居はモリエールからの借り物ではあるが、まったく異質のものである。父親に反抗する娘と、娘を助けて代官を追い払う下僕たちの絡み合いは、ルニャールの場合、役者のおしゃべりとラッチに支えられており、モリエールのように人物の性格にもとづく行為や台詞によって舞台が展開するという形にはならない。家長としての権威を振りかざす父親のエゴイズムに反抗して、愛する者と結ばれようと頑張る娘たちの姿は十七世紀喜劇のいたる所に見出される。モリエールも『タルチュフ』や『守銭奴』などで、時に真っ向から、時に搦め手から父親の横暴と闘う娘たちを描いたし、その娘たちを助ける周囲の人物の働きが、自然を捻じ曲げようとする信心家や守銭奴たちと相容れない時事的意味をもっていた。だが、ルニャールの場合は、形式的な条件こそ相似るが、人物の性格による必然的対立がない点で根本的な相違がある。『タルチュフ』で父オルゴンが娘マリアーヌに若者との婚約を取り消してタルチュフと結婚せよと迫るのは、タルチュフに傾倒して信心家となり、後生を願う彼にとっては当然の発想であるし、『守銭奴』のアルパゴンが娘エリーズに金持ちのアンセルム老人との結婚を命ずるのも、拝金思想に凝り固まった彼には論理的帰結である。娘たちがこのように横暴な父親たちに抵抗するのも、自分が生涯を託そうと心に決めた相手に誠実であろうとする態度で、ごく自然な感情といえる。

ところが、『浮気女』における父親トラフィケと娘コロンビーヌの対立には、性格にもとづいた発想がほとんどない。娘は単に父親が選んだ田舎代官なんぞ真っ平で、恋人でなければお断りだと宣言し、怒った父親から一生独身で過ごせと怒鳴られようが平気である。だからといって、恋人のオクターヴとの関係は単に手に入れた男は手放すのが嫌だというにすぎず、モリエールの恋人たちのように固い愛情で結ばれたとは思えない。元来イタリア喜劇で女中役の名だったコロンビーヌは、この芝居では代官の娘という良家の子女らしい設定を受けているが、それはたてまえのみで、心理的には悪擦れした蓮っ葉な女中と変わりない。それ故、アルルカン扮する代官と彼女の、騙し騙される関係は良家の子女間で起きる事件ではなく、下僕と女中の間のてんやわんやにすぎない。コロンビーヌと恋人の間も、彼女が父親と対立するのに必要だから二枚目を一人配しただけのことだ。その証拠に田舎代官を追い払えば舞台は終わりで、彼女と恋人が結ばれるかどうかは問題にもならない。

作者ルニャールの狙いは統一的な舞台などではなく、単純で愉快な笑いである。多少とも現実の風俗の色がついていてもそれは表面的な飾りにすぎず、本質的にはコメディア・デッラルテの「仮面」たちが与える笑いのコラージュだといってよい。

もう一つ、デュフレニーとの合作ではあるが、この時期、現実の風俗描写に力を入れた『サン＝ジェルマンの市』*La Foire Saint-Germain*（一六九五）を取り上げてみよう。後見人である伯父の博士に結婚を迫られるのが嫌さに、サン＝ジェルマンの市に逃れてきたアンジェリックは、下僕アルルカンの助けで伯父を追い払い、恋人と結ばれる。使い古された筋だが、この芝居の興味は大筋を取り巻く市の風物がエピソード形式で繰り広げられるところにある。

市場風俗のにぎわいを舞台に展開する試みは別に新しいものではない。十七世紀前半にピエール・コルネイユが『法院の回廊』*La Galerie du Palais*（一六三二）で成功を収めて以来、クラヴレ Claveret, Jean（一六〇〇?～一六六六?）の『王宮広場』*La Place Royale*（一六三三?）や、レシギエ Rayssiguier, N. de（生没年不明）の『町娘、あるいはサン＝クルーの散歩道』*La Bourgeoise ou la Promenade de Saint-Cloud*（一六三三）などの作家たちにも受け継がれたから、別にルニャールの新機軸というわけではない。だが、世紀前半の作家たちは、芝居の本筋とは関係なく町中でのにぎわいを生き生きと舞台に現出させて立体感を与えようとしたもので、劇行為の展開とは結びついていなかった。

これに対して、ルニャールのこの作品は、市場での商人たちの呼び声と、タンバリンやラッパの響きの中で舞台が進行し、登場人物は市の風景に溶け込み、その風景からまた劇行為が進展するという活気ある舞台が繰り広げられる。

たとえば、ヒロインのアンジェリックを追ってきた博士が、アルルカンの操る「真実の口」なるからくりの前に立つ場面がある。嘘つきが手を入れると嚙みちぎられるといわれるこの口を前に、博士はアルルカンに己が結婚すべきか否かを問う。アルルカンは「真実の口」にかぶせた縁なし帽を取ると、この帽子はコキュになる男が被れば形を変えると述べ、博士が被ってみると、縁なし帽はみるみる形を変えて大きくなり博士の運命を示す。これは市の出し物を利用してアルルカンが若い娘の尻を追い回す博士を愚弄しているもので、笑いそのものはくすぐりにすぎないが、劇行為が市の風景と渾然一体となって雰囲気をかもし出す点に作者の舞台づくりの巧みさがうかがわれる。

一六九六年三月、彼はデュフレニーとの最後の合作『エジプトの木乃伊』*Les Momies d'Egypte* を発表し、これ以後はフランス劇団に作品を提供するようになる。

ルニャールのイタリア劇団に対する提供作品をたどることで、国王ルイ十四世の逆鱗に触れてパリを追放される一六九七年以前のイタリア劇団の状況も同時に説明できたと思われる。

彼は現実の風俗をイタリア劇団の舞台で描いたがそれはあくまでも、コメディア・デッラルテの「仮面」たちを生き生きと活動させるための背景であった。老人や博士を愚弄し、粉砕するのも、劇的必然によるものではなく、ある場面で観客に老人愚弄による笑いを提供しようと思えば筋とは関係なくそれが出現する。また、登場人物も役柄によって規制されるのではなく、彼ら固有の「仮面」によって規制される。たとえばアルルカンが田舎代官になろうが、下僕だろうが、策士だろうが、騎士だろうが、観客はその役柄を見るのではなく、その役に扮した「仮面」たるアルルカンを見るのである。客は登場人物を「仮面」として捉えるのであって、人物が風俗を背景に出ようが、想像の世界に現れようが問題ではない。だから、作品が笑劇であろうとロマネスクな芝居だろうと、ひとたびアルルカンが顔を出せば、客は「仮面」のアルルカンとしてこれを受け止める。その結果、劇そのものがアルルカンによって軌道修正を施され、多様に変化して、全体的に一種のコラージュとなるのである。ルニャールはイタリア喜劇におけるこの種の条件を熟知したうえ作品を書いた。彼は伝統的な「仮面」を持ち駒としてひたすら笑いを求めたのである。むろん、イタリア劇団の作品にも、退廃期の貴族社会を反映した寄生虫的存在、浮気女や賭博狂などはよく登場するが、現実離れのした舞台展開、伝統的な「仮面」によって示されるせいか、風刺のための笑いというより、むしろ笑いのための風刺で、あたりを取っている感がある。

ルニャールとコメディ＝フランセーズとの関係は一六九四年の『セレナード』*La Sérénade* によって始まる。一幕物の笑劇で、モリエールの『守銭奴』を下敷きに小品化したものといえよう。父親の吝嗇のため相愛の娘と結婚できない若者が、下僕スカパンと女中マリアーヌの助けを借りて、父親から盗った首飾りを返すのを条件に結婚を許される。だが、若者は返す代わりにその首飾りを恋人に贈って父親を絶望させる。父親が息子の恋人とも知らずに年頃の娘に結婚を申しこんだり、息子の下僕に騙されてなぶりものになったりという設定はモリエールの引き写しと思われても当然であるが、ルニャールがモリエールと違うのは、守銭奴の性格を掘り下げようとはせずに、もっぱら若者を助けて腕を振るう下僕スカパンを中心におき、無能で甲斐性のない若い主人を批判しながら肩入れしてやる彼がもたらす明るい笑いを強調しているところにある。

最初の本格喜劇『賭博狂』*Le Joueur*（一六九六）は注目に値する。この作品が上演されると、かつての共作者デュフレニーはパリのカフェで自作の『賭博狂の騎士』*Le Chevalier Joueur*（一六九七）を読み歩き、自分の着想をルニャールが盗んだと非難してやまなかったが、評判ははるかにルニャールの作品が上であった。これ以降二人は絶交状態となるが、そのようなスキャンダルめいた出来事は別にしても、今日なお『賭博狂』はコメディ＝フランセーズのレパートリーに残っている。

中心人物は賭博狂の若い貴族ヴァレールとその婚約者アンジェリックで、ヴァレールの下僕は、金さえあれば博打三昧ですってんてんになると許婚のもとに許しを乞いに行く主人の性癖に不安を抱いているが、彼女が主人を愛しているので破綻はまだ生じていない。女主人の寛容に我慢ならない女中は、ヴァレールよりも賭け事の嫌いな年配のドラントをと願っている。幕開きのこのシチュエーションは結局、アンジェリックが愛の証として与えたダイヤつきの肖像画をヴァレールが博打の元手にと処分してしまったのを知った彼女が、ついに愛想をつかしてドラントとの結婚を決意することで終りを告げる。肖像画と引き換えに借りた金もすって、破局が訪れたことを知らされるヴァレールだが、さして痛手も受けた様子はなく、また恋にも賭博にも運が向くだろうと下僕に語って幕となる。

主人公ヴァレールは、かつてのモリエール劇の主人公、アルノルフやアルパゴンのように、痛い目に遭っても己の欠陥に気づこうとしない人物たちに一見似ている。それだけにこの作品はしばしば性格喜劇のレッテルを貼られるが、決定的に欠けているものがある。なぜなら、ヴァレールには性格喜劇の一条件である風俗的裏づけがあっても、人間の本質的性格とその性格に深く根ざした欠陥という形では賭博狂の心理が描かれていないからだ。したがって性格喜劇の根本的条件が満たされているとは思えない。たとえば『女房学校』のアルノルフが小娘のアニェスに振り回されて観客の嘲笑を浴びるのは、人間の本性を捻じ曲げてなお平然としていられる性格が彼の根底にあるからで、『人間嫌い』のアルセストの破綻は、余りにも孤高を守ろうとする志と、他人に厳しすぎる性格の間の断層が原因となっている。だが、ヴァレールの場合、人間本能の片隅にある賭博心を極度にもつ人物として描かれるが、その欠陥を内に抱く彼自身の性格が深く掘り下げられていないために、賭博へののめりこみと人格との問題が不明なまま終わり、異常なまでに博打好きな若い貴族の行動が、ただ現象的に舞台にさらけ出されるだけとなった。しかし、そうはいっても、ヴァレールには風俗の中から生まれてきた人間の強みがある。一七一五年から始まる摂政時代に先立つこと数年、没落しつつある貴族たちの賭博と女色に明け暮れる自堕落な生活、成長しつつあるブルジョワジーに経済の主権を奪われながら、貴族の体面や生活水準を保とうとして、次々と破廉恥な手段を考え出し、目先の人生だけを楽しもうとした彼らの生態がヴァレールという人物に集約されている。彼だけではない。彼に言い寄る伯爵未亡人、その彼女に言い寄る侯爵のいずれも、社会的に何一つ積極的役割を負わない、崩壊を運命づけられた階級の人間である。そんな彼らの周囲を動き回って金儲けに余念のない金貸しのラ・ルスール夫人はまさしく時代の申し子というべく、ブルジョワジーの強靭さとこすからさを余すところなく体現している。

この芝居を典型的な風俗喜劇であると捉える向きもある。確かに、社会風俗を取り上げ、時代を象徴する人物を登場させているところは風俗喜劇の常道といえる。だが、もし風俗の欠陥を取り上げて鋭く批判するのが本当の風俗喜劇だとするならば、この作品は物足りない。ルニャールはあたかも自分が観客の一人であるかのように楽しみながら、ヴァレールの賭博狂振りに付き合っているからだ。生涯を徹底したエピキュリヤンとして過ごしたルニャールとこの主人公の姿はしばしば重なり合う。なるほど作者は風俗を描いてみせたが、それは純然たる娯楽を提供するためで、爛熟期を過ぎて没落期に入った貴族社会に鋭いメスを振るおうという意図はなかった。だから、彼の舞台では悪徳や悪癖の持ち主が撥剌と動き回り、笑いの源泉となっているのだ。

この作者の態度は次作『ぼんやり男』*Le Distrait*（一六九七）でも同様である。この芝居は喜劇的効果を生み出す手段として実在の人物がモデルに用いられる。

主人公レアンドルは、自分が剣と手袋をすでに身に着けているのに下僕にそれらを探すよう命じたり、恋文を書いているつもりが持参人払の手形の文言に変わってしまったり、宛名を他の女の名前にしたりするほどのぼんやりで、一見、作者の空想が生み出した人物かと思わせるのだが、じつは、ラ・ブリュイエールが『人さまざま』で描いたメナルク（＝ブランカ公爵）の完全な引き写しである。両者はどのように書かれているか。まずメナルクだが、

高等法院から出てくると、正面階段の下に馬車を見つけ、自分のものとばかり思ってそれに乗り込む。御者はてっきり主人を家に送っているものと思い、馬に鞭をくれる。メナルクは扉から身を躍らせて降り立つと、中庭を突っ切って階段を上り、控えの間、寝室、私室と歩いてゆく。すべてが彼には馴染み深く見え、変わったところはどこにもない。彼は腰を下ろし、我が家にいるつもりでくつろぐ。この家の主がやってくると彼は立ち上がって出迎え、丁重にもてなして、腰を下ろすよう勧め、自分の部屋でわざわざ接待しているとばかり思っている。彼は話し、考え、また話し続けるので、この家の主は苛々しながら呆れている。メナルクのほうも同様だが思ったことを口には出さない。相手の男はよほどの暇人で、それでしつこいのだが、いずれ帰ってくれるだろうと思って我慢する。こんな具合で、夜が来ても彼はほとんど気づかない(4)。

これに対して主人公レアンドルを語る下僕カルランはいう。

先日、旦那は家から出てくると、うっかりして目の前にあった馬車を自分のだと思って乗り込んだのさ。御者は馬に一鞭あてるとてっきり主人を邸に送るものと一目散。レアンドル様は到着すると、階段を上って、

まわりには目もくれず、どんどん進んで寝室に入って行かれたが、そこには化粧を済ませたこの家の夫人が寝もやらず夜着に包まり、ご亭主の帰還をお待ちだった。レアンドル様は自分の寝室にいるものとばかり思い、天真爛漫に手早く着替えを済ませると、寝間着とナイトキャップをつけてこれまたベッドにもぐりこもうとしたところへ、漸くこの家の主人がやってきたんだ。(5)

レアンドルがメナルクを模した人物であることはこれで明らかだろう。一方、レアンドルと対峙的に配された騎士がいる。こちらは軽佻浮薄を地で行った貴族として描かれ、賭博、酒、ダンス、歌、何でもござれの遊び人で、目に映るものすべてを笑いの対象としている小才子である。この二人の周囲には似非淑女の母親グロニャック夫人、伯父ヴァレール、下僕カルラン、女中リゼットなどが活躍する。

きわめて特徴的なのはレアンドルをはじめ、登場人物がことごとく無道徳であり、それに対して作者が批判の目を注いではいないことだ。母親や伯父の言葉では、レアンドルはうっかり者でぼんやりしたところはあっても、女性に礼儀正しく、良識も分別もある青年だとされる。だが、この良識ある青年は年老いた伯父の遺産を継ぐために、好きでもない娘イザベルと平気で恋をささやく一方、騎士の妹クラリスに思いを寄せているし、伯父が早く死んでくれれば財産は思いのまま、本当に好きな娘と結婚できると公言してはばからない。騎士は騎士で、妹がレアンドルと結ばれずに修道院にでも入れば、ヴァレールからの遺産はそっくり自分に入るのにと願う始末である。母親は下僕カルランから伯父の遺言が変更されてレアンドルに遺産が行かないとの偽の情報を聞くやイザベルと騎士の結婚に踏み切るが、後からそれは偽情報と知ると、腹いせに結婚費用は一切出さぬと口走る。結局、このような連中の間で伯父ヴァレールだけがすべてを円く治めようと奔走して幸福な結末に持ち込む。

前作同様、作者は舞台の笑いが目的であり、風俗的欠陥や人物の不道徳を批判しようと思ってはいない。

一七〇〇年、ルニャールは前二作と一転して、ギリシアの哲人を扱った、『デモクリトス』*Démocrite* を発表する。欲望を克服することに人生の意義を求め、人里はなれた洞窟で瞑想にふける哲学者デモクリトスが、自分に食事を運んでくれる百姓タレールの娘（実はアテネの先王の娘）の美に迷い、彼女がアテネの現王に見初められて宮廷に赴くと、みずからも原則を破って王の誘いに乗り、宮廷に行き、凡俗の徒と化して悩んだ末、失恋して再び荒野に戻る。

舞台の進行は王や貴族たちの英雄喜劇風の立ち居振る舞いと対照的に、デモクリトスの下僕ストラボンとその別れた妻クレアンティス、百姓タレールの三人が綾なす笑劇風の滑稽がまざりあって、全体としては喜劇の形を取っている。主人公デモクリトスは愚かな俗人たちを嘲笑しつつ、自分は歳を忘れて若い娘に想いを寄せ、自縄自縛に陥って周囲の物笑いとなる。

トルドはこの作品の底本として一六九六年にイタリア劇団が上演した『人間嫌いのアルルカン』*Arlequin Misanthrope* をあげている(6)。アルルカンはデモクリトス同様人里を離れて思索生活に入ろうとするがコロンビーヌの色香に迷って理想が果たせない。確かにこの点は二作とも共通する。しかし、この作品の喜劇的生命は下僕ストラボンと別れた妻で現在は宮廷の侍女であるクレアンティスの二人にあり、彼らの源はモリエールの『アンフィトリヨン』におけるソジーとクレアンティスのコンビであるのはいうまでもない。ストラボンは二十年前に悪妻の下から逃げ出しデモクリトスに仕えて修業中の身だが、生来の酒好きと食いしん坊の癖は抜けず、アテネの宮廷で二十人の料理番が腕によりをかけて作ったご馳走を口にしたとたんにもうどこに行く気もなくなる。食欲が満たされた彼は次に、自分に釣り合いそうな侍女クレアンティスを口説いてみる。実は彼女こそ昔彼と結婚し、彼の乱暴と嫉妬深さ、博打好き、吝嗇振りに愛想をつかして、彼を家から叩き出した猛妻だったが、二十年の歳月と環境の変化で互いにそれと気づかぬまま惹かれ合う。

二人とも別れた連れ合いがすでに死んでいれば自由に再婚できるのにと望みながら、身の上を打ち明け合い、そこでやっと相手が昔の猛妻であり、ぐうたら亭主であることに気づき面白おかしい大騒動が持ち上がる。二人の関係は古代ギリシアの宮廷侍女とその夫などではなく、庶民の夫婦であって、ソジーの女房の名前を受け継いだこの女房は、いったん、ぐうたら亭主を罵倒するのだが、やがて自分も人生の花盛りを過ぎ、ストラボン以外に相手がいないことを悟るにいたって、終幕では自分から和解の手を差し伸べる。かくてストラボンはめでたく宮廷に留まって、食欲を満たせることになる。

この作品はアテネの先王の娘とデモクリトスの間柄や、彼女の境遇と身分の設定の仕方からは筋立て喜劇そのもので、その中で田園詩劇風のギャラントリーと庶民の笑劇風の笑いが交錯しており、全体としてはいささか不調和の感を免れない。

『恋の狂気』*Les Folies amoureuses*（一七〇四）に移ろう。テーマはイタリア喜劇以来の伝統的な恋愛物で、モリエールの『亭主学校』、『女房学校』や『シチリア人』*Le Sicilien ou l'Amour peintre*（一六七九）などを経て、やがて十八世紀後半のボーマルシェ Beaumarchais（一七三二～一七九九）による『セビーリャの理髪師』*Le Barbier de Séville* にいたる系譜につながる。すなわち、若い娘アガートが老後見人アルベールから逃れるために狂気を装い、女中リゼットと下僕クリスパンの協力で恋人エラストの元へ見事脱出するまでの経緯を描いており、登場人物は名前こそフランス風だが、換言すればアルベール（＝パンタローネ）、アガート（＝イサベッラ）、リゼット（＝コロンビーナ）、クリスパン（＝アルレッキーノ）、エラスト（＝シンチオ）と、コメディア・デッラルテの世界とつながっている。若い娘に懸想した老人が、下僕と女中から散々な目に合わされ、結局、若者の恋が勝利するのは自然の理ではないか。作者はアルベールを徹底的に痛めつける下僕と女中を面白おかしく描く。そこに存在するのは笑いだけであり、倫理性だの忠誠などというモラルはひとかけらもない。駆け落ちの資金を作るためにアガートと下僕たちが共謀して老人から大金を騙し取るくだりでも判るように、彼らのやり口はまったく容赦がない。だが、愚弄される老後見人もまた観客の同情を惹く存在ではない。それはちょうど『セビーリャの理髪師』でロジーヌに首っ丈になる嫉妬深いバルトロが鼻持ちならない朴念仁に仕立てられていると同様であり、アルベールは愚弄されて当然の人物である。だから、舞台から発散する笑いは純粋にコミカルな笑いであり、余計な他の要素は入ってこない。

また、この作品や後述の『包括受遺者』で活躍するクリスパンについて一言すれば、すでに第二章『六十年以上前からのフランス・イタリア笑劇役者の図』で詳述したフランス側喜劇役者中、一大系列をなしたクリスパンの三代目にあたる。このユニークな登場人物についてはまた後ほど触れることにしよう。

ついでルニャールは、ラテン喜劇プラウトゥスを翻案した韻文喜劇『メネクム兄弟』*Menechmes ou les Frères jumeaux*（一七〇五）を発表する。いわゆる「勘違い」quiproquosをテーマとした喜劇はギリシア、ラテンの昔から多くあり、十七世紀でもイギリスならシェイクスピアによる『間違いの喜劇』、イタリアでもスカラの筋書き集には『似た者同士の隊長ふたり』や『老いたる双子』、『嫉妬するイサベッラ』などが収録されているし、フランスではオテル・ド・ブルゴーニュ座の座付き作家だったロトルーが最初にプラウトゥスの原作を翻案している。

ただし、ロトルーが原作に忠実な翻案だったのに対して、ルニャールは舞台もパリに移し、文字どおり換骨奪胎、自由闊達な作品を生み出している。まずプロローグでプラウトゥスをパルナッソス山から呼び出し、その口から原作の翻案を許可させる形をとって、「半ばフランス風、半ばローマ風の芝居」を提供すると予告する。また、双子の兄弟は各々成長した環境が違うのに、服装が最初から同じという原作の非蓋然性は排され、代わって開幕早々下僕ヴァランタンによる主人の鞄の取り違え（どちらにもメネクムの名前がついているため）に端を発して、騎士メネクムは双子の弟が自分の恋人イザベルと結婚するためにパリに来たことを知る。だから、ラテンの原作やロトルーのように双子が互いにそれと知らずに人違いの喜劇を起こすのではなく、ルニャールの作品では伯父の遺言を実行するために田舎から出てきたメネクムが騎士メネクムとその下僕ヴァランタンの作為で一方的に弄られイザベルを騎士に取られるだけでなく、騎士のお古で五十歳に手の届く老嬢を押し付けられてしまう。

この筋書きからすぐに想像がつくのは、ルニャールがモデルとしてモリエールの『プールソニャック氏』*Monsieur de Pourceaugnac*（一六六九）を借用したことだ。そしてここで策士スブリガニの役を果たすのは騎士の下僕ヴァランタンである。騎士と彼は完全な共犯であり、騎士はイザベルに気がありながらその伯母が金持ちなのでこれを金づるとして手放さず、二人を巧みに捌いている放蕩貴族だ。人生は好き勝手に暮らさなければ損と割り切って、飲む、打つ、買うの三拍子を楽しむヴァランタンにとってはまことに都合の良い主人である。似た者同士の二人はコンビを組んで田舎者のメネクムを騙し、一杯食わせて、騎士はイザベルを、下僕は女中のフィネットを手に入れる。

作者はかつてプラウトゥスの原作を忠実に翻案したロトルーとは違い、原作の「人違い」だけを利用した他には、時代を十七世紀に、場所はパリにと背景をすっかり当代風に変えてしまった。お蔭でラテンの原作はその骨組みだけを残して、風俗をあしらった気の利いた筋立て喜劇に変貌したのである。下僕の性格も時代に合わせて変貌しつつある。かつてモリエールは田舎貴族のプールソニャック氏を散々に弄って追い返す策士スブリガニを描いたが、ヴァランタンもその点は変わりない。違うのはペテン師の主人を見習って自分も成り上ろうとする強烈な意志である。二年も経たないうちに、主人同様の地位まで上るのだと強烈な意欲を示す下僕が出現するのは、世紀末から十八世紀初頭の風俗喜劇における顕著な特徴である。ダンクールをはじめ、ルサージュら何人もの作家の舞台に実例が見られるが、ルニャールの下僕もその例に漏れない。

かような主従関係をさらに発展させたのがルニャール最後の作品であり、代表作の『包括受遺者』である。この作品についてはすでに『フランス十七世紀演劇集　喜劇』で訳出し、解説も付けてあるが、重複を避けながらルニャール喜劇の真骨頂を探る試みを行ないたい。

劇行為の基調はコメディア・デッラルテの伝統的テーマの一つ、老人への徹底的攻撃である。病に冒された老人が自分の身体的条件を忘れ、滑稽な行動に走ろうとするのを、若さと健康を享受する側の人間がそれを阻止し、かつ自分たちの利益のために老人の財産を狙うという思い切った手段にでる。老人の甥エラスト、その下僕クリスパン、老人の女中リゼットにいたるまで、およそ道徳とは無縁の輩である。恋人との結婚資金欲しさという理由があるにせよ、金持ちの伯父ジェロントに対する甥の態度は偽善以外の何物でもない。伯父の前では財産を狙っている気振りも見せず、ひたすら長寿を願っておきながら、老人がひとたび人事不省に陥るとたちまち本性を表し、下僕の指示に従い家中の金庫、手箱を探り、現金、手形をかき集める。その姿は丁度モリエールの『病は気から』*Le Malade imaginaire*（一六七三）の後妻ベリーヌの男性版だ。しかも、モリエール劇においてはきわめて明瞭に示されていた、悪事は失敗するというブルジョワ的モラルがこれには一切なく、クリスパンの後押しによってエラストの立場はますます有利になる。町人出身のモリエールに対し、みずからを「気苦労を知らぬ男」enfant sans souci と称して人生を享楽したルニャールの本領がここにも現れたといえる。時代風俗の欠陥を鮮やかに描きながらそれに対しての批判がないのは作者の人柄のなせる業であろう。ルニャールは登場人物とともに、芝居を楽しく愉快に作ることしか考えていない。この作品ほど不道徳を不道徳として貶めずに、かえって煽り立てるような芝居は珍しい。それにもかかわらず時代を超えて今日までコメディ＝フランセーズの重要レパートリーとしてこれが残っている理由は、見世物としての面白さ、笑いの明るさであり、ルニャールの目的はその点にのみあった。そしてその笑いの中心的人物は下僕クリスパンと女中リゼットだった。

三代目クリスパンにあたるフィリップ・ポワッソンが演じたこの下僕は、主人エラストを助けて恋人との結婚を成就させるが、同時に自分の利益もちゃっかりと手に入れる。かつてモリエールが生んだ主人公スカパンが自己の利益は二の次にして若い主人たちのために大車輪で働いたのとは大違い、自分とリゼットの利益こそが重要なのだ。ジェロント老人が人事不省に陥った時に自分が老人になりすまして公証人をまんまと騙して遺言書を作成する際には、もちろん若い主人の目的を成就させるべく働くが、同時に自分とリゼットのためにしこたま利益を得ようと頑張るのを忘れない。

女中リゼットもクリスパンと同じ穴の狢である。コメディア・デッラルテのコロンビーナの血を継いだ彼女もまたモリエールの女中たちとは違う。『タルチュフ』のドリーヌや、『町人貴族』のニコール、そして『病は気から』のトワネットが主人に向かって時に無遠慮な口を利くにしても、それはいつも主人の非を正そうとする善意から出た言葉であるが、それに対してリゼットの場合は違う。ジェロント老人が愚弄すべき存在であることは確かだが、それでもこのお喋りで跳ね返りの女中は無礼千万であり、彼女はクリスパンとの結婚資金を一日も早く手にしたいから老人の世話をしているにすぎない。だから老人が柄にもなく妻帯しようとすれば、このくたばり損ないがとばかり悪口雑言を投げるくせに、最後は老人の善意に頼らぬかぎり金が入らないと判るや、恥も外聞もなくひざまづく。発想は自己中心で他には何もない。

この時代のほかの作家たち、ダンクールやデュフレニーの喜劇と同じく、ルニャール喜劇の召使たちにもはっきりと世紀末から十八世紀前半にかけての下克上の時代色が出ている。この色がもっともシニカルな形で、しかも鋭い批判精神を込めて描かれているのが、世紀末を代表するもう一人の作家ルサージュの劇作品である。

二　ルサージュ Lesage

アラン=ルネ・ルサージュ

ロマン・ピカレスク『ジル・ブラース』*Gil Blas*（一七一五～一七三五）で知られるルサージュは、同時に優れた劇作家でもあった。劇作家としての出発点は、スペイン劇の模倣からである。ロハス・ソリーリャの原作を翻案した『罰された裏切り者』*Le Traître puni*（一七〇〇）以下数編を著して、一六四〇年代から五〇年代にかけてのスペイン劇流行の再現を狙ったが、この種のロマネスクな劇はもはや観客の嗜好と合わず、失敗に終わる。彼が手本にしたロハスにせよ、ロペ・デ・ベーガにせよ、いずれも十六世紀から十七世紀前半にかけての劇作家であり、バロック趣味濃厚な作風の持ち主だったのだ。

風俗喜劇全盛を痛感した彼は方向を転換し、『主人の恋敵クリスパン』*Crispin rival de son maître*（一七〇七）、『トンチ式年金法』*La Tontine*（一七〇八作）、『チュルカレ』*Turcaret*（一七〇九）など、一連の風俗喜劇を創作した。このうち『チュルカレ』はコメディ＝フランセーズの重要レパートリーに入ったが、ルサージュはその後、経済的理由で一座の面々と仲違いをしてからは、もっぱら見世物芝居として人気のあった「市の芝居」Théâtre de la Foire のために筆を執り、一七一三年から三六年にかけて六十五篇にわたる作品を提供した。内訳は三幕物が九篇、二幕物が二篇、他はすべて一幕物である。毎年二月から復活祭にいたるサン＝ジェルマンの市、八月、九月のサン＝ロランの市などでの見世物芝居は、十七世紀末、イタリア劇団がルイ十四世の逆鱗に触れてパリを追放されて以来、急激に力をつけ、イタリア劇団に代わって大衆の人気を博した存在であるが、彼らは十八世紀をつうじて実力を蓄え、やがてオペラ・コミックの誕生につながる演劇史上大きな役割を果たすものの、パリとその周辺の演劇独占権をもつコメディ＝フランセーズや帰仏後のイタリア劇団の迫害に出会う。いわゆる「芝居小戦争」La petite guerre du théâtre によって数々の制約を受けることになるだけに、大きなハンディキャップを負う存在であり、しかも十七世紀の範囲で扱うことも当を得たとはいえまい。

一方、『トンチ式年金法』は一七〇八年に書かれ、コメディ＝フランセーズの上演予定目録に入ったが、政治的理由で上演は一七三二年まで延期された。国家が制度として採用した年金方式の不合理を巧みについた喜劇だが、上演年から見てこれも十八世紀の枠内に入れるべきだろう。

結局、ルサージュの劇作品のうちで、十七世紀から十八世紀への橋渡し的な意味をもつのは、コメディ＝フランセーズのために彼が書き下ろし、上演された『主人の恋敵クリスパン』と『チュルカレ』の二作である。この二作品を論じることによって、当時の風俗喜劇作家たちの中でルサージュがルニャールと並んで傑出した存在であるのが明らかになるであろう。

まずは、『主人の恋敵クリスパン』から入ろう。これは若い主人を裏切り、その恋人と持参金ともに奪い取ろうとする下僕クリスパンの悪巧みがテーマである。

主人ヴァレールから、恋人アンジェリックと結婚したいが彼女の父がダミスの父に娘をダミスの嫁にと約束しているためにうまく行かない、助けてくれと頼まれた下僕のクリスパンは、これ幸いとダミスの下僕ラ・ブランシュと語らって、ダミスがすでに他の女と密かに結婚していることを知るや、自分がダミスになりすましてアンジェリックを我がものとしたうえ、彼女の持参金二万エキュも失敬しようとする。計画は成功しかかるが、ダミスの父が自身で縁談解消に現れるのでクリスパンの化けの皮が剝がされる。

この一幕物における二人の下僕はまったくの悪党である。クリスパンには詐欺の前科があり、ラ・ブランシュのほうはゆすりで七週間もシャトレ監獄に放り込まれた経験がある。むろん、喜劇の下僕には叩いて埃の出る人物はいくらでもいる。ルサージュと同時代で見てもメルラン、フロンタン等々、胡散臭い連中には事欠かない。モリエールが生み出したあのスカパンですら、お上と悶着を起こしたこともある無頼漢である。また『包括受遺者』のクリスパンもまた主人の受け継ぐ遺産の上前をはねる悪どさをもっている。しかし、彼らは皆、この作品のクリスパンのように主人の恋人を奪い、持参金を掠め取り、主人を不幸のどん底に叩き落そうとする輩ではなかった。主人がいかに無能であろうともその主人を助けるだけの俠気は持ち合わせている。いわば超えてはならない最低の一線は守っていたのだ。

ところがこのクリスパンにはかような善意や思いやりなどは薬にしたくもない。自分より劣った、才覚のない主人を守るどころか逆に主人を軽蔑し、裏切るのである。ヴァレールのように無能な主にはアンジェリックのような娘はもったいない、才覚の権化ともいえる自分こそがふさわしいと勝手に思い込んだクリスパンの胸中には弱者に対する仮借ない攻撃の念が燃えている。これまではただ機会に恵まれなかっただけで仕方なく他人の下にいた彼は、まさに下積みの生活から抜け出す絶好のチャンスと見て、色と欲の二股掛けた作戦を組み立てる。相棒ラ・ブランシュとともにこの獲物、ヴァレールとアンジェリックをものにしようとかかる。ラ・ブランシュもまたクリスパンと同じ穴の狢である。ダミスの父が息子と他の女の結婚を理由に縁談の破棄を申し入れるために田舎から到着するや、父をアンジェリックの両親に会わせぬ細工を施すだけでなく、クリスパンがダミスに化けてアンジェリックをものにするなら、自分は彼女の持参金を頂戴しても構うまいと考える。だが、悪党は悪党を知るで、クリスパンの復讐を恐れた彼はそのアイデアを引っ込める。ラ・ブランシュの心配事は裏切りが可能か否かであって、アンジェリックの身がどうなろうと知ったことではない。彼もまたクリスパン同様無頼の徒である。

　こんな彼らは作者ルサージュからどのような扱いを受けているだろうか。舞台は二人の下僕の思惑どおりに進行して行き、最後に彼らの化けの皮が剝がれて計画が失敗に終わっても、罪に問われるわけではない。逆にクリスパンは金づるになる縁談を世話してもらうことになる。この結末を見れば作者が彼らのモラルのなさを厳しく批判しようなどという意図がないのは明らかだろう。作品の魅力はあくまでも悪党の下僕二人の活躍で盛り上がるので、彼らに振り回されるのは、かつて彼らと身分的には大差なかった町人たちである。作者は意識的に町人、それも成り上った大町人を敵視している。それが舞台からはっきりと伝わってくるだけに、一幕物という軽い形式でありながら内容的には粘液質の暗い印象を与えるのである。ルサージュの姿勢は前述のルニャールのような笑いだけを追求した作家とは明らかに違っている。

　かような作者の姿勢は代表作『チュルカレ』でどのように深化するだろうか。

　この五幕物のテーマは十五世紀笑劇の傑作『ピエール・パトラン先生』*Farce du Maître Pierre Pathelin*（上演年、作者とも不詳）に代表される「騙した奴が騙される」というゴロワ風を徹底したものである。だが、『パトラン先生』の潑剌たる庶民の笑いと比べれば、こちらはじつにシニカルな笑いに満ち、騙す奴も騙される奴も誰一人まっとうな人間はいない。

　収税請負人チュルカレに想われている男爵未亡人は、彼の財産目当てにいかにも気がある風を示しながら、せっせと搾り取っているが、彼女には色男の騎士がひもとしてぶら下がっており、彼女もまた貢ぐ立場にある。騎士の下僕フロンタンは愛人リゼットと一緒にチュルカレからむしりとる一方、主人たちからもちゃっかりくすねている。むしりとられているチュルカレにしても、妻がいることを隠して未亡人に近づいており、そのチュルカレの女房は、田舎からパリに出てくると、自分は伯爵夫人だと身分を偽わり、かつてチュルカレが仕えていた貴族の息子である侯爵に色目を使う。さらに、チュルカレの妹は古着屋の傍ら、色恋の取り持ち女として手数料稼ぎに精を出す。

よくぞこれほど破廉恥な連中をそろえたといえるが、徴税官や収税請負人、高利貸などの富裕な町人、男に寄生することしか考えない浮気な貴婦人、快楽だけを追う堕落貴族などはすでに多くの劇作家たちの筆によって描かれている。

ラ・ブリュイエールが『人さまざま』で示した徴税官への憎悪、ブルソーの『メルキュール・ギャラン』*Le Mercure Galant* における塩税吏、『宮廷のイソップ』*Esope à la cour*（一七〇一）の徴税官、それ以外にもファトゥーヴィル Fatouville, A. Maudit（?～一七一五）、ルニャール、ダンクールなどの風俗喜劇には枚挙にいとまないほどこのような輩が出現している。ルイ十四世の晩年からフィリップ・ドルレアンの摂政期にいたる退廃的世相のほとんどは舞台で扱われている。

それだけに『チュルカレ』の生命力はテーマそのものから来るのではなく、中世以来の「騙した奴が騙される」図式を鮮やかに描き、鋭い人間考察と風刺を豊かに盛り込んだ点にある。それを推進したのは先人の技巧をじっくりと学んで自分の物とした作者の才能と、庶民の膏血を搾る成り上りのブルジョワに対する作者の憎悪だった。それには幼くして両親と死別し、強欲な伯父の後見を受けたために、本来彼のものであった両親の遺産を横領されたルサージュ自身の恨みも加わっていたかもしれない。作者の憎悪はフロンタンとリゼットという二人の召使を通して示される。フロンタンは前作のクリスパン以上に抜け目のない悪党である。だが、このような悪党の下僕が世紀末に活躍し、庶民を中心とした観客層がこれに拍手を送ったということは時代が大きく変化してきたのを明確に示している。彼らは自分たちから容赦なく税金を取り立て、己の懐を豊かにしてゆく大町人たちに復讐する召使たちに喝采したのである。金銭がすべてを支配し、旧制度による身分差別は形骸化して、金を握った人間が支配者に成り上る風潮は、当然のことながら風俗の混乱、モラルの退廃を惹き起こし、その結果モラルそのものの基準を変化させる。

かつて土地に投資したり、役所の土木工事に投資したりして、その見返りに年金を受ける上層の町人たちは、ますます現金を蓄え、経済的にゆとりをもつ。彼らは確実な抵当を取り、高利で金を貸した。地方の没落貴族に金を貸し、代償に土地を取り上げてまた懐を潤す。土地や動産だけでなく、司法、財政の分野で官職を購入し始める。絶えず現金を必要としたルイ十四世の役職売買政策がこれに拍車をかける。金で官職をあがなった者はその地位を利用してさらに金儲けをたくらむ。職権乱用は特に財政、税務の分野で著しかった。収税請負人（traitant）、総括徴税請負人（fermier général）、財務官（trésorier）、徴税官（collecteur d'impôt）、収税吏（receveur）等々の目的は、地位を最大限に利用して私服を肥やすことだった。効率的な銀行組織もなく、相次ぐ戦争のために国庫は空っぽ同然の状態だったから、財政は彼らの思うままに操られた。国王ルイ十四世ですら徴税官の大立者サミュエル・ベルナールに頭が上がらなかったという事実はこの状況を如実に表している。それだけに大衆は彼らを忌み嫌った。貴族たちもまた同じだったが誰一人有効な対抗手段をもたなかった。

徴税官が失敗すると、宮廷貴族たちは、かの者は町人ゆえとか、とるに足らぬ者、無作法者よといって貶めるが、彼がひとたび成功するや、その娘との縁談を希望するのだ。(7)

とのラ・ブリュイエールの言葉がその事情を裏づけている。こうして財力は家柄を征服してゆく。ルイ十四世の最盛期にあっては宮廷で侮蔑の対象であった町人身分は看過された。成り上った大町人は皆、大地主であり、大邸宅、別荘を構えていた。かつて、モリエールが笑い者として描いた町人貴族の実社会における勝利である。

貴族たちは裕福な商人に対する心中の侮蔑を押し隠し、彼らとの縁組によって己の家柄を黄金で飾ろうとはかる。宮廷内の地位保全と賭博の資金確保は世紀末の貴族たちにとって絶対に必要だったのである。

当然のことながら大町人に仕える召使たちの心も影響を受けてくる。主人の大尽ぶりを見ている召使の中には、いつもは人々を見下す貴族たちが主人の財力の前に頭を下げるのを見て、自分もいつかは成り上ってみたいと思う者が出たとしても不思議ではない。金で官職をあがない、貴族と縁組して成り上った法服貴族も金融ブルジョワジーも、もとをただせば召使と大差ない庶民の出であった。立ち回り方一つで出世できる社会なら、みずからが仕える主人のやり方を学習して、ひたすら私利私欲のために励む召使たちが出現するのも当然だろう。

かような社会情勢を背景に、世紀末の風俗喜劇に活躍する召使たちは、モリエールの時代から大きく変貌していった。また、晩年ほとんど芝居を観なくなったルイ十四世の影響で、観客層が宮廷貴族から町人層やパリ市内のブルジョワ社交界の人々に変わっていたこともこの傾向を助長したと思われる。主人たちの足元を掬い、翻弄する召使たちの活躍に溜飲を下げ、快哉を叫ぶ観客も多かったに違いない。この時代の風俗喜劇における召使の変貌はこのような基盤に支えられていたのだ。

『チュルカレ』はまさにこの風潮を代表した喜劇だった。スペイン語に堪能で、ロマン・ピカレスクにつうじたルサージュが芝居の世界でも悪漢の下僕に焦点を合わせてコメディ・ピカレスクを書いたのはある意味で当然だったといえるだろう。

人の世の成り行きってのは本当に驚きだ！　俺たちは浮気女から金を巻き上げ、浮気女は大金持ちの商人を食いものにする。商人はまた、別の奴からむしり取る。これ以上はない愉快なペテンの連続ってわけだ。(8)

一幕目のこのフロンタンの台詞から、この芝居は風俗を取り上げながらもペテンをテーマとした筋立ての面白さが中心であると判る。現実社会がひたすらリアルに描かれているというよりは、むしろ誇張され、戯画化された舞台といえよう。たとえば、庶民の生血を搾り取っている海千山千のチュルカレが、いかに惚れた弱みとはいえ、破産するまで男爵未亡人に入れあげるのはいささか現実離れしているかもしれない。だが、作者の狙いが辛辣な笑いの世界を組み立てて、当時、猛威を振るっていた金満家の徴税官たちを叩くことにあるならば、フロンタンを狂言回しに仕立てるやり方はまことに当を得たものといえる。

開幕時にはチュルカレを最上位に、ついで貴族である騎士や男爵未亡人、そして最後に庶民の出である召使のフロンタンとリゼットと、三段階に分かれていた関係が、フロンタンのいう「これ以上はない愉快なペテンの連続」によって崩れ、最後はフロンタンが頂上に立つ。フロンタンは最初、騎士の知恵袋としてチュルカレの想い者である未亡人に取り入り、騎士の生活を保証する仲介者だったが、いったんチュルカレの懐に入って出世のチャンスをつかむや、平然として私腹を肥やし、騎士たちを騙し、裏切っても恬として恥じない。この強烈な出世欲の持ち主フロンタンを背後から後押しするのは愛人リゼットである。男爵未亡人に忠告をしたばかりに首となった女中の後釜にと、フロンタンが推薦したこの可愛い顔をした娘には騎士が色目を使うほどの魅力があるだけに、彼女に対して大いに気があるフロンタンとしても張り切らざるをえない。チュルカレからくすねた金をリゼットに貢ぐが「もっとお宝を集めてわたしを出世させて頂戴」と発破をかけられてさらに発奮し、搾り取る対象をチュルカレのみならず、男爵未亡人、騎士と広げてゆく。

フロンタンにせよ、リゼットにせよ金銭欲と出世欲の権化であるのは明らかだが、彼らのような人物が突如舞台に現れたわけではないことはすでに述べたとおりである。彼らの行為のばねとなっている欲望は実社会の人々のそれの反映である。喜劇の舞台で誇張されているとしても、これが現実を下敷きとした風俗喜劇であるのは間違いない。ルニャール喜劇の場合、召使たちが巻き起こす笑いはあくまでも外面的な笑いであって、社会各層が抱えていた諸問題との関連はそれほど強くはない。それに対し、『チュルカレ』における、召使たちの不道徳は、そのよって来る根が深く、召使の悪をつうじてその主人の悪、ひいては当時の社会悪を浮き彫りにする仕組みとなっている。フロンタンもリゼットも成り上るためには手段を選ばない悪徳漢であるが、彼ら二人の主人である騎士、男爵未亡人もまた召使たち以上に悪徳の持ち主である。好きでもない未亡人を金づると見込んで言い寄り、その寄生虫と化した騎士は、賭博にうつつを抜かし、酒におぼれる。その騎士のために収税請負人から搾れるだけ搾ろうとする未亡人、最大の被害者チュルカレにしたところで、庶民や没落貴族から吸い上げて私腹を肥やし、男やもめと偽って未亡人を口説いているとんでもない男である。さらに主人公たちの周囲にうごめく連中も同類で、チュルカレ夫人は夫と同じく自分は貴族の未亡人だと偽って侯爵に色目を使い、侯爵は彼女から金を引き出そうと狙い、チュルカレの妹は古着商の看板のもと、愛人周旋業にいそしむ始末である。誰一人まっとうな人間はいない。

この舞台を見ている観客は、作者が下僕フロンタンをつうじて批判の矢を放っていることを徐々に理解してゆく。すなわち、フロンタンが成り上るために用いた手段、主人を裏切り、騙す手口は、昔、侯爵の父に仕えていたチュルカレが成り上るのに使ったあくどい手段と同じである。フロンタンをけしかけてやまない女中リゼットをも含め、この二人はあくまでも他人を踏み台にしてのし上がったチュルカレの分身である。いわば芽を吹いたばかりの小チュルカレ、それがフロンタンであった。だから観客は召使の悪徳の筋を辿って主人の悪徳の根深さを悟る。作者の狙いはまさにこの点にあったに違いない。召使の悪は主の悪である。ルサージュはルニャールの陽気な笑いとは異質の苦い笑い、美徳や節度とは無縁の世界を、冷徹な眼差しをもって描いて見せたのである。

下僕フロンタンは十七世紀を通して培われた伝統的喜劇と世紀末の風俗喜劇という二つの背景から生まれた人

物である。前者においてはしばしば狂言回しの役回りを帯びることが多いが、後者においては単なる役回りでなく時代風俗の中から誕生した現実の人物という性格を帯びる。この芝居では才気と不道徳、皮肉屋で己の欲望に忠実な召使として活躍するが、だからといってモリエールが生んだ不朽の下僕スカパンのように初めから終わりまで舞台に出ているわけではない。いや、むしろ、彼の場合は舞台裏での工作、策略が大きな部分を占める。全五幕五十五景のうち、半分以下の二十景にしかフロンタンが登場しないことからもそれは明らかであろう。その理由はあくまでも最終景における意表を突くどんでん返しの効果を強烈なものにすることにあった。

騎士からお払い箱になったフロンタンと、未亡人から追い出されたリゼットが、頭を抱えるどころか動ずる色も見せないのに疑問をもつ観客は、次の瞬間、チュルカレが破産するにいたるまでずるずると払い続けた金も宝石もすべてこの二人の懐に入っていたと知って、その悪知恵に驚嘆する仕組みになっている。しかし、フロンタンの活躍がダイナミックに伝わってこないのはそれが観客の眼前で行なわれていないという憾みがある。そのような憾みはあるものの、

チュルカレ氏の時代は終わった。これから俺さまの時代が始まるんだ。(9)

といってのけるフロンタンの台詞はやがて、十八世紀後半に快男児フィガロを生み出すフランス喜劇史の連綿たる流れを予告しているのである。

（1） Frères Parfaict, *Histoire du théâtre français, depuis son origine jusqu'à présent*, t. XIII, p. 382.
（2） 本書第二章、『六十年以上前からのフランス・イタリア笑劇役者絵図』中、アルルカンの項参照のこと。

(3) Gherardi, Evariste, *Le Théâtre italien de Gherardi*, Paris, 6 vol., 1700, [Reproduction de l'édition de 1747 en 3 vol, Genève Slatkine Reprints, 1969].

(4) La Bruyère, *Les Caractères*, chap. XI.

(5) Regnard, *Le Distrait*, Acte II, sc. 1.

(6) Cf. Pierre Toldo, Etudes sur le théâtre de Regnard, Revue d'Hist. lit. de France, 1904.

(7) La Bruyère, op. cit., Chap. VI.

(8) Lesage, *Turcaret*, Acte I, sc. 10.

(9) Id., Acte V, sc. 14.

あとがき

本書は、中央大学人文研究所の研究チーム「十七世紀演劇を読む」第一期の研究成果をまとめたものである。フランス十七世紀演劇に関しては、コルネイユ、モリエール、ラシーヌは「三大劇作家」と呼ばれることが多い。その翻訳と研究は多数ある。しかし、いうまでもないが十七世紀演劇はこの三人の劇作家の創作のみで成り立っているわけではない。それは今日では埋もれてしまった多くの劇作家の営為によって成り立っている。フランス十七世紀演劇の総体を明らかにするには、こうした作家たちの理解を欠かすわけにはいかない。序章でも述べたとおり、われわれのチームの目的は十七世紀の各年代におけるさまざまな作家の果たした演劇史上の役割を明らかにすることにある。

作品の理解に必要なことは、まず作家の研究である。われわれの研究活動は三大劇作家以外の作家の作品を一作一作丹念に読むことから始めた。このため、われわれの研究チームは、翻訳のない劇作家の現在出版されている作品を集め、当時の版本しかない作家の場合はパリの国立図書館から作品を取り寄せて、可能なかぎり多くのテキストを収集した。

研究会では、収集した劇作家のテキストをわれわれは各自分担して読みすすめた。われわれは、さまざまな角度から、各自の専門分野を生かして、多くの作家の作品を読み、分析し、検討を加えた。研究会では、その内容を紹介し、同時代の作品、影響関係のある作品、類似した主題や構成を比較検討してきた。

われわれのこうした研究の一環として、今日では無名であっても当時は三大作家と並び称せられた作家を翻訳することとした。作家の理解には、まず翻訳を試みることが必要だと考えたからである。この結果、昨年度は人文科学研究所の翻訳叢書第三号として『フランス十七世紀演劇集　喜劇』をまとめることができた。今年度は、その続編にあたる『フランス十七世紀演劇集　悲劇』を刊行する予定である。本論集はこうした研究の成果として問うものであり、右記の二冊の翻訳と対をなすものである。ただ、残念ながら、トマ・コルネイユなど数人の劇作家が、論文中で触れながら、一章を設けて取り上げられなかった。今後は研究の範囲を広げて、十七世紀演劇の諸問題について検討を続けていくつもりである。

終わりにこの論文の刊行にあたり、発表の機会を与えてくださった本学人文科学研究所に対して、また本学出版部編集担当の菱山尚子氏に対して感謝の意を表する。

二〇一〇年九月

研究会チーム「十七世紀演劇を読む」

責任者　橋　本　能

主要人名索引

1．個別論文で主として扱った作家については頁を太明朝で示した。
2．イタリア，スペインの人物や作品，当時の貴族などは生没年代が分からない者もある。ご寛恕を乞う。

ア

アグリッパ・ドービニエ
Théodore Agrippa d'Aubigné（1552～1630）
335
アダン・ド・ラ・アール
Adam de la Halle（1235頃～1285以後） *88*
アッピアノス
Appianos（仏）Appian（生没年不明） *161*
アリオスト
Lodovico Ariosto（1474～1553） *173, 185, 244*
アリストテレス
Aristoteles（仏）Aristote（前384～322）
143, 146, 147, 149
アルディ，アレクサンドル
Alexandre Hardy（1572?～1632） *4, 7, 27, 28, 32, 33, 34, 41,* ***95-131****, 140, 145, 185, 213, 229, 285, 287, 289, 291, 301*
アルノー（通称大アルノー）
Antoine Arnauld（1612～1694） *225*
アルノー・ダンディイ
Robert Arnauld d'Andilly（1589～1674） *225*
アルマンド嬢
→ ベジャール・アルマンド参照
アルルカン
Arlequin（イタリア名アルレッキーノ Arlechino，本名 Domenico Biancolelli，1640～1688）
→ ビアンコレッリ参照
アレクサンドル大王
Alexandros（仏）Alexandre（前356～323）
264
アンギャン公爵
Le duc d'Enghien *275*
アンヌ・ドートリッシュ
Anne d'Autriche（1601～1666） *85, 139, 255*
アンリ・ド・ブルボン
Henri de Bourbon *281, 282*
アンリ四世
Henri IV（1553～1610） *57, 59, 159*

ウ

ヴァルラン・ル・コント
Valleran Le Conte（？～1634?） *6, 25, 27, 28, 31, 32, 34, 41, 96*
ヴァレット枢機卿
Le cardinal de la Valette *135, 141, 145*
ヴィオン・ダリブレ
Charles Vion Dalibray（1600～1665） *138, 168*
ヴィオー，テオフィル・ド
Théophile de Viau（1590～1626） *97, 134, 135, 140, 155, 156, 230, 245, 283*
ヴィガラーニ
Carlo Vigarani（1637～1713） *10*
ヴィジャン夫人
Mme du Vigean（1600～1682） *249*
ヴィラール＝モンプサ侯爵
Marquis de Villars-Montpezat（生没年不明）
283
ウェルギリウス
Maro Publius Vergilius（仏）Virgile（前70～前19） *95, 101, 104, 233*
ヴォージュラ
Claude Favre de Vaugelas（1585～1650）
243
ヴォルテール
François-Marie Arouet Voltaire（1694～1778）
166, 237, 378, 383,
ヴォワテュール
Vincent Voiture（1598～1648） *225, 237, 245*

エ

エウリピデス
Euripides（仏）Euripide（前485?～406?）
111, 117, 200, 369,
エペルノン公爵
Jean-Louis de Nogaret de La Valette d'Épernon

（1554～1642）　*28*

オ

オウィディウス
Ovidius（仏）Ovide（前43～後17?）　*95, 105, 117, 119, 149*
オーヴレ
Jean Auvray（1590?～1634?）　*97, 100, 146*
オートフォール，マリー・ド
Marie de Hautefort（1616～1691）　*321*
オートロッシュ
Hauteroche, Noël Le Breton, sieur（1616?～1707）　*78, 359*
オジエ
François Ogier（1597～1670）　*146*
オズー，ジャンヌ
Jeanne Ausou（1635年頃～？）　*310*
オランジュ親王
Le Prince d'Orange　*29*

カ

ガストン・ドルレアン
Gaston Jean Baptiste de France, duc d'Orléans（1608～1660）　*135-137, 156, 281, 283, 284, 291, 308, 356*
カルデロン
Pedro Calderon de la Barca（1600～1681）　*339, 346, 361, 339, 346*
ガルニエ
Robert Garnier（1544?～1590）　*97, 144*
カンダル公爵ガストン・ド・ノガレ
Louis-Charles Gaston de Nogaret de la Valette de Foix, dit duc de Candale（1627～1658）　*358*
カンベール
Robert Cambert（1628?～1677）　*10, 375*

キ

ギーズ公アンリ二世
Henri II de Guise（1614～1664）　*281, 303, 308, 314, 316, 358, 359, 360*
ギーズ公シャルル一世
Charles de Guise　*359*
キノー，フィリップ
Philippe Quinault（1635～1688）　*5, 11, 66, 304, 311, 316,* ***355-416***
ギヨ＝ゴルジュ
Guillot-Gorju（本名 Bertran Hardouin de Saint-Jacques, 1600～1648）　*54, 55, 62, 63, 88*

ク

グアリーニ
Giovanni Battista Guarini（1538～1612）　*135, 150, 153*
グジュノー
Gougenot（生没年代不明）　*61, 200, 229, 232, 359,*
クセノフォン
Xenophon（仏）Xénophon（前430?～354?）　*95, 101*
クラウディアヌス
Claudianus（仏）Claudien（生没年不明）　*95, 117*
クラヴレ
Jean Claveret（1600?～1666?）　*393*
グラトラール
Gratelard（本名 Désidério Descombes，生没年不詳）　*73, 90, 91*
クラマユ伯爵
Le comte de Cramail　*135, 141, 145, 147*
クリスチナ女王
Alexandre Christina（1626～1689）　*308, 361, 362*
グルナイユ
François de Grenaille（1616～1680）　*300*
グロ＝ギヨーム
Gros-Guillaume（本名 Robert Guérin, 悲劇名ラ・フルール La Fleur，1554?～1634）　*28, 30, 33, 34, 54, 55, 56, 57, 58, 59, 60*

ケ

ゲ・ド・バルザック
Jean-Louis Guez de Balzac（1597～1654）　*136, 237*
ゲラルディ
Evariste Gherardi（1670?～1700）　*391*
ゲラン・デストリシェ
Isaac-François Guérin d'Estriché（1636？～1728）　*48, 49, 50*
ゲラン・ド・ブスカル
Guérin de Bouscal（？～1657）　*236*

コ

コエリョ，アントニオ

Antonio Coello（1611 ～ 1652） *342*
コーサン神父
Nicolas Caussin（1583～1651） *174, 285, 297*
ゴーチエ＝ガルギーユ
Gaultier-Garguille（本名 Hugues Guéru, 悲劇名フレシェル Fléchelles, 1573?～1633） *28, 32, 33, 54, 55, 56, 57, 58, 59, 60, 62, 80*
ゴーティエ，テオフィル
Théophile Gautier（1811～1872） *51*
ゴドー
Antoine Godeau（1605～1672） *146*
コペ，ドゥニ
Denis Coppée（生没年代不明） *305*
コルテ
François Colletet（1628～1680） *192, 278*
コルドゥアン，ジャンヌ・ド・
Jeanne de Cordouan *139*
ゴルドーニ
Carlo Goldoni（1707～1793） *88*
コルネイユ，トマ
Thomas Corneille（1625～1709） *7, 20, 48, 66, 69, 119, 337-339, 343, 361, 362, 378, 379*
コルネイユ，ピエール
Pierre Corneille（1606 ～ 1684） *3, 4, 7, 11, 16, 20, 29, 32, 35, 36, 38, 40, 41, 45, 46, 50, 61, 66, 96, 100, 105, 128, 137, 138, 140, 143, 151, 154, 151-154, 156, 158-161, 166, 175, 181, 187, 188, 192, 196, 200, 201, 206, 208, 209, 230, 234, 237, 240, 253, 260, 261, 264, 278, 289, 297, 313, 324, 355, 359, 367, 370, 376, 379, 383, 388, 393*
コルベール
Colbert（1619～1683） *366, 370, 376, 379, 387*
コンティ親王
Le Prince de Conti, Armand de Bourbon（1629～1666） *24, 29, 358*
コンデ大公
Le Grand Condé, Louis II de Bourbon（1621～1689） *98, 139, 156, 242, 360*
ゴンベルヴィル
Marin Le Roy de Gomberville（1600～1674） *227, 307*
コンラール
Valentin Conrart *137*

サ

サブリエール夫人
Marguerite Hessein, Madame de la Sablière（1636～1693） *335*
サヤス・イ・ソトマイヨル
María de Zayas y Sotomayor（1590?～1647） *341*
サラザン
Jean François Sarasin（1614～1654） *136, 237, 332, 335*
サン＝マール
Henri Coiffier de Ruzé, marquis de Cinq-Mars（1620～1642） *271*
サン・タマン
Saint-Amant（1594～1661） *320*
サン＝テニャン公爵
François de Beauvilliers, duc de Saint-Aignan（1607～1687） *243, 244, 291, 303, 308, 361*
サント＝マルト，セヴォル・ド
Scévole de Sainte-Marthe（1571～1650） *283*
サント＝マルト，ニコラ
Nicolas Sainte-Marthe *283*

シ

シェイクスピア
William Shakespeare（1564～1616） *28, 284, 307, 402*
シェランドル
Jean de Schélandre（1585～1635） *146*
シャピュゾー
Samuel Chappuzeau（1625～1701） *36, 46, 51*
シャプラン
Jean Chapelain（1595～1674） *136, 137, 146, 148, 151, 152, 189, 190, 196, 234, 244, 260, 271*
シャンメレ
Champmeslé（本名 Charles Chevillet, 1642～1701） *38, 39, 48, 49, 50*
シャンメレ嬢
La Champmeslé（本名 Marie Desmares, 1642～1698） *38, 39, 40, 48, 49, 50*
シュヴルーズ公爵
Charles Honoré d'Albert de Luynes, duc de Chevreuse（1646～ 1712） *314, 370*
ショーヌ公爵
Le duc de Chaulnes（1581～1649） *314*
ショーヌ公爵夫人
La duchesse de Chaulnes（生没年代不明） *301, 303*

ジョーネー，シャルル
Charles Jaulnay　*72, 73*
ジョデル
Étienne Jodel（1532-1573）　*27*
ジョドレ
Jodelet（本名，Julien Bedeau, 1590?～1660）*46, 47, 54, 55, 60, 64-69, 321, 324, 329, 330, 343, 359*
シリ，ヴィットリオ
Vittorio Siri　*305*
ジルベール
Gabriel Gilbert（1620～1680）　*311*
ジレ・ド・ラ・テッソヌリー
Gillet de La Tessonerie（1619～1642）　*66*

ス

スエトニウス
Suetonius Tranquilus（仏）Suétone（69～140?）*233*
スカラムーシュ
Scaramouche（本名 Tiberio Fiorelli，1608～1694）　*54, 71, 78, 79, 84-87, 89*
スカロン，ポール
Paul Scarron（1610～1660）　*4, 25, 26, 29, 65, 66, 69, 75, 136, 154, 225, 242, 307,* ***319-353***, *359*
スキュデリー，ジョルジュ・ド
Georges de Scudéry（1610～1667）　*4, 14, 16, 41, 129, 136, 152, 153, 154, 188, 196, 200,* ***223-248***, *285, 288, 305, 320, 324, 335, 359*
スキュデリー，マドレーヌ・ド
Madeleine de Scudéry（1607～1701）　*136, 223, 227, 239, 242, 243, 293, 362*
スタンダール
Stendhal（1783～1842）　*206*

セ

セヴィニエ夫人
Marie de Rabutin-Chantal, marquise de Madame de Sévigné（1626～1696）　*39, 335, 360*
セギエ
Pierre Séguier（1588～1672）　*308*
セネカ
Lucius Annaeus Seneca（仏）Sénèque（前4～後65）　*97, 111, 189, 287, 369*
セルバンテス
Miguel de Cervantes（1547～1616）　*96, 117, 123, 235, 320, 335, 357*
セロ神父
le Père Cellot　*200, 208*

ソ

ソーヴァル
Henri Sauval（?～1670）　*56, 59, 60, 63, 92*
ソフォクレス
Sophocles（仏）Sophocle（前496?～406）*150*
ソメーズ
Antoine Baudeau Somaize（1630?～?）*357, 381, 383*
ソレル
Charles Sorel（1602～1674）　*237*
ソロルサノ，カスティリヨ
Castillo Solórzano（1584～1648?）　*329, 332*
ソワッソン伯爵
Louis de Bourbon, comte de Soissons（1604～1641）　*190, 360*

タ

タルマン・デ・レオー
Gédéon Tallement des Réaux（1619～1690）*44, 57, 58, 59, 62, 65, 67, 77, 137, 239, 252, 260, 279*
タキトゥス
Tacitus（仏）Tacite（55?～120?）　*240, 297*
ダスシ
Charles Coipeau D'Assoucy（1605～1677）*307*
タソー
Torquato Tasso（1544～1595）　*150*
タバラン
Tabarin（本名 Antoine Girard，1568?～1626）*73, 90, 91*
ダンクール
Dancourt（本名 Florent Carton，1661～1725）*389, 403, 405, 410,*

チ

チベリオ・フィオレッリ
→スカラムーシュ参照
チュルリュパン
Turlupin（本名 Henri Legrand，悲劇名ベルヴィル Belleville，1587?～1637）　*33, 44, 54, 55, 56, 59, 60, 61, 83*

テ

ティトゥス・リヴィウス
Titus Livius（仏）Tite Live（前59－後17）
161, 162
テオフィル・ド・ヴィオー
Théophile de Viau（1590～1626）→ヴィオー参照
デギョン公爵夫人
Madem de duc d'Aiguillon　*137, 138, 172, 255*
デズイェ嬢
Mlle Des Œillets（本名 Alix Faviot，1620?～1670）　*37, 38*
デフォンテーヌ
Nicolas-Marc Desfontaines（1610? ～1652）
201
デマレ・ド・サン＝ソルラン，ジャン
Jean Desmarets de Saint-Sorlin（1595?～1676）
4, 9, 17, 62, 172, ***249–280****, 297*
デュ・クロワジー
Du Croisy（1626～1695）　*47, 48*
デュシャルトル
Pierre-Louis Duchartre　*79, 81, 84*
デュ・パルク
Du Parc（本名 René Berthelot，笑劇名グロ＝ルネ Gros-René，?～1664）　*36, 37*
デュ・パルク嬢
La Du Parc（本名 Marquise-Thérèse de Gorle，1633?～1668）　*36, 37, 38, 39, 47*
デュ・ペリエ
Du Périer（本名 François Du Mouriez，1650?～1723）　*30*
デュ・リエ
Pierre Du Ryer（1600～1658）　*97, 146, 154, 183, 226*
デュフレーヌ
Charles Dufresne（1611?～1684）　*28, 29*
デュフレニー
Charles Dufresny（1657～1724）　*389, 393, 394, 395, 405*
デュルヴァル
Jean-Gilbert Durval（生没年不明）　*289*
デュルフェ，オノレ
Honoré d'Urfé（1568～1625）　*140, 141, 155, 225*
テュレンヌ元帥
Henri de la Tour d'Avergne Turenne（1611～1675）　*360*
テレンティウス
Terentius（仏）Térence（前195?～59）
149, 150
デンヌボー
Mathieu d'Ennebaut（?～1697）　*39*
デンヌボー嬢
Mlle d'Ennebaut（本名 Françoise Jacob, 1642～1708）　*39*

ト

ド・ヴィリエ
De Villiers（喜劇名フィリパン Philipin，本名 Claude Deschamps，1601?～1681）　*43, 48, 54, 55, 65, 67, 68, 69, 329, 330, 343*
ド・ヴィリエ嬢
Mlle De Villiers（本名 Marguerite Béguin または Béguet，?～1670）　*41, 42, 43, 48, 65*
ド・ブリ嬢
Mlle de Brie（本名 Catherine Leclerc du Rosé, 1630?～1706）　*36, 37, 47, 48*
ドディギエ，ヴィタル
Vital d'Audiguier（1564?～1624?）　*108*
ドービニェ，フランスワーズ
Françoise d'Aubigné（スカロンの妻，後のマントノン夫人）→マントノン夫人参照
ドゥーヴィル
Antoine Le Métel d'Ouville（1590?～1656?）
66, 338, 347, 348
ドーヴィリエ
Dauvillier（本名 Nicolas Dorné, 1646?～1690）
48, 49
ドーヴィリエ嬢
Mlle de Dauvillier（本名 Victoire-Françoise Poisson, 1657?～1733）　*48, 49*
ドービニャック師
François Hédelin, abbé d'Aubignac（1604～1676）　*151, 162, 166, 233, 289, 291, 294*
ドノー・ド・ヴィゼ
Jean Donneau de Visé（1638～1710）　*311, 368, 378*
ドリヴェ，テゥーリエ
Thoulier d'Olivet（1682～1768）　*381*
トリヴラン
Trivelin（イタリア名トリヴェリーノ Trivelino）　*54, 73, 79, 83, 84*
トリシーノ

Trissino　*161, 162*
ドルジュモン
D'Orgemont（本名 Adrien Des Barres, ？～1655?）　*43, 44*
ドルチェ
Ludovico Dolce（1508～1568）　*285*
トレッリ
Giacomo Torelli（1608～1676）　*19, 267*
トレポー嬢
Mlle Trépeau（本名 Rachel Trépeau）　*27, 28*
トロットレル
Pierre Trotterel（生没年不明）　*124*
ドン・リロン
Dom Liron（1665～1748）　*210*

ニ

ニコル
Pierre Nicole（1625～1695）　*257*
ニノン・ド・ランクロ
Ninon de l'Enclos（1620～1705）　*335*

ハ

パウサニアス
Pausanias　*95, 111*
パスカル，ジャクリーヌ
Jacqueline Pascal（1625～1661）　*236*
パスカル，ブレーズ
Blaise Pascal（1623～1662）　*236*
パラプラ
Jean Palaprat　（1650～1721）　*76*
バルビエリ
Nicolo Barbieri（1576～1641）　*358*
バロ
Balthazar Baro（1600～1650）　*175, 238*
バロニウス枢機卿
Baronius（1538～1607）　*208*
バロン
Baron（本名 Michel Boiron, 1653～1729）　*47, 50, 90*
バロン父
Baron le père（本名 André Boiron, 1601～1655）　*41, 44*
バンスラード
Isaac de Benserade（1613～1691）　*137, 144, 245, 379*

ヒ

ビアンキ，ジョゼッペ
Giuseppe Bianchi　*83*
ビアンコレッリ，ドミニク　こと　ドメニコ
Domenico Biancolelli（1640～1688）　*54, 79, 82, 88, 89, 90*
ビオンド，フラヴィオ
Flavio Biondo　（1392～1463）　*361*
ピュジェ・ド・ラ・セール
Jean Puget de La Serre（1600～1665）　*16*
ビュッシー＝ラビュタン伯爵
Roger de Rabutin, comte de Bussy-Rabutin（1618～1693）　*243, 304, 360*

フ

ファトゥーヴィル
A. Maudit　Fatouville（？～1715）　*410*
フィエスク伯爵
Charles-Léon, comte de Fiesque（?～1658）　*137, 190*
フィオレッリ
→スカラムーシュ参照
フィリップ・ドルレアン
Philippe d'Orléans（1674～1723）　*24, 29, 410*
フィリパン
Philipin　→ド・ヴィリエ参照
フーケ
Nicolas Fouqué（1615～1680）　*362, 366*
フォルナリス
Fabrizio de Fornaris　（1550?～?）　*313*
フォントネル
Bernard Le Bovier de Fontenelle（1657～1757）　*256*
プッサン
Nicolas Poussin（1593～1665）　*71, 320*
フュルティエール
Antoine Furetière（1620～1688）　*383*
プラウトゥス
Titus Maccius Plautus（仏）Plaute（前254－前184）　*61, 188, 195, 313, 402, 403*
ブラン伯爵
Comte de Belin, François de Faudoas（?～1637）　*136-139, 158, 166, 172-174, 190, 196, 226, 320*
ブリュスカンビル

Bruscambille（喜劇名デローリエ Deslauries, 生没年代不明）　*34*
ブリヨン神父
l'abbé Brillon（1671～1737）　*210*
ブルソー
Edme Boursault（1638～1701）　*78, 311, 410*
プルタルコス
Plutarchos（仏）Plutarque（46または49～125）　*95, 101, 233, 369*
ブレクール
Brécourt（本名 Guillaume Marcoureau, 1638?～1685）　*30*
プレシス＝ゲネゴー夫人
Plessis-Guénégaud（生没年代不明）　*291*
ブレヒト，ベルトルト
Bertolt Brecht（1898～1956）　*307*
フロリドール
Floridor（本名 Josias de Soulas, 1608?～1671）　*31, 32, 34, 37, 39, 40, 45, 46*

ヘ

ベイス（ベイ）
Charles Beys（1610?～1659）　*108, 236*
ベーガ，ロペ・デ
Lope de Vega（1562～1635）　*108, 187, 188, 197, 200, 208, 209, 231, 406*
ベジャール，アルマンド
Armande Béjard（1642～1700）　*47-49*
ベジャール，マドレーヌ
Madeleine Béjard（1618～1672）　*46, 284, 297*
ペトラルカ
Francesco Petrarca（1304～1374）　*162, 242*
ペラン，ピエール
Pierre Perrin（1620?～1675）　*10, 375*
ヘリオドロス
Heliodoros（仏）Héliodore（生没年代不明）　*96, 117*
ベルナール，サミュエル
Samuel Bernard（1651～1739）　*411*
ベルモール
Jornain Bellemore　*61, 62*
ベルローズ
Bellerose（本名 Pierre Le Messier, 1592?～1670）　*31, 34-36, 45, 96, 137, 138, 145, 185, 190, 236*
ベルロッシュ
Belleroche（本名 Raymond Poisson, 1630?～1690）→ポワッソン・レーモン参照
ペロー，ピエール
Pierre Perrault（1608?～1680?）　*357, 367, 376, 377*
ペロー，シャルル
Charles Perrault（1628～1703）　*256, 357, 367*
ヘロドトス
Herodotos（仏）Hérodote（前484?～425?）　*362*

ホ

ボーヴァル夫妻
Beauval（夫1635～1709, 妻1655～1720）　*47*
ボーシャトー
Beauchâteau（本名 François Chastelet, ?～1665）　*44*
ボーシャトー嬢
Mlle Beauchâteau（本名 Madeleine Du Pouget ?～1683）　*41, 44, 359*
ボーディエ，ミシェル
Michel Baudier（1589頃～1645）　*305*
ボーマルシェ
Pierre-Augustin Canon de Beaumarchais（1732～1799）　*401*
ボス，アブラーム
Abraham Bosse（1602?～1676）　*58, 60, 64*
ボナレッリ，プロスペロ
Prospero Bonarelli（1588～1659）　*138, 168*
ホラティウス
Quintus Horatius Flaccus（仏）Horace（前65～前8）　*147, 150*
ポルタ・デッラ
Della Porta（1535?～1615）　*202, 313*
ボルドロン
Laurent Bordelon（1653-1730）　*68*
ボワイエ，クロード
Claude Boyer（1618～1698）　*20, 366*
ポワッソン，フィリップ
Philippe Poisson（1683～1743）　*75, 405*
ポワッソン，ポール
Paul Poisson（1658～1735）　*75*
ポワッソン，レーモン
Raymond Poisson（芸名 Belleroche, 1630?～1690）　*34, 49, 50, 54, 55, 75, 76, 77, 78, 337*

ポワッソン，フランソワ＝アルヌー
François-Arnoul Poisson de Roinville（1696～1753） *75*
ポワッソン嬢
Mlle de Poisson（1657～1756） *73, 74*
ボワロー
Nicolas Boileau-Despréaux（1636～1711） *256, 257, 367, 381, 382, 383*
ボワロベール
François Le Métel, seigneur de Boisrobert（1592頃～1662） *69, 136, 154, 192, 234, 252, 253, 254, 278, 337, 338, 359*

マ

マウロ，ロラン
Laurant Mahelot（生没年代不明） *13, 14, 227*
マザラン
Jules Mazarin（1602～1661） *20, 85, 139, 335, 361, 365*
マスカロン
Pierre-Antoine Mascaron（?－1647） *297*
マタモール
Le Capitan Matamore（本名 Jornain Bellemore，生没年不詳） *54, 55, 61*
マラングル，クロード
Claude Malingre, Sieur de Saint-Lazare（1580?～1653） *305*
マリ・ド・ゴンザグ
Louise-Marie de Gonzague *156*
マリ・ド・ブルボン
Marie de Bourbon, duchesse de Montpensier（1605～1627） *135*
マリー・ド・メディチ（メディシス）
Marie de Médicis（1573～1642） *90, 135, 156*
マリヴォー
Pierre Carlet de Chamblain de Marivaux（1688～1763） *83, 84, 90, 322*
マリノ
Giambattista Marino/Marini（1569～1625） *231*
マレシャル
André Mareschal（?～1632） *61, 62, 147*
マレルブ
François de Malherbe（1555～1628） *97, 134, 145, 148, 153, 251*
マントノン夫人
Françoise d'Augigné, Marquise de Maintenon（1635～1719） *335*

ミ

ミニャール
Pierre Mignard（1612～1695） *71, 73*

メ

メレ，ジャン
Jean Mairet（1604～1686） *4, 15, 34, 41, 124,* ***133-179****, 187, 189, 196, 213, 230, 232, 285, 320*

モ

モリーナ・ティルソ・デ
Tirso de Molina（1579～1648） *326*
モリエール
Molière（本名 Jean-Baptiste Poquelin, 1622～1673） *3, 4, 5, 8, 10-13, 23, 29, 32, 35-37, 40, 46-50, 54, 55, 64, 65-76, 80, 81, 83, 85, 88-91, 127, 181, 182, 195, 201-204, 258, 260, 262, 266, 285, 297, 311, 313, 331, 341, 344, 346, 351, 358, 366, 368, 370, 376, 388, 389, 392, 395, 396, 400, 401, 403-405, 408, 411, 412, 415*
モンクレチアン
Antoine de Montchrestien（1575?～1621） *124, 161, 162*
モンテスパン夫人
Françoise Athénaïs de Mortemart, marquise de Montespan（1640～1707） *378, 379*
モントゥルー
Nicolas de Montreux（1561～1608） *131, 161*
モンテマヨール，ホルヘ・デ
Jorge de Montemayor（1520?～1561?） *117*
モントージエ公爵
Charles de Sainte-Maure, duc de Montausier（1610～1690） *228, 369*
モンドール
Mondor（本名 Philippe Girard） *90*
モンドリー
Montdory（本名 Guillaume Des Gilberts, 1594～1653?） *7, 29, 40, 41, 42, 43, 44, 45, 62, 67, 137, 138, 142-144, 160, 166, 229, 232, 236, 260, 284, 285, 289, 291, 320*
モンパンシエ嬢

Anne Marie d'Orléans, Duchesse de Montpensier（通称グランド・マドモワゼル，1627〜1693）　*244*
モンフルーリ，アントワーヌ
Montfleury（本名 Antoine Jacob，1639〜1685）*35, 67, 74, 77, 78*
モンフルーリ
Montfleury （本名 Zacharie Jacob，1600?〜1667）　*35, 37, 39, 67*
モンモランシー公爵
Henri II de Montmorency（1595〜1632）*134, 136, 137, 139, 140, 158, 159, 177*

ユ

ユゴー，ヴィクトル
Victor Hugo（1802 〜 1885）　*307*

ヨ

ヨセフス，フラヴィウス
Flavius Josephus（仏） Flavius Josèphe（37 – 100?）　*96, 101, 285*

ラ

ラ・カルプルネード
Gautier de Coste, sieur de La Calprenède（1614〜1663）　*294*
ラ・グランジュ
La Grange（本名 Charles Varlet, 1635〜1692）*12, 47, 48, 50*
ラ・チュイユリー
Jean-François Juvenon de La Thuillerie（1650〜1688）　*78*
ラ・トリリエール
La Thorilière （1626〜1680）　*47*
ラ・ピヌリエール
Pierre Guérin de La Pinelière（1615〜1642?）*285*
ラ・フォンテーヌ
Jean de La Fontaine （1621〜1695）　*256, 377, 382*
ラ・ブリュイエール
Jean de La Bryuyère（1645〜1696）　*256, 388, 398, 410, 411*
ラ・メナルディエール
Jules de La Mesnardière（1610〜1663）*151, 233*
ラカン
Honorat de Bueil, seigneur de Racan（1589〜1670）　*124, 140, 213*
ラシーヌ，ジャン
Jean Racine（1639〜1699）　*3, 4, 5, 35, 37, 38, 39, 45, 48, 50, 120, 155, 181, 182, 189, 286, 297, 301, 355, 361, 365-370, 376, 377, 382, 383*
ラパン神父　René Rapin（1621〜1687）　*285*
ランブイエ侯爵夫人，カトリーヌ
Catherine de Vivonne, Marquise de Rambouillet（1588 〜 1655）　*136, 142, 166, 211, 225, 242, 249*

リ

リシュリュー
Armand-Jean du Plessis, Cardinal et Duc de Richelieu（1585〜1642）　*4, 9, 36, 41, 43, 62, 133, 135, 137-139, 152, 154, 156, 157, 166, 172, 190, 192, 196, 227, 234, 236, 249-255, 258, 260, 262, 264, 266, 271, 273, 275, 278, 294, 360*
リゾラ男爵
le baron de Lisola（スペイン宮廷の重臣）*139*
リッコボーニ
Luigi Riccoboni（1676〜1753）　*79, 85, 89*
リュドレ夫人
Marie-Élisabeth（dite Isabelle）, marquise de Ludres（1647〜1726）　*378*
リュリ
Jean-Baptiste Lully（1633〜1687）　*5, 10, 11, 21, 39, 48, 76, 355, 368, 375-377, 379, 382, 383*

ル

ル・ブーランジェ・ド・シャリュッセー
Le Boulanger de Chalussay　*71*
ル・ブラン
Charles Le Brun（1619〜1690）　*71, 380*
ルイ十三世
Louis XIII（1601〜1643）　*90, 133, 134, 159, 250, 251, 252, 266, 283, 303*
ルイ十四世
Louis XIV（1638〜1715）　*8, 9, 20, 48, 75, 85, 88, 89, 250, 251, 271, 321, 331, 335, 358, 360, 361, 365, 366, 375, 376, 379, 381, 387, 388, 390, 394, 406, 410, 411, 412*
ルサージュ，アラン＝ルネ
Alain-René Lessage（1668〜1747）　*5, 11, 387, 389, 403, 405,* ***406-415***

ルニャール，ジャン＝フランソワ
Jean-François Regnard（1655～1747） *5, 11, 387, 389,* ***390-405,*** *407, 409, 410, 414*
ル・ノワール，シャルル
Charles Le Noir（?～1637） *29, 67*
ルフェーヴル・マチュー（通称ラ・ポルト）
Mathieu Lefebvre, dit La Porte（1574?～1634?） *96*
ルメルシエ，ジャック
Jacques Lemercier（1585～1654） *9, 266*

レ

レー枢機卿
Cardinal de Retz（1613～1679） *243, 320*
レシギエ
N. de Rayssiguier（生没年不明） *393*
レトワール
Claude de l'Estoile（1597～1652） *192, 278*
レルミット，ジャン＝バティスト
Jean-Baptiste L'Hermite de Soliers（1610～1667） *282, 284*
レルミット，トリスタン
Tristan L'Hermite（本名 François L'Hermite de Solier，1601～1655） *4, 8, 19, 41, 42, 97, 155, 264,* ***281-318,*** *320, 355, 356, 357, 359, 360, 361*

ロ

ロカテッリ，ドメニコ
Domenico Locatelli（1613～1671） *83*
ロジモン
Rosimond（本名 Claude de la Rose，1640?～1686） *48, 49*
ロスタン
Edmond Rostand（1868～1918） *27, 36*
ロッシ
Luigi Rossi（1597～1653） *19*
ロッセ，フランソワ・ド
François de Rosset（1570?～1619?） *117*
ロッリ
Angelo-Augustino Lolli（1622～1702） *87*
ロトルー，ジャン
Jean Rotrou（1609～1650） *4, 7, 15, 32, 34, 41, 108, 137, 138, 140, 154, 175,* ***181-221,*** *226, 231, 232, 278, 285, 310, 311-313, 320, 356, 357, 402, 403*
ロハス・ソリーリャ，フランシスコ・デ
Francisco de Rojas Zorilla（1607～1648） *75, 204, 322, 326, 337, 406*
ロビネ
Charles Robinet（1608～1698） *38*
ロラン，ミシェル
Michel Laurant（生没年代不明） *14*
ロレ
Jean Loret（？～1665） *310, 361*
ロングヴィル公爵夫人
Anne Geneviève, Duchesse de Longueville（1619～1679） *243*
ロンサール
Pierre de Ronsard（1524～1585） *96, 126, 148*

作品名索引

1．カッコ内の数字は，劇作品は上演年代を，その他の作品は出版年代を示す。
2．初演年代が不明な劇作品は，（刊）として出版年代を示した。
3．初演年代が推定に何らかの基づくものは，年代の後に？をつけた。

ア

愛と運命のいたずら
Les Coups d'Amour et de Fortune（ボワロベール，1655）　*359*
愛と運命のいたずら
Les Coups de l'Amour et de la Fortune（キノー，1655）　*357, 359, 360*
愛と偶然の戯れ
Le Jeu de l'amour et du hasard（マリヴォー，1730）　*322*
愛に隠された愛
L'Amour caché par l'amour（スキュデリー，1632）　*230*
愛の勝利
Le Triomphe d'Amour（アルディ，1626刊）*99, 101, 124*
アエネーイス
Aeneis（ウェルギリウス，前70−前19）*104, 233, 328*
アカデミー・フランセーズの辞書
Le Dictionnaire de l'Académie française（1694）*243*
赤と黒
Le Rouge et le Noir（スタンダール，1830）*206*
アカントの嘆き
Les plaintes d'Achante（トリスタン・レルミット，1633）　*284, 292*
アクシアーヌ
Axiane（スキュデリー，1643）　*239, 240*
アシールの死
La Mort d'Achille（アルディ，1625刊）　*98*
アストラート
Astrate（キノー，1664）　*361, 366, 367, 370, 371, 382*
アスドリュバルの死
La Mort d'Asdrubal（ザッカリー・ジャコブ・モンフルーリ，1647）　*35*
アストレ
L'Astrée（オノレ・デュルフェ，1607〜1628）*140, 155, 225, 227, 230, 238, 310*
アスパジー
Aspasie（デマレ・ド・サン＝ソルラン，1636）*254, 257, 258*
あだっぽい母親
La Mère coquette（ドノー・ド・ヴィゼ，1665）*368*
あだっぽい母親，あるいは仲たがいした恋人
La Mère coquette ou les Amant brouillés（キノー，1665）　*366, 367, 368, 370, 382*
アタリー
Athalie（ラシーヌ，1691）　*286*
アティス
Atys（キノー，1676）　*377, 378*
アテナイス
L'Athénaïs（メレ，1638）　*138, 175*
アドンヌ
Adone（マリノ，1623）　*231*
アフリカ
Africa（ペトラルカ）　*162*
アマラゾント
Amalasonte（キノー，1657）　*361, 362, 363, 364*
アマリリス
Amarillis（トリスタン・レルミット，1652）*309, 311, 357, 360*
アムールとバッキュスの祭典
Les Fêtes de l'Amour et de Bacchus（キノー，1672）　*10, 375*
アムールの勝利
Le Triomphe de l'Amour（キノー，バンスラード，1680）　*379*
アラリック，あるいは征服されたローマ
Alaric ou Rome vaincue（スキュデリー，1654）*243*
アリアーヌ
Ariane（デマレ・ド・サン＝ソルラン，1632）

172, 252, 254, 255, 297
アリアーヌ
Ariane（トマ・コルネイユ，1672）　*119*
アリストクレ，あるいは不幸な結婚
Aristoclée ou le Mariage infortuné（アルディ，1626刊）　*99*
アリストへの釈明
Excuse à Ariste（コルネイユ，1637）　*152, 153*
アルクメオン，あるいは女の復讐
Alcméon ou la Vengeance féminine（アルディ，1628刊）　*99, 100, 102, 109–112*
アルケスティス
Alcestis（エウリピデス）　*117*
アルザコーム，あるいはスキタイ人の友情
Arsacome ou l'Amitié des Scythes（アルディ，1625刊）　*98*
アルシオネ
Alcionée（デュ・リエ，1637）　*226*
アルセ，あるいは不実
Alcée ou l'Infidélité（アルディ，1625刊）　*98, 124*
アルセスト，あるいは貞節
Alceste ou la Fidélité（アルディ，1624刊）　*98, 117*
アルセスト
Alceste（キノー，1674）　*376*
アルフェ，あるいは愛の正義
Alphée ou la Justice d'Amour（アルディ，1624刊）　*98, 124*
アルブの王アグリッパ
Agrippa, roy d'Albe（キノー，1662）　*366, 370*
アルマイド，あるいは奴隷で女王
Almahide ou L'Esclave reine（スキュデリー，1660～1663）　*244*
アルミード
Armide（キノー，1686）　*378, 380, 381*
アルミニウス，あるいは兄弟は敵同士
Arminius ou les Frères ennemis（スキュデリー，1643）　*228, 240*
アレクサンドル・アルディ戯曲集
Le Théâtre d'Alexandre Hardy（全５巻，1624～1628）　*97*
アレクサンドルの死
La Mort d'Alexandre（アルディ，1626刊）　*99, 102*
アレクサンドル大王
Alexandre le Grand（ラシーヌ，1665）　*35, 37, 367*
アンジェリカ
Angelica（フォルナリス，1585）　*313*
アンティゴネ
Antigone（ソフォクレス）　*150*
アンティゴーヌ
Antigone（ロトルー，1637?）　*189*
アンドロマック
Andromaque
（ラシーヌ，1667）　*35, 37, 38, 368, 369*
アンドロミール
Andromire（スキュデリー，1640?）　*239*
アンドロメード
Andromède（コルネイユ，1650）　*20, 40, 359, 379*
アンニバル
L'Annibal（デマレ・ド・サン＝ソルラン，未出版）　*250*
アンフィトリヨン
Amphitryon（モリエール，1668）　*195, 400*
アンフィトルオ
Amphitruo（プラウトゥス，前186頃）　*195*

イ

イシス
Isys（キノー，1677）　*378*
医者クリスパン
Crispin Médecin（オートロッシュ，1670）　*78*
イタリア演劇史
Histoire du théâtre italien（リッコボーニ，1727）　*79, 85*
逸した機会
Les Occasions perdues（ロトルー，1633？）　*191*
逸話集
Historiettes（タルマン・デ・レオー，1834）　*44, 57, 59, 62, 77, 239, 252, 253, 260*
偉大な最後の大王ソリマン，あるいはムスタファの死
Le grand et dernier Solyman, ou la mort de Mustapha（メレ，1637）　*137, 155, 168, 174*
偽りの見た目
La Fausse apparence（スカロン，1663刊）　*345, 349, 350*

偽りの侍女
La Fausse Suivante（マリヴォー，1724）*84*
偽りの相続人
El Mayorazgo figura（カルティリョ・ソロルサノ，1641刊）*329*
偽りの息子
Le Fils supposé（スキュデリー，1635?）*231*
田舎貴族
Le Campagnard（ジレ・ド・ラ・テッソヌリー，1656）*66*
イフィジェニー
Iphigénie（ラシーヌ，1674）*190,376*
イフィジェニー
Iphigénie（ロトルー，1640?）*189,200*
イブライム，あるいは名高きバッサ
Ibrahim ou l'Illustre Bassa（スキュデリー，1641）*239-240,305*
イブライム，あるいは名高きバッサ
Ibrahim ou l'Illustre Bassa（マドレーヌ・ド・スキュデリー，1641）*239,293*
イポリート
Hippolyte（ラ・ピヌリエール，1634）*285*
妹
La Soeur（ロトルー，1645?）*201-203,213*
いやいやながら医者にされ
Le Médecin malgré lui（モリエール，1666）*202*
イーリアス
Ilias（ホメーロス）*287*

ウ

ヴァンセスラス
Venceslas（ロトルー，1647？）*182,200,203-207,209,210*
ヴィルジニー
La Virginie（メレ，1633）*136,140,142*
ウーロップ
Europe（デマレ・ド・サン＝ソルラン，1642）*254,255,257,271-275,278*
ヴェルサイユの洞窟
La Grotte de Versailles（キノー，1668）*368*
ヴェルサイユ即興劇
L'Impromptu de Versailles（モリエール，1663）*35,36*
ヴォクリューズの泉
La Description de la fameuse fontaine de Vaucluse（スキュデリー，1649）*242*
嘘つき男
Le Menteur（コルネイユ，1644）*35,46,66,324*
美しきアルフレード
La Belle Alphrède（ロトルー，1635?）*192-194,212*
ウドクス
Eudoxe（スキュデリー，1639）*238*
海
La Mer（トリスタン・レルミット，1628）*284,307*
裏切れば必ず罰せられる
La Tración busca el castigo（ロハス・ソリーリャ）*326*
麗しきジプシー娘
La Belle Égyptienne（アルディ，1628刊）*99,117*
浮気女，あるいは婦人アカデミー
La Coquette ou l'Académie des Dames（ルニャール，1691）*391,392*

エ

英雄詩の擁護
La Deffense du Poëme héroïque（デマレ・ド・サン＝ソルラン，1674）*256*
英雄詩集
Les Vers heroïques（トリスタン・レルミット，1648）*307,308,314*
エジプトの木乃伊
Les Momies d'Egypte（ルニャール，デュフレニー，1696）*394*
エステル
Esther（デマレ・ド・サン＝ソルラン，1670）*256*
エディップ
Œdipe（コルネイユ，1659）*367*
エドワール
Edouard（ラ・カルプルネード，1640）*294*
エリゴーヌ
Erigone（デマレ・ド・サン＝ソルラン，1642）*257,268*
エルキュールの誕生
La Naissance d'Hercule→『二人のソジー』参照

エルミール，あるいは幸せな重婚
Elmire ou l'Heureuse Bigamie（アルディ，1628刊） *99, 117*
演劇作法
La Pratique du Théâtre（ドービニャック師，1657） *151, 166, 233, 289*
演劇の擁護
L'Apologie du théâtre（スキュデリー，1639） *237, 238*

オ

老いたる双子
Li duo vecchi gemelli（作者不詳） *402*
オエタ山上のヘルクレス
Hercule sur l'Œta（セネカ） *189*
王宮広場
La Place Royale（クラヴレ，1633？） *393*
王政論
Les Discours politiques des rois（スキュデリー，1648） *243*
王たる時，父たるは得ず
No hay ser padre siendo rey（ロハス・ソリーリャ，1640刊） *204*
王妃のためのバレエ・コミック
Ballet comique de la Royne（バルターザール・ド・ボージョワイヨー，1581） *8*
オスマン
Osman（トリスタン・レルミット，1646） *296, 303-305, 307, 360*
オスマン帝の暗殺
L'exécrable assassinat perpétré par les janissaires en la personne du sultan Osman, avec la mort de ses plus illustres favories（ドゥニ・コペ，1623年執筆） *305*
オノリーヌ
Honorine（サラザン，1656） *332*
己自身の牢番，あるいは王侯ジョドレ
Le Géolier de soi-meme ou Jodelet prince（トマ・コルネイユ，1655） *66, 339*
オペラの批評
Critique de l'opéra（ピエール・ペロー，1674） *376*
オラース
Horace（コルネイユ，1640） *45, 161, 206, 208*
オラント
Orante（スキュデリー，1635?） *230*
オリンピア
Olimpia（デラ・ポルタ） *313*
オルフェ
Orphée（ロッシ，1647） *19, 267*
オロパスト，あるいは偽のトナクサール
Oropaste ou le faux Tonaxare（ボワイエ，1662） *366*
音楽家クリスパン
Crispin Musicien（オートロッシュ，1674） *78*
女学者
Les Femmes savantes（モリエール，1672） *262*
女判事で訴訟の当事者
La Femme Juge et Partie（モンフルーリ，1668） *77*

カ

海賊の王子
Le Prince corsaire（スカロン，1663刊） *348, 349*
かかわらない方がよい
Peor es urgarlo（アントニオ・コエリョ，上演・出版年代不明） *342*
ガゼット
Gazette de France *242, 260*
勝ち誇る愛の神，あるいはその復讐
L'Amour victorieux ou vengé（アルディ，1628刊） *99, 124-128*
家庭教師クリスパン
Crispin Précepteur（ラ・チュイユリー，1679） *78*
カドミュスとエルミオーヌ
Cadmus et Hermione（キノー，1673） *10, 375, 379*
カピテーヌ・フラカス
Le Capitaine Fracasse（テオフィル・ゴーチエ，1863） *51*
カルタゴ女
La Carthaginoise（モンクレチアン，1596） *162*
カルタゴ女
La Carthaginoise（モントゥルー，1601） *162*
カンビューズの結婚
Le Mariage de Cambyse（キノー，1658） *361, 362*

寛大なる敵
Les Généreux Ennemis（ボワロベール，1654） *69, 337*

キ

ギガントマキア，あるいは神々と巨人族の闘い
La Gigantomachie ou Combat des Dieux avec les Géants（アルディ，1626刊） *98, 112*
ゲラルディ戯曲集
Le Théâtre italien de Gherardi（ゲラルディ，1700） *391*
喜劇なしの喜劇
La Comédie sans Comédie（キノー，1655） *66, 357, 358*
寄食者
Le Parasite（トリスタン・レルミット，1653） *312-314*
貴族クリスパン
Crispin Gentilhomme（モンフルーリ，1675?） *78*
奇談あれこれ
Diversités curieuses（ボルドロン，1696） *68*
貴婦人の勝利
Le Triomphe des dames（トマ・コルネイユ，ドノー・ド・ヴィゼ，1676） *378*
義務付けられて辱められる，あるいはサラマンカの学生
Obligados ofendios y Gorón de Salamanca（ロハス・ソリーリャ） *75, 337*
宮廷のイソップ
Esope à la cour（ブルソー，1701） *410*
教会年代記
Annales ecclesiastici（バロニウス） *208*
狂人の病院
L'Hospital des fous（ベイス，1634？） *108*
ギリシア，ラテン，フランス詩集の比較論
Traité pour juger des Poèmes grecs, latins et français（デマレ・ド・サン＝ソルラン，1670） *256*
ギリシア案内記
Description de la Grèce
（パウサニアス，２世紀半ば） *111*
金羊毛皮
La Toison d'or（コルネイユ，1660） *20, 40*

ク

クラリス，あるいは変わらぬ愛
Clarice ou l'amour constant（ロトルー，1641？） *200*
グラン・シリュス
Le Grand Cyrus（マドレーヌ・ド・スキュデリー，全10巻，1649～1653） *242, 243, 362*
クリザント
Crisante（ロトルー，1635？） *191, 213*
クリスプの死，あるいはコンスタンタン大帝の一族の不幸
La Mort de Chrispe, ou les malheurs domestiques du Grand Constantin（トリスタン・レルミット，1644） *296, 300-302*
クリゼイドとアリマン
Chryséide et Arimand（メレ，1625） *134, 140, 230*
狂えるオルランド
Orlando furioso（アリオスト，1532） *173, 185, 244*
狂えるヘルクレス
Hercles furens *111*
狂えるロラン
Le Roland furieux（メレ，1638？） *138, 173*
クレアジェノールとドリステ
Cléagénor et Doristée（ロトルー，1634?）
→『ドリステ』参照
クレオパートル
La Cléôpatre（バンスラード，1635） *137, 144*
クレリー
Clélie（マドレーヌ・ド・スキュデリー，1654～1660） *243*
クロヴィス，あるいはキリスト教国フランス
Clovis, ou la France chrétienne（デマレ・ド・サン＝ソルラン，1657） *255, 256*

ケ

劇三論
Trois discours sur le Théâtre（コルネイユ，1660） *151*
決闘者ジョドレ
Jodelet duelliste（スカロン，1650） *325, 327, 330*
現今の諸問題に関するジョドレとロルヴィアタ

ンの対話
Dialogue de Jodelet et de Lorviatant sur les affaires de ce Temps（作者不詳，1649） *66*
賢者の狂乱
La Folie du sage（トリスタン・レルミット，1644） *283,292-295,315*

コ

恋敵
Les Rivales（スキュデリー，1653） *356,360*
恋する幽霊
El Galant Fantasma（カルデロン） *361*
恋する幽霊
Le Fantosme amoureux（キノー，1656） *361*
恋の狂気
Les Folies amoureuses（ルニャール，1704） *401*
公正王ルイとその世紀の勝利
Le Triomphe de Louis le Juste et de son Siècle（デマレ・ド・サン＝ソルラン，1673） *256*
高邁な恩知らず
La Genéreuse Ingratitude（キノー，1654） *357,360*
ゴール情史
Histoire amoureuse des Gaules（ビュッシー・ラビュタン，1665） *360*
ゴールのアマディス
Amadis de Gaule（キノー，1684） *380*
コスロエス
Cosroès（ロトルー，1648？） *192,207-209*
コスロエス
Chosroès（セロ神父，1630刊） *208*
滑稽旅役者物語
→『ロマン・コミック』参照
滑稽な侯爵，あるいは急いで作られた伯爵夫人
Le Marquis ridicule ou la Comtesse à la hâte（スカロン，1656） *341,342,346,347,349*
滑稽な相続人，あるいは興味を持たれた婦人
L'Héritier ridicule ou la Dame intéressée（スカロン，1649?） *69,328,330,340*
コモッド皇帝の死
La Mort de L'empereur Commode（トマ・コルネイユ，1657） *362*
コリオラン
Coriolan（アルディ，1625刊） *98,102*
コリンヌ，あるいは沈黙
Corine ou le Silence（アルディ，1626刊） *99,101,124*
コルコスのアジェジラン
Agésilan de Colchos（ロトルー，1635?） *232*
コルネリー
Cornélie（アルディ，1625刊） *98,117*
コロメーヌ
La Coromène（トリスタン・レルミット，未出版） *314*
コンデ館即興劇
L'Impromptu de l'Hôtel de Condé（モンフルーリ，1663） *75*

サ

最悪のことが確実なものとはかぎらない
No siempre lo peor es cierto（カルデロン，1652） *346*
才子クリスパン
Crispin Bel Esprit（ラ・チュイユリー，1681） *78*
さすらう娘たち
Les Filles errantes（ルニャール，1690） *391*
雑書簡集
Lettres meslées（トリスタン・レルミット，1642） *292,293,315*
サラマンカの学生，あるいは寛容なる敵
L'Ecolier de Salamanque ou les Ennemis généreux（スカロン，1654） *75,76,335,336,338,339*
さらわれたアリアーヌ
Ariadne ravie（アルディ，1624刊） *98,117-121*
サン＝ジェルマンの市
La Foire Saint-Germain（ルニャール，デュフレニー，1695） *393*
三人のドロテ，あるいは横っ面を張られたジョドレ
Trois Dorothées ou le Jodelet souffleté（スカロン，1645） *66,325,327*

シ

ジェジップ，あるいは二人の友
Gésippe ou les Deux Amis（アルディ，1626刊）

99, 117
詩学
La Poétique（ラ・メナルディエール，1640）*151, 233*
シガラル侯爵
El Marqués del Cigarral（カルティリョ・ソロルサノ，1634）*332*
自虐漢
Heautontimoroumenos（テレンティウス）*150*
自作吟味
Examens（コルネイユ，1660）*151*
詩集
Les Poésies diverses（スキュデリー，1649）*243*
七弦琴詩集
La Lyre（トリスタン・レルミット，1641）*292, 293, 295*
シチリア人，あるいは恋は画家
Le Sicilien ou l'Amour peintre（モリエール，1667）*401*
嫉妬するイサベッラ
La Gelosa Isabella（作者不詳）*402*
シドニー
La Sidonie（メレ，1640）*139, 176*
シナ人
Les Chinois（ルニャール，1692）*391*
死にゆくエルキュール
Hercule mourant（ロトルー，1634？）*15, 137, 189, 190, 212, 285*
シピオン
Scipion（デマレ・ド・サン＝ソルラン，1638）*257, 262, 264, 266*
至福のバレエ―親王殿下ご生誕を祝して―
Ballet de la Félicité sur le sujet de l'heureuse naissance de Mgr le Dauphin（デマレ・ド・サン＝ソルラン，1639）*257, 273, 274*
自分自身の看守
El Alcayole de sí mismo（カルデロン，1651）*339*
自分自身の番人
Le Gardien de soi-même（スカロン，1654）*335, 339*
詩法
L'Art poétique（ボワロー，1674）*256*
ジャン・ロトルーの略歴
Notice biographique de Jean Rotrou（ブリヨン神父，1698頃執筆）*210*
自由な恋人
L'Amant libéral（スキュデリー，1636？）*235*
自由な恋人
El Amante liberal（セルバンテス）*235*
主人の恋敵クリスパン
Crispin rival de son maître（ルサージュ，1707）*406, 407*
守銭奴
L'Avare（モリエール，1668）*70, 195, 260, 341, 392, 395*
ジュピテルとセメレの恋
Les Amours de Jupiter et de Sémélée（ボワイエ，1665）*20*
ジュリーの花飾り
La Guirlande de Julie（1641）*228*
シュレーヌのぶどう収穫期
Les Vendanges de Suresnes（デュ・リエ，1633）*226*
殉教者聖アドリアヌス
Sanctus Adrianus Martyr（セロ神父，1630刊）*200*
ジョドレ，あるいは主人になった召使い
Jodelet ou le Maître valet（スカロン，1643）*65, 66, 321, 324, 325, 327, 329, 330, 340, 343, 351*
シラノ・ド・ベルジュラック
Cyrano de Bergerac（ロスタン，1897）*27, 36*
シリュス帝の死
La Mort de Cyrus（キノー，1658）*361, 362, 363, 364*
ジル・ブラース
Gil Blas（ルサージュ，1715～1735）*406*
シルヴァニール，あるいは生きている死者
La Silvanire, ou la Morte vive（メレ，1629）*15, 124, 133, 135, 136, 140, 141, 145, 147*
シルヴァニール
La Sylvanire（オノレ・デュルフェ，1625）*141*
シルヴィ
La Sylvie（メレ，1626）*124, 135, 141, 145, 154, 155, 177, 213*
シルセ
Circé（トマ・コルネイユ，ドノー・ド・ヴィゼ，1675）*11, 21, 378*
詩論

Discours de la Poésie（デマレ・ド・サン＝ソルラン，1633）　*252*
心気症患者エロミール
Elomire hypocondre（ル・ブーランジェ・ド・シャリュッセー，1670刊）　*71*
真実の見せかけ
Lo Fingido verdadero（ロペ・デ・ベーガ，1621刊）　*200*
新石像の饗宴
Le nouveau Festin de Pierre（ロジモン，1669）　*49*
真説聖ジュネ
Le Véritable Saint Genest（ロトルー，1644?）　*175, 182, 200, 201, 212*
シンナ
Cinna（コルネイユ，1642）　*16, 35, 45, 47, 206, 208, 240, 297*
真のディドン
La Vraye Didon（ボワロベール，1641）　*234, 235*
真の隊長マタモール，あるいはほら吹き武士
Le véritable Capitan Matamore ou le Fanfaron（マレシャル，1637〜1638）　*61*

ス

スガナレル，あるいはコキュ・イマジネール
Sganarelle ou le Cocu imaginaire（モリエール，1660）　*70, 71*
スカパンの悪巧み
Les Fourberies de Scapin（モリエール，1671）　*70, 202*
スキュデリー氏の書斎
Le Cabinet de Monsieur de Scudéry（スキュデリー，1646）　*243*
ストラトニス
Stratonice（キノー，1660）　*362, 365*
スミルナの盲人
L'Aveugle de Smyrne（五作家，1637）　*216*

セ

聖ウスタッシュ
Saint Eustache, martyr（バロ，1639）　*175*
聖カトリーヌの殉教
Le Martyre de Sainte Catherine（ピュジェ・ド・ラ・セール，1641）　*16*
聖処女への祈り
L'office de la sainte Vierge（トリスタン・レルミット，1646）　*303*
聖なる宮廷
La Cour Sainte（コーサン，1624）　*285, 297*
石像の饗宴
Le Festin de Pierre（ド・ヴィリエ，1660）　*43, 67*
セザールの死
La Mort de César（スキュデリー，1634）　*16, 41, 232, 233, 285, 288, 324*
セダーズ，あるいは汚された歓待
Scédase ou l'Hospitalité violée（アルディ，1624刊）　*4, 98, 100, 101, 105, 106, 115, 123, 127*
セネクの死
La Mort de Sénèque（トリスタン・レルミット，1644）　*8, 296, 298, 299*
セネクの死と最期の言葉
La mort et les dernières paroles de Sénèque（マスカロン，1637）　*297*
セビーリャの理髪師
Le Barbier de Séville（ボーマルシェ，1775）　*401, 402*
セリアーヌ
La Céliane（ロトルー，1637刊）　*108*
セリー，あるいはナポリの副王
Célie ou le vice-roi de Naples（ロトルー，1644？）　*202*
セリメーヌ
La Célimène（ロトルー，1631〜1632？）　*310, 357*
セルトリウス
Sertorius（コルネイユ，1662）　*367*
セレナード
La Sérénade（ルニャール，1694）　*395*
占星術師ジョドレ
Jodelet Astrologue（ドゥーヴィル，1645）　*66*
専制的な愛
L'Amour tyrannique（スキュデリー，1638）　*129, 236, 237*
浅慮な男
L'Inavvertito（ニコロ・バルビエリ，1630刊）　*358*

ソ

続ビュルレスク詩集第一部
La Suite de la 1re partie des Œuvres burlesques（スカロン，1644）　*325*

祖国に帰った巡礼
El peregrino en su patria（ロペ・デ・ベーガ，1604） *108*
粗忽者，あるいは不時の蹉跌
L'Etourdi ou le contre-temps（モリエール，1655） *202,313,346,358*
ソフォニスブ
La Sophonisbe（メレ，1634） *41,137,144,155,161,178,189,232,285*
ソフォニスブ
Sophonisbe（コルネイユ，1663） *38,234*
ソリマン
Il Solimano（プロスペロ・ボナレッリ） *138,168*
ソリマン
Le Soliman（ヴィオン・ダリブレ，1637） *138,168*

タ

大アンニバル
Le Grand Annibal（スキュデリー，上演・出版年代不明） *244*
対比列伝
Vitae parallerae（プルタルコス，2世紀始め） *233*
楽しく愉快な笑劇
Farce plaisante et récréative（作者不明，1622刊） *60*
魂の悦び *Les Délices de l'Esprit*（デマレ・ド・サン＝ソルラン，1658） *256*
ダモンとシルヴィの対話
Dialogue de Damon et de Silvie（作者不明，1616） *156*
タルチュフ
Le Tartuffe（モリエール，1664） *47,48,346,358,392,405*

チ

血の力
La Force du sang（アルディ，1626刊） *98,117,121-124*
忠実な羊飼い
Pastor Fido（グアリーニ，1590） *135,154*
忠実な欺き
La Fidelle Tromperie（グジュノー，1633） *232*
チュルカレ
Turcaret（ルサージュ，1709） *387,406,407,409,410,412,414*
町人貴族
Le Bourgeois Gentilhomme（モリエール，1670） *70,405*
帳簿
Le Registre de La Grange（ラ・グランジュ，1658～1680執筆） *12,50*

ツ

妻のない夫
Le Mary sans femme（アントワーヌ・モンフルーリ，1663） *35*
罪なき不幸者，あるいはクリスプの死
L'Innocent malheureux ou la Mort de Chrispe（グルナイユ，1638） *300,301*
罪なき不貞
L'Innocente Infidélité（ロトルー，1634？） *191*

テ

テアジェーヌとカリクレの清らかにして忠実なる恋
Les Chastes et Loyales Amours de Théagène et Cariclée（アルディ，1623刊） *97,99*
ディアーナ
La Diana（モンテマヨール，1559） *117*
ディアーヌ
La Diane（ロトルー，1632?） *231*
ティールとシドン
Tyr et Sidon（シェランデル，1608） *146*
亭主学校
L'Ecole des Maris（モリエール，1661） *71,401*
ディドン
Didon（スキュデリー，1635？） *233,234*
ディドンの自害
Didon se sacrifiant（アルディ，1624刊） *98,101-105*
ティフォン，あるいは巨人と神との戦い
Le Typhon ou la Gigantomachie（スカロン，1644） *325*
ティモクラート
Timocrate（トマ・コルネイユ，1656） *7,355,360,361,362,366*
ティモクレ，あるいは正当な復讐

Timoclée ou la Juste Vengeance （アルディ，1628刊） *99, 102*
デールの死
La Mort de Daire （アルディ，1626刊） *99, 102*
テオドール
Théodore （コルネイユ，1645～1646） *45, 175*
テゼ
Thesée（キノー，1675） *377, 378, 379*
デモクリトス
Démocrite （ルニャール，1700） *400*
テュイルリー宮の喜劇
La Comédie des Tuileries （五作家，1635） *192, 278*

ト

当代浮気物語
Histoires des amants volages de ce temps （ロッセ，1617） *117*
ドソーヌ公艶聞録
Les Galanteries du duc d'Ossonne, vice-roy de Naples（メレ，1632） *136, 155, 158, 187*
賭博狂
Le Joueur （ルニャール，1696） *395, 396*
賭博狂の騎士
Le Chevalier Joueur （デュフレニー，1697） *395*
飛ぶ医者
Le Médecin volant （ブルソー，1664） *78*
友のための友はいない
No hay amigo para amigo （ロハス・ソリーリャ） *326*
ドリーズ
Dorise（アルディ，1626刊） *117*
ドリステ
La Doristée （ロトルー，1634？） *190, 191*
トルコ人一般史一覧
L'Inventaire de l'Histoire générale du Sérail （ボーディエ，1628） *305*
奴隷島
L'Île des escalves （マリヴォー，1725） *84*
トロイアの女たち
Troiades （セネカ，前415） *287*
ドン・ジャフェ・ダルメニー
Dom Japhet d'Arménie （スカロン，1647？） *69, 328, 330-332, 334, 343, 344, 351*
ドン・ジュアン
Dom Juan （モリエール，1665） *47, 48, 67*
ドン・ベルトラン・デ・アラゴン
Mudanzas de Fortuna, y sucesos de don Beltrán de Aragón（ロペ・デ・ベーガ，1613刊） *208*
ドン・ベルトラン・ド・シガラル
Dom Bertrand de Cigarral （トマ・コルネイユ，1651） *66, 343, 344*
ドン・ベルナール・ド・カブレール
Don Bernard de Cabrère （ロトルー，1646？） *203*
ドン・ロープ・ド・カルドーヌ
Don Lope de Cardone （ロトルー，1649?） *209, 210*
トンチ式年金法
La Tontine （ルサージュ，1708） *406, 407*

ナ

名高き海賊
L'illustre corsaire （メレ，1637） *138, 172*
名だたる敵
Les Illustres ennemis （トマ・コルネイユ，1655） *337*

ニ

ニコメード
Nicomède （コルネイユ，1651） *35, 45, 209*
偽ヴェルギリウス
Le Virgile travesti （スカロン，1649） *319, 328*
偽占星術師
Le Feint Astrologue （トマ・コルネイユ，1650） *69*
偽のアレクサンドル
Le Faux Alexandre （スカロン，未出版） *350*
偽のアルシビアッド
Le Feint Alcibiade （キノー，1658） *361, 362*
似た者同士の隊長ふたり
Li duo capitani simili （作者・年代，不明） *402*
女房学校
L'Ecole des Femmes （モリエール，1662） *47, 67, 69, 70, 71, 127, 260, 341, 343, 344, 396, 401*
人間嫌い
Le Misanthrope （モリエール，1666） *47,*

396
人間嫌いのアルルカン
Arlequin Misanthrope （ビアンコレッリ，1696） *400*

ハ

葉陰劇
Jeu de la Feuillée （アダン・ド・ラ・アール，1275） *88*
迫害されるロール
Laure persécutée （ロトルー，1637？） *196-199*
バジャゼ
Bajazet（ラシーヌ，1672） *305*
薄幸の小姓
Le Page disgrâcié （トリスタン・レルミット，1643） *282, 292-295, 308, 315*
罰された裏切り者
Le Traître puni （ルサージュ，1700） *406*
罰を受けたペテン師，あるいは北の物語
Le Trompeur puni ou l'Histoire septentionale（スキュデリー，1631） *14, 227*
パリ・スペクタクル誌
Les Spectacles de Paris *90*
パンテ
Panthée （アルディ，1624刊） *98, 101, 102, 289, 291*
パンテ
Panthée（デュルヴァル，1637） *289*
パンテ
Panthée （トリスタン・レルミット，1637） *264, 284, 285, 288-290, 292, 294*

ヒ

ピエール・パトラン先生
Farce du Maître Pierre Pathelin （作者・年代，不明） *409*
悲喜劇ル・シッドに関するアカデミー・フランセーズの意見
Les Sentiments de l'Académie française sur la Tragi-comédie du Cid（シャプラン執筆，1637） *147, 151-152, 196*
悲喜劇的短編集
Les Nouvelles tragi-comiques （スカロン，1655） *320, 341, 344, 347, 349*
悲劇論
Discours de la tragédie （コルネイユ，1660，『劇三論』所収） *101*
悲劇について，あるいはスキュデリー氏の『専制的な愛』に関する考察
Discours de la tragédie ou Remarques sur L'Amour tyrannique de Monsieur de Scudéry（サラザン，1639） *237*
人さまざま
Les Caractères （ラ・ブリュイエール，1688～1696） *388, 398, 410*
ビュルレスクな詩行によるパリスの審判
Le jugement de Pâris en vers burlesques （ダスシ，1648） *307*
ビュルレスクな地獄
L'Enfer burlesque （シャルル・ジョーネー，1668刊） *72*
ビュルレスク詩集
Le Recuil de quelques vers burlesques （スカロン，1643） *321*
ピラムとティスベの悲恋
Les Amours de Pyrame et Thisbé （テオフィル・ド・ヴィオー，1623刊） *230*

フ

ファエトーン
Phaéton （キノー，1683） *379, 380*
ファエトンの墜落
La Cheute de Phaéton （レルミット・ド・ソリエ，1637） *282*
諷刺詩
Satires （ボワロー，1666～1711） *367*
プールソニャック氏
Monsieur de Pourceaugnac （モリエール，1669） *392, 403*
フェードル
Phèdre （ラシーヌ，1677） *35, 39, 40, 47, 50, 301, 369*
フェリスメーヌ
Félismène （アルディ，1626刊） *99, 117*
プシシェ
Psyché （トマ・コルネイユ，1678） *379*
プシシェ
Psyché（モリエール，1671） *370*
侮辱されれば熱意は不要あるいは主人になった下僕
Donde hay agravios no hay celos y amo criado（ロハス・ソリリャ，1640刊） *322*
舞台は夢

L'Illusion comique（コルネイユ，1635）*61, 200*
二人の乙女
Les deux pucelles（ロトルー，1636？）*356*
二人のソジー
Les Sosies（ロトルー，1636〜1637？）*188, 195, 196*
フラアート，あるいは真の恋人の勝利
Phraate ou le Triomphe des vrais amants（アルディ，1626刊）*99*
フランス軍隊の繁栄のバレエ
Ballet de la Prospérité des Armes de France（デマレ・ド・サン＝ソルラン，1641）*257, 273, 275-277*
フランス詩とフランス語の擁護
La Deffense de la Poësie et de la Langue françaises（デマレ・ド・サン＝ソルラン，1675）*256*
フランドルより帰京中のばか者ジルとジョドレのまじめな時事放談
Les Entretiens sérieux de Jodelet et de Gilles le Niais, retourné de Flandres sur le temps présent（作者不詳，1649）*66*
ブリタニキュス
Britannicus（ラシーヌ，1669）*38, 369, 370*
プリマレオン
Primaléon（作者不詳，スペイン語訳 Francisco Vázquez，1512）*231*
プリュトンによるプロゼルピーヌの誘拐
Le Ravissement de Proserpine par Pluton（アルディ，1626刊）*98, 113-117, 126, 128*
フレゴンド，あるいは清らかな愛
Frégonde ou le Chaste Amour（アルディ，1626刊）*99*
プレッシューズ大事典
Le Grand dictionnaire des précieuses（ソメーズ，1661）*357*
プロクリス，あるいは不幸な嫉妬
Procris ou la Jalousie infortunée（アルディ，1624刊）*98, 117*
プロゼルピーヌ
Proserpine（キノー，1680）*379, 380*
プロゼルピーヌの誘拐
De raptu Proserpinae（クラウディアヌス，4世紀末）*117*

ヘ

ヘタフェの村娘
Villana de Xetafe（ロペ・デ・ベーガ）*231*
ベリゼール
Bélisaire（ロトルー，1643？）*200*
ペルセ
Persée（キノー，1682）*379, 380*
ベレニス
Bérénice（トマ・コルネイユ，1657）*362*
ベレニス
Bérénice（ラシーヌ，1670）*38, 39, 369*
ベレロフォン
Bellérophon（キノー，1670）*369, 370*
ベレロフォン
Bellérophon（トマ・コルネイユ，1679）*379*
変身物語
Metamorphoses（オヴィディウス）*117, 149*
変装の王子
Le Prince déguisé（スキュデリー，1635）*231*

ホ

法院の回廊
La Galerie du Palais（コルネイユ，1632）*393*
包括受遺者
Le Légataire Universel（ルニャール，1708）*5, 387, 402, 404, 408*
忘却の指輪
La Bague de l'oubli（ロトルー，1629？）*186-188, 194*
ポーザニアス
Pausanias（キノー，1668）*369*
ポール＝ロワイヤル論理学
La Logique de Port-Royal（大アルノー，1662）*225*
牧人の詩
Les Bergeries（ラカン，1620？）*124, 213*
ポモーヌ
Pomone（カンベール作曲，ペラン作詞，1671）*10, 11, 375*
ほら吹き武士
Miles Gloriosus（プラウトゥス）*61*
ポリュークト
Polyeucte（コルネイユ，1642）*45, 175, 201*
捕虜，あるいは奴隷
Les Captifs ou les Esclaves（ロトルー，1638？）

188, 195
ポレクサンドル
Polexandre（ゴンベルヴィル，1632～1637）
227
ポレクサンドルの追放
L'Exile de Polexandre（ゴンベルヴィル，1629）
246
ぼんやり男
Le Distrait（ルニャール，1697）　*397*

マ

マウロの舞台装置覚書
Le Mémoire de Mahelot（1920）　*13, 18, 19, 227*
マタモール隊長の機知
Les Boutades de Captaine Matamore（スカロン，1647）　*327, 349*
間違いの喜劇
Comedy of Errors（シェイクスピア，1594以前）　*402*
町娘，あるいはサン＝クルーの散歩道
La Bourgeoise ou la Promenade de Saint-Cloud（レシギエ，1633）　*393*
マリ＝マドレーヌ，あるいは恩寵の勝利
Marie-Madeleine, ou le Triomphe de la Grâce（デマレ・ド・サン＝ソルラン，1669）　*256*
マリアンヌ
Mariamne（アルディ，1625刊）　*98, 101, 102*
マリヤンヌ
La Mariane（トリスタン・レルミット，1636）
4, 19, 41-44, 155, 284, 285, 287, 289, 290, 306
マルク＝アントワーヌ，あるいはクレオパートル
Le Marc-Antoine, ou La Cléopâtre（メレ，1635）
137, 140, 144
マルク＝アントワーヌ
Marc-Antoine（ガルニエ，1578）　*144*

ミ

見知らぬ人
L'Inconnu（トマ・コルネイユ，ドノー・ド・ヴィゼ，1675）　*378*
ミトリダートの死
La Mort de Mitridate（スキュデリー，散逸）
244
耳が遠いものほど悪いものはない
No el peor sordo que el que no quiere oir（ティルソ・デ・モリーナ）　*326*
耳の聞こえない人
Le Sourd（デマレ・ド・サン＝ソルラン，未出版）　*250*
ミューズ・イストリック
La Muse historique　*361*
ミラム
Mirame（デマレ・ド・サン＝ソルラン，1641）　*9, 17, 254, 257, 258, 266, 267, 268, 278*
魅惑するはずが魅惑され
Le Charmeur charmé（デマレ・ド・サン＝ソルラン，未出版）　*250*

ム

無益な用心
La Précaution inutile（スカロン，1655）
341, 359
無分別な恋人，あるいは粗忽な主人
L'Amant indiscret ou le Maître étourdi（キノー，1654）　*357, 358*

メ

名婦の書簡
Heroides（オウィディウス，前一世紀末）
117, 119
名優，あるいは聖ジュネの殉教
L'Illustre Comédien ou le Martyre de Saint Genest（デフォンテーヌ，1644?）　*201*
メディア
Medea（エウリピデス）　*111*
メネクム兄弟
Les Ménechmes（ロトルー，1630？）　*188, 195*
メネクム兄弟，あるいは双子
Menechmes ou les Frères jumeaux（ルニャール，1705）　*402*
メリート
Mélite（コルネイユ，1629）　*7, 40, 41, 128, 187, 230*
メルキュール・ギャラン
Le Mercure Galant（ブルソー，1683）　*410*
メルキュリオ
Mercurio（ヴィットリオ・シリ，1646）
305
メレアーグル
Méléagre（アルディ，1624刊）　*98, 102*

モ

妄想に囚われた人々
Les Visionnaires（デマレ・ド・サン＝ソルラン，1637） *4, 250, 254, 257, 258, 260-262, 264, 267, 278*
物語の真実
La Vérité des fables（デマレ・ド・サン＝ソルラン，1647） *254, 255*
模範小説集
Novelas exemplares（セルバンテス，1613） *117, 123, 235, 357*

ヤ

役者たちの芝居
La Comédie des comédiens（グジュノー，1631?） *61, 200, 229, 359*
役者たちの芝居
La Comédie des comédiens（スキュデリー，1632?） *188, 200, 229, 230, 238, 359*
病は気から
Le Malade imaginaire（モリエール，1673） *404, 405*

ユ

憂鬱症患者，あるいは恋する死者
L'Hypocondriaque ou le Mort amoureux（ロトルー，1628?） *183-185, 187, 194, 210, 213*
勇敢なドイツ女
La Généreuse Allemande（マレシャル，1630刊） *147*
勇敢な武士
Le Vassal généreux（スキュデリー，1632） *227, 228*
ユダヤ古代誌
Antiquités Judaïques（フラヴィウス・ヨセフス，95?） *285*

ヨ

良き品行の教理
La Doctrine des mœurs（ゴンベルヴィル） *307*

ラ

ラ・クラス男爵
Le Baron de la Crasse（ポワッソン，1661） *78*
ラ・テバイード
La Thébaïde（ラシーヌ，1664） *37, 189, 361, 368*
ラ・マザリナード
La Mazarinade（スカロン，1651） *335*

リ

リグダモンとリディアス，あるいは瓜二つ
Ligdamon et Lidias ou la Ressemblance（スキュデリー，1629） *225, 226*
利口者
Le Désniaisé（ジレ・ド・ラ・テッソヌリー，1647） *66*
離婚
Le Divorce（ルニャール，1688） *391*
リジスとエスペリの恋
Les Amours de Lysis et d'Hespérie（キノー，1660） *365*
リシュリューの散歩，あるいはキリスト教の美徳
Les Promenades de Richelieu, ou les Vertues chrestiennes（デマレ・ド・サン＝ソルラン，1653） *255*
リュクレース，あるいは罰せられた姦通
Lucrèce ou l'Adultère puni（アルディ，1628刊） *99, 106-109*
リュシダン，あるいは伝令官
Lucidan ou le Hérault d'armes（スキュデリー，散逸） *244*

ル

ル・シッドに関する批判
Observations sur Le Cid（スキュデリー，1637） *152, 237*
ル・シッド
Le Cid（コルネイユ，1637） *7, 19, 29, 41, 43, 44, 152, 154, 162, 188, 196, 206, 237, 253, 254, 260, 261, 264, 324, 337*
ル・シッドの真のスペイン人作者
L'auteur du vray Cid espagnol à son traducteur françois sur une lettre en vers qu'il a fait, intitulée Excuse à Ariste（メレ，1637） *152*

レ

恋愛詩集
Les Amours（トリスタン・レルミット，1638） *291, 292*

恋愛模範短編集
Novelas amorosas y ejemplares （サヤス・イ・ソトマイヨル）　*341*

ロ

ローマ皇帝伝
De vita caesarum （スエトニウス，120頃）*233*
ロクサーヌ
Roxane （デマレ・ド・サン＝ソルラン，1639）　*254, 257, 264, 266*
ロザーヌ
Rosane （デマレ・ド・サン＝ソルラン，1639）　*254, 255*
ロドギュンヌ
Rodogune （コルネイユ，1644～1645）*45, 209*
ロマン・コミック
Le Roman comique （スカロン，第1部1651，第2部1657）（邦題，滑稽旅役者物語）*25, 26, 51, 319, 320, 335, 344, 359*
ロラン
Roland（キノー，1685）　*380*

ワ

我らが時代の悲劇的な物語
Les Histoires tragiques de notre temps （マラングル，1635）　*305*
嗤うべきプレシューズたち
Les Précieuses ridicules （モリエール，1659）*64, 65, 66, 69*

十七世紀主要作品の原題・邦題対照表

Agésilan de Colchos　コルコスのアジェジラン（ロトルー、1635？）
Agrippa, roy d'Albe　アルブの王アグリッパ（キノー、1662）
Alaric ou Rome vaincue　アラリック、あるいは征服されたローマ（スキュデリー、1654）
Alceste ou la Fidélité　アルセスト、あるいは貞節（アルディ、1624刊）
Alceste　アルセスト（キノー、1674）
Alcionée　アルシオネ（デュ・リエ、1637）
Alcméon ou la Vengeance féminine　アルクメオン、あるいは女の復讐（アルディ、1628刊）
Alcée ou l'Infidélité　アルセ、あるいは不実（アルディ、1625刊）
Alexandre le Grand　アレクサンドル大王（ラシーヌ、1665）
Almahide ou L'Esclave reine　アルマイド、あるいは奴隷で女王（スキュデリー、1660～1663）
Alphée ou la Justice d'Amour　アルフェ、あるいは愛の正義（アルディ、1624刊）
Amadis de Gaule　ゴールのアマディス（キノー、1684）
Amalasonte　アマラゾント（キノー、1657）
L' Amant indiscret ou le Maître étourdi　無分別な恋人、あるいは粗忽な主人（キノー、1654）
L'Amant libéral　自由な恋人（スキュデリー、1636？）
Amarillis　アマリリス（トリスタン・レルミット、1652）
L'Amour caché par l'amour　愛に隠された愛（スキュデリー、1632）
L' Amour tyrannique　専制的な愛（スキュデリー、1638）
L'Amour victorieux ou vengé　勝ち誇る愛の神、あるいはその復讐（アルディ、1628刊）
Les Amours de Jupiter et de Sémélée　ジュピテルとセメレの恋（ボワイエ、1665）
Les Amours de Lysis et d'Hesperie　リジスとエスペリの恋（キノー、1660）
Les Amours de Pyrame et Tisbé　ピラムとティスベの悲恋（テオフィル・ド・ヴィオー、1623刊）
Les Amours　恋愛詩集（トリスタン・レルミット、1638）
Amphitryon　アンフィトリヨン（モリエール、1668）
Andromaque　アンドロマック（ラシーヌ、1667）
Andromire　アンドロミール（スキュデリー、1640？）
Andromède　アンドロメード（コルネイユ、1650）
Annales ecclesiastici　教会年代記（バロニウス）
L'Annibal　アンニバル（デマレ・ド・サン＝ソルラン、未出版）
Antigone　アンティゴーヌ（ロトルー、1637？）
L'Apologie du théâtre　演劇の擁護（スキュデリー、1639）
Ariadne ravie　さらわれたアリアーヌ（アルディ、1624刊）
Ariane　アリアーヌ（デマレ・ド・サン＝ソルラン、1632）
Ariane　アリアーヌ（トマ・コルネイユ、1672）
Aristoclée ou le Mariage infortuné　アリストクレ、あるいは不幸な結婚（アルディ、1626刊）
Arlequin Misanthrope　人間嫌いのアルルカン（ビアンコレッリ、1696）
Armide　アルミード（キノー、1686）
Arminius ou les Frères ennemis　アルミニウス、あるいは兄弟は敵同士（スキュデリー、1643）
Arsacome ou l'Amitié des Scythes　アルザコーム、あるいはスキタイ人の友情（アルディ、1625刊）
L'Art poétique　詩法（ボワロー、1674）
Aspasie　アスパジー（デマレ・ド・サン＝ソルラン、1636）
Astrate　アストラート（キノー、1664）

L'Astrée　アストレ（オノレ・デュルフェ、1607～1628）
Athalie　アタリー（ラシーヌ、1691）
L'Athénaïs　アテナイス（メレ、1638）
Atys　アティス（キノー、1676）
L'auteur du vray Cid espagnol à son traducteur françois sur une lettre en vers qu'il a fait, intitulée Excuse à Ariste　ル・シッドの真のスペイン人作者（メレ、1637）
L'Avare　守銭奴（モリエール、1668）
Axiane　アクシアーヌ（スキュデリー、1643）
La Bague de l'oubli　忘却の指輪（ロトルー、1629）
Bajazet　バジャゼ（ラシーヌ、1672）
Ballet de la Félicité sur le sujet de l'heureuse naissance de Mgr le Dauphin　至福のバレエ—親王殿下ご生誕を祝して—（デマレ・ド・サン＝ソルラン、1639）
Ballet de la Prospérité des Armes de France　フランス軍隊の繁栄のバレエ（デマレ・ド・サン＝ソルラン、1641）
Le Baron de la Crasse　ラ・クラス男爵（ポワッソン、1661）
La Belle Alphrède　美しきアルフレード（ロトルー、1635？）
La Belle Égyptienne　麗しきジプシー娘（アルディ、1628刊）
Bellérophon　ベレロフォン（トマ・コルネイユ、1679）
Bellérophon　ベレロフォン（キノー、1670）
Les Bergeries　牧人の詩（ラカン、1620？）
Le Bourgeois Gentilhomme　町人貴族（モリエール、1670）
La Bourgeoise ou la Promenade de Saint-Cloud　町娘、あるいはサン＝クルーの散歩道（レシギエ、1633）
Les Boutades de Captaine Matamore　マタモール隊長の機知（スカロン、1647）
Britannicus　ブリタニキュス（ラシーヌ、1669）
Le Bélisaire　ベリゼール（ロトルー、1643？）
Bérénice　ベレニス（トマ・コルネイユ、1657）
Bérénice　ベレニス（ラシーヌ、1670）
Le Cabinet de Monsieur de Scudéry　スキュデリー氏の書斎（スキュデリー、1646）
Cadmus et Hermione　カドミュスとエルミオーヌ（キノー、1673）
Le Campagnard　田舎貴族（ジレ・ド・ラ・テッソヌリー、1656）
Les Captifs ou les Esclaves　捕虜、あるいは奴隷（ロトルー、1638？）
Les Caractères　人さまざま（ラ・ブリュイエール、1688～1696）
La Carthaginoise　カルタゴ女（モンクレチアン、1596）
La Carthaginoise　カルタゴ女（モントゥルー、1601）
Le Charmeur charmé　魅惑するはずが魅惑され（デマレ・ド・サン＝ソルラン、未出版）
Les Chastes et Loyales Amours de Théagène et Cariclée　テアジェーヌとカリクレの清らかにして忠実なる恋（アルディ1623刊）
La Cheute de Phaéton　ファエトンの墜落（レルミット・ド・ソリエ、1637）
Le Chevalier Joueur　賭博狂の騎士（デュフレニー、1697）
Les Chinois　シナ人（ルニャール、1692）
Chryséide et Arimand　クリゼイドとアリマン（メレ、1625）
Cinna　シンナ（コルネイユ、1642）
Circé　シルセ（トマ・コルネイユ、ドノー・ド・ヴィゼ、1675）
Clarice ou l'amour constant　クラリス、あるいは変わらぬ愛（ロトルー、1641？）

Clovis, ou la France chrétienne　クロヴィス、あるいはキリスト教国フランス（デマレ・ド・サン＝ソルラン、1657）
Cléagénor et Doristée　クレアジェノールとドリステ（ロトルー、1634？）
Clélie　クレリー（マドレーヌ・ド・スキュデリー、1654〜1660）
La Cléôpatre　クレオパートル（バンスラード、1635）
La Comédie des Tuileries　テュイルリー宮の喜劇（五作家、1635）
La Comédie des comédiens　役者たちの芝居（グジュノー、1631？）
La Comédie des comédiens　役者たちの芝居（スキュデリー、1632？）
La Comédie sans Comédie　喜劇なしの喜劇（キノー、1655）
La Coquette ou l'Académie des Dames　浮気女、あるいは婦人アカデミー（ルニャール、1691）
Corine ou le Silence　コリンヌ、あるいは沈黙（アルディ、1626刊）
Coriolan　コリオラン（アルディ、1625刊）
Cornélie　コルネリー（アルディ、1625刊）
La Coromène　コロメーヌ（トリスタン・レルミット、未出版）
Cosroès　コスロエス（ロトルー、1648？）
Les Coups d'Amour et de Fortune　愛と運命のいたずら（ボワロベール、1655）
Les Coups de l'Amour et de la Fortune　愛と運命のいたずら（キノー、1655）
La Cour Sainte　聖なる宮廷（コーサン、1624）
Crisante　クリザント（ロトルー、1635？）
Crispin Bel Esprit　才子クリスパン（ラ・チュイユリー、1681）
Crispin Gentilhomme　貴族クリスパン（モンフルーリ、1675？）
Crispin Musicien　音楽家クリスパン（オートロッシュ、1674）
Crispin Médecin　医者クリスパン（オートロッシュ、1670）
Crispin Précepteur　家庭教師クリスパン（ラ・チュイユリー、1679）
Crispin rival de son maître　主人の恋敵クリスパン（ルサージュ、1707）
Critique de l'opéra　オペラの批評（ピエール・ペロー、1674）
La Céliane　セリアーヌ（ロトルー、1637刊）
La Célie ou le vice-roi de Naples　セリー、あるいはナポリの副王（ロトルー、1644？）
La Célimène　セリメーヌ（ロトルー、1631？）
La Deffense de la Poësie et de la Langue françaises　フランス詩とフランス語の擁護（デマレ・ド・サン＝ソルラン、1675）
La Deffense du Poëme héroïque　英雄詩の擁護（デマレ・ド・サン＝ソルラン、1674）
La Description de la fameuse fontaine de Vaucluse　ヴォクリューズの泉（スキュデリー、1649）
Les deux pucelles　二人の乙女（ロトルー、1636？）
Dialogue de Damon et de Silvie　ダモンとシルヴィの対話（作者不明、1616）
Dialogue de Jodelet et de Lorviatant sur les affaires de ce Temps　現今の諸問題に関するジョドレとロルヴィアタンの対話（作者不詳、1649）
La Diane　ディアーヌ（ロトルー、1632）
Le Dictionnaire de l'Académie française　アカデミー・フランセーズの辞書（1694）
Didon se sacrifiant　ディドンの自害　（アルディ、1624刊）
Didon　ディドン（スキュデリー、1635）
Discours de la Poésie　詩論（デマレ・ド・サン＝ソルラン、1633）
Discours de la tragédie ou Remarques sur L'Amour tyrannique de Monsieur de Scudéry　悲劇について、あるいはスキュデリー氏の『専制的な愛』に関する考察（サラザン、1639）
Discours de la tragédie　悲劇論（コルネイユ、1660、『劇三論』所収）

Les Discours politiques des rois　王政論（スキュデリー、1648）
Le Distrait　ぼんやり男（ルニャール、1697）
Diversités curieuses　奇談あれこれ（ボルドロン、1696）
Le Divorce　離婚（ルニャール、1688）
La Doctrine des mœurs　良き品行の教理（ゴンベルヴィル）
Dom Bertrand de Cigarral　ドン・ベルトラン・ド・シガラル（トマ・コルネイユ、1651）
Dom Japhet d'Arménie　ドン・ジャフェ・ダルメニー（スカロン、1647？）
Dom Juan　ドン・ジュアン（モリエール、1665）
Don Bernard de Cabrère　ドン・ベルナール・ド・カブレール（ロトルー、1646？）
Don Lope de Cardone　ドン・ロープ・ド・カルドーヌ（ロトルー、1649？）
Dorise　ドリーズ（アルディ、1626刊）
La Doristée　ドリステ（ロトルー、1634）
Les Délices de l'Esprit　魂の悦び（デマレ・ド・サン＝ソルラン、1658）
Démocrite　デモクリトス（ルニャール、1700）
Le Désniaisé　利口者（ジレ・ド・ラ・テッソヌリー、1647）
L'Ecole des Femmes　女房学校（モリエール、1662）
L'Ecole des Maris　亭主学校（モリエール、1661）
L'Ecolier de Salamanque ou les Ennemis généreux　サラマンカの学生、あるいは寛大なる敵（スカロン、1654）
Edouard　エドワール（ラ・カルプルネード、1640）
Elmire ou l'Heureuse Bigamie　エルミール、あるいは幸せな重婚（アルディ、1628刊）
Elomire hypocondre　心気症患者エロミール（ル・ブーランジェ・ド・シャリュッセー、1670刊）
L'Enfer burlesque　ビュルレスクな地獄（シャルル・ジョーネー、1668刊）
Les Entretiens sérieux de Jodelet et de Gilles le Niais, retourné de Flandres sur le temps présent　フランドルより帰京中のばか者ジルとジョドレのまじめな時事放談（1649）
Erigone　エリゴーヌ（デマレ・ド・サン＝ソルラン、1642）
Esope à la cour　宮廷のイソップ（ブルソー、1701）
Esther　エステル（デマレ・ド・サン＝ソルラン、1670）
L'Etourdi ou le contre-temps　粗忽者、あるいは不時の蹉跌（モリエール、1655）
Eudoxe　ウドクス（スキュデリー、1639）
Europe　ウーロップ（デマレ・ド・サン＝ソルラン、1642）
Examen　自作吟味（コルネイユ、1660）
Excuse à Ariste　アリストの弁明　（コルネイユ、1637）
L' exécrable assassinat perpétré par les janissaires en la personne du sultan Osman, avec la mort de ses plus illustres favories　オスマン帝の暗殺（ドゥニ・コペ、1623年執筆）
L' Exile de Polexandre　ポレクサンドルの追放（ゴンベルヴィル、1629）
Le Fantosme amoureux　恋する幽霊（キノー、1656）
Farce plaisante et récréative　楽しく愉快な笑劇（作者不明、1622刊）
La Fausse apparence　偽りの見た目（スカロン、1663刊）
Le Faux Alexandre　偽のアレクサンドル（スカロン、未出版）
Le Feint Alcibiade　偽のアルシビアッド（キノー、1658）
Le Feint Astrologue　偽占星術師（トマ・コルネイユ、1650）
La Femme Juge et Partie　女判事で訴訟の当事者（モンフルーリ、1668）
Les Femmes savantes　女学者（モリエール、1672）
Le Festin de Pierre　石像の饗宴（ド・ヴィリエ、1660）

La Fidelle Tromperie　忠実な欺き（グジュノー、1633）
Les Filles errantes　さすらう娘たち（ルニャール、1690）
Le Fils supposé　偽りの息子（スキュデリー、1635？）
La Foire Saint-Germain　サン＝ジェルマンの市（ルニャール、デュフレニー、1695）
La Folie du sage　賢者の狂乱（トリスタン・レルミット、1644）
Les Folies amoureuses　恋の狂気（ルニャール、1704）
La Force du sang　血の力（アルディ、1626刊）
Les Fourberies de Scapin　スカパンの悪巧み（モリエール、1671）
Frégonde ou le Chaste Amour　フレゴンド、あるいは清らかな愛（アルディ、1626刊）
Félismène　フェリスメーヌ（アルディ、1626刊）
Les Fêtes de l'Amour et de Bacchus　アムールとバッキュスの祭典（キノー、1672）
La Galerie du Palais　法院の回廊（コルネイユ、1632）
Les Galanteries du duc d'Ossonne, vice-roy de Naples　ドソーヌ公艶聞録（メレ、1632）
Le grand et dernier Solyman, ou la mort de Mustapha　偉大な最後の大王ソリマンあるいはムスタファの死（メレ、1637）
Le Gardien de soi-même　自分自身の番人（スカロン、1654）
La Genéreuse Ingratitude　高邁な恩知らず（キノー、1654）
La Gigantomachie ou Combat des Dieux avec les Géants　ギガントマキア、あるいは神々と巨人族の闘い（アルディ、1626刊）
Gil Blas　ジル・ブラース（ルサージュ、1715～1735）
Le Grand Annibal　アンニバル（スキュデリー、上演年代・出版年代不明）
Le Grand Cyrus　グラン・シリュス（マドレーヌ・ド・スキュデリー、全10巻、1649～1653）
Le Grand dictionnaire des précieuses　プレッシューズ大事典（ソメーズ、1661）
La Grotte de Versailles　ヴェルサイユの洞窟（キノー、1668）
La Guirlande de Julie　ジュリーの花飾り（1641）
La Généreuse Allemande　勇敢なドイツ女（マレシャル、1630刊）
Les Généreux Ennemis　寛大なる敵（ボワロベール、1654）
Le Géolier de soi-meme　己自身の牢番、あるいは王侯ジョドレ（トマ・コルネイユ、1655）
Gésippe ou les Deux Amis　ジェジップ、あるいは２人の友（アルディ、1626刊）
Hercule mourant　死にゆくエルキュール（ロトルー、1634）
Hippolyte　イポリート（ラ・ピヌリエール、1634）
Histoires des amants volages de ce temps　当代浮気物語（ロッセ、1617）
Les Histoires tragiques de notre temps　我らが時代の悲劇的な物語（マラングル、1635）
Historiettes　逸話集（タルマン・デ・レオー、1834）
Honorine　オノリーヌ（サラザン、1656）
Horace　オラース（コルネイユ、1640）
L' Hospital des fous　狂人の病院（ベイス、1634？）
L'Hypocondriaque ou le Mort amoureux　憂鬱症患者、あるいは恋する死者（ロトルー、1628？）
L'Héritier ridicule ou la Dame intéressée　滑稽な相続人、あるいは興味を持たれた婦人（スカロン、1649？）
Ibrahim ou l'Illustre Bassa　イブライム、あるいは名高きバッサ（スキュデリー、1641）
L'Iinnocent malheureux ou la Mort de Crispe　不幸な無実の者、あるいはクリスプの死（グルナイユ、1639）
L'Illusion comique　舞台は夢（コルネイユ、1635）
L'Illustre Comédien ou le Martyre de Saint Genest　名優、あるいは聖ジュネの殉教（デフォンテー

ヌ、1644？）
L'illustre corsaire　名高き海賊（メレ、1637）
Les Illustres ennemis　名だたる敵（トマ・コルネイユ、1655）
L'Impromptu de Versailles　ヴェルサイユ即興劇（モリエール、1663）
L' impromptu de l'Hôtel de Condé　コンデ館即興劇（モンフルーリ、1663）
L'Inconnu　見知らぬ人（トマ・コルネイユ、ドノー・ド・ヴィゼ、1675）
L'Innocente Infidélité　罪なき不貞（ロトルー、1634？）
L'Inventaire de l'Histoire générale du Sérail　トルコ人一般史一覧（ボーディエ、1628）
Iphigénie　イフィジェニー（ラシーヌ、1674）
Iphigénie　イフィジェニー（ロトルー、1640？）
Isys　イシス（キノー、1677）
Jodelet Astrologue　占星術師ジョドレ（ドゥーヴィル、1645）
Jodelet duelliste　決闘者ジョドレ（スカロン、1650）
Jodelet ou le Maître valet　ジョドレ、あるいは主人になった召使い（スカロン、1643）
Le Joueur　賭博狂（ルニャール、1696）
Le jugement de Pâris en vers burlesques　ビュルレスクな詩行によるパリスの審判（ダスシ、1648）
Laure persecutée　迫害されるロール（ロトルー、1637？）
Le Cid　ル・シッド（コルネイユ、1637）
Lettres meslées　雑書簡集（トリスタン・レルミット、1642）
Ligdamon et Lidias ou la Ressemblance　リグダモンとリディアス、あるいは瓜二つ（スキュデリー、1629）
La Logique de Port-Royal　ポール＝ロワイヤル論理学（大アルノー、1662）
Lucidan ou le Hérault d'armes　リュシダン、あるいは伝令官（スキュデリー、散逸）
Lucrèce ou l'Adultère puni　リュクレース、あるいは罰せられた姦通（アルディ、1628刊）
La Lyre　七弦琴詩集（トリスタン・レルミット、1641）
Le Légataire Universel　包括受遺者（ルニャール、1708）
Le Malade imaginaire　病は気から（モリエール、1673）
Le Marc-Antoine, ou La Cléopâtre　マルク＝アントワーヌ、あるいはクレオパートル（メレ、1635）
Marc-Antoine　マルク＝アントワーヌ（ガルニエ、1578）
Le Mariage de Cambyse　カンビューズの結婚（キノー、1658）
Mariamne　マリアンヌ（アルディ、1625刊）
La Mariane　マリヤンヌ（トリスタン・レルミット、1636）
Marie-Madeleine, ou le Triomphe de la Grâce　マリ＝マドレーヌ、あるいは恩寵の勝利（デマレ・ド・サン＝ソルラン、1669）
Le Mary sans femme　妻のない夫（モンフルーリ、1663）
Le Marquis ridicule ou la Comtesse à la hâte　滑稽な侯爵、あるいは急いで作られた伯爵夫人（スカロン、1656）
Le Martyre de Sainte Catherine　聖カトリーヌの殉教（ピュジェ・ド・ラ・セール、1641）
La Mazarinade　ラ・マザリナード（スカロン、1651）
Le Médecin malgré lui　いやいやながら医者にされ（モリエール、1666）
Le Médecin volant　飛ぶ医者（ブルソー、1664）
Mélite　メリート（コルネイユ、1629）
Méléagre　メレアーグル（アルディ、1624刊）
Le Mémoire de Mahelot　マウロの舞台装置覚書（1920刊）
Les Ménechmes　メネクム兄弟（ロトルー、1630？）

Menechmes ou les Frères jumeaux　メネクム兄弟（ルニャール、1705）
Le Menteur　嘘つき男（コルネイユ、1644）
La Mer　海（トリスタン・レルミット、1628）
La Mère coquette ou les Amant brouillés　あだっぽい母親、あるいは仲たがいした恋人（キノー、1665）
La Mère coquette　あだっぽい母親（ドノー・ド・ヴィゼ、1665）
Le Mercure Galant　メルキュール・ギャラン（ブルソー、1683）
Mirame　ミラム（デマレ・ド・サン＝ソルラン、1641）
Le Misanthrope　人間嫌い（モリエール、1666）
Les Momies d'Egypte　エジプトの木乃伊（ルニャール、デュフレニー、1696）
Monsieur de Pourceaugnac　プールソニャック氏（モリエール、1669）
La Mort de César　セザールの死（スキュデリー、1634）
La Mort de Chrispe, ou les malheurs domestiques du Grand Constantin　クリスプの死、あるいはコンスタンタン大帝の家庭の不幸（トリスタン・レルミット、1644）
La Mort de Cyrus　シリュス帝の死（キノー、1658）
La Mort de Daire　デールの死（アルディ、1626刊）
La Mort de Mitridate　ミトリダートの死（スキュデリー、散逸）
La Mort de Sénèque　セネクの死（トリスタン・レルミット、1644）
La Mort de L'empereur Commode　コモッド皇帝の死（トマ・コルネイユ、1657）
La Mort d'Achille　アシールの死（アルディ、1625刊）
La Mort d'Alexandre　アレクサンドルの死（アルディ、1626刊）
La Mort d'Asdrubal　アスドリュバルの死（ザッカリー・ジャコブ・モンフルーリ、1647）
La mort et les dernières paroles de Sénèque　セネクの死と最期の言葉（マスカロン、1637）
La Naissance d'Hercule　エルキュールの誕生（『二人のソジー』参照）
Nicomède　ニコメード（コルネイユ、1651）
Notice biographique de Jean Rotrou　ジャン・ロトルーの略歴（ブリヨン神父、1698頃執筆）
Le nouveau Festin de Pierre　新石像の饗宴（ロジモン、1669）
Les Nouvelles tragi-comiques　悲喜劇的短編集（スカロン、1655）
Observations sur Le Cid　ル・シッドに関する批判（スキュデリー、1637？）
Les Occasions perdues　逸した機会（ロトルー、1633？）
Œdipe　エディップ（コルネイユ、1659）
L'office de la sainte Vierge　聖処女への祈り（トリスタン・レルミット、1646）
Orante　オラント（スキュデリー、1635？）
Oropaste ou le faux Tonaxare　オロパスト、あるいは偽のトナクサール（ボワイエ、1662）
Orphée　オルフェ（ロッシ、1647）
Osman　オスマン（トリスタン・レルミット、1646）
Le Page disgrâcié　薄幸の小姓（トリスタン・レルミット、1643）
Panthée　パンテ（アルディ、1624刊）
Panthée　パンテ（デュルヴァル、1637）
Panthée　パンテ（トリスタン・レルミット、1637）
Le Parasite　寄食者（トリスタン・レルミット、1653）
Pausanias　ポーザニアス（キノー、1668）
Persée　ペルセ（キノー、1682）
Phaéton　ファエトーン（キノー、1683）
Phraate ou le Triomphe des vrais amants　フラアート、あるいは真の恋人の勝利（アルディ、1626刊）

Phèdre　フェードル（ラシーヌ、1677）
La Place Royale　王宮広場（クラヴレ、1633？）
Les plaintes d'Achante　アカントの嘆き（トリスタン・レルミット、1633）
Polexandre　ポレクサンドル（ゴンベルヴィル、1632～1637）
Polyeucte　ポリュークト（コルネイユ、1642）
Pomone　ポモーヌ（カンベール作曲、ペラン作詞、1671）
Les Poésies diverses　詩集（スキュデリー、1649）
La Poétique　詩学（ラ・メナルディエール、1640）
La Pratique du Théâtre　演劇作法（ドービニャック師、1657）
Le Prince corsaire　海賊の王子（スカロン、1663刊）
Le Prince déguisé　変装の王子（スキュデリー、1635）
Procris ou la Jalousie infortunée　プロクリス、あるいは不幸な嫉妬（アルディ、1624刊）
Les Promenades de Richelieu, ou les Vertues chrestiennes　リシュリューの散歩、あるいはキリスト教の美徳（デマレ・ド・サン＝ソルラン、1653）
Proserpine　プロゼルピーヌ（キノー、1680）
La Précaution inutile　無益な用心（スカロン、1655）
Les Précieuses ridicules　嗤うべきプレシウズたち（モリエール、1659）
Psyché　プシシェ（モリエール、1671）
Psyché　プシシェ（トマ・コルネイユ、1678）
Le Ravissement de Proserpine par Pluton　プリュトンによるプロゼルピーヌの誘拐（アルディ、1626刊）
Le Recuil de quelques vers burlesques　ビュルレスク詩集（スカロン、1643）
Le Registre de La Grange　帳簿（ラ・グランジュ、1658～1680執筆）
Les Rivales　恋敵（スキュデリー、1653）
Rodogune　ロドギュンヌ（コルネイユ、1644）
Le Roland furieux　狂えるロラン（メレ、1638）
Roland　ロラン（キノー、1685）
Le Roman comique　ロマン・コミック（スカロン、第１部1651、第２部1657）
Rosane　ロザーヌ（デマレ・ド・サン＝ソルラン、1639）
Roxane　ロクサーヌ（デマレ・ド・サン＝ソルラン、1639）
Saint Eustache, martyr　聖ウスタッシュ（バロ、1639）
Sanctus Adrianus Martyr　殉教者聖アドリアヌス（セロ神父、1630刊）
Satires　諷刺詩（ボワロー、1666～1711）
Scipion　シピオン（デマレ・ド・サン＝ソルラン、1638）
Scédase ou l'Hospitalité violée　セダーズ、あるいは汚された歓待（アルディ、1624刊）
Les Sentiments de l'Académie française sur la Tragi-comédie du Cid　悲喜劇ル・シッドに関するアカデミー・フランセーズの意見（シャプラン執筆、1637）
Sertorius　セルトリウス（コルネイユ、1662）
Sganarelle ou le Cocu imaginaire　スガナレル、あるいはコキュ・イマジネール（モリエール、1660）
Le Sicilien ou l'Amour peintre　シチリア人、あるいは恋は画家（モリエール、1667）
La Sidonie　シドニー（メレ、1640）
La Silvanire, ou la mort-vive　シルヴァニール、あるいは生きている死者（メレ、1629）
La Soeur　妹（ロトルー、1645？）
Le Soliman　ソリマン（ヴィヨン・ダリブレ、1637）
Sophonisbe　ソフォニスブ（コルネイユ、1663）

La Sophonisbe　ソフォニスブ（メレ、1634）
Le Sourd　耳の聞こえない人（デマレ・ド・サン＝ソルラン、未出版）
Stratonice　ストラトニス（キノー、1660）
La Suite de la 1re partie des Œuvres burlesques　続ビュルレスク詩集第１部（スカロン、1644）
La Sylvanire　シルヴァニール（オノレ・デュルフェ、1625）
La Sylvie　シルヴィ（メレ、1626）
La Sérénade　セレナード（ルニャール、1694）
Le Tartuffe　タルチュフ（モリエール、1664）
Thesée　テゼ（キノー、1675）
La Thébaïde　ラ・テバイード（ラシーヌ、1664）
Théodore　テオドール（コルネイユ、1645～46）
Théâtre d'Alexandre Hardy　アレクサンドル・アルディ戯曲集（全５巻、1624～1628）
Le Théâtre italien de Gherardi　ゲラルディ戯曲集（ゲラルディ、1700）
Timoclée ou la Juste Vengeance　ティモクレ、あるいは正当な復讐（アルディ、1628刊）
Timocrate　ティモクラート（トマ・コルネイユ、1656）
La Toison d'or　金羊毛皮（コルネイユ、1660）
La Tontine　トンチ式年金法（ルサージュ、1708）
Traité pour juger des Poèmes grecs, latins et français　ギリシア、ラテン、フランス詩集の比較論（デマレ・ド・サン＝ソルラン、1670）
Le Traître puni　罰された裏切り者（ルサージュ、1700）
Le Triomphe de Louis le Juste et de son Siècle　公正王ルイとその世紀の勝利（デマレ・ド・サン＝ソルラン、1673）
Le Triomphe de l'Amour　アムールの勝利（キノー、バンスラード、1680）
Le Triomphe des dames　貴婦人の勝利（トマ・コルネイユ、ドノー・ド・ヴィゼ、1676）
Le Triomphe d'Amour　愛の勝利（アルディ、1626刊）
Trois Dorothées ou le Jodelet souffleté　三人のドロテ、あるいは横っ面を張られたジョドレ（スカロン、1645）
Trois discours sur le Théâtre　劇三論（コルネイユ、1660）
Le Trompeur puni ou l'Histoire septentionale　罰を受けたペテン師、あるいは北の物語（スキュデリー、1631）
Turcaret　チュルカレ（ルサージュ、1709）
Le Typhon ou la Gigantomachie　ティフォン、あるいは巨人と神との戦い（スカロン、1644）
Tyr et Sidon　ティールとシドン（シェランデル、1608）
Le Vassal généreux　勇敢な武士（スキュデリー、1632）
Venceslas　ヴァンセスラス（ロトルー、1647？）
Les Vendanges de Suresnes　シュレーヌのぶどう収穫期（デュ・リエ、1633）
Les Vers heroïques　英雄詩集（トリスタン・レルミット、1648）
Le Virgile travesti　偽ヴェルギリウス（スカロン、1649）
La Virginie　ヴィルジニー（メレ、1633）
Les Visionnaires　妄想に囚われた人々（デマレ・ド・サン＝ソルラン、1637）
La Vraye Didon　真のディドン（ボワロベール、1641）
Le Véritable Saint Genest　真説聖ジュネ（ロトルー、1644？）
La Vérité des fables　物語の真実（デマレ・ド・サン＝ソルラン、1647）
Le véritable Capitan Matamore ou le Fanfaron　真の隊長マタモール、あるいはほら吹き武士（マレシャル、1637～1638）

フランス十七世紀主要劇作品年表

作品は、本論集で取り上げた作品を掲載する。

コルネイユ、モリエールは代表作を、ラシーヌは全作品を掲載した。

Théâtre du 17e siècle, Bibliothèque de la Pléiade, Gallimard, 1975, 所収の作品を掲載した。

初演年代が不明の作品は、作者の後に「刊」と記した。

初演年代が推定の作品には、＊を付した。

年代	悲劇・悲喜劇	喜劇	田園劇・オペラ・他
1604	エクトール（モンクレティアン）		
1620			牧人の詩＊（ラカン）
1622		楽しく愉快な笑劇（作者不詳、刊）	
1623	ピラムとティスベの悲恋（テオフィル・ド・ヴィオー、刊）		
1624	セダーズ（アルディ、刊） パンテ（アルディ、刊） ディドンの自害（アルディ、刊） さらわれたアリアーヌ（アルディ、刊）		
1625	クリゼイドとアリマン（メレ）		
1626	血の力（アルディ、刊）		プリュトンによるプロゼルピーヌの誘拐（アルディ、刊） シルヴィ（メレ）
1628	リュクレース（アルディ、刊） アルクメオン（アルディ、刊）	憂鬱症患者＊（ロトルー）	勝ち誇る愛の神(アルディ、刊)
1629	リグダモンとリディアス（スキュデリー）	メリート（コルネイユ） 忘却の指輪＊（ロトルー）	シルヴァニール（メレ）
1630	勇敢なドイツ女（マレシャル、刊）	メネクム兄弟＊(ロトルー)	
1631	罰を受けたペテン師（スキュデリー）	セリメーヌ＊（ロトルー）	役者たちの芝居＊（グジュノー）
1632	勇敢な武士(スキュデリー)	法院の回廊（コルネイユ） ドソーヌ公艶聞録（メレ） ディアーヌ＊（ロトルー）	役者たちの芝居＊（スキュデリー）

1633	ヴィルジニー（メレ） 逸した機会＊（ロトルー）	王宮広場＊（クラヴレ） シュレーヌのぶどう収穫期（デュ・リエ） 町娘（レシギエ）	
1634	ソフォニスブ（メレ） 死にゆくエルキュール＊（ロトルー） 罪なき不貞＊（ロトルー） セザールの死（スキュデリー） イポリート（ラ・ピヌリエール）		
1635	クリザント＊（ロトルー） マルク＝アントワーヌ（メレ） クレオパートル（バンスラード） 変装の王子＊（スキュデリー） オラント＊（スキュデリー） ディドン＊（スキュデリー）	美しきアルフレッド＊（ロトルー） 偽りの息子＊（スキュデリー） 舞台は夢（コルネイユ） テュイルリー宮の喜劇（五作家）	
1636	二人の乙女＊（ロトルー） 自由な恋人＊（スキュデリー） マリヤンヌ（トリスタン・レルミット） ミトリダートの死（ラ・カルプルネード）	二人のソジー＊（ロトルー） アスパジー（デマレ・ド・サン＝ソルラン）	
1637	ル・シッド（コルネイユ） 偉大な最後の大王ソリマン（メレ） 名高き海賊（メレ） 迫害されるロール＊（ロトルー） パンテ（トリスタン・レルミット） パンテ（デュルヴァル） エセックス伯爵（ラ・カルプルネード） アルシオネ（デュ・リエ）	妄想に囚われた人々（デマレ・ド・サン＝ソルラン） 真の隊長マタモール＊（マレシャル）	
1638	アテナイス（メレ） 狂えるロラン＊（メレ） 専制的な愛（スキュデリー） シピオン（デマレ・ド・サン＝ソルラン）		
1639	ウドクス＊（スキュデリー） ロクサーヌ（デマレ・ド・サン＝ソルラン）		至福のバレエ（デマレ・ド・サン＝ソルラン）

1640	オラース（コルネイユ） シドニー（メレ） アンドロミール＊（スキュデリー）		
1641	イブライム(スキュデリー) ミラム（デマレ・ド・サン＝ソルラン） 真のディドン（ボワロベール） 聖カトリーヌの殉教（ピュジェ・ド・ラ・セール）		フランス軍隊の繁栄のバレエ（デマレ・ド・サン＝ソルラン）
1642	シンナ（コルネイユ） ポリュークト（コルネイユ） エリゴーヌ（デマレ・ド・サン＝ソルラン） ウーロップ（デマレ・ド・サン＝ソルラン）		
1643	アクシアーヌ（スキュデリー） アルミニウス（スキュデリー）	ジョドレ、あるいは主人になった下僕（スカロン）	
1644	ロドギュンヌ（コルネイユ） セネクの死（トリスタン・レルミット） クリスプの死（トリスタン・レルミット） 名優、あるいは聖ジュネの殉教＊（デフォンテーヌ） 真説聖ジュネ＊(ロトルー)	嘘つき男（コルネイユ） 賢者の狂乱（トリスタン・レルミット）	
1645	テオドール（コルネイユ）	妹＊（ロトルー） 三人のドロテ（スカロン） 占星術師ジョドレ（ドゥーヴィル）	
1646	オスマン（トリスタン・レルミット）	衒学者愚弄（シラノ・ド・ベルジュラック）	
1647	ヴァンセスラス＊（ロトルー） アスドリュバルの死（ザッカリー・ジャコブ・モンフルーリー）	ドン・ジャフェ・ダルメニー＊（スカロン） 利口者（ジレ・ド・ラ・テッソヌリー）	オルフェ（ロッシ）
1648	コスロエス＊（ロトルー）	盗っ人たちの策略（ド・レトワール）	
1649	ドン・ロープ・ド・カルドーヌ＊（ロトルー）	滑稽な相続人＊（スカロン）	

1650		決闘者ジョドレ＊（スカロン） 偽占星術師（トマ・コルネイユ） アカデミー会員の喜劇（サン＝テヴルマン）	アンドロメード（コルネイユ）
1651	ニコメード（コルネイユ）	ドン・ベルトラン・ド・シガラル（トマ・コルネイユ）	
1652			アマリリス（トリスタン・レルミット）
1653		寄食者（トリスタン・レルミット） 恋敵（キノー）	
1654		サラマンカの学生（スカロン） 自分自身の番人（スカロン） 無分別な恋人（キノー） 寛大なる敵（ボワロベール）	高邁な恩知らず（キノー）
1655	愛と運命のいたずら（キノー） 愛と運命のいたずら（ボワロベール）	粗忽者（モリエール） 喜劇なしの喜劇（キノー） 己自身の牢番（トマ・コルネイユ） 名だたる敵（トマ・コルネイユ）	
1656	恋する幽霊（キノー） ティモクラート（トマ・コルネイユ）	滑稽な侯爵（スカロン） 田舎貴族（ジレ・ド・ラ・テッソヌリー）	
1657	アマラゾント（キノー） コモッド皇帝の死（トマ・コルネイユ） ベレニス（トマ・コルネイユ）		
1658	カンビューズの結婚（キノー） シリュス帝の死（キノー） 偽のアルシビアッド（キノー）		
1659	エディップ（コルネイユ）	嗤うべきプレシウズたち（モリエール）	
1660	ストラトニス（キノー） 石像の饗宴（ド・ヴィリエ）	スガナレル（モリエール）	金羊毛皮（コルネイユ） リジスとエスペリの恋（キノー）
1661		亭主学校（モリエール） ラ・クラス男爵（ポワッソン）	

1662	セルトリウス（コルネイユ） アルブの王アグリッパ（キノー） オロパスト（ボワイエ）	女房学校（モリエール）	
1663	ソフォニスブ（コルネイユ） 海賊の王子（スカロン、刊）	ヴェルサイユ即興劇（モリエール） コンデ館即興劇（モンフルーリ） 偽りの見た目（スカロン、刊） 妻のない夫（モンフルーリ）	
1664	ラ・テバイード（ラシーヌ） アストラート（キノー）	タルチュフ（モリエール） 飛ぶ医者（ブルソー）	
1665	アレクサンドル大王（ラシーヌ）	ドン・ジュアン（モリエール） あだっぽい母親（キノー） あだっぽい母親（ドノー・ド・ヴィゼ）	ジュピテルとセメレの恋（ボワイエ）
1666		人間嫌い（モリエール） いやいやながら医者にされ（モリエール）	
1667	アンドロマック（ラシーヌ）	シチリア人（モリエール） 今どきの未亡人（ドノー・ド・ヴィゼ）	
1668	ポーザニアス（キノー）	アンフィトリヨン（モリエール） 守銭奴（モリエール） 訴訟狂（ラシーヌ） 女判事で訴訟の当事者（モンフルーリ）	ヴェルサイユの洞窟（キノー）
1669	ブリタニキュス（ラシーヌ） 新石像の饗宴（ロジモン）	プールソニャック氏（モリエール）	
1670	ベレニス（ラシーヌ） ベレロフォン（キノー）	町人貴族（モリエール） 医者クリスパン（オートゥロッシュ） 心気症患者エロミール（ル・ブーランジェ・ド・シャリュッセー、刊）	
1671	プシシェ（モリエール）	スカパンの悪巧み（モリエール） 喪服（オートロッシュ）	ポモーヌ（カンベール作曲、ペラン作詞）

1672	バジャゼ（ラシーヌ） アリアーヌ（トマ・コルネイユ）	女学者（モリエール）	アムールとバッキュスの祭典（キノー）
1673	ミトリダート（ラシーヌ）	病は気から（モリエール）	カドミュスとエルミオーヌ（キノー）
1674	イフィジェニー（ラシーヌ）	音楽家クリスパン（オートロッシュ）	アルセスト（キノー）
1675		貴族クリスパン＊（モンフルーリ）	テゼ（キノー） シルセ（トマ・コルネイユ、ドノー・ド・ヴィゼ）
1676		貴婦人の勝利（トマ・コルネイユ、ドノー・ド・ヴィゼ）	アティス（キノー）
1677	フェードル（ラシーヌ） フェードルとイポリュット（プラドン）		イシス（キノー）
1678			プシシェ（トマ・コルネイユ）
1679		家庭教師クリスパン（ラ・チュイユリー） 女占い師（トマ・コルネイユ、ドノー・ド・ヴィゼ）	ベレロフォン（トマ・コルネイユ）
1680			アムールの勝利（キノー、バンスラード） プロゼルピーヌ（キノー）
1681		才子クリスパン（ラ・チュイユリー）	
1682			ペルセ（キノー）
1683		メルキュール・ギャラン（ブルソー） プロテウスのアルルカン（ファトゥーヴィル）	ファエトーン（キノー）
1684			ゴールのアマディス（キノー）
1685			ロラン（キノー）
1686		もてる男（バロン）	アルミード（キノー）
1687		今どきの騎士（ダンクール）	
1688		離婚（ルニャール）	
1689	エステル（ラシーヌ）		

1690		さすらう娘たち（ルニャール）	
1691	アタリー（ラシーヌ） ティリダット（カンピストロン）	浮気女（ルニャール）	
1692		シナ人（ルニャール）	
1694		セレナード（ルニャール） 楡の木の下（ルニャール）	
1695		サン＝ジェルマンの市（ルニャール、デュフレニー）	
1696		エジプトの木乃伊（ルニャール、デュフレニー） 賭博狂（ルニャール） 人間嫌いのアルルカン（ビアンコレッリ）	
1697		ぼんやり男（ルニャール） 賭博狂の騎士（デュフレニー）	
1698	マンリウス・キャピトリヌス（ラ・フォス）		
1700		デモクリトス（ルニャール） 罰された裏切り者（ルサージュ）	
1701		宮廷のイソップ(ブルソー)	
1704		恋の狂気（ルニャール）	
1705		メネクム兄弟（ルニャール）	
1707		主人の恋敵クリスパン（ルサージュ）	
1708		包括受遺者（ルニャール） トンチ式年金法（ルサージュ）	
1709		チュルカレ（ルサージュ）	

執筆者紹介（執筆順）

橋《はし》 本《もと》 能《のう》	研究員	中央大学商学部教授
伊《い》 藤《とう》 洋《ひろし》	客員研究員	早稲田大学名誉教授
鈴《すず》 木《き》 康《こう》 司《じ》	客員研究員	中央大学名誉教授
友《とも》 谷《たに》 知《とも》 己《き》	客員研究員	関西大学文学部教授
皆《みな》 吉《よし》 郷《ごう》 平《へい》	客員研究員	慶應義塾大学法学部非常勤講師
鈴《すず》 木《き》 美《み》 穂《ほ》	客員研究員	立教大学非常勤講師
浅《あさ》 谷《や》 眞《ま》 弓《ゆみ》	客員研究員	中央大学文学部兼任講師
野《の》 池《いけ》 恵《けい》 子《こ》	客員研究員	早稲田大学人間科学部非常勤講師
冨《とみ》 田《た》 高《たか》 嗣《つぐ》	客員研究員	長崎外国語大学外国語学部准教授

フランス十七世紀の劇作家たち

中央大学人文科学研究所研究叢書　53

2011年３月25日　第１刷発行

編　　者　中央大学人文科学研究所

発行者　中 央 大 学 出 版 部

代表者　玉 造 竹 彦

〒192-0393　東京都八王子市東中野742-1

発行所　中 央 大 学 出 版 部

電話 042(674)2351　FAX 042(674)2354

http://www2.chuo-u.ac.jp/up/

奥村印刷㈱

ISBN978-4-8057-5338-5

中央大学人文科学研究所研究叢書

7
近代日本文学論　大正から昭和へ
時代の潮流の中でわが国の文学はいかに変容したか、詩歌論・作品論・作家論の視点から近代文学の実相に迫る。
A5判　三六〇頁
定価　二九四〇円

8
ケルト　伝統と民俗の想像力
古代のドイツから現代のシングにいたるまで、ケルト文化とその稟質を、文学・宗教・芸術などのさまざまな視野から説き語る。
A5判　四九六頁
定価　四二〇〇円

9
近代日本の形成と宗教問題〔改訂版〕
外圧の中で、国家の統一と独立を目指して西欧化をはかる近代日本と、宗教とのかかわりを、多方面から模索し、問題を提示する。
A5判　三三〇頁
定価　三一五〇円

10
日中戦争　日本・中国・アメリカ
日中戦争の真実を上海事変・三光作戦・毒ガス・七三一細菌部隊・占領地経済・国民党訓政・パナイ号撃沈事件などについて検討する。
A5判　四八八頁
定価　四四一〇円

11
陽気な黙示録　オーストリア文化研究
世紀転換期の華麗なるウイーン文化を中心に二〇世紀末までのオーストリア文化の根底に新たな光を照射し、その特質を探る。巻末に詳細な文化史年表を付す。
A5判　五九六頁
定価　五九八五円

12
批評理論とアメリカ文学　検証と読解
一九七〇年代以降の批評理論の隆盛を踏まえた方法・問題意識によって、アメリカ文学のテキストと批評理論を多彩に読み解き、かつ犀利に検証する。
A5判　二八八頁
定価　三〇四五円

中央大学人文科学研究所研究叢書

13
風習喜劇の変容　王政復古期からジェイン・オースティンまで
王政復古期のイギリス風習喜劇の発生から一八世紀感傷喜劇との相克を経て、ジェイン・オースティンの小説に一つの集約を見るもう一つのイギリス文学史。
A5判　二六八頁
定価　二八三五円

14
演劇の「近代」　近代劇の成立と展開
イプセンから始まる近代劇は世界各国でどのように受容展開されていったか、イプセン、チェーホフの近代性を論じ、仏、独、英米、中国、日本の近代劇を検討する。
A5判　五三六頁
定価　五六七〇円

15
現代ヨーロッパ文学の動向　中心と周縁
際だって変貌しようとする二〇世紀末ヨーロッパ文学は、中心と周縁という視座を据えることで、特色が鮮明に浮かび上がってくる。
A5判　三九六頁
定価　四二〇〇円

16
ケルト　生と死の変容
ケルトの死生観を、アイルランド古代／中世の航海・冒険譚や修道院文化、またウェールズの『マビノーギ』などから浮かび上がらせる。
A5判　三六八頁
定価　三八八五円

17
ヴィジョンと現実　十九世紀英国の詩と批評
ロマン派詩人たちによって創出された生のヴィジョンはヴィクトリア時代の文化の中で多様な変貌を遂げる。英国十九世紀文学精神の全体像に迫る試み。
A5判　六八八頁
定価　七一四〇円

18
英国ルネサンスの演劇と文化
演劇を中心とする英国ルネサンスの豊饒な文化を、当時の思想・宗教・政治・市民生活その他の諸相において多角的に捉えた論文集。
A5判　四六六頁
定価　五二五〇円

19 ツェラーン研究の現在　詩集『息の転回』第一部注釈

二〇世紀ヨーロッパを代表する詩人の一人パウル・ツェラーンの詩の、最新の研究成果に基づいた注釈の試み、研究史、研究・書簡紹介、年譜を含む。

A5判　四四八頁
定価　四九三五円

20 近代ヨーロッパ芸術思想

価値転換の荒波にさらされた近代ヨーロッパの社会現象を文化・芸術面から読み解き、その内的構造を様々なカテゴリーへのアプローチを通して解明する。

A5判　三二〇頁
定価　三九九〇円

21 民国前期中国と東アジアの変動

近代国家形成への様々な模索が展開された中華民国前期（一九一二～二八）を、日・中・台・韓の専門家が、未発掘の資料を駆使し検討した共同研究の成果。

A5判　六〇〇頁
定価　六九三〇円

22 ウィーン　その知られざる諸相
もうひとつのオーストリア

二〇世紀全般に亙るウィーン文化に、文学、哲学、民俗音楽、映画、歴史など多彩な面から新たな光を照射し、世紀末ウィーンと全く異質の文化世界を開示する。

A5判　四二四頁
定価　五〇四〇円

23 アジア史における法と国家

中国・朝鮮・チベット・インド・イスラム等における古代から近代に至る政治・法律・軍事などの諸制度を多角的に分析し、「国家」システムを検証解明する。

A5判　四四四頁
定価　五三五五円

24 イデオロギーとアメリカン・テクスト

アメリカン・イデオロギーないしその方法を剔抉、検証、批判することによって、多様なアメリカン・テクストに新しい読みを与える試み。

A5判　三二〇頁
定価　三八八五円

中央大学人文科学研究所研究叢書

25
ケルト復興
一九世紀後半から二〇世紀前半にかけての「ケルト復興」に社会史的観点と文学史的観点の双方からメスを入れ、複雑多様な実相と歴史的な意味を考察する。
A5判　五七六頁
定期　六九三〇円

26
近代劇の変貌　「モダン」から「ポストモダン」へ
ポストモダンの演劇とは？　その関心と表現法は？　英米、ドイツ、ロシア、中国の近代劇の成立を論じた論者たちが、再度、近代劇以降の演劇状況を論じる。
A5判　四二四頁
定価　四九三五円

27
喪失と覚醒　19世紀後半から20世紀への英文学
伝統的価値の喪失を真摯に受けとめ、新たな価値の創造に目覚めた、文学活動の軌跡を探る。
A5判　四八〇頁
定価　五五六五円

28
民族問題とアイデンティティ
冷戦の終結、ソ連社会主義体制の解体後に、再び歴史の表舞台に登場した民族の問題を、歴史・理論・現象等さまざまな側面から考察する。
A5判　三四八頁
定価　四四一〇円

29
ツァロートの道　ユダヤ歴史・文化研究
一八世紀ユダヤ解放令以降、ユダヤ人社会は西欧への同化と伝統の保持の間で動揺する。その葛藤の諸相を思想や歴史、文学や芸術の中に追究する。
A5判　四九六頁
定価　五九八五円

30
埋もれた風景たちの発見　ヴィクトリア朝の文芸と文化
ヴィクトリア朝の時代に大きな役割と影響力をもちながら、その後顧みられることの少なくなった文学作品と芸術思潮を掘り起こし、新たな照明を当てる。
A5判　六六〇頁
定価　七六六五円

31

近代作家論

鴎外・茂吉・『荒地』等、近代日本文学を代表する作家や詩人、文学集団といった多彩な対象を懇到に検証、その実相に迫る。

A5判　四三二頁
定価　四九三五円

32

ハプスブルク帝国のビーダーマイヤー

ハプスブルク神話の核であるビーダーマイヤー文化を多方面からあぶり出し、そこに生きたウィーン市民の日常生活を通して、彼らのしたたかな生き様に迫る。

A5判　四四八頁
定価　五二五〇円

33

芸術のイノヴェーション　モード、アイロニー、パロディ

技術革新が芸術におよぼす影響を、産業革命時代から現代まで、文学、絵画、音楽など、さまざまな角度から研究・追求している。

A5判　五二八頁
定価　六〇九〇円

34

剣と愛と　中世ロマニアの文学

一二世紀、南仏に叙情詩、十字軍から叙事詩、ケルトの森からロマンスが誕生。ヨーロッパ文学の揺籃期をロマニアという視点から再構築する。

A5判　二八八頁
定価　三三五五円

35

民国後期中国国民党政権の研究

中華民国後期（一九二八～四九）に中国を統治した国民党政権の支配構造、統治理念、国民統合、地域社会の対応、対外関係・辺疆問題を実証的に解明する。

A5判　六五六頁
定価　七三五〇円

36

現代中国文化の軌跡

文学や語学といった単一の領域にとどまらず、時間的にも領域的にも相互に隣接する複数の視点から、変貌著しい現代中国文化の混沌とした諸相を捉える。

A5判　三四四頁
定価　三九九〇円

中央大学人文科学研究所研究叢書

37 アジア史における社会と国家

国家とは何か？　社会とは何か？　人間の活動を「国家」と「社会」という形で表現させてゆく史的システムの構造を、アジアを対象に分析する。

A5判　三五四頁
定価　三九九〇円

38 ケルト　口承文化の水脈

アイルランド、ウェールズ、ブルターニュの中世に源流を持つケルト口承文化――その持続的にして豊穣な水脈を追う共同研究の成果。

A5判　五二八頁
定価　六〇九〇円

39 ツェラーンを読むということ
詩集『誰でもない者の薔薇』研究と注釈

現代ヨーロッパの代表的詩人の代表的詩集全篇に注釈を施し、詩集全体を論じた日本で最初の試み。

A5判　五六八頁
定価　六三〇〇円

40 続　剣と愛と　中世ロマニアの文学

聖杯、アーサー王、武勲詩、中世ヨーロッパ文学を、ロマニアという共通の文学空間に解放する。

A5判　四八八頁
定価　五五六五円

41 モダニズム時代再考

ジョイス、ウルフなどにより、一九二〇年代に頂点に達した英国モダニズムとその周辺を再検討する。

A5判　二八〇頁
定価　三一五〇円

42 アルス・イノヴァティーヴァ
レッシングからミュージック・ヴィデォまで

科学技術や社会体制の変化がどのようなイノヴェーションを芸術に発生させてきたのかを近代以降の芸術の歴史において検証、近現代の芸術状況を再考する試み。

A5判　二五六頁
定価　二九四〇円

中央大学人文科学研究所研究叢書

43
メルヴィル後期を読む
複雑・難解であることで知られる後期メルヴィルに新旧二世代の論者六人が取り組んだもので、得がたいユニークな論集となっている。
A5判　二四八頁
定価　二八三五円

44
カトリックと文化　出会い・受容・変容
インカルチュレーションの諸相を、多様なジャンル、文化圏から通時的に剔抉、学際的協力により可能となった変奏曲（カトリシズム（普遍性））の総合的研究。
A5判　五二〇頁
定価　五九八五円

45
「語り」の諸相　演劇・小説・文化とナラティヴ
「語り」「ナラティヴ」をキイワードに演劇、小説、祭儀、教育の専門家が取り組んだ先駆的な研究成果を集大成した力作。
A5判　二五六頁
定価　二九四〇円

46
档案の世界
近年新出の貴重史料を綿密に読み解き、埋もれた歴史を掘り起こし、新たな地平の可能性を予示する最新の成果を収載した論集。
A5判　二七二頁
定価　三〇四五円

47
伝統と変革　一七世紀英国の詩泉をさぐる
一七世紀英国詩人の注目すべき作品を詳細に分析し、詩人がいかに伝統を継承しつつ独自の世界観を提示しているかを解明する。
A5判　六八〇頁
定価　七八七五円

48
中華民国の模索と苦境　1928～1949
二〇世紀前半の中国において試みられた憲政の確立は、戦争・外交・革命といった困難な内外環境によって挫折を余儀なくされた。
A5判　四二〇頁
定価　四八三〇円

中央大学人文科学研究所研究叢書

49

現代中国文化の光芒

文字学、文法学、方言学、詩、小説、茶文化、俗信、演劇、音楽、写真などを切り口に現代中国の文化状況を分析した論考を多数収録する。

Ａ５判　三八八頁
定価　四五一五円

50

アフロ・ユーラシア大陸の都市と宗教

アフロ・ユーラシア大陸の都市と宗教の歴史が明らかにする、地域の固有性と世界の普遍性。都市と宗教の時代の新しい歴史学の試み。

Ａ５判　二九八頁
定価　三四六五円

51

映像表現の地平

無声映画から最新の公開作まで様々な作品を分析しながら、未知の快楽に溢れる映像表現の果てしない地平へ人々を誘う気鋭の映像論集。

Ａ５判　三三六頁
定価　三七八〇円

52

情報の歴史学

「個人情報」「情報漏洩」等々、情報に関わる用語がマスメディアをにぎわす今、情報のもつ意義を前近代の歴史から学ぶ。

Ａ５判　三四八頁
定価　三八〇〇円

定価に消費税５％含みます。